CLAUDIO M. MANCINI

IL BASTARDO

EIN MAFIA-THRILLER

KNAUR

Besuchen Sie uns im Internet:
www.knaur.de

Originalausgabe April 2015
Knaur Taschenbuch
Copyright © 2015 Knaur Taschenbuch.
Ein Unternehmen der Droemerschen Verlagsanstalt
Th. Knaur Nachf. GmbH & Co. KG, München.
Alle Rechte vorbehalten. Das Werk darf – auch teilweise –
nur mit Genehmigung des Verlags wiedergegeben werden.
Redaktion: Jutta Ressel
Umschlaggestaltung: ZERO Werbeagentur, München
Umschlagabbildung: © Hayden Verry / Arcangel Images
Satz: Adobe InDesign im Verlag
Druck und Bindung: CPI books GmbH, Leck
ISBN 978-3-426-51632-4

2 4 5 3 1

*Ich danke Susan
für all ihre Unterstützung, ihre Liebe,
ihre Geduld und ihr Verständnis,
die sie mir während der schweren Zeit entgegenbrachte,
als dieser Roman entstand.*

Cu è surdu, orbu e taci,
campa cent'anni 'mpaci.

»Wer taub, blind und stumm ist,
lebt hundert Jahre in Frieden.«

Wichtige Figuren

Gianna Corodino   Journalistin und Mutter von Carla
Il Pulitore   Nino Scarpetta
Dottore Alfonso Grillo   Justizminister
Nicolo Sassi   Generalstaatsanwalt
Edoardo Fosso   zweiter Staatsanwalt
Massimo Della Ponte   Colonello der DIA
Domenico Valverde   Comandante der DIA
Commissario Sandro Contini   Valverdes Assistent
Michele De Cassini   Leiter des Drogendezernats
Dottore Salvatore Lo Presto   Chef der Antimafiabehörde
   in Rom
Anselmo Strangieri   Chef des Mobilen Einsatzkommandos
Dottore Gianfranco Posa   Chef des *Nucleo Operativo
   Ecologico*
Antonio Neri   Großindustrieller
Francesco De Masso   Reeder und Müllentsorger
Calogero Montalbano (Spitzname *Zoppo*)   Mafiapate
Silvio Montalbano   Sohn des Mafiabosses
Giancarlo Sardeno (Don Sardeno)   Mafiapate
Frederico Sardeno   Sohn des Mafiabosses
Cesare Bianchi   Pächter der Bar Albanesi
Dottore Carlo Di Stefano   Neris Rechtsanwalt
Rodolfo Messoni   Umweltminister
Don Peppe / Peppino Comerio   Müllagent
Sergio und Tonino Messoni   Söhne des Umweltministers
Pietro Fillone   Pentito/Verräter/Handlanger von Comerio

Carmelo Bergolio   Handlanger von Comerio
Sergente Sassuolo   Carabiniere in Castelbuono
Sergente Pinotta   Carabiniere in Castelbuono
Alessia Campobasso   Chefredakteurin des *Il Messaggero*
Pater Eusebio   Pater in Castelbuono

Die handelnden Personen sind frei erfunden, eventuelle Namensgleichheiten rein zufällig.

Inhalt

Land des Schwefels	13
Unschuldiges Blut	27
Piazza Margherita	41
Medienrummel	67
Vertrauliche Gespräche	75
Trauer	79
Berbera	87
Der Anruf	101
Inkasso mit Folgen	127
Licht am Ende des Tunnels	159
Lillys Club	173
Oceanic Disposal Management	186
Meeting in Messina	210
Auferstehung	234
Gruß aus der Hölle	245
Redaktionelle Recherchen	252
Das Interview	268
Vermutungen	279
Legambiente	291
Fragen ohne Antworten	301
Überraschende Rückkehr	306
Römische Impressionen	324
Unter Druck	334
Vielversprechende Wendung	338
Messoni	349
Gorgona	366

Ein erster Schritt 372
Duplizität der Ereignisse 376
Verhör in Messina 379
Tödliches Geplauder 386
Wände mit Ohren 389
Alarmstimmung 393
Aufschlussreiche Romanze 402
Oskarshamn 415
Ängste und Eitelkeiten 427
Blick in die Vergangenheit 433
Politik und Wirklichkeit 448
Akt der Selbstbefreiung 454
Mit harten Bandagen 465
Schatten und Schemen 478

Land des Schwefels

Der Tag in Villaggio San Michele, ein über tausend Meter hoch gelegenes Dorf nicht weit vom Kraterrand des Ätna entfernt, war soeben mit erfrischender Kühle angebrochen. Stürmischer Morgenwind hatte den Himmel aufgerissen und trieb gewaltige Wolkenfetzen über den Südhang des Mongibello, wie die Einheimischen den Berg liebevoll nannten. Die Sonne erwärmte mit ihren ersten Strahlen die Hochebene unterhalb des gefürchteten Vulkans Ätna und verwandelte den Rauhreif auf Gräsern und Moosen in silbrig glitzernde Kristalle. Ringsum türmten sich zwischen vereinzeltem Ginster, Sanddorn und Wacholder bizarre Schlacken längst erkalteter Lava auf.

Nur wenige Meter oberhalb des Dorfes, kurz vor dem gesperrten Kratergebiet, standen eine Handvoll versprengter Bauernhäuser in einer Umgebung, die einer menschenfeindlichen Mondlandschaft glich. Penetranter Schwefelgeruch drang aus jeder Ritze und jeder Erdspalte wie die Ausdünstung einer eitrigen Wunde und waberte über die Hochebene. Er nistete sich in die Wohnräume der Häuser ein, verbreitete sich aufdringlich in Stall und Scheune, so dass das Atmen an manchen Tagen schwerfiel.

Der gefürchtete Feuerberg war ein Segen für die Bauerndörfer an seinem Fuße. Unzählige Ausbrüche hatten den Vulkanboden in fruchtbares Ackerland verwandelt und so die Grundlage für eine reiche Pflanzenvielfalt geschaffen. Es reiften Kirschen und Weintrauben, Pfirsiche und Aprikosen in praller Üppigkeit.

Doch oben war alles anders. Anscheinend hatte sich der Bewohner des einsamen Gehöftes an den beißenden Gestank gewöhnt. Denn der Kerl, der wie ein Baum vor einem gewaltigen Berg zugeschnittener Holzstämme stand, die ein Lieferant am Vortag hinter seinem Haus von seinem Lastwagen abgeschüttet hatte, verarbeitete mit wuchtigen Axthieben Stamm für Stamm zu Kleinholz. Kraftvoll und ohne sich die kleinste Pause zu gönnen, spaltete er wie eine Maschine sein Brennholz für den Winter, das im Anschluss eingesammelt und an der Hauswand unter der Traufe gestapelt werden sollte. Auf den ersten Blick hätte man ihn für einen Bauern halten können oder auch für einen Schafhirten, der in den Bergen eine Farm betrieb, wenn das Gehöft nicht ausgerechnet an den gefährdeten Lavahängen des unberechenbaren Ätna gelegen hätte. In dieser Höhe gab es weder Felder zu bestellen, noch fanden Schafe genügend Futter.

Bekleidet war der Mann mit einem verschmutzten Trenchcoat, dessen Farbe sich nicht mehr eindeutig bestimmen ließ. Er reichte ihm bis zum Saum seiner Schaftstiefel, und in Ermangelung von Knöpfen flatterte der Mantel im Wind wie ein aufgeblähtes Segel. In seinem Gesicht zeigten sich scharfe Falten, die sich von den Nasenflügeln bis zu den Mundwinkeln eingegraben hatten. Der Mann wirkte, als hätte er bittere Erfahrungen gemacht. Die Art, wie er stand und wie er sich bewegte, erinnerte an eine Raubkatze, die unablässig Gefahr wittert. Auch mit seinem Blick schien er ständig auf der Hut zu sein, und schaute man ihm in die Augen, so waren Zynismus und Grausamkeit nicht zu übersehen.

Aus dem offenstehenden Fenster seiner geräumigen Küche erklang die Melodie einer bekannten sizilianischen Tarantella, die er leise mitsummte. Der Mann mit wahrhaft herkulischem Körperbau unterbrach seine Arbeit. Er ließ die scharfe Schneide der Axt in den Hackklotz sausen und wandte sich der windschiefen Brettertür des Hintereingangs zu. Er klopfte seine klobigen Stiefel ab, zog den Kopf unter dem Türrahmen ein und ging hinein.

Die Krempe seines leichten Sommerhutes ragte ihm weit in die Stirn und ließ den wild wuchernden Haarwuchs und seine bernsteinfarbenen Augen nur erahnen. Der hochgewachsene Einsiedler, ein für sizilianische Verhältnisse ungewöhnlich wuchtiger Kerl von athletischer Gestalt, bewegte sich trotz seiner über hundert Kilo mit geschmeidiger Leichtigkeit. Aus der Entfernung hätte man diesen Mann auf mindestens fünfundvierzig Jahre geschätzt, was seinem wettergegerbten Gesicht und seinen harten Gesichtszügen geschuldet war, doch er war erst fünfunddreißig.

Er nahm den Hut ab, legte ihn auf den ungehobelten Holztisch und wischte sich mit dem Ärmel den Schweiß von der Stirn. Dann warf er einen misstrauischen Blick auf sein Telefonino. Das Display leuchtete. Die Nummer war unterdrückt. Bevor er den Anruf entgegennehmen konnte, erstarb die Melodie; vermutlich würde es der unbekannte Anrufer erneut versuchen. Er wandte sich dem Kamin zu, griff nach einigen Holzscheiten, die an der Wand fein säuberlich aufgeschichtet waren, und warf sie in die Glut. Daraufhin ging er in die Hocke und rieb sich die Pranken – eine andere Bezeichnung hätten die Hände nicht verdient – über dem offenen Feuer.

Wie er richtig vermutet hatte, schrillte das Telefonino erneut.

»*Pronto*«, meldete er sich.

»Du hast Post«, sagte der Anrufer, ohne seinen Namen zu nennen.

»Seit wann ruft der Briefträger bei mir an?«

»Du weißt genau, was ich meine«, erwiderte der Mann.

Die Augenbrauen des Einsiedlers zogen sich unwillig zusammen. »Wer hat dir diese Nummer gegeben?«, fragte er unwirsch.

»Ein guter Freund.«

»Ich habe keine Freunde«, erwiderte er mit harter Stimme. »Und schon gar keine guten.«

Sein Gesprächspartner am anderen Ende der Leitung kicherte belustigt. »Pulitore, du kannst richtig witzig sein.«

»Worum geht es?«, knurrte er, ohne auf die Bemerkung des ominösen Anrufers einzugehen.

»Um einen Reinigungsauftrag«, hörte er ihn sagen und nach einer bedeutungsvollen Pause hinzufügen: »Gleiche Konditionen wie beim letzten Mal.«

»Was soll das? Mir schreibt keiner vor, wie viel ich verlangen soll.«

»Aber du weißt, mein Boss zahlt pünktlich und zuverlässig.«

»Weiß ich das?«

»Muss ich mir Sorgen um dein Gedächtnis machen?« Wieder hörte Pulitore ein leises Kichern im Hintergrund.

»Reiß deine Klappe nicht so weit auf, sonst musst du dir Sorgen machen.«

Anscheinend war der Anrufer verunsichert, denn seine Stimme klang plötzlich ernst. »Dein Auftraggeber wünscht, dass sein Problem schnell und ohne Aufsehen aus der Welt geschafft wird.« Der Anrufer zögerte kurz, bevor er weitersprach. »Letztes Jahr im Sommer, die Sache in Bologna, vielleicht erinnerst du dich jetzt?«

Pulitores Antennen waren aufs höchste sensibilisiert. »Aha! Der Chemiebonze also.«

»Genau.«

»*Bene,* ich werde in meinem Briefkasten nachsehen.«

»Heute noch!«, sagte die Stimme im Befehlston. »Das Paket wird wie üblich mitgeliefert. Du wirst alles finden, was benötigt wird. Im Übrigen eilt die Sache.«

»Wer es eilig hat, der hat Angst«, erwiderte Pulitore mit stoischer Ruhe. »Hat er Angst?«

Wieder tönte auf der anderen Seite dieses merkwürdige Kichern. »Du weißt sehr gut, mit wem du es zu tun hast. Er will wissen, ob du den Auftrag annimmst. Ich rufe dich heute Abend um zehn Uhr wieder an. Dann erwartet er eine Antwort.«

»*No!* Ich melde mich bei ihm.« Mehr als dieser knappe Kommentar schien aus der Sicht des eigenbrötlerischen Sonderlings wohl nicht nötig zu sein.

»Weißt du überhaupt, wie du ihn erreichen kannst?«

»Ich finde jeden, den ich finden will«, fauchte er zurück und unterbrach das Telefonat, ohne eine Antwort abzuwarten. Diskussionen waren nicht sein Ding.

Mechanisch öffnete er das Gehäuse seines Smartphones, entnahm die Chipkarte und ersetzte sie durch eine neue, die er aus der Schublade seines Küchenschrankes holte. Die alte knickte er mit Daumen und Zeigefinger zusammen und warf sie in die lodernden Flammen.

Die riesige Küche, an deren niedriger Decke eine nackte Glühbirne baumelte, war früher ein zentraler Treffpunkt für Schäfer und Arbeiter gewesen und schien noch aus dem letzten Jahrhundert zu stammen. Hier hatte sich seitdem kaum etwas verändert. Der rechteckige Raum mit dem altmodischen Gasherd in der Ecke, dem schäbigen Küchenschrank und dem steinernen Waschbecken wirkte anspruchslos und wie aus einer anderen Zeit. Nur den massiven Holztisch hatte der kauzige Einzelgänger vor einiger Zeit ergänzt und derbe Holzbänke dazugestellt. Der Geruch von toten Tieren und kaltem Blut hatte sich wie eine fettige Patina über die groben Fugen der gemauerten Wände und auf die uralten Wandfliesen an der Kochstelle gelegt. Genau wie sein Vorgänger schlachtete er hier Stallhasen und Hühner, wärmte sich an kalten Wintertagen am Kamin oder setzte sich in den altertümlichen Ohrensessel. Den hatte er vor Jahren auf dem Trödel erstanden und ihn dann schräg vor den Kamin gestellt. Hier saß er gerne am Abend, wenn die Arbeit getan war, und blätterte in seinen Hundebüchern.

Drüben auf dem Herd köchelte in einem emaillierten Kochtopf gerade sein Lieblingsgericht: Lammhackfleisch und Zwiebeln mit gefüllten Paprikaschoten in einer würzigen Soße. Der pikante Geruch der Lamm-Peperonata erfüllte den Raum. Er hob den Deckel, verrührte mit einem Holzlöffel vorsichtig den Sud und schnupperte. Ein zufriedenes Lächeln machte sich breit. Ein Abendessen, wie er es liebte.

Er drehte die Herdflamme ab, ging hinüber zum Kamin und ließ sich in den schweren Sessel fallen. Der rostrote Kordbezug war über die Jahre zerschlissen und ließ auf der Sitzfläche speckige Stellen und tiefe Risse sehen. Pulitore streckte die Beine weit von sich und starrte in die lodernden Flammen der gemauerten Esse, deren graue Granitsteine über die Jahrzehnte durch Ruß und Hitze eine glänzend schwarze Färbung angenommen hatten.

An seinem kräftigen Unterkiefer und dem markanten Kinn konnte man Energie und unbeugsamen Durchsetzungswillen ablesen. Seine widerspenstigen tiefschwarzen Haare und die gelbgold schimmernden Bernsteinaugen hatten etwas Gefühlloses und Abweisendes, das den meisten Menschen bei einer Begegnung mit ihm Angst einflößte.

Niemand hatte ihn an diesem menschenfeindlichen Ort je besucht, und mit den Leuten der benachbarten Höfe pflegte er keine Kontakte. Voller Misstrauen mied er alles, was weniger als vier Beine hatte. Außer ihm und seinen Hunden lebte in dieser schwefelgeschwängerten Abgeschiedenheit nur noch eine vom Alter gebeugte Frau, die aus dem Dorf auf der anderen Seite des Tals stammte. Seit Geburt taubstumm und autistisch, führte sie ihm den kargen Haushalt.

Er kannte weder ihr Alter noch ihren genauen Namen. Im Grunde war die Greisin nicht mehr als ein lautloser Schatten, der seine Arbeit tat. Der Einfachheit halber hatte er sie Emma getauft. Sie kümmerte sich kaum um ihn oder seine Anwesenheit. Wenn er das Haus verließ, konnte er ihr seine vierbeinigen Zöglinge und Sorgenkinder bedenkenlos anvertrauen, selbst wenn er mehrere Tage oder manchmal sogar eine Woche lang unterwegs war. Er wusste, sie liebte die Hunde, und dementsprechend gut wurde die Meute von ihr versorgt.

Sowenig sich Pulitore Gedanken machte, ob während seiner Abwesenheit alles in Ordnung gehalten würde, so wenig dachte er auch über sein Auskommen nach. Er suchte nicht die Aufträge, die Aufträge suchten ihn. Sie wurden von Leuten erteilt, die über viel Geld und Macht verfügten, in großen Schwierigkeiten steckten und glaubten, keine andere Wahl zu haben, als seine Dienste in Anspruch zu nehmen. Natürlich gab es in Palermo oder Neapel genügend Männer, die man anheuern konnte und die in einer dunklen Gasse ihre Arbeit schnell und preiswert erledigten. Er jedoch gehörte nicht zu diesen armen Hungerleidern, die jeden Job annahmen, egal wie blutig er war. Er galt als der Mann für die besonderen Herausforderungen, von ihm erwartete man absolute Zuverlässigkeit und eine fehlerlose Abwicklung – und die begann bereits bei der Auftragannahme. Zu diesem Zweck hatte Pulitore vor Jahren im gottvergessenen Dorf Fornazzo an die Hauswand eines heruntergekommenen Bauernhofes einen Briefkasten gedübelt. Dort, in achthundert Metern Höhe, lebten knapp zweihundert Menschen, und es kümmerte niemanden, ob in dem verlassenen Gebäude ein Fenster eingeworfen oder Steine aus den Mauern herausgebrochen wurden. Wenn jemand Baumaterial benötigte, bediente er sich einfach an der Ruine, und jeder, der seinen Müll loswerden wollte, lud ihn auf diesem Grundstück ab. Der nächste Polizeiposten befand sich im mehr als zehn Kilometer entfernten Dorf, und man benötigte mindestens dreißig Minuten, um von dort bis zu diesem Gehöft zu gelangen. Nachts war der Posten sowieso nicht besetzt, und mit Routinekontrollen war nicht zu rechnen.

Umschläge in seinem Briefkasten bedeuteten immer ein drängendes Problem, dessen Beseitigung keinen Aufschub duldete. Pulitore machte sich über seine Arbeitseinsätze keinen Kopf, er sah sie ganz pragmatisch als lohnenden Broterwerb und hatte sich darüber eine ganz einfache Meinung gebildet: Eine Person wollte eine andere aus dem Weg schaffen, konnte oder wollte das Problem, aus welchen Gründen auch immer, aber nicht selbst erledigen; dann ging der Betroffene in die Bar Colosseo in der Via Bilotta, einem üblen Viertel in Messina, und fragte nach einem Briefkasten. Dort schickte man den »Ortsunkundigen« dann nach Fornazzo.

Dann ging alles seinen Gang. Schließlich war er der *pulitore* – der »Reiniger«, der die hinterlegte Anweisung je nach Risiko und Aufwand gegen ein mehr oder weniger hohes Honorar erledigte. Den Schmutz beseitigte er stets akkurat, und zwar so, dass der Auftraggeber mit dem Ergebnis zufrieden war. Und Pulitore konnte nicht behaupten, dass er selten Post bekam. Es gab viele böse Menschen, die mit anderen bösen Menschen im Streit lagen und ihre Schwierigkeiten auf radikale Weise zu lösen wünschten. In seinem Beruf war das Böse nicht nur allgegenwärtig, sondern auch abgründig, vieldeutig, mehrschichtig – und faszinierend. Seiner Einschätzung nach war das Böse untrennbar mit dem Drama des menschlichen Lebens einerseits und dem Wohlergehen seiner Hunde andererseits verbunden. So hatte alles seine Ordnung und war im Lot, insofern seine Auftraggeber pünktlich zahlten. Doch auch darüber lohnte es sich nicht nachzusinnen, denn in dem nahezu undenkbaren Fall einer schleppenden Zahlung würde er sie zu beschleunigen wissen. Hätte man ihn nach dem Geheimnis seines Erfolges gefragt, würde er kurz und bündig geantwortet haben: exakte Planung, perfekte Ausführung, keine Spuren.

Würziger Duft stieg aus dem Kochtopf und regte seinen Appetit an. Am liebsten hätte er schon jetzt einen Teller von der Lamm-Peperonata genommen. Doch das kam nicht in Frage. Sein Tagesablauf wurde von festen Regeln und Ritualen bestimmt, von denen er nur in Ausnahmefällen abwich. Er erhob sich, ging hinüber zur Vorratskammer, förderte ein frisches Ciabatta zutage, holte aus dem Kühlschrank Prosciutto, ein paar dünn geschnittene Scheiben Mortadella und gesalzene

Butter. Dann machte er es sich am Tisch gemütlich. Sein Blick fiel auf die Küchenuhr, die über der Hintertür angebracht war; ihr großer Sekundenzeiger tickte unüberhörbar. Die Hunde würde er im Anschluss füttern, dachte er, halbierte mit einem scharfen Messer das frische Brot und kaute gleich darauf selbstzufrieden vor sich hin.

Vor neun Jahren hatte er das heruntergekommene Bauernhaus, dessen Wände an einigen Stellen eingefallen waren, einem kauzigen Schäfer abgekauft, der hier oben in den Bergen mehr gehaust als gewohnt hatte. Von der Strada Provinciale, die hinauf zum Ätna führte, war das Gebäude kaum zu entdecken. Es duckte sich in eine Senke, und mit seinem grauen Schieferdach hob es sich auch kaum vom Lavagestein ab. Sonne, Wind und aggressiver Staub hatten über die Jahre der Fassade ziemlich zugesetzt. An vielen Stellen bröckelte der Putz und gab den Blick auf die groben Bruchsteine frei.

Das in völliger Einsamkeit liegende Anwesen knapp unterhalb der Schneefelder hatte damals Pulitores Bedürfnissen entsprochen. Hier konnte er seine Vorstellungen verwirklichen und mit seinen Hunden ein völlig ungestörtes Dasein fristen.

Hunde – sie waren sein Leben. Kranke, ausgehungerte, verwahrloste oder alte Tiere, überall sammelte er sie zusammen, brachte sie hinauf in sein abgelegenes Refugium, kümmerte sich aufopferungsvoll um die bejammernswerten Kreaturen und pflegte sie gesund, selbst wenn sie ihn ein Vermögen kosteten. Die Hunde waren es wert. Sie waren die besseren Menschen, jedenfalls in seinen Augen. Keine Frau dieser Welt könnte es je mit einem Hund aufnehmen, der ihm aus lauter Liebe übers Gesicht leckte.

Zweimal im Jahr sammelte er die Welpen ein, um sie nach Taormina zu bringen. Er stellte sich an die Piazza und verkaufte sie. Ums Geld ging es ihm dabei aber nicht. Die Kleinen sollten ein schönes Zuhause und zuverlässige Besitzer bekommen. Dass seine kleinen Racker ein Magnet für Kinder und Frauen waren, wusste er nur zu gut. Dennoch sah er sich einen potenziellen Käufer sehr genau an, bevor er eines seiner Pflegekinder schließlich aus der Hand gab.

Nach einem langen Arbeitstag und fünf Kubikmetern Kleinholz war der Abend hereingebrochen. Eine heiße Dusche hatte seine Lebensgeister wieder geweckt. Nachdem er in der Küche eingeheizt und endlich seine Peperonata gegessen hatte, setzte er sich in seinen geliebten Ohrensessel vor dem offenen Feuer, rauchte und vertiefte sich wieder in seine Fachbücher für Hundezucht und Hundehaltung. Bei dieser Lektüre konnte er völlig abschalten und sich am besten entspannen.

Doch ein Blick auf die Uhr sagte ihm: Zeit aufzubrechen. Er erhob sich, griff nach seiner Jacke, die über der Stuhllehne hing, nahm den Hut vom Haken neben der Tür und verließ das Haus. Kalter Wind war heraufgezogen, er fröstelte.

Sein Grundstück, ein tristes Anwesen, erstreckte sich hinter dem Haus bis zu einer gut zweihundert Meter entfernten Talsenke und war mit einem hohen Drahtzaun umgeben. Dutzende Hunde aller Rassen und jeden Alters lagen träge vor ihren Hütten und dösten vor sich hin, als er das eingezäunte Areal betrat. Seine Miene nahm weiche Züge an, als sein Blick über das friedliche Bild schweifte. Aus seinen Augen sprachen Wärme und innige Zuneigung. Einige seiner Schützlinge sprangen auf und liefen schwanzwedelnd auf ihn zu, als sie ihn bemerkten.

»Ich muss euch jetzt alleine lassen. Aber ich bin bald wieder zurück«, redete er beruhigend auf sie ein und sah sich suchend um. »Diabolo, *vieni!*«, rief er in die Dunkelheit.

Ein schwarzgestromter Pitbull kam mit kraftvollen Sätzen auf ihn zu. Fröhlich kläffend sprang er an ihm hoch und streifte aufgeregt um seine Beine, als habe er ihn seit Wochen nicht mehr gesehen. Lächelnd tätschelte er den muskulösen Nacken des Vierbeiners. »Bei Fuß!«, befahl er und schloss hinter sich die Gehegetür. Im Gehen warf er noch einen kurzen Blick über die Schulter. Mehr als ein Dutzend Hunde drängten sich am Zaun und sahen ihm nach.

»Rein mit dir«, befahl er seinem Begleiter leise.

Mit einem Satz sprang Diabolo auf den Rücksitz des Fiat Punto. Pulitore startete den Motor und legte den Gang ein, während sein Hund es sich hinter ihm gemütlich machte. Zügig fuhr er über schmale Nebenstraßen mit unzähligen Kurven durch die bizarre sizilianische Gebirgswelt in Richtung Fornazzo.

Die Fahrt hätte bei so manchem Autofahrer Beklemmungen ausgelöst. Diese Bergregion hatte etwas Unwirkliches, sie mutete in der rabenschwarzen Nacht dämonisch und geheimnisvoll an. Haushohe, schwarzgraue Lavamauern zogen wie düstere Schatten an ihm vorbei. Geröllhalden wechselten sich mit skurrilen Gebilden aus erkaltetem Vulkangestein ab – seltsame Formationen, die furchterregenden Ungeheuern, Reptilien oder monströsen menschlichen Körpern glichen. Allmählich verließ er die baumlose Ödnis, tauchte in Kastanienwälder ein und erreichte nach weiteren Haarnadelkurven die ersten Zitronenplantagen.

Es war nicht mehr weit bis zum Bauernhof. Eine marode Straßenlaterne warf ihr trübes Licht auf den Asphalt. Nach hundert Metern erreichte er eine leichte Biegung, die in ein dicht bewachsenes Waldstück führte. In der Dunkelheit tauchte ein mit mehreren Revolverschüssen durchlöchertes Verkehrsschild auf und kündigte eine Kreuzung an. Pulitore bog langsam in den mit tiefen Schlaglöchern gespickten Schotterweg ein, hielt nach ein paar Minuten vor einem verfallenen Gehöft und stellte seinen Wagen so ab, dass der Lichtkegel seiner Scheinwerfer direkt auf die Hauswand fiel. Dort hing der völlig verrostete, ehemals grüne Briefkasten mit einem weißen Aufkleber. REINIGUNGEN ALLER ART stand darauf geschrieben. Der Blechkasten wurde nur noch von einer einzigen Schraube gehalten und machte den Eindruck, als würde er beim nächsten Windstoß von der Wand fallen.

Sein Auftraggeber hatte, wie angekündigt, das Paket mitgeliefert, in braunem Packpapier, mit Klebeband umwickelt. Es lag auf dem Boden unter dem Briefkasten.

Pulitore öffnete das Handschuhfach, holte ein Paar Handschuhe heraus und griff nach seiner Automatik. Er prüfte kurz die Waffe und lud sie durch. Dann stieg er aus dem Wagen. Schnell und geräuschlos wie ein Schatten verschwand er in einer Lücke im wild wuchernden Gebüsch. Bis auf den Wind, der durch die Blätter wisperte, war nichts zu hören. Mehrere Minuten wartete er ab, reglos.

»*Vieni*, Diabolo«, befahl er leise. »*Cerca!*« Freudig wedelnd sprang sein Gefährte vom Rücksitz ins Freie, schob seine Schnauze wie einen Staubsauger über die Grasnarbe und hob am Grenzstein des Hauses sein Bein. »Such, such weiter!« Aufgeregt lief Diabolo los, die Nase knapp über dem Boden, und verschwand hinterm Haus. Pulitore löste sich aus dem dichten Unterholz und lehnte sich an die Motorhaube seines Fiats. Die Hutkrempe tief in die Stirn gezogen, wartete er ab. Hechelnd und schwanzwedelnd kehrte Diabolo zu seinem Herrn zurück. »*Bravo*«, lobte er ihn, als könne sein Hund jedes Wort verstehen. Er steckte seinen Revolver in die Tasche und tätschelte ihn. Jetzt konnte er sich wirklich darauf verlassen, dass niemand in der Nähe war. Er ging zum Haus, öffnete den Postkasten und entnahm ihm ein Kuvert. Im Licht des Scheinwerfers sah er sich die Anweisung und die zwei beigefügten Fotos an. Die Bilder zeigten zwei elegante, junge Männer, die am Straßenrand einer Strandpromenade stolz vor ihren Sportwagen posierten und lachten. Sie trugen protzige Uhren, verspiegelte Sonnenbrillen und vermittelten den Eindruck, als gehöre ihnen die Welt. Pulitores Augen zogen sich zusammen. Arrogante Scheißer, schoss es ihm durch den Kopf. Irgendwie kamen ihm die beiden Typen bekannt vor.

Er versuchte, sich zu erinnern – nichts. Aber eigentlich war es egal, ob er sie kannte oder nicht, ob er ihnen je über den Weg gelaufen war. Und er interessierte sich auch nicht für das Warum. Für ihn gab es nur drei wichtige Parameter: wo, wann und wie viel. Er drehte die Fotos um. Auf der Rückseite standen in Druckbuchstaben ihre Namen: TONINO und SERGIO. Pulitore faltete den beigefügten Zettel auseinander. Ein Computerausdruck. Kein Absender, kein Hinweis, von wem der Zettel stammen könnte.

Montag, 13.00 Uhr
Piazza Margherita, Bar Albanesi,
Castelbuono

Ihm blieben also noch vier Tage Zeit für die Vorbereitung. Seine bernsteinfarbenen Augen hefteten sich auf die beiden Männer, um sich ihre Gesichter einzuprägen. Da fiel es ihm wie Schuppen von den Augen. »Zwei wichtige Arschlöcher am Montag. Geht in Ordnung«, murmelte er, »aber garantiert nicht zum üblichen Preis.« Er zerknüllte das Papier, holte ein Feuerzeug aus der Tasche, verbrannte Bilder und Nachricht und zertrat die Asche auf dem Erdboden.

»Diabolo, *vieni qua!*«, rief er, hob das Paket auf und trug es zum Wagen. Sein vierbeiniger Begleiter preschte durchs Gebüsch und legte sich vor seinem Herrn auf die Erde. Pulitore setzte sich ins Auto, ließ die Tür offen und riss das Paket auf. Hübsch, dachte er. Eine Uzi mit vier gefüllten Magazinen. Damit konnte man nicht viel verkehrt machen. Er prüfte die Schnellfeuerwaffe ausgiebig auf ihre Funktion, lud einige Male ohne Magazin durch und entspannte wieder. Offensichtlich ein älteres Modell aus Armeebeständen, aber erstklassig in Schuss. Sorgsam verstaute er die Waffe unter dem Fahrersitz und schloss für einen Moment die Augen. Er würde seinem Auftraggeber noch ein paar Minuten Zeit geben.

Nach einer halben Stunde schien ihm der Augenblick gekommen, seinen Auftraggeber anzurufen. »Hier spricht der Reinigungsservice. Sie wollen, dass ich für Sie tätig werde?«

»*Certo!* Hast du alles gefunden?«

»*Perfetto*«, raunte Pulitore.

»Wie viel?«, entgegnete die Stimme vom Vormittag.

»Es sind zwei«, erwiderte Pulitore knapp, zündete sich eine Zigarette an und nahm einen tiefen Zug. »Hundertfünfzig pro Vorgang.«

»Tausend?«

»Was dachtest du denn?«

»Bleib dran!«

Pulitore grinste und blies genüsslich eine lange Rauchfahne in die Nacht. Es war immer das gleiche Spiel. An der Art und Weise, wie der Auftraggeber auf seine Forderung einging, konnte er die Wichtigkeit und Gefährlichkeit des Auftrages abschätzen. War seine Forderung zu hoch, sprang der Klient entweder gleich ab oder versuchte, wie so häufig, den Preis zu drücken. Letzteres war ein Indiz dafür, dass es sich um einen Allerweltsauftrag handelte. Ging der Klient ohne große Diskussion auf den Preis ein, war erhöhte Vorsicht geboten.

»Mein Chef meint, der Betrag sei beinahe doppelt so hoch wie das letzte Mal«, meldete sich die Telefonstimme zurück.

»Dann lassen wir es!« Pulitore grinste in sich hinein. Er wusste, was jetzt passieren würde. Im Hintergrund hörte er einen unterdrückten Fluch und einen verärgerten Wortwechsel.

»*Tutto chiaro*«, meldete sich nach einigen Sekunden der Teilnehmer am anderen Ende der Leitung.

Pulitore hatte keine andere Antwort erwartet. »Die erste Hälfte als Anzahlung, die zweite Hälfte nach Erledigung.«

»*Certo.* Wohin soll ich das Geld bringen?«

»Du weißt, wo mein Briefkasten hängt.«

»Er verlässt sich darauf, dass nichts schiefläuft.«

Pulitore gab keine Antwort. Stattdessen trennte er das Gespräch, nahm die Chipkarte aus dem Telefon, warf sie zerknickt aus dem Fenster und startete seinen Wagen.

Unschuldiges Blut

Die Via Santa Croce, eine schmale Seitenstraße in Castelbuono, lag im düsteren Schlagschatten der Häuser und spendete während der sommerlichen Gluthitze angenehme Kühle. Die meisten Gebäude in diesem Ortsteil stammten aus dem späten siebzehnten Jahrhundert. Viele von ihnen waren liebevoll restauriert, manche jedoch – einst hochherrschaftliche Häuser reicher Kaufleute – dem allmählichen Verfall anheimgegeben. Fäulnis und Schimmel hatten sich über Jahrzehnte ins Mauerwerk gefressen und blatternarbige Fassaden hinterlassen. In der Luft hing ein modriger Geruch.

Gianna trat hinaus auf die Terrasse hinter ihrem kleinen Haus und blickte zu den sanft ansteigenden Hängen des Monte Mufara hinüber, einer Landschaft, die von Industrie und Verkehr verschont geblieben war. Die pastellfarbenen Konturen der Berge ragten in das diesige Blau des Himmels. Es waren die Tage der stillen Blätter, wie die Leute in Castelbuono sagten, die Nächte der Sternschnuppen und der rosafarbenen Monde, der flatternden Nachtfalter und der schlafenden Eidechsen. Zu dieser Jahreszeit platzten die Feigen, die Pflaumen schwollen an, und die Mandeln wurden allmählich hart.

Gianna war in den frühen Morgenstunden vom Geklapper der Bambusstangen aus dem Schlaf geweckt worden. Jetzt stand sie selbstvergessen auf ihrer Terrasse, ließ ihren Blick über die weichen Linien der lieblichen Hügel schweifen und rauchte. In der Talsenke lagen vereinzelte Bauernhöfe und kleine Güter verstreut. Dutzende Erntehelfer streiften auf den umliegenden

Äckern und Wiesen umher, schlugen die reifen Mandeln von den Bäumen, während sie sich mit ihrem rhythmischen Parlando, einem für diesen Landstrich typischen Sprechgesang, die Arbeit erleichterten.

Die Kleinstadt lag am Fuß des gewaltigen Madonie-Gebirges, kaum fünfzehn Kilometer von der Küste des Tyrrhenischen Meeres entfernt und nicht weit weg von Cefalù. Während im späten Frühling ringsum der Ginster leuchtete und die Luft von zirpenden Zikaden erfüllt wurde, vermischte sich jetzt im Sommer der betörende Duft des Jasmins mit dem herben Geruch der Eschen. Das wuchtige Kastell Cortile del Poggio, Stammsitz des damaligen Adelsgeschlechtes der Ventimiglia, thronte auf dem höchsten Punkt der im zwölften Jahrhundert gegründeten Stadt, abweisend und besitzergreifend zugleich.

Gianna ging zurück in die Küche, setzte sich an den Tisch und biss herzhaft in ein mit Marmelade gefülltes Brioche. Ein ziehender Schmerz in der Mundhöhle trieb ihr die Tränen in die Augen. Links hinten. Der Weisheitszahn. Schon in der Nacht hatte er sie kaum schlafen lassen. Jetzt pochte der Quälgeist in ihrem Kopf. Sie warf einen Blick auf die Wanduhr. Viertel vor eins. Bis zum Termin beim Zahnarzt, der sie ausnahmsweise um vierzehn Uhr behandeln wollte, blieb ihr noch mehr als eine Stunde Zeit. Irgendetwas musste sie tun, um sich abzulenken. Seufzend räumte sie das Geschirr in die Spülmaschine, beseitigte die Reste ihres frugalen Frühstücks, das sie gemeinsam mit ihrer Tochter eingenommen hatte, und wischte mit einem feuchten Tuch über die Arbeitsplatte.

»Carla, *vieni!* Beeil dich, sonst kommst du zu spät!« Sie hielt einen Augenblick inne. »Carla!«, rief sie energischer, als sie nichts hörte. »Es ist gleich ein Uhr!«

»*Torno subito!*«, antwortete eine fröhliche Kinderstimme aus dem oberen Stockwerk, und gleich darauf hörte sie die Schritte ihrer Tochter. Wie ein Wirbelwind fegte ihr kleiner Liebling die Holzstufen in die Küche herunter, blieb mit leuchtenden Augen vor ihrer Mutter stehen und drehte sich auf Zehenspitzen zweimal um ihre Achse, als sei sie eine berühmte Primaballerina.

Carla war ihrer Mutter wie aus dem Gesicht geschnitten. Die gleichen pechschwarzen Haare und kluge, haselnussfarbene Augen. Ihre widerspenstige Haarpracht hatte sie zu lustigen Zöpfchen geflochten, sie trug weiße Kniestrümpfe und ein kurzes, rot-weiß kariertes Sommerkleid aus demselben Stoff wie die Schleifen, die ihre Zöpfe zusammenhielten.

»Hübsch hast du dich gemacht«, bemerkte Gianna mit einem stolzen Lächeln, obwohl es ihr nicht sonderlich gutging. »Zieh deine Schuhe an! Sie stehen im Wohnzimmer unterm Tisch. Und dann ab mit dir!«

»Ja, doch.« Lustlos trottete das aufgeweckte Mädchen aus der Küche.

»Richte Pater Eusebio aus, dass ich mich verspäte«, rief sie ihrer Tochter nach.

»Ja.«

»Und pass auf die Autos auf, wenn du das Haus verlässt«, fügte sie mahnend hinzu.

»Jaja.«

Sie wird mir immer ähnlicher, dachte Gianna und lächelte. So hatte sie früher auch immer geantwortet, wenn ihr etwas lästig gewesen war. »Nach der Arbeit hole ich dich bei Concetta ab«, rief Gianna, während sie das restliche Geschirr in die Spülmaschine räumte. »Ich warte unten auf der Straße, nachdem ich geklingelt habe.«

Es hätte ein wundervoller Tag werden können, würden die Zahnschmerzen sie nicht so martern. Der Haushalt des Paters, den sie seit mehr als drei Jahren führte, musste heute ausnahmsweise warten.

»*Ciao, ciao, vediamo dopo!*«, hörte sie Carla aus dem Flur rufen, dann fiel die Haustür ins Schloss.

Gianna machte noch einmal ihren morgendlichen Rundgang durchs Haus, räumte ein paar Spielsachen ihrer Tochter weg, brachte den Müll hinaus und nahm die Post und die Zeitung aus dem Briefkasten. Unschlüssig setzte sie sich an den groben Küchentisch, der vor dem Fenster stand. Von hier aus hatte sie einen guten Blick auf die Straße und konnte alles beobachten, was vor dem Haus passierte. Ohne sonderliches Interesse überflog sie die Absender der Briefe. Die Stille im Haus stimmte sie nachdenklich. Ihr Blick streifte durch die Küche und blieb an dem gerahmten Schwarzweißfoto an der Wand hängen, das vor einigen Jahren bei einem Ausflug entstanden war. Eine glücklich lachende Carla mit ihrem übermütig dreinschauenden Vater. Leise Wehmut beschlich sie, Erinnerungen wurden lebendig – Erinnerungen, die ihr im heutigen Licht milder erschienen.

Vor knapp vier Jahren hatte sie sich von ihrem Ehemann Antonio scheiden lassen und war nach Sizilien zurückgekehrt. Unterschiedliche Ansichten, was Carlas Erziehung betraf, vor allem aber ihr unsteter Beruf als Journalistin, der häufig längere Reisen erforderlich machte, hatten sie mehr und mehr entzweit, bis sie an einem Punkt angelangt waren, wo eine Trennung unvermeidlich war. Seitdem ging so einiges schief. Kaum eine Woche später hatte man sie in der Redaktion vor die Tür gesetzt. Knall auf Fall. Als geschiedene Frau mit einem Kleinkind könne sie schwerlich ihrer Arbeit gerecht werden. Der süffisante Unterton ihres Vorgesetzten ließ keinen Zweifel zu, dass es sich um einen vorgeschobenen Grund handelte. Natürlich lagen die Dinge anders. Man hatte sich dem politischen Druck gebeugt und die Scheidung als willkommenen Anlass benutzt, um sie loszuwerden. Eine unbequeme Enthüllungsjournalistin, die heiße Eisen anpackte und so manchen wichtigen Persönlichkeiten im Lande Schwierigkeiten bereitete, musste wohl damit rechnen, selbst in Kalamitäten zu geraten.

Gianna, eine herbe Schönheit, hatte es stets verstanden, ihre Attraktivität geschickt in ihrem Beruf einzusetzen. Ihr Aussehen und ihre Wirkung auf Männer erleichterten ihr die Recherchen im Umfeld einflussreicher Alphatiere in Politik und Wirtschaft ungemein. Mit ihrer zierlichen, wohlgeformten Figur wirkte sie zerbrechlich, was offensichtlich den Machismo inspirierte, der in einflussreichen Positionen an der Tagesordnung war. Ihre vollen, geschwungenen Lippen, die dunklen, mandelförmigen Augen und der orientalische Einschlag in ihren lasziv wirkenden Gesichtszügen taten ein Übriges. Nun ja, Skandale waren ihr Geschäft, und viele waren in ihre Falle getappt. Oft genug hatten sich Konzernchefs oder Politiker in Interviews um Kopf und Kragen geredet und mehr offenbart, als ihrem Ruf und ihrer Reputation zuträglich war. Aber so waren sie eben, die Männer, und die profilneurotischen Alphatiere allemal. Sobald eine schöne und intelligente Frau ins Spiel kam, spreizten sie wie bei der Balz ihre Pfauenfedern.

Gerade das machthungrige Verhalten in elitären Kreisen hatte Gianna damals zu aufsehenerregenden Artikeln über korrupte Politiker und Wirtschaftsbosse verholfen und für erheblichen Wirbel gesorgt. Doch nach ihrem Rauswurf aus der Redaktion erlebte sie nur Niederlagen. Ihre Bewerbungen bei Zeitungsverlagen schlugen allesamt fehl, sah man einmal von einem Angebot eines renommierten Frauenmagazins ab. Doch Beauty- und Lifestyle-Trends waren das Letzte, was sie interessierte – und so lehnte sie ab. Es gab weiß Gott wichtigere Themen als lackierte Fußnägel und die aktuellsten Behandlungsmethoden gegen Cellulite. Ihr blieb nichts anderes übrig, als ihr Leben neu einzurichten, irgendwo auf dem Land, weit weg vom politischen Geschehen. Und so war sie in Castelbuono gelandet, nur wenige Minuten von ihrem früheren Elternhaus entfernt.

Es würden wieder bessere Zeiten kommen. Ein kaum merkliches Lächeln umspielte ihre Lippen. Immerhin, allen Widrigkeiten zum Trotz hatte sie die vergangenen Jahre besser gemeistert als anfangs befürchtet.

Aber es hatte auch Augenblicke gegeben, in denen sie schier verzweifelte. Natürlich war ihr klar, was es als alleinstehende Frau bedeutete, in Sizilien zu leben, das war schließlich ihre Heimat und absolut nicht zu vergleichen mit Mailand, Rom oder Verona. In der archaischen Männerwelt Siziliens galten Frauen nichts. Man war »die Tochter von«, »die Schwester von« oder »die Frau von«. Man war, wie die anderen einen haben wollten, nicht, wie man es sich selbst wünschte. Veraltete Ehrbegriffe und Verhaltensvorstellungen waren in den Köpfen der Menschen tief verwurzelt.

Viele Frauen hätten in ihrer Situation das Heil in einer neuerlichen Heirat gesucht. An Verehrern mangelte es ihr wahrlich nicht, doch sie hatte sich geschworen, ihr selbstbestimmtes Leben keinesfalls gegen den würdelosen Kompromiss einer Ehe mit einem selbstverliebten Gigolo einzutauschen. Überhaupt reagierte sie ausgesprochen zurückweisend, wenn sich Männer aus ihrem Umfeld an sie heranmachten. Manche, insbesondere die zurückgewiesenen, nannten sie den »einzigen Gletscher Siziliens«, obwohl ihre Augen von Leidenschaft, Feuer und Sehnsucht zeugten. Nun ja, das Thema Männer hatte sich vorerst erledigt. Und es gab ja auch noch ihre neunjährige Tochter, die sie abgöttisch liebte und für die sie verantwortlich war.

Zum Glück hatte Pater Eusebio jemanden gesucht, der ihm den Haushalt führte. Der Not gehorchend, nahm sie sein Angebot an. Alternativen gab es ohnehin keine. Auch wenn sie die Hausarbeit nicht zufriedenstellte, so war sie doch stolz, dass sie in der Lage war, für sich und ihre Tochter zu sorgen. Sie mochte Pater Eusebio und half ihm gerne, erledigte die Einkäufe für ihn, machte seinen Briefverkehr und verwöhnte ihn mit ihrer exzellenten Kochkunst. Solange sich keine bessere Perspektive bot, war dieser schmale Verdienst besser als nichts. Hin und wieder arbeitete sie auch als freie Mitarbeiterin für die regionale Zeitung *La Sicilia*, schrieb Kolumnen, kurze Artikel und kommunale Berichte – eine zusätzliche Einkommensquelle, für die sie dankbar war.

Carla hatte die Haustür hinter sich zugeworfen, sprang übermütig auf die Straße und wäre beinahe von einem vorbeifahrenden Motorroller erfasst worden. Erschreckt presste sie sich an die Hauswand und blickte sich um. Noch einmal gutgegangen, dachte sie – um gleich wieder übermütig auf einem Bein über die Straße zu hüpfen. Sie freute sich, mit ihrer besten Freundin Concetta den Nachmittag verbringen zu können.
Weit war es nicht bis zur Chiesa Matrice Vecchia an der Piazza Margherita. Der Weg war dem Mädchen vertraut, sie benötigte höchstens zehn Minuten zu Fuß, selbst wenn sie den einen oder anderen kleinen Umweg machte.
Carla tauchte in den engen Häuserspalt ein, dessen Gemäuer im Himmel schier zusammenzuwachsen schien, so dass sich kaum ein Sonnenstrahl auf den Bürgersteig verirrte. Sie erreichte einen Innenhof, in dem die Zeit eine jahrhundertelange Pause eingelegt hatte – in Carlas Augen ein geheimnisvoller Ort, wo Elfen und Zwerge wohnten. Der Hof war eine Oase, die jeden zum Verweilen einlud, der dieses vergessene Refugium betrat. Aber Carla hatte kein Auge für das verborgene Paradies. Sie verließ es auf der anderen Seite durch ein Steinportal und schlängelte sich an den vollbesetzten Tischen einer renommierten Osteria vorbei; sie wurde hauptsächlich von höheren Angestellten der Banca Mercantile Italiana sowie von Geschäftsleuten frequentiert.
Nach wenigen Schritten erreichte sie ein Torgewölbe aus gewaltigen Tuffsteinquadern, vor dem die Bronzebüste des großen Sohnes der Stadt auf einem Sockel stand: der Graf von Ventimiglia. Hier schwenkte Carla in die Vicolo Guarnieri ein, ein schmales Gässchen, in dem der Schuster einen Laden hatte, der diese Bezeichnung eigentlich nicht verdiente. Die Leute sagten von

ihm, er sei ein merkwürdiger Kauz. Carla mochte ihn trotzdem, weil er immer so lustige Grimassen schnitt, wenn sie vorbeikam. Castelbuonos pittoreskes Stadtbild lockte viele Tagestouristen an, die manchmal mit einem Fremdenführer in Scharen und durch die Gassen flanierten. In den Souvenirläden herrschte oft Gedränge, man bestaunte Sehenswürdigkeiten und bevölkerte Restaurants, Plätze und Cafés. In den verwinkelten Straßen pulsierte tagsüber das Leben, stapelten sich die Waren der Kaufleute bis vor die Ladentüren, trocknete unter schmalen Himmelsstreifen die Wäsche, während sich geschwätziges Weibervolk über die Köpfe der Passanten hinweg von Balkon zu Balkon das Tagesgeschehen zuschrie.

Doch jetzt, um ein Uhr mittags, lag alles Leben in kraftlosem Dämmerzustand. Nur das grelle Sirren einer Bandsäge drang aus einer Seitenstraße und vereinigte sich mit dem Stakkato eines hektischen Radiokommentators. Die mörderische Glut des Südens führte Regie.

Auch die Piazza Margherita, an deren Stirnseite die berühmte Kirche samt der sich anschließenden Kartause, der Matrice Vecchia, aufragte, wirkte wie ausgestorben; das Hauptportal des aus gebrannten Ziegeln erbauten Gotteshauses war geschlossen. Erst am späten Nachmittag würde sich die Piazzetta wieder mit Besuchern und Reisenden füllen, die alle die großartige Krypta, die mittelalterlichen Fresken und einen der berühmtesten Renaissance-Altäre bestaunen wollten. Carla beschleunigte ihre kleinen Schritte. Bestimmt wartete Pater Eusebio schon ungeduldig auf ihre Mama.

Drüben in der Bar Albanesi wummerte aus mannshohen Lautsprechern Technomusik. Gäste waren keine zu sehen. Die ausgebleichten Sonnenschirme, ehemals sattrot, waren durch Wind und Wetter zerschlissen und ausgefranst und hatten über die Jahre die Farbe von schlecht gereiften Aprikosen angenommen. Billige, vergilbte Plastikstühle vor der Tür verstärkten den trostlosen Anblick.

Die Gitterrollos der Geschäfte waren heruntergelassen, und wer konnte, hatte sich in den dämmrigen Schutz seiner Wohnung zurückgezogen, wo es kühl war. Nur zwei übermütige Jugendliche umrundeten mit ihren knatternden Mofas mehrmals die Fontana Santa Rocca, einen achteckigen Brunnen mit einem Wasserteller aus Bronze in der Mitte. Die jungen Männer lieferten sich ein Rennen und verschwanden so schnell, wie sie aufgetaucht waren, in der Häuserschlucht einer Seitengasse.

Auf der Piazza versuchte jemand vergeblich, ein lila Auto zu starten, und stieg nach einigen Fehlversuchen entnervt aus. Fluchend warf er die Wagentür zu und verschwand hinter einer Haustür. Auf der gegenüberliegenden Seite lehnte ein Mann im Schatten der Markise einer Metzgerei; er hatte grinsend die vergeblichen Bemühungen des Autobesitzers verfolgt. Der stille Beobachter hatte einen kantigen Schädel, sein kräftiger Unterkiefer erinnerte an einen Nussknacker. Kaugummikauend zückte er sein Telefonino und schoss einige Fotos von der Bar Albanesi, zog sich dann aber schnell wieder in den Schatten zurück, als wolle er nicht gesehen werden.

Über dem glühenden Asphalt der Piazza stieg flimmernd die Hitze auf. Alles Leben schien sich der sengenden Sonne Siziliens unterworfen zu haben. An diesem Ort verstand man die Sehnsucht der Menschen nach wollüstiger Trägheit, gegen die zur Mittagszeit niemand gefeit war. Nur aus dem Brunnen plätscherte ein Rinnsal in das graue Steinbecken.

Kreischende Reifen und aufheulende Motoren durchbrachen jäh die schläfrige Stille. Vor der Bar Albanesi stoppten ein roter Porsche und ein silbergrauer Maserati. Das Röhren der hochgezüchteten Sportwagen erstarb. Aus den protzigen Autos sprangen vier junge Männer. Lachend und lärmend steuerten sie auf die Spelunke zu. Sie gehörten ganz unübersehbar zur Gattung Aufschneider, so selbstgefällig und aufgeblasen, wie sie waren. Mit dem entsprechenden Habitus machten sie sich unter der schattenspendenden Markise der Cafébar breit.

Die modisch-salopp gekleideten Kerle trugen Designerhemden, verspiegelte Sonnenbrillen und teure Accessoires, die signalisieren sollten, dass Geld keine Rolle spielte. Obwohl sie mit ihrer Selbstinszenierung beschäftigt waren und dabei erregt diskutierten und ausgelassen lachten, beobachtete einer von ihnen alles, was um sie herum vorging. Ein verwahrloster Hund schleppte sich träge an dem Männerquartett vorbei, um gleich neben dem Eingang der Bar alle viere von sich zu strecken.

Der Besitzer der Bar stürzte heraus und versetzte ihm einen rohen Tritt. Die Männer lachten, als er aufjaulend davontrottete. Der Fahrer des Maserati, ein kaum dreißig Jahre alter, schlanker Typ mit verlebten Gesichtszügen, schneeweißem Seidensakko, maßgeschneiderten Hosen und dunkelbraunen Designerschuhen, rief eine Bestellung in die Cafébar und steckte sich eine Zigarette in den Mundwinkel. Mit zusammengekniffenen Augen blickte er über die Piazza, als würde er jedem misstrauen, der in seine Nähe kam. Doch außer einem kleinen Mädchen, das gemächlich das Geviert überquerte und ganz mit sich selbst beschäftigt zu sein schien, war weit und breit niemand zu sehen.

Carla steuerte auf den Brunnen zu und hielt ihre Hände unter das plätschernde Wasser. Sie beugte sich weit über den Brunnenrand, formte ihre Hände zu einer Schale und trank einen Schluck. Vom Campanile Sant'Anna ertönte ein heller Glockenschlag. Ein Uhr. Nur noch einen Steinwurf bis zur Matrice Vecchia. Sie sollte nicht trödeln, hatte Mama ihr eingeschärft. Gerade als sie weitergehen wollte, schreckte sie ein heulendes Motorengeräusch auf.

Ein hellgrauer, völlig verbeulter Transporter mit abgedunkelten Seitenscheiben raste aus einer Seitenstraße, schlug einen großen Bogen und hielt mit atemberaubendem Tempo auf die

Bar Albanesi zu. Carla blieb stehen und beobachtete mit klopfendem Herzen das schlingernde Auto, das mit kreischenden Reifen herankam. Der Fahrer vollführte eine Vollbremsung, und der Kastenwagen kam nur wenige Meter vor dem Lokal zum Stehen. Ein mattschwarzer Metallstab schob sich aus dem geöffneten Seitenfenster. Carla wunderte sich über die merkwürdige Szene, die sich da vor ihren Augen abspielte.

Dann musste sie lachen, weil vier Männer fluchtartig auseinanderstoben und dabei Tische und Stühle umrissen. Sie hechteten hinter ihre geparkten Autos. Aus dem Seitenfenster des Transporters peitschten Schusse. Scheiben zerbarsten, Holz splitterte, Querschläger jaulten ins Nirgendwo. Geschrei und wüste Flüche brachen sich in den Mauern der Häuser.

»Die Idioten wollen uns reinlegen!«, brüllte eine hysterische Stimme über den Platz. »Ich mach sie alle …«

Carla stockte der Atem. In panischer Angst lief sie, so schnell sie konnte, in Richtung Kirche und erreichte, nach Luft japsend, die rettenden Stufen zur Kapelle. Mit aller Kraft stemmte sie sich gegen die Tür. Sie bewegte sich keinen Zentimeter. Tränen schossen ihr in die Augen.

»Sergio, leg die Schweine um!«, schrie eine wütende Männerstimme. »Pass auf, hinter dir!«

Mitten in das ratternde Stakkato einer Maschinenpistole knallten mehrere Schüsse. Kurz darauf sprinteten zwei Gestalten geduckt aus dem Schutz der Deckung. Offenbar hatten sie die Absicht, den Transporter von der anderen Seite anzugreifen. Doch kaum hatten sie den Fahrer von dort ins Visier genommen, ratterten auch schon Feuersalven aus dem offenen Fenster der Fahrerseite.

Verzweifelt hämmerte Carla mit ihren Fäusten gegen die Kirchenpforte. Wieder fielen Schüsse. Wimmernd hielt sich Carla die Ohren zu und presste sich an das Portal.

Die Projektile durchschlugen knallend und pfeifend Metall und Autoscheiben, rissen Löcher in Häuserwände, zerfetzten

Plastikstühle und Sonnenschirme. Die hinter ihren Sportwagen verbarrikadierten Männer erwiderten den Überfall mit erbitterter Gegenwehr aus ihren Pistolen, während ein weiterer Kugelhagel aus dem Kastenwagen auf die Bar Albanesi niederging und das Inventar endgültig zerstörte.

Carla blickte sich um. Nur wenige Schritte von ihr entfernt lag ein Mann mit zerschmettertem Gesicht auf dem Pflaster. Blut breitete sich aus. Aus den Augenwinkeln bemerkte sie einen weiteren Mann. Stöhnend stützte er sich auf den Sockel des Brunnens, dann sackte er langsam zusammen wie ein Kartoffelsack. Verzweifelt trommelte sie an die geschlossene Kirchentür, bis ihr die Hände schmerzten. Eine verirrte Kugel schlug direkt neben ihr ein und riss fingerdicke Holzsplitter aus der Tür. Die Splitter trafen sie am Kopf. Carla zuckte zusammen, als hätte sie ein Peitschenhieb getroffen. Sie wimmerte und zerrte verzweifelt an der eisernen Türklinke.

Tränen liefen ihr die Wangen hinab. Ein heftiger Schlag im Rücken schleuderte sie nach vorn auf die massive Holzverschalung der Pforte. Der Schmerz an ihrer Stirn bohrte sich wie eine glühende Nadel in ihren Kopf. Carla fasste sich an die Stelle, die ihr so weh tat. Entsetzt betrachtete sie das Blut an ihrer Hand. Die Sekunden zogen sich hin wie eine Ewigkeit. »*Aprire la porta*«, flüsterte sie kaum hörbar, »aufmachen …«

Schritte kamen näher, der Schlüssel drehte sich knirschend im altertümlichen Schloss, und die eingelassene Pforte im riesigen Kirchportal gab einen schmalen Spalt frei. Carla stöhnte auf. Ihr Körper schien mit einem Mal schwerelos und nicht zu ihr zu gehören. Sie bemerkte nicht mehr, dass ihr die Beine nachgaben, auch nicht, dass zwei kräftige Arme zupackten und sie auffingen.

Eusebio presste Carlas Körper fest an seine Brust. Mit der freien Hand zog er ein Taschentuch unter der Soutane hervor, um die blutende Kopfwunde zu stillen. Mit Entsetzen fühlte er plötzlich eine feuchte Wärme in der Handfläche. Es quoll ihm rot durch die Finger. Geistesgegenwärtig trat er zurück in den Kirchenraum und schmetterte mit einem kräftigen Fußtritt die Tür hinter sich ins Schloss. Draußen war eine trügerische Ruhe eingetreten, sie lag wie eine Heimsuchung über der Piazza Margherita. Anscheinend hatte sich Carla schlimm verletzt, als sie Schutz in seiner Kirche suchte. Er erschauderte, als er dem Mädchen ins Gesicht sah. Ihre seltsam entspannte Miene machte ihm Angst. Die Haut der Kleinen wirkte transparent, bleich.

»Carla«, keuchte er, »Carla, um Gottes willen.«

Er tätschelte ihre Wangen in der Hoffnung, ein Lebenszeichen von ihr zu entdecken. »Um Himmels willen, wach auf, meine Kleine.« Der zarte Körper hing in seinen Armen. Fieberhaft dachte er nach, was zu tun sei. Die Schießerei vor der Kirchentür hatte zwar aufgehört, konnte aber jeden Moment erneut aufflammen. Das Mädchen musste sofort zum Arzt. Ein Motor heulte auf. Eusebio hielt den Atem an. Das Auto schien sich zu entfernen.

Eine dunkelrote Lache hatte sich auf dem Kirchenboden gebildet und leuchtete im Lichtbündel der Sonne auf, das durch die bunten Glasfenster der Basilika brach. Wie hypnotisiert verfolgte Eusebio das blutige Rinnsal an Carlas nackten Beinen, das über ihren nackten Fuß auf den Boden tropfte. Erst jetzt bemerkte er, dass Carla einen Schuh verloren hatte. Wieder sah Eusebio in Carlas Gesicht, aus dem alles Leben gewichen war.

Der Pater wollte seine wütende Verzweiflung herausschreien. Doch die Worte erstarben wie die Seele des zarten Mädchens in seinen Armen. »*Dio mio*«, brachte er kaum hörbar heraus. Das Bild der getöteten Unschuld fraß sich in Pater Eusebios Herz. Vorsichtig legte er Carlas Körper ab und kauerte minutenlang neben dem leblosen Kind, bevor er sich wieder fasste.

Eusebio richtete sich auf, schloss die Augen und betete.

Nichts mehr bin ich als Schmerz.
Ich berge mein Gesicht auf Deinen Füßen.
Keine Worte habe ich mehr, nur Tränen.
Du sagtest *Ja* zum Kelch des Leidens.
Du wartest, dass auch ich ihn nicht von mir weise,
doch das, Herr, übersteigt meine Kräfte.

Peinigende Leere lag in seinem Blick. Erhobenen Hauptes trat
er hinaus vor das Portal, blieb auf dem erhöhten Treppenabsatz
stehen und starrte mit leerem Blick ins Nichts. Wie durch einen
Nebel nahm er wahr, dass sich auf der gegenüberliegenden Seite der Piazza ein Fahrzeug näherte und zwei uniformierte
Männer ausstiegen.

»*Nenti sacciu e nenti vitti* – ich weiß nichts, und ich habe nichts
gesehen«, murmelte er voller sarkastischer Abscheu. »Sieht so
eure verdammte Ehre aus? Hört ihr mich, ihr Verbrecher?«,
brüllte er dann, so laut er konnte. »Habt ihr euch wieder in
eure Löcher verkrochen?« Sein Blick irrte umher und heftete
sich schließlich auf die zwei Männer, die zusammengekrümmt
neben der Fontana lagen und sich nicht mehr regten. »*Bastar-
di!*«

Er schlug das Kreuz und sah zum Himmel, als bitte er um Absolution für seine Rachegefühle, die er angesichts des blutigen
Frevels empfand. »Vergib mir, Herr«, betete er mit geschlossenen Augen. Er musste sich zusammenreißen. Wie hieß es in der
Schrift? *Wer die Seele tötet, der weckt die Dämonen.*

Er wandte sich ab und ging in die Kirche zurück, um der kleinen Carla den letzten Segen zu erteilen.

Piazza Margherita

Comandante Domenico Valverde hatte vor zwei Stunden seine Dienststelle in Messina verlassen. Wie so oft, stand er auch heute unter Zeitdruck und würde sich wieder einmal verspäten. Schon die Suche nach einem Parkplatz im verschachtelten Labyrinth von Castelbuono war zur Geduldsprobe geraten. Er hatte das Auto schließlich an einer Mauer zwischen zwei Motorräder gezwängt und hastete nun in Richtung Via Roma. Schlechtgelaunt betrat er die winzige Polizeidienststelle. Er hasste Dienstfahrten im Hochsommer, besonders wenn er gezwungen war, die Küstenstraßen zu benutzen, über die sich endlose Blechkarawanen quälten. Aber manche Unterredungen erledigte er doch lieber persönlich, selbst wenn in vielen Fällen eigentlich keine Notwendigkeit zu besonderer Vorsicht bestand. Diesmal hatte ihn Staatsanwalt Fosso um ein vertrauliches Gespräch an einem unverfänglichen Ort gebeten. Natürlich hatte Valverde sofort zugesagt, denn die Wände hatten nicht nur in seinem Dienstgebäude Ohren. Allzu oft verliefen Fahndungen oder Razzien erfolglos, weil die Mafia mitgehört hatte. Aber weshalb Fosso ihn ausgerechnet in einem heruntergekommenen Polizeibüro weitab vom Schuss treffen wollte, konnte er sich dann doch nicht erklären. Der Posten bestand gerade einmal aus zwei Räumen und war in der Regel mit drei oder vier Beamten besetzt. Wie sollte man sich dort ungestört unterhalten?

Sein Blick streifte die Uhr über der Tür. Ein Uhr. Mittagszeit. Vermutlich würde er zu dieser Stunde seinen Freund aus Studententagen gar nicht mehr antreffen. Zwischen dreizehn und sechzehn Uhr herrschte in italienischen Polizeibehörden Ruhe – in Sizilien Grabesstille. Es würde ihm also nichts anderes übrigbleiben, als auf ihn zu warten, obwohl ihm die Zeit unter den Nägeln brannte. Sein Schreibtisch bog sich unter den vielen Akten, die er noch zu bearbeiten hatte.

Fosso hatte vor dem Treffen nur eine spärliche Andeutung gemacht, was er mit ihm besprechen wollte. Eine Fahndungspanne schien sich zu einem Skandal auszuwachsen, da man in Palermo einen Maulwurf vermutete. Bevor sich der Fall bis nach Rom herumsprach und zu einer schallenden Ohrfeige für die Justiz wurde, musste Staatsanwalt Fosso der Sache auf den Grund gehen.

Gerade als Valverde kehrtmachen wollte, hörte er seinen Namen rufen.

»Wo willst du denn hin, Domenico?« Fosso schleppte sich schwitzend aus dem gegenüberliegenden Municipio, einem uralten Klotz aus der Zeit der Jahrhundertwende, den man allen Widerständen der Bevölkerung zum Trotz mit einer modernen Fassade aufgemotzt hatte, die nun gar nicht ins mittelalterliche Stadtbild passte.

»Ich dachte, du bist bereits in der Mittagspause«, erwiderte Valverde lachend. »Schön, dich nach so langer Zeit zu sehen.«

Edoardo Fosso grinste. »Was hast du ausgefressen, dass sie dich nach Sizilien geschickt haben?«

»In Sizilien zu arbeiten gehört zu den Privilegien erfolgreicher Polizisten«, erwiderte Valverde sarkastisch. »Es ist immer noch besser, Comandante der Carabinieri zu sein als ein unbedeutender Staatsanwalt in Livorno, dem man andauernd von oben Prügel zwischen die Beine wirft. Wie du siehst, bist du erheblich schlechter dran als ich.«

»*Stronzo!* Ich gehöre zu den beliebtesten Beamten im höheren Dienst«, schmunzelte Fosso.

»Ach ja? Da habe ich aber etwas anderes gehört. Stehst du nicht auf der Abschussliste einiger wichtiger Sesselfurzer?«

»Woran machst du das denn fest, wenn ich fragen darf?«, protestierte Fosso ironisch.

»Das lässt sich aus der Tatsache schließen, dass du dich in diesem Kaff mit mir verabreden musst, um deine Probleme zu lösen.«

»Spinner. Ich bin auf diese verfluchte Insel gekommen, um dich zu retten«, witzelte Fosso und umarmte seinen Freund. »Aber im Ernst, ich bin einer Sache auf der Spur und komme damit einfach nicht weiter. Ich hoffe, dass du mir vielleicht ein paar Informationen geben kannst.«

»Worum geht es?«, erkundigte sich Valverde neugierig.

»Nicht hier.«

Der Comandante nickte. »Ich habe Hunger. Lass uns eine Kleinigkeit essen gehen. Ich habe vorhin im Vorbeifahren ein hübsches Lokal gesehen. Vielleicht kennst du es ja, es heißt Quattru Cannola.«

»*Certo*. Die Trattoria gehört zu den besten in dieser Region. Ich kenne viele Leute, die über hundert Kilometer fahren, nur um hier zu speisen. Aber im Grunde kannst du dir das gar nicht leisten.«

»Dann musst du eben zahlen, du bist in der höheren Gehaltsklasse«, meinte Valverde grinsend, steckte sich im Gehen eine Zigarette an und folgte Fosso.

Valverde war ein besonderer Typus in der Einheit der Mafiajäger. Der Beruf des Kriminalisten war ihm in die Wiege gelegt. Schon sein Vater und sein Onkel waren hochrangige Offiziere im Polizeidienst gewesen. Während sein Freund Edoardo Fosso nach dem Universitätsabschluss die juristische Laufbahn eingeschlagen hatte, wendete sich der temperamentvolle Valverde, der Familientradition folgend, dem Polizeidienst zu. Allerdings fiel er im Laufe seiner Karriere bei einigen Mailänder Staatsanwälten in Ungnade, weil er es oft an Fingerspitzengefühl im Umgang mit wichtigen Persönlichkeiten fehlen ließ. Nur der Fürsprache seines Onkels, des Generale di Divisione Gianluca di Lorenzo von der Sondereinheit DIA, hatte er es zu verdanken, dass er nicht schon längst vom Dienst suspendiert worden war. Die unsichtbare Hilfe des Generale verhalf ihm allerdings nur zu einem Kompromiss, den man auf höchster Polizeiebene ausgehandelt hatte: Valverde wurde nach Sizilien versetzt, was ihn allerdings mit klammheimlicher Genugtuung erfüllte.

Seiner Kundschaft hätte nichts Schlimmeres passieren können. Valverde griff mit unnachgiebiger Härte durch. Auch wenn sein lockeres Auftreten so manche dazu verleitete, ihn für einen naiven Zeitgenossen zu halten, wurden sie spätestens dann eines Besseren belehrt, wenn sie es mit ihm zu tun bekamen. Auch unter seinen neuen Mitarbeitern und Kollegen, vor allem aber unter den sizilianischen Mafiagrößen, sprachen sich Valverdes Sturheit und seine unorthodoxen Methoden schnell herum. Er scheute sich auch nicht, zwei Richter festzunehmen, was ihm wiederum heftige Kritik bei einigen Politikern einbrachte. Erst als sich herausstellte, dass er zwei besonders dicke Fische an der Angel hatte, beruhigte sich der politische Wellenschlag. Nach diesem spektakulären Erfolg trug man ihm sogar die Leitung der *Investigativa Antimafia* in Messina an.

Doch das war nicht das einzige Mal, dass Valverde das Glück hold war. Einmal war er in einen Hinterhalt der Mafia geraten, bei dem er beinahe ums Leben gekommen wäre. Seitdem ging er gegen die Cosa Nostra und Camorristi noch unbarmherziger vor. Manche behaupteten sogar, er betrachte seine Arbeit als eine Art persönlichen Guerillakrieg, und unterstellten ihm amoralische Methoden. Aber all diese Vorhaltungen perlten an ihm ab wie Wasser an einer Teflonpfanne.

Fosso warf Valverde einen amüsierten Blick zu. »Wie gefällt es dir denn in deiner neuen Dienststelle? Messina ist ja nicht gerade der Nabel der Welt. Ich kann nicht verstehen, wie man sich hier heimisch fühlen kann.«

»So ist das eben bei uns Sizilianern.« Valverde lächelte. »Die Insel ist nichts für Leute wie dich. Die unsichtbaren Augen Siziliens haben Fremde immer im Blick. Du kannst hier nichts tun, ohne dass man dich beobachtet. Und für dich gilt das natürlich ganz besonders.«

»Ich weiß, dass ihr hier ein merkwürdiger Menschenschlag seid, da brauche ich dich ja nur anzuschauen.«

Valverdes Miene wurde plötzlich ernst. »Das liegt daran, dass du in Mailand geboren bist. Deshalb wirst du uns Sizilianer nie verstehen. Wir denken und fühlen anders als ihr aus dem arroganten Norden. Wir sind das Salz der Erde!«

»Jetzt mach mal einen Punkt. In welcher Zeit lebst du eigentlich? Sizilien gehort schließlich zu Italien!«

»Das hättet ihr wohl gern«, erwiderte Valverde mit einem Anflug von Ironie. »Die Politik in Rom macht jeden Fortschritt zunichte. Aber was soll man von Rom auch erwarten? Die Stadt ist voll von störrischen Bürgern und unglaublich vielen Zuwanderern. Wir Sizilianer werden niemals zu Italien gehören. Wie die sengende Sonne einsame Hochebenen austrocknet, sie karg und feindlich macht, so zwingt sie auch die Menschen hier, ihr ganz eigenes Leben zu führen. Stolz, Ehre, Unbeugsamkeit – das sind für uns nicht nur Worte, das sind Eigenschaften, die uns zu dem machen, was wir sind. Und letztlich sind sie auch der Grund, weshalb der eine oder andere seinen Mitmenschen Grausamkeiten zufügt. Doch genug davon, du wolltest mich etwas fragen.«

Fosso seufzte tief. »Ja. Es geht um einen Skandal, der mich seit Jahren umtreibt. Ich stand kurz vor der Aufklärung.«

»Worum genau ging es?«

»Um gewaltige Mengen hochgiftiger Chemikalien, die auf abenteuerlichen Wegen entweder exportiert oder im Landesinneren auf illegalen Deponien vergraben wurden.«

»Hm. Und weiter?«

»Ein bekannter Mafioso hat dabei eine wichtige Rolle gespielt. Ich bin schon seit Jahren hinter ihm her. Vielleicht kennst du ihn ja. Der Kerl heißt Comerio.«

Valverde runzelte die Stirn. »Den Namen hab ich schon einmal gehört, aber das war vor meiner Zeit. Wenn ich mich richtig erinnere, war er in Syrakus in zwei Mordfälle verwickelt. Allerdings konnte man ihm nie etwas nachweisen. Ich weiß nur, dass er schon lange nicht mehr in Palermo lebt.«

»Das ist mir bekannt«, sagte der Staatsanwalt enttäuscht. »Seit einigen Jahren lebt er in Livorno und betreibt von dort aus seine Geschäfte. Er ist eine ganz große Nummer im Müllbusiness. Ich komme nicht mehr an ihn heran. Er wird von ganz oben geschützt.«

»Wieso glaubst du das?«

»Unser Generalstaatsanwalt hat die Sache damals an sich gezogen. Wenig später wurde die Akte geschlossen, obwohl ich hätte beweisen können, dass Comerio an einer Schiffshavarie beteiligt war und Menschenleben auf dem Gewissen hat.«

Valverde schüttelte den Kopf. »Arbeitest du an dem Fall etwa weiter?«

»Nicht direkt.« Fosso machte eine beredte Pause. »Sagen wir es mal so: Ich habe die Sache für mich nicht abgeschlossen.«

»Verstehe«, antwortete Valverde mit bedenklicher Miene. »Ist dir klar, dass du dich auf dünnem Eis befindest?«

Fosso seufzte.

»Ich kann dir nur raten, dich nicht mit dem Generale anzulegen. Das kann dich deine Karriere kosten.«

Der Staatsanwalt lachte bitter. »Wie du weißt, sind wir zwei uns ziemlich ähnlich. Nie tun wir das, was von uns erwartet wird.«

Valverde grinste wölfisch. »Und wie soll ich dir jetzt helfen?«

Von den beiden Freunden unbemerkt, hatte sich auf der Piazza und in den angrenzenden Straßen eine hysterische Angst breitgemacht. Vor zwei Minuten waren mehrere anonyme Anrufe in der Questura eingegangen und kurz darauf ein weiterer im Ristorante Quattru Cannola. Eine Männerstimme teilte dem Wirt mit, er möge den beiden Beamten ausrichten, schnellstens auf die Piazza zu kommen. In dem Moment, als er seinen Gästen die Nachricht übermitteln wollte, riss lautes Geschrei auf der Straße draußen Fosso und Valverde aus ihrem Gespräch. Der Comandante sprang so heftig auf, dass sein Stuhl umstürzte. Er stürmte aus dem Lokal und hielt einen Mann auf, der Schutz in einer Hausnische suchte.

»Was ist hier los?«, brüllte er.

»Eine Schießerei. Es gibt Tote.«

»Wo?«

»Auf der Piazza Margherita.« Er deutete hektisch in Richtung Stadtkern.

Valverde zog sein Smartphone aus der Tasche und wählte die Nummer der Questura in Cefalù. »In Castelbuono gibt's 'ne Schießerei«, meldete er. »Ich brauche hier alle verfügbaren Beamten, und zwar sofort!« Wie ein Automat erklärte er dem diensthabenden Polizisten, welche weiteren Vorkehrungen zu treffen waren. Gleich darauf alarmierte er Commissario Sandro Contini, der als seine rechte Hand in Messina das Kommissariat während seiner Abwesenheit am Laufen hielt. Kaum hatte er seine Telefonate erledigt, stürmte er zurück in die Trattoria.

Fosso saß am Tisch und löffelte in aller Seelenruhe seine Minestrone. Er schien sich für die Aufregung vor der Tür nicht im mindesten zu interessieren.

»Verdammt, bist du taub?«, schnauzte Valverde ihn an. »Wir müssen sofort zur Piazza. Ein paar Irre haben eine Schießerei angezettelt.«

»Hast du die Kollegen schon alarmiert?«

»*Certo!* Aber bis die in Castelbuono sind, brauchen sie mindestens eine halbe Stunde«, meinte der Comandante mit resignierter Miene. »Ich hoffe, die Kollegen aus den Nachbarorten sind schneller.«

»Dann los«, schnaubte Fosso. »Zu Fuß oder mit dem Auto?«

»Was für eine Frage, mit dem Auto natürlich«, knurrte Valverde, zog sein Sakko von der Stuhllehne und griff nach seinem Autoschlüssel auf dem Tisch.

Kaum fünf Minuten später schoss Valverdes dunkelblauer Alfa Romeo mit durchdringendem Sirenengeheul auf die Piazza. Mit quietschen Reifen hielt er einige Meter vor der Bar Albanesi an. Ein kurzer Blick genügte, um festzustellen, dass sich hier vor wenigen Minuten ein brutaler Überfall ereignet hatte.

»Wo kommt denn der her?«, fragte Valverde und deutete auf einen Carabiniere, der in aller Ruhe am Tatort stand und das blutige Chaos betrachtete.

»Sizilianische Carabinieri sind für ihren Aktionismus berühmt, das weiß doch jeder. Sieh dir nur an, mit welch bemerkenswertem Einsatz er den Tatort sichert.«

Valverde grunzte grimmig und sprang aus dem Wagen. Mit energischen Schritten ging er auf den uniformierten Kollegen zu und grüßte ihn kurz. »Sind Sie von der hiesigen Questura?«

»*Sì.*«

»Ich bin Comandante Valverde, Sonderermittler der DIA. Haben Sie uns gerade im Restaurant angerufen?«

Der Angesprochene sah ihn entgeistert an. »*No*«, entgegnete er irritiert. »Woher sollte ich denn wissen, dass Sie in Castelbuono sind und ich Sie hier erreichen kann? Außerdem bin selbst gerade gekommen.«

Valverde nickte kaum merklich, während sein Blick über die beiden völlig zerschossenen Luxuskarossen wanderte. Hunderte von Patronenhülsen übersäten die Umgebung.

»*Vaffanculo*«, knurrte er, als er das Ausmaß dieses brutalen Überfalles begriff. Die Hände tief in den Hosentaschen vergraben, betrachtete er die beiden Leichen am Straßenrand. Zwei zerfetzte Körper lagen leblos in einer Blutlache. Die Fassaden rings um das Lokal schienen einem wahren Kugelhagel ausgesetzt gewesen zu sein. »Eine solche Sauerei habe ich schon lange nicht mehr erlebt«, entfuhr es ihm. Er wandte sich um. Sein Blick fiel auf zwei weitere im Eilschritt herannahende Carabinieri. Interessiert begutachteten sie den Tatort. Ihren Gesichtern nach zu urteilen, schien sie der Anblick kaum zu berühren.

»*Madonna mia.* Da hat einer ganze Arbeit geleistet«, meinte der Schmächtige ein wenig außer Atem. »Wenn ich richtig gezählt habe, vier Tote.«

»Wieso vier?«, erkundigte sich Fosso, der sich mittlerweile ebenfalls bei der kleinen Gruppe eingefunden hatte.

»Dort drüben liegen noch zwei Leichen. Wir sind gerade an ihnen vorbeigekommen.« Der Polizist deutete in Richtung Brunnen und verzog angeekelt das Gesicht.

Der Sergente, ein braungebrannter, schlanker Mann mit kurzen, schwarzen Haaren und weichen, beinahe femininen Gesichtszügen, trat näher an die Leichen heran, schreckte jedoch jäh zurück, als er das viele Blut sah. Valverde ging auf ihn zu und klopfte ihm mitfühlend auf die Schulter.

»Wie ist Ihr Name?«

»Sergente Pinotta«, erwiderte er knapp und versuchte, eine stramme Haltung einzunehmen.

»Wer hat Sie hierher beordert?«

»Niemand. Wir waren zufällig in der Nähe. Unser Carabinieri-Posten ist eigentlich in Pollina, fünfzehn Kilometer von hier.« Er deutete in Richtung einer Bergkuppe auf der anderen Seite des Tals. »Wir haben drüben in der Bar einen Espresso getrunken, als uns die Questura in Messina informiert hat. Wir sind auch für Castelbuono zuständig.«

»Wo ist diese Bar?«

Pinotta drehte sich um und wies auf eine Seitenstraße. »Dort, gleich um die Ecke.«

»Dann müssen Sie die Schießerei doch gehört haben«, stellte er lapidar fest.

Valverde bemerkte, dass die Gesichtsfarbe des Beamten immer fahler wurde.

»Ich dachte, das wäre ein frisierter Motorroller. Es klang nicht nach Schüssen.«

»Aha! Ein Motorroller! Interessant.« Valverde sah sich um.

»Wem wollen Sie das weismachen? Sehen Sie sich das Gemetzel

doch an. Halten Sie mich für dämlich? Das sind kriegsähnliche Zustände. Wie kann man ein solches Feuergefecht mit einem Motorroller verwechseln?«

»Das ist Sergente Emilio Sassuolo«, sagte Pinotta dankbar, dass sein Kollege herantrat.

Valverde bedachte ihn mit einem reservierten Gruß. Vor ihm hatte sich ein massiger Mann aufgebaut. Kein Adonis, er wirkte eher wie ein muskulöser Nachfahre einer römischen Gottheit. Man sah ihm an, dass er sich hauptsächlich um den Zuwachs seiner gewaltigen Muskelmasse kümmerte und seine Freizeit mit schweren Hanteln und Gewichten verbrachte. Valverde betrachtete interessiert die Nähte seines Oberhemdes, die dem imposanten Brustkorb des Beamten kaum standhalten konnten.

»Sie haben wahrscheinlich auch keine Schüsse gehört, oder?«

Der Sergente stierte Valverde an, als sei er von einer anderen Welt. *»No, niente.«*

»Wie weit ist die Bar entfernt? Hundert Meter? Hundertfünfzig?« Valverde nagelte die beiden Carabinieri mit den Augen fest.

Während Pinotta immer nervöser wurde, bekam der Blick des Carabiniere mit dem Herkuleskörper etwas zunehmend Dumpfes.

»Ich sag Ihnen was«, raunzte Valverde. »Nur Politiker dürfen sich dümmer stellen, als die Polizei erlaubt. Sie nicht!«

»Das muss ich mir nicht gefallen lassen«, protestierte Sergente Sassuolo.

Valverde seufzte. »Im Augenblick habe ich keine Zeit für Ihre dummen Ausreden. Sagen Sie, wer sind die Toten?«

Der muskelbepackte Sergente legte seinen Quadratschädel schräg, als wolle er überlegen, ob und was er nun sagen könnte.

»Tun Sie sich nur keinen Zwang an«, ermunterte ihn der Comandante. »Sie stammen doch von hier, oder?«

Sassuolo blies die Backen auf und stieß mit einem Seufzer die Luft wieder aus. »Die zwei dort drüben an der Fontana sind regionale Größen in der Drogenszene«, meinte er lahm. »Sie stammen hier aus der Gegend«, ergänzte er schwerfällig. Valverde glaubte, in seiner Stimme unterschwellige Anerkennung herauszuhören.

»Und? Weiter! Namen?«

»Der Jüngere mit dem blauen Hemd heißt Frederico Sardeno, der andere Silvio Montalbano. Waren beide schon ein paar Mal im Knast. Aber Sie wissen ja selbst, wie das ist. Kaum sind sie wieder draußen, und schon sind sie in die nächste Sache verwickelt.«

Valverdes linke Augenbraue zuckte, als Sassuolo die Namen nannte. »Sieh einer an, Sardeno und Montalbano. Und jetzt haben die beiden Hoffnungsträger unserer Nation ihre steile Karriere also beendet«, merkte er süffisant an.

Sergente Sassuolo presste die Lippen zusammen und überging schweigend den ironischen Kommentar des Comandante.

Valverde beobachtete den bulligen Carabiniere aus den Augenwinkeln. Er wurde das Gefühl nicht los, dass der Sergente etwas zurückhielt. »Spucken Sie's aus! Was gibt es sonst noch?«, blaffte er ihn grob an.

»Wenn der alte Don Montalbano vom Tod seines Sohnes erfährt, können wir uns hier auf etwas gefasst machen.«

Valverdes Magen krampfte sich leicht zusammen. Ein untrügliches Zeichen, dass sein Misstrauen berechtigt war. »Mir scheint, Sie kennen die Leute besser, als Sie zugeben. Haben Sie etwa Verbindungen zur *Famiglia*?«

»Ich weiß nicht, wen Sie meinen«, erwiderte der Koloss knapp.

»Sie kennen ihn doch, diesen Montalbano. Manche nennen ihn auch Zoppo.«

Sassuolo sah Valverde mit einem fragenden Blick an.

»Ich meinte die *Onorata Società*.«

»Nie gehört«, knurrte er unwillig.

»Sie wollen mir allen Ernstes auf die Nase binden, dass Sie dieses verfluchte Hinkebein noch nie gesehen haben?«

Sassuolo schüttelte energisch den Kopf. »Wie ich schon sagte …«

»Jaja, ich weiß, die Mafia gibt es hier nicht. Und das sagen ausgerechnet Sie!« Valverde kannte diese sich wiederholenden Dialoge. Mafiöse Gewaltverbrechen in den Bergen Siziliens trugen nicht nur immer die gleiche Handschrift, auch die Umstände ähnelten sich meist. Korrupte Stadtverwaltungen und ein nur mäßig ausgeprägter Bürgersinn bereiteten der Mafia den idealen Nährboden. Er hasste diese Zustände wie die Pest.

»Was meinten Sie mit *auf etwas gefasst machen?*«

»Montalbano und Sardeno, die Väter der Toten, können ziemlich unangenehm werden, zumal sie sehr einflussreich sind.«

Valverde wurde blass im Gesicht. »Weshalb reden Sie um den heißen Brei herum? Glauben Sie etwa, ich wüsste nicht, um wen es sich handelt. Der Kerl mit dieser riesigen Nase ist sein Erzfeind. Wie nennt man ihn hier? Don Sardeno, oder?« Valverde funkelte den sizilianischen Carabiniere an.

»Dann wissen Sie mehr als ich«, schnappte der Sergente beleidigt zurück. Valverde atmete tief durch und versuchte, seine angespannten Nerven zu beruhigen. »Und was ist mit denen?« Er machte eine knappe Kopfbewegung in Richtung der beiden Leichen vor der Bar.

»Die zwei stammen nicht aus Castelbuono.«

»Geht es auch genauer?«

»Tja, was soll ich sagen …?«

Sassuolos Augen hatten etwas Verschlagenes, das Valverde Unbehagen bereitete. »Verdammt, lassen Sie sich nicht alles aus der Nase ziehen, das geht mir auf den Sack!«

»Steinreiche Söhne aus gutem Haus«, warf Pinotta schnell ein, als wolle er seinem Kollegen zuvorkommen. Irgendwie wurde Valverde das Gefühl nicht los, dass die zwei Uniformierten ihm wichtige Informationen vorenthielten. »Richtige Prachtexemplare. Mein Kollege kann vielleicht mehr dazu sagen. Er kennt die meisten Leute, die regelmäßig im Albanesi verkehren.«

Sassuolo drehte sich um und bedachte Pinotta mit einem wütenden Blick.

»Willst du damit andeuten, ich würde mich andauernd in der Bar herumtreiben?«

Pinotta verzog das Gesicht. »Jedenfalls öfter als ich.«

»Dann legen Sie mal los«, schnauzte Valverde ungehalten und fixierte den Muskelprotz.

»Den da ...«, Sassuolo deutete auf den Leichnam im zerfetzten Seidenjackett, der zusammengekrümmt zwischen den beiden zerschossenen Fahrzeugen im Rinnstein lag, »... den kenne ich. Ich habe ihn ein paar Mal kontrolliert, weil er mit seiner Karre wie ein Irrer durch die Stadt gerast ist. Aber den Namen ...« Er fasste sich an die Nasenwurzel, als überlege er angestrengt. Dann schüttelte er bedauernd den Kopf. »Ich kann mich nicht mehr erinnern.«

Valverde verdrehte die Augen gen Himmel. »Kann ich verstehen, zumal die Hirnzellen wie wahnsinnig unter der sengenden Sonne leiden, wenn es um konkrete Namen geht.«

Sassuolos Mienenspiel wechselte von Verschlagenheit ins Undurchsichtige. »Was wollen Sie damit sagen?«

»Nichts.« Der Comandante winkte ab.

Er befasste sich näher mit der Leiche. Die eleganten Designerklamotten des Toten wiesen mehr als ein halbes Dutzend Einschusslöcher auf und waren durch und durch mit Blut getränkt. Gleich neben seiner erschlafften Hand lag eine halbautomatische Browning auf dem Pflaster, umgeben von zig Patronenhülsen.

»Jetzt fällt es mir ein«, meldete sich Sassuolo aus dem Hintergrund, nach einem heftigen Wortwechsel mit seinem Kollegen. Anscheinend hatte ihm Pinotta gut zugeredet. »Sein Vater ist ein ziemlich hohes Tier«, quälte er sich lahm über die Lippen. »Politiker oder so.«

»Sind Sie sicher?« Valverdes Augenbrauen zogen sich zusammen, und er musterte Sassuolo unschlüssig, als würde er seinen Aussagen misstrauen.

»Messina, Missena oder so ähnlich heißt er. Sein Vater ist ab und zu im Fernsehen.«

»Messina, wie die Stadt?«

»Ich sagte doch, ich weiß es nicht genau.«

Valverde seufzte. Dann fragte er ironisch: »Gibt es sonst noch etwas, das Sie möglicherweise nicht gesehen oder bemerkt haben?«

»*Merda*, mir ist nichts aufgefallen.« Er zögerte. »Na ja, da stand ein Mann, drüben an der Metzgerei. Aber ob er etwas von dem Überfall mitgekriegt hat, kann ich nicht sagen.«

»War er groß? Klein? Dick? Dünn?«

»Weiß ich nicht«, entgegnete Sassuolo aufbrausend. »Ich habe nicht weiter auf ihn geachtet.«

»*Dio mio*, und so einer schimpft sich Carabiniere«, fluchte Valverde. »Haben Sie wenigstens die Autokennzeichen dieser …« Er zögerte, als suche er nach dem richtigen Begriff, während seine Miene einen abfälligen Zug annahm. »… dieser dekadenten Blechkisten durchgegeben?«

»Nein, dafür hatten wir noch keine Zeit. Wir sind erst vor ein paar Minuten gekommen.«

»Ach ja, stimmt«, murmelte Valverde, »der Espresso.«

Sassuolo entzog sich den bissigen Kommentaren des Comandante, umrundete die ruinierten Nobelkarossen und schielte unauffällig ins Innere der Autos. »Ich schätze«, murmelte er, »die beiden Typen mit den Edelklamotten stammen aus Cefalù.«

Valverde war ihm unbemerkt gefolgt und raunzte: »Ihre Schätzungen können Sie sich sonst wohin stecken. Mich interessieren ausschließlich Tatsachen.«

Sergente Sassuolo sah Valverde erschrocken an.

»Verdammt, überprüfen Sie endlich die Autokennzeichen und die Fahrzeughalter. Das hilft uns vielleicht ein wenig weiter.«

Während Sassuolo mit beleidigter Miene die Fahrzeugdaten über sein Smartphone an die Zentrale weitergab, ließ Valverde seinen Blick über die Piazza schweifen. »Wo ist der sensible Sergente geblieben?«, rief er. »Dieser Pinotta.«

»Dem ist schlecht«, grinste der Muskelprotz voller Schadenfreude, nahm sich aber sofort zusammen und ließ wieder seine undurchdringliche Maske sehen.

»Kommen wir zurück zu den Leichen am Brunnen. Sie sagten, das seien kleine Drogendealer.«

Valverdes Frage schien den massigen Beamten nervös zu machen. »Das sind keine kleinen Dealer, Comandante. Die haben hier in der Gegend richtig etwas zu sagen.«

»Mafiosi?«

In Sassuolos Augen lag eine Mischung aus Argwohn und Ablehnung. »Ich sagte Ihnen bereits vorhin, bei uns gibt es keine Mafia. Hat es noch nie gegeben.«

»Aha. Dann sind diese Leichen also unbescholtene Bürger und haben hier vor der Bar ein paar Schießübungen gemacht und sich versehentlich ins Jenseits befördert, oder wie soll ich das verstehen?«

»Ich bin kein Idiot, Comandante«, giftete Sassuolo.

»Das kann ich noch nicht beurteilen«, konterte Valverde trocken. »Und? Was ist jetzt mit den beiden?«

»Geschäfte haben die hier jedenfalls keine gemacht, das wäre mir bekannt. Da bin ich mir sicher.« Er machte eine Kopfbewegung in Richtung der Leichen in den ruinierten Designerklamotten. »Und mit den feinen Herren aus der Stadt schon gar nicht.«

»Sagen Sie mal, Sassuolo, Sie sind doch Carabiniere, oder?«

»Weshalb fragen Sie?« Der Sergente bedachte den Comandante mit einem misstrauischen Blick.

»Weil ich nämlich eine Theorie vertrete: In meinen Augen sind Ahnungslose schlimmer als Kriminelle, besonders wenn sie eine Uniform tragen. Aber wenn mich einer für dumm verkaufen will, darf er sich über die Bezahlung nicht wundern.«

Sergente Sassuolo kniff die Augen zusammen und ballte die Fäuste. Für einen Augenblick hatte es den Anschein, als wolle er auf den Comandante losgehen. »Meinen Sie mich damit?«

»Wen sonst? Sie versuchen andauernd, mich zu verarschen.«

»Wenn Sie das so sehen wollen«, konterte der Sergente, ohne mit der Wimper zu zucken.

»Ja, das sehe ich so. Sie wissen haargenau, wer da auf dem Boden liegt. Sie kennen die beiden verdammt gut, und ich wette, dass Ihnen längst bekannt ist, dass die zwei Dealer in Castelbuono nicht erst seit heute Mittag gute Geschäfte gemacht haben.«

»Die feinen Herren hatten es garantiert nicht nötig, ausgerechnet in diesem Kaff Koks zu kaufen. Ich weiß nur, dass sie öfter einmal in der Bar einen Espresso getrunken haben.«

Valverde nahm alle Kraft zusammen, um nicht aus der Haut zu fahren. Er stand kurz vor einem Wutanfall und hätte seinem Gegenüber am liebsten die Faust ins Gesicht gesetzt. »Sie wollen mir doch nicht etwa erzählen, dass sich zwei Verbrecher in einer Cafébar mit diesen Dandys auf einen Espresso verabredet haben, um sich im Anschluss von irgendwelchen Irren erschießen zu lassen?«

Sassuolo zuckte mit den Schultern. »Was weiß denn ich, welche Hobbys die haben?«

Valverde hatte plötzlich den Eindruck, dass Sassuolo Katz und Maus mit ihm spielte. Er würde sich den Beamten irgendwann später zur Brust nehmen. Jetzt galt es erst einmal, die Lage zu sondieren. »Ich bin mir sicher, dass Sie diese Typen weit besser kennen, als Sie zugeben.«

»Hören Sie, Comandante«, polterte Sergente Sassuolo unbeherrscht, »ich kann Ihnen nur sagen, was ich weiß. Die Kerle sind hier ab und zu aufgetaucht und haben mit Geld um sich geworfen. Na ja, und sie haben den Mädels nachgestellt. Und das ist auch schon alles.«

»Aha, Ihrer Meinung nach geht es also um Frauen?«

»Sie sind der Comandante. Sie werden's herausfinden. Jedenfalls wünsche ich viel Spaß. Sie wissen ja, wie die Leute hier sind.«

»Ja, das weiß ich wohl. Sobald ein Offizier der DIA kommt und neugierige Fragen stellt, vergessen sogar Carabinieri, dass der Herr im Himmel den Menschen die Sprache gegeben hat.« Sassuolo grinste übers ganze Gesicht, als würde er die ironische Bemerkung des Comandante als Witz verstehen.

Valverde wusste, wie in den Kleinstädten Siziliens der Hase lief. Mit Druck oder Zwang ging hier gar nichts. Deshalb versuchte er es noch einmal in einem verbindlicheren Ton. »Wie passen diese Mafiosi Ihrer Meinung nach zu diesem degenerierten Geldadel?«

»Vielleicht waren sie miteinander befreundet«, entgegnete Sassuolo mürrisch. »Könnte doch sein, oder? Und wie ich schon sagte: Mafiosi gibt es hier weit und breit keine. Sie erlauben, dass ich mich jetzt um die allgemeine Sicherheit kümmere.« Er salutierte und verschwand im Heer der eingetroffenen Polizei- und Rettungskräfte.

In Valverdes Augen lag ein wütendes Glitzern. Das hatte ihm gerade noch gefehlt. Sizilianische Dorf-Carabinieri, die sich lieber den Gesetzen des Schweigens unterordneten, bevor sie unverzeihliche Fehler machten. Und vor ihm lagen zwei bewaffnete Söhnchen aus besseren Kreisen tot im Straßengraben. Hingerichtet nach Mafiamanier. Es wurde allmählich Zeit, dass er ihre Namen erfuhr. Dabei hoffte er inständig, dass es sich bei den beiden Leichen nicht um bekannte Persönlichkeiten handelte. Fälle, bei denen Fernsehstars oder berühmte Sänger in zwielichtige Geschäfte verwickelt gewesen und im Sumpf sich brutal bekämpfender Drogenbarone ums Leben gekommen waren, kannte er zur Genüge. Ein dummer Fehler bei den Ermittlungen, eine einzige Indiskretion oder eine Anordnung von höherer Stelle – und er würde sich garantiert auf einem miesen Posten in irgendeinem Provinznest wiederfinden. An den Wirbel in der Presse wollte er lieber gar nicht erst denken. Aus dem Augenwinkel sah er, wie Sergente Pinotta auf ihn zukam. Seine Gesichtsfarbe glich immer noch einem Leichentuch.

»Haben Sie schon irgendwelche Zeugen auftreiben können? Nachbarn, Anwohner, Passanten?«

Pinotta schüttelte den Kopf. »Es würde mich wundern, wenn jemand etwas gesehen hätte«, sagte er. »Hier wird niemand reden.«

»Weshalb frage ich überhaupt?«, knurrte Valverde missgelaunt, wobei er in seiner Jackentasche kramte und eine Schachtel Zigaretten zutage förderte. Während er rauchte, schweiften seine Augen über den Tatort. »Die gesamte Piazza muss abgesperrt werden!«, knurrte er und bedachte Pinotta, der neben ihm stand, mit einem frostigen Blick. »Was ist los mit Ihnen? Geht's Ihnen nicht gut?«

»Ich glaube, mir ist schlecht.«

»Kotzen Sie gefälligst woanders, solange die Spurensicherung noch nicht da war.«

Sergente Pinotta schien endgültig genug zu haben. »Ich geh aufs Klo«, murmelte der Beamte und stiefelte davon.

Doch kaum hatte er ihm den Rücken zugewandt, da hörte er Pinottas Aufschrei aus der Bar. Valverde drehte sich um und sah, wie der leichenblasse Pinotta rückwärts aus der Bar stolperte. »*Madonna!*«, rief er. »Cesare hat's auch erwischt.«

»Wer ist Cesare?«, fragte Valverde. Seine Augen ruhten auf Pinotta, als wolle er in dessen Gehirn kriechen.

»Der Pächter.« Pinotta zeigte mit einer knappen Kopfbewegung zur Bar. »Er liegt hinterm Tresen.« Er wischte sich mit einem Taschentuch die Schweißperlen von der Stirn. »Sein Kopf ist völlig zerfetzt. So etwas habe ich noch nie gesehen.«

Valverde verzog das Gesicht, als habe er in eine Zitrone gebissen.

»Furchtbar!«, presste Sergente Pinotta durch die Zähne hervor. »Wenn das Sassuolo erfährt …«

Valverde fuhr herum, als habe ihn eine Tarantel gestochen. »Wer?«

»Cesare Bianchi ist Sassuolos Cousin.«

»Ist nicht wahr.«

Pinotta nickte betroffen. »Das habe ich im ersten Moment auch gedacht. Einfach furchtbar.«

Valverde wandte sich dem Eingang des heruntergekommenen Lokals zu und versuchte, etwas zu erkennen. »Ist außer diesem Bianchi noch jemand drin?«

»Ich glaube nicht.«

»Na, dann wird das schon stimmen, wenn Sie das glauben«, erwiderte Valverde voller Sarkasmus. »Nachgesehen hat ja wohl noch niemand, oder?«

»Doch. Ich habe nachgesehen. Die Hintertür steht weit offen«, versuchte der Carabiniere, seine Annahme zu rechtfertigen. »Wenn außer Cesare noch jemand in der Bar war, ist er inzwischen längst über alle Berge. Aber ich sage es Ihnen gleich: Selbst wenn noch jemand drin gewesen wäre, würden Sie aus demjenigen nichts herausbekommen. Ich kenne hier niemanden, der keine Angst hat.«

Valverde verzog keine Miene. Wegsehen war die vorherrschende Blickrichtung, wenn es in Sizilien Tote gab. Vor allem, wenn die Mafia im Spiel war. »Solange die Spurensicherung noch nicht hier war, betritt keiner die Bar. Haben Sie mich verstanden?«

»*Certo!* Ich will auch gar nicht wissen, was uns dort noch alles erwartet.« Man konnte in Sergente Pinottas Gesicht ablesen, dass ihm die übel zugerichteten Leichen an die Nieren gingen. Aber Valverde wurde den Verdacht nicht los, dass Pinotta ihm bloß etwas vorspielte und nur so tat, als könne er nicht mehr richtig denken. Verärgert wandte er sich um und streifte die Sportwagen mit abschätzigem Interesse. »Das sind sicher die Fahrzeuge der Toten.« Er deutete auf die Leichen auf dem Gehsteig.

Pinotta, der immer noch wie erstarrt neben ihm verharrte, nickte schwach. »Anzunehmen. Fragen Sie Sassuolo.« Unvermittelt trat er beiseite, um sich an die Hauswand zu lehnen.

Commissario Valverde musterte den Beamten. »Sind Sie sicher, dass Sie den richtigen Beruf gewählt haben?«

Pinotta warf Valverde einen giftigen Blick zu, machte auf dem Absatz kehrt und stolzierte davon.

Der Comandante winkte Sassuolo herbei, der gerade Sperrbänder abwickelte und an Laternenpfählen festband. Gemächlich trottete er herbei und gab Pinotta einen versteckten Wink.

Valverde war sich sicher, dass dieser uniformierte Muskelprotz nicht nur längst wusste, dass sein Cousin dem Überfall zum Opfer gefallen war, sondern auch ein verdächtiges Interesse daran hatte, etwas zu verbergen. Sein auffälliges Desinteresse an der Bar Albanesi und die Art, wie er sich zurückhielt, verriet mehr, als dem Sergente lieb sein konnte.

Valverde beschloss, sich seine Überlegungen nicht anmerken zu lassen. Er würde sehen, wie sich die Dinge mit dem Engagement des Carabinieri entwickelten. »Sichern Sie mit Ihren anderen Kollegen die Leichen am Brunnen, und sehen Sie zu, dass Sie die Gaffer fernhalten. Und kümmern Sie sich um den sensiblen Pinotta.«

»*Certo.*« Der Muskelprotz erteilte einigen Kollegen im Hintergrund Anweisungen und setzte in aller Ruhe seine Arbeit an der Straßenlaterne fort.

Der Kerl hat Nerven wie Drahtseile, dachte Valverde und warf dem Carabiniere nochmals einen Blick zu. Seufzend wandte er sich wieder dem Geschehen zu und umrundete die Luxusautos. Er betrachtete die zerborstenen Scheiben und sah sich die Einschusslöcher in der Karosserie an. Dutzende Projektile hatten die teuren Sportwagen in Schrott verwandelt. Es grenzte an ein Wunder, dass einige Geschosse, die knapp oberhalb des Tanks eingeschlagen waren, nicht zu einer Explosion geführt hatten.

»Maschinenpistole«, kommentierte ein hinzugekommener Carabiniere mit fachmännischem Unterton. »Vielleicht auch zwei oder drei. Ich tippe auf israelische Uzis. Sechshundert Schuss die Minute.«

»Da kennt sich einer aus«, knurrte Valverde.

Der Uniformierte grinste. »Mein Name ist Masarella. Pietro Masarella.«

»Gut, dass wir Männer haben wie Sie.« In Valverdes Ton lag ätzende Ironie. »Wissen Sie auch schon, woher die Waffen stammen und wer sie abgefeuert hat?«

Masarella zog ein Gesicht, als habe er Rattengift geschluckt, unternahm aber einen erneuten Anlauf, um bei Valverde Eindruck zu schinden. »Die haben alles durchlöchert, was ihnen vor den Lauf kam. Sehen Sie sich das mal an«, er deutete auf ein Dutzend Einschusslöcher in der Karosserie des Maserati.

»Wer sind die?«

»Ich meinte die Täter«, murmelte Masarella unwirsch.

»Was ist mit der Karre dort drüben? Ich meine, dieses lilafarbene Unglück auf vier Rädern.«

Der Beamte wandte sich in die Richtung, in die Valverde deutete.

Masarellas Miene ließ plötzlich Unsicherheit erkennen. Anscheinend wusste er nicht recht, was er von dem Auto halten sollte.

»Was soll mit dem sein? Wahrscheinlich der Wagen eines Anwohners.«

»Kümmern Sie sich darum. Stellen Sie den Fahrzeughalter fest.«

Masarellas Miene zeigte unverhohlene Ablehnung. Dieser Comandante ging ihm ziemlich auf den Wecker mit seinem Kasernenhofton. »*Subito!*«

Valverde galt unter den Carabinieri als lebende Legende im Kampf gegen die Mafia, doch auf diese Begegnung hätte Masarella locker verzichten können.

Der Comandante beugte sich zu einer der Leichen hinunter, die bäuchlings zwischen dem Maserati und dem Rinnstein lag. Das weiße Seidensakko war an der Schulter ausgerissen und blutdurchtränkt. Nachdenklich betrachtete er die Beretta in der nach oben verdrehten Hand des Toten. Vorsichtig rollte er den Leichnam auf den Rücken und tastete die Innenseite des Jacketts ab.

Mit spitzen Fingern zog er mehrere Bündel Fünfhundert-Euro-Scheine und eine Brieftasche heraus. Führerschein und Ausweis steckten in den Seitenfächern für die Scheck- und Kreditkarten. »Wollen doch mal sehen, wer du bist«, murmelte er halblaut. Beim Herausziehen des Ausweises fielen kleine weiße Papierbriefchen auf den Boden. Valverde entfuhr ein unterdrücktes »*Merda!*« Der Inhalt war klar. Er hatte richtig vermutet: Koks. Beste Qualität. Valverde atmete tief durch, während seine Hirnzellen auf Hochtouren liefen. Er ahnte, dass die Sache kompliziert werden würde. In jeder Hinsicht.

Erneut beugte er sich über den Toten und durchsuchte seine Jackentaschen. Er förderte zwei Smartphones zutage, die er in einer Plastiktüte verstaute und einsteckte. Dann nahm er den Ausweis aus der Brieftasche und überprüfte den Namen. Ein flaues Gefühl machte sich in seinem Magen breit.

Noch einmal las er den Namen, nur um sicherzugehen, dass er sich nicht getäuscht hatte. Die Nobeladresse ließ keinen Zweifel zu: Via Caprera, Cefalù. Sergente Sassuolo hatte also recht gehabt. Es handelte sich um den Sohn einer der bekanntesten Persönlichkeiten Italiens. Damit bekam die Ermittlungsarbeit eine völlig neue Dimension.

Valverde beugte sich über die nächste Leiche, die nur zwei Schritte weiter zwischen Hauswand, umgestürzten Stühlen und einem Cafétisch lag. Dem Mann war die Pistole vermutlich aus der Hand geschleudert worden. Suchend blickte sich Valverde um und entdeckte sie neben dem Hinterreifen des Maseratis. Aus den Taschen dieses Toten förderte Valverde ein dickes Geldbündel zutage. Der Blick auf seinen Ausweis machte die Katastrophe perfekt. Valverde stöhnte auf. »Der Staatsanwalt wird seine helle Freude haben«, murmelte er und richtete sich auf.

Das Sirenengeheul herannahender Polizeifahrzeuge erfüllte die Innenstadt, während zur gleichen Zeit ein Hubschrauber über der Piazza Margherita hereinschwebte und sich allmählich herabsenkte. Valverde beobachtete das Manöver in der Luft. Fast gleichzeitig rasten zwei Transporter auf die Piazza. Rai Uno und Euro News TV stand in großen Lettern auf den Fahrzeugen. Zwei Männer mit Kameras stürmten auf den Tatort zu und richteten sie auf die zerschossenen Sportwagen.

»Mit diesen Pistolen hatten die jungen Signori keine Chance«, meinte ein uniformierter Carabiniere, der hinzugetreten war und Valverde neugierig betrachtete. »Die hätten sich genauso gut mit Wattebällchen wehren können.«

»*Che schifo!*«, fluchte Valverde unflätig. »Sehen Sie zu, dass hier keiner Fotos schießt! Trommeln Sie Ihre Kollegen zusammen. Wir müssen uns darauf einrichten, dass gleich eine ganze Hundertschaft von Aasgeiern hier auftaucht und uns das Leben schwermacht.«

»Wegen denen da?«

Valverde bedachte den Beamten mit einem mitleidigen Blick.

»Ja, wegen denen.«

»Wer sind die beiden denn?«

»Haben Sie nicht gehört, was ich angeordnet habe?«, brüllte Valverde. »Und vergessen Sie nicht, nach den Telefoninos zu suchen.«

Der Carabiniere schlug übertrieben die Hacken zusammen und nickte.

»Habe ich es hier denn bloß mit Idioten zu tun?«, raunzte Valverde und zündete sich frustriert die nächste Zigarette an, zerknüllte die leere Schachtel und steckte sie in die Tasche.

Währenddessen ging der Carabiniere mit energischen Schritten auf eine Gruppe sensationslüsterner Passanten zu. »*Lasciano la piazza!*«, brüllte er und fuchtelte mit beiden Armen herum. »*Verlassen Sie sofort die Piazza. Das ist ein Befehl!*«

Niemand hörte auf den Carabiniere. Stattdessen ertönten entsetzte Rufe, blickten verstörte Gesichter wie hypnotisiert zur Kirche, während andere gestikulierten und in eine bestimmte Richtung deuteten. Valverde fuhr herum. Die Leute mussten etwas Außergewöhnliches entdeckt haben. Er versuchte, in dem Chaos festzustellen, was ihm die Polizeibeamten mit lauten Zurufen mitteilen wollten. Einer der Uniformierten brüllte etwas Unverständliches und zeigte nach links.

Sein Blick wanderte in die angegebene Richtung. Dann entdeckte er den Mann in der schwarzen Soutane. Im gleichen Augenblick erstarb jedes Geräusch, jede Stimme – als hätte das Publikum im Theater Platz genommen und der Vorhang sich gerade geöffnet. Hoch aufgerichtet schritt ein Pater quer über die Piazza. Auf seinen Armen trug er ein Bündel mit Kopf, Armen und Beinen, die wie bei einer Stoffpuppe hin und her pendelten. Valverde hatte den Eindruck, als bewege sich eine surreale Figur aus einem Gruselkabinett auf ihn zu, gespenstisch und beängstigend zugleich.

»Was ist denn mit ihm?« Selbst dem hartgesottenen Comandante jagte der Anblick einen Schauer über den Rücken. »Verdammt, was macht der denn da?«

Valverde verfolgte konsterniert den theatralischen Auftritt des Padre. Keine zwei Schritte vor ihm kniete er nieder und legte ein lebloses Mädchen vor sich ab. Die Leichenblässe hatte ihre feinen Gesichtszüge in eine filigran modellierte Maske verwandelt.

»Sie haben auf ein kleines, unschuldiges Mädchen geschossen!«, hörte er den Pater über die Piazza schreien. »Sie wollte nur in die Kirche, weiter nichts. Was sind das nur für Bestien?«

»*Dio mio!*« In Valverdes Magen machte sich ein flaues Gefühl breit. Hass und Abscheu schnürten ihm die Kehle zu. Wie viel sinnloser Vernichtungswille musste die Täter angetrieben haben, dass sie den Tod dieses Mädchens in Kauf nahmen? In seinem Innersten wusste er die Antwort. In der Hitze verletzter

Ehre wurde so manche Kaltblütigkeit begangen. Er griff nach dem Arm des Gottesmannes, um ihn zu stützen.

»Sie ist tot«, murmelte er. Unendliche Trauer und Verbitterung schwangen in seinen Worten.

»Wer ist die Kleine?«, presste Valverde mühsam heraus. Oft genug hatte er sich darüber gewundert, mit welcher Gleichgültigkeit er dem Tod ins Gesicht sehen konnte. Doch diesmal war es anders.

»Es ist Carla. Carla Corodino.« Der Kirchenmann atmete tief durch. »Ihre Mutter …, Gianna Corodino …« Seine Stimme erstarb, er rang um Atem.

Valverde beugte sich hinunter zum Leichnam des Mädchens und legte zwei Finger an die Halsschlagader, was eigentlich überflüssig war. Da gab es nichts mehr zu tun. Vorsichtig drehte er das Mädchen auf die Seite. Eine Kugel hatte sie in den Rücken getroffen, sie musste sofort tot gewesen sein. »Was ist mit der Mutter?« Valverde sah auf und blickte den Pater fragend an.

»Sie arbeitet in meinem Haushalt. Eigentlich wollte sie schon längst hier sein.«

Pater Eusebio wandte seinen Blick von dem Mädchen ab und sah gen Himmel. »Oh Herr, gib mir Kraft.« Erneut seufzte er tief. »Wie soll ich Gianna diese Nachricht überbringen? Carla war ihr Lebensinhalt. Die Mafiosi haben ihr alles genommen.«

Auch wenn es Valverde unendlich schwerfiel, musste er versuchen, den Pater zu einer Aussage zu bewegen. Je schneller, desto besser. Er sah ihn eindringlich an. Doch der Pater schien mit seinen Gedanken völlig weggetreten zu sein. »Bitte, nehmen Sie sich zusammen, Padre. Wir haben keine Zeit zu verlieren. Waren es Mafiosi?«

»Wer außer der Mafia tut etwas derart Frevelhaftes?«, schleuderte der Geistliche Valverde ins Gesicht. »Wer? Haben Sie eine bessere Antwort darauf?«

»Ich stelle die Fragen, Padre! Haben Sie gesehen, wer die Leute waren, die dieses Blutbad angerichtet haben, Monsignore?«

»*No!*«, polterte der Padre zurück. »Und jetzt lassen Sie mich gefälligst in Ruhe!« Der Pater schlüpfte umständlich aus seiner Soutane, faltete sie zu einem Kissen zusammen und schob es Carla unter den Kopf, als wolle er sie weich betten, um ihren Schlaf nicht zu stören. »Sie klopfte an die Kirchentür«, fuhr er den Comandante schroff an. »Als ich geöffnet habe, fiel sie mir in die Arme. Verdammt sollen sie sein, diese Unmenschen! Bis in alle Ewigkeit.«

»Monsignore, ich bitte Sie! Irgendetwas müssen Sie doch gehört oder gesehen haben«, bedrängte Valverde den Pater. »Schüsse, Stimmen, Schreie, irgendetwas?«

Der Kirchenmann schüttelte verstockt den Kopf. »Fragen Sie die Männer dort drüben, wie es dazu gekommen ist, ich weiß es nicht.«

»Die können mir nicht mehr antworten«, antwortete Valverde. Den versteinerten Gesichtszügen des Paters entnahm er, dass weitere Fragen zwecklos waren. Der Geistliche stand unter Schock. Von ihm würde er heute nichts Vernünftiges mehr zu hören bekommen.

»Ich kann das nicht …«, flüsterte er immer wieder und schlug seine Hände vors Gesicht. »Ich kann das nicht.«

Comandante Valverde blickte sich suchend um. In diesem Moment trafen mehrere Rettungswagen ein. Er sprang auf, eilte hinüber zu den Fahrzeugen und bat den Notarzt, sich um den traumatisierten Pater zu kümmern.

»*Dottore*«, rief er dem Arzt zu, der gerade dabei war, seinen Helfern lautstark Anweisungen zu erteilen. »Wir haben eine weitere Leiche. Ein kleines Mädchen. Drüben, beim Pater.«

Der Arzt wandte seinen Blick in die angegebene Richtung und nickte. »Werde ich sonst noch gebraucht? Wie es aussieht, gibt es hier nur Tote.«

»Ja, leider.«

Medienrummel

Comandante, Comandante!«, rief hinter Valverde eine Stimme. Er wirbelte herum.

Eine attraktive Blondine in schrillem Outfit hielt ihm ein Mikrofon unter die Nase, während ein stämmiger Bursche mit langen Rastazöpfen und verspiegelter Sonnenbrille Kaugummi kauend mit seiner Kamera auf ihn zukam. »Ich bin Sandra Cironi. Können Sie unseren Zuschauern schon sagen, wer hinter dieser beispiellosen Bluttat steht? Handelt es sich um eine Mafia-Hinrichtung? Wie viele Menschenleben sind zu beklagen, und wer ist das Mädchen?«

Valverde hob abwehrend die Hand und musterte die Reporterin genervt. Sie war von der aggressiv-selbstherrlichen Sorte mit langen Beinen und wohlproportionierten Kurven und ging wie selbstverständlich davon aus, dass ihr kein Mann widerstehen konnte.

»Verschonen Sie mich mit Ihrem telegenen Geschwafel«, blaffte Valverde ungehalten. Seine Stimme hatte einen angriffslustigen Unterton. »Sie stören die Ermittlungen. Wenn Sie nicht augenblicklich mit Ihrem Kameramann verschwinden, werde ich Sie wegen Behinderung belangen.« Er bedachte die Reporterin mit einem angewiderten Blick. »Und außerdem gehen Sie mir auf die Nerven.«

»Die Öffentlichkeit hat ein Recht darauf zu erfahren, was sich hier abgespielt hat.« Sie spreizte ihre imaginären Federn wie ein schillernder Pfau.

Valverde machte einen energischen Schritt auf die Reporterin zu, die unwillkürlich zurückwich. Noch ehe sie reagieren konnte, packte er das Mikrofon, zog die Steckverbindung des Kabels heraus und ließ es in seiner Jackentasche verschwinden.

»Was fällt Ihnen ein?« Die Reporterin bekam hochrote Wangen. »Möchten Sie sich im Sender als Macho bekannt machen? Das können Sie gerne haben.«

»Wie war doch gleich Ihr Name?«, zischte Valverde, ohne auf ihre Drohung einzugehen.

»Sandra Cironi, ich bin die Chefmoderatorin des Senders, wenn Sie nichts dagegen haben.«

»Was immer Sie sind, Verehrteste …« Valverde ließ den Satz unvollendet.

»Geben Sie mir gefälligst mein Mikro zurück.«

Valverde schenkte ihr ein diabolisches Grinsen. »Ich will Ihnen etwas sagen, Sandra: Sensationsgeile Journalisten wie Sie lösen bei mir extremen Brechreiz aus. Am liebsten würden Sie wohl möglichst realitätsnah und authentisch das Ganze noch einmal nachstellen, nicht wahr? Vermutlich sind Sie sogar der Meinung, die Fernsehzuschauer hätten Anspruch, jeden einzelnen Blutspritzer in Realzeit mitzuerleben.«

»Sie haben nicht über meine Arbeit zu befinden«, erwiderte sie giftig. »Wissen Sie, ein Frosch, der im Brunnen lebt, beurteilt die Welt nach dem Brunnenrand. Und genau deshalb gehen wir auf Sendung: damit Leute wie Sie ihren Horizont erweitern können.« Signorina Cironi streckte ihm fordernd die Hand entgegen. »Das Mikro!«

Valverde schüttelte den Kopf. »An diesem Tatort machen Sie keine Aufnahmen«, entgegnete er bestimmt. »Es besteht absolute Informationssperre. Haben Sie mich verstanden?«

»Wir leben in einem freien Land, und die Pressefreiheit ist hier längst eingeführt, falls Ihnen das entfallen sein sollte.« Die Moderatorin lächelte Valverde provokant an.

»Kennen Sie den Unterschied zwischen Ihrem Rudel-Journalismus und den Verbrechern, die das Gemetzel hier angerichtet haben?«

»Sie werden mich sicher gleich aufklären«, konterte Cironi. In ihrer Miene spiegelten sich Überlegenheit und Herablassung zugleich.

»Die Unterwelt benutzt den Schlagring, um jemanden niederzustrecken, die Boulevardpresse die Schlagzeile. Ich bin mir nur nicht sicher, was schlimmere Auswirkungen hat.«

»*Stronzo*«, zischte sie. Cironi schäumte vor Wut und warf ihre blondierte Mähne mit einem Schwung nach hinten.

»Signorina!« Valverde schien sie mit seinen Augen zu durchbohren. »Weshalb lassen Sie sich nicht einfach umbringen? Dann könnten Sie aus eigener Erfahrung berichten.«

»*Che cazzo*«, erwiderte sie unflätig und streckte ihm den Mittelfinger entgegen.

»Du mich auch«, knurrte er. »Und wenn dieser Kameramann eine einzige Aufnahme vom Tatort macht, werde ich euch alle beide verhaften und das gesamte Equipment beschlagnahmen. Außerdem bekommt Ihr Sender ein Verfahren an den Hals, das sich gewaschen hat.« Valverde drehte sich um und ließ die wütende Moderatorin stehen.

Sandra Cironi winkte ihrem Kameramann und ging mit ihm auf die Schaulustigen zu, die sich hinter den weiß-rot schraffierten Absperrbändern drängten. Geballte Fäuste waren zu sehen, Flüche und Drohungen wurden ausgestoßen, aber auch herzzerreißendes Schluchzen und stille Anteilnahme bestimmten das Bild. Schwarzgekleidete Witwen waren gekommen, Männer und Kinder. Die Gerüchteküche brodelte, und alle versuchten, einen neugierigen Blick auf die toten Männer zu werfen.

»*Scusi*«, sprach Sandra Cironi eine Alte an, in deren Augen Tränen standen. Sie hatte ihr schwarzes Kopftuch tief in die Stirn gezogen und beobachtete mit aufgewühlter Miene das hektische Treiben. Ihr zerfurchtes Gesicht und ihre von der harten Feldarbeit schwieligen Hände erzählten von ihrem mühevollen und entbehrungsreichen Leben. Mit ihren knöchrigen Fingern zerknäulte sie ein weißes Taschentuch, mit dem sie sich immer wieder die Augen trocknete. Offenbar hatte sie die Mitarbeiter des Fernsehsenders gar nicht bemerkt. Unverwandt blickte sie hinüber zum Pater, der von einigen Polizisten in Obhut genommen und zu einem Sanitäter geführt wurde.

»Welch ein schreckliches Drama«, sprach Cironi sie erneut an, wobei sie ihrem Kameramann ein Zeichen machte. »Gib mir ein neues Mikro, und dann hältst du drauf«, rief sie ihm zu. Der Kameramann kramte in seiner Tasche herum und warf der Reporterin dann das Mikrofon zu.

»Ist Saft drauf?«

Der Mann nickte.

»Sind Sie eine Verwandte?«, bedrängte Cironi die Frau noch einmal. »Sagen Sie unseren Zuschauern, was Sie gesehen haben und wie Sie sich bei diesem Anblick fühlen.«

Die Alte starrte eingeschüchtert auf das schwarze Ding vor ihrer Nase, als wollte sie es hypnotisieren.

»Kennen Sie das tote Mädchen?«

»Carla«, stotterte sie. »Das ist die kleine Carla ...«

»Carla wer ...?«

»Carla Corodino.«

»Stammt das Mädchen ..., ehm ..., die kleine Carla ..., stammt sie denn von hier?«

Die Greisin schob abweisend das Mikrofon zur Seite. Doch die Reporterin ließ nicht locker.

»Sie wohnt mit ihrer Mutter in der Via Santa Croce«, stammelte die Greisin schließlich. »Es ist nicht weit von hier. Gleich dort hinten.« Sie deutete in die Richtung. »Sie war ein so liebes Mädchen. Immer hat sie gelacht, wenn sie mich gesehen hat«, fuhr die Alte fort, zog ein neues Taschentuch aus ihrem Kleid und schneuzte sich vernehmlich.

Sandra Cironi bedachte ihren Kameramann mit einem vielsagenden Blick. »Gehen wir, bevor die anderen etwas mitbekommen«, raunte sie ihm zu und schlängelte sich durch die gaffende Menschenmenge zur Via Umberto. »Ich glaube, die zweite Straße links«, rief sie ihrem Begleiter zu und hastete auch schon los.

Zwei dunkelblaue Lancia-Limousinen rollten mit zuckenden Blaulichtern auf die Piazza Margherita. Die Spurensicherung war in diesem Moment am Tatort eingetroffen. Valverde hatte sie bereits dringend erwartet und ging sofort auf die Autos zu. »Wir müssen den Tatort großräumig untersuchen«, begrüßte er die Männer.
»Das heißt?«, fragte ein jugendlich wirkender, großgewachsener Typ mit dunkelgrauem Anzug, grellgelber Krawatte und militärisch kurzgeschnittenem Haar.
»Das heißt, der gesamte Platz gilt als Tatort.«
»In Ordnung«, erwiderte der Leiter der Spurensicherung und gab seine Anweisungen sofort an seine Mitarbeiter weiter.

Staatsanwalt Fosso kam auf Valverde zu. »Es ist schon ein Kreuz mit dir«, meinte er bedrückt. »Ist dir schon mal aufgefallen, dass jedes Mal, wenn wir uns treffen, etwas passiert?«
Der Comandante zog Fosso beiseite. »Eine ungeheure Sauerei«, begann er ohne Umschweife. »Du musst sofort eine Nachrichtensperre verhängen.«
»Wieso?«
Valverde trat nahe an den Staatsanwalt heran und flüsterte ihm etwas zu.
»*Porca miseria*«, fluchte Fosso und fasste sich entsetzt an die Stirn. »Machst du Witze?«
»*No.*« Valverdes Miene ließ keinen Zweifel zu, dass den Staatsanwalt ein überaus diffiziler Fall erwartete.
»Was meinst du, worum es hier geht?«
»Vielleicht Drogen, vielleicht Rache, vielleicht sind zwei der Herrschaften aber auch nur aus Versehen hineingeraten, vielleicht aber auch nicht.«

»Ziemlich viele Vielleichts, nach meinem Geschmack. Aber egal, eines steht jedenfalls fest: Das wird ein heißer Tanz für uns.«

»Weshalb können diese Verbrecher nicht einfach ganz normale Leute erschießen? Das würde uns eine Menge Ärger ersparen.« Fosso lächelte gequält. »Ich informiere den Ministerpräsidenten und die Polizia del Stato. Sicher werden die den Fall übernehmen. Du regelst das mit der Presse.«

»Solltest du nicht besser den Generalstaatsanwalt informieren? So wie es aussieht, hat diese Sache hier eine politische Dimension.«

»Du hast recht.«

»Ach ja, und noch was.«

Fossos fragende Augen ruhten auf Valverde. »Raus mit der Sprache.«

»Bring dieser Fernsehschnepfe bei, dass sie sich dem Tatort nicht nähern darf. Nachrichtensperre heißt für mich auch Sendesperre.« Er deutete hinüber zum Übertragungswagen, wo ein halbes Dutzend Helfer damit beschäftigt waren, Kabel für die Übertragung zu legen.

»Wenn erst die anderen Sender Lunte riechen, dann haben wir hier in kürzester Frist einen Rummelplatz.«

»Dann sorge um Himmels willen dafür, dass daraus nichts wird. Wenn es das ist, was ich befürchte, könnte es uns den Kopf kosten.«

Fosso nickte und zückte sein Smartphone. »Ich werde vorsichtshalber schon mal ein paar Sondereinheiten anfordern. In dieses Kaff darf keiner rein und keiner raus.« Fosso wollte sich gerade abwenden, als Valverde ihn noch einmal zurückhielt.

»Ach, noch was.«

»*Dica!*« Fosso sah seinen Freund fragend an.

»Wir müssen einen Beamten aus dem Verkehr ziehen.«

»Wieso denn das?«

»Einer der Toten ist der Cousin von Sergente Sassuolo. Ich bin mir sicher, dass er was mit der Sache zu tun hat. Der Kerl hat

72

ganz merkwürdig reagiert, als ich mich nach diesem Cesare Bianchi erkundigt habe. Zuerst hat er so getan, als würde er ihn kaum kennen. Das ist doch komisch, oder? Ich frage dich, wie du reagieren würdest, wenn dein Cousin erschossen in seiner Bar liegt. Da bist du doch betroffen, oder? Aber wie es scheint, ist es ihm scheißegal, was mit Bianchi passiert ist. Bestimmt wusste er vor uns, dass sein Verwandter mit einem Kopfschuss hinterm Tresen liegt. Aber bei mir tut er so, als hätte er keine Ahnung.«

»*Tutto chiaro*, ich kümmere mich darum. Wie war noch mal sein Name?«

»Emilio Sassuolo. Dort drüben steht er. Der Muskelmann. Siehst du ihn?« Valverde machte eine knappe Kopfbewegung hinüber zum Brunnen, wo der Sergente mit einigen seiner Kollegen gerade Barrieren rings um die Piazza aufbaute.

Fosso nickte und kramte sein Smartphone aus der Tasche, während er sich an einen ruhigen Ort absetzte, um ungestört, aber vor allem ungehört, zu telefonieren. Als Erstes setzte er den Generalstaatsanwalt ins Bild, der daraufhin anordnete, weitere Spezialkräfte des Mobilen Einsatzkommandos anzufordern.

Inzwischen herrschte am Ort des Geschehens ein heilloses Durcheinander. Polizisten, Rettungsdienste, die Spurensicherung und schwerbewaffnete Einsatzkräfte wuselten über den Tatort. Carabinieri hatten an sämtlichen Einmündungen der Piazza menschliche Bollwerke gebildet, um die neugierige Masse zurückzuhalten. Nichtsdestotrotz kämpften Dutzende von Reportern und Fotografen um die besten Plätze. Manche von ihnen fanden immer wieder Schlupflöcher, um die Absperrung zu überwinden und medienwirksame Fotos zu schießen.

In Windeseile hatte sich das blutige Ereignis in der ganzen Stadt herumgesprochen. Sensationsgeile Voyeure strömten in Scharen zur Piazza und konnten nur mit Mühe zurückgehalten werden wie die aufdringlichen Medienvertreter auch. Die Situation verlangte den Carabinieri alles ab. Wild gestikulierende Menschen schrien ihre Empörung heraus. Schneidende Befehle übertönten entrüstete Rufe – das Stimmengewirr erfüllte die Piazza, auf der es nicht nur übel zugerichtete Männerleichen gab, sondern auch ein kleines Mädchen, das wie ein schlafender Cherubin auf den glühend heißen, blutbedeckten Pflastersteinen lag: tot.

Vertrauliche Gespräche

Comandante De Cassinis Männer hatten ganze Arbeit geleistet. Skeptisch lehnte sich der Leiter des Drogendezernats in den Sessel zurück und starrte auf die kleinen Monitore auf dem Desk. Bislang hatten sich die Paten niemals die Blöße gegeben, per Telefon oder Internet miteinander Vertrauliches oder auch nur etwas irgendwie Verwertbares zu besprechen. Aber jeder machte einmal einen Fehler – die einzige Hoffnung, die De Cassini blieb.

Der unscheinbare Lkw hatte in der Via Cavallaro unter einem schattigen Baum Position bezogen. Stundenlang waren die Männer im Einsatz gewesen, um die Villa des Paten Montalbano mit Abhörwanzen zu bestücken. Endlich stand die Leitung. De Cassini brauchte unbedingt einen Erfolg. Er stand unter massivem Druck angesichts der Vorgänge in Castelbuono. Natürlich wussten die Mafiosi, dass die Polizei versuchte, sie abzuhören, was geheime Kommandoeinsätze wie diesen meist völlig sinnlos machte.

Zur gleichen Zeit hatte sich der Chef der Mobilen Einsatztruppe von Anselmo Strangieri mit seinen Beamten beim Atahotel in Capotaormina etabliert. Die Nobelherberge der italienischen Geldelite war Sardenos bevorzugter Aufenthaltsort, wenn ihm nach Entspannung zumute war. Sie lag auf einer schmalen, bewaldeten Landzunge, die weit ins Meer hineinragte, und bot jeden erdenklichen Luxus. Vier Abhörspezialisten lagen nun gleich in der Nähe mit ihren Richtmikrofonen in einer Eisbude auf der Lauer. Sie war schon vor Wochen auf An-

75

weisung der Staatspolizei zu diesem Zweck umfunktioniert worden, denn die Beschattung des Paten hatte ergeben, dass er von dem Hotel aus viele Telefonate führte. In einer konzertierten Aktion waren deshalb auch Sardenos Räume mit hochleistungsfähigen Wanzen versehen worden.

Es galt abzuwarten – ein langweiliger Job, bis vor einigen Minuten jedenfalls. Denn da alarmierte ein Signal aus Montalbanos Haus die Männer im Lastwagen.

»Achtung, Aufzeichnung«, kommandierte De Cassini und setzte sich die Kopfhörer auf.

»Er hat Sardenos Nummer gewählt«, rief eine Stimme hinter zig Empfangs- und Sendergeräten.

»Schnauze«, sagte eine dritte Stimme, die sofort Kontakt nach Taormina zu den Kollegen aufnahm. Dann reckte er den Daumen nach oben – als Zeichen, dass man auch dort auf dem Posten war. Zwölf Carabinieri und vierundzwanzig Ohren hörten mit, während das Gespräch zweifach digital aufgenommen wurde.

»*Salve*«, begann Montalbano mit düsterer Stimme. »Was denkst du über die Sache?«

»Weißt du, was ich denke, Zoppo? Ich denke, dass Silvio und Frederico reingelegt worden sind.«

»Wusstest du, was er vorhatte?«

Sardeno bekam einen heftigen Hustenanfall. »*Momento*«, sagte er entschuldigend und räusperte sich, bevor er weitersprach. »Bist du verrückt? Ich würde doch meinen Sohn niemals in eine Falle tappen lassen. Er war mein Ein und Alles.«

»*Stupidità* – das war eine dumme Frage.« Montalbano seufzte. »Ich verstehe so vieles nicht, und das macht mich wütend. Und wir Idioten haben ihm vertraut, haben ihm sogar die Knarren gel…«

»Halt die Klappe«, zischte Sardeno.

Montalbano schwieg schlagartig. »*Scusi, Amico*, aber ich bin so wütend und aufgewühlt.«

»Geht mir auch so«, erwiderte Sardeno versöhnlich. »Wir haben ihm zig Gefallen getan. Weshalb dankt er uns das auf diese Weise? Er hat unsere Ehre in den Dreck gezogen und uns hintergangen. Er hat keinen Respekt. Wir werden ihm beibringen, wie man mit uns umzugehen hat.«

»Dann weißt du also, woher der Wind weht?«

»Ich will dir was sagen: Wer Wind sät, wird Sturm ernten. Und eine Windrichtung kenne ich mit Sicherheit«, sagte Montalbano. »Er wird uns einiges zu erklären haben. Ob ihm allerdings der Sturm gefällt, der ihm ins Gesicht blasen wird, wage ich zu bezweifeln.«

»Wir sollten schnell etwas unternehmen, bevor andere womöglich noch schneller sind als wir«, meinte Sardeno giftig.

»Kommt Zeit, kommt Rat, in der jetzigen Situation sollten wir nichts überstürzen.«

»Wenn ich ihn in die Finger bekomme, dann gnade ihm Gott!«, brüllte Sardeno außer sich vor Schmerz. »Derjenige, der meinem Sohn das angetan hat, den werde ich auf dem Rost grillen. Ich werde ihm die Haut abziehen.«

»Lassen wir erst einmal die Carabinieri ihre Arbeit machen«, erwiderte Montalbano entschlossen. »Dann werden wir wissen, wer unsere Söhne auf dem Gewissen hat.«

Sardeno stieß den Atem so laut aus, dass die Beamten die Lautstärke herunterfahren mussten. »Bis jetzt haben sie jedenfalls noch keine Spur.«

»Hast du etwas anderes erwartet?«, polterte Montalbano. »Mich wundert das nicht. Dass Messonis Söhne draufgegangen sind, ist nicht tragisch. Ärgerlich ist allerdings, dass es einen ziemlichen Wirbel geben wird, wenn die kapieren, dass diese Scheißer knietief im Schnee steckten. Man wird viele Fragen stellen.«

Sardeno wiegte den Kopf. »Uns kann das nichts anhaben.«

»Hoffentlich«, knurrte Montalbano. »Allerdings wird es den Herren in Rom nicht gefallen«, fügte der Pate ironisch hinzu.

»Gefallen hin oder her, wie man in Regierungskreisen darauf reagieren wird, ist vorhersehbar«, geiferte Sardeno. »Minister wissen ganz genau, dass viel Schnee auch reiche Ernte bringt. Die Justiz wird sich deshalb auf unsere toten Söhne Silvio und Frederico einschießen und sie zu den Sündenböcken erklären. Anpissen werden sie uns, wenn wir diese Angelegenheit nicht vorher auf unsere Weise regeln. Jedenfalls gibt es bereits interessierte Beobachter. Hier liegen sie schon mit Richtmikrofonen auf der Lauer.«

Montalbano brach in Gelächter aus. »Ich bin umringt von diesen Schlafmützen in Uniform. Eigentlich hätten wir unsere Freunde im Glauben lassen sollen, dass wir so dämlich sind und sie nicht bemerken.«

»Schade! Jetzt werden sie ein wenig frustriert sein.«

»Darauf kannst du wetten«, feixte Montalbano. »Es wird nicht lange dauern, bis sie uns zu einem persönlichen Gespräch bitten.«

»Kümmert uns das?«, erwiderte Sardeno und bekam einen neuerlichen Hustenanfall, der seinen ganzen Körper erschütterte.

»*Madonna*, du solltest deine Raucherei reduzieren, sonst krepierst du noch, bevor wir den Mistkerl haben.«

»Ich rauche, soviel ich will«, fauchte Sardeno. »Du musst mich nicht belehren. Also, wie geht es jetzt weiter?«

»Nicht am Telefon. Du kannst sicher sein, dass sie dir längst eine Wanze an den Hintern geklebt haben. Die Idioten hängen an den Mikrofonen und freuen sich über jedes Wort, das sie von uns zu hören bekommen.« Sardeno lachte freudlos auf. »Was hältst du davon, wenn wir uns am üblichen Treffpunkt zusammensetzen?«

»Wann?«

»So bald wie möglich«, antwortete Sardeno. »Ich schlage übermorgen vor. Um die Mittagszeit, da ist das Ristorante in der Regel kaum besucht.«

Trauer

Gianna hatte es eilig. Der Zahnarzttermin rückte näher, und eigentlich sollte sie schon längst unterwegs sein. Schnell warf sie einen prüfenden Blick in den Garderobenspiegel und fuhr sich mit gespreizten Fingern durchs Haar, als es an der Haustür Sturm klingelte. Sie öffnete.

Ein wahres Blitzlichtgewitter brach über sie herein. Vor ihr hatte sich eine Meute von Reportern und Fotografen aufgebaut, die sich wie reißende Wölfe auf sie stürzten. Film- und Fotokameras waren auf das Haus gerichtet. Eine Reporterin stürmte auf Gianna zu, während sie gleichzeitig mit sich überschlagender Stimme das blutige Geschehen auf der Piazza kommentierte. Gianna wollte die Tür zuschlagen, doch der Name Carla, den die geifernden Berichterstatter immer wieder riefen, ließ sie auf der Schwelle ihres Hauses erstarren. Carla? Weshalb Carla? Was war mit ihr? Ihr Herz stand einen Augenblick still, und ihr Magen krampfte sich zu einem Stein zusammen. Sie begriff, diese fremden Leute meinten ihre Tochter. Eine elegante junge Frau mit blondierten, langen Haaren und grellem Make-up hatte sich vor ihre Kollegen gedrängt und schoss ihre erste Wortsalve auf Gianna ab.

»Wie fühlt man sich als Mutter, deren Kind von brutalen Verbrechern ermordet wurde?«

»Ich verstehe nicht«, stotterte sie perplex und hob abwehrend die Hände.

»Weshalb war Ihre Tochter auf der Piazza?«, feuerte ein Reporter weiter hinten seine Frage ab.

»Wie konnte sie in die Schießerei geraten?«, tönte es vielstimmig aus den vorderen Reihen. »Wie alt war sie?«

Dutzende von Mikrofonen waren wie Waffen auf sie gerichtet. Gierige Sensationslust überschwemmte wie eine Flutwelle das Haus, als Gianna die Knie weich wurden, sie einknickte und taumelnd am Türstock Halt suchte. Die Augen fassungslos aufgerissen, den Mund geöffnet, gab sie jeden Widerstand gegen den Wirbelsturm aus Fragen, Zurufen und Kameraklicken auf. Mit einem Aufschrei schlug sie die Hände vors Gesicht und sackte in sich zusammen. Zwei Männer sprangen geistesgegenwärtig hinzu und fingen Gianna auf, während Sandra Cironis Kameramann Großaufnahmen von der verheerenden Wirkung der Todesnachricht an den heimischen TV-Sender schickte. Gnadenlos schwenkte er das Objektiv in den Vorraum des Hauses, um das heimische Publikum über die Lebensumstände der kleinen Carla und ihrer Mutter zu informieren.

Gianna bäumte sich auf, riss sich von den helfenden Armen los, sprang zurück ins Haus und stieß panisch die Tür hinter sich zu. Mit aller Macht stemmte sie sich mit dem Rücken dagegen, als könne ihr Körper alles Unheil abhalten. Sekundenlang verharrte sie reglos im Flur, bis ihre Kräfte nachließen und ihr die Beine erneut nachgaben. Wie in Zeitlupe rutschte sie an der Tür in die Hocke und versuchte zu begreifen, was ihr die Reporter ins Gesicht geschleudert hatten.

Während von draußen sensationslüsternes, schamloses Geschrei nach einem Interview ins Haus drang, bäumte sich in ihr ein irrationaler Widerstand auf. Gianna schrie und hielt sich mit beiden Händen die Ohren zu; sie wollte die brutale Wirklichkeit leugnen. Ihre Brust fühlte sich an, als schnüre ihr ein eiserner Ring die Luft ab.

Der Impuls, ihre Carla zu retten, sie zu beschützen, erstickte in hysterischer Wut. Sie schrie, bis ihr die Stimmbänder versagten. Gerade eben hatte ihr Töchterchen doch übermütig und lebenslustig das Haus verlassen. Jetzt war Carla tot, und sie wurde von einer geifernden Horde sensationshungriger Journalisten gefangen gehalten. Es gab nichts, was sie gegen ihren ohnmächtigen Schmerz, nichts, was sie gegen diese pietätlose Zudringlichkeit der Reporter ausrichten konnte. In dem Moment wurde ihr Leben zerstört. Es schien, als würde ihre Seele in einem Kettenkarussell kreisen, das sich immer schneller und schneller drehte, ohne die Möglichkeit abzuspringen.

Carla ist tot! In ihrem Kopf hämmerte der Satz wie ein gnadenlos wiederkehrendes Echo. Carla ist tot! Ich will mein Kind, schrie ihr Gefühl, das mit aller Macht gegen die unbarmherzige Wahrheit ankämpfte. »Gebt mir mein Kind zurück«, wimmerte sie unter Tränen. Nebelschwärze griff nach ihr, umgab sie wie ein todbringender Strudel und riss sie mit sich in die Tiefe. Sie fühlte, wie sie vornüberkippte. Ihre Hände griffen ins Leere. Sie lag auf den Bodenfliesen. Blut schoss aus ihrer Nase und triefte über Bluse und Hose.

Gianna wusste nicht, wie lange sie so im kalten Flur gelegen hatte. Ewigkeiten schienen vergangen. Wie durch Watteschleier drang entferntes Rufen und penetrantes Murmeln aufgeregter Menschen durch die Haustür. Das Telefon im Wohnzimmer läutete unablässig, bohrte sich in ihre Ohren und wollte einfach nicht aufhören. Sie erwachte aus ihrer Schockstarre. Ihr Blick heftete sich auf Carlas Schuhe, die neben dem Schränkchen auf dem Boden standen. Giannas wiedererlangtes Bewusstsein nahm sie in qualvolle Geiselhaft. Sie stützte sich auf die Hände und betrachtete die roten Kinderschuhe. Carla hatte vergessen, sie in ihr Zimmer zu bringen. Wieder hörte sie ungeduldiges Klopfen an der Tür.

Die Presse hatte sich vor Giannas Haus etabliert. Man saß auf Treppenstufen und Simsen, verharrte diskutierend auf der Straße und wartete, bis sie sich endlich zeigen würde. Die Türklingel schrillte. Gleich danach rief eine feste Männerstimme: »Signora Corodino, Polizei! *Aprire la porta* – öffnen Sie die Tür.«

Wieder klopfte es heftig. »Bleiben Sie vernünftig. Tun Sie sich nichts an.«

Gianna schwieg. Sie wollte nichts hören. Sie wollte niemanden sehen. Sie hatte nur einen einzigen Wunsch: Carla in die Arme zu schließen.

»Ich halte Ihnen die Presse vom Leib«, rief die Stimme erneut. »Ich habe Pater Eusebio mitgebracht, wir müssen mit Ihnen sprechen.«

Ein heftiger Weinkrampf schüttelte Giannas Körper. Sie war nicht imstande, mit einer einzigen Silbe zu antworten.

»Gianna! Hörst du mich?« Pater Eusebios Stimme klang besorgt. Er hatte Angst, dass sie sich jeden Moment etwas antun könnte. »Mach die Tür auf. Lass uns miteinander reden.«

Gianna sammelte ihre letzten Kräfte, die sie noch aufbieten konnte. Vielleicht gab es ja doch noch Hoffnung? Vielleicht hatte sie bloß einen bösen Traum und würde gleich aufwachen? Vielleicht würde dieser Carabiniere dort draußen sagen, dass ihre kleine Carla lebte, dass alles nur ein Irrtum war.

Plötzlich klopfte Gianna das Herz bis zum Hals. Sie rappelte sich mühsam auf, öffnete die Tür einen Spalt und spähte durch den schmalen Schlitz. Auf der Straße drängelte sich eine Menschenmenge, die aufgeregt nach ihr rief und wild gestikulierte. Wie in Trance trat sie einen Schritt zurück, lehnte sich an die Wand des Flures, Carlas rote Schuhe an die Brust gepresst.

Vor ihr stand ein drahtiger Typ, braungebrannt, sympathisch. Merkwürdigerweise registrierte sie, dass der Mann ein elegantes braunes Leinenjackett und eine helle Jeanshose mit Ledergürtel trug. Einem Carabiniere hätte sie einen so guten Geschmack gar nicht zugetraut. Wie in Zeitlupe musterte sie seine markanten Gesichtszüge und blieb an den traurigen Augen hängen, die nichts Gutes verhießen. Hinter ihm erkannte sie Pater Eusebio, dessen unnatürliche Blässe ihre unendliche Angst erneut aufflammen ließ. Schnell traten die beiden Männer ins Haus und schlossen hinter sich die Tür.

82

Valverde sah in Giannas Augen und wusste, dass er diesen Blick nie vergessen würde. Er zeugte von Hoffnung, Verzweiflung und Flehen zugleich. Was sollte er dieser Mutter sagen? Jedes seiner Worte würde das Leid der Frau nur verschlimmern. Valverde seufzte tief, als wolle er Kraft schöpfen. »Es tut mir leid«, quälte er sich mühsam über die Lippen. »Eine verirrte Kugel.« Es war mehr ein Stammeln als ein Sprechen. »Ich werde alles tun, um den Täter …« Valverde brach den Satz ab, weil Gianna aufschrie. Er hasste es, eine Todesnachricht zu überbringen, selbst wenn er wusste, dass andere die Hiobsbotschaft schon längst ausposaunt hatten. »Leider konnte ich nicht verhindern, dass Sie von der Presse überfallen werden«, ergänzte er mit versagender Stimme.

»Ich will zu meiner Tochter!«, erwiderte sie inständig. Valverdes Worte schienen keine Bedeutung zu haben. »Ich will Carla sehen! Bitte, lassen Sie mich zu ihr!« Gianna stieß den Comandante zur Seite.

»Das geht nicht, verstehen Sie?« Valverde griff nach ihrem Oberarm und hielt sie zurück. »Ihre Tochter ist auf dem Weg in die Gerichtsmedizin.«

Gianna hörte nicht, was der Comandante zu erklären versuchte. Stattdessen riss sie sich von ihm los und ging auf Pater Eusebio zu.

Mit aller Kraft packte sie ihn mit beiden Händen am Revers und schrie ihn an. »Ich will meine Tochter Carla sehen! Lasst mich zu meiner Tochter! Das kann mir keiner verbieten.«

Doch Eusebio stand wie ein Fels in der Brandung und rührte sich nicht von der Tür. Er sah sie an. Giannas gerötete Augen hatten keine Tränen mehr, und ihr Wutgeschrei verebbte zunehmend zu einem klagenden Wimmern.

Pater Eusebio zog Giannas zerbrechlichen Körper an seine Brust und umarmte sie. Obwohl er zutiefst erschüttert war, musste er all seine innere Kraft aufbieten, um für Gianna stark zu sein. »Wir dürfen nicht nach dem Warum fragen«, sprach er leise auf sie ein. »*Il fatto*. Es ist einfach passiert. Wir müssen akzeptieren, dass der Tod keinen Kalender hat.«

»Nein!« Sie bäumte sich noch einmal auf. »Gott durfte das nicht zulassen!«

Der Pater legte seine Hände auf Giannas Schulter, schob sie behutsam vor sich her ins Wohnzimmer. Sanft drückte er sie in einen der Sessel und kniete sich vor sie. »Auch wenn du glaubst, deine Gefühle und deinen Schmerz nicht ertragen zu können, du wirst nicht hilflos ausgeliefert sein. Unser Vater im Himmel …«

»Ich will zu meiner Tochter«, unterbrach sie schwach. »Ich will diesen Gott nicht! Ich will niemanden. Haut endlich ab …, ihr alle …!«

Valverde gab dem Pater einen Wink. »Es ist besser, wenn ich einen Arzt kommen lasse und den psychologischen Notdienst informiere«, flüsterte er ihm zu. »In diesem Zustand können wir Signora Corodino nicht alleine lassen. Sicherheitshalber schicke ich wegen dieser unzumutbaren Belagerung da draußen auch noch einige Beamte her.«

Eusebio nickte dankbar. »Ich kümmere mich um sie«, erwiderte er und wandte sich wieder Gianna zu. »Ach, Comandante …!«

Valverde blieb an der Tür stehen.

»Könnten Sie dafür sorgen, dass der Tatort vor der Kirche bald wieder freigegeben wird? Um acht Uhr beginnt heute Abend die Messe. Ich möchte einen Gedenkgottesdienst abhalten und mit der Gemeinde für die armen Seelen beten.«

Der Comandante quittierte den Hinweis mit verständnisvollem Kopfnicken. »Ich kümmer mich gleich drum.«

Valverde verließ das Haus und zog die Tür hinter sich zu. Unbändiger Hass stieg in ihm auf, und er hätte am liebsten um sich geschlagen, als er von nahezu fünfzig Reportern und Kameraleuten fast überrannt worden wäre. Mit abweisender Distanz ließ er das nicht enden wollende Bombardement von Fragen über sich ergehen.

»Wer sind die Opfer? Können Sie uns Namen nennen? Haben Sie bereits eine Spur? Handelt es sich um einen Racheakt der Cosa Nostra?«

Valverde winkte ab. »Wenden Sie sich an die Presseabteilung der Staatsanwaltschaft«, rief er in die Menge.

»Wie fühlt sich Frau Corodino nach dem Verlust ihrer Tochter?«

Valverde bedachte die Journalistin mit einem vernichtenden Blick.

»Wir machen nur unsere Arbeit, Comandante«, versuchte sich die Vertreterin der Presse zu rechtfertigen.

»Nehmen Sie bitte zur Kenntnis: Ich gebe keinerlei Kommentare zum heutigen Geschehen ab.«

»Haben Sie mit Signora Corodino sprechen können?«, rief eine junge, rothaarige Frau mit unzähligen Sommersprossen und Nickelbrille. Sie hatte sich rigoros durch die dicht an dicht stehenden Journalisten bis nach vorn in die erste Reihe durchgekämpft und versperrte ihm jetzt den Weg. »Welchen Eindruck macht die Mutter auf Sie, und weshalb ist der Pfarrer mitgekommen? Steht es so schlecht um sie?«

»Haben Sie noch ein paar Geschmacklosigkeiten auf Lager?«

»Sie haben meine Frage nicht beantwortet«, erwiderte sie und hielt ihm das Mikrofon unter die Nase.

Valverde baute sich bedrohlich vor ihr auf. »Die Scheinheiligkeit Ihrer Reportagen übertrifft jeden Horrorfilm, und das alles im Namen journalistischer Berichterstattung. Mir graut vor euch Medienmachern, und vor der Gedankenlosigkeit angeblich zivilisierter TV-Konsumenten nicht minder.«

»Sie haben meine Frage nicht beantwortet, Comandante.« Die Sommersprossige lächelte aufreizend.

»Sie sind impertinent«, fuhr Valverde sie an. »Wenn Sie nicht sofort von hier verschwinden und die Straße frei machen, lasse ich Sie abführen. Alle! Und lassen Sie gefälligst die Frau in Ruhe.«

Der Comandante drängte sich durch die Menge und ging energischen Schritts in Richtung Piazza Margherita davon. Unterwegs beorderte Valverde vier Carabinieri zum Haus von Gianna und rief den psychologischen Notdienst in Cefalù an.

Wenige Minuten später erreichte er die Piazza Margherita, wo er sein Auto geparkt hatte. Menschen standen in kleinen Gruppen unweit der Bar Albanesi, die noch immer weiträumig abgesperrt war, und diskutierten erregt die schrecklichen Morde in ihrer Stadt. Vor der kleinen Kirche hatten sich bereits viele Bürger versammelt und mit Blumen den Ort geschmückt, an dem Carla verstorben war.

Für einen Augenblick hielt Valverde inne und beobachtete die Szenerie. Ergriffen stieg er in seinen Wagen. Er wurde in seinem Büro in Messina erwartet. Für die Autofahrt würde er mindestens zwei Stunden benötigen, und wie er die Situation einschätzte, musste er sich noch auf eine lange Nacht einstellen.

Valverde hatte etwa die Hälfte seiner Wegstrecke nach Messina zurückgelegt, als ihn der Anruf seines Assistenten Contini aus der Questura erreichte: Er solle sich auf Befehl des Generalstaatsanwaltes so schnell wie möglich in Cefalù einfinden.

»*Merda*«, fluchte er. »Ich war gerade auf dem Weg nach Messina und wollte heute Abend einmal zu Hause sein. Kann das nicht jemand anderes erledigen?«

Contini lachte. »Es ist besser, du kehrst sofort um. Wie es aussieht, erwartet dich ein großes Publikum.«

»Wie meinst du das?«

Der junge Commissario nannte ihm eine Adresse, die er gut kannte …

Berbera

Knapp sechzig Seemeilen vor der somalischen Küstenstadt Berbera herrschte starke Dünung. Die zwei schweren Dieselmotoren der *Nova Beluga* waren schon seit mehr als einer Stunde abgeschaltet. Über den Toppen stand die philippinische Handelsflagge im Wind. Der hundertachtzig Meter lange und sechsundzwanzig Meter breite Stückgutfrachter trieb rollend und gierend mit zweiundzwanzig Mann Besatzung in der tosenden See.

Dichte Bewölkung war aufgezogen, und die Nacht hatte sich wie ein schwarzes Leintuch über den manövrierunfähigen Seelenverkäufer gelegt. Alle Positionsleuchten waren erloschen, die Decks und Gänge entlang der Reling wie ausgestorben, und auch auf der Brücke schien sich gegen jede Vorschrift niemand aufzuhalten. Selbst die gewöhnlich hell erleuchteten Bullaugenfenster der Unterkünfte ähnelten toten Augen. Die Konturen des Schiffes zeichneten sich schemenhaft vor dem rabenschwarzen Horizont, der gefräßigen Dünung und den meterhohen Wellen ab, die gegen die Bordwand donnerten. Nur die zwei weißen, schwankenden Toplichter auf den Ladebäumen ließen vermuten, dass sich in diesem Teil des berüchtigten Gewässers vor Somalia ein Schiff befand.

Schon seit den Mittagsstunden dümpelte die *Nova Beluga* mitten im Golf von Aden zwischen der afrikanischen und jemenitischen Küste. Hunderte von Dauen und Schaluppen kreuzten tagsüber durch die unsicheren Gewässer, boten ankernden oder vorbeiziehenden Ozeanriesen ihre Waren an, während an

Land schon seit Monaten zwischen der schwachen Regierung und Clanmilizen ein Krieg tobte.

An Deck der *Nova Beluga* herrschte gespenstische Ruhe. Der vollbeladene Frachter trieb in böigem Wind auf Kurs Südsüdwest, doch niemand hätte voraussagen können, an welcher Stelle der Frachter unter diesen widrigen Wetterbedingungen anlanden würde. Ein schriller Alarm über die Schiffslautsprecher durchdrang plötzlich Wind- und Meeresgeräusche. Jeder Seemann verstand das Warnsignal: kurz – lang – kurz – lang … Es war für Besatzung und mögliche Retter das internationale Signal, das Schiff sofort zu verlassen.

Eine der Stahltüren unterhalb der Deckaufbauten wurde aufgerissen. Zwei orangefarben gekleidete Männer mit Rucksäcken rannten in Richtung Achterdeck. Einer der Männer deutete hektisch nach oben in den Nachthimmel. Das peitschende Geräusch der Rotoren eines Helikopters kam rasch näher. Scheinwerfer flammten auf. Wie die dünnen Fühler eines außerirdischen Insekts tasteten sich die Scheinwerferstrahlen über den dahintreibenden Frachter, bis sie das Landekreuz erfasst hatten. Schaukelnd setzte der Hubschrauber auf. Die Männer warteten in sicherer Entfernung, bis sie vom Piloten das Zeichen zum Einsteigen erhielten. Die seitliche Schiebetür des Helikopters wurde geöffnet, und sie kletterten in die Kabine. Sekunden später schwoll das Geräusch der Turbinen an, Rotoren durchschnitten die Luft, der Helikopter erhob sich in den Nachthimmel.

Wieder lag gespenstische Stille über dem Frachtschiff, dessen Bauch mit sechstausend Tonnen Uranoxid, Strontium, Cäsium und radioaktivem Abfall gefüllt war. Das dahintreibende Ungeheuer schien nun sich selbst überlassen zu sein, sein Schicksal war ungewiss.

Der Hubschrauber war längst entschwunden, als eine dumpfe Detonation die Stille zerriss. Die Bordwände erzitterten unter der gewaltigen Druckwelle. Ein Wellengebirge türmte sich auf und hob den Frachter wie eine leere Schuhschachtel in die Höhe. Ladeluken flogen wie Schrapnelle durch die Luft. Schwarzer Qualm hüllte das mächtige Schiff ein. Das eiserne Monstrum ächzte und stöhnte. Bug und Heck des Stahlriesen begannen sich langsam aus dem Wasser zu heben. Minute um Minute, Meter um Meter. Die angstvollen Schreie der Besatzung unter Deck verhallten ungehört.

Vor nicht einmal einer Stunde war im *Maritime Rescue Coordination Centre* in Mumbai, der Leitstelle zur Koordination von Seenotrettungen, der Notruf Mayday des Stückgutfrachters *Nova Beluga* über den UKW-Kanal 16 eingegangen. Der diensthabende Offizier Ruskin Pitram versuchte sofort, die genaue Position des Schiffes zu orten. Doch er empfing kein GPS-Signal, sosehr er sich auch bemühte. Entweder war der Sender defekt oder der Kahn bereits abgesoffen. Kein Kapitän der Welt würde von sich aus sein GPS abschalten. Naheliegender allerdings war, dass Piraten den Frachter gekapert hatten. Leutnant Pitram hatte den Hilferuf von Kapitän Emilio Chiusi nur fragmentarisch verstanden, was ihn in seiner Annahme bestärkte, dass ein Piratenangriff vor Somalia erfolgt sein musste. Das Entern von Frachtschiffen vor der somalischen Küste gehörte schon beinahe zum Alltag. Wie aus dem Nichts tauchten die Piraten mit schnellen Motorbooten und schwerer Bewaffnung auf und kaperten die Handelsschiffe.
Immer wieder bat Ruskin Pitram um eine genaue Positionsangabe und den Grund für den Notruf; er versuchte, die bruchstückhaften Angaben des Kapitäns in einen logischen Zusammenhang zu bringen. Doch es gelang ihm nicht. Die Verbindung riss immer wieder ab. Atmosphärische Störungen schloss Pitram aus, denn Stürme waren in der dortigen Region nicht zu verzeichnen. Also musste der Kapitän des in Not geratenen Frachters aus einem abgeschirmten Raum telefoniert haben, möglicherweise aus dem Maschinenraum.

Während Pitram Seenotalarm auslöste und alle zuständigen Behörden informierte, gab er seinen Mitarbeitern Anweisung, über *Inmarsat*, das maritime Satellitentelefon, Kontakt zur *Nova Beluga* herzustellen. Um exakt zwei Uhr siebenundvierzig Ortszeit hatte er die Ortungskoordinaten des Frachters sowie anderer Schiffe in diesem Gebiet auf der riesigen, digitalen Seekarte an der Stirnwand seines Büros noch registriert. Das letzte exakte Signal der *Nova Beluga* kam laut Computer von der Position 11° 15' 32" nördlicher Breite und 45° 06' 03" östlicher Länge. Jetzt war es auf dem Display verschwunden. Alle weiteren Bemühungen, Kontakt zum Schiff aufzunehmen, schlugen fehl.

Leutnant Pitram wusste nur zu gut, dass somalische Piraten bevorzugt Container- und Frachtschiffe angriffen, da sie wegen ihrer niedrigeren Bordwand und der vergleichsweise langsamen Geschwindigkeit eine leichte Beute für sie darstellten. Vorschriftsgemäß verständigte er das Nato Shipping Center, zumal die *Nova Beluga* laut Schiffsregister einer italienischen Reederei gehörte. Den Papieren zufolge bestand die Ladung des Frachters aus viertausend Tonnen Marmorblöcken und etwas mehr als zweitausend Tonnen Marmorstaub, die im italienischen Livorno an Bord genommen und in Kapstadt gelöscht werden sollten.

»Wer zur Hölle braucht denn in Südafrika Marmorstaub?«, brummte Leutnant Pitram vor sich hin und lächelte zynisch. Für Piraten war hier nicht viel zu holen. Vermutlich würden sie sich an der Mannschaft schadlos halten und sie festhalten, bis der Reeder oder die Regierung bezahlen würde. Er griff zum Telefon und wählte die Nummer der Reederei Massomar in Livorno. Es galt, die vorgeschriebene Kommunikation zum Eigner aufzunehmen. Doch es war zum Verzweifeln, denn auch in den Büros von Massomar nahm niemand den Anruf entgegen.

Die Bell 222U, ein wendiger und leistungsstarker Helikopter mit großer Reichweite, hatte um Punkt zwei Uhr dreißig vom Achterdeck der *Nova Beluga* abgehoben und Kurs auf den Jemen genommen. Nach etwas über drei Stunden befand sie sich im Anflug auf die Hafenstadt Al-Hudaida. Weit außerhalb der Stadtgrenze senkte sich der Helikopter zuerst langsam, um kurz darauf schnell an Höhe zu verlieren. Unter ihm tauchte ein von hohen Lehmmauern umgebenes Anwesen auf. Tausendundeine Nacht schien wieder auferstanden zu sein. Hier, inmitten von Steinen, Sand und unsäglicher Hitze, inmitten erdrückender Armut und Trostlosigkeit, wirkten der Palmengarten und die bewässerten Rasenflächen in der jemenitischen Sandwüste wie der Garten Eden. Gespannt blickten die beiden Seeleute aus dem Fenster.

»Sieht aus wie eine Oase«, witzelte der Mann an der Fensterseite. »Schau mal, da liegen sogar Kamele.« Er deutete aufgeregt nach unten.

»Quatsch«, lachte Bergolio freudlos.

Wie sein Begleiter Pietro Fillone hatte er sich während des langen Fluges von seinem orangefarbenen Overall getrennt und trug nun eine ölverschmierte, blaue Hose und ein durchgeschwitztes T-Shirt.

»Was machen wir mit dem Fernzünder?«, fragte Fillone und schwenkte einen kleinen schwarzen Plastikkasten in der Hand.

»Lass ihn hier. Ich habe keine Lust, mit dem Ding irgendwo erwischt zu werden.«

Fillone warf ihn kurzerhand auf den Boden und kickte ihn unter seinen Sitz.

Hart setzte die Maschine auf einem Platz auf, der aus nichts weiter bestand als aus Geröll, Steinen und Sand, in dem ein paar dürre Disteln sprießten.

Kaum dreißig Meter entfernt erspähten sie ein quadratisches Gebäude, das mit verspielten Ornamenten verziert war. Die filigranen Fensterbögen mit Buntglas wirkten effektvoll. In der ersten Morgensonne erinnerte der kleine Palast an die Kreation eines phantasievollen Lebkuchenbäckers. Die üppige Bepflanzung rundum verstärkte den märchenhaften Eindruck.

Ungelenk vom langen Sitzen sprangen die zwei Männer aus dem Helikopter. Sich mit den Händen vor dem aufgewirbelten Sand schützend, legten sie tief geduckt ein paar Schritte zurück. Kaum hatten die beiden die Gefahrenzone der Rotoren verlassen, da hob die Bell 222U auch schon wieder ab und verschwand in der Ferne.

»*Dio mio!*«, brüllte der hochaufgeschossene Bergolio. »Wieso haut der einfach ab?« Er blickte dem Hubschrauber entgeistert nach und wandte sich seinem Begleiter zu. »Weißt du, was das zu bedeuten hat?«

»Keine Ahnung«, erwiderte der Angesprochene achselzuckend und sah dem davonfliegenden Hubschrauber ratlos hinterher. Konsterniert wandten sie sich um. Wie es schien, wurden sie bereits erwartet. Eine Gruppe von etwa acht Männern war mit ihren Kamelen wie aus dem Nichts aufgetaucht und vor ihnen abgestiegen.

»Wer sind denn die?«, rätselte Pietro Fillone. »Und wo sind wir hier überhaupt?«

Fillone, ein schmächtiger Kerl mit eingefallenen Wangen, glühenden Augen und einer gezackten Narbe zwischen Unterlippe und Kinn, drehte sich träge um die eigene Achse, als wolle er nicht glauben, wo man ihn abgesetzt hatte. »Siehst du hier jemanden von unserer Firma?«

Die beiden wechselten bestürzt einen Blick. Hinter ihnen war nichts als eine staubige Schotterstraße zu erkennen, die irgendwo am Horizont endete.

»Vielleicht haben sich unsere Leute ja verspätet. Oder sie warten dort im Haus auf uns«, meinte Bergolio und versuchte, hoffnungsvoll dreinzublicken. »Ich kann mir nicht vorstellen, dass uns der Pilot versehentlich abgesetzt hat.«

Bergolio konnte beobachten, wie sich Fillones blasse Gesichtsfarbe rot verfärbte, als ihm seine Lage bewusst wurde. »Versehentlich? Dieser Scheißkerl!«, brüllte er los. »Hier? Um sechs Uhr in der Früh? In dieser Scheißwüste?« Außer sich vor Zorn, kickte er einen Stein weg. »Ich glaube eher, dass der Pilot uns reingelegt hat. Der Kerl sollte uns in *al-Muha* an der Meerenge von Bab al-Mandab absetzen.« Siehst du hier irgendwo einen Hafen? Häuser? Oder vielleicht Autos?« Wieder drehte er sich um seine Achse. »Außer diesem orientalischen Palast, den Vagabunden vor uns und ein paar Kamelen gibt's hier …«

»Lass uns gehen«, unterbrach Bergolio den Wutausbruch seines Begleiters. »Außerdem brennt mir die Sonne aufs Hirn, und meine Kehle ist wie ausgetrocknet.«

Mehrere wilde Gestalten mit Turban und langen Gewändern standen Qat kauend neben ihren Kamelen und grinsten. Dass ihnen plötzlich Ali Baba und seine vierzig Räuber gegenüberstanden, war eine unliebsame Überraschung. So ähnlich musste diese legendäre Bande jedenfalls ausgesehen haben. Bewaffnet bis an die Zähne, mit Krummdolch und Kalaschnikow, boten sie ein Bild, das die Italiener in höchstem Maß irritierte. Misstrauisch begafften sie ihr Empfangskomitee.

Bergolio und Fillone hatten ein wenig mehr als nur Hitze, Wüste und Staub erwartet und sich nach einem kalten Bier gesehnt. Stattdessen waren sie offensichtlich in der Brutstätte fundamentalistischer Al-Qaida-Terroristen gelandet, von denen kein Mensch wusste, was sie vorhatten.

Verwegene Gesichter mit schwarzen Augen blickten den Seeleuten entgegen. Die tief zerfurchte, sonnengegerbte Haut der Wüstensöhne wirkte wie aus Leder. Ein mächtiger Kerl mit einem goldverzierten *Djambija*, einem jemenitischen Krummdolch, am Gürtel trat zwei Schritte nach vorn. Anscheinend war er der Anführer der Truppe. Aus einem zerzausten Bart grinste eine Kraterlandschaft von einem Gebiss. »*Come here*, kommen Sie!«, rief der Anführer auf Englisch mit stark arabischem Akzent und legte eine Hand aufs Herz. »Ich bin Muhammad Asch-Scha'abi.« Er deutete auf einen martialisch aussehenden Mann, der hinter ihm stand und mit weit aufgerissenem Mund lachte und dabei tiefen Einblick in eine zahnlose Höhle gewährte. »*My brothers in law* Ali, Nasir, Muhammad«, erklärte er erfreut. »*Welcome to the wonderful Al-Marawiah.* Ihr Freund Salah al-Wazir Ismail wartet schon im Haus. Kommen Sie, kommen Sie!« Er deutete in Richtung Gebäude.

»Was will dieser Kameltreiber?«, fragte Bergolio und blickte seinen Begleiter fassungslos an. »Übersetz doch mal, ich denke, du kannst ein paar Brocken Arabisch.«

»Wenn ich diesen verfluchten Beduinen richtig verstanden habe«, flüsterte Fillone, »sagt er, wir wären hier an einem Ort namens Al-Marawiah angekommen. Und die Kerle da sind wohl seine Schwäger.«

»*Merda!* Und wo liegt dieses Al-Mara…? Siehst du hier irgendwo einen Ort?« Bergolio lächelte in Richtung der Beduinen und deutete so etwas wie einen Gruß an, der wiederum mit Freuden erwidert wurde.

»Ich befürchte, wir sind im Jemen«, knurrte Fillone.

»Und wer ist, verdammt noch mal, dein Freund Salah Simsalabim?«

»Bin ich Hellseher?«, schnauzte Fillone zurück. »Ich habe diesen Namen noch nie gehört. Vielleicht ein jemenitischer Stammesfürst. Lass uns jedenfalls lieber tun, was diese Kerle sagen.«

»Ich traue diesen Brüdern nicht«, meinte Bergolio und schloss sich widerstrebend seinem Kumpel an. »Wer weiß, was die mit uns vorhaben …«

Umringt von lachenden Gesichtern, stolperten sie dem orientalischen Feudalsitz entgegen, doch für die kunstvollen Ornamente und Schriftzeichen hatten die Ankömmlinge keinen Blick.

Während die verwegen aussehenden Männer unablässig auf die Fremdlinge einredeten und mit Händen und Füßen irgendetwas zu erklären versuchten, fassten sich die Italiener ein Herz und folgten ihnen ins Innere der orientalischen Wehrburg.

Sie betraten einen kühlen, kargen Raum, dessen türkisfarbene Decke gewölbeartig geformt war. Vor ihren Augen tat sich ein mit üppigen Palmen bepflanzter Innenhof samt einem plätschernden Wasserbecken auf. An jeder Wandseite befand sich eine große Holztür mit Silberintarsien.

Der Anführer der Truppe wandte sich um und wies die beiden Italiener in einen angrenzenden Raum, der nicht mehr enthielt als zwei große dunkle Ledersofas im westlichen Stil sowie einige mit Goldfäden durchwirkte Sitzkissen. »Go, go«, forderte er sie auf, während sich seine »Schwäger« hinter ihm versammelten und den Italienern mit neugierigen Augen folgten.

Im gleichen Moment teilte sich im Hintergrund ein Vorhang. Ein großgewachsener, dunkelhäutiger Mann mit einer kunstvoll geflochtenen roten Kufiya, versehen mit einem goldglänzenden Quastenrand, und einem weißen, weit geschnittenen Kaftan, betrat würdevoll den Raum. Der schlanke Jemenit mit feinen Gesichtszügen und klugen Augen verbreitete die natürliche Aura eines unangefochtenen Herrschers, dem man Respekt und Anerkennung zollte. Seine Präsenz blieb bei den Fremden aus Italien nicht ohne Wirkung. Mit einer Handbewegung entließ er seine bewaffnete Truppe.

»Willkommen in meinem bescheidenen Heim«, grüßte er in beinahe akzentfreiem Italienisch die Ankömmlinge. Dabei trat er ihnen entgegen und machte eine einladende Geste. »Ich bedaure, Ihnen Unbequemlichkeiten zumuten zu müssen. Aber Ihre Abholer aus Italien mussten kurzfristig umdisponieren. Der Hafen von al-Muha ist zurzeit gefährlich. Wir mussten Sie an einen sicheren Ort bringen. Die al-Qaida, Terroristen, Sie verstehen?«

Fillone verschlug es die Sprache. Er starrte den stolzen Araber fassungslos an. »Und was haben Sie jetzt mit uns vor?«

»Machen Sie sich keine Sorgen«, sagte sein Gegenüber lächelnd mit einem Anflug von Verständnis für die schwer einschätzbare Lage der beiden. Mit der typischen Gelassenheit eines Orienta-

len ließ er die Hornperlen seiner *Misbaha*, seiner kunstvoll ver-
zierten Gebetskette, durch die Finger gleiten.

»Was machen wir jetzt?« Fillones Stimme klang deprimiert, ja
sogar ein wenig ängstlich.

Bergolio neigte sich seinem neben ihm stehenden Kameraden
zu und flüsterte: »Verdammt, wer ist das? Was hat der mit uns
zu schaffen?«

»Was weiß denn ich? Vielleicht ist er irgendein Warlord oder so
was in dem Stil.«

Als habe der Gastgeber das kaum hörbare Flüstern zwischen
den beiden verstanden, lächelte er nachsichtig. »Entschuldigen
Sie, ich habe mich noch gar nicht vorgestellt. Mein Name ist
Salah al-Wazir Ismail. Ich bin der Herrscher über das Land, das
Sie mit dem Hubschrauber überflogen haben. Es reicht fast bis
Sanaa und im Osten bis weit hinauf ins Gebirge«, fügte er mit
unverhohlenem Stolz hinzu.

Die Italiener zeigten sich wenig beeindruckt. Es hatte eher den
Anschein, als wüssten sie nicht recht, was sie von diesem Auf-
tritt halten sollten. Der Jemenit fuhr fort: »Ich bin ein guter
Freund von Don Peppe. Sie wissen schon, Peppino Comerio.«

»Weshalb ist er nicht hier?«, fragte Bergolio. »Und wie lange
müssen wir bleiben? Ich will nach Hause.«

»Aber nehmen Sie doch Platz. Ihre Reise war sicherlich be-
schwerlich. Ich lasse Ihnen ein paar Erfrischungen bringen.«

»Hätten Sie vielleicht ein kaltes Bier?«, erkundigte sich Bergolio. Es war ihm anzusehen, dass er sich nicht wohl fühlte und
sich nicht hinhalten lassen wollte.

»Ich bedaure«, erwiderte Salah al-Wazir und klatschte in die
Hände. Sofort eilten zwei Diener mit großen Tabletts herbei,
auf denen verschiedene Getränke standen.

»Milch?« Bergolio verzog das Gesicht, als er die gefüllten Glas-
karaffen sah.

»*Lassi*«, verbesserte Salah al-Wazir in einem Ton, der nichts
über die Entgleisung seines Gastes verriet. »Es ist eine Art Jo-

ghurt mit Mango, Zucker und Safran. Es wird Ihnen schmecken, das Getränk ist köstlich und erfrischend.«

Die Italiener nahmen ein wenig unsicher auf den Sitzkissen Platz und bedienten sich an den Karaffen, während es sich Salah al-Wazir auf dem Sofa bequem machte. Er schlug entspannt die Beine übereinander und beobachtete seine Gäste.

»Ist alles glattgegangen?«

Die beiden Italiener schien die Frage wie ein Stromschlag zu treffen. Sie wechselten einen kurzen, verunsicherten Blick. Fillone fing sich als Erster und sah seinen Gastgeber an, als habe er ihn nicht richtig verstanden.

»Ich meine die *Nova Beluga*.«

»Alles bestens«, erwiderte er wortkarg.

»Mein Freund Comerio möchte Genaueres wissen.« Salah al-Wazir zog ein iPhone aus seinem Kaftan und wählte eine Nummer.

Die beiden Italiener ließen Salah al-Wazir nicht eine Sekunde aus den Augen. Misstrauisch verfolgten sie jede Regung ihres Gegenübers.

»*Buongiorno*, Peppino«, meldete sich der jemenitische Stammesfürst. »Deine Leute sind jetzt bei mir. Willst du mit ihnen sprechen?« Er runzelte die Stirn, senkte seinen Arm und hielt das Handy an seine Brust, als wolle er vermeiden, dass sein Gesprächspartner am anderen Ende der Leitung die Reaktion seiner Gäste mithörte.

Wut und Ungeduld standen Bergolio ins Gesicht geschrieben.

»Geben Sie mir Don Peppe! Ich will von ihm selbst hören, wann wir hier abgeho…«, unterbrach er den Orientalen unbeherrscht, verstummte aber, als er seinen strafenden Blick bemerkte.

Salah al-Wazir hob verärgert die Hand, was auf den Italiener wie eine Zurechtweisung wirkte. Bergolio konnte sich kaum noch beherrschen, doch er schwieg.

Der Orientale konzentrierte sich wieder auf das Telefon und nickte bestätigend, als habe er eine Anweisung erhalten, die ihn befriedigte. Dann wandte er sich an seine Gäste. »Signore Comerio«, Salah al-Wazir lächelte entschuldigend, »Don Peppe lässt fragen, ob die Entsorgung vereinbarungsgemäß geklappt hat oder ob er mit Schwierigkeiten zu rechnen hat. Er sagt, Sie hätten das letzte Mal zu wenig Sprengstoff verwendet.«

»Was heißt Schwierigkeiten?«, erwiderte Fillone aufgebracht. »Die *Nova Beluga* liegt mitsamt allen Schwierigkeiten mindestens achthundert Meter unter dem Meeresspiegel. Sagen Sie ihm das!«

»Wieso fragt Comerio, ob alles in Ordnung ist?«, fragte Bergolio. »Hat er jemals einen Grund gehabt, sich zu beschweren?«

Salah al-Wazir presste sein iPhone wieder ans Ohr. »Deine Leute sind ein wenig aufgeregt. Sie meinen, dass der Auftrag abgeschlossen ist.« Wieder hörte der Jemenit aufmerksam zu, was Don Peppe zu sagen hatte, lachte zufrieden und wandte sich erneut an Fillone. »Sind Sie sich sicher?«

Mit unterdrückter Wut erhob sich der Italiener. »Was stellt sich dieser Comerio eigentlich vor? Bei den anderen drei Schiffen hat auch alles wie am Schnürchen geklappt. Richten Sie ihm aus, dass man mit zwanzig Kilo Semtex fast ganz Mogadischu in die Luft jagen kann.«

Salah al-Wazir lächelte herablassend. »Hast du's gehört, Don Peppe?«

Eines war den beiden Sizilianern inzwischen jedenfalls klar: Comerio wollte auf keinen Fall mit seinen beiden Leuten sprechen.

»Don Peppe fragt, ob Sie vom Schiff rechtzeitig den Notruf abgesetzt haben.«

»Wie verabredet«, fauchte Fillone. »Außerdem habe ich eine halbe Stunde vor der Detonation via Satellitentelefon die Behörden in Mumbai alarmiert. Weshalb fragt er denn so blöde?«

»Und das GPS?«

»War abgeschaltet und ist mit der Sprengung draufgegangen. Wir haben alles so gemacht wie abgesprochen. Er weiß doch ganz genau, dass wir keine Anfänger sind.«

Der Jemenit nickte zufrieden und wiederholte die Information für seinen Gesprächspartner am Handy. Am liebsten hätte Bergolio dem Muselmanen mit seinem undurchsichtigen Lächeln das iPhone aus der Hand gerissen und selbst mit seinem Boss gesprochen, doch er wagte es nicht. Wie es schien, war Comerio mit den Auskünften zufrieden.

»Ja, ich richte es ihnen aus«, hörten die Italiener den Araber sagen. »Du kannst dich auf mich verlassen, wie ich mich auf deine Lieferung verlasse, Don Peppe. Die Männer werden zum vereinbarten Treffpunkt gebracht. Heute noch. *Arrivederci.*«

Bergolio und Fillone schauten Salah al-Wazir mit skeptischer Erwartung an. Doch ihr Gastgeber erhob sich schweigend. Für ihn war nicht nur das Telefonat beendet, sondern auch jede weitere Konversation mit den beiden Sizilianern. Wie auf ein geheimes Zeichen hin trat ein weiteres Dutzend schwerbewaffneter Männer ein. Salah al-Wazir sprach kurz mit dem Anführer, wandte sich ab und verschwand hinter einem Vorhang, ohne sich mit einem Blick oder einer Geste von seinen Gästen verabschiedet zu haben. In den Ohren der Italiener hatten die Worte des Jemeniten wie harsche Befehle geklungen, die keinen Widerspruch duldeten.

Noch ehe sie sich groß über das schnelle Verschwinden ihres Gastgebers wundern konnten, spürten sie den harten Griff der Männer. Mündungen von Kalaschnikows erstickten jeden Protest.

Die wilde Männerhorde trieb die Überrumpelten mit ihren Waffen vor sich her, schoben und stießen sie hinaus ins Freie. Vier Mitsubishi Off-Roader mit Ladefläche standen zur Abfahrt bereit, umringt von schwerbewaffneten und düster dreinblickenden Kerlen. Widerstrebend stolperten die beiden zu den Fahrzeugen.

Fillone fing den warnenden Blick seines Kollegen auf, der offensichtlich bemerkt hatte, dass er sich panisch umschaute und irgendeine Möglichkeit zur Flucht suchte. Doch das war hoffnungslos. Wohin hätte man hier schon fliehen sollen? Und wie weit würde man kommen, angesichts der vielen Bewacher, die jeden wie einen räudigen Hund abknallen würden. Außer einer endlosen Steinwüste, die hinter dem Horizont endete, und ein paar verdörrten Sträuchern gab es hier nichts.

»Aufsitzen«, rief der Anführer und feuerte wie zur Unterstreichung seines Befehls aus seiner Kalaschnikow eine Salve in die Luft. Mit harten Kolbenstößen trieben die Wüstensöhne ihre Gefangenen auf die Pritsche des ersten Fahrzeugs. Zwei weitere Araber, die Halstücher über Mund und Nase geschoben, folgten und setzten sich im Schneidersitz auf die Ladefläche, die Waffen im Anschlag.

Gleich darauf bretterte die Karawane in Höchstgeschwindigkeit, eine lange Staubfahne hinter sich herziehend, ins menschenleere jemenitische Hochland davon.

Der Anruf

In Cefalù war die typische Nachmittagsruhe eingekehrt. Der vorgelagerte Felskoloss am Tyrrhenischen Meer lag da, als wäre er dem lieben Gott bei der Erschaffung der Welt aus der Hand gefallen. Fast dreihundert Meter hoch ragte er in den Himmel – ein gigantischer Kalkblock aus versteinerten Muscheln und Korallen, vor Jahrmillionen aus dem Urmeer gewachsen. *Cephalos*, den Kopf, nannten ihn die alten Griechen, weil seine Form an das Haupt eines schlafenden Riesen erinnert.

Einen Steinwurf weiter thronte ein schneeweißes Anwesen im spanischen Stil oberhalb der üppig bewachsenen Landzunge, die wie ein ausgestreckter Finger ins azurblaue Wasser hineinragte. Die einstöckige Villa samt zwei separaten Gästehäusern, einem Pool und einem Privatstrand, der nur über in Stein gehauene Stufen erreichbar war, fügte sich in die bizarre Felslandschaft ein, als habe der Erbauer bei der Planung an ein Piratennest gedacht. Im Schatten von mächtigen Eukalyptusbäumen und umgeben von blühenden Oleandern, Hibisken und Bougainvilleen zeugte der Besitz von Reichtum und Macht. Der spektakuläre Ausblick über das azurblaue Wasser und die vorgelagerten Äolischen Inseln auf der einen und die Silhouette der malerischen Altstadt von Cefalù auf der anderen Seite machte dieses Anwesen zu einem einzigartigen Refugium, das bei so manchen Bürgern der Stadt Neid und Missgunst erregte.

Rodolfo Messoni saß zeitunglesend unter einer riesigen Markise, die sich wie ein rotes Zeltdach über die mit grauen Bruchsteinplatten gefliese Terrasse spannte. Als Blickfang diente ein plätschernder Brunnen, in dessen Becken sich eine polierte, rosarote Marmorkugel gemächlich drehte.

Messoni genoss die letzten Tage vor Beginn der neuen Legislaturperiode, obwohl er das mondäne und überschäumende Leben in Rom und seine Arbeit als Umweltminister durchaus zu schätzen wusste. Seine freien Tage und auch seine Urlaube verbrachte er gewöhnlich mit seiner Frau und seinen beiden Söhnen in Sizilien. Hier war er geboren und aufgewachsen. Seine erfolgreiche Laufbahn als Politiker ermöglichte es ihm mittlerweile, seiner Familie ein sorgenfreies Leben zu bieten. Es war nicht immer einfach gewesen, ihren Ansprüchen gerecht zu werden. So mancher finanzielle Engpass war früher nur mit Mühe zu bewältigen gewesen. Dennoch, irgendwie hatte er es immer geschafft.

Messoni legte die Zeitung beiseite und ließ mit verhaltenem Stolz seinen Blick über die großzügige Gartenanlage und die Bucht von Cefalù schweifen.

Der Kauf und der Ausbau dieses Anwesens gehörten zu den dunkleren Finanzkapiteln in seinem Leben. Seine Frau hatte vor zehn Jahren in der Auslage des örtlichen Immobilienbüros das Haus entdeckt und sich sofort in die Immobilie verliebt. All seinen Argumenten zum Trotz hatte sich Eleonora vom Kauf nicht mehr abbringen lassen. Selbst bei optimistischer Sichtweise seiner beruflichen Zukunft hätte er sich diesen Landsitz eigentlich nicht leisten dürfen. Rückblickend betrachtet, war die Sache dann doch gutgegangen, aber er wollte lieber nicht über die Zeit nachdenken, als er noch erheblich verschuldet war und die Bank ihn mehrfach gedrängt hatte, sich von der Luxusimmobilie zu trennen. Ohne gewisse Nebeneinkünfte wäre ihm die Zahlungsunfähigkeit nicht erspart geblieben, eine Katastrophe für einen Mann in seiner Position. Doch dank guter Kontakte war es ihm immer gelungen, die Banken zu beruhigen und auch seiner Familie die wahre finanzielle Situation zu verheimlichen.

Doch das war ja nun Gott sei Dank vorbei. Vor sechs Monaten war der dringend benötigte Geldsegen auf seinem Konto in Malta eingetroffen, mit dem er seine Verbindlichkeiten bei der Bank mit einem Schlag beglichen hatte. Nicht nur deshalb war er erleichtert. Endlich konnte er es sich leisten, ohne Nebeneinkünfte auszukommen – von denen niemand etwas ahnte.

Vor vier Monaten waren seine Freunde allerdings wieder einmal auf ihn zugekommen und hatten ihm ein äußerst lukratives Angebot unterbreitet, das er aber glattweg ausgeschlagen hatte. Dass sie ihn für undankbar hielten und nicht gut auf ihn zu sprechen waren, störte ihn wenig. Jetzt galt es, das Leben in normale Bahnen zu lenken, selbst wenn man ihm unverhohlen gedroht hatte, dass er die Zusammenarbeit nicht einfach aufkündigen könne. Er war erleichtert, der Schuldenlast und seinem »zweiten Leben«, wie er es nannte, endlich entronnen zu sein. Messoni wischte diese Gedanken beiseite, als er Schritte im Haus hörte.

»Rodolfo, Telefon!«, rief Eleonora. Ihrer Stimme war anzuhören, wie sehr sie dienstliche Störungen während der Freizeit ihres Mannes missbilligte. »Es ist wieder einmal dein Staatssekretär.«

Messoni blickte auf. Eleonora trat auf die Veranda und reichte ihm das Smartphone. »Sag ihm, dass wir im Urlaub nicht gestört werden wollen. Das ist ja wohl nicht zu viel verlangt.«

Er warf einen Blick auf die übermittelte Nummer. »Was will er denn jetzt schon wieder? Ich habe doch ausdrücklich Anweisung gegeben, hier nur im Notfall anzurufen.«

»Ich bin oben im Schlafzimmer«, antwortete Eleonora und wandte sich ab.

Messoni lehnte sich in den Sessel zurück, schlug die Beine übereinander und nahm das Gespräch an. »*Salve*, Signore Massa.«

»*Signore Ministro, scusi*«, meldete sich der aufgeregte Anrufer. »Sie müssen jetzt ganz stark sein, Signore, eine Katastrophe. Ich finde keine Worte.«

Messoni spürte sofort, dass etwas Ungeheuerliches passiert sein musste, denn so hatte er seinen besonnenen und wenig emotionalen Staatssekretär noch nie erlebt. »Was ist passiert?«, fragte er besorgt.

»Ihre Söhne, Sergio und Tonino …, es kommt gerade in den Nachrichten. Es ist furchtbar.«

Messonis Magen krampfte sich zusammen. »Um Himmels willen, was ist mit meinen Söhnen?«

»Sie sind …«

Er sprang mit dem Smartphone am Ohr auf und rannte ins Wohnzimmer. »Eleonora! *Vieni subito!*« Hastig schaltete er mit der Fernbedienung den Fernseher ein und setzte sich auf die Lehne des Sessels. »In welchem Programm?«, brüllte er, ohne seinen Blick vom Gerät zu wenden.

Die Frage hatte sich erübrigt, bevor Staatssekretär Massa antworten konnte, denn der Nachrichtensender erschien auf dem Bildschirm.

»Generalstaatsanwalt Sassi hat mich soeben informiert, dass Sergio und Tonino einem Anschlag zum Opfer gefallen sind«, hörte er seinen Staatssekretär sagen. »Er hat eine sofortige Nachrichtensperre verhängt, aber man konnte nicht verhindern, dass …«

Messoni fühlte seine Beine nicht mehr, er wurde totenblass. Seine Hände zitterten, und er war kaum noch imstande, das Telefonino zu halten.

»Die Carabinieri und ein gewisser Staatsanwalt Fosso sind vor Ort und machen sich gerade ein Bild.«

Messonis Hand senkte sich kraftlos in den Schoß, während schockierende Bilder über den Monitor flimmerten. Wie die Aasgeier hatte die Presse die Toten vereinnahmt. Die grauenvollen Filmsequenzen brannten sich unauslöschlich in seinen

Kopf ein, während die Kommentatorin über das Massaker in der Kleinstadt berichtete. Bei dem Anschlag waren sechs Tote zu beklagen, darunter auch ein kleines Mädchen. Der Minister schaltete um auf RAI UNO, in dem bereits die ersten Statements ausgestrahlt wurden. Politiker aller Parteien Italiens kommentierten das abscheuliche Verbrechen und zeigten sich bestürzt über das entsetzliche Drama. Messoni hielt den Atem an, als die Kameras wieder auf die Piazza Margherita schalteten. Die Großaufnahme zeigte das schaurige Szenario, das sich in Castelbuono abgespielt hatte. Reporter aller Fernsehsender, bewaffnet mit Kameras, Videogeräten und hungrigen Objektiven, übermittelten gestochen scharfe Bilder vom Blutbad in Castelbuono, unterbrochen von den fachkundigen Kommentaren einiger besonders renommierter Experten. Der schauerliche Tod auf der Piazza Margherita war aufbereitet wie eine sensationelle Unterhaltungssendung und machte Messonis letzten Urlaubstagen auf dem Landsitz den Garaus.

»Ist das Sergio?«, schrie Eleonora hinter ihm auf, als die Großaufnahme den Leichnam ihres Sohnes neben einem Sportwagen zeigte. Rodolfo Messoni, der selbst kaum mehr in der Lage war zu erfassen, was sich da gerade auf dem Bildschirm abspielte, versuchte, Eleonora die schockierenden Aufnahmen zu ersparen, und schloss sie in die Arme. Um sich schlagend, riss sie sich los, um wieder völlig verstört auf die Mattscheibe zu starren. Während der Nachrichtensprecher in aseptischer Manier von der Tat berichtete, Kameras schockierende Bilder von zerschossenen Autos und den blutigen Leichen ihrer Söhne zeigten, fraß sich ein brennender Schmerz in ihre Seele, der sie bis ins Mark erschütterte.

Er hatte befürchtet, dass etwas passieren würde. Zweimal hatte ihn ein Unbekannter gewarnt. Doch insgeheim hatte er gehofft, dass die Warnungen nur leere Drohungen seien. Und jetzt das. Er empfand ohnmächtige Wut. Pure Verzweiflung. Seiner Sorglosigkeit, seinem unverzeihlichen Leichtsinn, ja, auch seiner unverzeihlichen Naivität hatte er es zu verdanken, dass seine beiden Söhne auf diese schreckliche Weise ums Leben gekommen waren. Er hatte eine ungeheure Schuld auf sich geladen.

»Der Mord an den Söhnen des Umweltministers Rodolfo Messoni hat landesweit Entsetzen ausgelöst«, hörte er den Nachrichtensprecher sagen. »Wir befinden uns in Siziliens Bergregion, in Castelbuono – einem Gebiet, in dem die Zeit stehengeblieben scheint. Die Jagd nach den Mördern ist in vollem Gange. Wir wollen jedoch nicht nur Hintergründe aufzeigen, sondern auch die Bevölkerung sensibilisieren, indem wir vermitteln, wo in Italien die Gewalt und die Verbrechen der Cosa Nostra zu Hause sind.«

Rodolfo Messoni saß zusammengesunken im Sessel. Er hörte weder die Kommentare zu diesem hinterhältigen Anschlag noch die Meinungen selbsternannter Experten, die sich in solchen Fällen immer schnell fanden. Er registrierte die Berichterstattung wie durch dichten Nebel, ohne wirklich zu begreifen, dass auf sämtlichen Fernsehkanälen Italiens die frevelhafte Tat an seinem eigenen Fleisch und Blut der voyeuristischen Welt zum Fraß vorgeworfen wurde. Erst als er den dumpfen Schlag hinter sich hörte, erwachte er aus seiner Lähmung. Er sah sich um. Eleonora lag ohnmächtig auf dem kalten Marmor. Panik machte sich in ihm breit. Wie sollte er seiner Frau helfen, wenn ihm selbst nicht mehr zu helfen war?

In diesem Moment schien im Hause Messoni die Hölle loszubrechen. Stimmengewirr und Befehle drangen durch die Haustür. Über dem Anwesen kreisten Hubschrauber, Polizeifahrzeuge des Mobilen Einsatzkommandos rasten die Auffahrt zur Villa hinauf. Wie dunkle Schatten schwärmten Männer aus und riegelten das Grundstück hermetisch ab. Auch von der Wasserseite näherten sich Polizeikräfte mit Schnellbooten, um das Anwesen zu schützen. Im Haus wimmelte es plötzlich vor

Mitarbeitern des italienischen Geheimdienstes SISMI. In Windeseile wurden Sender installiert, Telefone mit Abhörgeräten bestückt, Computer mit Detektorprogrammen versehen und jeder Winkel des Hauses auf Sicherheitslücken untersucht. Offensichtlich befürchtete man weitere Anschläge auf die Familie und wollte gewappnet sein.

Als die ersten Kollegen, Parteifreunde und auch Mitglieder der Opposition telefonisch kondolierten, blieb Rodolfo Messoni keine andere Wahl, als im Interesse des Staates und der Regierung Haltung zu bewahren. Sogar der Regierungspräsident hatte angekündigt, noch am Abend nach Cefalù zu kommen, sollte seine Anwesenheit erforderlich werden. Angesichts dieses Verbrechens rückte wohl sogar ein Versuch, die Regierung zu stürzen, in den Bereich des Möglichen.

Mit allem hatte Messoni gerechnet, nur nicht damit, dass in seinem Anwesen in Kürze eine geheime Krisensitzung stattfinden sollte. Im Augenblick schlimmsten Schmerzes würde ihm dieses Treffen übermenschliche Kräfte abverlangen.

Ein Ärztestab hatte inzwischen Messonis Gattin mit Medikamenten stabilisiert und ihr eine Beruhigungsspritze verabreicht. Messoni war froh, dass seine Frau nun fest schlief und von dem Wirbel im Haus nichts mehr mitbekam. Als Politiker sah er sich dazu verpflichtet, seinen unendlichen Schmerz mit Fassung zu tragen. Der Anschlag in Castelbuono, so Messonis Mutmaßung, wurde wohl als Angriff auf die Regierung betrachtet. Der geradezu gigantische Einsatz von Polizeikräften und Sondereinheiten des Militärs sprach eine deutliche Sprache. Der Doppelmord an Sergio und Tonino ließ momentan keine andere Erklärung zu, wenngleich es vier weitere Opfer gab. Kollateralschaden nannte man so etwas.

Drei Stunden nach dem Anruf des Staatssekretärs, der Messoni über das Blutbad in Castelbuono unterrichtet hatte, landeten Generalstaatsanwalt Nicolo Sassi und Colonello Massimo Della Ponte, der Chef der obersten Antimafiabehörde, auf dem Heliport der Carabinieri in Cefalù. Mit angespannter Miene eilten sie zu den bereitstehenden Fahrzeugen und rasten mit Begleitkonvoi, Sirene und Blaulicht in Richtung Landzunge. In aller Eile hatten die wichtigsten Vertreter der Exekutive einen geheimen Krisenstab in Cefalù eingerichtet. Zudem zogen sich vor der sizilianischen Touristenhochburg Einheiten der Marine mit schwerbewaffneten Schnellbooten und Kampfhubschraubern zusammen, um den Küstenstreifen hermetisch abzuriegeln. Man hätte glauben können, Italien stünde vor einem Staatsstreich, den es mit bis an die Zähne bewaffneten Spezialkräften zu vereiteln galt.

Als Colonello Della Ponte und Generalstaatsanwalt Sassi in dem Anwesen eintrafen, wurden sie bereits von Chefermittler Comandante Valverde, vom Leiter des Drogendezernates Michele De Cassini und vom Hausherrn erwartet. Die Villa war hell erleuchtet, gesichert von bewaffneten Männern mit Schnellfeuerwaffen.

Die Herren hatten sich im Wohnzimmer eingefunden, stellten sich gegenseitig vor, begrüßten sich mit düsteren Mienen und leisen Stimmen. Unschlüssig standen sie vor dem Kamin, vor dem zwei Stehlampen gedämpftes Licht verbreiteten. In Rodolfo Messonis Haus waren Männer zusammengekommen, die unbeugsam jedes Verbrechen verfolgten und sich ihrer schwierigen Mission bewusst waren.

Die Zusammenkunft glich einer Trauergemeinde. Mit respektvoller Miene kondolierte man dem Hinterbliebenen, zeigte tiefe Betroffenheit, ohne dabei die Dringlichkeit der Begegnung zu verbergen. Messoni dankte den Anwesenden und bat sie, auf der Sitzgruppe vor dem Panoramafenster Platz zu nehmen.

Nach einigen Augenblicken schmerzlichen Schweigens wagte Generalstaatsanwalt Sassi den ersten Vorstoß, indem er sich erhob und seine Augen auf Minister Messoni richtete. »Ich bin dankbar, dass die Signori, ohne zu zögern, den Weg hierher gefunden haben, und ich möchte im Namen aller Anwesenden meine tiefste Bestürzung und meine Anteilnahme für den menschenverachtenden Anschlag auf Ihre Söhne zum Ausdruck bringen.«

Während die anderen schwiegen und mit reglosen Mienen zustimmend nickten, blickte der hagerere, schmallippige Mann mit ausdruckslosen Augen in die Runde. Der verbittert erscheinende Generale, wie er überall kurz und bündig genannt wurde, wirkte mit seinen ausgemergelten Gesichtszügen, seiner grauen, ungesunden Gesichtsfarbe und den tiefen, schwarzgeränderten Augenhöhlen wie der leibhaftige Tod – ein Eindruck, den seine schwarze Hornbrille noch verstärkte.

»Wir alle, die wir uns hier versammelt haben, sind uns der Dringlichkeit bewusst«, fuhr er fort, »schnellstmöglich die Hintergründe und die Motive für diese Tat aufzuklären.« Mit kaum hörbarer Stimme wandte er sich an Messoni. »Leider lassen sich in dieser schweren Stunde, die eigentlich Ihrer Trauer vorbehalten sein sollte, Pietät und Pragmatismus nicht immer vereinbaren. Aber Ihr Einverständnis vorausgesetzt, sollten wir den hier anwesenden Comandante Valverde bitten, uns, soweit dies zu diesem Zeitpunkt möglich ist, einen kurzen Überblick über den Tathergang zu geben.« Einen Augenblick unterbrach er seine Vorrede, um gleich darauf anzumerken: »Ich bitte Sie, Comandante, Ihre Ausführungen mit Rücksicht auf unseren Herrn Minister rein auf die Faktenlage zu beschränken.« Er nickte ihm auffordernd zu.

Mit Rücksicht auf den Minister – ausgerechnet, dachte Valverde und blickte in die düsteren Mienen der Anwesenden; er nahm an, dass die meisten gar nicht imstande waren, echtes Mitgefühl zu empfinden. Der Comandante hatte nicht damit gerechnet, dass der Generalstaatsanwalt ihm das Wort erteilen würde. Nun blieb ihm nichts anderes übrig, als den Tathergang in Castelbuono zu referieren.

Valverde hatte zwar bislang noch nie persönlichen Kontakt zur Politelite, kannte den Lebensweg und die einzelnen Stufen der Karriereleiter, die der Minister erklommen hatte, aber dennoch genau.

Der gebeugte Mann, der jetzt schwer gezeichnet neben ihm saß, konnte wahrlich nicht auf eine Vita zurückblicken, die Anlass zu Stolz gegeben hätte. Es existierte eine nahezu lückenlose Akte über diesen vermeintlich so feinen Herrn. Als Spross einer gutbürgerlichen Familie war er in einem gesichtslosen Konglomerat meist illegal erbauter Wohnhäuser an der Peripherie von Locri aufgewachsen. Schon in der Schule hatte er sich der 'Ndrangheta, der Mafiavereinigung, angenähert und sich einer Jugendgruppe der rechtsextremen Partei Movimento Sociale Italiano angeschlossen. Über diese Mitgliedschaft hatte der heutige Umweltminister Messoni dank der Unterstützung einiger wichtiger Clans den Sprung ins Parlament geschafft. Gekaufte Auslandsstimmen, insbesondere aus Deutschland und Österreich, waren dafür ausschlaggebend gewesen. Doch leider hatte man Messoni und den Bossen der 'Ndrine nie etwas nachweisen können.

Valverde räusperte sich, erhob sich aus dem bequemen Sessel und deutete eine Verbeugung an. »Herr Minister, Herr Generalstaatsanwalt, Colonello …« Am liebsten hätte er diesen Generale geviertelt oder, noch besser, ans Kreuz genagelt. Wie aus Macchiavellis berühmtem Lehrbuch über das Verhalten von Männern in Spitzenämtern, hatte er ihm die Rolle des Überbringers der schlechten Nachricht zugewiesen.

»Setzen Sie sich, Valverde«, murmelte Sassi und deutete mit herablassender Geste auf den Sessel. »Machen Sie es kurz und bündig, ohne große Umschweife.«

Valverde setzte sich zögernd und wartete, bis alle Augen sich auf ihn richteten. »Signori«, begann er leise und räusperte sich erneut. »Gegen dreizehn Uhr heute Mittag wurde in Castelbuono auf der Piazza Margherita aus einem Fahrzeug heraus ein

Anschlag auf die Bar Albanesi verübt, genauer gesagt auf vier Männer, die sich vor ihr aufhielten. Insgesamt fielen diesem Schusswechsel sechs Menschen zum Opfer, darunter auch ein neunjähriges Mädchen.«

Valverde unterbrach seinen Bericht, zog ein Taschentuch aus seiner Hosentasche und schneuzte sich.

»Woher wissen wir, dass der Angriff aus einem Fahrzeug erfolgte?«, erkundigte sich der Generale mit skeptischem Blick.

»Einerseits wegen der frischen Bremsspuren, die übrigens auf einen Kleinlaster hindeuten, andererseits wegen der spärlichen Spuren, die der Angreifer am Tatort hinterlassen hat. Ich gehe davon aus, dass während des Schusswechsels niemand den Wagen verlassen hat.«

»Darf man hier rauchen?«, fragte Colonello Della Ponte in die gespannte Atmosphäre hinein und legte eine Zigarettenschachtel vor sich auf den weißen Marmortisch. Offenkundig hatte er den Aschenbecher erspäht und daraus geschlossen, dass im Hause geraucht wurde.

Messoni nickte abwesend.

Valverde wartete einen Augenblick ab, bis sich der bullige Della Ponte die Zigarette angezündet hatte, dann fuhr er fort: »Die Opfer …«, er hatte sich Messoni zugewandt, der zusammengesunken am Kopfende der Sitzgruppe saß und scheinbar unbeteiligt auf den Boden stierte, »… Ihre Söhne hatten keine Chance. Die Projektile stammen mit ziemlicher Sicherheit von einer israelischen Schnellfeuerwaffe. Unsere Ballistiker werden in Kürze Genaueres sagen können. Jedenfalls dürfte der Überfall maximal ein bis zwei Minuten gedauert haben. Der oder die Täter sind unerkannt entkommen.«

»Wissen wir schon, aus wie vielen Waffen geschossen wurde?«, erkundigte sich Della Ponte.

»Es müssen mehr als fünf Waffen gewesen sein. Vermutlich eine Uzi, von der wir nur die Projektile haben. Dann zwei Walther P38, eine Beretta und eine Beretta 92 Parabellum. Letztere haben wir allerdings nicht gefunden. Daher vermute ich, dass sie vom Fahrzeug abgefeuert wurde.«

»Aha«, kommentierte Della Ponte die Antwort lakonisch.

Wieder wandte sich Valverde an den Minister. »Ich weiß nicht, Signore Ministro, ob es Ihnen hilft, wenn ich Ihnen versichere, dass Ihre Söhne nicht gelitten haben. Sie waren auf der Stelle tot.«

Messoni schloss die Augen und stöhnte hörbar auf, hatte sich aber sofort wieder in der Gewalt und folgte aufmerksam den Ausführungen Valverdes.

»Gibt es Zeugen?«, fragte Sassi.

»*No*, Signore, leider nicht. Und wie ich die Leute in diesem Landstrich kenne, wird auch keiner den Mund aufmachen.«

Nicolo Sassi schlug sich mit der flachen Hand verärgert auf den Oberschenkel. »War wohl auch nicht zu erwarten, wenn man bedenkt, dass der Anschlag in …« Erschrocken biss er sich auf die Lippen und verschluckte das Ende des Satzes.

»… in Sizilien passiert ist«, vervollständigte Valverde Sassis begonnene Taktlosigkeit. »Genau gesagt in Castelbuono auf der Piazza Margherita«, fügte er hinzu. Dabei hatte er alle Mühe, sich ein ironisches Lächeln zu verkneifen.

Sassi hatte bemerkt, dass er drauf und dran gewesen war, sämtliche Sizilianer zu diskriminieren, obwohl natürlich kein Sizilianer je behaupten würde, Italiener zu sein. Nichtsdestotrotz wussten alle Anwesenden nur zu genau, dass der Generalstaatsanwalt die Bewohner dieser Insel für durch und durch mafiös hielt. Er vertrat auf der politischen Bühne – und bisweilen sogar in den Medien – die Auffassung, dass die Hälfte aller Sizilianer Kriminelle seien. Sassi suchte mit Augenkontakt Unterstützung bei Della Ponte, der auch prompt reagierte.

»Wir wissen alle, dass Sizilien ein ganz besonderer Flecken Erde ist, verehrter Generalstaatsanwalt. Einem ganz normalen Bürger kann es passieren, dass er auf der Straße Zeuge eines Mordes wird: Er kann dann entweder sagen, er hätte nichts gesehen, oder eine Aussage machen, für die er sein Leben aufs Spiel setzt. Sizilien zwingt zur Wahl. Hier kann sich niemand heraushalten. Man muss eine klare Entscheidung treffen, ob man auf der Seite der Mörder oder auf der Seite der Opfer steht. Solche Fragen stellen sich in anderen Landesteilen Italiens nicht.«

Sassi lachte leise auf. »Aus Ihrem Munde klingt das, als hätten wir keine Polizei.«

Della Ponte verdrehte genervt die Augen. »Es ist leider eine traurige Tatsache, dass Sizilianer prinzipiell die Arbeit der Carabinieri durch ihre Haltung unterlaufen und sich auch heute noch gegen alles stellen, was aus Rom kommt. Unsere Beamten sind oft genug extremen Feindseligkeiten ausgesetzt, obwohl sie wirklich alles für die Sicherheit Siziliens tun.«

Der Generalstaatsanwalt winkte ab, als wären Della Pontes Worte kalter Kaffee. »In der Regierung ist man sich sehr wohl bewusst, dass die Carabinieri in Sizilien oft genug mit den Wölfen heulen. Und dieser Meinung schließe ich mich voll und ganz an.«

Valverde verzog das Gesicht und wandte sich an Sassi. »*Scusi*, Generale. Das Bild, das Sie von den sizilianischen Kollegen zeichnen, gleicht einer Märchenstunde. Erzählen Sie das Ihren Kindern zu Hause auch?«

»Comandante! Halten Sie den Mund«, wies ihn Sassi scharf zurecht. »Wie können Sie so etwas nur …«

»Ich lasse mir von niemandem den Mund verbieten, der über seine eigene Truppe in dieser Weise herzieht«, schoss Valverde ebenso scharf zurück. »Selbst wenn Ihre Meinung auf einige wenige Beamte zutreffen mag, wissen Sie so gut wie ich, dass Ihre Pauschalurteile nicht geeignet sind, die Sympathien und das Vertrauen der Bürger zu verbessern. Natürlich haben die Leute in Sizilien das Problem, sich klar zu positionieren. Aber bei uns gehen die Uhren völlig anders, und das haben wir Rom und der Regierung zu verdanken. Die Menschen hier haben Angst, gegen Mafiosi auszusagen, weil sie schlimme Konsequenzen fürchten, wie Signore Della Ponte gerade ausgeführt hat. Und da es bis heute immer noch an Unterstützung aus Rom mangelt, muss man sich nicht wundern, wenn wir Sizilianer auch nichts anderes erwarten als Arroganz und Überheblichkeit. In diesem Klima gedeiht die Mafia prächtig.«

Della Ponte nickte beifällig. »Wollen Sie nicht lieber in die Politik gehen, Valverde?«

»Vielleicht mache ich mir nur mehr Gedanken als so mancher Kollege, Signore Della Ponte! Ich gebe gerne eine Lehrstunde über die Probleme auf unserer Insel. Es ist eine Tatsache, dass sich selbst anständige Bürger längst der Gewaltbereitschaft der Mafiosi gebeugt haben. Übrigens auch einige Carabinieri. Gerade musste ich wieder einmal feststellen, dass einige Beamte in Castelbuono alles andere als kooperativ sind. Besonders dieser Sergente Sassuolo scheint mir nicht geheuer zu sein. Er ist ein Verwandter des erschossenen Pächters der Bar Albanesi.«

»Kennen wir den?«, polterte Sassi dazwischen.

»Er hat eine umfangreiche Akte bei uns, wie mir mein Assistent vorhin mitteilte«, bestätigte Valverde vielsagend.

»Das heißt doch nichts«, meinte Sassi beschwichtigend, ohne auf die Anspielung einzugehen. »Nur aufgrund von dubiosen Verwandtschaftsverhältnissen wird ein Carabiniere nicht gleich zum Straftäter.« Erneut nahm er Valverde ins Visier. »Wenn ich Sie richtig verstanden habe, gibt es niemanden, der über Motiv und Hergang etwas Genaues sagen könnte?«

»… oder wollte! *No*, Signore. Keine verwertbaren Reifenspuren, keine zurückgelassenen Fahrzeuge, nichts.«

»Für mich sieht der Überfall nach einem terroristischen Anschlag aus«, keifte Della Ponte wie ein rechthaberisches Waschweib dazwischen. »Ich kenne keinen Mafiapaten, der ohne Not einen Clankrieg riskiert. Noch unwahrscheinlicher ist, dass ein Boss das Leben seines Sohnes gefährdet, indem er einem geisteskranken Killer einen Mordauftrag erteilt. Ich bleibe also dabei: Wir haben es mit etwas Politischem zu tun.«

»Das ist blanker Unsinn«, widersprach Valverde mit Nachdruck.

»Weshalb schließen Sie diese Möglichkeit so kategorisch aus?«, erkundigte sich Sassi erneut, versuchte aber maßzuhalten, um ein wenig Ruhe in die Diskussion zu bekommen.

»Unter den Opfern befanden sich zwei bekannte Dealer, die einschlägig vorbestraft sind. Einer von ihnen ist mir bekannt: Silvio Montalbano, der Sohn von Don Montalbano. Wir reden hier über einen der einflussreichsten Clans in Cefalù und Umgebung. Zoppo und seine Sippe stehen bereits seit geraumer Zeit unter unserer Beobachtung.«

»Wer ist Zoppo?«, funkte Sassi erneut dazwischen.

»Das ist der Spitzname von Montalbano«, klärte Valverde den Generalstaatsanwalt auf. »Man nennt ihn so, weil er hinkt.«

»Aha«, kommentierte Sassi Valverdes Erklärung und sagte dann gönnerhaft: »Fahren Sie fort.«

Der Comandante sah in die Runde. »Ganz offensichtlich waren die jungen Mafiosi mit Sergio und Tonino ziemlich gut bekannt. Sie wurden häufig zusammen gesehen, gingen miteinander aus und trieben sich in einschlägigen Bars herum, die als Drogenumschlagplatz bekannt sind. Ich habe für morgen eine Konferenz in meinem Büro mit allen beteiligten Ermittlungsbeamten anberaumt; ich hoffe, dass wir dann mehr erfahren.«

Messoni hielt es kaum noch auf seinem Sessel. Wutentbrannt starrte er den Comandante an. »Wollen Sie damit andeuten, dass meine Söhne mit diesen Kriminellen …«

Nicolo Sassi hob beschwichtigend die Hand. »Valverde! Klingt das nicht alles ein wenig nach vorgefasster Meinung? Drogen, Mafiosi, Dealer …, Sie sollten Ihren Blickwinkel erweitern. Die Söhne unseres verehrten Umweltministers sind durchaus ein Ziel für Rechtsextremisten, finden Sie nicht?« Sassis Blick kreuzte sich mit dem von Messoni, der nun aufgewühlt vor seinem Sessel stand.

»Nein, das finde ich nicht«, widersprach der Comandante energisch. »Falsche Rücksichtnahme bringt uns keinen Schritt weiter«, ergänzte er kühl.

»Sechs Tote, von denen zwei Personen zum sensiblen Kreis besonders gefährdeter Persönlichkeiten gehören! Mensch, Valverde, wo haben Sie Ihren Verstand gelassen? Wir haben es hier mit einem staatsgefährdenden Angriff auf unsere Regierung zu tun. Die Begegnung mit diesen Dealern vor der Bar kann durchaus auch Zufall gewesen sein.«

Valverde lachte auf. »Signore Sassi, erlauben Sie mir dazu eine Bemerkung, die meiner langjährigen Erfahrung als Ermittler entspricht: Die größte Tragödie ist, wenn eine hässliche Tatsache eine schöne Theorie ermordet. In Sizilien werden Sie keinen Rechtsextremisten finden, der ausgerechnet in Castelbuono ein Fanal unter Drogendealern veranstaltet.«

»Woher nehmen Sie nur Ihre Weisheiten, Valverde«, schnauzte Sassi zurück. »Inzwischen sind politische Ideologen ziemlich mobil und schaffen es sogar nach Sizilien, glauben Sie nicht?«

Valverde schüttelte energisch den Kopf. »Ich kann mir nicht vorstellen, dass politische Aktivisten in Sizilien einen Klassenkampf mit Schnellfeuerwaffen durchsetzen wollen. Sich jetzt auf eine politisch motivierte Tat festzulegen, ist mit Einfältigkeit nicht zu beschreiben, das ist schon Fahrlässigkeit.«

Der Leiter des Drogendezernates Michele De Cassini meldete sich lautstark zu Wort. »Ich schließe mich Valverdes Meinung an. Dieser Cesare Bianchi …«

»Wer ist denn das jetzt schon wieder?«, bellte Sassi dazwischen.

»Der Betreiber der Bar Albanesi. Eines der Opfer«, antwortete Cassini genervt. »Er wird seit mehr als einem Jahr von uns abgehört. Wir wissen, dass in der Bar mit Drogen gehandelt wird. Und zwar nicht zu knapp. Aber dank eingeschränkter Möglichkeiten und mangels stichhaltiger Beweise waren wir bislang nicht in der Lage, den Handel rund um Cefalù signifikant einzuschränken.«

»Ach ja?«, rief Sassi. »Das ist ja interessant! Wenn Sie das alles so genau wissen, weshalb haben wir diese Bar Albanesi dann nicht einfach dichtgemacht, den Pächter hopsgenommen und den Kerl ausgequetscht?«

Cassini schnaubte wie ein Nilpferd. »Weil wir schlichtweg nichts in der Hand hatten. Glauben Sie, diese Typen sind verblödet? Wir haben beispielsweise die Bar Albanesi komplett verkabelt. Jeder weiß doch, wie das bei uns läuft. Die eigentlichen Drahtzieher sitzen gemütlich am Tisch, schreiben auf kleinen Zettelchen, was sie sich zu sagen haben, während sie sich über völlig harmlosen Blödsinn unterhalten.«

Sassi warf Valverde einen scharfen Blick zu. »Eines verstehe ich nicht, Signore Comandante. Man sagt Ihnen nach, dass Sie höchst erfolgreich in diesem Milieu agieren. Wieso bringt man die Drahtzieher dann nicht zum Reden?«

Valverde lächelte bitter. »Die Ehre eines Mafiosos beruht auf seiner Verschwiegenheit. Das ist eine Binsenweisheit, die sich in unserer Justiz längst herumgesprochen haben sollte. Ein Mafiaboss, der redet, ist keiner. Ein Mafioso, der mit Fremden oder gar mit Carabinieri über interne Angelegenheiten redet, wäre ein *quaquaraquà*, ein Schwätzer – und damit nicht vertrauenswürdig. Und ein Boss, der nicht vertrauenswürdig ist, ist kein Boss. Soll ich das noch weiter ausführen?«

Sassi winkte entnervt ab. »Konzentrieren wir uns auf das Wesentliche. Was wissen wir über Montalbanos und Sardenos Söhne?«

»Ich kann dazu nur weitergeben, was an Gerüchten kursiert. Sie glauben doch nicht ernsthaft, dass Sie von Mitgliedern der sogenannten *Onorata Società* irgendetwas Verwertbares erfahren? Die Mafiosi werden alles, was sie tun, in irgendeiner Form verschleiern, damit die Ermittlungen im Sande verlaufen. Sie diffamieren ihre Gegner, um sich selbst in ein positives Licht zu stellen.«

»Genau wie unsere Politiker«, gackerte Della Ponte aus dem Hintergrund.

»Mäßigen Sie sich«, fuhr Sassi den Chef der DIA scharf an.

Valverde grinste und sprach unbeirrt weiter. »Aber davon abgesehen, Silvio Montalbano und Frederico Sardeno sollten in den nächsten Jahren die Führung im Clan übernehmen. Die zwei Alten, Don Sardeno und Zoppo, dürften nach diesem fürchterlichen Blutbad wenig zartfühlend sein, wenn es darum geht, ihre Söhne zu rächen.«

»Ich bin der gleichen Meinung«, warf Cassini ein. »Mich würde es wundern, wenn es in Cefalù und Umgebung ruhig bliebe.«

»Die Leute der beiden werden ein Gemetzel veranstalten, um den oder die Mörder zu finden«, ergänzte Valverde. »Zoppo wird seine Bluthunde Alfredo und Luigi von der Leine lassen. Davon bin ich fest überzeugt.«

»Kennen Sie diese Männer?«, erkundigte sich Sassi.

Valverde nickte. »Ich weiß, wer sie sind. Wer sie kennt, kann nachts nicht mehr schlafen – wegen der Alpträume.«

»Sind die beiden einschlägig bekannt? Können wir sie vorsorglich festnageln?«, erkundigte sich Generale Sassi.

»Nein«, knurrte Valverde. »Leider sind sie schlau, verschwiegen und begehen keine Fehler. Jedenfalls nicht solche, die es uns ermöglichen würden, sie hinter Schloss und Riegel zu bringen. Aber wir haben hübsche Fotos von den beiden. Alle, die mit ihnen zu tun hatten, werden schweigen wie ein Grab, sie haben wahnsinnige Angst.«

Nun schaltete sich De Cassini wieder in die Diskussion ein.

»Ich gebe Ihnen recht, Valverde, der Überfall war sicher kein Zufall. Die Sache auf der Piazza war minutiös geplant. Die Frage ist nur, von wem.«

Comandante Valverde nickte. »Das war keine zufällige Schießerei. Die beiden Familien Montalbano und Sardeno beherrschen seit Jahren die Gebiete rund um Cefalù und Agrigent. Sie können sicher sein, dass nicht nur die Söhne dieser hochgefährlichen Clanführer genau wissen, mit wem sie Geschäfte machen.«

»Ich tippe auf einen Drogenkrieg«, rief De Cassini dazwischen. »Eine Schicksalsbegegnung halte ich nach dem derzeitigen Stand der Ermittlungen für völlig ausgeschlossen.«

Valverdes Blick wanderte von einem zum anderen. Alle schienen über die eindeutige Festlegung des Leiters des Drogendezernates De Cassini völlig überrascht zu sein.

»Und ich sage Ihnen noch etwas«, polterte De Cassini weiter. »Montalbano und Sardeno werden ganz sicher nicht die Hände in den Schoß legen und abwarten, bis wir den Fall aufgeklärt haben.«

»Darauf kommen wir später noch zu sprechen«, brummte Valverde. »Es gibt Tonbandprotokolle, die darauf hinweisen, dass wir kurz vor einer Eskalation stehen.«

»Womit genau haben wir es hier Ihrer Meinung nach zu tun?«, unterbrach Generalstaatsanwalt Sassi den Comandante und fixierte ihn mit Habichtsaugen. »Sie sagten vorhin, es gäbe keine Zeugen. Niemand hat etwas gesehen. Sie lehnen sich ziemlich aus dem Fenster mit Ihren unbewiesenen Thesen.«

»*Scusi*, Signori«, begann Valverde zögernd und blickte in die Runde. Es stand ihm ins Gesicht geschrieben, dass er diese Frage nicht nur erwartet, sondern auch befürchtet hatte. »Darf ich offen sagen, was ich denke, auch wenn es in Anwesenheit von Minister Messoni nicht sehr pietätvoll klingt?«

Sassi machte eine auffordernde Handbewegung. »Ich gehe davon aus, dass der Minister ein Recht darauf hat, alles zu erfahren, das der Klärung dieses Falles dienlich ist.«

»Alle Anzeichen deuten im Augenblick darauf hin, dass es sich um einen riesigen Drogendeal handelt, bei dem Sergio und Tonino eine nicht unwesentliche Rolle gespielt haben. Mit der *Famiglia* macht man keine zufälligen Geschäfte. Das setzt Vertrauen voraus, und Vertrauen erwirbt man sich bei der Mafia nicht in vierzehn Tagen.«

Minister Messoni schien urplötzlich aus seinem Schockzustand erwacht zu sein. Seine Augen glühten vor Wut und Empörung.

Er brüllte los. »Was fällt Ihnen ein, Valverde! Sie sprechen von meinen Söhnen. Sie haben nichts, aber auch rein gar nichts mit Drogen zu tun!«

Valverde zeigte keinerlei Reaktionen. Seine Augen jedoch verbreiteten eisige Kälte. »Verehrter Signore Ministro, woher wollen Sie das so genau wissen? Ihre Söhne waren erwachsen und haben ihr ganz eigenes Leben geführt. Wahrscheinlich ist Ihnen das völlig entgangen. Wie es eben häufig so ist ...«

»Das ist eine Diffamierung! Eine ganz üble Diffamierung!«, tobte Messoni außer sich vor Zorn. »Sie haben die Stirn, hierherzukommen und zu behaupten, meine Söhne wären ganz gewöhnliche Dealer!«

Sassi hob beide Hände. »Calmo, Signore Ministro, beruhigen Sie sich. Der Comandante hat lediglich eine Meinung geäußert. Lassen Sie ihn bitte weiterreden. Es hat keinen Sinn, sich hier zu zerfleischen, auch wenn ich Ihren Zorn sehr gut verstehen kann.«

»Wir haben in der Bar unterm Tresen etwas mehr als vier Kilogramm reines Heroin und knapp ein Kilogramm Koks gefunden«, verkündete Valverde kühl. »Wir reden hier über einen Wert von etwa hundertsiebzigtausend Euro.«

»... die ja nun nicht zwangsläufig Tonino und Sergio gehört haben müssen, oder?«, fiel Generale Sassi Valverde ins Wort. »Wie steht es mit dem Besitzer der Bar? Kann es nicht sein, dass ihm der Anschlag gegolten hat? Schließlich ist er auch unter den Opfern, wie Sie sagten.«

Valverde zuckte mit den Achseln. »Beim jetzigen Stand der Ermittlungen bewegen wir uns im Bereich von Spekulationen und Wahrscheinlichkeiten«, erwiderte er. »Genauso gut könnte es sein, dass eine verfeindete Familie aus Palermo oder Syrakus ihren Markt erweitern wollte. Aber das ist eher unwahrscheinlich, davon hätten wir etwas mitbekommen. So unangenehm sich diese Überlegungen und Fakten für Signore Messoni in dieser schweren Stunde auch anhören mögen, wir dürfen nichts außer Acht lassen. Es ist eine unumstößliche Tatsache, dass Tonino und Sergio Kokain und eine sehr große Menge Bargeld bei sich trugen. Sie waren überdies mit automatischen Pistolen bewaffnet. Und nicht nur das …«

»Was denn noch?«, erkundigte sich nun Della Ponte scharf, als wolle er verhindern, dass noch mehr Unannehmlichkeiten auf sie zukämen.

»Ihre Magazine waren leer geschossen. Wir haben Dutzende Patronenhülsen aus den Waffen von Tonino und Sergio auf der Piazza gesichert.«

»Notwehr?«, erkundigte sich der Generalstaatsanwalt. Skepsis lag in seinem Ton.

»Mit dieser romantischen Annahme kann ich mich nicht anfreunden. Immerhin waren sie in Begleitung von Schwerkriminellen, die ebenfalls bewaffnet waren.«

»Was heißt hier anfreunden? Immerhin könnte es sein, dass Messonis Söhne zufällig diese …, diese Leute getroffen und sich lediglich verteidigt haben«, wandte der Generalstaatsanwalt Sassi ein.

»Leider kann ich im Augenblick nichts anderes sagen, als dass die Kugeln, die Carla Corodino getroffen haben, aus Toninos oder Sergios Waffe stammten. Sie haben wild um sich geschossen, um es noch dezent auszudrücken.«

»Und was schließen Sie daraus?« Sassis Ton hatte unvermittelt an Schärfe gewonnen.

»Ich schließe daraus, dass auf der Piazza niemand Rücksicht auf irgendjemanden genommen hat. Die Sachlage ist jedenfalls völlig undurchsichtig; alles könnte auch völlig anders sein, als es sich auf den ersten Blick darstellt.«

Alle Augen richteten sich auf Messoni, einen mittlerweile völlig gebrochenen Mann.

Die Ruhe im Raum lastete wie Blei auf allen Anwesenden. Selbst der als kaltschnäuzig und unbeugsam geltende Generalstaatsanwalt ließ einen Moment so etwas wie Betroffenheit se-

hen. Wie es schien, versuchte er, Valverde eine Sachlage sugge-
rieren zu wollen, die den Minister Messoni und die Regierung
schützen sollte.

»*Dica*, Comandante«, forderte Sassi Valverde unduldsam auf.
»Reden Sie weiter, aber ersparen Sie mir Ihre Spekulationen.«

»*Mi scusate*, Signore Generale, aber Sie wissen doch ganz genau: Ohne Spekulationen eröffnen sich auch keine neuen
Blickwinkel. Ich kann momentan nur Folgendes konstatieren:
Wer Täter und wer Opfer ist, lässt sich derzeit nicht beurteilen.
Die vermeintlichen Opfer könnten den oder die Mörder erwartet und angegriffen haben, als sich der Transporter der Bar näherte. Vielleicht haben der oder die Fahrer aber auch von vorn-
herein mit Gegenwehr gerechnet, und es entstand daraus ein
Feuergefecht. Wer mit der Schießerei angefangen hat, lässt sich
bis jetzt auch nicht sagen. Das Tragische an der Sache ist, dass
die kleine Carla Corodino entweder mit Toninos oder mit
Sergios Waffe getroffen wurde und dabei ums Leben kam. Genaueres wird die Obduktion ergeben.« Valverde bemerkte mit
einer gewissen Genugtuung die Bestürzung, die sich im Raum
breitgemacht hatte, und schwieg.

Messoni, der in der Regierung als unantastbare Macht galt,
sackte wie paralysiert in seinen Sessel. Mit zittrigen Händen
fasste er sich an die Brust. Valverde befürchtete, dass er jeden
Augenblick einen Infarkt erleiden könnte. »Brauchen Sie einen
Arzt?«

Messoni erhob die Hand und wehrte kraftlos ab.

Valverde bemerkte aus dem Augenwinkel, dass Sassi, der ge-
meinhin als cholerisch galt, bereits einen hochroten Kopf hatte.
Vermutlich stand er kurz vor einem Ausbruch.

»Sind Sie verrückt geworden?«, zischte Sassi durch die Zähne.
Er nahm die Hornbrille ab, hauchte die Gläser an und putzte
sie mit seiner Krawatte. Umständlich setzte er sie wieder auf
die Nase und nahm Valverde ins Visier. »Wie können Sie behaupten, dass das Mädchen ein Opfer von Tonino oder Sergio

sein könnte, wenn nicht alle Untersuchungen abgeschlossen sind?«

»Wie ich schon sagte, Kaliber, Projektile und Schusswunden lassen keinen Zweifel zu.«

»Nun gut, Signore Comandante, Sie können nichts für Ihre Dickfelligkeit. Ich werde mich bei den Ballistikern kundig machen, dann sehen wir weiter.« Sassi sah nicht aus, als würde er das Thema hier und jetzt vertiefen wollen. »Ich kann Ihnen nur raten, Valverde, diesen Überfall mit der gebotenen Diskretion zu behandeln und mit dem erforderlichen Engagement weiterzuverfolgen.«

Auch wenn Valverde zuweilen befürchtete, zwischen den Mühlsteinen der Politik, willfährigen Staatsanwälten und der allgegenwärtigen Mafia zerrieben zu werden, war es ihm bislang immer wieder gelungen, sich aus dem Klammergriff dieser sich gegenseitig bekämpfenden Organisationen zu befreien. In diesem Fall stand für ihn fest, dass der Generalstaatsanwalt alles tun würde, um den Minister zu schonen – ein hochrangiger Gegner also.

Valverde erlebte wieder einmal ein Déjà-vu. So banal es klingen mochte, so bitter war es doch. Spektakuläre Fälle in der besseren Gesellschaft zogen meist Behinderungen von Seiten der Politik nach sich. Die tagtägliche Arbeit litt häufig, und die Gründe waren vielfältig. Veraltete Büros, Computer mit unzureichender Leistung oder gar Banalitäten wie fehlendes Papier und mangelnde Bleistifte drückten auf die Motivation der Ermittler. Konnte man ihn und seine Mitarbeiter auf diese Weise nicht in die Knie zwingen, dann versuchte man es eben mit der Rationierung des Benzins für Dienstwagen und mit Einsparungen beim Personal. So sah der Alltag im italienischen Polizeileben aus.

»Wie wollen Sie bei Ihren Ermittlungen vorgehen, Comandante?«, knurrte Della Ponte aus dem Hintergrund. »Mit dem wenigen, was Sie momentan in der Hand haben, können Sie hier keinen Staat machen. Ich habe das Gefühl, Sie reden nur schlau daher.«

»Bei aller Wertschätzung, Signore«, erwiderte Valverde süffisant, »ich gedenke die Ergebnisse der Spurensicherung, der Ballistiker und des Pathologen abzuwarten, wie Sie es vermutlich auch nicht anders handhaben würden. Oder? Die Telefoninos der Toten befinden sich zur Auswertung bereits bei unseren Computerexperten. Sobald die Verbindungsdaten vorliegen, kann ich sicher auch neue Spuren verfolgen. In der Zwischenzeit werden meine Leute weiter nach Zeugen in Castelbuono suchen. Ich werde aus den Analysen meine Schlussfolgerungen ziehen und gewiss auch ein Gespräch mit Don Montalbano und Don Sardeno führen. Seien Sie versichert, dass wir nichts unberücksichtigt lassen.«

»Sie halten mich auf dem Laufenden?«, warf Sassi ein, wobei seine Frage nicht wie eine Bitte, sondern wie ein Befehl klang.

»*Naturalmente*«, erwiderte der Comandante und steckte sich umständlich eine Zigarette an. »Insofern Sie mich in Ruhe ermitteln lassen.«

»Was soll denn das heißen, Comandante?«, bellte Sassi.

»Das soll heißen«, polterte Valverde los, »dass Sie dazu neigen, sich persönlich ins polizeiliche Tagesgeschäft einzumischen. Ich sage das ganz explizit, Signore: Ich schätze das gar nicht. Es kostet mich wertvolle Zeit und lenkt mich vom Wesentlichen ab.«

»Sagen Sie«, brüllte Sassi los, »sind Sie von allen guten Geistern verlassen? Ich bin noch immer Ihr oberster Vorgesetzter!«

»Das ist völlig richtig, Herr Generalstaatsanwalt. Aber so wenig, wie Sie sich von mir ins Handwerk pfuschen lassen, so wenig lasse ich zu, dass Sie meine Arbeit beeinflussen.«

»Wir sprechen uns noch!«, brüllte Sassi ungehalten, packte sein Smartphone, das vor ihm auf dem Tisch lag, und wandte sich brüsk ab.

Aus den Augenwinkeln beobachtete Valverde den höchsten Ankläger Italiens, wie er sich erhob und aus Messonis Wohnzimmer stürmte. Keiner der Zurückgebliebenen sprach ein Wort. Alle verharrten scheinbar sinnierend um den Tisch und vermieden jeglichen Blickkontakt.

Noch im gleichen Augenblick bedauerte Valverde seinen Temperamentsausbruch. Aber er war sich sicher, dass seine emotionale Entgleisung kaum Folgen haben würde, zumal er wusste, dass Sassi seine Arbeit gewöhnlich sehr schätzte. Sie alle standen unter enormem Druck, da konnten Emotionen schon hochkochen.

Nach Minuten des Schweigens erschien der Generalstaatsanwalt wieder im Wohnzimmer. Seinem Pokerface war nicht das Geringste zu entnehmen, obwohl sein Telefonat eine gefühlte Ewigkeit gedauert hatte.

»Ich habe gerade mit unserem Justizminister gesprochen. Wir sind übereingekommen, eine absolute Nachrichtensperre zu verhängen. Das bedeutet, dass niemand in diesem Raum hier der Presse gegenüber verlautbaren lässt, was besprochen wurde. Außerdem stehen wir kurz vor den Wahlen. Wenn sich dieser Fall zu einem Skandal ausweitet, laufen wir Gefahr, die Wahlen …«

»Es ist doch immer das Gleiche«, fiel ihm Valverde kopfschüttelnd ins Wort. »Wahlen, Wahlen, Wahlen! Am liebsten würde man über alles, was unbequem, unappetitlich und für die Mächtigen unzuträglich werden könnte, eine scheinheilige Decke legen. Aber ich kann Sie beruhigen: Meiner Erfahrung nach ändert sich sowieso nichts.«

»Sie sollten nur über das reden, wovon Sie etwas verstehen«, wies Sassi den Comandante zurecht.

»Ich verstehe immerhin eines: Die Wahlen hätte man längst verboten, bestünde die Gefahr, dass hinterher Veränderungen eintreten.«

»Schluss mit dieser idiotischen Debatte«, fauchte Sassi mit hochrotem Kopf. »Es bleibt dabei. Ich habe hiermit eine Nachrichtensperre verfügt. Niemand spricht mit den Medienvertretern.«

»Von mir hätte ohnehin keiner etwas erfahren«, wandte De Cassini ein. »Ich meide die Presse wie die Pest. Und soweit ich weiß, pflegen meine Kollegen eine ähnliche Haltung.«

Die Herren nickten beifällig.

»Außerdem habe ich vereinbart, dass der Name unseres werten Ministro Messoni geschützt werden muss. Jedenfalls so lange, bis wir in einer gemeinsamen Sitzung einen eventuellen Notfallplan erarbeitet haben.«

»Wie soll das gehen?«, fragte Valverde. »Die Presseheinis wissen doch schon längst Bescheid.«

»Wenn Sie gefragt werden, ist Ihnen die gängige Floskel ja wohl hoffentlich bekannt: kein Kommentar …«

Inkasso mit Folgen

Pulitore saß am offenen Kamin in seinem Lehnstuhl und beobachtete das knisternde Feuer. Emma, der schweigsame Schatten des Hauses, hatte vor Einbruch der Dunkelheit die Hunde versorgt. Über dem Ätna stiegen dunkle Rauchwolken auf, und der Berg rumorte vernehmlich. Schon seit Stunden hatten sich seine Hunde in den äußersten Winkel des Zwingers verkrochen, ein deutliches Anzeichen, dass der Vulkan ausbrechen und seine glühende Lava in den Himmel schleudern könnte. Emma schlurfte in ihren ausgetretenen Filzpantoffeln durch die Küche und stellte in einem Weidenkorb Käse und Salsiccia auf den Tisch. Erneut polterte der Mongibello vernehmlich. Die Alte blieb abrupt stehen und warf einen besorgten Blick durchs Fenster. Dann schüttelte sie den Kopf und verließ seufzend den Raum.

Pulitores Smartphone klingelte in der Hosentasche. Er zog es hervor und stellte die Verbindung her. Eine ihm wohlbekannte Männerstimme am anderen Ende der Verbindung meldete sich mit einem kurzen: »*Dica!*«

»Der Müll ist beseitigt«, sagte er emotionslos.

»Das Geld wird an den vereinbarten Ort gebracht«, erwiderte der Teilnehmer.

»Wann?«

»In drei Stunden. Du kannst es an der vereinbarten Stelle abholen.«

Pulitore trennte die Verbindung. Sein Blick fiel auf den Tisch und den Berg appetitlicher Tramezzini, die Emma für ihn hergerichtet hatte. Nein, im Augenblick hatte er keinen Hunger. Er schloss die Augen, genoss die wohltuende Wärme aus dem Kamin und ließ seine Gedanken in die Vergangenheit schweifen.

Das Leben ist eine merkwürdige Angelegenheit, dachte er fatalistisch, und das eigene ganz besonders. Bilder aus seiner Jugendzeit bemächtigten sich seiner. Urplötzlich war damals die äußere Welt in sein Dorf und in sein Dasein eingedrungen und hatte ihm eine Richtung vorgegeben, aus der es weder einen Ausbruch noch die Chance für eine Korrektur gab. Und die Tatsache, dass er nach all den Jahren des Herumziehens hier oben in der Einsamkeit gelandet war, verdiente seiner Meinung nach nur einen Begriff: selektive Konsequenz der Gewalt.

Er hatte früh verstanden, wie die Dinge in seinem Dorf liefen und wie man sich erfolgreich durchsetzte. Als sein Vater am helllichten Tage in Borrello Alto, einem winzigen sizilianischen Bergdorf, bei einer Auseinandersetzung rivalisierender Clans erschossen wurde, war er gerade fünf Jahre alt gewesen. Seine Mutter musste sich prostituieren, um die Kinder durchzubringen. Nach Beendigung der Schule boten sich ihm nur wenige Alternativen: Carabiniere, Kirche oder Mafia. Die ersten beiden Möglichkeiten schieden aus, denn die Familie war auf jeden Cent angewiesen, den er auftreiben konnte. Er tat sich also mit einem Freund zusammen, den er schon aus Kindertagen kannte. Sie hatten gemeinsam die Schulbank gedrückt und miteinander Fußball gespielt, im Supermarkt Süßigkeiten geklaut und als Jugendliche kleine Ladenbesitzer erpresst. Das ging so lange gut, bis er und sein Kumpel von Mafiosi fast totgeschlagen wurden, weil sie von ihrer Beute nichts abgeben wollten. Wäre nicht ein Straßenhund, den er regelmäßig gefüttert hatte, dazwischengegangen, wäre die Sache für ihn wohl schlecht ausgegangen.

Dieses Ereignis hatte ihn damals zutiefst beeindruckt. Von diesem Augenblick an kümmerte er sich leidenschaftlich um die streunenden Vierbeiner, die sich tagtäglich vor dem Haus herumtrieben. Er kaufte Futter, das er mit dem Geld aus seinen Beutezügen bezahlte, kurierte die von Flöhen und Parasiten gequälten Streuner, und in schlimmen Fällen schaffte er sie sogar zum Tierarzt. Es war seine glücklichste Zeit. Pulitore lächelte bei diesem Gedanken.

In seinem Kopf erstand plötzlich das Bild seiner Mutter, wie sie ihm vor vielen Jahren – er war gerade sechzehn geworden – nach alter Sitte die blutige Jacke des Vaters übergeben hatte. Er wusste, dass er am Tag der Entlassung des Mörders vor dem Gefängnis zu stehen hatte, gekleidet in ebenjene blutbesudelte Jacke, um seinen Vater zu rächen. Er wurde zum gehorsamen Vollstrecker. Jedem im Dorf war klar, wer seinen Vater gerächt und die Bluttat begangen hatte. Von diesem Tag an zollten ihm die Jugendlichen des Ortes Respekt. Dann kam der Tag, als man ihm anbot, für viel Geld einen Tankstellenbesitzer umzubringen. Mit den Worten »*tutto pulito*« – alles gereinigt – hatte er damals seinem Auftraggeber Vollzug gemeldet und sein Honorar kassiert. Seitdem hieß er hier nur noch Il Pulitore.

Die Nacht war hereingebrochen. Der Scheinwerfer seines Fiats fraß sich auf der kurvenreichen Straße durch Zitronen- und Olivenhaine. Gerade war ein heftiger Regenguss niedergegangen. Vom erhitzten Asphalt stieg Dunst auf und legte sich wie ein feiner Nebelschleier über das Bergland ringsum. Pulitore fuhr zügig, denn er kannte die Straße und hätte sie sogar im Schlaf mühelos bewältigt. Wie üblich, wenn er unterwegs war, saß Diabolo hechelnd auf dem Rücksitz.

Als vor ihm das zerschossene Ortsschild von Fornazzo auftauchte, reduzierte er die Geschwindigkeit. Minuten später stand er in der Nähe des verlassenen Bauerngehöftes, weit abseits der Straße. Den Wagen hatte er zwischen zwei dicht bewachsenen Büschen geparkt.

»Such!«, befahl er dem Hund und öffnete die Beifahrertür. Der muskulöse Pitbull sprang aus dem Wagen, um in der Dunkelheit zu verschwinden. Pulitore nahm seine Pistole aus dem Handschuhfach, eine ihm durch sein manisches Misstrauen in Fleisch und Blut übergegangene Handlung, und legte sie auf den Beifahrersitz. Dann zündete er sich eine Zigarette an. Lange würde es nicht dauern, bis der Hund von seinem Ausflug zurückkäme. Reglos blieb er im Wagen sitzen und sondierte das Gelände um das Haus, das mit mannshohem Dickicht, wilden Kakteen und einigen Bäumen umgeben war. Er konnte sich auf Diabolo verlassen. Sein Hund würde alles aufstöbern, was zwei Beine hatte und sich in der näheren Umgebung herumtrieb – besonders, wenn besagte Beine in Uniformhosen steckten. Bis dahin würde er die zweite Rate seines Honorars, das im Briefkasten deponiert war, nicht anfassen.

Nach einigen Minuten des Wartens hörte Pulitore, wie Diabolo durchs Unterholz brach und auf das Auto zukam. Freudig stellte er sich auf die Hinterbeine und leckte ihm die Hand, die er ihm entgegenstreckte. »Lass mich raus«, flüsterte er, tätschelte dem mächtigen Terrier den Kopf und stieg aus seinem Fiat Punto.

Entspannt schlenderte er zum Briefkasten und öffnete ihn. Er war leer. Ohne das geringste Anzeichen von Ärger oder Enttäuschung befahl er Diabolo, auf den Rücksitz zu springen, stieg wieder in den Wagen und fuhr nach Hause. Ärger ging stets mit Gefahr einher, zu dieser Erkenntnis war er gelangt. Alles hatte seine Zeit, und sein Geld würde ihm niemand vorenthalten. Auf Pulitores Gesicht lag ein böses Grinsen.

Er war schon früh auf den Beinen. Punkt acht Uhr bekamen seine Lieblinge ihr Fressen. Umringt von zwei Dutzend Hunden, verteilte er im Zwinger die vorbereiteten Schüsseln und Näpfe und achtete darauf, dass es nicht zu Raufereien kam. Während der Fütterung reinigte er das Areal von Kot, warf einen Blick in die Hundehütten und überprüfte den Zaun nach Löchern. Gerade als er wieder ins Haus gehen wollte, tönte sein Telefonino in der Küche. Schnellen Schritts ging er zum Tisch. »*Pronto! Dica!*«, meldete er sich atemlos.

»Warten Sie auf ein Päckchen?«, fragte eine energische Stimme.

»Ja.«

»Wir bedauern unendlich, aber die Dinge haben sich …«

»Mit wem spreche ich?«, unterbrach Pulitore den Anrufer rüde.

»Mit Consigliere Di Stefano.«

»Consigliere wer?«

»Das ist wohl eine rhetorische Frage. Sie wissen genau, von wem die Rede ist.«

»Hören Sie zu, Sie Handlanger«, knurrte Pulitore. »Ich hatte eine Vereinbarung mit Signore Neri. Er hat sie nicht eingehalten und wird die Konsequenzen zu tragen haben.«

»Wir müssen miteinander reden«, erwiderte Di Stefano, ohne auf Pulitores Drohung einzugehen. »Ich schlage vor, dass wir uns an einem neutralen Ort treffen.«

»*Vaffanculo*«, knurrte Pulitore ungehalten und beendete das Gespräch mit einem Fingerdruck auf die Trenntaste. Noch nie zuvor war jemand so dumm gewesen, ihm sein Honorar vorzuenthalten. Aber ganz egal, welche Ausreden ein Auftraggeber sich einfallen ließ, er würde bezahlen – entweder mit Geld oder mit seinem Leben.

»*Merda*«, fluchte Pulitore, als sich sein Telefonino erneut meldete.

»Bitte legen Sie nicht auf. Kommen Sie nach Giardini Naxos. Den Ort kennen Sie ja sicher.«

»Natürlich kenne ich das Kaff, aber weshalb sollte ich? Ich habe eine Menge Arbeit, wissen Sie«, schnauzte Pulitore.

»Ich sagte doch, wir müssen reden. Am Ende der Via Paladino befindet sich eine kleine Cafébar, ich erwarte Sie dort um zwei Uhr.«

Pulitore sah auf die Wanduhr in der Küche. »Vergessen Sie das Geld nicht«, entgegnete er und beendete das Gespräch. Er hatte ohnehin schon zu viele Worte mit diesem Di Stefano gewechselt.

Er setzte sich zu Emma, die mit schwieligen Händen eine Kiste Kartoffeln ausräumte, das Küchenmesser lag schon bereit. Wortlos rauchte er eine Zigarette und beobachtete sie bei ihren Vorbereitungen. Pulitore schätzte ihre Kochkünste, aber so wie sich heute alles entwickelte, würde er wohl auf das Mittagessen verzichten müssen.

»Ich muss gleich weg«, sagte er seufzend. »Ich wärme mir das Essen heute Abend dann auf.«

Die Alte nickte, ohne aufzuschauen, und begann schweigend, die Kartoffeln zu schälen.

Eine Stunde später war er schon unterwegs. Die Seitenscheiben heruntergedreht und den Arm aus dem Fenster gereckt, genoss er den Fahrtwind, der durch das Auto wehte. Hinter ihm hechelte Diabolo.

Die Straße führte an reizenden Dörfern vorbei, inmitten von Weinbergen und Olivenhainen. Nach knapp zwanzig Minuten ging es zum Meer hinunter, und Pulitore bog in die Küstenstraße ein. Böiger Wind traf ihn von der Seeseite, Wellen türmten sich am Ufer auf, und die Gischt spritzte an Land und bespuckte die Scheiben seines Wagens.

Die schmale Asphaltstraße schlängelte sich durch wild wuchernde Vegetation, die schon fast tropisch anmutete. Sattes Grün und bunte Blüten gaben sich ein Stelldichein. Auf der einen Seite wetteiferten rosa Kamelien und gelbe Mimosen mit leuchtend roten Flamboyants, lila Hibisken und pinkfarbenen Bougainvilleen, während auf der anderen Seite die azurblaue Bucht des Golfs von Catania jedes Foto in den Schatten stellte – der reinste Rausch der Farben.

Pulitore hatte den schönsten und geschichtsträchtigsten Flecken der Insel erreicht, nahm jedoch kaum Notiz davon, sondern konzentrierte sich auf den starken Verkehr, der nun auf der Küstenstraße herrschte. Einst waren die Schiffe von Odysseus an dieser Küste gelandet, ein Gebiet, in dem der fürchterliche Polyphem seine Schafe vor den Felshöhlen hütete. Pulitore befand sich jetzt auf dem geheimnisumwitterten Archipel der Zyklopen. Die Sage erzählte von sieben Felsinseln, die sich vor dem ehemaligen Fischerdorf Aci Trezza aus dem Meer erhoben, einer Familie versunkener Giganten gleich.

Doch Pulitores Gedanken kreisten nicht um Mythen und Sagen, er befand sich in der Gegenwart und analysierte mit kalter Präzision noch einmal das Geschehen. Den Auftrag hatte er erledigt. Es war keine besonders große Sache gewesen, sah man einmal davon ab, dass seine Zielpersonen nicht alleine vor der Bar gestanden hatten. Aber solche Aktionen bargen immer die Gefahr, dass etwas Unvorhersehbares eintrat. In diesem Falle war es um die zwei Männer, mit denen er nicht gerechnet hatte, nicht schade, zumal sie bewaffnet waren und er das unbestimmte Gefühl hatte, von ihnen bereits erwartet worden zu sein.

Die ganze Sache war in einer Minute erledigt gewesen, ein wenig länger, als er angenommen hatte. Auch seine Flucht durch die Via Aduina war nicht so abgelaufen wie geplant. Ein entgegenkommender Lastwagen hatte ihm den Weg verstellt. Es waren nervenaufreibende Sekunden gewesen, in denen er nicht einschätzen konnte, wie schnell die Carabinieri zur Stelle wären. Deshalb hatte er die Maschinenpistole kurzerhand in hohem Bogen über die Steinmauer eines Grundstückes geworfen und seine Handschuhe unter den Sitz gestopft. Es war ein ungeschriebenes Gesetz der Mafia, sich nach der Tat der Waffe möglichst schnell zu entledigen, um im Fall einer Verhaftung nicht mit dem Beweismittel angetroffen zu werden.

Zum Glück hatte sich der Stau dann schnell aufgelöst, so dass er wenig später die Stadtgrenze von Castelbuono erreichte. Von dort war er mit dem Kleintransporter in eine der unwegsamen Schluchten des Monte Sona gefahren. In einem verlassenen Steinbruch, wo ganz in der Nähe sein alter Fiat geparkt war, hatte er das Fluchtfahrzeug mit Benzin übergossen. Als der Wagen in hellen Flammen stand, wandte er sich seinem verbeulten Punto zu und setzte die Fahrt fort.

Gegen Mittag erreichte Pulitore mit seinem Fiat die E 35, eine vielbefahrene Autostrada, die über Taormina nach Messina führte. Seiner Berechnung nach würde er lang vor der vereinbarten Zeit am Treffpunkt ankommen. Es war immer gut, noch die Umgebung zu sondieren. Diabolos Hecheln auf der Rückbank wurde stärker, obwohl das Seitenfenster ganz heruntergelassen war, damit dem Hund der frische Fahrtwind um die Nase wehte.

Fünfundzwanzig Minuten später tauchte vor ihm die Ausfahrt Giardini Naxos auf. Pulitore drosselte die Geschwindigkeit und setzte den Blinker. Gemächlich rollte er über die Via Paladino ins touristische Zentrum der kleinen Ortschaft. Je näher er der Strandpromenade kam, desto dichter wurde der Verkehr. Diabolo streckte seinen Kopf aus dem Fenster, als wolle er die gemächliche Fahrt, den Wind und die Gerüche auf der sich fast zwei Kilometer am Meer entlangziehenden Straße genießen.

Wie an einer Perlenschnur reihten sich auf der einen Straßenseite Restaurants, Cafés und Hotels aneinander – hübsche Häuser mit weißen Fensterrahmen und wehenden Gardinen in den offenen Fenstern. Auf der anderen Seite frönten die Badegäste dem Strandleben. Aus dem einstigen Fischerdorf war ein beliebter Urlaubsort geworden. Bunte Pizzabuden, unzählige Verkaufsstände, Läden mit Andenken, Bademoden, Postkarten und billigen Spielsachen verliehen dem Ortsbild den Charakter eines turbulenten Jahrmarktes. Hotelpaläste oder moderne Klötze aus Beton, Stahl und Glas suchte man hier vergeblich. Dennoch gehörte die schmale Küstenstraße zu den beliebtesten Flaniermeilen Siziliens. Selbst in der Nebensaison kam man mit dem Auto nur im Schritttempo voran.

Allmählich näherte sich Pulitore seinem Ziel. Die Via Quattro Novembre, eine Seitengasse, die von der Küstenstraße zu einer kleinen Piazza verlief, war nicht weit von seinem vereinbarten Treffpunkt entfernt. Hier konnte er unbeachtet den Fiat abstellen. Er steuerte seinen Wagen in eine schmale Parklücke, dann nahm er aus dem Handschuhfach eine Plastiktüte, in der er seine gesäuberte Browning und seine Lederhandschuhe verstaut hatte, und stieg aus dem Wagen. Diabolo folgte ihm auf dem Fuß. Entspannt schlenderte er hinüber zum Fischerhafen und warf einen Blick auf das emsige Treiben. Ein Händler hatte sich an der Kaimauer postiert und bot auf seinem zweirädrigen Karren Krebse und Gamberetti, Tinten- und Schwertfisch feil. Gleich daneben befand sich eine Tabaccheria, die Kinderspielzeug, Parfüm und Lose diverser Lotterien verkaufte. Er schlenderte vorbei an nostalgischen Holzbänken, auf denen alte Frauen saßen und ihre Enkel beaufsichtigten. Alles sah so friedvoll aus.

An einer kleinen Cafébar machte er schließlich halt. Er vergewisserte sich, dass ihn niemand beobachtet hatte, und suchte sich dann einen der freien Tische vor der Bar aus. Von hier aus hatte er einen guten Blick auf jeden, der sich ihm näherte.

Pulitore setzte seine Sonnenbrille auf, zog die Handschuhe über und warf einen flüchtigen Blick auf seine Armbanduhr. Noch mehr als eine Stunde Zeit. Zu dieser Stunde hielten sich in Strandbuden und Eiscafés hauptsächlich Touristen auf, die sich auf dem Rückweg zu ihren Quartieren befanden und sich vor der Siesta noch eine kleine Erfrischung gönnen wollten.

Die rote Markise spendete angenehmen Schatten, und die Brise vom Meer machte die hohen Temperaturen zur Mittagszeit erträglich. Diabolo verkroch sich unter den Stuhl seines Herrn und streckte alle viere von sich. Pulitore erweckte den Anschein, als habe er alle Zeit der Welt und würde das bunte Treiben ohne sonderliches Interesse an sich vorüberziehen lassen.

Er bestellte einen Espresso, zündete sich eine Zigarette an und nahm jede Person in Augenschein, die vorbeikam. Nichts verabscheute er mehr als Zufälle und Überraschungen, besonders wenn es um die Bezahlung seines Honorars ging.

Nach dem dritten Espresso war mehr als eine Stunde vergangen. Seine innere Anspannung nahm zu. Ein paar Leute waren ihm verdächtig vorgekommen, stellten sich aber als harmlose Passanten heraus. Pulitore kniff seine Augen zu schmalen Schlitzen zusammen, als der Kellner der Bar direkt auf ihn zusteuerte.

»Sie werden am Telefon verlangt.« Er deutete zur Tür und fügte wegen des fragenden Blickes seines Gastes hinzu: »Drinnen, an der Theke.«

Pulitore erhob sich mit einem knappen Nicken und ging, gefolgt von seinem Hund, in die Cafébar hinein. Eine hübsche junge Dame hinter dem Tresen hielt ihm wortlos den Hörer hin. Diabolo legte sich neben ihn auf die kühlen Fliesen.

»*Pronto?*«

»Dottore Di Stefano. Ich wollte nur wissen, ob Sie schon da sind«, sagte die Stimme und trennte sofort die Verbindung.

Pulitore wandte seinen Blick zum Ausgang, sah aber niemanden. Er gab der jungen Dame hinter dem Tresen einen Wink und reichte ihr den Hörer zurück. Dann legte er einen Zehn-Euro-Schein hin. Gerade, als er gehen wollte, sprach ihn ein eleganter Herr an, der im Begriff war, sein Handy einzustecken.

»Haben Sie einen Augenblick Zeit?«

Pulitores Miene nahm einen unterkühlten Zug an. Reglos musterte er den großen, schlanken Herrn im beigen Sommeranzug. Ein Maßanzug, das erkannte er sofort – und speicherte die Information wie ein Computer ab. Das graumelierte Haar und der olivfarbene Teint des Mannes standen in scharfem Kontrast zu seinen eisigen, wasserblauen Augen, die ihn einen Moment irritierten. Sein Blick fiel auf die Hände seines Gegenübers. Sie waren feingliedrig und gepflegt. Am linken Ringfinger steckte ein schwerer, roter Siegelring. Er hatte es nicht mit einem gewöhnlichen Kerl zu tun, er war ein Hai, der von seinem Auftraggeber betraut worden war, mit ihm zu verhandeln.

»Pulitore?«

»Was soll die dämliche Frage?«, bellte er. »Haben Sie das Geld?«

»Lassen Sie uns ein paar Schritte gehen«, forderte ihn der Consigliere herablassend auf und bedeutete ihm mit einer knappen Kopfbewegung in Richtung Promenade, ihn zu begleiten. Widerstrebend schloss sich Pulitore dem Fremden an.

Gemeinsam überquerten sie die stark befahrene Straße und mischten sich unter die flanierenden Passanten, während Diabolo seinem Herrchen keinen Schritt von der Seite wich. Eine ganze Weile gingen sie auf der Promenade nebeneinanderher, ohne ein Wort zu wechseln. Es lag auf der Hand, der Mann suchte die anonyme Öffentlichkeit, um einer Eskalation aus dem Weg zu gehen. »Ihr Einsatz ist gründlich danebengegangen«, sagte er in leisem Plauderton.

Pulitore bedachte den Consigliere mit einem abfälligen Blick. »Wer sagt das?« Wenn er etwas hasste, dann waren es überhebliche Zeitgenossen, die sich auf ihren Titel und ihren Status etwas einbildeten. Und gute Manieren ordnete Pulitore prinzipiell dem Versuch zu, aus vermeintlicher Unterwürfigkeit Profit zu schlagen. Doch da hatte der Typ sich geschnitten.

»Ich fürchte, dass es kein weiteres Geld geben wird«, fügte der Anwalt hinzu. »Sie können froh sein, dass mein Mandant seine Anzahlung nicht zurückfordert.«

Pulitore setzte ein zynisches Lächeln auf und blieb stehen. »Sind Sie Komiker von Beruf?«

»Ich meine das durchaus ernst«, erwiderte Di Stefano schroff und ließ ein süffisantes Lächeln sehen.

»Ihr Mandant hat zwei Möglichkeiten.« Pulitore machte eine beredte Pause, bevor er ebenfalls im Plauderton fortfuhr: »Er kann von einer Brücke springen, oder er kann sich erschießen. Von dem Gedanken auszuwandern, würde ich ihm allerdings abraten, das würde ihm nicht weiterhelfen.«

Di Stefano lachte freudlos auf. »Sie überschätzen sich, mein Lieber.« Anscheinend hatte der Anwalt noch nicht bemerkt, dass er Pulitore mit seiner jovialen Art provozierte, und redete im gleichen Ton weiter. »Sie haben weder Signore Neris Gewichtsklasse, noch haben Sie die gleiche Blutgruppe. Damit will ich sagen: Er wird Mittel und Wege finden, um Sie loszuwerden.«

»So? Tatsächlich?«, brummte Pulitore.

»Tatsächlich«, echote Di Stefano. »Schlechtere Karten als Sie kann man gar nicht haben. Sie verstehen sicher, was ich meine. Sie sind gar nicht in der Position, mir oder Signore Neri zu drohen.«

»Signore, das war doch keine Drohung, es war ein Ratschlag – samt kostenlosen Alternativen.« Pulitore blieb stehen und hielt seinen Begleiter zurück. »Und noch etwas: Machen Sie mich nicht wütend, sonst drehe ich Ihnen auf der Stelle den Hals um.«

Der elegante Di Stefano zuckte erschrocken zurück. Er sah Pulitore in die Augen, um zu prüfen, ob er diese Unverschämtheit ernst meinte. Missbilligend schüttelte er den Kopf, als wolle er einem kleinen Jungen klarmachen, dass er etwas Dummes gesagt hatte. »Mir scheint, Sie wissen gar nicht, in welche Lage Sie meinen Klienten gebracht haben. Es gab sechs Tote, darunter ein kleines Mädchen. Und damit nicht genug.«

»Was soll das?«, fauchte Pulitore mit unterdrückter Wut.

»Sind Sie wirklich so einfältig? Anstatt zu tun, was man Ihnen aufträgt, bringen Sie ganz nebenbei auch noch die Söhne zweier Mafiabosse um.« Di Stefano bedachte Pulitore mit einem hämischen Blick. »Haben Sie einen blassen Schimmer, was dieses Massaker in Italien auslösen wird? Sind Sie sich darüber im Klaren, dass Sie jetzt nicht nur von den Carabinieri, sondern auch von der Mafia gejagt werden? Von meinem Auftraggeber will ich erst gar nicht reden. Er wird vermutlich einen Ihrer Kollegen beauftragen, Sie zu beseitigen. In Ihrer Haut möchte ich jedenfalls nicht stecken.«

Pulitore schien zum ersten Mal von den Worten des Anwaltes beeindruckt zu sein. Seine Miene erstarrte zu einer Maske, und seine Augen weiteten sich für einen Moment.

»Ein Kind zu erschießen ist nicht nur eine Schweinerei, es ist ein Sakrileg«, setzte der Anwalt seinen Angriff fort.

»Wie kommen Sie überhaupt auf den völlig idiotischen Gedanken, dass ich ein Kind erschossen habe? Ich habe zwei Männer beseitigt, die Ihrem Mandanten lästig waren. Dass zwei weitere Männer direkt daneben standen, war einfach nur Pech. Von einem Kind weiß ich nichts.«

»Sie sind offensichtlich nicht nur unfähig, sondern auch uninformiert.« Der Fremde schüttelte fassungslos den Kopf. »Sämtliche TV-Sender Italiens beschäftigen sich mit nichts anderem mehr. Einen Skandal dieses Ausmaßes hat es in Sizilien meines Wissens noch nicht gegeben. Verlassen Sie sich darauf: Die Justiz wird alles unternehmen, um den Mörder zu finden. Sie haben keine Chance. Und sollte man Sie fassen, würde ich an Ihrer Stelle den Namen Neri noch nicht einmal denken, geschweige denn aussprechen.«

Pulitore schien für einen Augenblick perplex. Wollte ihn dieser Winkeladvokat etwa veralbern? Er schob den Gedanken beiseite. »Ich habe einen Auftrag erledigt. Die Art und Weise, wie ich dabei vorgehe, ist allein meine Sache.« In seinen Augen glühte nun ein gefährliches Feuer. Vermutlich hatte dieser Dottore die Anweisung, ihm Angst einzujagen. Pulitore rief sich die Bilder von Castelbuono ins Gedächtnis. Wenn wirklich ein Kind erschossen worden war, dann sicher nicht von ihm.

»Sie haben mit diesem Irrsinn nicht nur die Sicherheit meines Mandanten gefährdet«, nahm der Anwalt den Gesprächsfaden wieder auf, »Sie haben auch dafür gesorgt, dass jeder Carabiniere scharf auf Ihren Kopf ist. Dieses Blutbad haben ausschließlich Sie zu verantworten.«

Pulitores abfällige Miene verriet, dass ihn sein Gesprächspartner nicht im mindesten beeindruckt hatte. »Ich will mein Geld, und ich werde es kriegen«, raunte er.

»Das können Sie vergessen! Ich gebe Ihnen einen guten Rat: Verschwinden Sie aus diesem Land. Am besten nach Südamerika. Das Äußerste, was ich für Sie noch tun kann, ist, Ihnen einen neuen Pass zu beschaffen.«

Dieser geschniegelte Consigliere ging ihm gewaltig auf den Sack. Er glaubte wohl, ihn beeindrucken oder ihn gar in die Defensive drängen zu können. Es war unüberhörbar, dass der feine Herr wieder an Selbstsicherheit gewonnen hatte. »Was sind Sie? Prophet? Hellseher? Oder nur ein verdammter Pharisäer?«

»*Avvocato*, wenn Sie nichts dagegen haben ...«

Pulitore hasste das herablassende Lächeln dieses Mannes. Wie es schien, hielt Di Stefano das Treffen nicht nur für beendet, sondern er wollte ihn auf seine anmaßende Art auch noch abwimmeln. Urplötzlich packte Pulitore den smarten Anwalt mit beiden Händen am Revers seines Sakkos. »Ich sag dir was: Das Hinterhältige am Leben ist, dass du nie weißt, wann du deine letzten Worte gesprochen hast.«

Di Stefano blieb stehen. »Sparen Sie sich Ihre dummen Sprüche.«

»Ich würde an deiner Stelle das Maul nicht so weit aufreißen.«

»Machen Sie hier keinen Aufstand«, presste Di Stefano sichtlich verängstigt hervor. »Die Leute beobachten uns schon. Ich werde mich jetzt von Ihnen verabschieden.« Er musterte ihn von oben bis unten, als wäre er ein widerliches Insekt.

Sie standen am Ende der Straße, die sich verengte und in einem langen Bogen ins Zentrum der Ortschaft hineinführte. Noch ehe sich der feine Anwalt unter eine vorbeiflanierende Touristengruppe mischen konnte, um sich abzusetzen, packte Pulitore den Mann am Oberarm und bugsierte ihn in eine Seitengasse.

»Sind Sie noch ganz bei Trost?« Wütend riss sich der Rechtsanwalt los und strich mit beiden Händen das Revers seines Anzugs glatt. »Benehmen Sie sich gefälligst …« Der Satz blieb ihm im Halse stecken. Er blickte in die schwarze Mündung einer Browning. Als er neben sich auch noch das bedrohliche Knurren dieses hässlichen Köters hörte, war es vorbei mit seiner Selbstbeherrschung. Er hatte dieses verlauste Mistvieh, das seinem Herrn lammfromm folgte, völlig ausgeblendet. Jetzt stand dieses Untier zähnefletschend vor ihm und glotzte ihn an. Offenkundig hatte der Pitbull seinen Schritt im Visier.

»Sind Sie wahnsinnig?«, keuchte er. »Halten Sie mir diese Bestie vom Leib, und stecken Sie Ihre verdammte Pistole weg.«

»Sein Name ist Diabolo.« In Pulitores Miene stand ein sardonisches Grinsen. »Erstklassig erzogen. Gehorcht aufs Wort. Er geht Ihnen auf Kommando an die Eier.« Pulitore drückte ihm nachdrücklich den Pistolenlauf in die Rippen und schob den Anwalt vor sich her.

»Was wollen Sie damit erreichen?«, zischte Di Stefano durch die Zähne. »Um uns herum sind tausend Leute. Sie werden es nicht wagen, mich am helllichten Tag zu erschießen.«

»Glaubst du, ich warte damit, bis es Nacht ist?«, feixte Pulitore. »Am helllichten Tag sehe ich doch viel besser, wie du krepierst.«

»Ich brülle die ganze Gegend zusammen!«

»Glaubst du wirklich, ich hätte Hemmungen abzudrücken, bloß weil du plärrst?« Pulitore grinste übers ganze Gesicht.

Aus dem Augenwinkel nahm der Anwalt wahr, wie der Sizilianer einen Schalldämpfer aus seiner Jackentasche zog und ihn seelenruhig auf die Pistole schraubte. Der Kerl hatte Nerven wie Drahtseile.

»Dort rüber«, raunte Pulitore und stieß ihn rüde vor sich her. Der Anwalt stolperte über die Straße in eine düstere Gasse, in der sich Unrat und Abfall türmten. Ekelerregender Geruch von verfaulten Abfallresten, Schimmel und Exkrementen schlug ihm entgegen. Diabolo, der knurrend gefolgt war, ließ sich einen Moment von den exotischen Düften ablenken und markierte eine Hausecke. Doch ein Blick seines Herrn genügte, damit er Di Stefano wieder ins Visier nahm.

»Gesicht zur Wand«, befahl Pulitore leise. Routiniert tastete er den Anwalt nach Waffen ab. »Wenn dir dein Leben lieb ist, erzählst du mir jetzt ganz genau, wo wir unseren Klienten finden.« Di Stefano seufzte vernehmlich, sagte aber kein Wort.

»Wird's bald!«

»Sie machen einen Riesenfehler«, keuchte Di Stefano. An seiner Miene war abzulesen, wie sehr er Hilfe herbeisehnte.

»Umdrehen«, zischte Pulitore. Diabolos Knurren wurde lauter, die kräftigen Reißzähne näherten sich bedenklich seinem Oberschenkel.

Di Stefano schielte in Richtung Promenade. Er hoffte inständig, ein Passant würde bemerken, dass er bedroht wurde. »Taormina«, stotterte er hastig, »er wohnt in Taormina.«

»Wo sonst?«, meinte Pulitore ironisch. »Und was hattest du nach unserem Treffen vor?«

»Meinen Mandanten über das Ergebnis zu unterrichten, er erwartet meinen Anruf.«

»Ah ja.« Pulitore trat einen Schritt zurück und schien einen Augenblick nachzudenken. »Das Telefonino!«, befahl er mit schneidender Stimme. »Heraus damit!«

Umständlich kramte der Anwalt in der Hosentasche herum. Pulitore schüttelte den Kopf. »Ruf den großen Meister an und sag ihm, dass du unterwegs zu ihm bist, *capisce?* Sag, du müsstest ihn unter vier Augen sprechen. Und mach keinen Fehler!« Pulitores Ton war unmissverständlich.

»Und was ist, wenn er mich jetzt nicht empfangen möchte?«

»Willst du mich auf den Arm nehmen?« Pulitores Hand hatte sich wie ein Schraubstock um den Hals des Anwalts geschlossen. »Unser gemeinsamer Auftraggeber Signore Neri wird ganz begierig sein, von dir zu erfahren, wie unser Gespräch verlaufen ist.«

Di Stefano nickte ergeben und wählte eine Nummer. Die Hände zitterten ihm, und in seiner Stimme schwang Angst, als er sein Kommen telefonisch ankündigte. Sein Bewacher hatte ihm den Lauf der Browning in den Bauch gedrückt. Auch Diabolo ließ den Anwalt nicht aus den Augen.

Pulitore quittierte das kurze Telefonat mit einem knappen Lächeln, als er hörte, dass Di Stefanos Gesprächspartner mit dessen Besuch sofort einverstanden war. »*Bene*«, murmelte Pulitore, nahm dem Consigliere das Handy ab, schaltete es aus und steckte es in die Tasche.

»Dann kann ich jetzt gehen?«

Pulitore lachte amüsiert auf. »Ja. Zu deinem Auto! Wo steht es?«

»Ein paar hundert Meter von hier.«

»Ich begleite dich«, witzelte er und stieß ihn vor sich her.

»Was haben Sie vor?«

»Klappe«, fuhr ihn Pulitore an. »Vorwärts. Immer schön neben mir her.«

Pulitore zog seine Jacke aus und legte sie so über den Arm, dass die Pistole in seiner Hand Passanten nicht auffiel.

Als habe der feine Advokat einen Spazierstock verschluckt, marschierte er mit steifen Schritten los. Schweißperlen rannen ihm von den Schläfen über den Hals in den blütenweißen Hemdkragen. Nur wenige Minuten später blieb er vor einem dunkelblauen Mercedes stehen. »Das ist mein Auto«, murmelte er undeutlich.

»Schöner Wagen.« Pulitore konnte sich ein spöttisches Lächeln nicht verkneifen. »Unser gemeinsamer Brötchengeber scheint dich besser zu bezahlen als mich. Einsteigen! Du fährst.«

»Der Hund wird die Polster ruinieren«, jammerte Di Stefano, als er sah, wie Diabolo auf den Rücksitz sprang und auf die

Kopfstütze sabberte. Er startete den Motor und sah Pulitore fragend an, der sich neben ihn gesetzt hatte.

»Auf was wartest du? Gib Gas.«

»Wohin?«

»Hältst du mich für einen Idioten? Wohin wohl? Nach Taormina natürlich«, knurrte Pulitore und machte ein Zeichen mit dem Revolverlauf, dass Di Stefano endlich losfahren solle. »Du kennst doch die Adresse.«

»Das wird nicht funktionieren. Er ist nicht allein. Er hat drei Leibwächter, und auf seinem Grundstück wimmelt es nur so vor Überwachungskameras.«

»Halt die Schnauze und fahr!«

»Sie bringen nicht nur mich in fürchterliche Schwierigkeiten, Sie schaufeln sich Ihr eigenes Grab.« Di Stefanos Stimme klang panisch, seine Stirn war schweißnass, und seine Anzugjacke zeigte unter den Achseln schon verdächtig dunkle Stellen.

»Jaja«, murmelte Pulitore gelangweilt, als sei die Anwesenheit von Bodyguards für ihn absolut nicht von Interesse.

»Hören Sie zu«, winselte der Anwalt. »Wenn Sie mich jetzt gehen lassen, werde ich mich bei Signore Neri für Sie verwenden. Dann sind all Ihre Probleme gelöst.«

»Ich will dir eine meiner Lebensweisheiten verraten: Wenn ich mit zwei Menschen ein Geheimnis bewahren will, brauche ich dazu nur zwei Patronen. *Capice?* Und wenn du jetzt nicht sofort losfährst, brauche ich nur eine einzige …«

Pulitore wusste immer mehr über seine Auftraggeber als diese über ihn. Das gehörte zu seiner Arbeitsphilosophie, bevor er tätig wurde. Niemals war er so unvorsichtig, ohne ausreichende Informationen einen Auftrag anzunehmen. Auch wenn er Neri noch nie persönlich begegnet war, sondern ihn nur aus Fernsehen und Presse kannte, hatte er in der Vergangenheit bereits zweimal mit ihm zu tun gehabt. Es ging um die schnellen und sauberen Liquidationen zweier unbelehrbarer Umweltschützer, die ihre Nase allen Warnungen zum Trotz zu tief in den Industriedreck gesteckt hatten. Die Sache wirbelte keinen großen Staub auf, zumal die Carabinieri keine Leichen fanden. Zwar versuchten die grünen Saubermänner von der Umweltorganisation Legambiente von Zeit zu Zeit, das ominöse Verschwinden ihrer Kollegen als Verbrechen anzuprangern, aber letztendlich resignierten sie dann doch und gaben Ruhe.

Neri gehörte zu den wichtigsten Industriebossen Italiens. Auf ihn war in der Vergangenheit stets Verlass gewesen. Leute, die häufig in Medien auftraten und einen hohen Bekanntheitsgrad genossen, stellten bei der Zusammenarbeit allerdings ein besonderes Risiko dar. Das traf vor allem auf Politiker zu. Je mehr diese Leute zu verlieren hatten, desto mehr Feinde hatten sie – und desto gefährlicher konnten sie werden. Pulitore dachte in dieser Hinsicht pragmatisch. Es galt in solchen Fällen, besonders exakt zu planen. Prominente Klienten und deren sensible Problemstellungen erhöhten die Kalkulationsgrundlage für sein Honorar, um eventuelle Risiken und die damit verbundenen Sonderaufwendungen abzufedern.

Di Stefano bremste vor einer scharfen Kurve ab, und Pulitore blickte nach oben zu den imposanten Vier-Sterne-Hotels am Steilhang, die in spektakulären Lagen von Reichtum und Gediegenheit zeugten. Taormina schien im dunkelblauen Himmel zu schweben und gleichzeitig in ein Meer von Blüten aller Farbschattierungen getaucht zu sein. Pulitore liebte seine Heimat über alles. Doch zu Taormina hatte er ein zwiespältiges Verhältnis.

Die Häuser auf dem Plateau waren zum Meer hin ausgerichtet und grenzten an einen senkrecht abfallenden Abgrund. Um diese Tageszeit war auf der Piazza Miracoli, dem wirklich wunderschönsten Platz Siziliens, vermutlich wie immer die Hölle los.

Im Vorbeifahren nahm Pulitore beiläufig wahr, wie Eidechsen über verwitterte Steine huschten. Goldfarbenes Licht lag auf den schneebedeckten Flanken des Vulkans Ätna, während unten in der Bucht bunte Fischerboote schaukelten.

Jetzt hatten sie nur noch eine enge Bergauffahrt und ein paar Serpentinen bis zu Neris Domizil vor sich.

»*Merde*«, fluchte Pulitore, als ihnen ein riesiger Touristenbus entgegenkam und Di Stefano mit dem Wagen bedenklich nah an die Begrenzungspfosten geriet. »Mach die Augen auf!« Pulitore sah aus dem Seitenfenster in den gähnenden Abgrund.

Di Stefano trat hektisch auf die Bremse. Er war schweißgebadet, seine Anzugjacke zeigte am Rücken dunkle Flecken. Vorsichtig gab er wieder Gas. Seidenweich zog der Mercedes 500S durch die Spitzkehre hinauf nach Taormina.

Nach wenigen hundert Metern passierten sie das Ortseingangsschild der bekanntesten Touristenhochburg Siziliens. Pulitores Blick fiel auf enge Gassen, verwinkelte Treppenaufgänge und Stützmauern aus Tuffsteinquadern, über die sich bunte Blumen rankten. Sie waren eingetaucht in ein wollüstiges Ambiente. Hinter den Gärten schimmerten die ockerfarbenen Wände der Häuser im ständigen Spiel von Licht und Schatten, hin und wieder unterbrochen von grauen Gemäuern, die noch aus den Zeiten der Normannen stammten.

Hier musste es sein. Pulitore warf einen Blick auf das GPS, das Di Stefano offensichtlich auf stumm geschaltet hatte. Noch knapp hundert Meter, dann hätten sie das Anwesen erreicht.

»Anhalten«, befahl Pulitore.

Di Stefano trat auf die Bremse und stoppte rechts am Straßenrand. Sein Begleiter stieg aus, um sich auf den Rücksitz neben seinen Hund zu setzen. Pulitores Blick fiel zuerst auf die beiden Männer, die rauchend in der Einfahrt standen und sich unterhielten. Offenkundig hatten sie noch nicht bemerkt, dass ein Fahrzeug herankam. Zwei Kameras, konstatierte er, als er die Zufahrt in Augenschein nahm; sie waren direkt auf das Einfahrtstor gerichtet.

»Weiterfahren«, befahl Pulitore leise und ließ das Fenster an seiner Seite heruntergleiten. Di Stefano rollte in Schrittgeschwindigkeit auf das schwarze, schmiedeeiserne Tor zu, das mit Lilienornamenten verziert war. Ein großes Marmorschild mit der Aufschrift LA CAMPANELLA war am Seitenpfosten angebracht; es gab keinen Hinweis auf den Besitzer.

»Hier kommen Sie nie rein«, zischte Di Stefano. »Die beiden kontrollieren jeden, der auf das Grundstück will. Sogar mich!«

»Du hast dich angekündigt, was soll da schon schiefgehen?«, brummte Pulitore, der sich hinter den Rücksitz geduckt und Diabolo in den Fußraum befohlen hatte. »Sollten die Typen dich durchwinken, hältst du an und rufst sie her.«

»Was haben Sie vor?«

»Quatsch nicht, fahr los!«

Kaum hatte sich der Mercedes dem Tor genähert, glitt es lautlos zur Seite. Zwei jüngere, großgewachsene, muskulöse Männer in makelloser Kluft versperrten Di Stefano die Weiterfahrt.

»Ich habe einen Termin«, rief er aus dem geöffneten Seitenfenster.

Einer der Männer schien Di Stefano zu kennen und winkte ihn durch.

»Hätten Sie eine Sekunde Zeit?«, rief der Anwalt. »Ich möchte Sie etwas fragen.«

Während der eine sich dem Wagen näherte, trottete der andere im Abstand von wenigen Schritten neugierig hinterher.

Noch ehe die beiden Torwachen sich bewusst wurden, was geschah, tönten zwei leise *Plopps* – kaum lauter als ein Korken, der aus einer Flasche gezogen wird. Leblos sackten die beiden in sich zusammen. Dünne Rinnsale schwarzroten Blutes sickerten aus den Einschusswunden zwischen den Augen. Pulitore stieg aus dem Wagen und betrachtete, die Pistole in der Hand, einige Sekunden die beiden leblosen Körper. Dann strich er seine Jacke glatt. Wie in Zeitlupe wandte er sich um und nahm nun die Videokameras ins Visier. Zwei kaum hörbare Schüsse zerfetzten die Überwachungsoptik neben der Einfahrt.

Di Stefano wagte nicht zu atmen. Mit schreckensweiten Augen starrte er seinen Entführer an, als er auf ihn zukam und sich am Fenster zu ihm herabbeugte. Sein Gesicht zuckte unkontrolliert. Leichenblass und mit zittrigen Händen schien er den Tod zu erwarten.

»Aussteigen«, raunzte Pulitore, ohne das geringste Anzeichen von Aufregung oder Besorgnis.

»Sie sind wahnsinnig!«, schrie der Anwalt mit sich überschlagender Stimme. »Sie haben die zwei einfach umge…«

»Verdammt, halt endlich die Schnauze und jammer nicht herum«, fuhr Pulitore den Anwalt an.

»Werden Sie mich jetzt auch …?«

»Ich sagte: Raus aus der Karre«, schnitt ihm der Killer das Wort ab.

Di Stefano öffnete leise wimmernd die Wagentür, stieg aus und senkte die Augen zu Boden.

»Hilf mir«, herrschte Pulitore den Anwalt an. »Die zwei müssen ja nicht mitten auf dem Weg herumliegen. Schaff sie hinter die Böschung.« Er deutete nach rechts an den Straßenrand, wo der Hang steil abfiel.

Keuchend schleppte Di Stefano die Wachleute zur Seite, dann verpasste Pulitore den leblosen Leibern einen Fußtritt, dass sie den Abhang hinunterrollten.

»Weiter geht's. Einsteigen!« Pulitore unterstrich den Befehl mit seiner Pistole.

Die Beine versagten dem Anwalt den Dienst, er konnte sich nur mit Mühe zu seinem Auto schleppen.

»Fahr los! Und kein einziges Wort mehr!«

Di Stefano stöhnte leise auf und legte den Gang ein. Langsam ließ er den schweren Mercedes über die sorgsam bekieste Zypressenallee rollen. Eingebettet in steil aufragende Felsen, tauchte vor ihren Augen eine imposante Villa auf.

148

Das mehrstöckige, aus massivem Sandstein erbaute Herrschaftshaus war ein paar hundert Jahre alt. Verspielte Rundbögen, Türmchen und die überdachte Terrasse signalisierten, dass die Bewohner auf der Sonnenseite des Lebens residierten. Riesige Palmen, pinkfarbene Bougainvilleen und üppig blühende Glyzinien versetzten jeden Besucher in eine Märchenwelt. Der weitläufige Park mit seinem bewässerten Rasen, dem alten Baumbestand und der verschwenderischen Blütenpracht schien sogar Pulitore zu beeindrucken. Sein Blick schweifte neugierig über das Grundstück und blieb an der großzügigen Freitreppe der eindrucksvollen Liegenschaft hängen. Rund um das Gelände sorgte eine Vielzahl von Kameras für die Sicherheit der Bewohner; sie überwachten jeden Winkel des prachtvollen Anwesens.

»Stopp«, befahl Pulitore Di Stefano barsch. Dann setzte er die Pistole mit dem Schalldämpfer auf die Rücklehne des Fahrersitzes auf, lud durch und drückte ab. Geräuschlos kippte Di Stefanos Oberkörper nach vorn aufs Lenkrad. Pulitore überzeugte sich mit zwei Fingern an der Halsschlagader, dass der Mann auch tot war. Dann packte er den Leichnam an den Schultern, zog ihn auf den Sitz zurück und lehnte den Kopf an den Seitenholm der Tür. Er stieg aus dem Wagen, reckte sich, als habe er eine lange Fahrt hinter sich, und steckte seine Browning zurück in den Hosenbund, als sei nichts geschehen.

Mit schon aufreizender Langsamkeit ging er auf das Haus zu. Im gleichen Augenblick wurde die Tür geöffnet, und ein elegant gekleideter Herr trat ihm entgegen. Der drahtige, schlanke Mann mittleren Alters mit graumelierten Haaren und markantem, braungebranntem Gesicht musterte seinen Besucher.

»Halt!« Seine Stimme hörte sich an wie ein Kasernenhofbefehl, der unbedingten Gehorsam implizierte. »Wer sind Sie?«

Pulitore grinste unverschämt. »Sie schulden mir Geld.«

Neri wirkte schockiert, fing sich aber schnell.

»Ich werde Sie von meinem Grundstück entfernen lassen«, rief er empört.

»Von wem?« Pulitore richtete sich hoch auf und musterte Neri herablassend.

»Silvio, Giorgio, *vieni subito!*«, brüllte Neri in Richtung Toreinfahrt und ließ seinen Blick über den Garten schweifen.

»Mit Ihren zwei Türstehern können Sie nicht mehr rechnen«, verkündete ihm Pulitore mit einem Grinsen.

»Was ist mit ihnen?«

»Ich bin nicht zum Diskutieren hier«, erwiderte Pulitore, ohne auf Neris Frage einzugehen. »Ich will mein Geld. Ist das endlich angekommen?«

»Ach, jetzt weiß ich, wer Sie sind«, antwortete Neri mit gespielter Überraschung. »Ich hatte Sie nicht erwartet.«

»Das wundert mich«, antwortete Pulitore süffisant.

»Ist das nicht Di Stefanos Wagen?« Neri beugte sich ein wenig zur Seite, um besser sehen zu können. »Das ist doch sein Mercedes!« Er ging zwei Schritte auf das Fahrzeug zu und rief: »Carlo? Kommst du?« Neris Stimme war schneidend und vorwurfsvoll zugleich. »Weshalb hast du ihn hergebracht?« Er deutete auf Pulitore.

Carlo Di Stefano zeigte keine Reaktion, was Neri zu irritieren schien.

»Steig endlich aus!«

Pulitore taxierte sein Gegenüber. Er wusste nur zu gut, dass sich hinter der Fassade des exzentrischen Unternehmers Reißzähne versteckten. Er jedenfalls ließ sich nicht täuschen. Mit keiner Miene verriet er, was er von seinem Gegenüber hielt. Das war er also, der erfolgreiche Antonio Neri, Chef des zweitgrößten Chemie-Imperiums in Italien, ein hochgewachsener Typ mit der Attitüde eines arroganten Lebemannes, Großindustrieller und Liebling des amtierenden Ministerpräsidenten. Oft genug hatte man ihm in den Medien vorgeworfen, er würde zu viel Einfluss auf die Politik nehmen, ja, so mancher war sogar davon überzeugt, dass er einige wichtige Minister gekauft hatte.

»Was ist los mit ihm?«

Pulitore drehte sich zum Wagen um und lächelte kalt. »Sie schulden mir Geld, Signore Neri. Als Geschäftsmann wissen Sie, was es bedeutet, wenn man Verbindlichkeiten eingeht, oder?«

»Sind Sie von allen guten Geistern verlassen? Haben Sie im Fernsehen die Nachrichten gesehen?«, brüllte Neri. »Und da trauen Sie sich hierher?« Seine Miene zeigte eine Mischung von Empörung, Arroganz und Ablehnung. »Wenn Sie nur einen Funken Verstand haben, dann nehmen Sie das nächste Flugzeug und verschwinden.«

»Signore …« Beide Hände tief in den Hosentaschen vergraben, schlenderte Pulitore gemächlich auf das Haus zu. »Schulden können das Leben drastisch verkürzen. Besonders das Ihre.«

»Einfältige Sprüche beeindrucken mich nicht«, konterte Neri abfällig.

»Hunderttausend«, entgegnete Pulitore düster.

»Sie sind verrückt.« Neri tippte sich mit dem Zeigefinger auf die Stirn.

Pulitores Augen hatten sich zu schmalen Schlitzen zusammengezogen. »Wie kann man nur so leichtsinnig sein?«, knurrte er. »Sie sollten mir mein Honorar auf der Stelle in bar ausbezahlen.«

»Und wenn ich mich weigere? Was wollen Sie machen?«

Pulitore lächelte kalt, antwortete aber nicht. Vielmehr schien er sich darüber zu amüsieren, wie sein Gegenüber zunehmend verunsichert wirkte. Neri trat einen Schritt zur Seite, um noch einmal einen Blick auf den Mercedes zu werfen. Sekundenlang betrachtete er das Auto. »Weshalb steigt mein Anwalt nicht aus?«

»Er kann nicht, er ist tot.«

Der Industriemagnat und über alles erhabene Milliardär riss die Augen auf. Entsetzt starrte er sein Gegenüber an. »Sie haben ihn umge…« Die letzte Silbe blieb ihm im Halse stecken.

151

»Du solltest dich beeilen, ich warte nicht gern.« Pulitore fühlte sich überlegen, duzte Neri nun despektierlich und ging noch ein paar Schritte auf ihn zu.

»Das war nur ein Missverständnis. Ich hoffe, dass Sie mir den dummen Fehler nicht übelnehmen. Warten Sie hier, ich bin gleich wieder zurück …«

»Hör mal, Freundchen, ich gehöre nicht zum Personal, das man an der Hintertür abfertigt.« Pulitore hatte sich direkt vor dem berühmten Konzernchef aufgebaut, der, im Vergleich zu ihm, schmächtig wirkte. Herablassend sagte er: »Wir gehen jetzt gemeinsam ins Haus und holen mein Geld.« Seine Miene zeugte von Zufriedenheit, als er bemerkte, dass sein Gegenüber sich seinem Befehl beugte.

Während Neri sich widerwillig der Haustür zuwandte und mit schleppenden Schritten vor Pulitore herging, warf er verstohlene Blicke zur Seite. Sein Verhalten erweckte den Anschein, als erwarte er jeden Augenblick Hilfe.

»Weiter«, schnauzte ihn Pulitore an und stieß den Unternehmer mit der flachen Hand in den Rücken. »Und glaub bloß nicht, dass dir hier jemand helfen kann«, fügte er hinzu. »Das wäre ziemlich ungesund.«

»Damit kommen Sie nicht durch.« Neri bemühte sich, überzeugend zu wirken, und verlieh seiner Stimme die entsprechende Härte. »Sie werden keine Ruhe mehr vor mir haben, das schwöre ich Ihnen«, sagte er drohend.

»Mach mich nicht wütend, du Idiot«, erwiderte Pulitore und versetzte ihm von hinten einen wuchtigen Haken in die Niere. Neri stöhnte auf und knickte wie vom Blitz getroffen ein. Zusammengekauert schnappte er an der Tür nach Luft.

Der baumlange Pulitore lächelte herablassend, trat auf den Unternehmer zu, packte ihn mit beiden Händen am Revers der Jacke und zog ihn mit einem Ruck auf die Beine. »Verschone mich gefälligst mit deinen Prognosen. Du gibst mir jetzt mein Geld!«

»Und du nimmst die Hände hoch«, hörte er eine Stimme hinter sich. Ein Revolverlauf bohrte sich in seinen Rücken. »Zieh deine Knarre aus dem Hosenbund und lass sie auf den Boden fallen.«

Pulitore fuhr zusammen und tat wie geheißen. »Glaub mir, der *Diabolo* wird dich holen, der Teufel«, sagte er laut und vernehmlich.

»Der Teufel müsste sich verdammt viel Mut antrinken, bevor er sich mit mir anlegt.« Der Kerl hinter ihm lachte.

Das wütende Gebell eines Hundes näherte sich in rasender Geschwindigkeit. Diabolo hatte seinen Namen gehört und kam aus dem Mercedes geschossen. Mit kraftvollen Sätzen hechtete er auf den Mann zu. Pulitore wusste, was in weniger als einer Sekunde passieren würde.

»*Attento, un cane!*«, brüllte Neri verblüfft, als ihm klarwurde, was sich hinter Diego, seinem Leibwächter, anbahnte. »Achtung, pass auf!«

Der Druck in Pulitores Rücken ließ augenblicklich nach. Der Mann wirbelte um die eigene Achse. Im selben Augenblick fiel ein Schuss, dem ein unterdrückter Aufschrei folgte.

Die Wucht des Aufpralls, mit dem Diabolo Diego an die Brust gesprungen war, hätte Pulitore beinahe mitgerissen. Blitzschnell bückte sich der Sizilianer, griff nach seiner Browning und richtete sie mit einem aufreizenden Lächeln auf Neris Stirn. Mit dem Fuß angelte er nach Diegos Waffe, hob sie ebenfalls auf und schob sie in die Innentasche seines Jacketts. Aus dem Augenwinkel registrierte er, dass der bullige Leibwächter wie ein zappelnder Maikäfer auf dem Rücken lag und versuchte, das zähnefletschende Ungetüm abzuwehren. Einen Wimpernschlag lang hatte Pulitore befürchtet, dass sein über alles geliebter Diabolo getroffen sein könnte. Der schmerzerfüllte Aufschrei und das hässliche Knacken eines Knochens belehrten ihn eines Besseren. Die gewaltigen Reißzähne des Pitbulls hatten sich in Diegos Unterarm festgebissen. Heulend und um

153

sich schlagend versuchte der am Boden liegende Mann, die geifernde Bestie abzuschütteln.

Neri, der wie festgenagelt auf dem obersten Treppenabsatz stand, beobachtete entsetzt, wie Pulitores Ungetüm von einem Hund über seinen Leibwächter herfiel.

Diego brüllte in Todesangst. Seine Arme waren nur noch eine blutige Masse. Pulitore blickte in die Augen des Pitbulls, der, schäumend vor Angriffslust, sein Opfer ohne Unterlass attackierte. Endlich stieß er einen scharfen Pfiff aus und griff in die Tasche. »*Finito!*« Diabolo ließ von seinem Opfer ab und spitzte die Ohren. »*Vieni*«, flüsterte Pulitore und hielt ihm ein Leckerli hin. Der Hund verwandelte sich in ein Lämmchen. Er ging schwanzwedelnd zu seinem Herrn, setzte sich vor ihm hin und wartete mit treuherzigem Blick auf seine Belohnung.

»Hau ab, du Idiot«, zischte Pulitore dem vor Schmerzen wimmernden Leibwächter zu. »Wenn du nicht in zehn Sekunden verschwunden bist, knall ich dich ab.« Sein Blick fiel wieder auf den smarten Unternehmer.

»Und nun?«, zischte Neri. »Wollen Sie den Hund auch auf mich hetzen?«

Pulitores Mundwinkel zogen sich angewidert nach unten. »Warum nicht? Es sei denn, ich kriege meine hunderttausend.«

Neri blickte angeekelt zu seinen Leibwächter hinüber, der japsend und jammernd seinen zerbissenen Arm anstarrte und sich mehr kriechend als gehend davonschleppte.

»Also gut, Pulitore. Sie kriegen Ihr Geld. Kommen Sie mit ins Haus.« Mit einer Geste wies er zur Tür. »Es liegt nicht in meinem Interesse, mit Ihnen eine offene Rechnung zu haben«, sagte er um Haltung bemüht.

»Du gehst voran«, befahl sein Besucher aus den Bergen, ohne auf Neris Angebot einzugehen. Von seinem Leibwächter drohte jedenfalls keine Gefahr; er würde vermutlich nie mehr eine Pistole anrühren. Im Abstand von zwei Schritten folgte Pulitore Neri ins Haus.

Schweigend durchquerten sie das Foyer der Villa, in der sich gediegener Geschmack und solider Reichtum vollendet verbanden. Als Vorstandsvorsitzender und Hauptaktionär der Italchem und Inhaber eines Konglomerats von Zulieferfirmen und internationalen Tochterunternehmen hatte sich Neri ein einzigartiges Firmenimperium geschaffen.

»Der Tresor befindet sich in der Bibliothek«, murmelte Neri, als wolle er um Entschuldigung bitten, dass sie mehrere Zimmer passieren mussten, bis sie im Südflügel einen Raum betraten, der mit jeder Großstadtbibliothek hätte mithalten können. Pulitore sah sich neugierig um. Tausende Bücher, Folianten und wertvolle Erstausgaben bedeutender Literaten reihten sich in handgefertigten Holzregalen bis unter die Decke – eine für ihn völlig fremde Welt.

»*Dio mio!*«, entfuhr es Pulitore erstaunt. »Hast du die alle gelesen?«

»Das eine oder andere schon«, erwiderte Neri knapp und trat an eine Nische, in der ein Ölgemälde hing. Neri klappte das Bild zur Seite und tippte eine Zahlenkombination ins elektronische Schloss des Safes. Er entnahm zwei Bündel mit Fünfhundert-Euro-Scheinen, die er Pulitore reichte.

Der prüfte die Banderolen, ließ die Scheine wie bei einem Kartenspiel über den Daumen schnellen und stopfte sie dann in die Innentasche seiner Jacke. »Du hast ja bestens vorgesorgt«, meinte der grinsend, als sein Blick auf die fein säuberlich gestapelten Geldbündel im Tresor fiel. »Und wie ich sehe, bist du sogar für den Kriegsfall gerüstet.« Pulitore deutete auf die zwei Schnellfeuerwaffen im oberen Fach.

Hastig schlug Neri die Tür des Safes zu. Das leichte Zucken in seinen Mundwinkeln und der flackernde Blick blieben Pulitore nicht verborgen. Der Industriemagnat vermittelte ihm den Eindruck, als würde er befürchten, die Geldgier des Eindringlings geweckt zu haben.

Pulitore lachte laut auf. »Wenn ich vorhätte, dich auszurauben, hättest du keine Chance. Im Gegensatz zu dir halte ich mich aber an Vereinbarungen.«

»Ich bedaure, dass es zu diesem Missverständnis gekommen ist, aber die Umstände …«

»Welche Umstände?«, blaffte Pulitore zurück. »Ich weiß nichts von irgendwelchen Umständen, die dich berechtigt hätten, mir das Geld vorzuenthalten.«

Neri zog es vor, darauf nichts zu sagen. »Und jetzt?«

»Die aktuellen Videobänder der Überwachungskameras«, erwiderte Pulitore.

»Die sind in Diegos Büro. Dort stehen auch die Monitore.«

Pulitore nickte und bugsierte seinen Klienten mit dem Pistolenlauf erneut vor sich her. Neri öffnete das Zimmer und eine Schranktür, hinter der sich mehrere Aufnahmegeräte befanden. Pulitore verschaffte sich schnell einen Überblick, entnahm alle CDs aus den Schächten und verstaute sie in seiner Jackentasche.

»Was haben Sie jetzt vor?«, fragte der Unternehmer, der sichtlich Hoffnung schöpfte, heil aus dieser Situation herauszukommen. »Hören Sie …« Er hatte einen möglichst verbindlichen Ton gewählt. »Wir haben in der Vergangenheit gute Geschäfte miteinander gemacht. Sie haben Ihr Geld, und Sie haben die CDs. Lassen wir es damit gut sein. Verschwinden Sie einfach, und wir vergessen dieses unschöne Intermezzo. Letztendlich sind wir aufeinander angewiesen, und ich werde Ihre Dienste wahrscheinlich bald wieder benötigen.«

»So einfach mache ich dir das nicht«, verkündete Pulitore in einem Ton, der nichts Gutes verhieß. »Ich überlasse es dir, wie du den Dreck vor deinem Tor beseitigst.«

Die beiden gingen nach draußen. Kein Mensch war auf dem Grundstück zu sehen. Aufreizend langsam zog Pulitore seine Waffe aus dem Hosenbund, entlud das Magazin der Browning, steckte die Patronen in die Hosentasche und drückte Neri die Waffe in die Hand.

»Was soll ich damit?«

»Keine Ahnung, was du damit machen willst«, antwortete er. »Du kannst die Knarre mit deinen Fingerabdrücken natürlich verschwinden lassen, falls du die Polizei rufen willst. Aber ich glaube, das würde keinen guten Eindruck machen. Drei Tote werfen eine Menge Fragen auf – zu viel Erklärungsbedarf für meinen Geschmack. Außerdem wissen wir beide, dass du deinen Anwalt noch nie leiden konntest.«

Neri zog die rechte Augenbraue hoch. »Was Sie nicht alles zu wissen glauben. Aber ich sehe ein, dumm sind Sie nicht. *Scusi*, es war ein Fehler, Ihnen das Geld vorzuenthalten.«

»Ich gehe also davon aus, dass ich bei unserem nächsten Geschäft pünktlich bezahlt werde.« Pulitore wandte sich um und ließ den verdutzten Neri stehen. Er ging zum Auto, öffnete die Fahrertür und zog den Leichnam des Anwaltes am Kragen aus dem Mercedes. »An deiner Stelle würde ich mir jedenfalls etwas einfallen lassen«, rief er Neri zu und lachte. »Es macht sich nicht gut, wenn ein Haufen Leichen herumliegt.«

»Nun ja«, murmelte Neri halblaut. Manchmal ließen sich unangenehme Dinge nicht vermeiden. Und genau genommen, hatte ihm sein Besucher ungewollt zumindest mit dem Rechtsanwalt Di Stefano einen Gefallen getan.

Pulitore sah sich suchend um. »Diabolo! Wo steckst du?«, rief er seine Kampfmaschine auf vier Beinen.

Der Hund trottete gemächlich über den frisch gewässerten Rasen, hob an einem Ginsterbusch noch einmal das Bein und folgte seinem Herrn. »*Dentro*«, befahl er und warf hinter ihm die Autotür zu.

Pulitore startete den Wagen und fuhr gemächlich durch das offene Tor davon. Er war in gelöster Stimmung, summte die Melodie einer Tarantella vor sich hin. Neri würde sich jetzt einige Gedanken machen müssen. Kaum anzunehmen, dass er die Carabinieri rief. Er würde wahrscheinlich die Leichen und die Pistole in aller Stille entsorgen, zumal er jeden Skandal fürchtete. Er hatte den feinen Herrn in der Hand, sollte er in den nächsten Tagen nichts von einem Überfall in der Presse lesen.

Pulitore ließ den Mercedes butterweich über die Serpentinen zur Küste hinuntergleiten. In Giardini Naxos, wo er seinen Fiat geparkt hatte, stellte er die Limousine ab. Pulitore zog die Lederhandschuhe aus, zündete sich eine Zigarette an und stieg mit Diabolo in sein Auto. Er freute sich, bald wieder bei seinen Hunden hoch oben in den Bergen zu sein, und warf einen Blick auf die Uhr im Armaturenbrett. Wenn er sich beeilte, könnte er es gerade noch schaffen, seine zwei kleinen Sorgenkinder, die dringend eine Wurmkur brauchten, zum Tierarzt zu bringen. Außerdem musste er noch die vielen hungrigen Mäuler stopfen, die ihn wahrscheinlich schon sehnsüchtig erwarteten. Ein guter Tag, alles in allem.

Licht am Ende des Tunnels

Die Wahrheit bedeutete für Gianna Corodino nicht einfach nur Schmerz, die Wahrheit war für sie zum Mausoleum geworden. In den ersten beiden Tagen hatte sie gar nicht begriffen, was mit ihrer Tochter geschehen war. Jeden, der sie trösten oder ihr Zuspruch geben wollte, hatte sie aus dem Haus gewiesen. Beileidsbekundungen und Anteilnahme klangen in ihren Ohren wie neue Schreckensnachrichten. Für Gianna stellte der Tod das Ende aller Optionen dar, nicht nur für Carla, sondern auch für sie selbst.

Die Presse hatte sich aus der kleinen, verträumten Via Santa Croce zurückgezogen, als bekannt wurde, dass zwei Söhne des Umweltministers an dem Massaker in Castelbuono beteiligt und dabei ums Leben gekommen waren. Die Welt gierte nach neuen Katastrophen, nach neuen Skandalen, nach neuen Schlagzeilen. Zwei tote Ministersöhne kamen da gerade recht. Seitdem klopften nur noch vereinzelt Reporter der Boulevardpresse und Fernsehteams an die Tür, die versuchten, Gianna vors Mikrofon oder vor die Linse zu kriegen. Doch die Nachbarinnen schotteten Gianna, so gut es ging, ab und hatten ihr Haus in ein Bollwerk verwandelt – wobei die eine oder andere geschwätzige Signora durchaus gern ein Interview gab.

Wie viele Tage seit Carlas Tod vergangen waren, schien Gianna gar nicht zu interessieren. Sie befand sich in einem Zustand innerer Leere, Tränen hatte sie schon längst keine mehr, und ihre Verzweiflung war einer völligen Lethargie gewichen. Telefon und Türklingel waren abgestellt; umso bedrückender wirkte die Stille im Haus. Als besonders schlimm empfand sie es, wenn draußen Kinderlachen erklang oder sie das Getrappel vorbeirennender Kinder vernahm. Diese Momente machten ihr umso schmerzlicher bewusst, dass sie nie mehr hören würde, wie Carla den Schlüssel ins Schloss steckte und die Tür öffnete. Nie mehr wäre das Haus mit Carlas Lachen erfüllt, nie mehr würde sie ihre Erlebnisse mit Freundinnen aus der Schule mit ihr teilen. Nie mehr ... Manchmal schreckte Gianna auf, weil sie meinte, Carlas Stimme aus ihrem Zimmer zu hören. Dann rannte sie wider besseres Wissen nach oben, um nachzusehen. Sie hatte auch schon geglaubt, Carla sei an ihr vorbeigehuscht. Solche Trugbilder warfen sie jedes Mal in tiefste Agonie zurück. Dann hatte Gianna das Gefühl, sie sei mit ihrer Tochter gestorben.

Pater Eusebio hatte dafür gesorgt, dass eine Ordensschwester seiner Gemeinde Gianna nicht alleine ließ, weil er mit dem Schlimmsten rechnete. Doch zum Glück stellte sich heraus, dass seine Sorge unbegründet war. Dennoch, es war gut, jemanden im Haus zu wissen, der sich ab und zu um Gianna kümmerte, sie unterstützte, für sie kochte und ein Auge auf sie hatte.

Nun stand Gianna in ihrem Schlafzimmer und betrachtete die schwarzgekleidete Frau vor sich mit fremden Augen im Spiegel. Carlas Identifizierung in der Gerichtsmedizin stand bevor, wie man ihr telefonisch mitgeteilt hatte. Allein schon der Gedanke daran versetzte sie in Panik. Sie wusste gar nicht, wie sie diesen schweren Gang durchstehen sollte.

Als man Giannas Ex-Mann Antonio über das Unglück informiert hatte, war er sofort von Mailand nach Castelbuono aufgebrochen. Nach der Scheidung hatte er sich nur noch selten in der sizilianischen Kleinstadt blicken lassen. Es war sieben Monate her, seit er seine Tochter zuletzt gesehen hatte.

Wäre es nach Gianna gegangen, dann wäre sie ohne Antonio nach Messina gefahren. Doch der wartete nun schon im Wohnzimmer, versunken in Schmerz und Wut. Gianna konnte ihn nur mit Mühe ertragen. Es machte sie aggressiv, wenn sie ihn reglos und in sich zusammengesackt im Sessel sitzen sah und er sich selbst leidtat.

Die zweistündige Fahrt in seinem Auto nach Messina kam Gianna wie die Reise in den Hades vor. Während der ganzen Zeit sprachen sie kein Wort miteinander. Sie konnte sich nicht dagegen wehren, dass sie ihren Ex-Mann innerlich ablehnte – eine Ablehnung, die sich allmählich in einen Schuldvorwurf verwandelte.

Endlich erreichten sie den Innenhof der Pathologie, wo sie bereits von Commissario Sandro Contini erwartet wurden. Wie sich herausstellte, war er der Assistent von Valverde, dem ermittelnden Comandante. Einfühlsam führte er die Eltern durch das Tor der ewigen Pein, wie Gianna das Institut früher einmal in einem Artikel bezeichnet hatte. Der Geruch von Bohnerwachs, Jod und Chloroform vermischte sich mit der Ausdünstung des Todes. Hier herrschte bedingungslose Bereitschaft zu höchster Hygiene. Das Personal eilte in kalkweißen, gummierten Schürzen umher und verbreitete geschäftige Hektik. Der Widerspruch von Tod und Betriebsamkeit, von unsäglichem Leid und Arbeitsroutine, ging mit einem Mangel an Pietät einher.

Carlas Anblick in der forensischen Pathologie überstieg Giannas Kräfte. Als der Gehilfe das hellgrüne Laken lüftete und Carlas Gesicht freilegte, schwanden ihr die Sinne.

Sie erwachte auf einer Bahre in einem weiß gefliesten Raum. Man hatte ihr eine Spritze verabreicht, um ihren Kreislauf zu stabilisieren.

Sandro Contini beugte sich über sie. »Geht es wieder?«

Erst wollte sie ihn fragen, wo sie sich befand. Doch die Erinnerung holte sie mit brachialer Wucht ein.

»Ich fahre Sie nach Hause«, sagte er leise und half ihr beim Aufstehen. »Ihr Mann ist schon abgereist.«

»Mein Ex-Mann«, korrigierte sie ihn kaum hörbar.

Commissario Contini hakte Gianna unter und brachte sie hinaus zu seinem Wagen. »Wenn es Ihnen unterwegs wieder schlechter geht, sagen Sie mir bitte Bescheid. Ich fahre Sie zum nächsten Arzt, wenn Sie wollen.«

Gianna nickte abwesend. »*Grazie*, aber ich möchte lieber gleich nach Hause, wenn Sie so freundlich wären.«

Contini führte sie hinaus auf den Parkplatz und hielt ihr höflich die Autotür auf. »Der Auspuff meines Wagens ist defekt, erschrecken Sie nicht«, meinte er entschuldigend. »Ich hoffe, dass der Lärm Sie nicht stört. Ich bin noch nicht in die Werkstatt gekommen.«

Gleich darauf fädelte er sich mit seinem Lancia in den fließenden Verkehr in der Viale Regina Margherita ein. Mit scheuem Blick beobachtete Gianna den jungen Mann, der sie routiniert chauffierte. Sein sympathisches, offenes Wesen, aber auch die zurückhaltende Art, wie er mit ihr umging, taten ihr gut.

Niemand hätte den jungen Commissario für einen Sizilianer gehalten, wenn er durch Palermo oder Messina spaziert wäre. Seine Haare hatten eine völlig untypische Farbe – sie glänzten in der Sonne wie Kupfer. Wilde Locken fielen ihm bis in den Nacken. Sein heller Teint war mit Sommersprossen übersät, und seinen tiefblauen Augen, die einem Iren oder Engländer gut angestanden hätten, schien nichts zu entgehen. So mancher hielt seine Schweigsamkeit für Schüchternheit oder gar Verklemmung. Doch wenn er den Mund aufmachte, dann tat er das mit forscher Schnoddrigkeit. Die Sensibilität, mit der er sich um Gianna kümmerte, hätten ihm viele nicht zugetraut.

Jedenfalls zog Continis Aussehen die Blicke auf sich. Oft wurde der stets freundlich lächelnde Mann mit seiner angeborenen Ironie nicht ernst genommen; man zweifelte an seinem Scharfsinn und analytischen Fähigkeiten. Selbst Valverde hatte so reagiert, als ihm Contini vor zwei Jahren als Assistent zugeteilt wurde. Angesichts seines jugendlichen und beinahe unbedarften Aussehens fiel es schwer, an seine Kompetenz und kriminalistischen Fähigkeiten zu glauben. Es sollte jedoch nicht lange dauern, bis der junge Mann ihn eines Besseren belehrte.

»Wann wird Carla freigegeben?«, fragte Gianna in die Stille. »Wann kann ich sie bestatten?«

»Ich weiß es nicht«, antwortete Contini.

Gianna war während der Fahrt ganz in sich gekehrt und sprach kaum ein Wort. Abwesend starrte sie aus dem Fenster und ließ die Landschaften an sich vorüberfliegen. Erst als der Commissario vor ihrem Haus anhielt und ihr höflich die Wagentür aufhielt, schien sie die Welt um sich wieder wahrzunehmen.

Die nächsten Tage überstand Gianna nur mit schweren Beruhigungsmitteln. Sie stand völlig neben sich, empfand unendliche Erschöpfung und Zerschlagenheit. Immer wieder drängten sich ihr die Bilder auf, wie Carla auf der verchromten Metallbahre lag: kalt, bleich, mit blauen Lippen – eine leblose Hülle, die ihr kein Lächeln mehr schenkte.

Nicht nur das Zeitgefühl war Gianna abhandengekommen, sondern auch das Empfinden dafür, was um sie herum geschah. Die Welt da draußen fand ohne sie statt. Vor allem ohne Carla. Nur allmählich wurde ihr klar, dass es so nicht weitergehen konnte, dass sie eine Beschäftigung brauchte. Irgendetwas, das sie ablenkte, damit sie wieder zu sich selbst fand.

Im Strudel dieser Gedanken klopfte es an der Haustür. Gianna überlegte, ob sie überhaupt reagieren sollte. Doch dann hörte sie eine Männerstimme, die ihr bekannt vorkam. Träge schweifte ihr Blick zur Küchenuhr. Es war elf Uhr – und sie immer noch im Morgenmantel.

Sie nahm all ihre Energie zusammen und öffnete. Vor ihr stand Comandante Valverde und lächelte sie freundlich an. »Sie sollten ab und an mal nach Ihrer Post sehen.« Er deutete auf den überquellenden Briefkasten. »Darf ich eintreten?« Er musterte

Gianna unaufdringlich. Hohlwangig und teilnahmslos stand sie vor ihm, ein Bild des Jammers. Die Haare hingen ihr zerzaust in die Stirn, ihre Augen waren trüb und glanzlos, und ihre kraftlose Haltung ließ ihn befürchten, dass sie jeden Moment zusammenklappen könnte. Mit stumpfen Augen sah Gianna Valverde an und trat wortlos zur Seite.

Der Comandante schob sich an ihr vorbei ins Haus und warf einen Blick in die Küche. »Dort hinein?«

Gianna nickte. Es stand ihr ins Gesicht geschrieben, dass ihr der Besuch ungelegen kam und sie ihn eigentlich am liebsten weggeschickt hätte.

»Ich frage Sie ja wohl besser nicht, wie es Ihnen geht«, bemerkte Valverde, zog sich einen Stuhl heran und setzte sich an den Küchentisch. Schweigend beobachtete er, wie Gianna, die Ellbogen auf den Tisch gestützt, ihren Kopf in beide Hände sinken ließ.

»Ich mache uns einen Espresso, darf ich?« Valverde ging auf Giannas Nicken hin zur Küchentheke, füllte die Maschine mit Kaffee und Wasser und stellte sie auf die Herdplatte.

»Wann kann ich meine Tochter endlich bestatten«, fragte sie.

»Ihr Leichnam wird morgen freigegeben«, sagte er leise und setzte sich wieder zu ihr. »Das Gericht hat Ihnen doch schon vor einer Woche den Termin mitgeteilt. Sie hätten längst melden müssen, auf welchen Friedhof der Leichnam gebracht werden soll. Ich hatte schon befürchtet, dass Ihnen etwas zugestoßen sein könnte, weil wir nichts von Ihnen gehört haben.« Das Wasser brodelte in der Maschine. Gianna schickte sich an aufzustehen, um die Tassen zu holen. »Bleiben Sie sitzen, ich mach das.«

Valverde erhob sich, schob den Stuhl beiseite und goss zwei Tassen ein, doch Gianna schüttelte nur den Kopf. Nachdenklich trat er neben sie und nippte am Espresso. »Haben Sie gehört, was ich gesagt habe? Sie können den Leichnam Ihrer Tochter überführen lassen.« Er wartete auf ihre Reaktion.

»Morgen?«, erwiderte sie kaum hörbar, als ginge der Termin sie nichts an. Gianna schien mit ihren Gedanken meilenweit weg zu sein.

Valverdes Geduld war erschöpft. Seine Miene verdüsterte sich. Er würde Signora Corodino härter anfassen müssen, sie aufrütteln. »Sie sollten Ihrem Unglück einen Sinn geben«, sagte er barsch. »Schauen Sie einmal in den Spiegel. Sie lassen sich völlig gehen.«

»Wen interessiert das schon, wie ich aussehe?« In ihrem Ton lag so etwas wie ein leiser Protest. »Ich will wissen, wer und warum«, begehrte sie plötzlich auf. »Verstehen Sie das?«

»*Si, naturalmente.*«

»Dann tun Sie doch endlich etwas! Finden Sie den Mörder meiner Tochter!«

Der Comandante betrachtete sie mit strenger Miene. »Das Warum ist bereits geklärt. Es war ein schreckliches Unglück.« Er wirkte zufrieden, als er sah, wie sich Giannas Gesicht rötete und er endlich wieder eine Gefühlsregung erkennen konnte.

»Ein Unglück, sagen Sie? Ein Unglück? Ein Unglück war es, dass ich Carla nicht zur Kirche begleitet habe. Ich hätte meine Tochter beschützen müssen. Stattdessen habe ich in meiner Küche gesessen und über meine Zahnschmerzen gejammert. Das werde ich mir nie verzeihen.«

Valverde empfand so etwas wie Genugtuung. Endlich hatte er sie so weit: Gianna begann, sich aufzubäumen. Sie fing wieder an zu denken, selbst wenn sie momentan Unsinn redete und sich selbst für den Tod ihrer Tochter verantwortlich machte.

»Das ist Blödsinn, Gianna. Dass Carla getroffen wurde, war eine Verkettung fataler Umstände. Eine verirrte Kugel, abgegeben von einem …« Valverde unterbrach seinen Satz und wusste nicht recht, ob er weiterreden sollte oder nicht. »Ich weiß nicht, ob es gut ist, wenn ich Ihnen schildere, was genau auf der Piazza passiert ist«, fuhr er zögernd fort. »Andererseits – wenn Sie die Sachlage kennen, ziehen Sie keine falschen Schlüsse mehr.«

Gianna schreckte auf und starrte den Comandante an. »Ich verstehe nicht, worauf Sie hinauswollen.«

Der Comandante nickte mit zusammengepressten Lippen. »Eigentlich dürfte ich Ihnen gar nichts sagen. Schließlich handelt es sich um laufende Ermittlungen. Deshalb muss ich mich darauf verlassen können, dass Sie niemandem gegenüber etwas von den Informationen verlauten lassen, die ich Ihnen jetzt geben werde.«

Gianna wirkte plötzlich wie elektrisiert. Ihre Augen veränderten sich, und auch die verlorene körperliche Spannkraft war mit einem Mal wieder vorhanden. »Nein, ich werde nichts verraten.« Sie sah Valverde mit flehenden Augen an.

»Die ballistischen Untersuchungen haben ergeben, dass das Projektil in Carlas Körper aus Tonino Messonis Waffe stammte. Wie Sie wissen, ist auch er bei dem Überfall getötet worden.«

»Der Sohn des Ministers hat meine Tochter auf dem Gewissen?«

»*Si*«, erwiderte Valverde düster.

»Und man kann niemanden mehr zur Verantwortung ziehen?« Comandante Valverde runzelte irritiert die Stirn. »Ich weiß noch nicht, was die weiteren Ermittlungen ergeben werden. Viel Hoffnung machen kann ich Ihnen allerdings nicht. Die Täter sind tot.« Seine Augen ruhten mitfühlend auf Gianna. »Sehen Sie: Zwei rivalisierende Parteien haben sich ein Feuergefecht geliefert, während Ihre Tochter gerade die Piazza überquerte. Dabei sind fünf Männer ums Leben gekommen. Zwei davon sind die Söhne des Umweltministers. Sie haben sich gegen den Angriff zur Wehr gesetzt …«

»… und dabei meine Tochter erschossen«, sagte Gianna bitter.

»Ich weiß«, seufzte Valverde bedrückt. »Ich wollte nicht pietätlos sein. Aber nicht nur bei der Staatsanwaltschaft hat diese Tatsache große Aufregung verursacht. Leider muss auch ich zur Kenntnis nehmen, dass man den Namen des Umweltministers so lange wie möglich aus der Diskussion heraushalten will. Anweisung von ganz oben. Vorerst, wie es heißt. Bis wir vollständige Klarheit haben, wird es noch eine Weile dauern, erst dann erfolgt ein offizielles Statement der Justizbehörden. Leider gibt es bis jetzt noch keinerlei verwertbare Anhaltspunkte. Wir wissen beispielsweise noch nicht, wer der oder die Angreifer waren und ob dieses fürchterliche Blutbad überhaupt in Zusammenhang mit den Messoni-Brüdern steht.«

Mit zunehmender Verbitterung hatte Gianna Valverde zugehört, dann brach es wütend aus ihr heraus. »Habe ich richtig verstanden? Der Staatsanwalt will vertuschen, dass Messonis Söhne nichts weiter als gemeine Mörder sind?«

Valverde hob abwehrend die Hände. »Niemand will etwas vertuschen«, widersprach er heftig. »Es geht darum, dass der Fall politische Folgen haben könnte. Man will meines Erachtens Schadensbegrenzung betreiben.«

Gianna schien sich wieder in sich zurückzuziehen.

»Verdammt, hören Sie mir zu!«, herrschte er sie an. »Früher oder später werden diese Tatsachen publik. Dafür sorgt schon die Presse. Aber Sie können sicher sein, Gianna … – ich darf Sie doch so nennen?«

Gianna nickte schwach.

»… meine Männer und ich, wir werden alles tun, um diesen Fall aufzuklären. Wir werden die Schuldigen finden!«

»Wer sagt mir, dass die Herren Politiker dieses Desaster nicht unter den Teppich kehren werden? Das ist in diesen Kreisen doch gang und gäbe.«

»Das werde ich nicht zulassen.«

Gianna sah den Comandante ungläubig an. »Als würde das in Ihrer Hand liegen! Ich war zu lange Journalistin, um nicht zu wissen, wozu Politiker fähig sind. Sie sind bloß ein Ermittler, Comandante. Was können Sie schon groß ausrichten, wenn es hart auf hart geht?«

167

Der Comandante zog die Mundwinkel nach unten. »Ich sehe das ein wenig anders.«

»Wir leben in einer beschissenen Welt«, murmelte sie voller Bitterkeit. »Es lohnt sich nicht, unter Mördern zu leben.«

In Valverdes Gesichtszügen zeigte sich verhaltener Ärger. »Mörder gibt es nicht, weil die Welt schlecht ist, sondern weil die Mörder schlecht sind.«

»Weshalb sind Sie eigentlich gekommen?«

Valverde räusperte sich und überlegte kurz. Er suchte nach den richtigen Worten. »Wie ich bereits sagte, habe ich mir Sorgen um Sie gemacht«, begann er. »Mein zweiter Grund ist aufzuklären, wie Carla zu Tode gekommen ist. Vielleicht haben Sie keine rechtlichen Grundlagen, gegen den Minister vorzugehen, aber moralische schon. Suchen Sie sich einen guten Anwalt, und besprechen Sie sich mit ihm.«

»Wie viel Schadensersatz soll ich Ihrer Meinung nach für Carlas Tod verlangen?«, erwiderte sie sarkastisch.

»Sie brauchen sich keine Mühe zu geben, mich bewusst misszuverstehen, Gianna. Sie wissen genau, dass ich das so nicht gemeint habe. Wie Sie sich fühlen, kann ich mir vorstellen. Trotzdem ...« Valverde atmete hörbar durch. »*Maledetto!* Nehmen Sie sich zusammen, und orientieren Sie sich nach vorn! In die Zukunft. Passivität und Selbstzerfleischung bringen Sie keinen Schritt weiter.«

Sie sah ihn mit großen Augen an. Da stand ein Carabiniere in ihrer Küche, der eine beispiellose Bluttat aufklären musste, und benahm sich wie ihr Vater und machte ihr Vorwürfe. »Sie wissen nicht, wie ich mich fühle, und Sie wissen auch nicht, was in mir vorgeht. Sie wissen rein gar nichts«, fuhr sie ihn an. »Und wie ich aussehe, geht Sie nichts an.«

»Stimmt. Aber wenn Sie Gerichtspost bekommen und nicht darauf reagieren, dann beunruhigt mich das. Ich finde, Sie haben eine Menge zu tun. Man kann trauern und dennoch etwas Sinnvolles machen.«

»Ach ja?«, erwiderte Gianna angriffslustig. »Und was, wenn ich fragen darf?«

»Beispielsweise die Bestattung Ihrer Tochter vorbereiten. Oder haben Sie sich darum bereits gekümmert?«

»Pater Eusebio wollte mir helfen.«

Valverde sah sie streng an. »Sie müssen Ihr Leben selbst in den Griff bekommen. Übernehmen Sie die Initiative, das wird Ihnen helfen.« Er machte eine Pause. »*Senti*«, sagte er nach einer Weile. »Ich habe schon so viele Hinterbliebene in meinem Leben gesehen, und alle mussten ihre Trauer alleine bewältigen. Jeder für sich.«

»Glauben Sie, ich wüsste das nicht?«, antwortete sie leise. »Sie können sich gar nicht vorstellen, wie man sich in so einer Situation fühlt.« Sie sah auf. »Trauer ist wie eine Katze. Sie verfolgt dich auf leisen Sohlen. In jedes Zimmer, überallhin. Auch wenn du sie nicht hörst, ist sie da.«

»Irgendwann lernt man, damit umzugehen.«

Valverdes Augen hatten einen samtenen Glanz bekommen, seine harten Gesichtszüge wirkten mit einem Mal weicher. »Wo ist Ihr Briefkastenschlüssel«, fragte er plötzlich wieder pragmatisch.

Verwundert deutete sie auf das Schlüsselbrett draußen neben der Garderobe.

Valverde nahm den Schlüssel vom Haken und ging hinaus. Wenig später kam er mit einem ganzen Bündel von Briefen und Reklamezetteln herein. »*Alora*«, sagte er streng. »Gehen Sie ins Bad, machen Sie sich zurecht. Anschließend bearbeiten Sie Ihre Post. Und keine Widerrede! Ich komme in einer Stunde wieder vorbei und sehe nach.«

Gianna lächelte nach langer Zeit das erste Mal. »Sie haben recht«, murmelte sie. Sie stemmte sich müde aus dem Stuhl, während Valverde nachdenklich das Haus verließ.

Als er auf die Straße trat, wanderte sein Blick hinauf zum Himmel. Eine Schar Schwalben zeigte ihre Flugkünste. Es ist der

Gang der Welt, dachte er, dass Wölfe Ziegen morden. Gianna war ihm, ohne dass er es bemerkt hatte, unter die Haut gegangen. Ihre Ausstrahlung hatte etwas Magisches. Nur schwer konnte er seine Augen von ihr losreißen, sich ihrer Anmut entziehen – und das, obwohl sie trauerte.

Zwanzig Minuten später saß Gianna angekleidet und frisiert am Küchentisch und sah ihre Post durch. Als Erstes fiel ihr die gerichtliche Mitteilung in die Hände: Carla könne überführt und bestattet werden. Auch wenn ihr dieses förmliche Schreiben schwer zu schaffen machte, versuchte sie, Haltung zu bewahren. Der Comandante kam ihr in den Sinn. Sie war dankbar, dass er sie aufgerüttelt hatte.

Nachdenklich betrachtete sie die vor ihr liegenden Kuverts. Kondolenzkarten und Beileidsbekundungen mischten sich mit Interview-Anfragen bekannter Boulevardblätter. Sogar ein Schreiben vom *Messaggero* hatte sie erhalten. Beinahe wäre es im Papierkorb gelandet. Doch ihre Intuition sagte ihr plötzlich, dass eine der größten Tageszeitungen Italiens sie niemals schriftlich um eine Story oder ein Interview bitten würde. Es musste um etwas anderes gehen. Einem inneren Impuls folgend, öffnete sie den Brief.

Gianna brauchte eine ganze Weile, bis sie begriff, was da stand. Die Geschäftsführung in Rom drückte ihr Mitgefühl für den schweren Verlust aus, schickte ihr gleichzeitig aber auch eine persönliche Einladung. Das Ganze las sich wie ein Jobangebot. Man habe Verständnis, wenn sie sich mit der Zusage Zeit ließe, hieß es. Und man wolle es ihrer inneren Verfassung überlassen, ob und wann sie sich einem Gesprächstermin in der Zentrale in Rom gewachsen fühle.

Die wenigen Zeilen hatten eine enorme Wirkung: Ein Ruck ging durch Giannas Körper, sie fühlte sich plötzlich energiegeladen. Da hörte sie Schritte vor ihrer Haustür und dann ein Klopfen. Der Comandante war zurückgekehrt.

Als sie öffnete, stand Valverde telefonierend auf der Straße und winkte ihr mit einem angedeuteten Lächeln zu. Gianna ließ die Tür angelehnt. Er würde sicher gleich hereinkommen.

Und so war es auch. Wenige Minuten später stand Comandante Valverde wieder in ihrer Küche. Seine Miene entspannte sich, als er Gianna sah.

»*Bene*«, murmelte er mit einem breiten Lächeln, »so gefallen Sie mir schon besser.« Er zögerte einen Augenblick, dann wurde seine Miene wieder ernst. »Ich wäre gerne noch geblieben, aber wie ich sehe, kann ich Sie jetzt alleine lassen.« In seinen Augen lag ein Anflug von Bewunderung für Gianna, die seinen Blick jedoch nicht zu deuten wusste. »Die Pflicht ruft«, sagte er sanft und gab ihr mit einem aufmunternden Lächeln die Hand. »*Ciao*, ich komme bald wieder.«

»Versprochen?«, fragte Gianna und sah ihn eindringlich an.

»Versprochen!« Valverde warf ihr im Gehen noch einmal einen Blick zu, dann hörte Gianna, wie die Tür ins Schloss fiel.

Der Comandante eilte mit seinem Smartphone am Ohr in Richtung Piazza Margherita, wo er sein Auto geparkt hatte. Von Contini erfuhr er, dass die zwei Paten, Don Sardeno und Don Montalbano, sich in Cefalù getroffen hatten und jetzt in Lillys Club in der Via Vittorio Emanuele, einem kleinen Restaurant am Ortseingang, bei einem Glas Wein zusammensaßen.

»Sie machen nicht den Eindruck, als wollten sie gleich zum Blutspenden gehen«, meinte Commissario Contini in seiner trockenen Art.

»Wo bist du gerade?«

»Ich sitze ein paar Tische weiter. Leider kann ich nicht hören, was sie sagen.«

»Lass sie trotzdem keine Sekunde aus den Augen«, rief Valverde ins Telefon. Um Atem ringend, erreichte er seinen Wagen und sprang hinters Steuer. »Verhalte dich so unauffällig wie möglich.«

171

»Ich bin doch kein Anfänger!«

»Ich meine ja nur. Und wenn sie gehen, häng dich dran.«

»Ich glaube, das wird nicht nötig sein. Der Kellner bringt diesen Dreckspaten gerade zwei Karaffen Nero Davolo. Die lassen es sich richtig gutgehen.«

»Kauf dir ein Eis, das beruhigt die Nerven.«

»Bis wann kannst du da sein?«

Valverde sah auf seine Armbanduhr. Es war halb drei. »Wenn ich gut durchkomme, um drei.«

Lillys Club

Mit quietschenden Reifen schoss Valverde in die schmale Hauptstraße und erreichte nach wenigen Augenblicken die Landstraße, die sich in zig engen Kurven hinunter zur Küste schlängelte. Die einmalige Gelegenheit, die Paten mit Fragen zu konfrontieren, war gekommen. Obwohl er sich im Klaren war, dass die beiden sich bedeckt halten würden, bestand die Möglichkeit, dass sie vielleicht durch eine unbedachte Antwort oder Reaktion verraten würden, was tatsächlich hinter dem Mord an ihren Söhnen steckte.

Kurz vor drei Uhr erreichte Valverde die Stadtgrenze von Cefalù. Schon von weitem sah er die Kathedrale, deren wuchtige, gedrungene Türme aus dem Dächermeer ragten. Einst war Cefalù die Residenz des Normannenkönigs gewesen, dann geriet die Ortschaft in Vergessenheit – ein Glück, denn das mittelalterliche Stadtbild hatte sich deshalb bis heute so herrlich erhalten. Enge, arabisch anmutende Gassen zogen sich vom Domplatz und vom Corso Ruggero hinab zum Hafen, gesäumt von Geschäften, kleinen Andenkenläden, Cafés und Fischrestaurants mit Terrassen, die sich zum Meer hin öffneten.

Dominiert wurde die auf einer kleinen Halbinsel liegende Stadt von La Rocca, dem Wahrzeichen Cefalùs. Der gewaltige Kalkfelsen mit den Überresten einer byzantinischen Burg auf dem Gipfel thronte majestätisch über dem Meer. Valverde erinnerte sich noch mit Grauen daran, dass er sich einmal von Freunden hatte überreden lassen, den an die dreihundert Meter hohen Koloss zu besteigen. Der grandiose Blick über die Altstadt und die vorgelagerten Liparischen Inseln hatte ihn dann allerdings für den anstrengenden Aufstieg entschädigt.

Knapp eine halbe Stunde nach dem Telefonat mit seinem Assistenten stellte Valverde seinen Wagen an der Uferpromenade ab. Eine hüfthohe Steinmauer trennte die Straße vom Badestrand, wo sich Touristenleiber dicht an dicht auf Liegestühlen bräunten. Es herrschte eine lasziv-entspannte Ferienstimmung.

Valverde schob sich die Sonnenbrille zurecht und ging auf die schattenspendende Häuserschlucht zu, die sich nur wenige Meter vor ihm auftat.

Das fröhliche Touristentreiben spielte sich tagsüber an den Sandstränden ab. In den verwinkelten und für den Autoverkehr viel zu schmalen Gassen im Zentrum war erst abends etwas los. Dann schoben sich die Menschenmassen durch das Gassengewirr und schwappten wie Meereswellen in die Lokale. Das pittoreske Stadtbild zog jeden in seinen Bann. Es gab schillernd bunte Straßen, in denen Geschäftsleute und Restaurantbesitzer die Nacht zum Tage machten, aber auch verschwiegene Gassen, düstere Winkel und entlegene Plätze, in denen die Schritte lange nachhallten und man nichts weiter hörte als den eigenen Atem.

Valverde war erleichtert, der glühenden Sonne entronnen zu sein. In der engen Gasse mit grauschwarzem Kopfsteinpflaster war es angenehm kühl. Er verlangsamte seinen Schritt. Gleich nach dem ersten Abzweig entdeckte er die rostrote Markise, die sich über die Tische des Clubs spannte.

Das einladende Lokal an der Straße stand bei Urlaubern hoch im Kurs und war deshalb oft überfüllt. Es war von halbhohen Buchsbäumen umrahmt und machte jetzt in der Nachmittagshitze einen verwaisten Eindruck. Lediglich am Tisch neben dem Eingang saßen zwei schwergewichtige Männer vorgerückten Alters. Beide trugen kurzärmelige weiße Hemden, auf deren Rücken sich breite graue Hosenträger kreuzten. Von weitem wirkten sie wie einfache Bauern, die es sich bei einem Glas Rotwein wohl sein ließen. Bei genauerem Hinsehen veränderte sich dieser Eindruck. Die Schuhe waren teuer – vermutlich Maßarbeit.

Montalbano, ein Mann wie ein Monolith mit grauem Haarkranz am Hinterkopf und einem gewaltigen Specknacken, schien sich in Rage geredet zu haben und diskutierte temperamentvoll mit seinem Gegenüber. Don Sardeno war wie Montalbano der uneingeschränkte Boss seines Herrschaftsgebiets. Er regierte die Provinz Agrigent bis hinauf nach Caltanisetta, während Montalbano die Provinz Trapani und große Teile von Palermo in der Hand hatte. Beide genossen jene Anerkennung, die sich so mancher Bürgermeister oder Politiker in Rom gewünscht hätte. Selbst die Kinder auf der Straße kannten die beiden, und jeder, der den Paten begegnete, zollte ihnen Respekt.

Valverdes Blick streifte suchend umher. Er konnte seinen Mitarbeiter nirgendwo entdecken. Kurzerhand wählte er auf seinem Smartphone dessen Nummer.

»Wo bist du?«, raunte er.

»Direkt hinter dir«, erwiderte Contini.

Valverde drehte sich um und entdeckte den jungen Commissario rauchend im Eingang eines Ladens verborgen.

Valverde nickte ihm unmerklich zu, betrat die Terrasse des Lokals und steuerte auf die berüchtigten Paten zu. Sie musterten ihn wortlos und mit versteinerter Miene, als er sich ungefragt zu ihnen setzte.

»Salve«, grüßte Valverde und lächelte grimmig. »Gut, dass ich Sie hier antreffe.« Er sah in zwei rohe Gesichter, wie gewalttätige Charaktere sie oft aufwiesen.

»Wer hat dir erlaubt, dich an unseren Tisch zu setzen?«, knurrte Montalbano. Seine Augen schienen den Comandante förmlich aufzuspießen, während Sardeno die Miene einer bissigen Bulldogge zur Schau trug. In Montalbanos Blick lagen Ver-

175

schlagenheit und Angriffslust, vermutlich die Grundvoraussetzungen, um sich in Cefalù unter seinesgleichen durchzusetzen. Wie in Zeitlupe wanderte sein Blick in Richtung seines Gesprächspartners weiter, der ihm gegenübersaß und die Hände über dem Bauch gefaltet hatte. »Hat er sich geirrt, oder ist er nur unverschämt?«, fragte Montalbano mit einem Keuchen in der Stimme, als würde ihm gleich die Luft ausgehen, und deutete auf Valverde.

Don Sardeno verzog sein Gesicht zu einer abfälligen Grimasse. »Ich vermute, er weiß nicht, was er tut.«

Valverde war sich sicher, dass den beiden Sizilianern absolut klar war, wer sich gerade an ihren Tisch gesetzt hatte, auch wenn kein Anzeichen darauf hindeutete. »Ich benötige keine Erlaubnis«, entgegnete er mit provokanter Süffisanz. »Ich bin Comandante Domenico Valverde, der verantwortliche Ermittler im Mordfall Castelbuono. Ich möchte Ihnen mein Beileid über den Verlust Ihrer Söhne ausdrücken.« Damit war der Förmlichkeiten Genüge getan.

Die beiden Paten verzogen keine Miene, ließen den Comandante aber auch keine Sekunde aus den Augen. Dass die zwei Paten trauerten, war nur am schwarzen Trauerflor an ihrem Oberarm zu erkennen.

»Comandante, also … Was du nicht sagst …!« Montalbanos Stimme triefte vor Ironie.

»Habt ihr zwei euch verbrüdert?«, begann Valverde seine Befragung auf seine gewohnt lässige Art.

»Genauso gut könntest du uns nach dem Wetter fragen«, brummte der dicke Pate emotionslos. »Es ist sinnlos zu angeln, wenn man keinen Köder am Haken hat.«

Valverde lächelte über die Botschaft, die sich hinter dieser sizilianischen Redewendung verbarg. Zwei harte Brocken, aber er hatte ja nichts anderes erwartet. »Nun, geteiltes Leid ist halbes Leid, wie man so schön sagt. Deshalb sitzt ihr ja schließlich zusammen, oder?«

»Was willst du?«, knurrte Sardeno und verzog abfällig sein breites Bulldoggengesicht.

»Was schon? Ich suche die Mörder eurer Söhne und habe gehofft, dass ihr mir mit ein paar Informationen weiterhelfen könnt.« Montalbano lachte freudlos auf und bedachte Valverde mit einem mitleidigen Blick. »Du machst Witze, Comandante …«

»Keineswegs«, erwiderte Valverde und winkte den Kellner herbei, der am Türpfosten zum Restaurant lehnte und die Gruppe beobachtete.

»Bist du so naiv, oder tust du nur so?«, herrschte Don Sardeno mit hochrotem Kopf den ungebetenen Gast an. Er griff nach der Packung MS, die auf dem Tisch lag, steckte sich eine Zigarette an und sog den Rauch tief in die Lungen. »Irgendein Dreckskerl hat unsere Söhne umgelegt«, brüllte er unvermittelt. Sein Blick hatte sich an Valverde festgebissen, als sei er der Schuldige. Einen Moment schien es, als wolle er dem Comandante an die Gurgel gehen. Doch so schnell, wie er explodiert war, so schnell ebbte sein Zorn wieder ab. Sardeno stemmte sich mit feuchten Augen vom Polsterstuhl hoch und stöhnte. Plötzlich ballte er wieder die Fäuste, dass sich die Knöchel weiß färbten. Er neigte sich drohend zum Comandante hinüber und flüsterte: »Ich werde diesen Hurensohn erwischen. Und ich werde ihm die Eier abschneiden!«

Der Kellner, der das Szenario beobachtete, wirkte wie erstarrt und wagte nicht, sich von der Stelle zu rühren.

»Einen Espresso, bitte«, blaffte Valverde in seine Richtung. Montalbano gab dem jungen Mann einen kaum merklichen Wink, worauf dieser sofort verschwand.

»Du sagtest *Hurensohn*?«, richtete Montalbano das Wort an Sardeno.

Der Pate fing Montalbanos Blick auf und schwieg, während sich dieser dem Comandante zuwendete. »Pass auf, Valverde: Wenn dir jemand alles genommen hat, was dir wichtig war, dann frage ich ihn nicht, wie er das wiedergutmachen will. So ist das in Sizilien. Für mich tun das nur arme Idioten ohne Ehre.«

»Ehre ohne Geld ist eine Krankheit«, fiel ihm Valverde ins Wort. »Insofern schließen sich Armut und Ehre gegenseitig aus.«

Montalbano war nahe daran, seine Fassung zu verlieren. »Du hast keine Ahnung, wovon du redest, Valverde. Bei uns werden die Dinge so geregelt, wie sie geregelt werden müssen.«

»Wir haben Gesetze«, widersprach Valverde. »Und ihr habt euch daran zu halten.«

»Das hat er bestimmt nicht ernst gemeint«, sagte Sardeno in Richtung Comandante und fügte mit einem tiefen Seufzer hinzu: »Du kannst dich darauf verlassen, Valverde: Wir werden diesen Hurensohn finden.«

»Ich warne euch«, zischte Valverde durch die Zähne. »Ein Vögelchen hat mir zugezwitschert, dass ihr genau wisst, wo ihr zu suchen habt. Deshalb sitzt ihr auch hier. Ich möchte, dass euch eines klar ist: Ihr könnt nicht einmal einen Furz lassen, ohne dass wir es erfahren.«

»Du bist Comandante bei der Polizei, nicht wahr?«, raunzte Sardeno. »Dann ist dir hoffentlich ebenso klar, dass wir wissen, wie Mikrofone funktionieren. Auch wenn du dich für besonders schlau hältst, lass dir eines gesagt sein: Ich muss kein Formular ausfüllen, bevor ich mit dem Kerl rede, der die Dummheit begangen hat, meinen Sohn zu ermorden. Wir erledigen die Sache dann ganz unbürokratisch.«

»Sollten wir eine Leiche finden, weiß ich, an wen ich mich wenden muss«, meinte Valverde.

»Solange es nicht deine eigene ist«, flüsterte Sardeno kaum hörbar.

Valverde tat Sardeno nicht den Gefallen, auf die Provokation einzugehen, sondern schoss die nächste Breitseite ab. »Wovon haben eure Söhne eigentlich gelebt? Ich meine, welcher Arbeit sind sie nachgegangen?«

»Das wissen wir nicht«, entgegnete Montalbano mit undurchsichtiger Miene. »Sie sind erwachsen und erzählen uns nicht alles.«

»Lächerlich«, bellte Valverde. »Vielleicht habt ihr ja plötzlich Konkurrenz bekommen, die euer Geschäft übernehmen will? Das würde erklären, weshalb eure Söhne dran glauben mussten. Wer weiß, vielleicht seid ihr gar nicht so klug und müsst euch erst noch schlaumachen, was auf der Piazza passiert ist.«

»Sollen wir es ihm erzählen?«, fragte Montalbano und grinste in sich hinein. Sein Blick suchte die Augen des Comandante. »Wenn unsere Freunde jemanden um Auskunft bitten, dann kannst du deine Hosenträger drauf verwetten, dass derjenige uns jede Frage beantworten wird, sofern er dazu in der Lage ist.«

»Bitten? Aha!« Valverdes Blick hätte Montalbano auf der Stelle umgebracht, wenn er hätte töten können. »Ich sag dir was, Zoppo! Dass eure Leute um etwas *bitten*, ist mir völlig neu«, erwiderte Valverde mit ironischem Unterton. »Ich weiß, dass ihr eure Bluthunde losgeschickt habt. Am besten, ihr richtet Alfredo und Luigi aus, dass wir sie rund um die Uhr im Visier haben.«

Montalbano erstarrte. »Wenn du mich noch einmal Zoppo nennst, solltest du in Zukunft aufpassen, wenn du sonntags mit deiner Familie spazieren gehst.«

»Blas dich nicht so auf«, zischte Valverde mit zusammengekniffenen Augen. »Ich sage es zum letzten Mal: Solltest du mir verschwiegen haben, wer der Mörder deines Sohnes ist, obwohl du es längst weißt, wirst du es bereuen.« Seine Augen wanderten zu Sardeno. »Und das gilt auch für dich.«

Montalbano grinste. Anscheinend hatte er Valverde den Spitznamen verziehen. »Weshalb suchst du jetzt schon die Sense, wenn die Zeit zum Mähen noch gar nicht gekommen ist? Kannst du mir das erklären?«

»Weil es Aufgabe des Gerichtes ist, den Täter zu bestrafen.«

»Er gehört zur ganz korrekten Truppe«, sagte Sardeno, offenkundig köstlich amüsiert. »Er redet vom Gericht.«

In Montalbanos Miene lag plötzlich etwas Grausames. »Wenn wir ihn finden, liefern wir ihn auf deinem Revier ab. Es könnte allerdings sein, dass unsere Freunde übermotiviert sind und ihm vorher die Haut abziehen«, fügte Montalbano mit gespieltem Bedauern hinzu. »Sie sind ziemlich wütend, und unser guter Einfluss nutzt manchmal wenig, um sie von dummen Einfällen abzuhalten. Aber wenn es nach uns beiden geht, dann rufe ich sofort an, wenn er sich bei uns meldet.«

»Verarschen kann ich mich selbst«, zischte Valverde.

Sardeno lachte selbstgefällig.

Die beiden Mafiabosse wussten mehr als er. Valverde war sich sicher, dass sie dem Täter längst auf der Spur waren. Nicht nur ihr Verhalten ließ darauf schließen, auch das Abhörprotokoll sprach dafür. Er musste einen weiteren Vorstoß wagen, sonst würden ihm die Paten zuvorkommen. »Als gute Väter könnt ihr mir doch bestimmt sagen, was eure Söhne in der Bar Albanesi wollten?«

Die beiden Dons sahen sich mit gespieltem Erstaunen an, als könnten sie es nicht fassen, dass ein Polizist sie so etwas fragte. »Ist das jetzt ein Verhör?«, schnaubte Montalbano. Sein Gesicht glich einer undurchsichtigen Maske.

»Wenn ich euch in die Mangel nehme, dann bestimmt nicht hier bei Wein und Oliven.«

»Es würde uns auch nicht weiter beunruhigen, wenn du es bei einem Abendessen versuchen würdest«, kicherte der dicke Don. »Ich bin der Auffassung, wenn schon Verhör, dann wenigstens mit Stil und im passenden Ambiente. Mein guter Freund Sardeno wird mir sicher zustimmen. Aber das können wir von dir ja kaum erwarten.«

Valverde konnte sich ein Lächeln nicht verkneifen. »Ich finde es immer wieder bewundernswert, wenn zwei Menschen einer

Meinung sind. Ich für meine Person habe ja schon so viele Meinungen: über euch zwei, über Castelbuono, über die beiden Ministersöhne.« Valverde fixierte die beiden Paten eiskalt. »Eine davon könnte ich euch verraten, wenn ihr Wert darauf legt.«

»Ach, Valverde!« Montalbano verzog das Gesicht. »Bitte nicht.«

»Ich glaube, es könnte für euch sehr unangenehm werden, wenn ich den Kerl vor euch zu fassen kriege. Vielleicht bietet sich unter den Umständen ein Deal an?«

Die zwei Paten legten eine abgebrühte Dickfelligkeit an den Tag. Sie taten, als hätten sie seinen Vorschlag gar nicht gehört. Valverde beschloss, auf den Busch zu klopfen. »Der Polizei ist bekannt, dass eure Söhne reingelegt wurden. Silvio und Frederico sind nach Castelbuono gelockt worden. Habe ich recht?«

Endlich bequemte sich Sardeno zu einem langen Seufzer. Dann beugte er sich scheinbar vertraulich zu Valverde hinüber und sah ihn lange an. »Was du nicht alles weißt. Eines steht jedenfalls fest, Comandante: Du redest zu viel und zu lang.«

»Wer ist *er*?«

Die Paten sahen sich erstaunt an und zuckten mit den Schultern.

»Wir haben euch abgehört. Wir wissen ganz genau, dass jemand hinter den Morden steckt, vor dem ihr riesigen Respekt habt.«

»Dann müsstest du ja wissen, von wem die Rede war.« Sardeno bekam wieder einen seiner Hustenanfälle. »Pass auf, du Schlaumeier«, sprach er weiter, »ein Killer, der so idiotisch ist, keine Angst vor uns zu haben, der hat auch keine Angst vor dir. *Capice?* Du kannst nichts dagegen tun, dass wir diesen Hurensohn suchen und auch finden werden. Er wird uns haargenau erzählen, wer und was hinter alledem steckt.«

Valverde musste innerlich grinsen. Endlich hatte Sardeno unbewusst einen Fehler gemacht. Er hatte indirekt ausgeplaudert, dass es sich um einen Auftragsmord handelte. Doch Valverde ließ sich nichts anmerken und insistierte weiter. »Wenn ich ihn in die Finger kriege, wird er ebenfalls auspacken.«

»Vielleicht weißt du es ja nicht«, mischte sich Montalbano wieder ein, »deshalb gebe ich dir gern einen wertvollen Tipp: Wer bei den Carabinieri singt, der schweigt anschließend lebenslang. Ist das jetzt klar?«

Valverde nickt verbissen. »Das war deutlich genug«, brummte er, ohne den Paten aus den Augen zu lassen. Er hatte das Gefühl, in einem Schlangennest zu sitzen und jeden Augenblick gebissen zu werden.

»Wir werden uns um den Kerl kümmern, ob du willst oder nicht«, flüsterte Sardeno unheilvoll.

»Ach ja?«, schnauzte der Comandante empört. »Also, noch einmal: Was wollten Frederico und Silvio in Castelbuono?«

Der Kellner kam, um Valverde endlich den Espresso zu servieren, würdigte ihn aber keines Blickes. Seine schweißnasse Stirn und die zittrigen Hände zeugten von devoter Ehrerbietung für die Paten.

Montalbano bedeutete ihm mit einer Geste zu verschwinden. Provozierend blies er eine dünne Rauchfahne in Richtung Valverde. Dann flüsterte er ihm vertraulich zu: »Unsere beiden Jungs haben einen Ausflug gemacht.«

»Das erklärt natürlich, weshalb sie mit Automatikpistolen bewaffnet waren. Schließlich muss man sich vor den vielen Touristen in Acht nehmen.«

»Ja«, mischte sich Sardeno wieder ein, »ist es nicht fürchterlich, dass man in unserem Land nirgendwo mehr sicher ist?«

Valverde kannte die Spielchen der sizilianischen Mafiosi zur Genüge, um zu wissen, dass sie ihm freiwillig nichts über die Vorgänge in Castelbuono erzählen würden. Er würde die beiden mit harmlos klingenden Fragen in die Falle locken müssen, damit sie sich zu einem unbedachten Satz hinreißen ließen. »Und damit Frederico und Silvio in Castelbuono über die Runden kommen, haben sie Messonis Söhnen Kokain verkauft.«

»Wovon redet der Kerl?«, fragte Montalbano seinen Freund Don Sardeno.

Der zuckte nur unwissend mit den Achseln.

»Hast du bei meinem oder seinem Sohn Koks gefunden?«, erkundigte sich Montalbano mit Unschuldsmiene.

Valverde schwieg sich aus.

»Bestimmt habt ihr auch in den Taschen der Ministersöhne nachgesehen, oder?«

Valverde überging die Provokation, lehnte sich zurück und steckte sich eine Zigarette an.

»Der Espresso wird kalt, Comandante«, frotzelte Montalbano und deutete auf die Tasse.

Valverde nahm einen tiefen Zug an seiner Zigarette, während er gleichzeitig den Zucker umrührte. Er wirkte völlig in sich gekehrt. Plötzlich blickte er auf. »Kennt ihr Rodolfo Messoni?«, schoss er seine nächste Frage ab.

»Wer kennt unseren Umweltminister nicht?«, erwiderte Don Sardeno mit breitem Grinsen. »Das ist doch dieser nette Signore, der dafür sorgt, dass die Leute ihren Abfall brav in die Mülltonnen werfen, oder?«

Valverde hatte keine Lust mehr, sich von den beiden veralbern zu lassen, er ging auf Konfrontationskurs. »Was hatten Sergio und Tonino Messoni mit euren Söhnen zu schaffen?«

»Wir haben unsere Söhne nicht gefragt, und wir sind keine Hellseher«, antwortete Montalbano. »Vermutlich suchten sie die Nähe von wohlerzogenen jungen Männern aus besten Kreisen. Kann ja nie schaden, oder?«

»Mit wem rede ich hier eigentlich? Mit Clowns oder mit Idioten?«, schnauzte der Comandante die beiden Paten unvermittelt an. »Noch vor wenigen Tagen hättet ihr euch und eure Clans am liebsten gegenseitig ausgerottet. Und jetzt sitzt ihr plötzlich zusammen bei einem Glas Nero Davolo und tut so, als wärt ihr die besten Freunde. Das stinkt doch zum Himmel!«

Sardeno griff nach der Karaffe, schenkte sich in aller Ruhe Wein nach und nahm einen kräftigen Schluck. Montalbano zog eine süßsaure Miene und schnippte seinen Zigarettenstummel in hohem Bogen über die Buchsbäume auf die Straße.

»Was du nicht sagst, Comandante«, brummte Don Sardeno.

»Wollt ihr wissen, was ich denke?« Valverdes schneidende Stimme schien die beiden nicht aus der Fassung zu bringen. Im Gegenteil, sie grinsten still in sich hinein. »Könnte es sein, dass das Gemetzel in Castelbuono eine Warnung an euch war? Wer weiß, vielleicht ist einer der Clans aus Palermo scharf auf eure Geschäfte. Vielleicht gibt es ja auch unter euren loyalen *Amici* ein paar unzufriedene Männer, die sich Gedanken machen, wie sie euch loswerden könnten?«

Valverde beobachtete die Miene der zwei Männer.

Don Sardeno reagierte zuerst, beugte sich hinüber zu Valverde und starrte ihn böse an. »Niemand, Comandante, wirklich niemand käme auf die dämliche Idee, hier etwas zu tun, das wir nicht erlauben. Nicht einmal ein Selbstmörder.«

»Gut zu wissen«, beendete Valverde sein Gespräch. »*Arrivederci*, Signori.« Er stand auf und sah sich suchend nach seinem Assistenten um. Er stand ein paar Meter weiter vor einer Eisbude unter einem Sonnenschirm und leckte genüsslich an seinem Schokoladeneis.

Valverde legte einige Euromünzen auf den Tisch und machte sich auf den Weg zu Contini.

Auch wenn das Treffen mit den Paten nicht sehr ergiebig gewesen war, hatte das Gespräch dann doch zumindest eines ergeben: Sie hatten es mit einem einzigen Killer zu tun. Es kam auf die Untertöne, auf die Botschaften zwischen den Zeilen an, wenn man mit Leuten wie Sardeno und Montalbano redete.

Dass er aus den beiden nicht viel mehr herausbringen würde, war ja von vorneherein klar gewesen.

Plötzlich kam Valverde die schöne Gianna in den Sinn. Überhaupt dachte er seit seinem Besuch bei ihr öfter an sie, als ihm vernünftig erschien. Selbst trauernd in der Küche sitzend übte diese Frau noch einen eigentümlichen Reiz auf ihn aus, den er sich nicht erklären konnte. Und je länger er über sie nachdachte, desto mehr stieg in ihm der Wunsch auf, sich um sie zu kümmern. Er würde sie bald anrufen …

Oceanic Disposal Management

Francesco De Masso lehnte sich in seinen imposanten Chefsessel zurück. Angespannt blickte er zu dieser ungewöhnlich frühen Morgenstunde durch die meterbreite Glasfront seines Büros hinüber zum Hafen.

Auf seinem Marmorschreibtisch war kein Stäubchen zu entdecken. Ein Bildschirm, daneben ein paar Notizzettel, ein Kugelschreiber und zwei Schnellhefter – alles befand sich an seinem Platz.

Die Grabesstille im vierten Stock der Reederei wurde im Vorzimmer nur hin und wieder von gedämpften Stimmen geschäftiger Sekretärinnen und dem leisen Summen eines Kopierers durchbrochen. Wertvolle Gemälde, erlesene Exponate und Skulpturen moderner Künstler zeugten in dem minimalistisch eingerichteten Direktionszimmer von gediegener Kapitalkraft, was durch den samtgrauen, hochflorigen Teppich auf dem Fußboden und die altrosafarbenen Tapeten an den Wänden noch unterstrichen wurde.

Die ersten Sonnenstrahlen fielen auf die Ladebäume, die Silos und Lagerschuppen am Hafenbecken und warfen lange Schatten. Auf den Molen herrschte schon reger Betrieb. Lastkähne legten an, Lotsen fuhren geschäftig hin und her, die Verladecrews hatten alle Hände voll zu tun.

Geradezu majestätisch ragte das Wahrzeichen von Livorno in den Himmel: ein fünfzig Meter hoher Leuchtturm aus dem dreizehnten Jahrhundert. Der sechseckige Torre del Marzocco mit seiner schneeweißen Marmorfassade und dem zinnoberroten Dach wirkte, eingepfercht zwischen modernen Hebekränen, Tanklagern und den rauchenden Schloten des Kraftwerks, wie ein anachronistisches Relikt, das in der modernen Industriewelt zu ersticken drohte.

De Massos Miene war nicht zu entnehmen, was er gerade dachte. Schweigend beobachtete er weit unten die kurznasigen Bugsier-Schlepper, die emsigen Ameisen gleich Sattelauflieger, Container und schwere Transportgüter zu festgelegten Lagerstätten brachten.

De Masso, ein feingliedriger, schlaksiger Mann mit Hang zu exquisiter Kleidung und teuren Accessoires wie Rolex und großgliedriger Goldkette, strich sich die schwarzen, mit feinen Silberfäden durchzogenen Haare aus der Stirn. Wie immer war er bestens rasiert und verbreitete in seinem Büro den dezenten Duft eines erlesenen Rasierwassers. Sein nobles Erscheinungsbild stand in diametralem Gegensatz zu seinem Beruf, der ihn reich gemacht hatte. Er verdiente sein Geld mit Müll, der Pest des überzivilisierten Zeitalters, wie er fand. Schon vor vielen Jahren war er durch Vermittlung eines Partners und Geschäftsfreundes in das Geschäft eingestiegen; er trennte Industriemüll aller Art, soweit möglich, auf seinem Gelände, um ihn dann mit Gewinn zu verkaufen.

Ein paar Jahre später hatte er sein Geschäftsfeld erweitert und sich auf die Beseitigung von hochtoxischem Giftmüll der chemischen Industrie spezialisiert – Müll, der nur zu extrem hohen Kosten legal vernichtet werden konnte. Für die Beseitigung von Arsen, Cadmium, Zinn, Beryllium und Tetrachloriden, den besonders gefährlichen Seveso-Giften, war die Nachfrage geradezu explodiert, zumal sein Entsorgungsangebot preislich unschlagbar war. Inzwischen galt er sogar als der ungekrönte Müllkönig Italiens und als die beliebteste Adresse für die unkonventionelle Bearbeitung schwer zu vernichtender Problemfälle. Mit einer Frachterflotte von mehr als zwanzig Schiffen und nahezu siebzig Lastwagen bewegte er monatlich mehr als zweihunderttausend Tonnen Tod und Verderben.

Gewöhnlich kam De Masso gegen acht Uhr in seine Reederei, nahm einen Espresso an seinem Schreibtisch und las den *Messaggero*. Doch heute war alles anders. Ein Mitarbeiter hatte ihn um sechs Uhr aus dem Schlaf gerissen und ihn gebeten, sofort ins Büro zu kommen. Wieder einmal wurde eines seiner Schiffe vermisst. Natürlich hatte er sich sofort auf den Weg gemacht und noch vom Auto aus seinen Prokuristen alarmiert.

Jetzt wartete er in seinem Büro auf die neuesten Nachrichten.

Er wurde aus seinen Gedanken gerissen, als sich die Tür öffnete. Ein schlanker, übernächtigter Mann mit graumeliertem Schopf und Brille trat ein. Sein Haar war zerzaust, die graue Hose verbeult, und sein kariertes Hemd stand weit offen. Man sah ihm an, dass er sich die Nacht um die Ohren geschlagen hatte.

»*Buongiorno*, Vacaro«, begrüßte De Masso seinen Adlatus mit einem schmallippigen Lächeln. »Sie sehen aus, als hätten Sie eine schlimme Nacht hinter sich. Gut, dass Sie mich angerufen haben. Wann haben Sie die Nachricht erhalten?«

Marco Vacaro trat an den Schreibtisch und reichte seinem Chef mit ernster Miene die Hand. »Vor etwas mehr als vier Stunden. Ich wollte die Eilmeldung der Havarie zuerst bei der *International Maritime Organisation* verifizieren.«

De Masso nickte abwesend. »Und? Was sagen die?«

»Sie können unseren Frachter schon seit Stunden nicht mehr orten.«

»Weshalb haben wir Ihrer Meinung nach den Kontakt zur *Nova Beluga* verloren?« In seiner Stimme lag verhaltener Ärger. »Und vor allem: Kennen wir ihre letzte Position?«

Marco Vacaro, als Prokurist und rechte Hand von De Masso verantwortlich für die Disposition der Frachterflotte und Logistik, nickte. »Capitano Chiusi hat sich zuletzt über Funk bei der Seeüberwachung Mumbai gemeldet, nachdem er die

Inselgruppe der Sieben Brüder bei Bab al-Mandab passiert hatte.«

»Welche Brüder?« De Masso presste die Lippen zusammen. Seine von den Nasenwurzeln bis zu den Mundwinkeln verlaufenden Falten und seine fahle Haut deuteten auf ein Magenleiden hin. Er zog die Schublade seines Schreibtisches auf und entnahm ihr eine in Blister verpackte Tablette.

»Die Sawabi-Inseln heißen so«, erwiderte Vacaro. »Sie liegen nicht weit von Dschibuti entfernt.«

»Aha«, brummte De Masso und zerkaute missmutig die Magentablette. »Und ... weiter?«

»Auf Höhe Berbera ist das GPS-Signal abgerissen.«

»Wann genau?«, erkundigte sich De Masso.

»Gegen zwei Uhr dreißig wurde von der *Nova Beluga* ein Mayday-Signal abgesetzt. Gleich darauf hat Chiusi via Satellitentelefon die Küstenwache in Mumbai kontaktiert.« Vacaro reichte De Masso ein Fax. Er überflog die knappe Notiz und blickte seinen Mitarbeiter fragend an. »Leutnant Pitram, der zuständige Wachoffizier im dortigen Seeamt, ist davon überzeugt, dass sich die *Nova Beluga* in akuten Schwierigkeiten befindet.«

»Indien ...? Weshalb denn Indien?«

»Weder in Somalia noch im Jemen gibt es internationale Seenotstationen. Jedenfalls keine zuverlässigen. Alles, was sich im Golf von Aden abspielt, wird von Mumbai aus überwacht.«

»Wie sieht es mit der internationalen Seeüberwachung aus? Dort kreuzen doch andauernd Kriegsschiffe der Flottenkoalition? Sie müssten die *Beluga* doch auf ihrem Radar gesehen haben.«

Vacaro schüttelte bedauernd den Kopf. »Bis jetzt gibt es keine Hinweise, dass irgendjemand etwas bemerkt hätte. Ich glaube, wir müssen uns auf das Schlimmste gefasst machen.«

De Masso schob mit dem Zeigefinger seine Lesebrille die Stirn hinauf und sah seinen Prokuristen durchdringend an. »Piraten?«

»Alles deutet darauf hin.«

»Genaues wissen wir also nicht …« De Masso wies mit einer knappen Handbewegung auf einen der bequemen Sessel in der Besprechungsecke und erhob sich von seinem Schreibtischstuhl. »Es könnte auch eine gewöhnliche Havarie mit einem anderen Schiff sein, oder?«

»Das würde einerseits unser Ortungssystem nicht betreffen, andererseits würde das zweite Schiff eine Kollision gemeldet haben«, erwiderte Vacaro, während er Platz nahm. »Aber nichts dergleichen ist geschehen.«

»Es sei denn, die *Nova Beluga* wäre aus irgendeinem anderen Grund gesunken.«

»Was für einen Grund sollte es dafür geben? Salvatore Chiusi ist ein äußerst umsichtiger Kapitän und hat vor Fahrtantritt mit Sicherheit alles geprüft. Ein Leck während der Passage ist so gut wie ausgeschlossen. Er befand sich in wenig befahrenem Gewässer. Ich tippe auf Piraten.«

»Aber wir haben doch Waffen an Bord«, wendete De Masso ein. Vacaro lachte freudlos. »Sie wissen doch selbst, die Crew setzt sich aus sieben verschiedenen Nationalitäten zusammen. Die Leute haben alle mehr Angst als Vaterlandsliebe. Sie lassen sich garantiert nicht auf einen Kampf ein. Ich bin der Meinung, die Piraten haben die Sendeanlagen zerstört und den Frachter gezwungen, in der Nähe der Küste zu ankern.«

De Masso nickte. »Mehr als abwarten können wir momentan nicht.«

Vacaro sah seinen Chef verständnislos an. »Wir müssen zumindest versuchen, die Crew zu retten, und die internationale Seeüberwachung alarmieren. Sie werden Suchflugzeuge losschicken und die *Beluga* aufspüren, sofern sie noch schwimmt.«

De Masso stimmte zu. »Ja, veranlassen Sie das. In ein paar Stunden werden wir mehr wissen.«

Marco Vacaro blätterte verzweifelt in seinen Notizen – als hoffe er, noch irgendetwas zu finden, das er übersehen haben könnte. »Mit den Sendeberichten aus Mumbai kann man auch nichts anfangen. Ich werde daraus einfach nicht schlau.«

De Masso setzte sich zu Vacaro, der sich mittlerweile in einem der Sessel der Sitzgruppe niedergelassen hatte, und rieb sich nachdenklich die Stirn. »Völlig blödsinnig, unseren Frachter zu überfallen. Die Fracht ist versichert, und ich frage mich, was die Piraten mit unserem Schiff wollen. Marmorstaub lässt sich in Somalia wohl kaum verhökern.«

»Die werden Geld für die *Beluga* erpressen wollen«, meinte Vacaro. »Wir sollten uns auf eine siebenstellige Lösegeldforderung einstellen.«

»Lösegeld?« De Masso lachte auf. »Das wäre der pure Schwachsinn. Die *Beluga* ist dreißig Jahre alt und ein kompletter Sanierungsfall. Ihr Schrottwert liegt höchstens bei zwei Millionen. Sogar Vollidioten würden das sofort erkennen. Über die Auslösung des Schiffes brauchen wir noch nicht einmal nachzudenken. Alleine die Sanierung des Potts kostet uns mindestens fünfzehn Millionen Euro. Wahrscheinlich mehr. Weshalb also sollten wir bezahlen?«

Vacaro nickte zustimmend, wenngleich er De Masso mit einem skeptischen Blick bedachte.

»Weshalb sehen Sie mich so an?«

»Wenn die Piraten bemerken, dass sie uns mit dem Schiff und der Ladung nicht erpressen können, werden sie uns mit dem Kapitän und der Besatzung unter Druck setzen«, antwortete Vacaro mit einem vorwurfsvollen Unterton. »Wir müssen reagieren, bevor die Behörden und die Öffentlichkeit davon erfahren.«

»Sie haben recht«, murmelte De Masso. »Informieren Sie das *Ministero degli Affari Esteri* in Rom und das Konsulat. Für solche Fälle ist das Auswärtige Amt zuständig.«

Vacaro war total konsterniert, dass De Masso so eiskalt über das Schicksal seiner Schiffsbesatzung hinwegging. Alle Welt wusste, dass Piraten an der somalischen Küste kurzen Prozess mit den Schiffscrews machten, wenn man ihren Forderungen nicht nachkam. Hastig zündete er sich eine Zigarette an und inhalierte tief. »Wir sollten jedenfalls die Medien heraushalten. Oder was meinen Sie?«

De Masso überlegte kurz. »Unbedingt! Das bringt nur unnötiges Aufsehen. Und eine schlechte Presse können wir im Augenblick wahrhaftig nicht gebrauchen.« Dann richtete er sich mit einem Ruck auf. »Aber tun Sie alles, was der Mannschaft helfen könnte – die zuständigen Behörden des Seegebietes, die Versicherung, die verantwortlichen Ministerien dort …«

Vacaro winkte ab. »Sie glauben doch nicht im Ernst, dass sich somalische Behörden für unseren Frachter interessieren. Die nehmen unser Anliegen bestenfalls zur Kenntnis, und das war es auch schon.«

»Wir sollten es wenigstens versuchen«, meinte De Masso. Er hielt einen Moment inne und warf einen Blick auf die riesige Weltkarte, die an der weißgetünchten Klinkerwand seines eleganten Büros prunkte. »Befindet sich zufällig eines unserer Schiffe in der Nähe der *Nova Beluga*?«

Der Prokurist schüttelte den Kopf. »Bestenfalls die *Giuliana*. Sie liegt allerdings in Mosambik im Hafen von Maputo und nimmt Ladung auf.« Vacaro stand auf, ging hinüber zur Karte. »Das ist mehr als zweitausendsechshundert Seemeilen von der *Beluga* entfernt.«

»Hm …« De Masso war ebenfalls aufgestanden und wandte sich seinem Schreibtisch zu. »Sind fremde Schiffe in der Nähe?«

»Zwei Frachter. Einer aus China, der andere aus Malaysia. Beide sind mehr als zweihundert Seemeilen entfernt. Selbst wenn sie unser Notsignal gehört haben sollten, ist noch lange nicht sicher, ob sie uns zu Hilfe kommen. Und selbst wenn, würden sie unter voller Fahrt erst in etwa sechs Stunden die Stelle erreichen, wo der Notruf abgesetzt wurde.«

De Massos Miene schien Zufriedenheit auszudrücken, was Vacaro einen Augenblick irritierte. »Das wäre alles. Halten Sie mich auf dem Laufenden«, sagte er.

Kaum hatte der Prokurist das Büro verlassen, angelte De Masso sich sein Jackett, das über der Stuhllehne hing, schlüpfte hinein und gab nebenan seiner Sekretärin Bescheid, dass er außer Haus und nur im Notfall über sein Smartphone erreichbar sei.

De Masso verließ das repräsentative Verwaltungsgebäude und stieg in seinen dunkelblauen BMW. Routiniert steuerte er seine Luxuskarosse durch eine Armada von Lastwagen, aufgetürmten Containern und sperrigen Frachtgütern zum Haupttor. Über die Via Pietro Paleocapa fuhr er in Richtung Innenstadt davon. Die Via Orlando Salvatore, eine gut ausgebaute Straße, führte direkt in den Stadtteil Piccola Venezia, ein Geflecht von engen Gassen, das sich an Kanälen und romantischen Wasserläufen entlangzog – deshalb auch der Name Klein Venedig. Nur ein paar hundert Meter vor ihm tauchte die im fünfzehnten Jahrhundert erbaute Fortezza Nuova auf, eine vom Wasser umschlossene Festungsanlage, nicht weit vom alten Medici-Hafen entfernt. Entlang der Wasserstraße erreichte er schließlich die Scali del Refugio.
Für die Parkplatzsuche benötigte er beinahe genauso lang wie für die Fahrt in die Altstadt. Aber damit musste man in Livorno immer rechnen. Endlich erspähte De Masso eine Lücke und stellte seinen BMW vor der Chiesa Santa Catarina ab. Er griff neben sich auf den Beifahrersitz, auf dem er sein Smartphone abgelegt hatte, stieg aus, warf einen Blick auf die Armbanduhr und starrte dann unschlüssig auf das Display. Don Peppe oder *u'Tiradrittu*, wie er von seinem kalabrischen Clan genannt wurde, schätzte es nicht, wenn man ihn warten ließ oder wichtige Informationen nicht sofort weitergab. Den Spitznamen *u'Tiradrittu* hatte er sich vor vielen Jahren erworben, als er zwei Widersacher kurzerhand über den Haufen schoss. Im kalabrischen Dialekt bedeutete er »der schnell schießt«. Mit ein Grund, weshalb sich De Masso so zügig auf den Weg in die

Stadt gemacht hatte. Peppe Comerio wartete nicht gerne, und die geringsten Abweichungen von seinen Anordnungen zogen meist unliebsame Konsequenzen nach sich.

Er musste Vollzug melden. Die *Nova Beluga* war wie geplant vor Somalia gesunken, und Don Peppe hatte als einer der Mitgesellschafter und Geldgeber seiner Reederei ein Recht auf schnelle Informationen. Seufzend wählte er die Telefonnummer der Firma Rifiuti Disposal, eines von Don Peppes Außenbüros in Livorno.

De Masso befand sich in dem verwirrenden Geflecht von Gassen und Kanälen des Quartiere Piccola Venezia, wo einst Armenier und Juden, muslimische Türken und orthodoxe Griechen, calvinistische Holländer und einstmalige Piraten die Stadt Livorno besiedelt und lukrative Handelsmärkte aufgebaut hatten. Für das faszinierende Lokalkolorit hatte De Masso momentan allerdings keinen Blick, dafür war seine innere Anspannung viel zu groß.

»*Buongiorno,* Francesco. Bist du aus dem Bett gefallen?«, meldete sich Peppe Comerio.

»*Buongiorno,* Don Peppe«, grüßte er mit gespielter Überschwenglichkeit. »Wie kannst du annehmen, dass ich je schlafe?«, erwiderte De Masso gutgelaunt. »Überall wartet ein Haufen Geld, das verdient werden will.«

»Gibt es wichtige Neuigkeiten?«, fragte Don Peppe mit einem Lachen.

»Der Auftrag ist abgeschlossen«, antwortete er ohne Umschweife. »Können wir uns irgendwo treffen? Ich stehe auf dem Parkplatz vor der Chiesa Santa Catarina.«

Der Mann am anderen Ende der Leitung schwieg einen Moment.

»Wir sollten uns gleich sehen«, drängte De Masso ungeduldig. »Es besteht Klärungsbedarf.«

»Ja, das denke ich auch.«

»Was schlägst du vor?«

»Wie wäre es mit der Bar l'Anitico Venezia? Das ist eine ruhige, kleine Trattoria an den Scali di Pesce, direkt am Kanal. Man bekommt dort den besten Espresso, und auch das Frühstück ist leckerer als in den meisten Lokalen in dieser Gegend. Versuche, draußen einen Tisch zu bekommen, weil wir uns dann ungestört unterhalten können. Ich könnte in etwa zehn Minuten da sein.«

A dopo«, beendete De Masso das Telefonat und machte sich auf den Weg. Auf den Wasserstraßen und Kanälen reihten sich Boot an Boot und Jacht an Jacht, während auf den Gehwegen geparkte Autos und Motorräder den Fußgängern einen entspannten Bummel durch die malerische Altstadt erschwerten.

In der Bar l'Anitico Venezia bereitete sich der Inhaber gerade auf die ersten Gäste vor, als De Masso an den Tischen vorbeischlenderte, um einen kurzen Blick ins Innere des Lokals zu werfen. Der Duft von frisch gebrühtem Espresso schwebte über dem Tresen. »Bringen Sie mir einen Cappuccino und ein Brioche!«, rief er dem jungen Mann zu. »Ich sitze draußen.« In aller Ruhe suchte er sich einen Platz mit dem Rücken zur Hauswand. Von hier aus hatte er alles im Blick, konnte das Geschehen auf dem Wasser und in den Straßen auf der anderen Seite des Kanals beobachten und war doch weitgehend ungestört. Darauf legte er Wert, denn die Angelegenheiten, die er mit seinem Geschäftspartner Don Peppe Comerio zu besprechen hatte, waren für fremde Ohren tabu. Die Bar l'Anitico Venezia war wirklich der ideale Ort für das Treffen.

Eine knappe halbe Stunde hatte De Masso gewartet und zwischenzeitlich sein Brioche verspeist und den dritten Cappuccino getrunken, als Peppe Comerio schnellen Schritts aus einer Seitenstraße um die Ecke bog und freudestrahlend auf ihn zukam.

Comerio war ein stämmiger Mann von kleiner Statur mit Stirnglatze und schütteren, an den Seiten straff nach hinten gebürsteten Haaren, die im Licht glänzten, als habe er sie mit schwarzer Schuhcreme behandelt. Er hatte einen dunklen Teint und rabenschwarze, stechende Augen, die alles zu durchbohren schienen, was in sein Blickfeld kam. De Masso kannte ihn schon seit Jahren und machte gute Geschäfte mit ihm, dennoch war er immer auf der Hut, wenn er mit ihm zu tun hatte.

»*Mi scusa*«, begrüßte Comerio ihn noch völlig außer Atem. »Ich bin unterwegs aufgehalten worden. Wartest du schon länger?«

»Ist schon in Ordnung«, erwiderte De Masso und verrührte den Zucker in seiner Tasse, als gäbe es nichts Wichtigeres auf dieser Welt. »Die Ladung ist entsorgt«, raunte er kaum hörbar. »Soweit ich beurteilen kann, gab es keinerlei Probleme.«

»Was ist mit der Mannschaft?«

»Was soll mit ihr sein?« De Masso grinste hintergründig. Bergolio und Fillone haben sie im Maschinenraum festgesetzt, bevor sie den Frachter gesprengt haben. Aber das müsstest du doch besser wissen als ich. Schließlich hast du meine Männer mit dem Helikopter vom Schiff geholt.«

Comerio nickte und blickte De Masso mit einem sardonischen Lächeln in die Augen. »Ich habe sie bei einem guten Freund in Somalia absetzen lassen. Er kümmert sich um die beiden. Ich vermute, sie sind bei einem Wüstenausflug in eine Falle geraten.«

»Wie konnte das nur passieren?« De Massos Stimme triefte vor Ironie.

»Heutzutage weiß doch jeder, wie gefährlich es ist, dieses Land allein zu bereisen.«

»Da hast du recht, mein Lieber …«

»Schade eigentlich. Es waren zwei hervorragende Leute«, brummte De Masso und zündete sich zufrieden eine Zigarette an. »Ich hätte sie noch gut gebrauchen können.«

»Du wirst leichtsinnig, Francesco. Man kann nie wissen, ob die beiden nicht irgendwann einmal die Klappe zu weit aufgerissen hätten. Lass uns lieber über den nächsten Auftrag reden.« Unvermittelt erhob er sich von seinem Stuhl, klopfte im Vorbeigehen seinem Geschäftspartner auf die Schulter und ging in die Bar. Nach wenigen Augenblicken kam er mit zwei Gläsern Campari Soda zurück und stellte sie mit einem auffordernden Lächeln auf den Tisch.

»Hast du heute Geburtstag?« De Masso zog überrascht die linke Augenbraue hoch.

»Nein, aber einen neuen Auftrag.« Er legte eine dramaturgische Pause ein und schien sich über die fragende Miene seines Gegenübers zu amüsieren. »Zwölftausend Tonnen aus Skandinavien.« Wieder grinste er, und De Masso konnte sich des Eindrucks nicht erwehren, dass er aus seinem Ton einen leisen Triumph heraushörte. »Und das ist erst der Anfang«, fügte er hinzu und prostete De Masso zu. »Wenn ich Glück habe, kann ich dich über Jahre hinaus auslasten. Darauf trinken wir!«

»Mach nicht ein so geheimnisvolles Gesicht, Peppino! Jetzt setz mich doch endlich ins Bild.«

Comerio sah sich um, als wolle er sich vergewissern, dass auch wirklich kein Zuhörer in der Nähe war. »Staatsaufträge.« Er machte eine vielsagende Miene. »Bevor ich darüber spreche, müssen wir allerdings über meinen Anteil verhandeln. Schließlich habe ich den Kunden jahrelang bekniet.«

»Was stellst du dir vor?«, erwiderte De Masso wie aus der Pistole geschossen.

»Vierzig Prozent vom Umsatz.«

»Bist du verrückt?«

»Du zahlst mir in Zukunft vierzig Prozent!« Comerios Stimme klang plötzlich hart und unnachgiebig.

»Kommt nicht in Frage!«

»Du solltest weder mich noch Signore Neri verärgern«, raunte Comerio mit einem gefährlichen Unterton. »Außerdem lege nicht ich die Konditionen fest, sondern Antonio Neri. Für dich bleibt noch immer genug.«

De Masso kannte den Ton, den Comerio angeschlagen hatte, und wollte die Situation nicht auf die Spitze treiben. Seinem Gegenüber war alles zuzutrauen, wenn man ihn reizte. Aber was noch schwerer wog, war die Tatsache, dass Don Peppe seinen Boss Antonio Neri ins Spiel gebracht hatte. De Masso empfand ein flaues Gefühl im Magen, zumal er seinem Geschäftspartner und Freund ansah, dass er noch einen weiteren Trumpf in der Hinterhand hatte. »Von was für einer Ladung reden wir überhaupt?« De Masso schob seine Brille die Stirn hinauf und beobachtete aufmerksam seinen Gesprächspartner. »Wenn es sich um das einfache Verklappen von toxischen Schlämmen handelt, kostet mich das pro Tonne ungefähr acht Euro. Muss ich dabei ein Schiff opfern, explodieren die Kosten auf das Sechsfache, wenn ich eine Fracht von fünfzehntausend Tonnen zugrunde lege. Wie soll ich dir dann vierzig Prozent vom Erlös zahlen?«

Comerio winkte ab. »Wir reden dieses Mal nicht über Chemie.«

»Worüber dann?«

»Radioaktives Material«, flüsterte er kaum hörbar.

De Masso wurde blass. »Bist du verrückt geworden?«

Comerio kicherte.

Dem Reeder hatte es die Sprache verschlagen, und er atmete schwer. »Jetzt brauche ich einen Grappa«, murmelte De Masso und rief nach dem Kellner. »Selbst wenn man dir jemals einen solchen Entsorgungsauftrag übertragen sollte«, sagte er mit zweifelndem Unterton, »wäre das Risiko zu hoch. Das ist ein Himmelfahrtskommando. Genauso gut könnte ich mich freiwillig für zwanzig Jahre Knast anmelden.«

»Was soll dieses naive Geplapper?«, knurrte Don Peppe verärgert. »Auf welche Weise, glaubst du, werden Amerikaner, Chinesen oder Russen ihren Atommüll los?«

»Keine Ahnung«, erwiderte De Masso abweisend.

»Seit den sechziger Jahren wird radioaktiver Abfall in den Ozeanen vor der Haustür versenkt. Die Russen schaffen das Zeug in die Beringsee und die Amis in den Pazifik. Glaubst du im Ernst, die hätten vor fünfzig Jahren strahlensichere Endlager benutzt? Das tun sie ja noch nicht einmal heute. Derartiger Dreck stellt für die Industrienationen ein unlösbares Problem dar. In so einem Fall springe ich ein, und die Herrschaften an der Spitze der Regierungen nehmen mein Angebot dankbar an.«

»Willst du damit sagen, dass du mit den Amerikanern und den Russen ins Geschäft kommen willst?«

Comerio sah sich erneut um; niemand war in der Nähe. »Lass es mich mal so ausdrücken: Ich führe Gespräche. Und wie sich die Sache mir darstellt, gehen wir einer strahlenden Zukunft entgegen.«

De Masso war wie vom Donner gerührt. Stocksteif saß er vor seiner leeren Kaffeetasse und vergaß beinahe zu atmen.

»Zieh nicht so ein Gesicht, als hättest du eine Maus verschluckt«, raunzte Don Peppe. »Eigentlich ist es ein Treppenwitz der Geschichte: Zuerst haben die Menschen das Atom gespalten, jetzt spaltet das Atom die Menschheit. Zurzeit sitzen die Amis auf mehr als fünfzigtausend Tonnen radioaktivem Müll aus der Waffenproduktion. Und weitere hundertfünfzigtausend Tonnen chemische Kampfstoffe stehen zur Entsorgung an. Bei den Europäern sieht es nicht viel besser aus. Und genau damit lässt sich Geld verdienen. Sehr viel Geld sogar. Wie du weißt, sind Staatsaufträge die sichersten, die es überhaupt gibt.«

»An dir ist ein Zyniker verlorengegangen, Peppino. Aber ich sage dir eines: Wenn ich mitmache, dann nur zu den bekannten Konditionen«, erwiderte De Masso störrisch.

»Du solltest aufpassen, was du sagst«, fuhr Comerio ihn an. »Du bist durch mich reich geworden. Und wer zu viel Geld verdient, muss mit dem Risiko leben, am aufgewirbelten Staub womöglich zu ersticken.«

»Oder an strahlenden Geldscheinen«, erwiderte De Masso wütend. »Du redest von nuklearer Fracht, als sollte ich eine Schiffsladung Toilettenpapier über den Atlantik schippern.«

»Es ist einfach nur Müll wie immer«, wiegelte Comerio ab.

»Du hast Humor«, meinte De Masso sarkastisch. »Das muss ich mir erst überlegen.«

Comerios Miene verdunkelte sich. »Du wirst diesen Auftrag nicht ablehnen, mein Bester.«

De Masso kniff die Augen zusammen. Die Drohung zwischen den Zeilen hatte er nur zu genau verstanden. Zwar saß Comerio eindeutig am längeren Hebel, aber er hatte trotzdem ein Recht darauf zu erfahren, was er mit seinen Schiffen transportieren sollte. »Strahlendes Material ist ein weiter Begriff. Worum genau handelt es sich?«

»Um radioaktive Abfälle aus dem schwedischen Kernkraftwerk in Clab. Das Endlager wird wegen des langen Genehmigungsverfahrens vermutlich erst im Jahr 2020 fertiggestellt. Deshalb wissen sie nicht mehr, wohin mit dem Zeug. Derzeit liegen zweitausend Tonnen atomarer Müll in einem Zwischenlager in Oskarshamn und etwa dreitausend Tonnen in Barsebäck, verpackt in speziellen Kupferbehältern – und somit völlig risikolos.« Comerio hatte De Masso mit seinem durchdringenden Blick festgenagelt. Leise fuhr er fort: »Wegen der Strahlung brauchst du keine Bedenken zu haben. Und was die Abladestelle anbetrifft, musst du nur eine Stelle finden, die wirklich sehr tief ist.«

De Masso lachte auf. »Ich kann unmöglich nach so kurzer Zeit wieder eines meiner Schiffe auf Grund gehen lassen. Das weißt du genau. Außerdem habe ich derzeit nur noch einen Frachter mit entsprechend großer Ladekapazität.«

»Ich weiß«, knurrte Comerio. »Die *Sea Star*. Sie wäre für das, was wir vorhaben, ideal.«

De Masso schien nachzudenken. »Wie willst du eigentlich an die Genehmigung kommen, das Zeug zu entsorgen?«

»Neri hat bereits interveniert. Unser Umweltminister Rodolfo Messoni hat gar keine andere Wahl. Er wird die Transportgenehmigungen erteilen, den Müll aus Schweden abzuholen und in den Salzstöcke von Scanzano auf Sardinien einzulagern. Unsere Regierung hat die unterirdischen Lagerstätten offiziell zum Endlager erklärt. Ich will's mal so sagen: Die Fracht wird als gering strahlendes Material deklariert. Und wer will schon genau wissen, wie gefährlich das Zeug in Wirklichkeit ist. Schweden ist heilfroh, wenn der Dreck möglichst schnell und ohne großes Aufsehen aus dem Land verschwindet, und Italien kann stolz darauf sein, einem europäischen Partner hilfreich unter die Arme zu greifen, solange es nicht weiß, was genau bei uns ankommt.«

De Masso sah Comerio fassungslos an. »Einen solchen Blödsinn habe ich schon lange nicht mehr gehört. In allen Zeitungen stand geschrieben, dass das Zwischenlager in Sardinien aus allen Nähten platzt. Die wissen doch selbst nicht mehr, wohin mit dem … Zeug.«

»Na und?«, platzte Don Peppe ungeduldig dazwischen. »Das ist doch nicht mein Problem! Die Sache ist längst eingefädelt.«

»*Scusi*, Peppino. Aber du musst meine Skepsis verstehen, schließlich geht es hier nicht um die Entsorgung von ein paar sperrigen Pappkartons. Ich riskiere Kopf und Kragen, wenn ich meine Schiffe mit gefälschten Ladepapieren losschippern lasse.«

»Wer redet denn von gefälscht? Neri hat unseren Umweltminister so gut im Griff, dass er jede nur denkbare Genehmigung erteilen wird. Darauf kannst du Gift nehmen, mein Lieber.«

»Ich glaube dir kein Wort! Du willst mir doch nicht weismachen, dass Messoni alleine über einen solchen Transport entscheiden kann?«

»Glaub, was du willst. Er wird's genehmigen, und du wirst das Dreckzeug abholen. Alles andere muss dich nicht interessieren.«

»Ach ja? Und die Mannschaft geht derweil das Risiko ein, während der Fahrt verstrahlt zu werden, oder wie stellst du dir das vor? Wie, um alles in der Welt, soll ich für ein solches Himmelfahrtskommando eine Besatzung finden?«

»Wenn du keinen Arsch in der Hose hast, Francesco, dann solltest du besser Melonen anbauen. Gerade habe ich dir erklärt, dass wir den Müll in hermetisch verschlossenen Kupferbehältern übernehmen. Das Einzige, was da noch strahlt, sind unsere Brieftaschen.«

»Ich kann das nicht glauben. Messoni hat sich bereits beim letzten Transport quergestellt. Du hast selbst gesagt, dass man möglicherweise neue Wege gehen muss. Weshalb sonst sind wir mit der Beluga nach Somalia ausgewichen?«

»Messoni ist kein Problem mehr. Du glaubst gar nicht, wie klar wir ihm gemacht haben, dass er uns braucht. Er wird exakt das tun, was wir ihm sagen.«

De Masso sah sein Gegenüber ungläubig an und lachte freudlos. »Wie hast du denn das wieder gedeichselt? Habt ihr etwa die Söhne …?«

Comerios Miene verwandelte sich unvermittelt in eine eiskalte Fratze. »Unsere Sache«, zischte er. »Hauptsache, er spurt wieder.«

De Masso sah sein Gegenüber verunsichert an, zuckte dann aber fatalistisch mit den Achseln, als habe er es eigentlich gar nicht so genau wissen wollen. »Und wann soll das Ganze steigen?«

»In drei Wochen …« Comerio unterbrach seinen angefangenen Satz, als der Kellner kam und den bestellten Grappa servierte. Erst als der Cameriere außer Hörweite war, sprach er weiter. »In Schweden bereiten sie sich bereits auf die Abholung vor. Den genauen Termin bekomme ich mitgeteilt. Über die Anzahl der Schiffe müssen wir zwei uns noch einig werden.«

»Was heißt hier, einig werden?«, entgegnete De Masso und stürzte den Grappa hinunter und verzog das Gesicht. »Ich habe enorme Kosten. Ich brauche verlässliche Leute, die zudem das Maul halten.«

»Wieso verlässlich? Du sollst die Fracht nicht im Meer abkippen, sondern den Kahn absaufen lassen.«

»Dann verliere ich ja einen Frachter, vom Risiko ganz zu schweigen.«

»Ach, Francesco, ich höre von dir immer nur Risiko, Leute bezahlen, Frachter …« Comerio lachte in sich hinein. »Deine Schiffe entsprechen sowieso nicht mehr den internationalen Vorschriften. Aber ich will mich nicht mit dir über deine Kosten streiten. Ich stehe im Wettbewerb mit einigen Anbietern. Das ist nun mal Tatsache. Auch die schwedische Regierung muss sparen. Aber zum Glück habe ich gute Kontakte und denke, dass für uns beide genügend abfällt.«

In De Massos Blick blitzte plötzlich Interesse auf. Er beugte sich nach vorn und fragte: »Wie gut zahlen sie?«

»So gut, dass du dich spätestens in zwei oder drei Jahren vollständig zurückziehen kannst.«

»Geht das auch genauer?«

»Zehntausend Euro pro Tonne.«

»Ich kann es immer noch nicht glauben«, murmelte De Masso mehr zu sich selbst. »Und die erste Fuhre geht wirklich nach Sardinien?«

Comerio seufzte. Er lehnte sich in den Stuhl zurück und beobachtete scheinbar teilnahmslos zwei schnittige Motorjachten, die in den Kanal schipperten und unweit von ihrem Tisch am Kai anlegten. »Du kannst Fragen stellen …« De Masso traf ein vorwurfsvoller Blick. »Es müssten zu viele Leute gekauft werden, wenn wir den Müll in Sardinien einlagern wollten«, antwortete er beiläufig. »Zu teuer, zu aufwendig, zu auffällig. Außerdem ist das Risiko zu hoch. An die Papiere, die alle gefälscht werden müssten, will ich gar nicht denken.«

»Wir könnten die Ladung nachts löschen, mit Lastwagen in den Süden karren und an einer ruhigen Stelle vergraben«, wendete De Masso ein, aber er klang nicht sehr überzeugend.

Don Peppe schüttelte unwillig den Kopf. »Willst du etwa riskieren, dass neugierige Umweltaktivisten ihre Nase in unsere Angelegenheiten stecken? Ist dir nicht klar, dass diese Idioten sich inzwischen überall herumtreiben?«

»Außer Kalabrien gibt es doch auch noch andere schöne Gegenden, wo man ungestört ist. Frag doch mal in deiner Spedition nach. Dein Statthalter Morabito kennt sich doch bestens aus.«

»*Stronzo*«, blaffte Comerio seinen Geschäftspartner an. »Glaubst du, die Leute von der Umweltorganisation Legambiente sind Schlafmützen? Im Augenblick will ich die Gäule nicht scheu machen. Wenn mein Freund Morabito mit seinen Leuten nur einen einzigen meiner Lastwagen bewegt, heften sie sich uns an die Fersen.«

»Was schlägst du dann vor, Peppino?«

»Es gibt sichere Alternativen.«

De Massos Anspannung wuchs zusehends. Er rutschte auf seinem Stuhl unruhig hin und her. »Und die wären …?«

»Kalabrische Küste. Sie ist schließlich lang und die See tief genug«, erwiderte Comerio und grinste.

»Du bist wahnsinnig. Damit fliegen wir auf.«

»Weshalb sollten wir damit auffliegen? Das Ganze funktioniert genau wie bisher und kostet erheblich weniger.«

»Wenn uns die Küstenwache auf dem Radar hat, müssen wir uns warm anziehen.«

Don Peppe fixierte De Masso mit einem scharfen Blick. »Fünfzig oder achtzig Seemeilen vor der Küste? Wer sollte sich für einen harmlosen Frachter interessieren? An der tiefsten Stelle ziehst du wie in deiner Badewanne den Stöpsel. Und bevor jemand den Seelenverkäufer vermisst, ist mein Sprengmeister mit einem Helikopter schon im Landesinneren.«

»Mit einem meiner Frachter kommt dieses Geschäft nicht in Frage, das sage ich dir klipp und klar.«

Don Peppe lachte schallend. »Idiota! Wenn du die *Sea Star* partout nicht opfern willst, dann kaufst du eben bei irgendeinem

Reeder in Indonesien ein schrottreifes Schiff. So schwer kannst du doch nicht von Begriff sein. Wie die letzten beiden Male auch, schleusen wir meinen Spezialisten für besondere Fälle an Bord, und schon ist das Problem gelöst. Leider können wir auf unser letztes Team ja nicht mehr zurückgreifen.«

De Masso räusperte sich, weil er bemerkte, dass sich der Kellner ihrem Tisch näherte.

Auf einen Wink von Don Peppe verschwand er so unauffällig, wie er gekommen war.

»Ich habe noch immer nicht verstanden, weshalb du die beiden unbedingt loswerden wolltest.«

»Fillone und Bergolio glaubten, sie könnten mich unter Druck setzen. Die hatten die Idee, gleichberechtigte Teilhaber zu werden. Nun ja, jetzt haben sie sich in der jemenitischen Wüste verlaufen. Ich hoffe, mit dir gibt es nicht eines Tages die gleichen Probleme.« Comerios Augen schienen De Masso plötzlich zu durchbohren, und sein Lächeln erinnerte ihn an einen Haifisch. »Du beschaffst so schnell wie möglich einen Frachter. Oder noch besser: mehrere Frachter. Wie du das machst, ist deine Sache.«

»Mehrere?« De Massos Stimme überschlug sich beinahe. »Du stellst dir das alles immer so einfach vor.«

»Es ist einfach. Und das weißt du auch ganz genau.«

De Masso lachte hysterisch auf. »Vielleicht muss ich dich an die zwei Journalisten vom *Messaggero* erinnern, die uns vor einem Jahr auf den Fersen waren. Überall haben sie herumgeschnüffelt, und um ein Haar wären wir mit unseren Somalia-Transporten aufgeflogen.«

»Ich weiß gar nicht, was du willst«, erwiderte Comerio und zog ein verächtliches Gesicht. »Die ganze Geschichte ist im Sand verlaufen, und wir haben nie mehr etwas von den Schreiberlingen gehört.«

De Masso beugte sich wütend zu Comerio. »Weil wir Glück hatten! Wären sie von Mogadischu zurückgekehrt, säßen wir alle beide jetzt hinter schwedischen Gardinen.«

Comerio lachte. »Zu dumm, dass sie in Mogadischu somalischen Freischärlern in die Hände gefallen sind.«

De Masso rutschte unruhig auf seinem Stuhl hin und her. Ihm war nicht gut, wusste er doch zu genau, wer für das Verschwinden der beiden renommierten Journalisten verantwortlich war. »Ich will kein Risiko mehr eingehen«, sagte er mit ängstlichem Unterton. »Es hat mir gereicht, dass die Carabinieri damals mein Büro auf den Kopf gestellt haben.«

»Na und? Haben sie etwas Konkretes gefunden?«

»Natürlich nicht«, antwortete De Masso aufbrausend. »Ich bin doch nicht so blöd und bewahre Beweismittel auf. Nur gut, dass die Aufzeichnungen der Reporter verschwunden sind.«

»Weshalb flennst du dann so herum?«

De Masso warf Comerio einen wütenden Blick zu. »Ich weiß nicht, wie du es fertigbringst, so ruhig zu bleiben. Es könnte doch gut sein, dass noch irgendwelche Recherche-Ergebnisse beim *Messaggero* liegen.«

»Wenn sie bis jetzt nicht aufgetaucht sind, dann existiert vermutlich nichts mehr. Also, beruhige dich. Kümmere dich lieber um die Frachter.«

»Und wer bezahlt den ganzen Aufwand?«

»Notfalls steigt noch ein Investor mit ein. Geld spielt keine Rolle.«

»Ach! Und wer soll das sein?«

»Wer glaubst du, dass dir die Kredite für die beiden letzten Frachter zugeschanzt hat?« Don Peppe ließ den Reeder keine Sekunde aus den Augen, als wolle er ihm hinter seine Stirn schauen und seine Gedanken lesen.

»Etwa Signore ...«

»Halt die Klappe!«, fiel ihm Don Peppe rüde ins Wort. »Ich brauche jetzt auch einen Grappa.« Er gab dem Kellner ein Zeichen, der gerade in gebührendem Abstand einen der Tische mit einem Tuch säuberte und den Aschenbecher leerte. Das Glas stand im Handumdrehen vor ihm auf dem Tisch und war ebenso schnell geleert.

De Masso schien sich allmählich wieder zu entspannen, obwohl er nervös die Serviette zerknüllte.

Don Peppe beugte sich über den Tisch und flüsterte mit eindringlicher Stimme: »Die Frachtvolumina sind so groß, dass wir langfristig ohnehin investieren müssen.«

»Über welche Frachtmengen reden wir überhaupt?«

»Das kann ich im Augenblick noch nicht übersehen, mein Lieber. Zurzeit bin ich mit einigen interessanten Leuten im Gespräch. In Schweden sind zwischen 2007 und 2012 ungefähr vierzehntausend Tonnen radioaktive Kernelemente angefallen. In Frankreich und Deutschland fallen jeweils etwa die gleichen Mengen an. Und noch weiß niemand so ganz genau, wohin sie das Zeug schaffen wollen.«

»*Madonna mia!*« De Masso schien nicht glauben zu wollen, was Comerio ihm da gerade vorrechnete.

»Aber das ist nur der Anfang.« In Comerios Augen lagen Stolz und Raffgier zugleich. »Alleine aus den Waffenproduktionen der Europäischen Union werden in den nächsten Jahren Hunderttausende Tonnen radioaktiver Abfall vernichtet werden müssen.«

»Klingt wirklich nach einem guten Geschäft«, lachte De Masso, doch in seinem Lachen lag keine echte Freude.

»Wir konzentrieren uns zunächst auf zwei, besser auf drei Frachter«, führte Comerio weiter aus, »mit Ladekapazitäten von mindestens achtzigtausend Tonnen. Und wenn ein zweiter Ladehafen in Schweden dazukommt, müssen wir uns, genauer gesagt, musst du dir etwas einfallen lassen.«

De Masso pfiff durch die Zähne. »Das ist 'ne Menge Holz!«

»Mach dir keine Sorgen. Solange ich als Vermittler verhindere, dass die Auftraggeber direkt mit dem Entsorger in Verbindung treten, wird nichts passieren. Wir laufen mit den Schiffen den Hafen von Malta an. Meine Firma in La Valletta stellt neue Frachtpapiere aus. Dann wird das Dreckzeug auf gecharterte Schiffe umgeladen.« Don Peppe kicherte belustigt und fügte hinzu: »Sagen wir mal, Schmierfett mit Zielhafen Singapur.«

»Für solche Deals musst du jede Menge Leute bestechen. Willst du etwa das ganze maltesische Hafenamt kaufen?«

»Du bist ein hoffnungsloser Pessimist, Francesco. Die Malteser Hafenbehörde beschäftigt sehr lockere Mitarbeiter, das kannst du mir glauben. Außerdem sind mir noch einige wichtige Leute einen Gefallen schuldig. Und was Italien angeht, so kann ich dir sagen, dass Neri über exzellente Verbindungen nach ganz oben verfügt.«

»Ich meinte ja nur …«

»Mach dir nicht in die Hosen«, schnitt ihm Don Peppe das Wort ab. »Es sieht völlig harmlos aus, wenn ein indonesischer Frachter die Ladung übernimmt und in La Spezia oder Sapri noch eine kleine Beiladung aufnimmt. Sobald wir das maltesische Hoheitsgewässer verlassen haben, tut's einen dumpfen Schlag – und schon ist die Sache erledigt. Kein Mensch interessiert sich dann noch für einen verrotteten indonesischen Frachter, der mit Schmierfett abgesoffen ist.«

»Deine Darstellung klingt, als sei das alles ein Kinderspiel«, sagte De Masso unsicher.

»Ist es auch. Oder denkst du, ich will mich in Schwierigkeiten bringen? Hast du dich nicht immer auf mich und mein Wort verlassen können?«

De Masso nickte müde.

»Also«, murmelte Comerio zufrieden. »Dann kann ich Neri also sagen, dass du die Sache ordentlich abwickeln wirst?«

De Masso nickte schwach. »Sì! Sag ihm, er kann sich auf mich verlassen.«

»Das wird ihn freuen. Wir reden sowieso in den nächsten Tagen miteinander. Wegen der Investitionen, du weißt schon … Jetzt solltest du aber gehen und dich um die entsprechenden Frachter kümmern.« In Don Peppes Stimme lag eine maßregelnde Strenge, die De Masso frösteln ließ. »Gib mir Bescheid, wenn du so weit bist. Und pass auf deinen Hofhund auf. Nicht dass er auf seine alten Tage plötzlich ein Gewissen bekommt.«

Der Reeder verzog das Gesicht. »Vacaro ist zuverlässig.«

»Na, du musst es ja wissen.« Don Peppe schob sein leeres Grappaglas in die Mitte des Tisches zum Zeichen, dass das Gespräch für ihn beendet war, erhob sich und nickte De Masso aufmunternd zu. »*Che vediamo*«, lachte er und stolzierte in Richtung seines Büros davon. Er hatte noch einen Telefontermin, den er nicht versäumen durfte …

Meeting in Messina

Der Gouverneurspalast aus dem achtzehnten Jahrhundert war eine der großartigsten Touristenattraktionen Messinas. Der Prachtbau mit imposanten Seitenflügeln versetzte jeden geschichtsinteressierten Besucher in Begeisterung und ehrfürchtiges Staunen. Vor dem imponierenden Portal der heutigen Präfektur hatte die weltberühmte Fontana del Nettuno ihren Platz gefunden. Umschlungen von einer der Hauptverkehrsadern Messinas, prunkte der schneeweiße Marmorbrunnen mit dem fünf Meter großen Meeresgott, der über den Jachthafen auf die sagenumwobene Meerenge blickte. Flankiert von Skylla und Charybdis, hielt er einen mächtigen Dreizack in der Hand. Die hellenistische Statuengruppe symbolisierte die zwei Gefahren, die Seefahrer in der Antike ins Verderben rissen. Wichen sie einem Unheil aus, wurden sie zwangsläufig vom anderen bedroht. Es galt für tapfere Männer wie Odysseus, den richtigen Weg zwischen zwei Verhängnissen zu finden. Einen besseren Standort für die zwei heutigen Behörden hätten die sizilianischen Stadtoberen jedenfalls nicht finden können – die Präfektur befand sich an der Vorderseite des Gouverneurspalasts, die Antimafiadirektion an der Rückseite des Gebäudes. Beide Behörden wurden von Kriminellen kurz als »Neptunfalle« bezeichnet.

Die Questura, ein Herrschaftshaus aus rotem Backstein hinter dem Palazzo del Governo, lag auch tagsüber im Schatten, so dass sich das Arbeiten in den Räumen meist angenehm gestaltete. Beide Gebäude trennte nur eine Art Innenhof, was die Kommunikation zwischen Judikative und Exekutive erleichterte.

Es war kurz nach sieben Uhr. In der Stadt herrschte schon reges Treiben. Motorroller, verbeulte Kleinwagen und vollbeladene Laster jagten die verwinkelten Gassen zu den Vierteln der Oberstadt hinauf, um gleich darauf wieder in Richtung Meer zu rasen. Niemand vermochte zu sagen, wohin genau die Bewohner Messinas eigentlich wollten. Valverde, der bereits auf dem Weg zum Kommissariat war, hatte den Eindruck, als würden sie geheime Absichten verfolgen.

Er bog mit seinem dunkelblauen Alfa Romeo in die Via Placidia ab, eine schmale Einbahnstraße, gesäumt von hohen Akazien und Eiben mit dichtem Blattwerk. Schwungvoll fuhr er auf den für Polizeikräfte reservierten Parkplatz vor seinem Dienstgebäude und stieg aus. Einen Augenblick überlegte er, ob er sich in der Bar, knapp fünfzig Meter von der Questura entfernt, noch ein kleines Frühstück genehmigen könnte. Doch ein Blick auf die Armbanduhr mahnte ihn zur Eile. Vermutlich würden die Signori aus Rom jeden Moment eintreffen.

In größter Eile hatte man auf höchster Ebene die Antimafiabehörden in Rom und Messina angewiesen, den Justizminister unverzüglich über den Stand der Ermittlungen zu unterrichten. Zur Klärung des Anschlages in Castelbuono, bei dem die beiden Söhne des Umweltministers Messoni aus noch ungeklärten Gründen auf der Piazza erschossen worden waren, sollten die Ressortchefs aus Rom und Messina eng zusammenarbeiten.

Valverde grüßte vertraute Gesichter und durchquerte das Foyer mit dunkelgrauem Marmorboden. Seine Schritte hallten wie in einer Kirche, als er sich den majestätisch geschwungenen Aufgängen zu den oberen Stockwerken näherte. Altertümliche Kandelaber an den Decken tauchten das Treppenhaus in diffuses Licht. Ein paar Putzfrauen, mit Wassereimer, Putzlappen und Schrubber bewaffnet, wischten gerade feucht auf, als Domenico Valverde, immer zwei Stufen auf einmal nehmend, in den zweiten Stock hinaufeilte. Einige Uniformierte standen kurz vor ihrem Dienstbeginn in kleinen Gruppen neben einem

Aschenbecher am Treppenabsatz und unterhielten sich. Das Rauchverbot in öffentlichen Gebäuden schien hier keinen zu kümmern.

Valverde nickte den Männern zu und bog in einen langen Gang ein. Sein Büro lag am Kopfende des Korridors. Schon von weitem konnte er erregte Stimmen vernehmen, die durch die Tür seines Dienstzimmers drangen. Valverde runzelte die Stirn. Es war nicht zu überhören, dass lautstark diskutiert wurde, während jemand versuchte, alle anderen zu übertönen. Schwungvoll betrat er sein spartanisch eingerichtetes Reich und blickte zur Besprechungsecke. Sie bestand aus einem langen, ovalen Tisch, vier praktischen Polstersesseln und einem durchgesessenen Sofa aus grauem Stoff. Dort saßen vier Männer, denen es kein Problem zu bereiten schien, dass sie ein fremdes Büro okkupiert hatten. Verbissen führten sie ihre Diskussion weiter, ohne von ihm die geringste Notiz zu nehmen. Graue Zigarettenschwaden stiegen in Richtung Zimmerdecke und waberten wie blassblaue Schleier durch den relativ großen Raum. Die Sonne warf scharfe Lichtstreifen durch die beiden Fenster hinter seinem Schreibtisch und ließ in ihrem Schein den aufgewirbelten Staub tanzen.

»*Buongiorno!*« Valverde warf die Tür zu, ging zu seinem Schreibtisch, und hängte seine Jacke über die Stuhllehne. Dann wandte er sich, die Hände in die Hüften gestemmt, an seine Besucher. »Wieso missbrauchen Sie ausgerechnet mein Büro als Debattierclub? Können Sie nicht eine andere Bude vollqualmen?«

Der hagere Strangieri lachte leise. Mit seinen gelbroten, schütteren Haaren, eingefallenen Wangen und einer sich anbahnenden Stirnglatze war er der Auffälligste in dieser Runde, zumal er mit seinem unkonventionellen Verhalten seine Gesprächspartner oft genug irritierte. Er reagierte auf Valverdes Ausbruch mit einer verharmlosenden Geste, wobei er versuchte, mit gespitzten Lippen ein paar bläuliche Rauchringe in die Luft zu blasen.

Valverde riss demonstrativ das Fenster auf und wandte sich an die Gesprächsgruppe. »Haben Sie kein Zuhause?«

»Wir waren verabredet, schon vergessen?«, rief Strangieri, der Leiter des Mobilen Einsatzkommandos aus Agrigent, lautstark aus dem Hintergrund.

»Aber doch nicht hier!«

»Ich habe Ihr Büro vorgeschlagen«, meldete sich Lo Presto zackig zu Wort. Der Chef der obersten Antimafiabehörde in Rom glänzte wieder einmal mit seiner frisch gebügelten Paradeuniform, die er selbst zu privaten Zwecken trug. So konnte jedermann sofort erkennen, dass er ein hohes und wichtiges Amt bekleidete. »Der Konferenzraum war abgeschlossen, und kein Mensch wusste, wo der Schlüssel ist.«

De Cassini und Strangieri lachten. »Es geht doch nichts über bürokratische Ordnung und zeitraubende Sicherheit.«

Valverde winkte ab. »Hast du diesen Leuten aufgeschlossen?«, fuhr er seinen Assistenten an.

Contini rollte genervt mit den Augen.

»Was die Herrschaften wohl sagen würden, wenn ich nach Rom käme und ihr Büro in Beschlag nähme?«, polterte Valverde in Richtung seines Assistenten.

»Was sollte ich machen?«, entschuldigte sich Contini achselzuckend. »Sie standen bereits eine halbe Stunde auf dem Gang herum und wussten nicht, wann du kommst. Sie haben mich gebeten …«

»Sie hätten genauso gut in der Bar an der Ecke warten können. Dort gibt es Cappuccino und Tramezzini. Ich schätze es nicht besonders, wenn sich Fremde in meinem Büro breitmachen.«

Lo Presto stemmte sich aus seinem Sessel, strich seine Uniformjacke glatt und warf Valverde einen vorwurfsvollen Blick zu. »Jetzt machen Sie mal einen Punkt, Signore Comandante. Keiner würde Ihnen den Sessel stehlen oder sich an Ihrer defekten Kaffeemaschine bedienen.« Er deutete hämisch auf den zerlegten Kaffeeautomaten auf dem Beistelltisch. »Schließlich gehören wir alle demselben Verein an!«

»So? Und deshalb meinen Sie, dass ich Ihnen rückhaltlos vertraue?«, erwiderte Valverde sarkastisch. »Nur weil Sie zur Führungsriege in Rom zählen, heißt das nicht, dass ich Sie alleine in mein Büro lasse. Immerhin liegen hier auch vertrauliche Akten herum.«

»Jaja, das ist typisch, Valverde. Sie misstrauen jedem und stehen sich immer und überall selbst im Weg, nicht wahr?«

Valverde musterte den Antimafiachef aus Rom mit zusammengekniffenen Augen. »Ich würde Sie lieber ins Bild setzen, bevor wir zum Justizminister gehen«, knurrte Valverde. »Ich hatte gestern ein interessantes Treffen mit den Clanchefs Sardeno und Montalbano.«

»Und? Wissen wir jetzt mehr?«

»Ich will's mal so sagen«, brummte Valverde: »Was ich weiß, wird Ihnen nicht gefallen.«

Contini sah auf die Armbanduhr. »Wir haben ab jetzt noch eine Stunde Zeit, bis wir drüben beim Justizminister antreten müssen.«

»Ist er überhaupt schon in Messina angekommen?«, erkundigte sich Valverde.

»*Certo*«, antwortete Lo Presto wichtigtuerisch, als würde er sich selbstverständlich nur in Regierungskreisen bewegen. »Ich habe den Minister mit zwei Abgeordneten gestern Abend im Hotel gesehen.«

In Valverdes Konferenzecke hatte sich nahezu die gesamte römische Polizei-Elite zur Bekämpfung des organisierten Verbrechens versammelt. Neben seinem Assistenten Commissario Contini und Lo Presto waren noch der Leiter des Drogendezernates Comandante Michele Cassini und der Chef der schnellen Eingreiftruppe, Anselmo Strangieri, aus Agrigent gekommen, dessen Männer bei der Mafia wegen ihrer rigorosen Zugriffsmethoden gefürchtet waren.

Ermittlungsunterlagen, Notizzettel, Schnellhefter und Fotos stapelten sich auf dem Tisch. Die beiden großen Steinaschenbecher in der Mitte waren bis zum Rand gefüllt, und ein paar Wasserflaschen, die man für die Besprechung mitgebracht hatte, bereits geleert. Offenkundig belagerten seine ungebetenen Gäste schon seit geraumer Zeit sein Büro.

Valverde setzte sich auf den freien Platz neben seinem Assistenten. *»Alora«*, begann er und sah in die Runde. *»Buongiorno, Signori! Recitiamo?«*
Contini, der knisternd ein Karamellbonbon auswickelte und es sich voller Inbrunst in den Mund schob, verkündete mit unterdrücktem Schmatzen, dass er alle wichtigen Fakten, die er zum Fall Castelbuono beschaffen konnte, vor sich liegen habe. Als er Valverdes missbilligenden Blick bemerkte, sagte er entschuldigend: »Mein Frühstück …«, und schob das Bonbon mit der Zunge in die Backenhöhle.
Valverde schnaubte wie ein Walross, zumal er selbst mit leerem Magen von zu Hause losgefahren war und in Anbetracht der Versammlung in seinem Dienstraum am liebsten in die kleine Bar neben dem Polizeigebäude verschwunden wäre.
»Der Justizminister persönlich«, begann Comandante Lo Presto mit seinem militärischen Organ, »hat Comandante Valverde als leitenden Ermittler in der Causa Castelbuono eingesetzt. Fragen Sie mich nicht, weshalb er ausgerechnet auf unserem allseits geschätzten Kollegen bestanden hat.« Lo Prestos Stimme triefte vor Ironie.
»Sie können sich ja bei ihm erkundigen«, bellte Valverde zurück.
»Weshalb sollte ich? Es geht mich nichts an, welchen Narren er an Ihnen gefressen hat. Jedenfalls hat er mich beauftragt, die bereichsüberschreitende Koordination der Ermittlungen zu übernehmen, und somit unterstehen Sie meinem Kommando.« Sein Blick wanderte von einem Kollegen zum anderen. Offensichtlich wollte er sich vergewissern, ob einer der Anwesenden Einwände hätte. Doch niemand regte sich. »Das wird eine gro-

ße Nummer«, vervollständigte er seine einleitenden Worte. »Richten Sie sich darauf ein, dass wir in einer Stunde wichtigen Leuten aus der Regierung Rede und Antwort stehen müssen. Wir haben es nicht nur mit einigen Abgeordneten zu tun, sondern wir treffen auch Generalstaatsanwalt Nicolo Sassi und unseren Justizminister Dottore Alfonso Grillo. Um uns nicht zu blamieren, sollten wir schnell zu einer gemeinsamen Einschätzung der Lage und somit zu einer gemeinsamen Sprachregelung kommen.«

Lo Presto strich wieder einmal die Falten seiner blauen Uniformjacke glatt, richtete sich kerzengerade auf, nahm eine stramme Haltung ein und bedachte jeden mit einem auffordernden Blick. Das allgemeine Gemurmel hätte man mit viel Phantasie als Zustimmung werten können, wären die Mienen der Beamten nicht so verkniffen gewesen. Valverde hatte sein berüchtigtes Pokerface aufgesetzt und geschwiegen. Er beobachtete Salvatore Lo Presto mit kritischem Blick. Italiens oberster Mafiajäger aus Rom war nicht nur ein Offizier vom Festland, der auf ominöse Weise eine atemberaubende Karriere in Rom gemacht hatte, ihm haftete auch der Ruf an, mit Hilfe guter Beziehungen in die oberste Führungsriege gehievt worden zu sein.

Sein schwarzes, schütteres Haar, das er straff nach hinten gekämmt und mit einem rasiermesserscharfen Scheitel geteilt hatte, war offensichtlich gefärbt, und seine schwarzen Augen hatten etwas Stechendes. Der schlanke, ausgemergelte Lo Presto, mit kantigem Schädel und großporigem, grauem Teint, ging dem Comandante mit seinem diktatorischen Ton auf die Nerven, zumal er nie wusste, woran er bei ihm war und ob er ihm im Zweifelsfall in den Rücken fallen würde. Einen Augenblick lang kreuzten sich ihre Blicke feindselig, dann holte Lo Presto tief Luft. »Ich weiß genau, was Sie denken, Valverde. Ich wäre Ihnen dankbar, wenn Sie wenigstens bei diesem gemeinsamen Fall mit mir an einem Strang ziehen würden.«

»Man kann am gleichen Strang ziehen, aber trotzdem den Kürzeren ziehen«, brummte Valverde. Grimmig lächelnd fischte er ein DIN-A4-Blatt aus dem Papierstapel, auf dem er seine Besprechungspunkte für heute festgehalten hatte, und reichte sie seinem Assistenten. »Am besten, du fängst an«, murmelte er und lehnte sich in den Sessel zurück.

Contini überflog die Liste und begann: »Wie den Unterlagen zu entnehmen ist, wurde in Castelbuono am 12. August, also vor fünfzehn Tagen, gegen dreizehn Uhr ein Anschlag auf die Bar Albanesi verübt. Dabei wurden fünf Männer und ein kleines Mädchen getötet. Der Täter konnte unerkannt entkommen und hinterließ keinerlei Spuren. Er ist seitdem flüchtig.«

»Nur ein Täter? Steht das fest?«, hakte Lo Presto nach.

»Da sind wir relativ sicher. Aber auf diesen Punkt wird Comandante Valverde später noch genauer eingehen«, antwortete Contini und konzentrierte sich wieder auf sein Konzept. »Ich habe mit meinen Mitarbeitern von der Fahndung Befragungen von Anwohnern und in der angrenzenden Nachbarschaft durchgeführt.«

»Gibt es hier nichts zu trinken?«, maulte De Cassini mürrisch und blies eine dünne Rauchfahne in die Luft.

»Kann uns jemand einmal Espresso besorgen?«, raunzte Strangieri ungeduldig und sah dabei Contini an.

»Ich?« Er wandte seinen Blick zu Valverde.

»Weshalb schaust du mich so an, Sandro? Wer denn sonst? Ich bin seit zwei Stunden auf den Beinen und hatte auch noch keine Zeit für einen Kaffee.«

»Trage ich einen Rock? Hab ich lange Beine und Stöckelschuhe an?«, wehrte sich Contini, als sei Kaffeeholen weit unter seiner Würde.

Die Signori lachten amüsiert. Wie es schien, waren die Herren von De Cassinis Idee überaus angetan. Ein zustimmendes Raunen ging durchs Büro.

Valverde gab seinem Assistenten ein unmissverständliches Zeichen, sich gefälligst dem Wunsch der Allgemeinheit zu beugen und den Service zu übernehmen.

»Wieso immer ich?«, protestierte Contini erneut.

»Pech für dich, mein Lieber«, erwiderte der Comandante. »Wenn die Sekretärin um diese Zeit noch im Bettchen liegt, müssen eben die unteren Dienstgrade herhalten. Also, zisch ab und besorg uns fünf Espressi aus der Kantine.«

Contini erhob sich widerwillig. Er zögerte kurz und wandte sich erneut an seinen Chef. »Übrigens, auf meinem Schreibtisch liegt so eine Scheißvermisstenmeldung von einem Rechtsanwalt Dottore Di Stefano. Ist das etwas für uns?«

Valverde schien kurz zu überlegen. »Gib sie an die Vermisstenstelle weiter.«

»Die haben die Sache ja heute Morgen zu mir rübergebracht. Sie glauben, die Umstände seines Verschwindens wären merkwürdig. Außerdem macht die Ehefrau des Anwaltes Druck. Die Kollegen haben mir gesagt, dass sie vor Tagen in Giardini Naxos seinen Mercedes gefunden haben. Sie dachten, das Auto wäre gestohlen, und wollten deshalb den Besitzer benachrichtigen, sind aber auf dessen Ehefrau gestoßen. Sie sei wie eine Furie auf die Carabinieri losgegangen.«

»Ich werfe später einen Blick drauf«, nuschelte Valverde und wandte sich wieder seinen Besuchern zu.

»Da ist noch etwas Merkwürdiges«, sagte Contini. »In dem Auto wurden Spuren von Hundehaaren entdeckt. Der Anwalt hatte aber gar keinen Hund.«

»Die Spurensicherung kann bestimmt feststellen, um welche Art Hund es sich handelt.«

Contini nickte nachdenklich und verließ seufzend Valverdes Büro.

»Wir warten, bis Sie wieder zurück sind«, rief ihm Lo Presto hinterher. »Schließlich sind Sie unser wichtigster Mann.«

Wenige Minuten später erschien Sandro Contini mit einem gut bestückten Tablett und stellte die Kaffees auf den Tisch, wäh-

218

rend die Führungskräfte der *Direzione Investigativa Antimafia* noch ihre Papiere und Akten studierten.

»Können wir jetzt fortfahren?«, fragte Valverde die Anwesenden.

Alle schienen einverstanden, und Lo Presto übernahm das Wort. »Gestatten Sie mir eine Vorbemerkung zur Familie Messoni. Wie Sie alle wissen, ist der Fall nicht nur deshalb so brisant, weil die Söhne von Rodolfo Messoni bei diesem Anschlag ums Leben kamen, sondern auch weil die Angelegenheit eine politische Dimension bekommen könnte. Sowohl der Justizminister als auch der Generalstaatsanwalt gehen davon aus, dass Messonis Söhne durch eine tragische Verkettung unglücklicher Zufälle zu Tode gekommen sind. Die zwei jungen Männer befanden sich zum falschen Zeitpunkt am falschen Ort. Sie sind zufällig in eine Mafiafehde geraten.«

»Mafiafehde könnte stimmen, aber von Zufall kann keine Rede sein«, warf Comandante Strangieri ein. »Wir wissen schon lange, dass die Bar Albanesi ein bekannter Treffpunkt von Dealern ist. Messonis Söhne stecken bis zum Hals in Drogengeschäften und haben sich mit einem konkurrierenden Mafiaclan angelegt. Dafür spricht auch die Handschrift des Attentats.«

»Ganz meine Meinung«, stimmte der Leiter des Drogendezernates Comandante Michele De Cassini lautstark zu. »Entweder wollten sie die Paten der Region bescheißen oder ihr Geschäftsgebiet ausweiten. Das kennt man ja. Die verstehen keinen Spaß, wenn man ihnen in die Quere kommt oder sie übervorteilen will.«

Valverde schwieg kopfschüttelnd. »Ich fürchte, Sie alle befinden sich auf dem Holzweg«, sagte er dann.

»Ihre ständige Protesthaltung ist schon manisch«, widersprach De Cassini heftig und nahm seinen ursprünglichen Gesprächsfaden wieder auf. »Seit mehreren Jahren beobachten wir die Sardenos. Ganz üble Zeitgenossen.« Er steckte sich eine Zigarette an und inhalierte tief, bevor er fortfuhr: »Frederico Sardenos Erzeuger Giancarlo ist eine der ganz großen Nummern im Drogengeschäft. Man nennt ihn in der Szene übrigens *Don Sardeno*, den Gelben.«

»Wieso denn der Gelbe?«, erkundigte sich Strangieri.

»Er sieht aus, als hätte er die Gelbsucht. Daher sein Spitzname«, erklärte De Cassini und wandte sich wieder an die Gruppe. »Ich könnte mir gut vorstellen, dass sein Clan hinter dem Anschlag steckt. Sardeno beherrscht nämlich die gesamte Region rund um Cefalù. Wir haben inzwischen die Verbindungsdaten der Handys auf dem Tisch. Sie bestätigen, was wir schon seit längerer Zeit angenommen haben.«

»Wieso bekommen ausgerechnet Sie die Handyauswertungen und nicht wir?«, schnauzte Valverde.

»Ein Versehen der Kriminaltechnik. Ich habe Sie doch schon vor ein paar Tagen telefonisch ins Bild gesetzt. Im Augenblick erstellen wir noch die Bewegungsprofile. Sobald wir damit fertig sind, leiten wir auch sie an Ihr Büro weiter.«

Valverde nickte zufrieden. »Und was ist mit den Sardenos?«, erkundigte er sich. »Gibt es eine neue Faktenlage, über die wir informiert sein sollten?«

»Was soll die Frage? Sie wissen ganz genau, dass wir diese Kerle seit sieben Monaten permanent abhören«, fauchte Strangieri. »Wenn wir etwas Substanzielles hätten, wüssten Sie schon Bescheid. Ein einziges Mal waren sie so leichtsinnig, miteinander zu telefonieren. Viel konnten wir damit allerdings nicht anfangen. Sie nannten keine Namen, keine Orte, wo sie sich treffen, sie ließen nichts verlauten, womit wir sie hätten festnageln können. Außer …«

»Was?«, hakte Valverde sofort ein.

»Dieser Sardeno erwähnte, dass man einem Kerl eine Knarre geliefert hat. Möglich, dass er den Killer von Castelbuono gemeint hat.«

»Das macht doch absolut keinen Sinn«, fauchte Valverde. »Wieso sollte der Pate ausgerechnet dem Killer eine Waffe liefern, der dann damit seinen Sohn umbringt?«

»Was weiß denn ich, wie diese Provinzpaten in den Dörfern ticken?«

Valverde schüttelte den Kopf. »Je kleiner das Dorf, desto bissiger die Hunde, das müsste Ihnen doch bekannt sein. Kann es vielleicht sein, dass Ihre Abhörspezialisten während des Dienstes lieber irgendeinen Schwachsinn im Fernsehen anschauen, als Sardenos und Montalbanos Gespräche vernünftig zu analysieren?«

»Alles, was wir bis jetzt abhören konnten, klang, von einigen Ausnahmen abgesehen, absolut harmlos.«

»Seit einem Jahrhundert benutzen Mafiosi eine verschlüsselte Sprache. Sie reden in Metaphern, das müsste Ihnen doch bekannt sein! Mensch, Strangieri, Sie wissen doch, wie Sizilianer ticken.«

»Andauernd provozieren Sie mich, Valverde! Meine Leute tun, was sie können. Und wenn Sie sich die Bänder anhören wollen, bitte, tun Sie sich keinen Zwang an. Ich weiß, was Sardeno gesagt hat. Er hat irgendeinem Kerl eine Waffe geliefert.«

»Lassen Sie es mich mal so formulieren, Strangieri: Sie haben ganz sicher Waffen für jemanden beschafft. Aber dass derjenige auch die Drecksarbeit in Castelbuono erledigt hat, scheint mir ziemlich unwahrscheinlich zu sein. Abgesehen davon, wenn Sardeno und Montalbano etwas wirklich Wichtiges zu besprechen haben, dann tun sie das an Orten, die wir entweder nicht kennen oder die wir nicht abhören können.«

»Die beiden sind mit allen Wassern gewaschen«, sinnierte Strangieri. »Sie sprechen andauernd über irgendwelche Banalitäten. Bislang haben unsere Tonbandprotokolle nur ergeben, dass in Castelbuono etwas schiefgelaufen ist und dass irgendein Irrer die Söhne der Paten erschossen hat. Der einzig mögliche Ansatz, den wir erkennen konnten, ist die Tatsache, dass Frederico Sardeno und Silvio Montalbano um eine bestimmte Uhrzeit in Castelbuono sein wollten.«

»Dann waren die Söhne dort oben verabredet?« Valverde starrte Strangieri an. »Mit wem? Wissen wir das?«

»Nein. Die Paten haben nur von einer bestimmten Person gesprochen, die immer mit ›er‹ bezeichnet wurde. Es klang, als wüsste diese besagte Person, wer der Killer ist oder mit wem sich ihre Söhne treffen wollten. So genau haben sie sich nicht ausgedrückt. Jemand hat eine Waffe bekommen, so viel steht fest. Was derjenige damit tun sollte, bleibt im Dunkeln. Am besten, Sie hören sich die Bänder selbst an, vielleicht kommt dann jemand auf eine Idee.«

De Cassini lachte hämisch. »Ich spüre im Urin, dass diese Burschen nur darauf warten, dass Strangieri pensioniert wird. Danach reden die wieder ganz normal miteinander.«

»Dann sollten Sie aufpassen, dass Sie zwischenzeitlich keine Blasensteine bekommen«, polterte Valverde ungehalten. »Sardeno und Montalbano haben sich zusammengeschlossen. Sie werden den Attentäter suchen und, wie ich die beiden kenne, werden sie ihn garantiert auch finden. Sollten sie den Killer vor uns in die Finger bekommen, können wir die Ermittlungen als erledigt einstellen. Aber zumindest haben wir ja schon einmal einen wichtigen Ansatz.«

»*Madonna mia*«, funkte Lo Presto dazwischen und verdrehte die Augen gen Himmel. »Verschonen Sie mich mit Ihren Mafiadramen. Wir werden diesen aufgeblasenen Paten genau auf die Finger sehen. Wir werden sie Tag und Nacht überwachen. Notfalls lasse ich in Cefalù jedes Haus und jede Scheune verkabeln.«

Allgemeine Zustimmung erfüllte den Raum, und eine lautstarke Diskussion entbrannte, welche Einheit mit welchem Aufwand und auf welche Weise die Clans überwachen sollte.

Lo Presto klopfte mit der Hand auf den Tisch, um wieder Ruhe zu schaffen. »Sollten die Ministersöhne Sergio und Tonino irgendetwas mit diesen Clans zu tun haben, was ich stark bezweifle, müssen wir dafür sorgen, dass es keinen allzu heftigen Wellenschlag gibt.«

Strangieri schüttelte plötzlich heftig den Kopf. »Was gibt es daran zu zweifeln, Lo Presto? Ich glaube, meine Kollegen Val verde und De Cassini stimmen mir zu, dass das Blutbad in Castelbuono eine ernstzunehmende Warnung an wen auch immer war. Und die Messoni-Brüder stecken mittendrin. Das wird Messoni politisch nicht überleben.«

Lo Prestos Miene verzog sich zu einer wütenden Grimasse. »Behalten Sie gefälligst Ihre Meinung für sich, Signore Strangieri! Sie könnte Ihrer weiteren Karriere ziemlich hinderlich sein.«

»Es ist nicht zu glauben«, fuhr Valverde dazwischen. »Diese Besserwisserei hat hier offenkundig Methode. Bis jetzt weiß ich nur eines ganz genau, Signori: Montalbano und Sardeno haben sich zusammengeschlossen, weil sie keine Ahnung haben, wer in Castelbuono herumgeballert hat. Ich bin mir sicher, dass sie nicht lange brauchen werden, um diesen Idioten zu finden. Welche Rolle die jungen Messonis dabei gespielt haben, liegt völlig im Dunkeln. Bewiesen ist nur eines: Sie haben sich mit polizeibekannten Mafiosi getroffen, sich in der Bar Albanesi aufgehalten, in der sich das Drogenlager befunden hat, und sie hatten jede Menge Koks in den Taschen.«

Lo Prestos Backenzähne knirschten vor Diensteifer. »Schade«, entfuhr es ihm, »es wäre so erfreulich gewesen, wenn wir dem Minister hätten offerieren können, dass seine Söhne nur zufällig in die Schusslinie geraten seien. Ich denke, Sie behalten Ihre Einschätzung vorerst für sich.«

»Das ist nicht Ihr Ernst, Lo Presto«, blaffte Valverde zurück. »Das ist keine Einschätzung meinerseits, das ist eine gesicherte Tatsache, und die habe ich bereits in Cefalù im Hause Messoni klar und deutlich formuliert.«

»Halten Sie die Luft an, Valverde«, brüllte Lo Presto. »Sie werden während unseres Meetings kein Wort darüber verlieren. Sobald wir beim Generalstaatsanwalt fertig sind, fahren Sie mit Ihren Mitarbeitern noch einmal nach Cefalù und nehmen diese Dons richtig in die Mangel. Und wenn ich *richtig* sage, dann meine ich auch richtig!«

»Ich könnte sie auf eine Streckbank schnallen.« Valverde grinste.

»Quetschen Sie die Paten und ihre Leute aus, wir müssen in dieser Sache endlich weiterkommen«, erwiderte Lo Presto kalt und steckte sich entnervt eine Zigarette an.

Valverde nickte, schwieg und lachte kopfschüttelnd in sich hinein.

»Ist etwas unklar, Valverde?«

»Waren Sie jemals in einem dieser Bergdörfer?«, fragte er sanft. »Wissen Sie überhaupt, wo sie sich befinden? Kennen Sie die Dörfer rund um Castelbuono, Bisaquino oder Vicari? Haben Sie sich je in Nester wie Corleone, Camporeale oder Cacciomo verirrt? Wenn nicht, dann sollten Sie das bei Gelegenheit nachholen – damit Sie wissen, wovon hier eigentlich die Rede ist.«

»Da hat er recht«, pflichtete ihm Strangieri lautstark aus dem Hintergrund bei.

»Ruhe!«, brüllte Lo Presto in die Runde. »Wir haben keine Zeit für sinnlose Diskussionen. Wir müssen jetzt eine diplomatische und halbwegs elegante Formulierung für den Generalstaatsanwalt und den Minister finden. Wenn wir mit Mutmaßungen und kontroversen Einschätzungen kommen, dann richtet er unter uns ein Blutbad an. Haben Sie vergessen, worum es geht?« Lo Presto richtete das Wort jetzt an Valverde. »Der Justizminister hat mir deutlich zu verstehen gegeben, dass Sergio und Tonino herausgehalten werden müssen. Ich sage das klipp und klar: Hier geht es um die Interessen des Staates.«

»Mit meiner Unterstützung dürfen Sie nicht rechnen.«

»Ich kenne Sie zu gut, Sie haben das Gemüt eines wütenden Nashorns, wenn Ihnen etwas nicht passt.«

Valverde fixierte Lo Presto aufgebracht. Man sah ihm an, dass er nicht im Traum daran dachte, klein beizugeben. »Ich nenne die Dinge beim Namen«, antwortete Valverde bissig. »Abgesehen davon habe ich im Haus des Signore Ministro bereits klar und deutlich gesagt, was ich von der Sache halte. Er erfährt also nichts Neues.«

Lo Presto kniff die Augen zusammen. »Ich weiß Bescheid. Es hat sich schon längst herumgesprochen. Sie haben sich verhalten wie ein Trampeltier.«

Valverde grinste diabolisch. »Ist das nicht merkwürdig? Es ist immer die Politik, die Religion oder die Moral, mit der man Angriffe auf verbrecherische Subjekte aus der besseren Gesellschaft verteidigt.«

»Werden Sie hier nicht philosophisch, Valverde«, zischte Lo Presto wie eine Natter. »Sie werden genau das sagen, was ich anordne.« In der Stimme des Chefs der Antimafiabehörde lagen Unversöhnlichkeit und Abneigung. »Außerdem wurde bereits eine offizielle Presseerklärung vorbereitet, in der es heißen wird, dass es sich um eine Auseinandersetzung zweier Mafiaclans handelte, in die unglücklicherweise die Söhne des Ministers geraten sind.«

»Haben Sie keine Eier in der Hose?«, konterte Valverde. »Wollen Sie den Herrschaften etwa eine romantische Geschichte von den unschuldigen Ministersöhnen verkaufen? Wahrscheinlich haben sie nicht einmal geschossen, die Knarren sind ganz von alleine losgegangen.«

Lo Presto war von seinem Sessel aufgesprungen, zog seine Uniformjacke straff, richtete sich kerzengerade auf und nahm eine militärische Haltung an. Dabei wippte er auf den Zehenspitzen, als wolle er sich gegen die Decke strecken. »Sparen Sie sich Ihren Zynismus. Noch bin ich Ihr Vorgesetzter, Valverde, auch wenn Sie bei manchen Oberen offensichtlich Narrenfreiheit genießen.«

»Ich mache mir garantiert keinen Knoten ins Hemd, sollte mich der Justizminister nach meiner Meinung fragen. Die zwei Ministersöhnchen waren weder zufällig in diesem Nest, noch sind sie Unschuldslämmer.«

»Vielleicht lässt er sich ja noch umstimmen«, kicherte De Cassini, den die Auseinandersetzung zwischen den beiden Streithähnen so amüsierte, dass er sich belustigt mit der Hand auf den Oberschenkel schlug. »Wenn man ihm eine Beförderung in Aussicht stellt, wird jeder Sizilianer bekanntlich schwach, oder?«

»*Stronzo!*«, bellte Valverde zurück.

»Sie sagen am besten gar nichts mehr«, fuhr Lo Presto mit scharfer Stimme dazwischen. »Und wenn, dann nur das, was wir hier genau abgestimmt haben.«

»Ich werde den Teufel tun und mich von meiner Meinung abbringen lassen.« Wütend beugte sich Valverde zum Tisch hinüber und drückte seine Zigarette im Aschenbecher aus. Sein Blick wanderte von einem Kollegen zum nächsten, wohl um für Bestätigung seiner Ansicht zu werben. »Die beiden noblen Herren hatten genügend Koks dabei, um die Region von Cefalù bis Agrigent zu versorgen. Wir haben im doppelten Boden unter dem Kofferraum ihrer Sportwagen Drogen im Verkaufswert von mehr als einer halben Million Euro gefunden.«

Comandante Lo Presto knallte erregt seinen Schnellhefter auf den Tisch, in dem er gerade geblättert hatte. »Das weiß ich selber! Theoretisch kann man den jungen Männern das Zeug aber auch unbemerkt untergeschoben haben.«

»Natürlich«, grinste Valverde. »Und bevor diese unbekannten Drogendealer den beiden das Koks ins Auto geladen haben, waren sie so freundlich, die Verstecke in den Fahrzeugen zu präparieren.«

Die Runde lachte verhalten. Nur Lo Presto schien für Valverdes beißenden Humor keinen Sinn zu haben. »Mir geht es darum, dass wir den Fall weiterhin in unserer Hand behalten«, erwiderte er zähneknirschend. »Und wenn Sie Wert darauf legen, nicht in irgendeinem Provinzkaff Streifendienst zu schieben, dann überlassen Sie gefälligst mir das Reden.«

»Machen wir uns hier doch nichts vor«, rief De Cassini dazwischen. »Wie sollen wir die Fakten unterm Deckel halten? Die Typen führten allesamt automatische Waffen mit sich und haben wie die Verrückten damit herumgeballert. Wenn ich das richtig sehe, dann spricht so ziemlich alles gegen die Messoni-Brüder. Wir können die Uhr stellen und zusehen, wie diese Trüffelschweine von der Presse unschöne Einzelheiten der Ministersöhnchen ausgraben werden. Dann haben wir garantiert keine ruhige Minute mehr. Jeder hier in diesem Büro käme dabei ins Schussfeld.«

Lo Presto hob beide Hände in die Höhe. »Wir wollen doch nicht gleich das Schlimmste annehmen. Aber abgesehen davon, werden wir hier so lange absolutes Stillschweigen bewahren, bis alle denkbaren oder undenkbaren Tathergänge und Motive lückenlos durchleuchtet sind. Bis jetzt liegt noch vieles im Dunkeln. Im Prinzip können wir eigentlich noch gar nichts sagen, oder?«

Valverde gab seinem Assistenten Contini einen Wink. »Ganz so ist das nun auch wieder nicht. Contini, sag unserem liebenswerten Kommandanten, was du herausgefunden hast. Und vielleicht erklärst du ihm auch noch einmal, dass wir hier in Sizilien sind und nicht in Rom.«

Contini lächelte mokant. »Ob er überhaupt folgen kann?«

Valverde quittierte die vorlaute Überheblichkeit mit einer abfälligen Handbewegung.

»Wir haben in den letzten Tagen versucht, in Castelbuono Zeugen aufzutreiben, die etwas beobachtet haben. Die Leute in den Bergen haben Angst. In der Region Castelbuono ist die Mafia sehr mächtig. Niemand ist dort bereit, etwas zu sagen. Trotzdem hatten wir Glück.« Der Commissario suchte in seinen Unterlagen nach den Notizen. »Eine ältere Dame, Signora Edita Bandieri, hat mitbekommen, wie ein hellgrauer Kastenwagen auf die Piazza Margherita gerast ist. Sie wohnt in einer kleinen Wohnung schräg gegenüber der Bar Albanesi. Zum fraglichen Zeitpunkt hat sie gerade ihre Blumen am Fenster gegossen. Sie sagte, es sei nur ein Mann am Steuer gesessen. Er hätte angehalten und dann sofort aus dem offenen Autofenster geschossen. Danach soll es einen Augenblick ruhig gewesen sein. Ich vermute, er hat das Magazin gewechselt, denn unmittelbar danach, so jedenfalls die ältere Dame, habe der Täter erneut mit einer Maschinenpistole geschossen. Signora Bandieri beobachtete, wie zwei Männer vor der Bar das Feuer erwidert haben, zwei andere seien geduckt zum Brunnen gelaufen. Das Ganze hätte höchstens eine Minute gedauert. Der Mann im Fahrzeug hat mit Vollgas auf der Piazza gewendet und sei dann wieder in die Richtung zurückgefahren, aus der er gekommen war.«

»Die Alte scheint ziemlich viel Mut zu haben, wenn sie das Drama bis zum bitteren Ende beobachtet hat«, meinte Strangieri anerkennend.

»Nun ja«, wendete Contini ein, »sie hat sich ins Zimmer zurückgezogen, weil ein Querschläger in den Fensterrahmen eingeschlagen ist. Deshalb konnte sie auch das Mädchen am Kirchportal nicht sehen.«

»Was sagt die Spurensicherung?«, fragte De Cassini gelangweilt.

Contini schlug einen roten Schnellhefter auf, den er neben sich ins Polster seines Sessels gesteckt hatte. »Der Täter benutzte eine Uzi MP2 aus israelischen Militärbeständen. Er muss mindestens drei Magazine zu je vierzig Patronen leergeschossen haben. Fünfundsechzig Hülsen haben wir auf der Piazza gefunden, die restlichen lagen im Fahrzeug, das er verwendet hat. Ich werde später noch darauf zurückkommen.«

»Spricht für ziemliche Kaltblütigkeit«, meinte Valverde.

»Konnte die alte Dame den Mann beschreiben?«, erkundigte sich De Cassini.

»Sogar erstaunlich gut«, erwiderte Contini, »obwohl Signora Bandieri den Vorfall aus etwa fünfzig Metern Entfernung beobachtete. Sie sagte, der Mann sei circa fünfunddreißig Jahre alt gewesen, sehr groß, kräftig, dunkler Typ, vermutlich ein Einheimischer. Ach ja, und er habe einen Hut getragen. Sie sagte, er könnte aus hellem Leder gewesen sein.«

»Das bringt uns auch nicht viel weiter«, zischte Lo Presto abfällig. »Diese Beschreibung trifft auf zehn Prozent aller Männer in Sizilien zu. Haben wir sonst noch etwas?«

Contini nickte. »Fest steht, dass Carla Corodino bei diesem heftigen Feuergefecht aus Tonino Messonis Pistole tödlich getroffen wurde. Er war der Einzige, der eine Beretta 92 Parabellum verwendet hat. Auch sein Magazin war vollständig leergeschossen. Mit hoher Wahrscheinlichkeit ist das Mädchen in die Schusslinie geraten, als sie in die Kirche wollte.«

»Da gibt es absolut keinen Zweifel?«, fragte Lo Presto und verzog seine Miene zu einer düsteren Grimasse.

»Keinen«, erwiderte Contini.

»Die Journaille wird unseren Herrn Minister auseinandernehmen«, tönte De Cassini und konnte sich ein diabolisches Grinsen nicht verbeißen.

Valverde schaltete sich wieder ein. »Die Sache ist klar. Bei Sergio und Tonino Messoni fanden wir je eine Neun-Millimeter Browning. Silvio Montalbano und Frederico Sardeno haben beide mit einer Walther PPK zurückgeballert. Derzeit prüfen wir, ob die Waffen auch noch bei anderen Straftaten zum Einsatz kamen.«

De Cassini räusperte sich und hob die Hand. »Contini, gibt es auch Spuren, die uns signifikant weiterführen, oder war das jetzt alles?«

Valverdes Assistent seufzte, als wolle er sich entschuldigen, dass die Ergebnisse nicht gerade vielversprechend waren. »Ein anonymer Anrufer hat sich in meinem Büro gemeldet. Ein Mann. Er wollte auf keinen Fall seinen Namen nennen. Er behauptet, dass zwei Polizisten in der Nähe des Tatortes waren und den Anschlag auf die Bar Albanesi in aller Seelenruhe beobachtet haben, ohne einzugreifen. Außerdem hätte er ein paar Tage zuvor einen Mann mit zwei Hunden gesehen. Er glaubt, dass er zur Kirche wollte. Er sei ihm aufgefallen, weil er riesengroß gewesen sei. Leider hat der Anrufer aufgelegt, bevor ich seine Angaben hinterfragen konnte.«

»Was soll man mit einer solchen Aussage anfangen? Großer Mann mit zwei Hunden vor der Kirche«, schimpfte De Cassini. »Es ist immer dasselbe mit diesen Dorfbewohnern. Was gibt es sonst noch?«

»Wir haben das Fahrzeug vermutlich gefunden«, setzte Contini seinen Bericht fort, ohne sich von Lo Presto oder De Cassini aus der Ruhe bringen zu lassen. »Es stand vollständig ausgebrannt in der Gegend von Pollina in einem Steinbruch.«

»Gab es außer den Patronenhülsen noch weitere Spuren?«, erkundigte sich Strangieri.

Contini schüttelte den Kopf. »Ich sagte doch, die Karre war vollständig ausgebrannt. Fingerabdrücke oder DNA können wir vergessen. Der Fahrer wusste, was er tat. Wir gehen von einem Profikiller aus. Vermutlich angeheuert. Allerdings haben wir Reifenspuren eines zweiten Fahrzeuges gesichert. Sie stammen von einem Kleinwagen. Vielleicht ein Punto oder ein Twingo.«

»Wenn die These stimmt, dass der Täter das Fahrzeug in den Madonie-Bergen gewechselt hat, dann lässt sich auch daraus schließen, dass er sich verdammt gut auskennt. Er stammt aus dieser Region.«

Strangieri war aufgestanden und vertrat sich die Beine am Fenster des Büros. »Ich bleibe dabei: Die Tat wurde in Mafiamanier ausgeführt. Einen Umsturzversuch oder die Erpressung eines Politikers sehe ich nicht. Schon gar nicht einen Angriff auf einen Minister im Umweltamt.«

»Bloß keine vorschnellen Schlussfolgerungen, Strangieri«, mischte sich nun Valverde wieder ein. »Haben Sie jemals die Hütte unseres geschätzten Ministers Messoni gesehen?«

Strangieri wirbelte herum und sah Valverde mit einem provozierenden Lächeln an. »*No*, dieses Vergnügen war mir bislang nicht vergönnt.«

»Aber mir!« Valverde hatte sich ebenfalls erhoben und nestelte eine Zigarettenpackung aus seinem Jackett. »Ich weiß ja nicht, wie viel Messoni verdient, aber dieses Haus kann er sich ohne große Erbschaft im Hintergrund sicher nicht leisten. Da gehe ich jede Wette ein. Wenn man nun auch noch seinen Lebensstil und den seiner Söhne mit ins Kalkül zieht, dann kommt man schon ins Grübeln. Swimmingpool, Hauspersonal, Gärtner, sündhaft teure Sportwagen, Designerklamotten … Wie er das alles finanziert, soll er mir erst mal erklären.«

»Machen Sie einen Punkt, Valverde«, polterte De Cassini los. »Sie begeben sich gerade auf ein Minenfeld.«

Auch Lo Presto riss erschrocken die Augen auf. Offenkundig nahm das Gespräch einen für ihn höchst unangenehmen Verlauf. »Treiben Sie es nicht auf die Spitze, Valverde! Der Generalstaatsanwalt reißt Ihnen den Arsch auf, wenn Sie mit Ihren unausgegorenen Verdächtigungen hausieren gehen. Von Minister Messoni ganz zu schweigen.«

Commissario Contini hob die Hand, als wolle er etwas dazu sagen.

»*Dica*«, raunzte Lo Presto.

»Sergio und Tonino gingen keiner Arbeit nach. Wer hat denn ihren Lebensstil und ihre Autos finanziert? Ich habe mich in Cefalù umgehört. Angeblich sollen sie gute Kontakte zu den Paten haben.«

»Ich gebe nichts auf Gerüchte! Und schon gar nicht, wenn sie aus diesem Milieu kommen.«

»Man muss ihnen dennoch nachgehen«, widersprach Valverde.

»Sergio und Tonino haben gelebt wie die Fürsten, keine Party ausgelassen und mit Geld nur so um sich geworfen. Papas Taschengeld hat dafür garantiert nicht gereicht«, fügte Contini hinzu.

»Ist er verrückt geworden?« Lo Presto sah Valverde mit aufgerissenen Augen an und deutete auf Contini. »Ihr Mitarbeiter ist wohl nicht ganz richtig im Kopf. Kein Wunder, dass Sie mit solchen Dilettanten bei diesem Fall nicht weiterkommen.«

»Ach, finden Sie? Ich denke, er hat recht«, entgegnete Valverde scharf, was Lo Presto nur noch wütender machte.

»Jetzt schlägt er schon in dieselbe Kerbe wie seine Untergebenen«, brüllte er empört und sah in die Runde. Doch die Anwesenden schwiegen. Lo Prestos Blutdruck hätte in dem Moment vermutlich sogar einen Dampfkessel zum Platzen gebracht.

Auch De Cassini hatte sich mit hochrotem Kopf von seinem Sessel erhoben. Er schien die Nase voll zu haben und mischte sich lautstark in die Auseinandersetzung ein. »Ich will Ihnen mal was sagen, Lo Presto: Diese Geschichte stinkt zum Himmel! Sie können nicht im Ernst verlangen, dass wir Messonis Söhne zu Heiligen erklären, nur weil der Generalstaatsanwalt eine Regierungskrise vermeiden will?« Er drehte sich Strangieri zu, als wolle er ihn dazu auffordern, ebenfalls Stellung zu beziehen. Doch der nickte nur zustimmend. Sichtlich verärgert wandte er sich wieder an den Chef der Antimafiabehörde. »Sehen Sie sich doch an, was wir haben: zwei Ministersöhnchen mit teuren Sportwagen, die sich mit stadtbekannten Mafiosi in Castelbuono treffen. Sie sind schwer bewaffnet, haben die Taschen voller Koks und voller Geld. Doch nicht genug damit, sie liefern sich mit einem schießwütigen Killer mitten in der Stadt ein Feuergefecht, bei dem ein unschuldiges Mädchen stirbt. Bei dieser Sachlage brauchen wir über nichts weiter nachzudenken, außer darüber, wie wir den oder die flüchtigen Tatbeteiligten finden.«

»Ruhe!«, brüllte Lo Presto. Er machte den Eindruck, als stünde er kurz vor einem Herzinfarkt. »Verdammt, jetzt setzen sich alle wieder hin!« Er bedachte seine Kollegen mit unheilvollen Blicken. »Bis jetzt ist keiner hier im Raum in der Lage, präzise darüber Auskunft zu geben, was in diesem Kaff genau passiert ist. Ich will gerne einräumen, dass es ein paar Fakten gibt. Ich halte jedoch nicht viel von Mutmaßungen und Annahmen und bin deshalb nicht bereit, auf dieser unsicheren Basis unseren Umweltminister Messoni zu demontieren.«

»*Tsss*«, tönte es aus Valverdes Richtung. »Wenn Sie sich unglaubwürdig machen wollen, indem Sie die Beteiligung der

Messonis bagatellisieren, dann ist das Ihr Problem. Mit meiner Unterstützung dürfen Sie, wie gesagt, jedenfalls nicht rechnen.«

»In zehn Minuten muss *ich* dem Justizminister Rede und Antwort stehen, nicht Sie, Valverde. Wenn ich ihm mit einem unhaltbaren Verdacht komme und damit die Reputation und das Ansehen eines Ministers in Frage stelle, wird er mich rauswerfen. Abgesehen davon habe ich keine Lust, politischen Selbstmord zu begehen. Außerdem bin ich mir sicher, dass jeder in diesem Raum …« Er machte eine dramaturgische Pause und ließ seinen Blick über die Köpfe der Beamten schweifen. »… dass Sie alle Ihren liebgewordenen Job behalten wollen …«

»Wir sollten los«, meldete sich Commissario Contini und deutete auf die Wanduhr über der Tür.

Unter allgemeinem Gemurmel wurden Sessel gerückt, Jacketts übergezogen, missmutige Aufbruchsstimmung griff um sich. Die Herren packten ihre Notizen und Akten zusammen und machten sich auf den Weg hinüber zum Gouverneurspalast.

Auferstehung

Im bordeauxroten Hochgeschwindigkeitszug *Italo* herrschte eine gedämpft-unaufgeregte Atmosphäre. Dicke Teppiche und voluminöse Polstersessel schluckten alle störenden Geräusche in diesem Hightech-Ungetüm. Nur wenige Sitze waren besetzt, und so konnte Gianna Corodino sich an ihrem Fensterplatz ungestört ausbreiten. Nachdenklich sah sie durch das Panoramafenster nach draußen und ließ bei Tempo zweihundertfünfzig Landschaften und Dörfer an sich vorbeirauschen. Vor ihr lagen noch zwei Stunden Fahrt nach Rom, ihre Gedanken verweilten allerdings in der Heimat.

Vor ihrem geistigen Auge zog der nicht enden wollende Trauerzug vorbei, sie folgte dem reichverzierten, sizilianischen Leichenwagen ihrer Tochter, eine schwarzlackierte Holzkarre mit geschnitzten Ornamenten an den Seitenwänden. Ein weißer Tüllüberwurf mit aufgestickten, schwarzen Federn bedeckte den kleinen Sarg. Obwohl vor ihr auf dem Tisch nur das Geschirr durch die leichten Vibrationen des Zuges klapperte, hörte Gianna in den holprigen Gassen von Castelbuono das Klagegeschrei der alten Frauen, wie es in Sizilien seit Urzeiten Tradition war. Schwarzen Witwen gleich kauerten sie am Straßenrand und in den Eingängen der Häuser.

»Das Schlimmste ist vorbei.« Jetzt rede ich schon mit mir selber, dachte sie mit einem Seufzer und versuchte, sich von der düsteren Erinnerung loszureißen. Doch die Bilder kamen zurück. Vor dem Tag, an dem ihre kleine Carla zu Grabe getragen wurde, hatte sie sich unendlich gefürchtet. Und dann, als es endlich so weit war, war sie angesichts der vielen Menschen, die ihrer kleinen Tochter das letzte Geleit gaben, außerstande gewesen, noch einen einzigen klaren Gedanken zu fassen, ganz zu schweigen davon, sich in stiller Trauer zu verabschieden. Die Bestattung auf dem Friedhof von Castelbuono hatte einem medialen Großereignis in nichts nachgestanden, zu spektakulär waren die Begleitumstände rund um die schrecklichen Morde, die die Menschen in Castelbuono seit geraumer Zeit beschäftigten. Sie hatte nur noch Erleichterung empfunden, als sich der gewaltige Tross von Angehörigen, Trauernden, Pressevertretern und Schaulustigen endlich zerstreut hatte und sie sich in Begleitung einiger enger Freunde in ihr Haus zurückziehen konnte. Als endlich Ruhe eingekehrt war, wurde ihr allmählich bewusst, dass sie einen neuen Anfang wagen musste. Sie würde Abschied von Sizilien und ihrem Haus in Castelbuono nehmen und das Angebot des *Messaggero* annehmen.

Jäh wurde Gianna aus dem Kreislauf ihrer Gedanken gerissen, als der Zug in Rom auf dem Bahnhof Termini zum Stehen kam und die Reisenden ihre Rollkoffer ratternd durch den Gang hinter sich herzogen. Die Hektik der Menschen steckte sie allmählich an, und sie fühlte, wie unterschwellige Aufregung von ihr Besitz nahm.

Ihr neues Leben begann, als sie das altehrwürdige Redaktionsgebäude in der Via del Tritone betrat. Beinahe andächtig durchschritt sie das Entree. Seit Jahrzehnten stand die Zeitung für Seriosität, Meinung und Macht. Ein wenig fremd kam sich Gianna vor, als sie in der Besucherzone Platz nahm, nicht weit vom redaktionellen Mittelpunkt der berühmten Nachrichten-Institution entfernt.

Um sie herum klingelten Telefone, sie hörte im Hintergrund das Stimmengewirr diskutierender Mitarbeiter. Auf der gegenüberliegenden Wandseite flimmerten die Nachrichtensender CNN, BBC und RAI über große Monitore. Ganz unvermittelt übertrug sich auf Gianna die erregende Spannung dieser engagierten und betriebsamen Zeitungsredaktion. Vieles hatte sich seit ihrer beruflichen Pause verändert. Die moderne Kommunikationstechnik hatte rundum Einzug gehalten. Agenturmeldungen kamen über Satellit direkt auf die Bildschirme, an denen man gleichzeitig Meldungen zur Kenntnis nahm, schrieb, arbeitete und Artikel weiterleitete. Der technische Wandel hatte während der wenigen Jahre ihres Lebens in Sizilien tiefe Spuren hinterlassen. Einen Moment keimte eine leise Unsicherheit in ihr auf, ob sie den neuen Anforderungen überhaupt gewachsen sein würde. Aber sofort schob sie jeglichen Zweifel beiseite.

Noch einmal überprüfte sie mit kritischem Blick ihren dunkelgrauen Hosenanzug, den sie seit ihrem letzten Berufsjahr als Journalistin nicht mehr getragen hatte. Und dann stand sie plötzlich vor ihr: Alessia Campobasso, Chefredakteurin und Mitglied der Geschäftsleitung, eine der mächtigsten Frauen Italiens.

Giannas Herz schlug plötzlich wie wild. Unwillkürlich musste sie lächeln. Sie lebte also doch noch. Oder vielleicht wieder? Und dann ging alles ganz schnell. Hätte sie nicht tief in sich diese latente Trauer gefühlt, die sie wie ein Schatten überallhin begleitete, sie wäre vor Stolz schier geplatzt. Gianna war sich darüber im Klaren, dass nur wenige Frauen in Italien die Chance bekamen, in einem Zeitungsverlag mit solchem Ansehen und Prestige an entscheidender Stelle mitzuwirken. Alessia Campobasso übertrug ihr ohne große Vorrede die Leitung der Redaktion Gesellschaftspolitik. Nach Möglichkeit sollte sie sofort beginnen.

Natürlich kannte man Gianna Corodino und ihre Arbeit von früher und schätzte ihren Ruf als engagierte Journalistin, der ihr viel Respekt eingebracht hatte. Das hatte sich schon in den ersten Sätzen mit Alessia Campobasso gezeigt. Gianna hatte spontan das Gefühl, willkommen zu sein. Jetzt saß sie mit der

Grande Dame des *Messaggero* in deren mondän eingerichtetem Büro, und sie begossen ihre Einstellung mit einem Glas Prosecco. Ein wenig feierlich war es Gianna schon zumute, als sie den Arbeitsvertrag unterschrieb. Ihr war, als sei sie wieder auferstanden.

Alessia Campobasso, einer äußerst attraktive Dame in den besten Jahren, sah man nicht an, dass sie die vierzig schon seit geraumer Zeit überschritten hatte. Ihr enganliegender Rock und die blütenweise Bluse unterstrichen ihre körperlichen Vorzüge dezent. Mit ihren pechschwarzen Haaren, die sie elegant hochgesteckt trug, strahlte sie Distanz und herrische Kühle aus. Das schmale Gesicht und die nahezu schwarzen Augen unter den dichten Brauen verstärkten den Eindruck von Unnahbarkeit, den ihre römische Nase und ihre hohen Wangenknochen zusätzlich unterstrichen. Sie war eine Schönheit, und sie war sich ihrer Ausstrahlung bewusst. Blick und Haltung verrieten Leidenschaft und Klugheit, aber auch den Stolz und die Selbstsicherheit einer Frau, die es nicht nötig hatte, ihren Wert an der Anzahl bewundernder Männerblicke zu messen, wenngleich sie sehr genau wusste, dass sie von vielen begehrt wurde.
Mit übergeschlagenen Beinen saß Alessia Gianna gegenüber, musterte sie mit ihren schwarzen Mandelaugen und lächelte.
»Lassen Sie es mich einmal so formulieren, liebe Gianna: Sie sind, so traurig und auch schmerzlich diese Tatsache in Ihren Ohren auch klingen mag, jetzt wieder völlig frei und ungebunden. Für die kommende Aufgabe ist dies geradezu eine *conditio sine qua non*. Ich möchte Ihnen einen delikaten Auftrag übertragen, an dem mir persönlich sehr viel liegt. Ich erwarte von Ihnen größtmöglichen Einsatz und wasserdichte Recherchen, anderenfalls laufen wir bei der Justiz und unseren Lesern ins offene Messer.«
»Wenn Sie mir sagen, worum genau es geht, kann ich meine künftige Tätigkeit besser einschätzen«, erwiderte Gianna mit fester Stimme. »Ich kenne das Geschäft.«

»Nun ja«, entgegnete Alessia und zog ihre Stirn kraus. »Sie werden keine ruhige Minute mehr haben.«

Gianna lächelte entwaffnend. »Ich bin froh, dass ich nicht mehr zu Hause sitze und wieder etwas Sinnvolles tun kann.«

»*Bene.*« Alessia schien mit ihrer Antwort zufrieden zu sein und dachte kurz nach, bevor sie den Gesprächsfaden wieder aufnahm. »Der Job ist – beziehungsweise war – eigentlich Männersache.«

Gianna sah ihre Chefin überrascht an.

»Nicht dass Sie mich missverstehen, Gianna, ich bin emanzipiert genug, um entscheiden zu können, ob ich für bestimmte Aufgaben lieber einen Mann oder eine Frau einsetze. Ich habe mich für Sie entschieden, weil ich weiß, wer Sie sind und was zu leisten Sie imstande sind. Außerdem haben Sie beste Referenzen und keine Scheu, sich auch bei einflussreichen Männern durchzusetzen.«

»*Grazie, Signora, molto gentile*«, erwiderte Gianna, ohne im mindesten geschmeichelt zu sein. »Also, was liegt an?«

Alessia spielte scheinbar abwesend mit ihrem Kugelschreiber herum. »Signore Barnetta war ein hervorragender Journalist, einer der besten, die wir je hatten. Aber leider ein völlig introvertierter Typ. Sehr verschlossen und höchst eigenwillig. Seit mehr als drei Jahren recherchierte er an etwas, das er wie ein Staatsgeheimnis hütete. Leider hat er geglaubt, ihm könne nichts passieren. Die bittere Konsequenz seiner Geheimniskrämerei haben wir hier alle zu spüren bekommen. Hätten wir in der Redaktion um die Brisanz gewusst, dann hätten wir ihn sofort zurückgepfiffen, zumal Barnetta eine junge Kollegin ins Boot geholt hatte, die noch relativ unerfahren war. Sie hieß Andrea Sfoni, vielleicht haben Sie den Namen ja schon einmal gehört.«

Gianna verneinte. »Sie haben mir immer noch nicht verraten, um welches Thema es eigentlich geht …«

»Müll.«

238

»Klingt nicht sehr aufregend«, erwiderte Gianna sichtlich enttäuscht.

»Nicht irgendein Müll, meine Liebe. Wir reden über toxische Abfälle, die Beseitigung von chemischen Kampfstoffen und radioaktivem Abfall. Das Thema ist hochbrisant.«

»So wie damals die Sache mit Seveso?«

Alessia starrte ins Leere und murmelte: »Seveso ist vergleichsweise harmlos gegen das, was die beiden losgetreten haben.«

Gianna richtete sich auf, als habe sie einen Stromschlag bekommen. »Was ist mit Barnetta passiert, Signora? Ich kenne keinen Journalisten, der so ohne weiteres seine Recherchen abgeben würde.«

Alessias Miene verdüsterte sich. »Sicher haben Sie es vor einigen Monaten in der Presse gelesen. Claudio Barnetta und seine Kollegin Andrea Sfoni sind in Mogadischu ermordet worden.« Schweigend beobachtete sie Gianna unter den Augenlidern. Doch ihre Befürchtung, Gianna könnte erschrecken, schien überflüssig zu sein.

»Ich kann mich an den Fall dunkel erinnern«, entgegnete Gianna, »aber mir war nicht bewusst, dass die beiden mit dieser Sache befasst waren.« Ihre Miene verriet plötzlich Jagdfieber. »Gibt es Aufzeichnungen im Hause, denen ich entnehmen kann, was genau sie in Mogadischu gesucht haben?«

Alessia schüttelte bedauernd den Kopf. »Ich weiß nur, dass sie einem großangelegten Müllexport in den Jemen auf der Spur waren. Genauer gesagt, Giftmüll, den man in halb Europa einsammelte und dann nach Afrika exportierte. Das geschieht unseres Wissens auch heute noch.«

»Es muss doch Gesprächspartner, Zeugen und Notizen geben. Oder auch Aufnahmen, Fotos, Filmclips …«

»Machen Sie sich keine Hoffnungen. Wo immer Ihr Vorgänger Claudio Barnetta angeklopft hat, er stieß entweder auf eine Mauer des Schweigens, oder er wurde schlichtweg abgewiesen. Selbst die Justiz hat gemauert. Wir wissen, dass er diesen Verbrechern auf der Spur war. Ich sagte ja bereits, Barnetta war ein Geheimniskrämer. Es wird für Sie keine leichte Aufgabe, dort anzuknüpfen, wo er und Signora Sfoni aufgehört haben. Am besten, Sie übernehmen seinen Schreibtisch und machen sich über die Unterlagen her, soweit sie noch vorhanden sind.«

»Was heißt, *soweit vorhanden?*«

»Barnetta muss eine Unmenge Material gesammelt haben. Es ist spurlos verschwunden. In seinem Schreibtisch liegen bloß ein paar nichtssagende Aufzeichnungen, aus denen wir nicht schlau geworden sind.«

Gianna hatte aufmerksam zugehört. »Bis auf diese Akte hier«, sie deutete auf den Ordner auf dem Tisch, »gibt es nichts?«

Alessia verzog die Mundwinkel. »*No.*«

»Keine Notizen oder Aufzeichnungen? Keine Dokumente?«

Wieder schüttelte Alessia bedauernd den Kopf. »Das, was wir hatten, wurde vom Geheimdienst im Zuge der Ermittlungen beschlagnahmt. Was in seiner Wohnung gefunden wurde, wissen wir nicht. Sie können sich also nur auf das Material stützen, das noch vorhanden ist. Aber Sie kennen das Geschäft ja gut genug, und genau deshalb habe ich Sie schließlich engagiert.«

»Und was ist mit seinem Computer?«, bohrte Gianna weiter.

Alessia lachte auf. »Die Carabinieri und unser Inlandsgeheimdienst SIMSI haben ganze Arbeit geleistet und alle Festplatten konfisziert. Man hat sie uns zwar wieder zurückgegeben, aber alle relevanten Dateien waren gelöscht. Der *Messaggero* darf von Glück sagen, dass man nicht auch noch die großen Server konfisziert hat. Aber ich habe etwas anderes für Sie.« Alessia erhob sich, stöckelte auf ihren Zehn-Zentimeter-Pumps zu ihrem Schreibtisch, zog eine schmale Akte aus dem Rollcontainer und reichte sie Gianna. »Vielleicht können Sie damit noch etwas anfangen«, fügte sie mit verschwörerischer Miene hinzu. »Wir haben die Mappe in Signora Sfonis Wohnung gefunden, bevor die Polizei kam. Aber lassen Sie sich mit diesen Infos bloß nicht erwischen.«

Jetzt war es an Gianna, amüsiert zu lächeln. »Wissen die Justizbehörden davon?«

»Nein«, antwortete Alessia ernst. Deshalb passen Sie gut darauf auf. Es interessieren sich eine Menge Leute dafür. Besonders die Umweltbehörde.«

Die großen Druckbuchstaben ließen Giannas Atem stocken. MESSONI / COMERIO. »Der Umweltminister?« In Giannas Augen flammte eine Mischung von Hass und Jagdfieber auf.

Die Chefredakteurin war über Giannas heftige Reaktion überrascht. »Stimmt etwas nicht?«

»Einer von Messonis Söhnen hat meine Tochter auf dem Gewissen.«

»Ich weiß«, murmelte Alessia mit betroffenem Gesichtsausdruck. »*Mi scusate*, wir haben, wie alle anderen Zeitungen auch, darüber berichtet.« Nach einigen Sekunden bedrückender Stille fügte sie hinzu: »Geht es wieder?«

»Natürlich«, erwiderte Gianna, darum bemüht, ihre Fassung wiederzuerlangen.

»Suchen Sie sich in Rom eine vernünftige Bleibe. Bis Sie etwas gefunden haben, können Sie in einem unserer Firmenappartements wohnen.«

Gianna nickte dankbar. »Das kommt alles ziemlich überraschend für mich, aber ich denke, ich werde schnell etwas finden.«

In Alessias Miene zog ein Sphinxlächeln, und sie meinte leise: »Viel Glück. Beziehen Sie erst einmal das Firmenappartement, und machen Sie es sich dort bequem, ab morgen geht es an die Arbeit!« Dabei zwinkerte sie ihr vertraulich zu, gab ihr einen Schlüsselbund und reichte ihr zum Abschied die Hand. »Lassen Sie sich von meiner Sekretärin die Adresse sagen. Die Fahrzeugpapiere für den Dienstwagen finden Sie im Schreibtisch und Ihren neuen Wagen unten auf dem Parkplatz. Meine Sekretärin zeigt Ihnen gerne alles. Sie kennt sich aus.«

»*Grazie*, Signora«, bedankte sich Gianna überrascht. Sie hatte sich das Einstellungsgespräch ganz anders vorgestellt, und nun war alles problemloser abgelaufen, als sie befürchtet hatte.

»Ich glaube, das wäre es für heute«, antwortete Alessia und hielt Gianna den Aktenordner hin.

Gianna griff nach Barnettas Aufzeichnungen, ging hinüber ins Vorzimmer und ließ sich in ihr neues Büro führen. Dort folgte das obligatorische Händeschütteln. Es entging ihr nicht, dass man sie mit zurückhaltendem Respekt und heimlicher Neugierde taxierte. Offenbar hatte man sie, ihre frühere Arbeit und ihre spektakulären Erfolge beim *Messaggero* nicht vergessen. Gianna atmete erleichtert auf, als sie endlich die Tür ihres neuen Büros hinter sich geschlossen und sich an ihrem Schreibtisch etabliert hatte. Neugierig sah sie sich um. Alles erweckte den Anschein, als hätte ihr Vorgänger gerade seinen Arbeitsplatz verlassen und würde gleich wieder zurückkehren. Ein schönes Gefühl jedenfalls, wieder an einem Schreibtisch zu sitzen und eine Aufgabe zu haben.

Es klopfte an der Tür.

»*Vieni!*«

Eine schlanke junge Frau mit Nickelbrille, kupferroter Kurzhaarfrisur und Tausenden Sommersprossen auf dem milchfarbenen Teint betrat auf leisen Turnschuhsohlen Giannas Büro. Sie war das leibhaftige Klischee einer umtriebigen, engagierten Büromaus, die mit ihrem hyperaktiven Wesen ihr Umfeld in Trab hielt und jeden Redakteur in den Wahnsinn treiben konnte.

»Ich möchte mich Ihnen vorstellen«, begrüßte sie ein wenig verschämt die neue Redakteurin. »Willkommen in unserer Nachrichtenhölle. Ich bin für Sie da. Wenn Sie mich für Recherchen brauchen, sind Sie bei mir immer richtig. Ich finde alles heraus, egal, worum es geht.«

Gianna lächelte amüsiert über das wunderliche Auftreten ihrer neuen Sekretärin. »Kommen Sie, setzen Sie sich zu mir. Dann

können wir uns ein wenig beschnuppern. Wie es aussieht, werden wir eng zusammenarbeiten, und es gibt jede Menge zu tun.«
Griselda blieb am Schreibtisch stehen. Sie schien etwas sagen zu wollen, überlegte es sich dann aber anscheinend anders und fragte: »Wollen Sie einen Espresso? Ich mache uns zwei rabenschwarze Muntermacher.«

»Gute Idee«, antwortete Gianna und ließ interessiert ihren Blick im Büro umherschweifen. Dann öffnete sie die Schreibtischschublade, in der die Fahrzeugpapiere ihres neuen Dienstwagens bereitlagen. Neugierig nahm sie die Dokumente in Augenschein. »Madonna«, raunte sie überrascht. Ein roter Alfa Romeo Giulietta. Da hatte sich aber jemand mächtig angestrengt, ihr einen tollen Einstieg zu bereiten.

In den Rollcontainern links und rechts neben ihrem Schreibtisch herrschte noch gähnende Leere. Man hatte in der Redaktion alles für sie und ihre Bedürfnisse vorbereitet. Probehalber hob sie den Hörer ihres Telefons ab. Die Leitung war geschaltet. Es konnte losgehen. Griselda kam wie ein emsiges Eichhörnchen ins Büro zurück, ein Tablett mit zwei Tassen und einer Zuckerdose in der Hand und eine Zeitung unter den Arm geklemmt. Geschickt stellte sie die Espressi auf dem Schreibtisch ab.

»Ich möchte Ihnen sagen, dass mir Ihr Schicksal und der Tod Ihrer Tochter sehr nahegegangen sind. Ich weiß nicht recht, ob ich Sie darauf ansprechen darf.«

»Danke für Ihr Mitgefühl. Ich würde lügen, wenn ich behaupten würde, darüber hinweg zu sein. Aber es geht mir mittlerweile wieder ganz gut, und die Arbeit wird mir sicher helfen.«

»Haben Sie die schon gelesen?«

Gianna runzelte die Stirn. »Ist die von heute?«, fragte sie mit dem Blick auf die Zeitung.

»Frisch aus der Presse«, antwortete Griselda. »Ich dachte, ich bringe sie Ihnen gleich vorbei, weil Sie und diese fürchterliche Mordtat in Castelbuono in der Titelgeschichte vorkommen.«

»Inwiefern?« Gianna schüttelte irritiert den Kopf.

»Na ja, die Hauptperson ist natürlich der Signore *Ministro dell'Ambiente e della Tutela del Territorio e del Mare.*« Griselda hatte den korrekten, vollständigen Titel des Umweltministers mit sarkastischem Unterton ausgesprochen. »Die Leichen der Brüder Messoni sind freigegeben worden, und unser Signore Ministro will sie unter Ausschluss der Öffentlichkeit bestatten lassen. Angeblich sind nicht einmal Pressevertreter zugelassen.«

»Und was hat das mit mir zu tun?«, erwiderte Gianna bitter.

»Auf Seite zwei finden Sie einen ausführlichen Artikel über die Geschehnisse in Castelbuono und natürlich über das schreckliche Schicksal Ihrer Tochter. Sie können sich sicher vorstellen, dass die Redaktion hier tagelang kopfgestanden ist, als das passierte. Aber bei aller Pietät, die ich empfinde, ist es eben unser Geschäft.«

Giannas Miene verdüsterte sich, und es fiel ihr sichtlich schwer, Haltung zu bewahren. Sie wusste, wie der Hase in der Medienbranche lief, schließlich hatte sie ja lange genug dazugehört.

Griselda sah sie mit einem aufmunternden Lächeln an. »Ich kann Sie ein wenig verstehen. Auch ich habe mein kleines Töchterchen verloren. Sie war gerade ein Jahr alt. Plötzlicher Kindstod. Bis heute weiß niemand, woran sie gestorben ist.«

Die beiden Frauen sahen sich an. In ihren Blicken lag stummes Verständnis.

244

Gruß aus der Hölle

Peppino Comerio verzog ärgerlich das Gesicht, als das Telefon auf seinem Schreibtisch schon zum dritten Mal schrillte. Zweimal hatte sich niemand gemeldet. Nur ein Rauschen war zu hören, dann war die Verbindung abgebrochen. Auf dem Display seines Apparates zeigte sich wieder diese zwölfstellige Nummer. Ganz offensichtlich handelte es sich um eine Vorwahl aus Afrika, die ihm irgendwie bekannt vorkam. Wütend hob er ab und brüllte: »Verdammt, melden Sie sich, wenn Sie etwas zu sagen haben!«

»Ich bin's …, Pietro …« Es herrschte sekundenlanges Schweigen, bevor der Anrufer weitersprach. »Damit hast du nicht gerechnet, du Schwein!«

Comerio rang um Fassung. In der Tat, mit diesem Typen hatte er ganz und gar nicht gerechnet. Der Kerl sollte längst den Wüstensand von unten betrachten.

»Fillone …?«

»*Si*«, krächzte es im Telefon.

In seinem Kopf überstürzten sich die Gedanken. Unmöglich, dass diese kleine Ratte den somalischen Bewachern entwischt sein konnte. Oder war der Anruf etwa getürkt? Er war sich nicht sicher, ob er Fillones Stimme erkannt hatte. Vielleicht wollte ihn jemand aufs Glatteis führen? »Verdammt, wo bist du? Was ist passiert?«

»Das würdest du wohl gerne wissen, du Hund!«

»Ich habe mir Sorgen gemacht«, presste Comerio über die Lippen und fuhr vorwurfsvoll fort: »Du bist seit meinem letzten Telefonat mit meinem Freund Salah al-Wazir spurlos verschwunden.«

Fillone lachte. »Du Schweinehund wolltest mich umbringen lassen!«, brüllte er hysterisch. »Aber das wirst du bereuen, sobald ich wieder zu Hause bin.«

»Bist du verrückt? Niemand will dich umbringen. Wie kommst du nur auf so einen Gedanken? Ich bin dein Freund!«

»Freund?«, tönte es zynisch an Comerios Ohr. »Wieso fragst du mich eigentlich nicht nach meinem Kumpel Bergolio? Der war dir wohl genauso im Weg wie ich.«

Comerio ließ sich nicht beirren und blieb gefasst. »Ist er denn bei dir?«

»*Stronzo!* Du weißt genau, dass er tot ist. Auf deine Anweisung haben ihn diese Scheißaraber wie einen Hund abgeknallt.«

Das hatte ihm gerade noch gefehlt. Fillone war Salah al-Wazirs schwerbewaffneten Männern entkommen. *Merda!* Er musste diesen Idioten unter allen Umständen beruhigen.

»Du irrst dich, Pietro. Wie kannst du behaupten, dass ich euch umbringen wollte? Ihr seid meine besten Männer.« Noch während er sich Fillones Rachedrohungen anhörte, suchte er in seinem digitalen Telefonverzeichnis nach den Vorwahlnummern. »Sag mir, wo du dich gerade aufhältst, damit ich dir helfen kann. Du klingst recht aufgeregt, wie mir scheint.«

»Ich bin in der Italienischen Botschaft. Und auf eines kannst du dich verlassen: Ich komme bald nach Hause, und dann mache ich dich fertig, Peppino.«

»Mach dich nicht lächerlich«, fuhr ihn Comerio an. »Wenn du zurück bist, reden wir miteinander wie zwei vernünftige Männer. Du wirst sehen, alles war nur ein Missverständnis.« Er hatte die Ländervorwahl gefunden. Hab ich's doch geahnt. Im Jemen bist du also, dachte er. Wahrscheinlich in der Hauptstadt Sanaa. Wie zum Teufel hatte er es von Al-Hudaida quer durchs jemenitische Hochland bis dorthin geschafft? Er kannte die Gegend von früheren Besuchen und hatte schon damals gedacht, dass aus diesem menschenfeindlichen Gebiet kein Mensch ohne Hilfe je lebend herauskommen könnte. Und jetzt meldete sich dieser *Cretino* aus der Hölle zurück. Das längst erledigt geglaubte Problem musste erneut gelöst werden. Er setzte seine beruhigende Intervention am Telefon fort. »Ich brauche dich dringend, Fillone. Gott sei Dank hast du dich gleich bei mir gemeldet.«

»Verscheißern kann ich mich selber!«, schrie Fillone wie von Sinnen ins Telefon. »Ich bin durch die Hölle gegangen. Das werde ich dir nie verzeihen, hörst du?« Dann knackte es in der Leitung, und das Gespräch riss ab.

Was hatte dieser Fillone vor? Diese Frage ließ Comerio nicht los, ja, sie beunruhigte ihn zutiefst. Er musste diesen kleinen Saboteur sofort zu fassen kriegen, wenn er italienischen Boden betrat – bevor er irgendeinen Unsinn anstellte. Viele Möglichkeiten hatte Fillone nicht, nach Hause zu gelangen. Vermutlich würde er fliegen, wenn man ihm auf der Botschaft ein Ticket verschaffte. Aber es gab natürlich auch noch zig Fähren aus Afrika, die Livorno regelmäßig anliefen.

Er atmete tief durch und dachte fieberhaft nach. Es würde wenig Sinn machen, Fillone von seinem Büro aus dem Weg zu schaffen. Aber er konnte gefährlich werden, immerhin kannte diese kleine Ratte jede Menge Namen und wusste von zig Schweinereien, die sie gemeinsam ausgeheckt hatten. Comerio versuchte, sich krampfhaft daran zu erinnern, was genau er Fillone in der Vergangenheit alles anvertraut hatte.

Klar, Fillone würde ihn niemals direkt bedrohen, dazu war er viel zu feige. Allerdings hatte er schon einmal versucht, ihn zu erpressen – er wollte ein größeres Stück vom Kuchen haben. Doch diesen Zahn hatte Comerio ihm schnell gezogen. Fillone, da war er sich sicher, hatte einfach nicht den Mumm, ihm Auge in Auge eine Kugel in den Kopf zu jagen. Er war von der hinterhältigen Sorte, einer dieser feigen Hunde, die einem von hinten das Messer in den Rücken rammten, wenn man nicht aufpasste.

Kurzentschlossen wählte Comerio die Nummer von Salah al-Wazir. Sein Freund hatte die Möglichkeit herauszufinden, auf welchem Weg Fillone nach Italien zurückkehren würde. Diese Auskunft war er ihm schuldig. Er hinterließ eine Nachricht auf Band. Außerdem würde er Antonio Neri benachrichtigen müssen. Wahrscheinlich würde der ihn sogar persönlich für dieses Missgeschick verantwortlich machen. Comerio blies die Backen auf und ließ hörbar die Luft entweichen. Das Gespräch mit Neri würde außerordentlich unangenehm werden. Er gab sich einen Ruck, es half nicht, wenn er es auf die lange Bank schob. Besser, Neri erfuhr von ihm, dass etwas gewaltig schiefgelaufen war, als dass er es über andere Kanäle zugetragen bekam.

Comerio zog sein Smartphone aus der Tasche und wählte.

»Was gibt es?«, meldete sich der Konzernchef ohne die üblichen Begrüßungsfloskeln. »Hab ich Ihnen nicht schon mehrfach gesagt, dass Sie mich ausschließlich in Notfällen kontaktieren sollen?«

»Wir haben ein Problem«, erwiderte Comerio und lauschte angestrengt, als wolle er die Stimmungslage seines Gesprächspartners sondieren.

»*Wir* ganz bestimmt nicht.«

»Einer meiner Sprengmeister hat überlebt. Er ist auf dem Weg nach Italien.«

»Na und? Was geht das mich an?«

»Nun ja, der Mann ist nicht dumm und könnte Sie und mich in Schwierigkeiten bringen.«

»Inwiefern?«

»Er hat eine ganze Menge mitbekommen. Fillone war anfangs einer der Fahrer in Giuseppe Morabitos Spedition, die für Ihre Firma, die Italchem, Hunderte Tonnen Galvanikschlämme und Schwermetalle nach Genua und Livorno gebracht hat.«

Neri räusperte sich vernehmlich, bevor er antwortete. »Eigentlich bin ich davon ausgegangen, dass Sie nur vertrauenswürdige

Männer in Ihren Reihen haben. Männer, auf die Sie sich verlassen können. Und nun erzählen Sie mir am Telefon, dass ausgerechnet derjenige, der für die nachhaltige Müllbeseitigung zuständig ist, mir Unannehmlichkeiten bereiten könnte.«

»Ich weiß auch nicht, was in ihn gefahren ist. Bis vor einem Jahr war alles in Butter. Aber hätten Sie Vertrauen, wenn man Sie plötzlich umlegen wollte?« Comerio versuchte mit betonter Flapsigkeit, unbesorgt zu klingen. »Wir müssen damit rechnen, dass er einige unangenehme Dinge ausplaudern könnte, wenn er hier ankommt.«

»Ist das eine Vermutung, oder wissen Sie etwas?«

Der Müllmakler hielt einen Moment die Luft an. Er musste einen klaren Gedanken fassen und eine möglichst unverfängliche Antwort finden.

»Der Mann hat mich aus dem Jemen angerufen. Anscheinend will er sich an uns rächen.« Neris Schweigen hatte nichts Gutes zu bedeuten, das spürte Comerio instinktiv.

»Ich habe mich wohl verhört!«

Comerio hörte das heftige Schnauben am anderen Ende der Leitung. »Wollen Sie damit andeuten, dass Sie mich in Ihre Schwierigkeiten mit hineingezogen haben?«

Diese oder eine ähnlich gefährliche Frage hatte Comerio befürchtet. Am liebsten hätte er das Telefonat abgebrochen, aber die Sache konnte brisant werden. »Ich habe Ihren Namen nur ein oder zwei Mal genannt«, versuchte sich der Makler zu rechtfertigen. »Sie müssen mir glauben, ein dummer Zufall. Auf einem der Frachtpapiere stand Ihr Unternehmen, bevor wir sie austauschen konnten. Ein blödes Versehen. Aber bei dieser Menge Papiere verliert man schnell mal den Überblick.«

»Und Sie erwarten jetzt, dass ich die Dinge, die Sie verbockt haben, wieder geradebiege, oder?«

»Vielleicht kann man beim Konsulat oder im Auswärtigen Amt etwas drehen? Sie haben die besseren Drähte«, erwiderte Comerio devot.

249

Ja, die hatte Neri in der Tat. Leider mussten diese Drähte gepflegt und gewartet werden, wie er das nannte. Für ihn waren Politiker faul, geldgierig und käuflich. Man brauchte ihnen nicht lange zu erklären, dass sie in den Aufsichtsgremien seiner Unternehmen wichtige soziale Verpflichtungen erfüllten und Arbeitsplätze sicherten. Sie verstanden zwar weder etwas vom Geschäft, noch interessierten sie sich für Bilanzen, hielten aber immer die Hand auf. Und winkten eine positive Presse und Publicity, hingen sie endgültig wie fette Karpfen an der Angel. Dann musste man sie nur noch bei den Wahlen unterstützen, und schon fraßen sie einem aus der Hand. Und falls sie doch einmal Fragen stellten, war es zu spät. Sie waren erpressbar und taten schon ihres guten Rufes wegen und aus Angst vor Verlust an Reputation beinahe alles, um ihren Kopf zu retten. Solange Behörden und Verwaltungen die einzigen Organismen waren, die auf Mangelerscheinungen mit Wachstum reagierten, so lange würde er sich jedenfalls keine Sorgen um seine Zukunft machen müssen.

Neris Einschätzung traf fast immer zu, sie hatte sich stets bezahlt gemacht. Nach den jüngsten Ereignissen in seinem Haus in Taormina ging ihm nun allerdings dieser Pechvogel namens Peppino Comerio arg auf die Nerven.

»Wie heißt der Mann?«, herrschte Neri seinen Geschäftspartner an. »Und wo ist er jetzt?«

»Fillone …, Pietro Fillone. Und ich habe keine Ahnung, wo genau er sich aufhält. Er sagte mir am Telefon, er sei in der Italienischen Botschaft in Sanaa.«

»Verdammt, dann kümmern Sie sich um ihn.«

»Das ist nicht so einfach. Fillone kann auf mindestens zehn Flughäfen in Italien ankommen. Vielleicht kommt er auch per Schiff. So viele Männer habe ich nicht, dass ich alle potenziellen Ankunftsorte überwachen lassen kann.«

Wieder entstand eine Gesprächspause. Anscheinend dachte Neri darüber nach, wie man das Problem am besten aus der

Welt schaffen könnte. »Besorgen Sie mir ein Foto von diesem Mann, und schicken Sie es mir per Mail an meine Privatadresse. Sofort!«

Comerio fiel ein Stein vom Herzen. Er wusste, Neri hatte ganz andere Möglichkeiten als er, diesen durchgeknallten Fillone abzufangen. Aber wo zur Hölle sollte er jetzt ein Foto herkriegen? »Ich werde mich darum kümmern«, erwiderte er ausweichend.

»Hören Sie«, sagte Neri mit ruhiger Stimme. »Sie werden allmählich lästig. Ich frage mich inzwischen, was ich tun soll, wenn erneut etwas schiefgeht.«

»Wie meinen Sie das?«

Wieder räusperte sich Neri. »Ich habe Sie schon einmal gewarnt, Comerio. Ich verzeihe keine Fehler, weder kleine noch große. Muss ich befürchten, dass mein Name in Zusammenhang mit Ihnen oder der Reederei Massomar genannt wird? Sie wissen doch ganz genau, dass ich keine Publicity wünsche.«

»*Securamente no!* Machen Sie sich nur keine Sorgen. Ich habe alles im Griff.«

Neri schien zu überlegen, denn Comerio hörte nur den langsamen, regelmäßigen Atem des Industriellen. »Hallo?«, brachte er sich in Erinnerung.

»Haben Sie schon einmal daran gedacht, dass man Telefone abhören kann?«

»Ausgeschlossen!«, antwortete Comerio energisch. »Bis heute weiß niemand von unserer Zusammenarbeit.«

»Außer Fillone, und der läuft frei draußen herum.« Es knackte in der Leitung, das Gespräch war unterbrochen. Minutenlang saß Comerio schweigend am Schreibtisch und grübelte. So hatte Neri noch nie mit ihm geredet.

Redaktionelle Recherchen

Gianna hatte zusammen mit Griselda in den vergangenen Tagen wahre Berge von Akten gewälzt, fragmentarische Hinweise ihres Vorgängers gesichtet und Nachrichten und Artikel zum Thema Müllentsorgung gesammelt. Im Laufe der vielen Stunden war ein enges Verhältnis zwischen den beiden entstanden. Gianna hatte Griselda spontan das Du angeboten, was die junge Frau in ihrem Arbeitseifer noch mehr beflügelte. Soweit möglich, hatten sie sich über Barnettas Recherchen einen Überblick verschafft, indem sie alte Reisekostenabrechnungen analysiert und seine Wege auf der Landkarte nachverfolgt hatten. Ihr Vorgänger, das ließ sich jetzt mit Bestimmtheit sagen, war einer Schweinerei beängstigender Ausmaße auf der Spur gewesen. Immer wieder bemühten sie das Gedächtnis von Kollegen oder auch von Alessia Campobasso höchstpersönlich, um scheinbar unbedeutende Mosaiksteinchen zusammenzusetzen, die allmählich ein größeres Bild ergaben. Für Gianna und Griselda bestand kein Zweifel, dass sich der Müllhandel mit kaum überschaubaren Dimensionen zu einem staatsgefährdenden Skandal entwickeln könnte, der nicht nur in Italien, sondern vermutlich in ganz Europa für Aufruhr sorgen würde.

Barnetta und seine Kollegin Andrea Sfoni waren dem illegalen Export von hochtoxischem Sondermüll nach Somalia und in den Jemen, aber auch im Inland auf der Spur gewesen. Als sie sich mit einem hohen Würdenträger im Jemen treffen wollten, der angeblich eindeutige Beweise für die kriminellen Machenschaften besaß, wurden beide von Milizen auf offener Straße erschossen. Die Überlegung, weshalb man Barnetta und seine Kollegin aus dem Weg geräumt hatte, erübrigte sich somit. Vielmehr stand die Frage im Raum, weshalb die Morde von den Behörden vertuscht wurden. Niemand, nicht einmal die Staatsanwaltschaft, schien ein Interesse an ihrer Aufklärung zu haben.

Der Schnellhefter, den der Verlag aus Andrea Sfonis Appartement gerettet hatte, würde ihr möglicherweise Auskunft darüber geben. Gianna stieß auf einen zweiseitigen Bericht, in dem von »*the dirty dozen*« die Rede war. Es ging um Substanzen, über die schon seit Jahren ein Herstellungsverbot verhängt worden war. Angeblich sollten sechzigtausend Tonnen Lindan mit einem sogenannten Bulkfrachter von Genua aus nach Somalia verschifft worden sein. Im Golf von Aden verlor sich die Spur.

Gianna atmete tief durch. Allein der Gedanke, dass eines der giftigsten Insektizide in eine von Wirren und Bürgerkriegen gebeutelte Region gebracht wurde, jagte ihr einen Schauer über den Rücken. Wie viele Männer, Frauen und vor allem Kinder würden krank werden und eines elenden Todes sterben?

Griselda kam in ihr Büro geplatzt. »Ich habe gerade Statistiken über die Giftmüllentsorgung in Italien gefunden«, rief sie aufgeregt. »Schau mal.« Sie legte einen Stapel Ausdrucke auf Giannas Schreibtisch. »Laut Umweltministerium wurden in Italien siebenundzwanzig Millionen Tonnen toxische und verstrahlte Abfallstoffe erfasst, die in den letzten fünfzehn Jahren bei Industrieproduktionen angefallen sind.«

Giannas Augen flogen über die Zahlenkolonnen. »Da heißt es, dass aber nur knapp sieben Millionen Tonnen nach den gesetzlichen Vorschriften vernichtet wurden. Was ist mit dem Rest passiert?«

»Ich glaube, hier steht etwas zu diesem Thema«, murmelte Griselda und reichte ihrer Chefin ein weiteres Blatt.

»Ah ja, die Liste enthält Sondermülldeponien und Firmen sowie deren Kapazitäten. Wir müssen nur die Zahlen zuordnen und addieren, dann können wir einen ungefähren Abgleich machen, welche Mengen legal und den Vorschriften entsprechend vernichtet wurden.«

Griselda nahm ihren Taschenrechner zu Hilfe und tippte in rasender Geschwindigkeit die Daten ein. »Da stimmt etwas nicht«, meinte sie nach einer Weile und begann noch einmal von vorn. »Das kann nicht sein«, wiederholte sie im Brustton der Überzeugung. Doch das Ergebnis der Auswertung sprach eine deutliche Sprache. In Italien gab es nicht einmal annähernd ausreichende Kapazitäten, um diese Menge hochtoxischen Mülls zu entsorgen. Es lag auf der Hand: Die Entsorgung von knapp zwanzig Millionen Tonnen giftiger Substanzen konnte unmöglich von staatlicher Seite organisiert und legal durchgeführt worden sein.

»Das ist die reinste Katastrophe, wenn man die Sache zu Ende denkt«, seufzte Gianna fassungslos. Kaum hatte sie sich vom ersten Schock erholt, folgte schon der nächste, denn Griselda kam mit einem neuen Stapel Papier.

»Hast du gewusst, dass Italien schon seit einigen Jahren aus Deutschland, Frankreich, Belgien und England große Mengen hochgiftiger Abfälle importiert?«

»Das ist mir neu. Wer, um Himmels willen, würde denn so einen Unsinn genehmigen, wenn nicht einmal die eigene Müllentsorgung gewährleistet ist?«

»Da solltest du unseren Umweltminister Messoni fragen, vielleicht gibt er dir ja eine Antwort. Vielleicht aber auch nicht, wenn du die Zahlen anschaust, die Umweltschützer vor einem Jahr erhoben haben. Allein aus dem europäischen Ausland importieren Firmen jährlich angeblich zwei Millionen Kubikmeter Industriemüll, Giftmüll und Sondermüll in unser Land.«

»Die Frage ist, ob diese Angaben verlässlich sind.«

Griselda wiegte bedenklich den Kopf. »Auf legalen Deponien sind solche Mengen jedenfalls nie angekommen. Entweder hat man den Dreck irgendwo vergraben, oder die Zahlen stimmen nicht. Aber unser Umweltministerium hat letztes Jahr behauptet, dass importierter Müll recycelt oder zur Weiterverwertung ins Ausland verkauft würde. Nur wohin, davon war leider keine Rede.«

»Diese riesigen Mengen? Wenn ich auf unserer Liste die Tonnagen der verschiedenen Müllarten ins Verhältnis zu den Verbrennungsanlagen für Industrie- und Sondermüll setze und die vorhandenen Kapazitäten dagegenstelle, können wir in Italien höchstens zwanzig Prozent dieser Giftstoffe vernichten. Dem müssen wir nachgehen, Griselda. Wir müssen die richtigen Fragen stellen. Wie viel hochgiftigen Müll produziert unsere heimische Industrie? Welcher Müll kommt zusätzlich ins Land? Wer genehmigt solche Einfuhren? Wer transportiert das Zeug und wohin? Über welche Gesamtmengen reden wir genau? Aber die allerwichtigste Frage lautet: Wie viele Tonnen hochtoxische Stoffe können spezialisierte Firmen in Italien selbst vernichten, und was passiert mit dem Rest? Also, ran an die Arbeit …«

Das Telefon auf Giannas Schreibtisch klingelte. In Gedanken noch völlig in ihren Fragenkatalog vertieft, hob sie ab. Es meldete sich eine angenehme Männerstimme, die ihr nicht nur bekannt war, sondern in ihr ein wohliges Gefühl weckte.

»Ich wollte wieder mal von mir hören lassen«, begann Valverde ein wenig linkisch. »Ich war vor einigen Tagen in Castelbuono und wollte auf einen Sprung vorbeikommen.«

»Ich bin umgezogen«, antwortete Gianna und versuchte, gelassen zu bleiben.

»Habe ich bemerkt. Ich war ziemlich enttäuscht, als ich Sie nicht angetroffen habe.«

Gianna schoss die Röte ins Gesicht. Dieser Mann löste so viele Gefühle bei ihr aus, die sie längst vergessen glaubte, obwohl sie ihn doch eigentlich kaum kannte.

»Wie ich gehört habe, arbeiten Sie wieder«, sagte Valverde. »Das finde ich prima.«

»Wie haben Sie mich nur aufgespürt, Comandante?«, entgegnete sie gutgelaunt.

Valverde schwieg einen Augenblick. Gianna konnte nur seinen Atem hören, aber schon dieses Geräusch reichte aus, um ihren Herzschlag zu beschleunigen. »Wenn ich jemanden unbedingt finden will, dann kann ich recht einfallsreich werden. Jedenfalls hoffe ich, dass es Ihnen inzwischen bessergeht und Sie das Schlimmste überstanden haben.«

Gianna lächelte. »Danke, Comandante«, antwortete sie. Zu dumm, dass ihr vor lauter Aufregung nichts Intelligenteres einfiel.

»Domenico ...«

»Wie bitte?«

»Ich heiße Domenico.«

»Und ich Gianna, wie Sie wissen.« Sie lachte und kam sich vor wie eine alberne Studentin vor ihrem ersten Date. »Von wo aus rufen Sie an?«

»Ich bin in Messina, habe aber vor, demnächst nach Rom zu kommen. Ich möchte Sie gerne wiedersehen. Haben Sie Lust, mit mir essen zu gehen?«

»*Sì, certo*«, rutschte es ihr viel zu schnell heraus.

»Na dann! Ich melde mich, sobald ich weiß, wann genau ich in Rom sein werde.«

Gianna brachte kaum noch ein Wort heraus und war vor Aufregung gerade noch imstande, Domenicos private Telefonnummer zu notieren, bevor er sich verabschiedete und auflegte. Schweigend verharrte sie an ihrem Platz und versuchte, sich im Geist das Bild des Comandante zu vergegenwärtigen. Einen kurzen Moment genoss sie die aufregende Vorfreude, ihn wieder zu treffen, obwohl sie diesem Mann in der schlimmsten Stunde ihres Lebens zum ersten Mal begegnet war.

Griselda lehnte an Giannas Bürotür und grinste übers ganze Gesicht. »Hast du jetzt einen Verehrer?«

»Verschwinde«, lachte Gianna. »Und mach die Tür hinter dir zu.«

256

Trotz tagelanger Recherchen fanden Gianna und Griselda bis auf die schon bekannten Hinweise keine weiteren stichhaltigen Fakten, obwohl welche existiert haben mussten. Denn eines war klar: Für die Transporte mussten nicht nur Genehmigungen vom Umweltministerium ausgestellt, sondern auch Sicherheitsvorschriften eingehalten worden sein. Das machte bürokratischen Papierkram erforderlich, und schon deshalb musste es viele Mitwisser geben. Anfragen in Behörden, bei Speditionen und in Müllverwertungsanlagen wurden jedoch entweder einsilbig beantwortet, oder Gianna wurde freundlich, aber bestimmt abgewimmelt.

Sie war der Verzweiflung nahe. Wenn sie mehr erfahren wollte, musste sie im Umweltministerium ansetzen. Doch auch hier war das Ergebnis ihrer Bemühungen nicht besser, obwohl sie sich mit beispielloser Hartnäckigkeit von einer Abteilung zur nächsten durchfragte. Niemand war bereit, über Transportvergaben, Genehmigungen oder gar den Verbleib von Giftmüll auch nur die geringste Auskunft zu erteilen. Als letzte Möglichkeit, etwas in Erfahrung zu bringen, blieb ihr, sich an den Minister persönlich zu wenden. Natürlich war Gianna klar, dass sie nur eine Chance hatte, an Messoni heranzukommen: Einer seiner Söhne hatte ihre Tochter ermordet. Er würde sich ihrer Bitte um ein Gespräch nicht verschließen können, sonst liefe er Gefahr, eine negative Presse zu bekommen – und nichts scheute er mehr als das. Wenn auch dieser Schachzug zu nichts führte, hatte sie keine andere Wahl, als nach Somalia zu reisen und wie ihr Kollege den Wegen zu folgen, die der Müll genommen hatte. Doch bis es so weit war, blieb nur die zermürbende Kleinarbeit, sämtliche Unterlagen auszuwerten und die richtigen Schlüsse aus den Vorgängen zu ziehen. »Bürokratie hat manchmal auch ihr Gutes«, murmelte sie und lächelte, »weil Bürokraten alles aufschreiben und säuberlich abheften.«

Kurzerhand ließ sie sich sämtliche Reisekostenabrechnungen Barnettas bringen, die noch im Kellerarchiv der Buchhaltung schlummerten. Als sie den ersten Ordner mit der Hand abklopfte, um ihn vom Staub zu befreien, segelte ein Briefumschlag zu Boden; die Lochung war ausgerissen, deshalb war er herausgefallen.

Neugierig öffnete sie das dicke, unbeschriftete Kuvert. Sie nahm ein Bündel handgeschriebene Notizen heraus und breitete sie auf ihrem Schreibtisch aus.

»Griselda«, rief Gianna aufgeregt, »Griselda, komm schnell zu mir ins Büro!«

»Was gibt es?«, echote es zurück, und der Rotschopf kam hereingestürmt.

»Ist das Barnettas Handschrift?« Sie zeigte ihr die Unterlagen.

»Das ist ein Ding! Wo hast du denn die her?«, fragte sie mit einem Nicken.

»Sie steckten in einem Briefumschlag bei den Reisekostenabrechnungen. Ich wollte den staubigen Ordner fast schon entsorgen.«

»*Non è vero*«, erwiderte Griselda fassungslos. »Typisch Barnetta! Das Material stammt eindeutig von ihm.« Sie ließ Gianna mit den Recherchen wieder allein.

Hastig sichtete Gianna die Papiere und stieß dabei auch auf einige Fotos. Ihr Kollege hatte offensichtlich schwerbeladene Lastwagen von Deutschland bis in die Hafenstädte Genua, La Spezia und Reggio di Calabria verfolgt und an den Auf- und Abladestationen fotografiert. Auf einer weiteren Bildserie waren die Fotos mit einem gelben Haftzettel und dem Vermerk *Amantea* versehen. Direkt darunter stand mit krakeliger Schrift zu lesen: *Massomar: siebzig Tonnen Quecksilber – hundertneunzig Tonnen Cadmium.* Gianna betrachtete den Schnappschuss, auf dem ein Schiffswrack am Strand und eine Kolonne Lastwagen ohne Nummernschilder zu sehen war. Am nächsten Foto hing ein mit einer Büroklammer angehefteter Zettel. Lächelnd las Gianna den Namen: *Neri Italchem.*

Diesen Herrn kannte sie aus der Vergangenheit nur zu gut. »Das wird ja immer besser«, murmelte sie. Neri, der charismatische Industrielle. Neri, der engagierte Sponsor von sozialen Projekten. Neri, der Liebling der Regierungspartei. Der nahezu unantastbare Geschäftsmann würde mit ein paar unangenehmen Fragen rechnen müssen. Das Bündel Notizen entpuppte sich als wahre Fundgrube. In kaum leserlicher Handschrift fand sie weitere Aufzeichnungen, die sie elektrisierten. *Livorno* las sie lautlos. Die große Hafenstadt, das Tor zu Cinque Terre, war zweimal unterstrichen. Sie konnte den Namen Comerio entziffern, der mit einem Vermerk gekennzeichnet war: *Zehntausend Fässer nach Beirut (Libanon). Achttausend Fässer nach Al-Hudaida (Jemen). Fracht nicht angekommen.* Ihr bedauernswerter Vorgänger in der Redaktion war kurz vor der Enthüllung eines sensationellen Skandals gestanden.

Gianna dachte fieberhaft nach. Irgendwo hatte sie den Namen Comerio schon einmal gehört oder gelesen, da war sie sich sicher. Nur bei welcher Gelegenheit, fiel ihr nicht ein. In ihr schwang das unbestimmte Gefühl, dass die Begegnung unangenehm gewesen war und dass sie viele Jahre zurücklag.

Sie gab den Namen bei Google ein und stieß prompt auf Peppino Comerio, Makler für Industriemüllentsorgung.

»Griselda«, rief sie durch die offene Bürotür, »sieh dir das an!« Erwartungsvoll kam Griselda hereingestürmt und blickte ihre Chefin fragend an.

»Such im Archiv alles zusammen, was du über diesen Peppino Comerio auftreiben kannst. Ich brauche die Unterlagen so schnell wie möglich.«

»Das Archiv ist längst digitalisiert«, erwiderte Griselda grinsend. »Du kannst alle Informationen, die du benötigst, von deinem Computer aus abrufen.«

»*Scusi*«, murmelte Gianna und zog entschuldigend die Schultern nach oben. »Benötige ich dazu ein Passwort?«

Griselda trat an Giannas Schreibtisch, und mit ein paar Tastenkombinationen öffnete sich das Dialogfenster zum Archiv. »*Ecco lo!*«

Sekunden später erschien alles, was die italienischen Medien je über den Unternehmer berichtet hatten, in chronologischer Reihenfolge auf dem Bildschirm. Comerio, der von den Medien mit dem Spitznamen Don Peppe bedacht worden war, hatte seinen Unternehmenssitz in Malta sowie Tochtergesellschaften in Genua und Livorno. Gianna konnte den Daten entnehmen, dass er seit geraumer Zeit vom Geheimdienst überwacht wurde. Man verdächtigte ihn, Frachtpapiere gefälscht und Schiffe mit undefinierbarem Frachtgut auf hoher See versenkt zu haben. Sein Schiff *Rosalia* war vor vier Jahren nach einer angeblichen Kollision an dem kleinen kalabrischen Städtchen Amantea gestrandet.

Sosehr Gianna in den elektronischen Akten auch suchte, sie fand keinen Artikel, der ihr Auskunft über die Ladung dieses Frachters hätte geben können. Außerdem, so die internen *Messaggero*-Berichte, hielt sich hartnäckig das Gerücht, dass der italienische Geheimdienst über die Aktivitäten des dubiosen Geschäftsmannes informiert war. Sollte das stimmen, wäre dies ein Skandal unglaublichen Ausmaßes. Wie aber konnte ein solch riesiges Schiff an den Strand geschwemmt werden? Das ungewöhnliche Ereignis mussten doch Hunderte, ja Tausende Schaulustige beobachtet haben? Und dennoch war die Frage der Ladung ungeklärt? Unmöglich, dachte Gianna.

Um sie herum versank alles in undurchdringlichem Nebel. Sie hörte weder das eifrige Tippen ihrer Sekretärin noch den Straßenlärm, der durch das offene Fenster drang. Wie eine Besessene recherchierte sie immer weiter, bis es ihr mit einem Mal dämmerte, in welchem Zusammenhang sie Comerio kennengelernt hatte. Er war in diverse Prozesse wegen illegalen Waffenhandels mit dem Jemen und Somalia verwickelt gewesen und hatte jedes Mal die Verhandlungen unbeschadet überstanden.

Sie hatte damals mehrfach über diesen Mann berichtet und erinnerte sich auch noch, dass ein bekannter Reeder bei dieser Sache die Finger im Spiel gehabt hatte.

Über eine Stunde suchte Gianna im Hausarchiv nach Querverweisen, googelte relevante Bezüge, bis sie endlich auf den Reeder stieß, der damals im Prozess in Reggio di Calabria ausgesagt hatte: Francesco De Masso, Hauptgesellschafter der Massomar in Livorno, ein Mann, der den Unterlagen zufolge diverse wirtschaftliche Nackenschläge hatte verkraften müssen. Er wurde mehrmals in Zusammenhang mit zwei Totalverlusten großer Frachter im Golf von Aden genannt. Beide Fälle lagen bereits mehrere Jahre zurück. Die Versicherungsgesellschaften wollten damals für die Schäden nicht aufkommen, und erst nach Comerios Aussage vor Gericht, der Frachter sei von Piraten angegriffen und gekapert worden, hatten sie sich bereit erklärt, über die Auszahlungssumme zu verhandeln.

»Gianna«, rief Griselda plötzlich aufgeregt durch die Tür. »Ich hab hier etwas Interessantes, das musst du dir unbedingt ansehen!«

»Was denn?«

»Ich habe das Archiv von Reuters International bemüht und das Stichwort ›Massomar‹ eingegeben. Schau dir mal diese Meldung an. Sie ist erst ein paar Tage alt. Der Frachter *Nova Beluga* hatte im Golf von Aden eine Havarie. Er ist mit Mann und Maus gesunken!«

»Interessiert uns das?«, wollte sie wissen.

»Das fragst du noch? Die *Nova Beluga* läuft unter der Flagge von Massomar.«

»Das darf nicht wahr sein!« Gianna sprang auf, rannte hinüber ins Vorzimmer und starrte gebannt auf den Bildschirm. Da stand es schwarz auf weiß: *In der Nacht zum 16. Juli sank die* Nova Beluga *der Reederei Massomar mitsamt der elfköpfigen Besatzung. Das Unglück ereignete sich nach Angaben der Reederei rund sechzig Seemeilen vor der somalischen Küste in Höhe*

der Hafenstadt Berbera. Auch die Fracht, sechstausend Tonnen
Marmorstaub, ist dabei verlorengegangen.

»Marmorstaub?« Gianna schüttelte irritiert den Kopf. »Wer
zur Hölle braucht in Somalia sechstausend Tonnen Marmorstaub?«, murmelte sie. »Haben die dort nicht schon Sand genug? Griselda, schau doch mal bei Google nach, wofür man
Marmorstaub verwendet.«

Die Sekretärin hämmerte das Stichwort in die Tasten und kicherte, als sie das Ergebnis verkündete. »Hier steht, dass eine sinnvolle
technische Anwendung nicht möglich ist und dass manche Haus-
frauen das Zeug benutzen, um ihre Geranien zu düngen.«

»Gibt es in Somalia etwa Geranien?«

Griselda schüttete sich aus vor Lachen.

Gianna hatte genug gehört und ging zurück in ihr Büro. »Auf
diese Weise kommen wir auch nicht weiter.« Das Einzige, was
diese Meldung bei ihr auslöste, war verstärktes Misstrauen. Sie
würde mit einigen Leuten reden müssen. Außerdem musste sie
De Masso so weit bringen, dass er ihr ein Interview gab. Sollte
sich der smarte Reeder weigern oder sie gar abwimmeln wollen, blieben immer noch seine Mitarbeiter. Unzufriedene An-
gestellte redeten gerne, und mit Hilfe eines kleinen Taschengel-
des ließ sich ihren Erfahrungen nach der Redefluss ein wenig
angeregter gestalten. Notfalls würde sie eben mit einem koketten Lächeln nachhelfen, das zog eigentlich immer.

»Griselda, ich bin morgen und übermorgen in Livorno«, rief
sie nach draußen. »Bestell mir bitte dort ein Hotelzimmer.«

Der Rotschopf steckte seinen Kopf durch den Türrahmen.
»*Certo*, Signora.« Sie grinste. »Hast du besondere Wünsche?«

»Am besten irgendwo in der Innenstadt«, antwortete sie ungeduldig, weil sie gerade auf einen weiteren Vermerk von Barnetta gestoßen war.

Griselda kam an Giannas Schreibtisch heran und sah ihr neugierig über die Schulter. »Wenn du mir sagst, was du suchst,
könnte ich vielleicht weiterhelfen.«

Gianna blickte auf. »Erinnerst du dich an den Skandal mit dem Giftmüllschiff *Rosalia*?«

»*Si, certo!*«, antwortete Griselda und runzelte die Stirn.

»Im Fall der Havarie der *Rosalia* sah Staatsanwalt Fosso keinen Handlungsbedarf. Das Verfahren wurde damals eingestellt, obwohl niemals geklärt wurde, wie die Mannschaft ums Leben kam und was die genaue Ursache für den Untergang des Schiffes war. Man konnte nicht einmal abklären, welche Fracht sich auf dem Kahn befunden hatte.«

»Es gibt noch Akten im Keller, die aus dieser Zeit stammen, sie wurden allerdings noch nicht digitalisiert.«

»Sieh mal hier«, Gianna deutete auf den Bildschirm ihres Rechners. »Im offiziellen Bericht der Hafenbehörde steht, dass die Fracträume der gestrandeten *Rosalia* leer waren. Die Reederei jedoch gibt an, dass das Schiff voll beladen den Hafen von La Spezia verlassen und den Ankunftshafen nie erreicht hat. Es wurde nach einem schweren Sturm in Amantea angeschwemmt.«

Griselda schüttelte beim Mitlesen ungläubig den Kopf, als Gianna die Internetseite der Regionalzeitung von Amantea aufrief. Dort stand nur lapidar, dass zwei Stunden nach Entdeckung der *Rosalia* das gesamte Areal von Polizeikräften abgeriegelt worden sei und niemand den Strand hätte betreten dürfen. Aus Sicherheitsgründen, wie es hieß. Kein Wort über den Inhalt des Frachtraumes, kein Wort zum Thema Giftmüll. Nichts.

Wenig später stieß Gianna auf den privaten Blog eines Hobbyschreibers. Er schrieb, Augenzeugen hätten beobachtet, dass Hunderte Arbeiter mit schwerem Gerät zum Strand gekommen seien. Man habe die Bordwand aufgeschnitten, Unmengen blaue Fässer auf Lastwagen geladen und sie später abtransportiert.«

»Das passt doch hinten und vorne nicht zusammen«, murmelte Gianna. »Ich werde nach Amantea fahren. Vielleicht finde ich ein paar Leute, die damals am Strand waren und etwas gesehen haben.«

»Ich kann mir einfach nicht vorstellen, dass man ein Lokalereignis dieser Größenordnung einfach totschweigt«, murmelte Griselda.

»Ich auch nicht«, entgegnete Gianna. Wir müssen herausfinden, wem die Lastwagen gehört haben und in welcher Mission sie unterwegs waren. Viele Möglichkeiten gibt es nicht.« Sie hielt einen Augenblick inne. »Es müssen Polizeiberichte vorliegen. Das Bürgermeisteramt muss Bescheid wissen. Die Umweltbehörde muss mit einbezogen worden sein. Diese Havarie hat in der gesamten Region sicher enormes Aufsehen erregt, weshalb gibt es dann keine Fotos, Berichte und Bilder im Netz? Keine offiziellen Verlautbarungen oder Kommentare. Nichts! Es scheint, als habe dieses Unglück gar nicht stattgefunden.«

»Ich bin kurz im Keller«, meinte Griselda und verließ das Büro. Gianna tippte unterdessen wild in die Tasten ihres Rechners und rief das Schiffsregister auf. Sie wurde fündig. Eigner der havarierten *Rosalia* war Francesco De Masso.

»Sieh einer an!«, entfuhr es Gianna halblaut. »Das passt doch alles wie die Faust aufs Auge.« Man brauchte die Puzzleteile nur richtig zusammenzusetzen, und schon ergaben die Ungereimtheiten eine gewisse Logik. Reederei, Spedition, Chemie. »Hier scheinen sich ja die richtigen Männer zusammengetan zu haben.«

Eilig notierte sie auf ihrem Notizblock die nächsten Schritte, zudem die Aufträge für Griselda – sie sollte Adressen und Telefonnummern beschaffen. Dann reihte sie die Stichworte untereinander.

- *Gemeindeverwaltung von Amantea.*
- *Bürgermeister*
- *Feuerwehr*

- *Zuständige Polizeibehörde*
- *Regionale Umweltbehörde*
- *Francesco De Masso und Peppino Comerio*

Es lag auf der Hand, dass Geschäftsverbindungen zwischen De Masso, Comerio und Neri bestanden. Das zu verifizieren sollte nicht weiter schwierig sein, zumal sie die Möglichkeit hatte, bei Gericht Gesellschafterverträge einzusehen, und sie bei den Finanzbehörden auf den Busch klopfen konnte. Sie musste nur ihre alten Verbindungen wieder aufleben lassen. Allerdings würde es sich komplizierter gestalten, die illegalen Machenschaften der Beteiligten aufzudecken. Wie Antonio Neri in das Puzzle passte, dazu brauchte man nicht viel Phantasie. Mit Hochdruck suchte sie weiter im weltweiten Netz. Der Einblick ins Handelsregister brachte etwas mehr Licht ins Dunkel. Zu ihrer Überraschung waren Antonio Neri und der Umweltminister Rodolfo Messoni als stille Gesellschafter der Reederei mit jeweils fünfzehn Prozent aufgeführt, während Comerio den letzten Eintragungen zufolge vierzig Prozent an der Massomar hielt.

Gianna stutzte. Neri …? Wie ein Film liefen die Bilder in ihrem Kopf ab. Antonio Neri, der Industriemagnat, dem sie nachgewiesen hatte, dass er den korrupten Stadtrat von Gela gekauft hatte, um dort nicht genehmigte Industrieanlagen zu bauen. Die Bevölkerung litt nun schon seit Jahren unter dem bestialischen Geruch der gigantischen Raffinerie von Italchem, deren Abgase sich als graublaue Schleier über die Stadt senkten. Man hatte den Industriemagnaten in einem groß aufgemachten Feature als gewissenlosen Umweltvernichter mit dubiosen Geschäftsmethoden durch alle Medien geschleift. Wochenlang waren Neri und seine Direktoren Tagesgespräch im Fernsehen und den überregionalen Zeitungen gewesen. Nie zuvor hatte sich Antonio Neri unangenehmeren Fragen stellen müssen als nach Giannas sensationeller Enthüllung. Zwar hatte der Skandal keine strafrechtlichen Folgen nach sich gezogen, was Gianna sehr bedauerte, doch die Quittung für ihre Arbeit hatte sie schnell erhalten: Man hatte sie kaltgestellt.

Gianna griff nach ihrem Notizblock und notierte: *Darf und kann ein Umweltminister an einem Unternehmen beteiligt sein, das sich mit der Entsorgung von Müll beschäftigt? Unbedingt klären*, schrieb sie daneben und unterstrich die beiden Wörter zweimal. Darunter schrieb sie: *Wichtig: Treffen mit Comerio und De Masso verabreden. Außerdem recherchieren, welche Rolle Neri in diesem Triumvirat spielt.*

Bei De Masso würde sie beginnen. Ihr schien, dass er das schwächste Glied in der Kette war. Einfach würde das Interview mit ihm aber trotzdem nicht werden. Aber jetzt brauchte sie zuerst einmal überzeugende Argumente, um die Herrschaften dazu zu bewegen, überhaupt mit ihr zu sprechen.

Keinesfalls durfte sie mit der Tür ins Haus fallen und sich nach dem Frachter *Rosalia* erkundigen. Wenn sie aber unter dem Vorwand, ein Feature über die wichtigsten Umweltunternehmen in einer der bekanntesten Zeitungen Italiens bringen zu wollen, um ein Interview bäte, würde ein solch verlockendes Angebot den Egos der beiden schillernden Persönlichkeiten mit Sicherheit schmeicheln. Höchstwahrscheinlich konnten sie der guten Gelegenheit für werbewirksame PR nicht widerstehen. Was Neri anging, so musste sie harte Fakten und unwiderlegbare Beweise über ihn sammeln, bevor sie sich mit einer Persönlichkeit seines Kalibers auseinandersetzte. Doch jetzt war erst einmal De Masso an der Reihe.

»Griselda, versuch bitte, den Reeder an die Strippe zu bekommen«, rief sie hinüber ins Vorzimmer.

Zu ihrer Überraschung klappte die Telefonverbindung schneller, als sie gedacht hatte.

»Hier Gianna Corodino vom *Messaggero*«, meldete sie sich, als sie die sonore Stimme De Massos hörte.

»Was will denn der *Messaggero* von mir?«

»Wir bereiten in unserer Zeitung gerade ein Feature vor, bei dem zehn besonders erfolgreiche Unternehmer exemplarisch vorgestellt werden sollen. Italien möchte teilhaben am Fortschritt und Erfolg von Firmen, die mit innovativen Ideen das Land vorwärtsbringen.«

»Ehm …, das klingt interessant, Signora«, antwortete De Masso und konnte seine Begeisterung kaum verbergen. »Lassen Sie uns einen Termin vereinbaren.«

Das Interview

Zwei Tage später war Gianna schon sehr früh von Rom in Richtung Norden gestartet, um mit ihrem roten Alfa auf der Autobahn so richtig Gas geben zu können. Jetzt, nach viereinhalb Stunden Fahrt, steckte sie mitten im Berufsverkehr von Livorno. Eine endlose Autoschlange schob sich wie ein Lindwurm auf der Küstenstraße in Richtung Hafen. Gianna warf einen Blick aufs Armaturenbrett: Die Uhr zeigte zehn Minuten vor zehn. Nervös zündete sie sich eine Zigarette an. Es waren zwar nur noch ein paar hundert Meter, vor ihr ragten bereits die Ladekräne über die hohen Sichtschutzmauern in den Himmel, aber Geduld war nicht ihre Stärke, und außerdem wollte sie unbedingt pünktlich sein. De Masso hatte ihr dreißig Minuten für ein Interview eingeräumt, und die wollte sie nutzen.

Die Blechlawine setzte sich wieder in Bewegung, und endlich hatte sie das Tor erreicht und bog ins Hafengelände ein. Gerade noch rechtzeitig. Wenige Augenblicke später parkte sie ihren Wagen vor der Massomar. Auf dem Weg zur Rezeption stellte sie die Tonbandfunktion ihres iPhones in den Aufnahmemodus und steckte es in ihre geöffnete Lederhandtasche. Die Fragen hatte sie sich unterwegs schon zurechtgelegt, und sie war gespannt, wie ihr Gesprächspartner nun gleich reagieren würde.

Kaum hatte Gianna sich an der Rezeption angemeldet, kam De Masso gemessenen Schritts die weit geschwungenen Stufen herunter und begrüßte sie bereits auf halbem Weg mit einem überschwenglichen Lächeln.

»*Piacere*«, rief er und breitete die Arme wie ein Heilsbringer aus. Mit den Worten »ein Gentleman begleitet eine Dame immer persönlich in sein Reich« empfing er Gianna charmant und wies ihr den Weg zu seinem Büro hinauf.

Dio mio, dachte Gianna, wenn ich bloß nicht auf seiner Schleimspur ausrutsche, und schenkte ihm ein zuckersüßes Lächeln. Wenig später betrat sie gemeinsam mit De Masso das hypermoderne Direktionszimmer. Routiniert taxierten ihre Blicke den riesigen Raum mit Panoramafenstern. Der smarte Reeder steuerte auf die Sitzecke zu. Die mit weichem, kaffeebraunem Büffelleder bezogenen Chromsessel gruppierten sich rund um eine zentimeterdicke Acrylplatte, die wie ein Tablett von den Fingerspitzen einer überdimensionalen Stahlhand getragen wurde.

»Sagenhaft.« Gianna starrte fasziniert auf die Tischkonstruktion.

De Masso nahm ihre Begeisterung mit sichtlichem Stolz zur Kenntnis. »Ein wirklich großer Künstler aus Livorno hat diese Hand im hiesigen Stahlwerk gegossen. Der Sockel wiegt knapp zweihundert Kilo.« Er setzte sich und wies mit einladender Geste auf eine der futuristischen Sitzgelegenheiten. »Aber das wollen Sie sicher gar nicht wissen. Was darf ich Ihnen Schönes antun?«

Arroganter Profilneurotiker, dachte Gianna. Sie nahm De Masso gegenüber mit einem hinreißenden Lächeln Platz, schlug ihre Beine übereinander und gewährte ihm einen atemberaubenden Blick auf ihre Oberschenkel. Ihre Erfahrung sagte ihr: Der Steuermechanismus dieses Mannes befand sich zwischen seinen Beinen …

»Die Reederei Massomar besteht seit vierzig Jahren und ist einer der wichtigsten Arbeitgeber in Livorno«, begann sie mit einem gekonnten Augenaufschlag. »Wenn ich richtig informiert bin, laufen unter Ihrer Flagge zwanzig Hochseefrachter. Wie schaffen Sie es, auf diesem extrem hart umkämpften Markt als Transportunternehmer so lange derart erfolgreich zu sein? Haben Sie ein spezielles Erfolgsrezept?«

»Ich darf Sie korrigieren: zweiundzwanzig Frachter!« Francesco de Masso lehnte sich mit stolzer Miene in seinen Polstersessel und griff nach seinem silbernen Zigarettenetui. Dann räusperte er sich und schien zu überlegen. »Sehen Sie, verehrte Signora Corodino«, begann er dozierend, »ein Unternehmen muss sich heute spezialisieren und sich als kompetenter Partner für seine Kunden profilieren, sonst erleidet es Schiffbruch.« Wie es schien, amüsierte er sich über die Doppeldeutigkeit seines Wortspiels.

Auf dem Schreibtisch von De Masso klingelte das Telefon. »*Mi scusate*«, murmelte er, erhob sich und eilte hinüber. »Ein dringendes Gespräch, das ich seit Stunden erwarte«, meinte er entschuldigend und hob ab.

Gianna beobachtete den Reeder aus den Augenwinkeln, tat aber so, als notiere sie sich etwas auf ihrem Schreibblock. Dringende Gespräche mit anzuhören war schon immer eine ihrer Leidenschaften gewesen, doch zu ihrem Pech konnte sie das Gemurmel De Massos kaum verstehen. Es fielen die Worte »La Valletta« und »Malta«. Sinngemäß schien es um dringende Frachten aus Barsebäck und Oskarshamn zu gehen, die ein Schiff namens *Sea Star* im Hafen von Landskrona und Oskarshamn aufnehmen sollte. Gianna notierte sich unauffällig die Stichworte. Barsebäck, Oskarshamn – diese Städte sagten ihr etwas. Schweden, erinnerte sie sich dunkel. Was wollte De Masso mit einem Frachter in Schweden?

»So, ich bitte um Entschuldigung«, sagte De Masso lächelnd und setzte sich wieder zu Gianna.

»Apropos Schiffbruch«, hakte sie in die Steilvorlage ein, die ihr der Reeder vor dem Telefonat wie auf dem Silbertablett serviert hatte. »Nun, mit Schiffbrüchen haben Sie in der Vergangenheit ja durchaus traurige Erfahrungen gemacht. Ich erinnere Sie an den Frachter *Rosalia*, der vor vier Jahren in Amantea an Land gespült wurde.«

De Massos Miene erstarrte zu einer Maske. »Ein sehr schwerer Sturm, Signora. Ein bedauerlicher Vorfall. Er hat unsere Reederei damals schwer getroffen. Aber diese alte Sache ist sicherlich nicht der Grund, weshalb Sie mich heute aufgesucht haben.«

»Stimmt.« Gianna lächelte entwaffnend. »Eigentlich interessiert mich viel mehr die Bedeutung Ihres Unternehmens in der Region. Aber wenn Sie schon erwähnen, dass diese Havarie damals Sie schwer getroffen hat …« Sie unterbrach ihre Frage, um ihren Rocksaum ein wenig in Richtung Knie zu ziehen, was ihr allerdings nur unzureichend gelang. »Meinten Sie damit das Schiff oder die Ladung? Sie war doch sicher sehr wertvoll.«

Die Frage traf De Masso offensichtlich in der Magengegend, denn in seinem Gesicht erschien eine Leidensmiene. »Wissen Sie«, er räusperte sich vernehmlich und rückte seine Brille zurecht, »die Versicherungsgesellschaften haben meinen Kummer ein wenig vermindert«, sagte er mit einem gequälten Lächeln.

»Wenn Sie erlauben, sprechen wir lieber über die Zukunft.«

Gianna blätterte in ihrem kleinen Notizblock und tat so, als suche sie nach der nächsten Frage. »Bin ich richtig informiert, dass Massomar vier Gesellschafter hat? Interessant scheint mir dabei zu sein, dass unser Umweltminister Signore Rodolfo Messoni einen Anteil von fünfzehn Prozent an Ihrem Unternehmen hält.«

»Signore Messoni ist ein sogenannter stiller Gesellschafter und Mitglied des Vorstands«, antwortete De Masso knapp. »Insofern ist er nicht ins Tagegeschäft involviert.«

»Nichtsdestoweniger ist seine Beteiligung für Sie sehr praktisch, wenn es um Probleme bei der Genehmigung gefährlicher Transportgüter geht, oder täusche ich mich?« Gianna lächelte De Masso entwaffnend an.

»In dieser Reederei gibt es keine Probleme«, schmetterte er die Frage unfreundlich ab.

»Sind die Signori Comerio und Neri nicht auch aktiv in Ihrem Unternehmen tätig? Das wird zumindest behauptet.«

De Massos Miene wurde eisig. »Weshalb interessieren Sie sich so auffallend für meine Partner?« Er stand auf, ging hinüber zur Bar und schenkte sich einen Whiskey ein. »Wollen Sie auch einen?« Dabei deutete er auf das zweite Glas.

»*No, grazie*«, entgegnete Gianna. Ihr entging nicht, dass De Masso plötzlich fahrig wirkte. »Nun ja, Signore«, fuhr sie fort, »wie man hört, ist Signore Comerio einer Ihrer größten Auftraggeber. Ohne diesen potenten Partner auf dem Gebiet der Abfallwirtschaft hätten Sie nicht diesen bemerkenswerten wirtschaftlichen Erfolg.« Aufmerksam beobachtete sie De Massos Reaktion.

Der Reeder wandte sich wieder dem Sessel zu und nahm Platz. Seine Gesichtszüge wirkten angespannt, wenngleich er sich um Gelassenheit bemühte.

»Es ist doch völlig normal, wenn zwei Unternehmer, die sich nicht nur geschäftlich, sondern auch freundschaftlich verbunden sind, gemeinsame Geschäftsinteressen pflegen.«

»Hochtoxischer Giftmüll …«, klopfte Gianna auf den Busch.

»Was verstehen Sie unter *hochtoxisch*?«, schnauzte De Masso unbeherrscht. »Signore Comerio makelt mit Industriemüll, Haushaltsmüll, ganz normalem Abfall, selbstverständlich auch mit harmlosen Chemikalien. Wir sortieren und trennen Abfall von Wertstoffen. Manche wertvolle Rückstände exportieren wir in Länder, die Bedarf haben.«

Gianna musterte De Masso ungläubig. »Ich bitte Sie, Signore, wollen Sie mir etwa erzählen, dass Sie ganze Schiffsladungen mit harmlosem Müll transportieren?«

De Massos Laune sank auf den Gefrierpunkt. »Ich finde, unser Gespräch nimmt eine Richtung, die mich ein wenig irritiert.«

»Das finde ich nicht«, erwiderte Gianna mit einem koketten Lächeln. »Immerhin haben Sie vor wenigen Tagen ein weiteres Schiff verloren. Die *Nova Beluga*, nicht wahr?«

»*Sì*«, entgegnete De Masso schmallippig. »Ein schwerer Sturm. Wir haben versucht, Schiff und Mannschaft zu retten. Leider vergebens.«

»Es waren keine anderen Schiffe in der Nähe, die zu Hilfe hätten kommen können?«

»Nein. Im Übrigen muss ich Ihnen als Journalistin nicht erklären, dass in den Küstengebieten Somalias Piraten Frachter entern und Reedereien erpressen. In diesem Fall vermuten wir, dass somalische Verbrecher die *Nova Beluga* versenkt haben.« Gianna setzte ein mitfühlendes Gesicht auf. »Ist das nicht ungewöhnlich? Piraten wollen Geld erpressen. Das können sie doch nur, wenn die Fracht sehr wertvoll ist. Mit Sondermüll können Piraten eigentlich nicht viel anfangen, oder? Dann nehmen die doch lieber das Schiff als Pfand.«

»Sagen Sie, was reden Sie denn da?«

»Logischerweise müssten Sie eine Lösegeldforderung erhalten haben. Doch davon ist bislang nichts bekannt. Wenn Sie die Erpressung geheim gehalten und nicht bezahlt haben, dann müssen Sie allerdings mit dem Schlimmsten rechnen. Nicht wahr?«

»Nein«, knurrte De Masso abweisend. »Das muss man nicht. Meist sind die Verhandlungen langwierig, und letztendlich wissen auch die Piraten, dass sich eine Zahlung ewig hinziehen kann. Das Szenario, das Sie hier entwerfen, ist absurd.«

Man sah es De Masso an, dass ihm Giannas Fragen extrem auf die Nerven fielen, denn er ging in den Angriff über. »Wenn Sie diesen Unsinn in der Zeitung verbreiten, hetze ich Ihnen meine Anwälte auf den Hals, Signora. Ich weiß nicht, was passiert ist. Die Untersuchungen sind angelaufen. Vielleicht haben sich Kapitän und Mannschaft zur Wehr gesetzt, als sie angegriffen wurden. Vielleicht wurde die *Beluga* auch mit Panzerfäusten unter der Wasserlinie getroffen. Wissen Sie, ein Schiff geht nicht einfach so unter …«

»Hm«, brummte Gianna, »Sie verstehen, Signore De Masso, es ist, soweit mir das bekannt ist, bereits das zweite Mal, dass Sie ein Schiff mitsamt der Besatzung verlieren. Wie würden Sie das nennen? Pech? Ein unglücklicher Zufall?«

»Weshalb heben Sie ausgerechnet auf diese beiden fürchterlichen Verluste ab? Könnten wir endlich zum Thema kommen? Allmählich habe ich den Verdacht, dass Sie einen harmlosen Vorwand benutzt haben, um einen Interviewtermin mit mir zu erhalten. Worauf wollen Sie eigentlich hinaus, Signora Corodino?«

»Wie kommen Sie nur auf die Idee, ich würde mir unter einem Vorwand ein Interview erschleichen wollen? Nein, nein! Mich interessiert das Große und Ganze, aber natürlich auch der Hintergrund. Ich möchte Sie und Ihre Arbeit einfach besser begreifen. Schließlich verliert man doch schnell das Vertrauen von Auftraggebern, wenn zwei Schiffe einfach so von der Bildfläche verschwinden. Hatten Sie außer der *Rosalia* und der *Nova Beluga* in den letzten Jahren noch weitere Havarien in Ihrer Reederei zu beklagen?«

De Masso verzog keine Miene. Seine Augen verrieten, dass er auf der Lauer lag und nicht bereit war, weiter Katz und Maus mit sich spielen zu lassen. »Ich mache Ihnen einen Vorschlag: Ich gebe Ihnen eine Unternehmensbroschüre. Dort steht alles, was Sie über meine Reederei wissen müssen.«

Gianna schien verblüfft zu sein. »*Scusi, Signore*, ich wollte Sie nicht verärgern.«

De Masso hatte sich aus seinem Sessel erhoben und wies mit der Hand zur Tür. »Ich habe keine Lust, weitere Ihrer impertinenten Fragen zu beantworten«, verkündete er barsch.

Doch Gianna war nicht die Frau, die sich so schnell abwimmeln ließ. »Eine Frage, die mich wirklich sehr interessiert, Signore De Masso. Die *Nova Beluga* hatte Marmorstaub geladen. So zumindest die Angaben von Reuters. Für wen war die Fracht eigentlich bestimmt?«

»Für ein somalisches Unternehmen.«

»Für wen genau?«

»Sie sehen es mir nach, wenn ich darüber keine Auskunft erteile; das sind Firmeninterna, die für Ihr Interview keinerlei Relevanz haben. Abgesehen davon, würde Ihnen der Name ohnehin nichts sagen.« Entschlossen schritt er zur Tür und blickte Gianna auffordernd an, endlich zu gehen.

»Wissen Sie, was ich glaube?«

De Masso winkte ab. »Das interessiert mich nicht, Signora.«

»Ich sag es Ihnen trotzdem«, zischte sie. »Sie transportieren keinen Marmorstaub, sondern Giftmüll und versenken ihn auf hoher See.«

»Raus!«, herrschte De Masso die Journalistin in rüdem Ton an. Sie erhob sich widerstrebend und wollte noch eine weitere Frage stellen, doch De Masso winkte energisch ab. Es war zwecklos. Gianna leistete De Massos Aufforderung also Folge und verabschiedete sich mit einem weiteren zuckersüßen Lächeln. Kaum hatte die Journalistin die Reederei verlassen, ließ sich De Masso mit Peppino Comerio verbinden.

Gianna war gerade in ihren Wagen gestiegen, da fiel ihr siedend heiß ein, in welchem Zusammenhang der Ortsname Barsebäck gefallen war. Sie hatte vor einigen Jahren darüber gelesen, ein ehemaliger Kollege hatte über den Ort geschrieben. Dort standen Schwedens kritische und inzwischen abgeschaltete Atomkraftwerke! Sie gehörten zu den störanfälligsten in Europa und wurden auf Druck Dänemarks und nach heftigen Protesten der Bevölkerung schließlich vom Netz genommen. Und plötzlich dämmerte es Gianna. Auch in der Nähe von Oskarshamn befand sich ein großes Atomkraftwerk, davon hatte sie unlängst gelesen. Wenn sie sich recht erinnerte, hieß der Standort des schwedischen Großkraftwerkes Clab und lag nur wenige Kilometer vom Hafen entfernt. Sie würde Griselda darauf ansetzen. Sie steckte gerade den Schlüssel ins Zündschloss, um den Motor zu starten, als ein Mann an ihre Fensterscheibe klopfte.

Gianna ließ die Seitenscheibe heruntergleiten.

»*Scusi*, Signora«, begann er atemlos. »Hätten Sie vielleicht zehn Minuten Zeit für mich?«

»*Si, naturalmente*«, erwiderte Gianna spontan. »Wollen Sie einsteigen?«

»Nein, nein, nicht hier«, entgegnete der Mann. »Zweihundert Meter von hier ist eine kleine Bar. Dort verkehren meist einfache Leute aus dem Hafen. Ich komme dorthin, wenn es Ihnen recht ist.«

Gianna nickte und gab Gas.

Die Bar war leicht zu finden. Sie war in einem Flachbau untergebracht, unweit von den Containern, die zum Verschiffen bereitstanden und auf Abholung warteten. Eine lange Platanenreihe spendete kühlenden Schatten. Jedenfalls war die Bar ein beliebtes Anlaufziel des Hafenpersonals. Dutzende Arbeiter machten gerade Pause und besetzten die Stühle vor der Tür. Gianna hielt am Straßenrand, stieg aus und ergatterte gerade noch einen freien Platz an einem der vielen einfachen Holztische. Sie sah sich um, entdeckte aber nur eine schmuddelige junge Frau, die eine Cola trank. Sie hoffte, dass der Mann halbwegs pünktlich wäre.

Er ließ tatsächlich nicht lange auf sich warten. Er war ihr nur Minuten später mit seinem Golf gefolgt und hatte Gianna sofort entdeckt.

Sie sah ihm entgegen. Ihr fiel auf, dass sein Gesichtsausdruck etwas Ängstliches hatte und er ständig über die Schulter schaute, als befürchtete er, von jemandem verfolgt zu werden.

Wortlos setzte er sich zu ihr und starrte sie an. »Mein Name ist Vacaro, Marco Vacaro«, begann er unsicher. »Ich bin Prokurist in der Reederei Massomar und die rechte Hand von Signore De Masso. Ich habe zufällig das Interview mit meinem Chef mitbekommen. Die Tür war versehentlich nur angelehnt.«

»Verstehe«, antwortete Gianna und musterte ihr Gegenüber.

»Was zahlen Sie, wenn ich Ihnen Informationen zukommen lasse, die brandheiß für Sie sind?«

Gianna reagierte gelassen. Zu oft in ihrem Berufsleben waren ihr Informanten untergekommen, die sich wichtigmachten und schnelles Geld verdienen wollten. »Ich müsste zuerst wissen, worum genau es sich handelt.«

Vacaro schaute sie mit unterwürfigen Augen an. »Brisantes Material über gefälschte Frachtpapiere. Mehr kann ich dazu jetzt nicht sagen.«

Gianna überlegte kurz. »Ich mache Ihnen einen Vorschlag: Sie kommen in die Redaktion des *Messaggero*.« Sie schlug ihren Timer auf und blätterte darin herum. »Am Dienstag, sagen wir, um siebzehn Uhr? Würde Ihnen das passen?«

Vacaro wirkte unsicher, stimmte aber mit einem knappen Kopfnicken zu. »Aber das Ganze muss vertraulich bleiben!«

»Selbstverständlich, was dachten Sie denn. Informanten bleiben bei mir prinzipiell anonym. Ich werde in Ihrem Beisein die Informationen sichten und Ihnen dann einen guten Preis machen. Einverstanden?«

»*Sì*«, erwiderte er knapp.

»*Merda*«, flüsterte er unvermittelt und wurde blass. »Hoffentlich hat er mich nicht gesehen.«

»Wer denn?«, erkundigte sich Gianna besorgt.

»Der Hafenmeister. Capitano Soccino. Er steht dort hinten bei einem der Bootseigner«, flüsterte er.

Gianna drehte sich unauffällig um. An der Mole war ein schlanker, großer Mann in weißer Kapitänsuniform ins Gespräch mit einem Mann verwickelt, der heftig gestikulierte. »Wieso darf er Sie denn nicht sehen?«

»De Masso und er sind gut befreundet. Sie sitzen oft zusammen.«

»Verstehe«, antwortete Gianna.

»Ich muss los, sonst vermisst man mich.« Vacaro erhob sich hastig, und noch ehe sich Gianna richtig verabschieden konnte, war Vacaro schon in sein Auto gestiegen und davongebraust.

Manchmal fügt sich alles ganz einfach, dachte Gianna, bezahlte die Getränke und schlenderte langsam zur Mole hinüber. Da der Capitano die Diskussion mit dem Bootseigner anscheinend gerade beendete, beschleunigte sie ihre Schritte.

»Signore Soccino!«, rief sie laut.

Der Hafenmeister wandte sich um und blickte ihr interessiert entgegen. »Was kann ich für Sie tun?«, fragte er und musterte sie eingehend.

»Ich bin vom *Messaggero*«, begann sie mit einem freundlichen Lächeln. »Hätten Sie fünf Minuten Zeit für mich?«

»Ich wollte ohnehin einen Espresso drüben in der Bar La Marina trinken. Wenn Sie Lust haben, begleiten Sie mich doch.«

Plaudernd überquerten sie die Straße, an der sich einige Bars befanden, die gern von Reisenden, Lastwagenfahrern und Schiffsbesatzungen frequentiert wurden. Schnell fanden sie einen Platz. Während der Capitano am Tresen zwei Espressi bestellte, schaltete Gianna den Aufnahmemodus ihres Smartphones an und legte es neben sich auf den Tisch.

Soccino kehrte mit den Kaffees zurück und setzte sich zu ihr.

»*Grazie, molto gentile.*« Schon nach den ersten Schritten zur Bar hatte Gianna bemerkt, dass ihr Begleiter ein sehr mitteilungsfreudiger Mensch war, der gerne und viel redete. Deshalb wagte sie einen schnellen Vorstoß und kam direkt auf den Punkt: »Kennen Sie eigentlich Signore De Masso? Er besitzt eine große Reederei.«

Soccino lachte. »*Certamente*«, erwiderte er. »Was wollen Sie wissen, Signora?«

Gianna lachte entwaffnend. »Was ist das für ein Typ Mann?«

»Sehen Sie sich vor, er ist ein Frauenheld.« Er rollte mit den Augen, um seiner Antwort Gewicht zu verleihen.

»Sie haben mich missverstanden. Mich interessieren ausschließlich seine Geschäfte.«

Soccinos Miene wurde ernster. Er neigte sich zu Gianna hinüber und raunte: »Wenn Sie mich nicht verraten ...«

Gianna schenkte ihm das schönste Lächeln, zu dem sie imstande war. Ihr Aufnahmegerät hörte mit ...

Vermutungen

Auf Valverdes Schreibtisch stapelten sich die Ermittlungsakten von früheren Fällen, die Ähnlichkeiten mit den kaltblütigen Morden in Castelbuono aufwiesen. In Tag- und Nachtarbeit hatte er sie mit Commissario Contini und den Mitarbeitern der Antimafiabehörde durchforstet, aber keinerlei Hinweise gefunden, die sie irgendwie weitergebracht hätten. Er hatte es auch nicht anders erwartet.

Sein Blick fiel auf den Stapel mit unerledigtem Verwaltungskram – eine Tätigkeit, die ihn zutiefst frustrierte. Er hasste Formblätter und Statistiken, die bloß dazu taugten, ihn von seiner eigentlichen Arbeit abzuhalten. Doch nach mehr als vierzehn Dienstjahren nagte an ihm die weit schlimmere Erkenntnis, eine Hydra zu bekämpfen, die nicht zu besiegen war. Über Castelbuono hatte sich ein düsterer Schatten gelegt, den zu erhellen unmöglich schien. Zu wenige Beamte, zu wenig Geld, zu wenig Unterstützung. Die Herren in der Regierung wurden es nicht müde, in theatralischer Einigkeit mit populistischen Reden die Mafia als »Eitergeschwür« zu verurteilen, das es mit Stumpf und Stiel auszurotten galt. Die mangelnde Präsenz des Staates sprach jedoch eine völlig andere Sprache. Und nicht einmal die Justiz vermochte sich den gebotenen Respekt zu verschaffen.

Sicher, vordergründig konnte er viele Erfolge aufweisen. Doch oft genug erwiesen sich spektakuläre Verhaftungen als reine Alibifestnahmen auf unterster Ebene, gelenkt vom internen Kreis der mächtigen Paten und lanciert von höchsten politischen Stellen. Die Dummen waren die Opfer und all jene Mafiosi, die einen Sinneswandel vollzogen hatten und nun zu einer Gefahr für die Mafiapaten geworden waren, die es zu eliminieren galt.

Ein schmaler Schnellhefter in Valverdes abgesperrter Schreibtischschublade enthielt jedoch Informationen, die interessant, wenngleich im Augenblick nicht zu verwerten waren. Genauer gesagt, sie enthielten Informationen, die er sich gar nicht hätte beschaffen dürfen. Die Kontobewegungen der Brüder Sergio und Tonino Messoni waren offiziell tabu.

Der Generalstaatsanwalt hatte eine klare Dienstanweisung erteilt, in welche Richtung ermittelt werden sollte. Entgegen diesem Befehl hatten er und Sandro Contini wie Trüffelschweine das Umfeld der beiden ermordeten Brüder umgepflügt und alle informellen Kontakte genutzt, um bei der Hausbank der beiden Opfer an deren Kontendaten zu gelangen. Doch bis diese vollends ausgewertet waren, würde noch Zeit vergehen.

Es war einfach zum Verzweifeln. Ermittlungsansätze, die Valverde gerne weiterverfolgt hätte, waren ihm von oben untersagt, bei anderen stieß er auf eine Mauer des Schweigens. Er sah auf seine Armbanduhr. Contini verspätete sich wieder einmal. Seit über einer Stunde war er überfällig, und telefonisch konnte er ihn auch nicht erreichen. Wahrscheinlich steckte er in einem Stau auf der Autobahn oder irgendwo im Verkehrschaos von Messina.

Valverde horchte auf, als er Stimmen auf dem Gang hörte. Die Tür wurde aufgerissen, und Sandro stürmte mit zwei Kollegen aus dem Drogendezernat ins Zimmer.

»Es ist zum Verrücktwerden«, begann er ohne Einleitung, während sich seine Kollegen durchgeschwitzt in die Sessel der Sitzgruppe fallen ließen und sich an den Wasserflaschen bedienten, die auf dem Tisch bereitstanden.

»Meine Informanten wollen einfach nicht mit der Sprache herausrücken, obwohl ich ihnen Druck gemacht habe. Sie haben eine Scheißangst.«

»Kannst du nicht anrufen? Ich versuche seit einer Stunde, dich zu erreichen.«

»Mein Akku war leer«, erwiderte Contini entschuldigend.

»Es ist immer das Gleiche«, brummte Valverde. »Gibt's etwas Neues?« Contini grinste unverschämt.

»Sergio und Tonino Messoni haben sich in dem Kaff mit Koks versorgt«, rief einer der Beamten dazwischen. »Silvio Montalbano und Frederico Sardeno haben die beiden Ministersöhne regelmäßig beliefert.«

»Schnee von gestern«, maulte Valverde missmutig.

Contini hob die Hand, als wolle er damit andeuten, dass sie nicht mit leeren Händen dastünden. »Apropos Schnee ... Wir haben ein großes Depot im Keller der Bar Albanesi entdeckt. Der Zugang war ziemlich raffiniert getarnt. Hinter einer getürkten Ziegelwand befand sich der Bunker.«

»Und? Wie viel habt ihr gefunden?«

»Genug, um halb Sizilien in Hochstimmung zu versetzen. Siebzig Kilo Kokain und dreihunderttausend Euro Bargeld.«

»Das ist doch schon mal ein Anfang«, knurrte Valverde. »Weshalb hat das so lange gedauert? Ich hatte sofort den Verdacht, dass wir in der Bar fündig würden.« Valverde warf einen Blick hinüber zur Sitzgruppe, auf der es sich die zwei jungen Carabinieri bequem gemacht hatten. »Gibt es Hinweise darauf, wer außer diesem ... Wie hieß der Pächter doch gleich?«

»Cesare Bianchi«, erwiderte Contini wie aus der Pistole geschossen.

»Genau, Bianchi, diese hinterhältige Ratte«, bestätigte Valverde bissig. »Gibt es Hinweise, wer der Lieferant ist und woher das Zeug stammt? Haben wir eine Vermutung, wer den Drogenring gemanagt hat?«

»Die Spurensicherung ist noch vor Ort«, ergänzte Contini, nahm sich eine Wasserflasche vom Tisch und trank sie fast in einem Zug aus. »Mir ist vollkommen schleierhaft, weshalb unsere Kollegen in Castelbuono nichts von den Drogengeschäften bemerkt haben. Sie wurden doch direkt vor ihrer Nase abgewickelt.«

Valverde nickte wissend, ging hinüber zur Sitzgruppe und setzte sich zu den Carabinieri der Sondereinheit. »Habt ihr ihn in die Mangel genommen?«

Contini bedachte den Comandante mit einem überraschten Blick. »Wen denn?«

»Sassuolo heißt das Riesenbaby. Er ist der Cousin des Pächters. Ich möchte wetten, er hat genau Bescheid gewusst, was sich in der Bar Albanesi abgespielt hat.«

»Wenn wir Kollegen verhören, gibt das bloß Ärger ohne Ende«, wiegelte einer der Beamten ab.

»Gibt es außer ›geht nicht‹, ›dürfen wir nicht‹, ›können wir nicht‹ vielleicht auch noch etwas Positives zu vermelden?«, bellte Valverde wütend.

»Du hast Nerven«, polterte Contini. »Wie stellst du dir das vor? Sollen wir vielleicht die Carabinieri aus Castelbuono in die Mannschaftswagen prügeln, ins Kommissariat bringen und sie ein wenig foltern?«

»*Idiota!* Ich will Namen, Zeugen, Adressen«, insistierte Valverde unbeirrt.

Contini schüttelte den Kopf. »Ich kann dir nur Andeutungen liefern, diffuses Gefasel – nichts, was sich in irgendeiner Weise verwenden ließe. In der Stadt soll Unruhe herrschen, heißt es.«

»Don Sardeno und Montalbano sind inzwischen dicke Freunde geworden«, warf Valverde ein. »Was das bedeutet, brauche ich euch ja wohl nicht zu erklären.«

Contini lachte auf. »Sie werden sich jeden vorknöpfen, von dem sie annehmen, dass er etwas wissen könnte.«

»Wie man hört, haben sie ein paar Leute gefoltert, um sie zum Reden zu zwingen. Im Milieu herrscht eine extrem angespannte Stimmung.

Die beiden Paten beklagen ihre Söhne. In Cefalù und in der gesamten Region spricht man von nichts anderem mehr. Mein

Informant behauptet steif und fest, dass Zoppo und Don Sardeno jeden Stein umdrehen lassen. Ich gehe davon aus, dass wir über kurz oder lang die nächsten Leichen aufsammeln können.«

Valverde stand auf und setzte sich auf die Tischkante seines Schreibtisches.

»Weiß eigentlich jemand, woher er den Spitznamen hat?«, fragte einer der Carabiniere.

»Klar. Sie nennen ihn Zoppo, weil er mit einem Bein hinkt. Er wurde vor zwanzig Jahren in Palermo angeschossen, soweit ich weiß. Seitdem trägt er eine Prothese«, sagte Contini.

Valverde grinste. »Dieser jähzornige Mafiaboss neigt seit der Amputation dazu, mit verbitterter Inbrunst jegliche Hindernisse und Störungen gnadenlos aus dem Weg räumen zu lassen. Umso erbitterter wird er auch den Killer suchen.«

Contini schnitt eine Grimasse. »Dann wird es für uns nur noch schwerer.«

Der Comandante schien plötzlich ins Grübeln gekommen zu sein. Seine Miene wirkte bedrückt. »Die Capos werden jetzt richtig Ernst machen. Allerdings dürfen wir bei unseren Überlegungen auch nicht außer Acht lassen, dass der Anschlag nur den beiden Ministersöhnen gegolten haben kann.«

Contini schien mit Valverdes Ausführungen nicht einverstanden zu sein. »Weshalb nicht allen vieren? Hat sich das schon mal jemand gefragt?«

Es herrschte betretenes Schweigen, und die Ermittler wechselten beredte Blicke.

»Das glaube ich einfach nicht«, brummte Valverde. »Ich weiß, ich kann das nicht beweisen. Aber ich halte an meiner These fest: Der Anschlag hat den Messonis gegolten.«

»Ja, aber weshalb?«, platzte Contini heraus.

»Das ist die Kardinalfrage«, antwortete Valverde düster. »Betrachten wir die Sache mal analytisch: Wenn die Messonis das Anschlagsziel waren, kann es nicht um Kokain gegangen sein, zumal wir in ihren Taschen ja jede Menge von dem Zeug gefunden haben. Machtkämpfe zwischen den Clans können wir ebenfalls ausschließen. Denkbar wäre höchstens«, ergänzte Valverde grübelnd, »dass Sergio und Tonino Messoni von den beiden Mafiosi in eine Falle gelockt wurden und die beiden Paten-Söhne versehentlich selbst dabei hopsgegangen sind. Aber weshalb sollten dann zwei Capos beschließen, gemeinsam den Killer zu jagen, obwohl sie vorher Konkurrenten waren? Sie haben sich bis vor kurzem auf dem Drogenmarkt bekämpft.« Valverde atmete tief durch.

»Der Anschlag macht so gesehen überhaupt keinen Sinn«, schnaubte Commissario Contini. »Es sei denn …« Contini biss sich auf die Lippen und warf seinem Chef einen kritischen Blick zu.

»Auftragsmord«, murmelte Valverde, drehte sich zum Fenster und blickte auf die Straße. »Darauf verwette ich die Gucci-Schuhe der Paten.«

»Und wer soll dieser ominöse Auftraggeber sein?«

»Keine Ahnung, jedenfalls nicht die Väter. Wie gesagt, wenn ich die Spekulation weiterspinne, muss es sich um eine Person handeln, die entweder genau wusste, was sie anordnet, oder vollkommen verblödet ist. Und genau das glaube ich eben nicht.«

»*Madonna mia*«, murmelte Contini. »Ich bin gespannt, was unser Colonello dazu sagen wird.«

Valverde lachte freudlos auf. »Das ist kein Fall, das ist eine politische Tretmine.«

Contini verzog das Gesicht. »Wir müssen dieses Schwein fassen, bevor die Mafia ihn in die Finger kriegt.«

»Das wäre wohl die beste Lösung«, knurrte Valverde. »Im Augenblick brauchen wir aber nicht weiter darüber nachzudenken, wir müssen los«, wandte er sich an Contini und nahm sein Jackett vom Stuhl.

Drei Minuten später standen sie vor den Arbeitsräumen des Chefs der Antimafiabehörde. Valverde warf einen kurzen Blick auf seinen Assistenten und zog ihm das Jackett gerade, bevor er anklopfte.

»*Vieni*«, rief eine resolute Frauenstimme.

Die beiden Ermittler traten ins Vorzimmer und wurden von Della Pontes Sekretärin, einer spröden, verdörrten Frau mit missmutiger Miene, in Empfang genommen und direkt in den Vorhof der Hölle geführt, wie Della Pontes Büro genannt wurde.

»*Buongiorno*, Signore«, grüßte Valverde mit energischer Stimme, während Della Ponte wie ein pomadisiertes Krokodil hinter seinem Schreibtisch über Akten brütete und mit keiner Reaktion zeigte, dass er die Eingetretenen überhaupt bemerkt hatte.

Er will uns zappeln lassen, schoss es Valverde durch den Kopf und grinste in sich hinein. Immer wenn der Chef der DIA vom Generalstaatsanwalt oder vom Ministerium einen Rüffel bekommen hatte, benahm er sich schier unerträglich.

»Setzen Sie sich«, befahl Della Ponte nach endlos anmutenden Minuten muffig. Plötzlich blickte er auf. Seine Augen durchbohrten die beiden Polizisten. »Sagen Sie mal, Valverde«, begann er grollend, »sind Sie noch ganz bei Sinnen?« Er machte eine Pause, bevor er weiterpolterte. »Der Innenminister ist empört, der Generalstaatsanwalt tobt, und Signore Messoni fordert mich auf, meine Ermittler zur Räson zu bringen.«

Aha, dachte Valverde, dann haben wir also die hohen Herren ein wenig aufgescheucht …

»Habe ich nicht ausdrücklich angeordnet, dass Sie sich aus dem Privatleben des Ministers heraushalten sollen? Ist Ihnen klar, dass Signore Messoni Immunität genießt und Sie absolut kein Recht haben, in seinen Angelegenheiten herumzuschnüffeln?«

»*Scusi*, Signore Colonello«, unterbrach Contini Della Ponte. »Welch ein interessanter Aspekt, dass Sie unsere Arbeit mit

Schnüffelei gleichsetzen. Damit das ein für alle Mal klargestellt ist: Wir haben uns lediglich ein wenig über die Söhne des Ministers erkundigt. Und dazu haben wir jedes Recht, vor allem, wenn es sich um derart üble Dealer handelt. Alles spricht dafür, dass wir es bei den beiden mit hochkriminellen Subjekten zu tun haben, die ...«

»Schweigen Sie!«, fuhr er Contini rüde über den Mund. »Wer sind Sie, dass Sie so mit mir reden?« Er schälte seine vorbildlich gebügelte Uniform aus dem Sessel und stützte sich nach vorn gebeugt wie ein fauchendes Ungeheuer mit beiden Händen auf die Schreibtischplatte. Dann wandte er sich an Comandante Valverde, der entspannt seine Hände tief in den Taschen vergraben hatte und wartete, dass Della Ponte sich wieder beruhigte.

Doch Contini legte noch einmal nach. »Bei objektiver Betrachtung hat es, was diese Typen vor der Bar Albanesi angeht, die Richtigen getroffen. Um die ist es nicht schade. Und wir müssen jetzt die Drecksarbeit machen.«

»Sagen Sie Ihrem Wadenbeißer«, richtete Della Ponte das Wort an Valverde, »dass er sich seine Einschätzungen sonst wohin stecken kann.« Della Ponte lockerte seine Krawatte und knöpfte den obersten Hemdknopf auf, um sich Luft zu verschaffen. »Was glauben Sie eigentlich, was ich mir alles von dem Signore im Ministerium habe anhören müssen?«, setzte er seine Tirade fort. »Ihre Karriere hängt an einem seidenen Faden, mein Lieber.«

»Sergio und Tonino Messoni sind gezielt erschossen worden.« Valverdes Bemerkung schlug ein wie eine Granate.

Della Ponte richtete sich in voller Höhe auf, soweit das sein Gewicht und sein enormer Bauchumfang zuließen. Das Gesicht des Colonello erstarrte zu einer Maske. »Sagen Sie das noch mal«, raunzte er und schlug mit der flachen Hand auf die Tischplatte.

»Sergio und Tonino müssen das Ziel eines Auftragskillers gewesen sein, jedenfalls stellt sich der Fall mir so dar. Die Söhne der Paten waren schlicht und ergreifend zum falschen Zeitpunkt am falschen Ort. Wäre ich zynisch, würde ich sagen, dass der Kerl uns Arbeit abgenommen hat. Nach meinen Erkenntnissen sieht es so aus, dass die Männer von den Ereignissen in Castelbuono überrascht wurden. Und mein Instinkt sagt mir, dass irgendjemand den Messoni-Brüdern gezielt ans Leder wollte.«

»Woher beziehen Sie plötzlich diese Erkenntnis?«, fauchte Della Ponte. »Können Sie beweisen, was Sie da von sich geben?«

»Nein«, schnappte Valverde kühl zurück. »Aber das Verhalten der beiden Väter dieser Ganoven weist darauf hin.«

»Aha, Verhalten, also …« Einen Augenblick lang kreuzten sich ihre Blicke feindselig.

»Außerdem geht mir die ganze Zeit ein Gedanke durch den Kopf: Das ist kein Drogenkrieg, und mit Gebietskämpfen hat das auch nichts zu tun. Dem Killer ging es auch nicht um Koks, sonst hätte er das Zeug mitgenommen. Aber das war nicht sein Auftrag. Der lautete anders. Deshalb sprach ich vorhin auch von dem Verhalten der beiden Paten Montalbano und Sardeno.«

Della Ponte holte tief Luft. »Haben Sie hellseherische Fähigkeiten? Was glauben Sie denn, mit wem Sie es zu tun haben? Sardeno und Montalbano sind Füchse. Das sind ausgebuffte und mit allen Wassern gewaschene Paten, die sich noch nicht einmal ihrer Großmutter anvertrauen würden, wenn ihnen ein Furz quersteckt. Ganz zu schweigen davon, dass die Ihnen verraten würden, was sie tun oder zu tun gedenken.«

»Davon gehe ich aus«, erwiderte Valverde ironisch. »Aber welchen Grund sollten die beiden haben, sich plötzlich zusammenzuschließen, wenn sie doch jahrelang Erzfeinde waren?«

»Ich will mich diesen Spekulationen nicht länger aussetzen, Valverde«, fauchte Della Ponte. »Mir liegt etwas ganz anderes quer im Magen.«

»Ich höre?«

»Sie haben meinen ausdrücklichen Befehl missachtet, Sie haben leichtfertig die Reputation eines Ministers und seiner Familie aufs Spiel gesetzt, und Sie haben überdies auf illegale Weise Bankunterlagen beschafft.«

Della Ponte war hinter seinem Schreibtisch hervorgekommen und hatte sich wie ein Unwetter drohend vor Valverde aufgebaut. »Sie werden ab sofort ganz kleine Brötchen backen, was die Familie Messoni angeht, haben wir uns verstanden?«

Valverde fuhr Della Ponte jäh in die Parade. »Signore! Wie und gegen wen ich ermittle, lasse ich mir nicht vorschreiben. Von niemandem! Und ich werde mir auch keine Samthandschuhe anziehen, nur weil Sie mein Vorgesetzter sind und Ihr Herr Ministerfreund glaubt, er müsse seine Befindlichkeiten pflegen.«

Della Ponte sah Valverde ungläubig an. Wie es schien, hatte er nicht mit einer derart heftigen Reaktion seines Untergebenen gerechnet. Doch bevor er noch etwas erwidern konnte, fuhr ihn Valverde erneut an. »Ich suche einen Mörder, der für sechs Tote verantwortlich ist. Und ich werde ihn finden, egal, wo ich suchen muss.«

»Suchen Sie«, brüllte Della Ponte jetzt außer Fassung. »Suchen Sie! Aber gründlich, wenn ich bitten darf. Ich will in den nächsten Tagen Ergebnisse auf dem Tisch haben. Verstanden?«

»Ich werde mich nicht daran hindern lassen, Ministro Messoni und dessen Ehefrau nach ihren Söhnen zu befragen. Das gehört bei einem solchen Fall zum Einmaleins der Kriminalarbeit.«

Della Ponte warf sich in die Brust. Einen Augenblick lang kreuzten sich ihre Blicke feindselig, dann holte er tief Luft. »Sind Sie denn von allen guten Geistern verlassen? Sie können doch nicht einfach einen Minister wie einen Verdächtigen verhören!«, brüllte er. »Mit den Morden in Castelbuono hat das Ehepaar Messoni nicht das Geringste zu tun. Akzeptieren Sie das gefälligst!«

»Kein Mensch hat etwas von einem Verhör gesagt«, bellte Valverde scharf zurück. »Wofür halten Sie mich denn? Ich bin doch kein Anfänger! Und einer Ihrer subalternen Schleimer, die vor Ihnen buckeln und Ihnen in allem und jedem zustimmen, bin ich auch nicht!«

»Beherrschen Sie sich. Sie haben wohl vergessen, mit wem Sie reden?«

»Oh nein, Signore, das weiß ich sogar sehr genau. Ich sage es Ihnen hiermit nochmals in aller Deutlichkeit, Colonello: Ich betrachte Signore und Signora Messoni als Zeugen und werde ihnen zahlreiche Fragen stellen, die den beiden vermutlich nicht sehr angenehm sein werden. Wenn Sie deshalb einen Anschiss befürchten oder Angst um Ihre Karriere haben, kann ich es auch nicht ändern. Von mir aus können Sie ruhig behaupten, Sie hätten keine Ahnung von dem gehabt, was ich vorhabe.«

Della Pontes Augenlider zuckten nervös. »Was erlauben Sie sich, Comandante? Wie können Sie es wagen, mich wie einen Idioten zu behandeln? Ich bin Ihr Vorgesetzter! Haben Sie das vergessen?«

»Wollen Sie mich jetzt entlassen, Signore Colonello?« In Valverdes Ton lag eine Selbstsicherheit, die Della Ponte sichtlich aus der Fassung brachte.

Plötzlich ließ Della Pontes Körperspannung nach, und er wandte sich von Valverde ab. »Ich werde dafür sorgen, dass ein Disziplinarverfahren gegen Sie eingeleitet wird. Eine derartige Missachtung werde ich nicht hinnehmen.«

»Das war keine Missachtung, Signore, das war eine Ankündigung, was ich zu tun gedenke, um die Ermittlungen voranzutreiben, und zwar ohne Ansehen der Person.«

»Sie missachten meine Befehle, Valverde. Und das hat Konsequenzen.«

»Aha«, konterte er. »Sie befehlen mir also, einen Personenkreis bei meinen Ermittlungen auszuklammern, der möglicherweise für die Aufklärung von großer Bedeutung ist? Nicht mit mir! Das können Sie vergessen.«

Der Comandante gab seinem Assistenten ein Zeichen mit dem Kopf und wandte sich zur Tür.

289

»Sie werden doch jetzt nicht einfach so gehen, Comandante?«, donnerte Della Ponte.

»Wir haben verdammt viel Arbeit«, murmelte Valverde beim Hinausgehen und schloss hinter sich die Tür.

Nichts wünschte er sich mehr, als ungestört die Ermittlungen voranzubringen, ohne dass ihm ständig irgendwelche Vorgesetzten oder andere Leute von Rang und Namen Knüppel zwischen die Beine warfen. Dass Della Ponte so dünnhäutig reagierte, wenn es um die Messonis ging, konnte nur bedeuten, dass er unter enormem Druck von oben stand. Irgendetwas war mit diesem Minister nicht in Ordnung.

Nach Valverdes Verständnis stellte die Regierung auch eine Art moralische Instanz für die Bürger dar und sollte deshalb nicht versuchen, Straftaten zu verschleiern, sondern vielmehr bei der Aufklärung behilflich sein – selbst wenn die eigene Familie betroffen war. Für ihn stand fest, dass er den Minister aus seinen Ermittlungen nicht heraushalten würde, Messoni konnte ihm wichtige Hinweise zu Freunden und Bekannten im Umfeld von Sergio und Tonino geben.

»Du hast jetzt einen Todfeind«, murmelte Contini und kicherte leise. »Der Colonello wird alles versuchen, dich in die Wüste zu schicken.«

»Dem sehe ich gelassen entgegen«, antwortete Valverde grimmig.

»Was willst du jetzt tun?«, fragte sein Assistent und versuchte, mit Valverde Schritt zu halten, der wütend in Richtung Büro stürmte.

»Ich lasse mich mit Messonis Büro verbinden. Entweder er gibt mir einen kurzfristigen Gesprächstermin, oder ich lasse ihn ins Präsidium vorladen.«

Legambiente

Wieder im Redaktionsbüro in Rom angekommen, warf Gianna schwungvoll ihre Jacke über den Stuhl und rief nach Griselda. »Hast du mir nicht an meinem ersten Arbeitstag erzählt, dass Recherche dein Spezialgebiet ist?«, erkundigte sie sich, während sie ihre Interviewnotizen aus der Tasche kramte.

»Was möchtest du wissen?«, antwortete ihre Sekretärin mit einem verschmitzten Lächeln. Sie stellte den Nagellack beiseite und schwang ihre Beine vom Schreibtisch.

»Jetzt kannst du beweisen, was du wirklich draufhast. Frag in der EDV-Abteilung nach, ob wir eine Möglichkeit haben, auf die AIS-Systeme der Hafenbehörden zuzugreifen?«

»AIS-Systeme? Habe ich noch nie gehört.«

»Das sind Automatische Identifikationssysteme, das maritime Gegenstück zur Flugsicherung im Luftverkehr.«

»Ah ja«, kommentierte Griselda die Erklärung und zog ihre Stirn in Falten. »Und was macht man damit?«

»Tja«, lachte Gianna verschmitzt, »ich bin auch nicht schlecht in Recherche.«

»Dann muss ich wohl Konkurrenz fürchten?«

»Ich kann dich beruhigen, bis vor kurzem hatte ich von dieser Technik auch noch keine Ahnung. Ich habe vor der Fahrt zurück nach Rom einen kleinen Umweg über die Hafenbehörde in Livorno gemacht und mir das Wunderding angesehen. Alle Schiffe in internationalen Gewässern, sowohl Frachtschiffe ab einer bestimmten Größe als auch sämtliche Passagierschiffe, müssen mit einem AIS-Transponder ausgestattet sein. Damit sind dann kontinuierlich aktuelle Daten wie Position, Kurs und Geschwindigkeit, aber auch Angaben zur Identität des Schiffes und seiner Fracht an andere Schiffe und an die Küstenstationen zu senden.«

»Weshalb wollen wir darauf zugreifen?«

Giannas Augen ließen ein wissendes Glitzern sehen. »Ich habe eine grandiose Idee. Wenn wir Glück haben, könnten wir auf diese Weise die Frachtrouten von De Massos Schiffen nachvollziehen.«

»Ist das nicht verboten?«

»Vermutlich ja. Aber kann uns das stören?«

»Nein.« Griselda grinste verschwörerisch. »Aber was heißt: *Wenn wir Glück haben?*«

»Es könnte sein, dass De Masso nicht alle seine Schiffe mit diesem System ausgestattet hat. Lass es uns einfach versuchen. Sollten wir mit dieser Idee nicht weiterkommen, werde ich …«

Gianna brach mitten im Satz ab. Ihr war ein Gedanke gekommen. Sie suchte in ihrer Handtasche nach einem kleinen Ledermäppchen, in dem sie all die Visitenkarten aufbewahrte, die ihr ständig zugesteckt wurden. Oft genug war der Austausch dieser Kärtchen nicht mehr als eine höfliche Geste, und viele von ihnen warf sie nach einiger Zeit einfach achtlos weg. Nach einigem Suchen stieß sie auf den Namen, den sie brauchte: Dottore Gianfranco Posa. *Nucleo Operativo Ecologico.* Er würde ihr bestimmt weiterhelfen können.

Gianna hatte den Mann vor einigen Jahren auf einem Symposium kennengelernt. Er hatte dort einen beeindruckenden Vortrag zum Thema Umweltverschmutzung gehalten und dabei ein düsteres Bild von der ungeheuerlichen Verseuchung ganzer Landstriche im Mezzogiorno gezeichnet. Sie erinnerte sich noch genau an den engagierten Wissenschaftler, der im Anschluss an seinen Vortrag von einigen Bürgermeistern und Interessenvertretern der Wirtschaft heftig attackiert wurde. Spontan griff Gianna zum Telefon und wählte die Nummer seines Labors in Rom.

Zwei Stunden später saß sie Gianfranco Posa in der Via del Tritone, unweit der Zentrale des *Messaggero,* in einer kleinen Gelateria schon gegenüber. Gianna musste insgeheim darüber lächeln, wie der recht linkische, junge Wissenschaftler mit geschlossenen Augen und gespitzten Lippen weltvergessen an seinem Cappuccino nippte. Als er bemerkte, dass sie ihn beobachtete, blickte er sie erschrocken durch seine silberne Nickelbrille an. Vor ihr saß ein Mann, der auf den ersten Blick wie ein Student im letzten Semester wirkte: schlaksig, mit zerzausten schwarzen Haaren und lebhaften haselnussbraunen Augen sowie Klamotten, die eigentlich eher zu einem unbekümmerten Twen und weniger zu einem renommierten Wissenschaftler passten.

»*Mille grazie!* Ich freue mich sehr, dass Sie es so spontan einrichten konnten, mich zu treffen«, sagte sie leise. »Ich weiß das sehr zu schätzen. Wie ich Ihnen am Telefon bereits erklärt habe, geht es um wichtige Hintergrundinformationen für einen Artikel, an dem ich gerade schreibe. Ich weiß nicht, wer mir weiterhelfen könnte, wenn nicht Sie.«

»Hoffentlich enttäusche ich Sie nicht«, erwiderte Posa schüchtern und strich sich nervös eine Haarsträhne aus der Stirn. »Es kommt nicht oft vor, dass sich eine Zeitung wie der *Messaggero* für meine Arbeit interessiert.«

»Dottore Posa, was bedeutet eigentlich *Nucleo Ecologico* genau?«

»Sagen Sie einfach Gianfranco zu mir«, antwortete er mit einem entwaffnenden Lächeln. »Förmlichkeiten sind mir zuwider.«

»Ich bin Gianna.«

»*Alora*«, begann er. »Genau genommen bin ich Nuklearbiologe. Die Nuklearökologie erforscht die radioaktive Strahlung in unserem Ökosystem. Wir untersuchen nicht nur den Boden, Pflanzen und Wasser, sondern auch Tiere und Menschen unter dem Aspekt der Strahlenbelastung. Wir können beispielsweise sehr genau eruieren, wo sie besonders hohen radioaktiven Strahlungen ausgesetzt sind. Im Prinzip geht es um die Wirkung von ionisierender Strahlung auf Lebewesen. Anwendungen der Nuklearbiologie finden sich daher in der Medizin, im Gesundheitswesen, im Umweltschutz und natürlich auch in der Biologie.«

»Interessant«, kommentierte Gianna die Erklärung und machte sich beiläufig ein paar Notizen. »Ich will mit offenen Karten spielen«, richtete sie das Wort an ihr zurückhaltendes Gegenüber. »Ich arbeite an einem Artikel über einen Umweltskandal, der vermutlich alles bislang Dagewesene übertrifft.«

Dottore Posa schien mit einem Mal seine Scheu abzulegen. Seine Körperhaltung straffte sich, und er beugte sich aufmerksam vor. »Erzählen Sie mir davon?«

»Kennen Sie einen Peppino Comerio?«

»Diesen Verbrecher? Don Peppe?«

»Ja, genau den meine ich.«

»Er ist der schlimmste Mensch, der mir je über den Weg gelaufen ist. Ihm gehören in La Valletta auf Malta zwei Unternehmen. Eines davon ist eine Holding, die wir bislang allerdings nicht überprüfen konnten. Außerdem ist er an fünf oder sechs großen Reedereien im In- und Ausland beteiligt, er besitzt zudem mehrere Speditionen und drei Mülldeponien, Letztere als Alibi für seine Geschäfte. Es geht um derart hohe Gewinnspannen, dass sich niemand um die Moral zu scheren scheint. Wir wissen, dass er mit seinen Partnern alleine im letzten Jahr mindestens sechshundert Millionen Euro verdient haben muss. Das haben unsere Berechnungen auf der Grundlage von geheimen Berichten ergeben, die wir aus dem Umweltministerium haben. Der Antimafiabehörde in Rom liegen diese Zahlen natürlich auch vor. Dort kümmert man sich nicht darum, und wir dürfen sie leider auch nicht verwenden, weil wir uns sonst strafbar machen. Jemand könnte uns zwingen, unsere Quelle preiszugeben, und das soll unter allen Umständen vermieden werden.«

Gianna lachte auf, ein eher verzweifeltes Lachen. »Wie sind Sie an diese Papiere gekommen?«

Dottore Posa schien diese Frage erwartet zu haben. »Ich darf Ihnen den Namen unseres Informanten nicht nennen, deshalb nur so viel: Er arbeitet im Umfeld von Minister Messoni. Seit über zwanzig Jahren betreiben drei bekannte Unternehmer dieses gigantische Müllgeschäft. Und zwar mit Unterstützung der Politik.«

Gianna schüttelte fassungslos den Kopf.

»Comerio mimt den seriösen Geschäftsmann, der mit der chemischen Industrie zusammenarbeitet und die gefährlichsten Giftstoffe auf Gottes Erdboden angeblich problemlos und preiswert entsorgt. Er befehligt eine ganze Armada von Lastwagen, die nicht unter seinem Namen, sondern für einen Subunternehmer hochtoxische Substanzen quer durch Europa karrt und auch nach Italien bringt.«

»Wohin?«

»Wenn wir das wüssten. Wir haben mehrfach versucht, den Lastwagen zu folgen, wurden aber entdeckt und massiv bedroht. Sie müssen verstehen, wir sind keine Polizisten und unbewaffnet. Aber wir wissen, dass diese Leute das Dreckzeug irgendwo in Süditalien in die Landschaft kippen und in vorbereiteten Gruben vergraben.« Posa holte tief Luft, trank einen Schluck Cappuccino und suchte Giannas Blick. »Das Gift, mit dem dieser Comerio ganze Landschaften hochgradig verseucht, müsste normalerweise in komplexen Spezialverfahren zu enorm hohen Kosten vernichtet werden. Italien besitzt bis heute nicht eine einzige adäquate Müllverbrennungsanlage.«

»Das kann doch nicht möglich sein! Laut Umweltamt wurden über zwei Milliarden Euro in die Müllentsorgung investiert.«

Dottore Posa lachte schallend. »Niemand weiß genau, wohin dieses Geld geflossen ist. Es gibt weder annähernd ausreichende Kapazitäten noch kompetente Fachkräfte, die von der Vernichtung toxischer Stoffe etwas verstehen. Die ordnungsgemäße Entsorgung ist für die Industrie zu teuer und scheitert an den technischen Möglichkeiten. Dieser Zustand spielt der Mafia in die Hände. Es ist ein einziges Desaster. Wenn das so weitergeht, rotten wir uns noch selber aus.«

Gianna fühlte, wie ihr ganzer Körper vor Aufregung zitterte. »Mir fällt es schwer, das alles zu glauben.«

Dottore Posas Miene wirkte plötzlich wie versteinert. »Ich dachte, Sie sind eine rührige Journalistin, die sich mit dem Thema schon lange befasst.«

»Bitte seien Sie nachsichtig mit mir. Ich beschäftige mich erst seit ein paar Wochen mit dieser Thematik.«

»Trotzdem kann es Ihnen ja wohl kaum entgangen sein, dass der Ex-Mafiaboss Schiavone bereits vor etwa fünfzehn Jahren in einem Untersuchungsausschuss ausgesagt hat, dass Süditalien mit toxischem Müll verseucht wurde – mit Müll aus ganz Europa, nicht nur aus Italien. Seine Informationen werden jedoch bis heute von den Parlamentariern unter Verschluss gehalten. Die gesamte Müllthematik wurde in halb Europa zum Staatsgeheimnis deklariert.«

Gianna verfolgte gebannt Posas empörten Ausbruch und notierte mit fliegendem Kugelschreiber die wichtigsten Informationen.

»Kennen Sie den Namen der Spedition, von der die Transporte aktuell durchgeführt werden?«

»Natürlich. Der Inhaber heißt Giuseppe Morabito. Eigentlich ist er nur der Strohmann, aber der Name des Morabito-Clans kursiert doch seit Jahren in den Medien. Er wird von Don Peppe kontrolliert. Es erstaunt mich, dass Sie das nicht wissen.«

Gianna schüttelte den Kopf.

»Und welche Funktion hat dieser Morabito?«

»Funktion ist gut.« Dottore Posa lachte bitter. »Er ist einer der großen Clanführer in Kalabrien. Er verdient sich eine goldene Nase. Alleine seine Lastwagenflotte schätzen wir auf zweihundertdreißig bis zweihundertfünfzig Fahrzeuge. Sie holen vorwiegend verstrahltes Material aus Deutschland ab.«

»Aus Deutschland?«, hakte Gianna überrascht nach.

»Ja«, bestätigte Posa. »Sogenannte Gamma-Strahler – Abfälle, wie sie in der Forschung, Industrie, Medizin und Kerntechnik, aber auch beim Militär anfallen. Sie werden in Bleibehälter gepackt, nach Kampanien transportiert und dort vergraben.«

Gianna seufzte vernehmlich.

»Inzwischen lässt er den Müll auch auf Schiffe in Genua, Carrara, Livorno und Neapel verladen«, fuhr Dottore Posa aufgebracht fort. »Dieses kriminelle Gesindel verklappt sogar gnadenlos strahlende Schwermetalle im Mittelmeer.«

»Weshalb haben Sie sich nicht schon längst an die Presse gewandt?«, erkundigte sich Gianna erstaunt.

Dottore Posa zog eine schmerzliche Grimasse. »Wir haben natürlich zuerst versucht, mit den Verantwortlichen in den Behörden und im Ministerium zu sprechen. Dort hat man uns zuerst unterstellt, wir wollten eine Schlammschlacht auslösen und unbescholtene Bürger in den Schmutz ziehen. Als wir gedroht haben, unsere Infos an die Presse weiterzugeben, hat man uns eine einstweilige Verfügung zukommen lassen.«

»Sagen Sie, woher wissen Sie das alles?«, unterbrach Gianna fassungslos den Redeschwall ihres Gesprächspartners. Wenn das stimmte, was Posa gerade behauptete, würde dieser Skandal ein politisches Erdbeben auslösen.

»Woher wohl?«, polterte er entrüstet los. Vor Aufregung war ihm das Blut in die Wangen gestiegen, und sein Atem ging stoßweise. »Ich darf gar nicht daran denken, dass man gegen diese Dreckskerle nichts unternehmen kann.« Er machte eine Pause und schien sich erst einmal wieder beruhigen zu wollen, was ihm aber nur unzureichend gelang. »Wissen Sie, was mich am meisten aufregt?«

Gianna schüttelte schweigend den Kopf.

»Wenn die Mafia nur ein einziges Kind mit einem Maschinengewehr erschießt, gibt das einen Riesenskandal, der von der ganzen Welt wahrgenommen wird. Hier aber sterben jeden

Monat Dutzende Kinder an Krebs. Aber das interessiert kein Schwein.« Posa hatte sich nun wieder in Rage geredet und sprach ohne Punkt und Komma auf Gianna ein. »Stellen Sie sich vor«, schimpfte er, »sowohl die Carabinieri als auch der Inlands-Geheimdienst SISMI beobachten den Kerl schon seit Jahren. Aber dieser Comerio ist ja kein Idiot. Der weiß haargenau, was zu tun ist, um ungeschoren davonzukommen. Ich möchte wetten, dass er die verantwortlichen Offiziere in den Hafenbehörden besticht und auch Politiker schmiert.«

»Und wenn Sie sich irren?«

»Irren?« Posa lachte hysterisch auf. »Glauben Sie im Ernst, wir würden uns irren? Vielleicht auch noch vorsätzlich?«

»Aber verstehen Sie doch«, entgegnete Gianna skeptisch, »wieso sollte der Geheimdienst Comerios Lastwagen und Schiffe beobachten und dann nicht einschreiten? Ich meine, wenn diese Leute schon die Spedition und die Frachten überwachen, dann muss doch bereits ein handfester Verdacht vorliegen.«

»Auch das müssen Sie den Umweltminister fragen. Ich weiß es jedenfalls nicht. Ich befürchte nur, er wird Ihnen keine Antwort geben. Was glauben Sie, wie oft ich schon versucht habe, ihn zu einer Stellungnahme zu bewegen.«

»Auf welche Weise?«

»Es ist so: Wir sind im Labor ein kleines Team Spezialisten, die genau wissen, was sie tun. Wir sind in ganz Süditalien in Regionen herumgefahren, in denen wir illegale Deponien vermutet hatten. Dort haben wir Bodenproben genommen, vorwiegend in Kalabrien, aber auch in Umbrien, Apulien, Kampanien und sogar in Sizilien. Die Ergebnisse waren derart dramatisch, dass Leib und Leben der Bevölkerung hochgradig gefährdet sind. In der Region Neapel tickt eine Zeitbombe, das steht mit Sicherheit fest.«

»Könnten Sie mir das genauer erklären?«, bat Gianna.

»Es lässt sich nicht verhindern, dass Toxine über den biologischen Kreislauf von Tieren und Pflanzen aufgenommen und auf diesem Weg für den Menschen zur tödlichen Gefahr werden. Immerhin reden wir hier über Quecksilber, Zyan, Schwermetalle und sogar stark strahlende Substanzen. Wir haben alles dokumentiert und unsere Recherchen dem Umweltamt in Rom wiederholt zur Verfügung gestellt.«

»Mit welcher Reaktion?«

Dottore Posa sah Gianna mit großen Augen an. »Mit keiner. Die Sache wird einfach totgeschwiegen.« Posa machte erschöpft eine Pause und bestellte einen weiteren Cappuccino. »Die Lebenserwartung der Menschen in Kampanien beispielsweise ist signifikant gesunken. Ebenso in Kalabrien. Die Zahl der Tumorerkrankungen hat überproportional zugenommen. Während die Mafia und die 'Ndrangheta Millionen mit der illegalen Müllentsorgung verdienen, bleibt die Regierung, und allen voran unser Minister Messoni, untätig.«

»Ich kann das nicht glauben.«

»Wenn ich es Ihnen doch sage. Um ein Haar hätte man mich deshalb kaltgestellt. Es interessiert niemanden in der Regierung, obwohl erwiesenermaßen die Krebsrate in den genannten Regionen um das Vierfache gestiegen ist.«

Gianna hatte genug gehört. »Würden Sie mir eine Kopie dieser Dokumentation zukommen lassen?«

Dottore Posa nickte lächelnd, griff nach seiner Ledertasche auf dem Stuhl neben sich und zog einen in Folie eingeschlagenen Stapel Papier heraus. »Werden Sie darüber schreiben?«, fragte er und reichte Gianna das Paket.

»Si«, antwortete Gianna. »Versprochen.«

Zehn Minuten später verließ sie mit einem triumphierenden Gefühl die Gelateria, überquerte die Straße und schlug den Weg zur Redaktion ein. Als Erstes würde sie die Papiere durcharbeiten und die Informationen auf Verwertbarkeit prüfen. Jetzt war sie bei ihren Recherchen einen entscheidenden Schritt weitergekommen. In dem Moment, als sie das Redaktionsgebäude des *Messaggero* betreten wollte, klingelte ihr Smartphone in der Tasche. Hastig kramte sie es heraus und stellte die Verbindung her.

»*Pronto?*«

»Ich rate dir dringend, deine Schnüffeleien einzustellen.«

»Wer ist dran?«, fragte Gianna irritiert. »Und was meinen Sie damit?«

»Lass die Finger vom Müll, sonst kriegst du Probleme!«, zischte eine Männerstimme. »Du kannst sicher sein, ich lasse dich nicht aus den Augen.«

»Wer sind Sie, verdammt?«

Die Männerstimme lachte hämisch. »Pass gut auf dich auf. Ich bin immer in deiner Nähe.«

Bevor Gianna noch etwas sagen konnte, war die Verbindung schon unterbrochen.

Wer um alles in der Welt drohte ihr so unverblümt? Und wer kannte ihre Handynummer? Verstört blickte sie sich um, als würde sie erwarten, dass jemand hinter ihr stünde. Aber sie konnte niemanden entdecken, der sie beobachtete oder gar in ihrer Nähe telefonierte. Ihr Magen krampfte sich zusammen. Sie versuchte, die aufsteigende Angst zu unterdrücken ...

Fragen ohne Antworten

Es war kurz vor Feierabend, als die Vorzimmerdame der Sonderkommission Valverde einen Anruf vom Büro des Ministers durchstellte.

»Michaela Draghia am Apparat. Ich bin die rechte Hand von Ministro Messoni. Sie hatten um einen persönlichen Termin gebeten.«

»*Buonasera*, Signora Draghia«, erwiderte Valverde muffig. Er hatte sich seelisch bereits darauf eingestellt, eine Pizza in der kleinen Trattoria um die Ecke zu essen.

»Der Ministro befindet sich derzeit im Krankenstand. Ich fürchte, ich kann vorläufig nichts für Sie tun.«

»Schön, dass Sie mich zurückrufen, aber mir scheint, es liegt ein kleines Missverständnis vor. Sie sprechen mit Comandante Valverde, *Direzione Investigativa Antimafia*. Ich habe den Signore Ministro nicht um ein Gespräch gebeten, sondern auf einer Unterredung bestanden, und zwar schnellstmöglich. Sollte er sich meinen Fragen zu entziehen versuchen, sehe ich mich leider gezwungen, den Signore vorzuladen. Das wäre bestimmt nicht in seinem Sinn.«

Signora Draghia schwieg, offensichtlich verblüfft.

»Ist er anwesend?«, knurrte Valverde ins Telefon.

»*Momento*, ich sehe nach.«

»Tun Sie das gefälligst«, bellte Valverde ungehalten.

Contini öffnete die Zwischentür. Offensichtlich hatte er gehört, dass Valverde laut geworden war. »Was ist los?«, fragte er mit einem breiten Grinsen im Gesicht.

»Setz dich hin und halt die Klappe«, raunte der Comandante und deutete auf den Besuchersessel.

»Der Herr befindet sich im Krankenstand«, murmelte er halblaut in Richtung seines Assistenten, wobei er mit den Fingern auf die Schreibtischplatte trommelte. »Da hat er sich aber einen interessanten Zeitpunkt ausgesucht, der Signore Ministro.«

»Die Abwesenheit eines Ministers ist der Normalzustand, besonders wenn es irgendwie unangenehm wird. Hast du das nicht gewusst?«

»Quatsch«, brummte Valverde. »Der sitzt im Büro und lässt sich verleugnen.« Zwei Sekunden später meldete sich die Frauenstimme wieder. »Signore Messoni hat am Dienstag nächster Woche gegen elf Uhr ein Zeitfenster.«

»Sagen Sie ihm, dass er beide Flügel weit aufmachen soll, weil ich nämlich eine Menge Fragen an ihn habe. Und richten Sie ihm des Weiteren aus, dass ich pünktlich erscheinen werde. *Buonasera!*«

Valverde knallte wütend den Hörer auf die Gabel. »Dem werde ich jetzt ein Ei ins Nest setzen«, kündigte er Contini an.

»Was willst du machen?«

»Das wirst du gleich hören«, antwortete er grimmig. »Gleich darauf wählte er Messonis Privatnummer in Cefalù. Nach wenigen Signaltönen meldete sich eine Frauenstimme.

»*Buonasera,* Signora Messoni«, begann Valverde mit sanfter Stimme. »Ich bin der ermittelnde Comandante, der mit der Aufklärung des Attentats auf Ihre Söhne betraut ist. Ich glaube, wir sind uns kurz in Ihrem Hause begegnet.«

»Ich kann mich nicht an Sie erinnern, *mi scusate*. Mein Mann ist leider nicht erreichbar, rufen Sie ihn bitte im Ministerium an.«

»Es ist mir bekannt, dass er sich im Ministerium aufhält, aber ich möchte mit Ihnen sprechen.«

»Weshalb?«, fragte sie erstaunt, aber doch sehr gefasst. »Ich kann vermutlich nichts zur Aufklärung des Falles beitragen, so gerne ich auch wollte.«

»Vielleicht ja doch«, erwiderte Valverde. »Sehen Sie es mir bitte nach, wenn ich Ihnen jetzt ein paar persönliche Fragen stelle. Wurden Ihre Söhne von Seiten Ihres Mannes finanziell unterstützt?«

»Weshalb wollen Sie das wissen?«

»Beantworten Sie einfach meine Frage.«

»Haben Sie überhaupt das Recht, mich so etwas zu fragen?«

»Ich muss die Morde an Ihren Söhnen aufklären und gehe davon aus, dass dies auch in Ihrem Interesse liegt.«

Valverdes Blick fiel auf Contini, der seinen Chef mit weit aufgerissenen Augen ansah und sich dann mit der Hand vor den Kopf schlug. Valverde winkte unwirsch ab.

»Ich bin immer noch in Trauer«, versuchte sie, den Comandante abzuwimmeln.

»Bei aller Wertschätzung, sehr verehrte Signora, ich verstehe, dass es Ihnen immer noch überaus schwerfällt, über Ihre Söhne zu sprechen. Aber wir wissen beide, dass sie in – na, sagen wir mal – dubiose Machenschaften verwickelt waren. Es ist unmöglich, dergleichen aus Pietätsgründen einfach auszuklammern. Deshalb frage ich Sie noch einmal: Wer hat beispielsweise die Autos finanziert? Sie waren ja nicht gerade preiswert.«

Messonis Frau schien perplex zu sein, denn sie antwortete nicht. Vielmehr klang durch den Hörer ein unterdrücktes Schimpfwort. Doch Valverde ließ sich nicht beirren, er war gerade richtig in Fahrt gekommen. »Haben Sie meine Fragen verstanden?«

»Ehm, *certo* … Ich bin weder taub noch dämlich.«

»Sehr schön«, fuhr Valverde ironisch fort, »Ihre Söhne pflegten einen außerordentlich hohen Lebensstil. Wie war das möglich?«

»Was soll ich denn dazu sagen? Sie haben ihr eigenes Geld verdient. Jedenfalls nehme ich das an.«

»Sie nehmen es an?« Valverde konnte nicht fassen, was er da hörte. »Welchen Beruf haben Ihre Söhne ausgeübt? Wir haben

bislang in dieser Hinsicht nichts in Erfahrung bringen können.«

»Also, ich glaube, dazu kann ich gar nichts sagen. Wenden Sie
sich bitte an meinen Mann. Ich möchte jetzt auch nichts Falsches äußern.«

Valverde war verblüfft. Eine Mutter, die ihre Söhne nicht kann-
te und die nicht einmal wusste, womit sie ihren aufwendigen
Lebensstil finanzierten? Schon bei seinem ersten Besuch in
Messonis Villa hatte er den Eindruck gehabt, dass ein solches
Anwesen mit einem Ministergehalt nicht annähernd finanzier-
bar war. »Sagen Sie …, hat Ihr Mann Schulden?«

»Was fällt Ihnen ein? Wie sprechen Sie eigentlich mit mir?«

»Es war nur eine Frage. Ich möchte die Umstände besser verstehen.«

Es knackte in der Leitung. Das Gespräch war unterbrochen. Da
habe ich wohl in ein Wespennest gestochen, dachte Valverde.
Plötzlich machte sich sein Hunger wieder bemerkbar. »Kommst
du mit zum Pizzaessen?«, fragte er seinen Assistenten.

Doch just in diesem Moment stellte ihm seine Sekretärin den
Anruf des Generalstaatsanwaltes durch. Es waren noch keine
fünf Minuten vergangen, seit er mit Signora Messoni geredet
hatte.

»Sagen Sie mal, Valverde«, fuhr ihn Sassi rüde an. »Weshalb
versuchen Sie immer wieder, meine Anordnungen zu unterlaufen?«

»*Buonasera*, Generale«, erwiderte er ungerührt. Er hätte jede
Wette abgeschlossen, dass es nicht lange dauern würde, bis sich
der Generale bei ihm melden würde. »Worum geht es denn dieses Mal?«

»Ministro Messoni hat mich soeben informiert, dass Sie ihn
persönlich sprechen wollen. Er berichtete mir, Sie hätten ihm
mit einer Vorladung gedroht.«

»Das ist korrekt. Ich muss ihn vernehmen, und daran wird
mich niemand hindern.«

»Ist Ministro Messoni verdächtig, in den Fall Castelbuono verwickelt zu sein?«

»Ich brauche ihn als Zeugen. Ebenso seine Frau. Abgesehen davon scheint mit den Messonis irgendetwas nicht zu stimmen. Nichts passt wirklich zusammen: ihr Lebensstandard, der ihrer toten Söhne, das Einkommen. Es muss eine Erklärung für das Attentat in Castelbuono geben, und ich bin davon überzeugt, dass bei Messoni der Schlüssel liegt, auch wenn es im Augenblick nicht offensichtlich ist.«

»Valverde«, knurrte Sassi ins Telefon. »Sie lassen die Finger von Messoni. Ich sage Ihnen das jetzt zum letzten Mal. Ansonsten kann ich nichts mehr für Sie tun. Ist das bei Ihnen angekommen? Ministro Messoni genießt Immunität, und die Regierung denkt nicht daran, sie aufzuheben, auch wenn ich mir das wünschen würde. Also, halten Sie sich daran, und bringen Sie mich nicht in Zugzwang.«

Überraschende Rückkehr

Das Telefon auf dem blankpolierten Holzschreibtisch des Staatsanwaltes Edoardo Fosso summte dezent. Ohne seine Augen von den vor ihm liegenden Akten zu wenden, nahm er ab.

»*Pronto!*«, meldete er sich mechanisch, während er mit seinem Bleistift einen Vermerk auf ein Verhörprotokoll kritzelte.

»*Scusi*, Signore Procuratore«, krächzte die von einer Erkältung geplagte Stimme seiner Sekretärin, »ein Mann möchte Sie unbedingt sprechen. Er lässt sich nicht abweisen.«

»Was für ein Mann? Fragen Sie ihn nach seinem Namen und auch, was er will.«

»Ich habe ihn bereits mehrfach gefragt, Signore Procuratore. Aber er möchte seinen Namen partout nicht nennen. Und er sagt, es sei dringend. Es gehe um Leben und Tod.«

»Stellen Sie durch!«

Fosso hörte unterdrücktes Atmen, fast so, als würde jemand stöhnen.

»Spreche ich mit dem leitenden Staatsanwalt von Livorno?«, fragte eine sonore Stimme, die dem Dialekt nach aus Süditalien stammen musste.

»*Si*, ich bin Staatsanwalt Fosso. Mit wem spreche ich?«

»Können Sie für meine Sicherheit garantieren, wenn ich Ihnen meinen Namen nenne?«

»Machen Sie es nicht so spannend, Signore«, antwortete Fosso ungeduldig. »Weshalb wollen Sie mich sprechen?«

»*Senti …*« Der Mann am anderen Ende der Leitung stockte, als wolle er seine Worte genau wählen. »Jemand will mich umbringen.«

»Von wo rufen Sie an?« Der Staatsanwalt war mit einem Mal alarmiert. Der Mann am Telefon machte nicht den Eindruck, als würde er scherzen. Der gepresste Atem und die gedämpfte Stimme des Anrufers wirkten wirklich, als würde er verfolgt.

»Im Hafen.«

»Dann kommen Sie einfach in mein Büro. Dort sind Sie sicher. Wissen Sie, wo Sie mich finden?«

»*Si, certo*, natürlich weiß ich, wo ich Sie finde. Aber wer sagt mir, ob ich es lebend bis zu Ihnen schaffe? Das ist mir zu gefährlich.«

»Übertreiben Sie nicht ein bisschen?«

»Sagt Ihnen der Name Comerio etwas?«, fragte der Anrufer nach einem Augenblick quälender Stille.

Staatsanwalt Fossos Miene verhärtete sich schlagartig. »Comerio?«, wiederholte er gedehnt. Diesen Namen hatte er nur allzu gut in Erinnerung. Ein Fall höchster Geheimhaltungsstufe, der ihm und seinen Mitarbeitern mehr Ärger als Ermittlungserfolge eingebracht hatte. Comerio spielte dabei die Hauptrolle. Sogar seine Karriere hatte auf dem Spiel gestanden, weil er dem Mann zu nahe gekommen war. Und nun faselte dieser Kerl am Telefon plötzlich über Peppino Comerio daher, gegen den er beinahe ein Jahr lang ergebnislos ermittelt hatte.

»Ja, Sie haben mich ganz richtig verstanden«, raunzte der Fremde in den Hörer. »Verdammt, verstehen Sie nicht? Ich bin in Lebensgefahr und kann mich auf der Straße nicht blicken lassen!«

Fosso bemerkte erst jetzt die Angst, die aus dem harten Dialekt herausklang.

»Was haben Sie mit Comerio zu schaffen?«

»Glauben Sie im Ernst, ich rede darüber mit Ihnen am Telefon?«, brach es heftig aus ihm heraus. »Wenn man mich hier entdeckt, bin ich ein toter Mann.«

»Wer will Sie umbringen?«

»*Merda*, Procuratore ...« Der Ton des Anrufers bekam etwas Panisches. »Ich habe keine Zeit, tausend Fragen zu beantworten. Und am Telefon schon gar nicht.«

»Ich kann eine Streife verbeischicken, die Sie abholt.«

»*Madonna mia, no!* Geht es noch auffälliger? Schicken Sie ein neutrales Fahrzeug.«

»Wo genau halten Sie sich auf, und wie erkennen wir Sie?«

»Ich stehe an der Molo Capitaneria gleich bei der Ankunft der Passagierschiffe. Meine Fähre ist vor einer halben Stunde eingelaufen, und ich muss hier schnellstens verschwinden.«

»*Momento*, bleiben Sie dran.« Fosso sprang aus dem Sessel und eilte ins Vorzimmer zu seiner Sekretärin. »Schicken Sie einen Beamten mit einem Zivilfahrzeug sofort in den Hafen zur Passagierankunft. Welcher Wagen ist frei?«

Die Sekretärin drehte sich auf ihrem Bürosessel schwungvoll um und warf einen Blick durchs Fenster auf den Innenhof der Staatsanwaltschaft. »Die dunkelblaue Alfetta.«

Fosso rannte zurück in sein Büro. »Es kommt einer meiner Beamten mit einer dunkelblauen Alfetta.«

»Wie lange dauert das?«, fragte der Anrufer.

»Zehn Minuten, maximal.«

Der Anrufer schien erleichtert zu sein, denn sein Aufatmen hätte man beinahe bis ins Vorzimmer hören können.

Der schmächtige Mann in der Halle der Capitaneria legte den Telefonhörer auf und sah sich um. Das langgestreckte Gebäude unmittelbar am Pier war beinahe menschenleer. An einer Säule schräg gegenüber lehnte ein Mann, der sich mit seinen zwei kleinen Hunden beschäftigte und offensichtlich auf jemanden wartete. Harmlos, konstatierte der Ankömmling, ließ ihn aber dennoch nicht aus den Augen. Aufmerksam beobachtete er den Koloss, wie er sich mit Hingabe den Welpen widmete und ständig auf sie einredete. Komische Typen gibt es, dachte er und

308

schlenderte hinüber zum Ausgang. Von hier aus hatte er die Zufahrt im Auge. Dennoch wurde er das unangenehme Gefühl nicht los, dass er unablässig beobachtet wurde. Er konnte die Bedrohung fast körperlich spüren. Er drehte sich um. Ein paar Schritte von ihm entfernt ging der Riese mit seinen Welpen hinter ihm her. Gerade, als er auf ihn zutreten wollte, um die Hunde zu streicheln, schritt eine Schar Reisender mit Gepäck auf das Gebäude zu. Er trat beiseite, um den Touristen Platz zu machen. Einige von ihnen blieben vor dem Eingang stehen und unterhielten sich lautstark. Der Riese schien plötzlich wie vom Erdboden verschluckt zu sein. Merkwürdig, dachte er und stutzte. Plötzlich fiel es ihm wieder ein. Diesen Mann hatte er schon einmal gesehen. Er versuchte, sich an ihn und den Ort zu erinnern. Ein flaues Gefühl machte sich in seiner Magengegend breit. Es war keine gute Erinnerung, die da in ihm aufstieg …

Staatsanwalt Fosso dagegen hatte schnell reagiert, als der Name Comerio fiel. Noch bevor der Zivilfahnder mit dem Wagen den Hof verließ, hatte er ihn instruiert, die Augen offen zu halten und auf alles zu achten, was im Hafen passierte.
Wenige Minuten später rollte eine dunkelblaue Alfetta vor den Haupteingang der Capitaneria. Der schmächtige Mann nahm allen Mut zusammen, sah sich noch einmal um und spurtete auf das Fahrzeug zu. Hektisch riss er die Beifahrertür auf und warf sich auf den Sitz.
Wortlos gab der Beamte Gas und raste mit quietschenden Reifen in Richtung Innenstadt davon. Auf der nur wenige Minuten dauernden Fahrt durch dichtes Verkehrsgewühl und verwinkelte Gassen versuchte der Fahrer, mit einigen entspannten Floskeln seinen vor Angst verkrampften Beifahrer ein wenig aufzulockern. Es entging ihm nicht, dass der Mann unablässig im Seitenspiegel den nachfolgenden Verkehr beobachtete.
Nur wenige Minuten später stoppte das Fahrzeug vor dem Schlagbaum der Einfahrt zum Innenhof der Staatsanwaltschaft,

die von zwei mit Maschinenpistolen bewaffneten Carabinieri bewacht wurde. Kaum hatten sie die Zufahrt passiert, ließ die Anspannung des Beifahrers sichtlich nach. Erleichtert stieg dieser aus und blieb unschlüssig neben dem Wagen stehen.

»*Vieni*«, forderte ihn sein Abholer im Befehlston auf und ging voran. »Der Signore Procuratore erwartet Sie bereits.«

Nur wenig später betrat der eigentümliche Fremde das Dienstzimmer des Staatsanwaltes. Fosso hob den Blick. Der Mann vor ihm schien eine Menge durchgemacht zu haben. Seine erbärmliche Kleidung war an vielen Stellen zerschlissen, seine Schuhe waren ausgelatscht, die Absätze abgetreten. Das tiefbraune Gesicht war offensichtlich extremer Sonne ausgesetzt gewesen, denn auf Nase und Stirn schälte sich die Haut.

»Setzen Sie sich«, empfing Fosso sein Gegenüber und wies auf einen der Stühle. »Ich hoffe, ich erfahre jetzt Ihren Namen …«

Mit einer Mischung aus Respekt und Ungläubigkeit starrte Fillone den jugendlich wirkenden Staatsanwalt an. »Ich weiß nicht, ob ich hier bei Ihnen richtig bin«, begann er zögernd, als würde er dem Juristen misstrauen. »Sie sind noch verdammt jung …«

Fosso lachte auf. »Das sieht nur so aus. Also, wie heißen Sie?«

»Pietro Fillone«, erwiderte der Mann zaghaft, rückte den Stuhl zurecht und nahm umständlich Platz. »Ich bin in Syrakus geboren und lebe seit zwölf Jahren in Livorno.«

»*Bene*«, murmelte Fosso, holte einen Rekorder aus dem Schreibtisch, richtete das Mikrofon aus, drückte auf den Aufnahmeknopf und sah seinen Besucher auffordernd an.

»Sie werden also bedroht«, begann Fosso, um das Eis zu brechen. »Jedenfalls haben Sie mir das am Telefon gesagt. Haben Sie jemanden gesehen oder erkannt, der es auf Sie abgesehen hat?«

Fillone presste die Lippen zusammen und schien zu überlegen. Man konnte an seiner Miene ablesen, welch ungeheure Überwindung es ihn kostete, sich einem Staatsanwalt zu offenbaren.

»Wenn ich Ihnen helfen soll, müssen Sie schon den Mund aufmachen. War jemand in Ihrer Nähe, als Sie auf unseren Wagen
gewartet haben?«

Fillone schüttelte zaghaft den Kopf. »In der Capitaneria trieb
sich so ein komischer Heiliger mit seinen Hunden herum. Ein
Kerl wie ein Baum. Zuerst hatte ich das Gefühl, dass er harmlos
ist, aber dann habe ich bemerkt, dass er mich beobachtete. Ich
kannte diesen Typen von irgendwoher.«

»*Bene*«, wiegelte der Staatsanwalt ab. »Vielleicht bilden Sie sich
ja auch nur ein, verfolgt zu werden.«

»*Cazzo*«, zischte Fillone und machte eine abwertende Handbewegung. »Ich glaube, Sie haben nicht die geringste Ahnung,
mit wem Sie es zu tun haben.«

»Sie werden mich bestimmt gleich aufklären, nicht wahr?«

»Weiß noch nicht.« Fillone kniff mit einer ablehnenden Miene
die Augen zusammen.

»Was machen Sie in Livorno?«, hakte Fosso nach. »Sie sehen
nicht danach aus, als würden Sie einem festen Beruf nachgehen.« Sein Blick durchbohrte Fillone, der verkrampft dasaß, als
hätte er soeben erkannt, dass es ein Riesenfehler war, den
Staatsanwalt um Hilfe zu bitten. »Am Telefon haben Sie mir
gesagt, jemand wolle Sie umbringen«, fuhr Fosso fort, um den
sichtlich verängstigten Mann endlich zum Reden zu bringen.

»*Si*«, bestätigte Fillone mit fester Stimme. »Die sind hinter mir
her.«

»Wer?«

»Ich erzähle Ihnen erst etwas, wenn Sie mich ins Zeugenschutz-
programm nehmen. Ich will einen neuen Pass, eine neue Identität und irgendwo auf dem Land wohnen, wo mich kein
Mensch kennt.«

»Mit anderen Worten, Sie sind in Straftaten verwickelt.«

Fillone nickte. »Hm …«

»Dann schlage ich vor, Sie beginnen von vorn, damit ich ein
Bild von der Situation gewinne. Nur eines muss Ihnen klar

sein: Ich kann keinerlei Zusagen geben. Solche Dinge werden von höherer Stelle entschieden.«

»Dachte ich es mir doch. Sie sind vermutlich gerade von der Uni gekommen und haben noch nichts zu sagen«, fuhr Fillone hoch. »Wie lange machen Sie diesen Job eigentlich schon?«

»Lang genug, um zu wissen, wie ich mit Leuten wie Ihnen umgehen muss. Also, nehmen Sie sich zusammen, und reden Sie.«

»Gerade habe ich meine Bedingung genannt.«

Staatsanwalt Fosso lächelte. Diese Art Leute stellte immer Bedingungen, sobald sie vor ihm saßen. Wie er die Sache einschätzte, würde der kleine Ganove alles tun, bloß nicht sein Büro verlassen. »So kommen wir nicht weiter, Sie müssen den Mund aufmachen, wenn ich etwas für Sie tun soll. Also! Weswegen sind Sie hier?«

Fosso hatte nebenbei den Namen und die Daten des Mannes im Computer abgefragt und schien zufrieden mit dem Ergebnis zu sein. Vor ihm saß ein gesuchter Mafioso, der wegen geringfügigerer Delikte schon öfter aufgefallen, aber stets durch die Maschen des Gesetzes geschlüpft war.

Fillone atmete tief durch. »Ich habe für Comerio gearbeitet«, sagte er kaum hörbar. Dann fügte er zögernd hinzu: »Er hat mich und meinen Kumpel von einem arabischen Kameltreiber gefangen nehmen und in die jemenitische Wüste verschleppen lassen.«

»Comerio?«, antwortete Fosso gedehnt. Er bedachte den vor ihm sitzenden Mann mit einem überraschten Blick. »Jemen?«

»Ja …, Jemen …! Ich war zusammen mit meinem Kumpel dort. Ihn haben sie erschossen, ich konnte abhauen.«

Das durfte alles nicht wahr sein. Vor ihm saß ein *Pentito*, ein verbrecherischer Mafioso, der nun brühwarm Peppino Comerio ans Messer liefern wollte. Ausgerechnet den Mann, den er vor mehreren Jahren nicht ans Kreuz hatte nageln dürfen, dessen Akte er auf Anweisung des Generalstaatsanwaltes sogar hatte schließen müssen. Im Rahmen seiner Ermittlungen im

Fall *Rosalia* hatte er damals festgestellt, dass Comerio nicht nur Gesellschafter von fünf Hochseereedereien war, sondern dass er auch eine illustre Gruppe von Mitgesellschaftern hatte. Als plötzlich ein in Italien unantastbarer Personenkreis in den Strudel seiner Nachforschungen über unerklärte Schiffshavarien geriet, hatte es nicht lange gedauert, bis ein nervöser Politiker reagierte: Er erfuhr von der dubiosen Verquickung von politischen und privaten Interessen nichts mehr. *Finito*, Informationssperre. Und somit war ihm klar, dass irgendjemand ganz oben seine schützende Hand über den Untergang der *Rosalia* und das plötzliche Verschwinden der Fracht hielt. Vor zwei Jahren bekam er dann die Notiz auf den Schreibtisch, dass das anhängige Verfahren vom Generalstaatsanwalt eingestellt worden sei.

Fossos Augen nahmen einen tückischen Glanz an. »Reden Sie weiter, mein Freund«, forderte er den Sizilianer auf. »Und wie kamen Sie in den Jemen?«

»Auf einem Frachter, der *Nova Beluga,* ein Sechzigtausend-Tonnen-Frachter. Wie denn sonst?«

»Aha.« Fosso runzelte die Stirn und kniff die Augen zusammen. Ausgerechnet Fillone lieferte ihm jetzt Informationen, die er vor vier Jahren dringend hätte gebrauchen können, um gegen Comerio und Konsorten erfolgreich vorgehen zu können. Aber vielleicht war es ja noch nicht zu spät.

Fosso versuchte, sich zu sammeln. »Somit stellt sich jetzt also die Frage, was genau Sie auf dem Frachter zu tun hatten. Waren Sie Passagier?« Wieder musterte Fosso den schmächtigen Kerl von oben bis unten. »Sie machen mir nicht den Eindruck, als wären Sie ein Seemann.«

Fillone seufzte hörbar. »Hören Sie«, begann er mit einem aggressiven Unterton in der Stimme. »Was glauben Sie wohl, was ein Mann wie ich auf einem Kahn wie der *Nova Beluga* macht?« Er zögerte, bevor er weitersprach. »Ich bin Spezialist, müssen Sie wissen. Ich kenne mich mit allen Sprengstoffen aus, die derzeit auf dem Markt sind. Die *Nova Beluga* ist im Golf von Aden, sechzig Seemeilen vor der somalischen Küste, astrein abgesoffen. Exakt an der vorhergesehenen Stelle.«

»Ah ja«, knurrte Fosso. »Und Sie sind mit Ihrem Freund an Land geschwommen.«

»Quatsch«, fuhr er den Staatsanwalt an. »Halten Sie mich für einen Anfänger? Wir wurden mit Comerios Hubschrauber vom Schiff abgeholt. Wie immer. Die Detonation habe ich vom Helikopter ausgelöst. Aber anstatt nach Al-Hudaida gebracht zu werden, hat man uns …«

»*Momento*, Signore«, unterbrach ihn Fosso rüde. »Was heißt hier: *wie immer?*«

»Na ja«, sagte Fillone und versuchte, mit einem vagen Lächeln den unangenehmen Fragen die Schärfe zu nehmen. »Alle unsere Einsätze waren immer genauestens geplant. Es gab insgesamt sieben Großtransporte für unterschiedliche Reedereien. Sie sind allerdings schon ein paar Jahre her.«

Fosso versuchte, seine Empörung zu verbergen und die Contenance zu wahren. Vor ihm saß ein Krimineller, den er hinsichtlich seines Täterwissens anfangs völlig falsch eingeschätzt hatte. Dieser Mann hatte das Zeug, Italien aus den Angeln zu heben.

»Wie war das gleich noch mal? Sie wurden nach Al-Hudaida gebracht?«

»*Si.*«

»Liegt die Stadt im Jemen oder in Somalia?«

»Das ist im Jemen. Ein gottverdammtes Kaff, das ich jedenfalls nicht als Stadt bezeichnen würde. Ein einziger gewaltiger Dreckhaufen.«

Fosso zeigte zynisch seine Zähne. Vermutlich sollte es ein Lächeln sein, aber in Wahrheit ähnelte er mehr einem Haifisch, der jeden Augenblick seine Beute packen und verschlingen würde.

»Bleiben wir mal beim Absaufen, wie Sie sich ausgedrückt haben«, führte Fosso Fillone zum Thema zurück und fixierte ihn mit strengem Blick. Die Augen des kleinen Mafiosos wanderten rastlos durchs Zimmer, als suchten sie einen rettenden Ausweg. Man sah dem Mann an, dass er sich bewusst war, in der Falle zu sitzen. Draußen drohte der Mörder, hier der Knast.

»Hatte das Schiff eine Kollision?«, insistierte der Jurist. Fosso schien mit seiner Frage einen Volltreffer gelandet zu haben, denn Fillone trat plötzlich der Schweiß auf die Stirn.

»Wir haben es gesprengt.«

»Sie haben was …?«

»Na, den Kübel in die Luft gejagt.«

Fosso schnappte hörbar nach Luft, fasste sich aber sofort wieder. »Mitsamt der Ladung?«

»*Certo*«, erwiderte Fillone trocken, als hätte er über den Einkauf von fünf Panini gesprochen.

»Was hatte die *Nova Beluga* geladen?«

»Was weiß ich. Chemikalien, irgendein giftiges Zeug, keine Ahnung, was das genau war …« Fillone zuckte gleichgültig mit den Schultern.

»Verstehe«, konstatierte Fosso und schüttelte erschüttert den Kopf. »Toxische Substanzen also. Und auf welche Weise haben Sie den Frachter auf Grund gesetzt?«

»Mit zwanzig Kilo Semtex. Unten, im Laderaum. Das gab einen ganz schönen Rums, das kann ich Ihnen sagen.«

»Sie haben vorhin erzählt, Sie und Ihr Kumpel seien mit einem Hubschrauber abgeholt worden. Was ist mit dem Kapitän und der Schiffsbesatzung geschehen? Wie wurden sie gerettet?«

»Gar nicht. Die hat's erwischt.«

Fossos Miene versteinerte schlagartig. »Was heißt *erwischt*? Geht das auch konkreter?«

»Ersoffen. Was dachten Sie denn? Mein Kumpel hatte die ganzen Nasen, wie von Comerio angeordnet, in ihre Kajüten gesperrt. So kamen sie uns nicht die die Quere.«

Fosso erschauderte angesichts dieser seelenlosen und menschenverachtenden Kaltblütigkeit, die Fillone an den Tag legte.

»Ihr Kumpel also … Ein Glück, dass ich ihn nicht mehr fragen kann, nicht wahr? Ist Ihnen eigentlich bewusst, dass Sie gerade einen vorsätzlichen Mord eingeräumt haben?«

Fillone verzog das Gesicht. »Die hätten sowieso nicht überlebt. Wir hatten schweren Seegang. Es war mitten in der Nacht, als die Ladung hochging. Mit Rettungsbooten wären die auch nicht weit gekommen.«

»Ach so, ja dann«, erwiderte Fosso sarkastisch. »Sicher haben sich die Leute nicht freiwillig in die Kabinen einschließen lassen. Ich nehme an, Sie beide waren bewaffnet?«

»*Certo*. Glauben Sie etwa, die Besatzung hätte sich mit einem Taschenmesser überreden lassen?«

»Natürlich nicht.« Fossos Stimme triefte vor Ironie. »Und wessen Idee war es, die Schiffscrew auf diese Weise in den sicheren Tod zu schicken?«

»Comerio, mein Boss, der hatte das so angeordnet.«

»Und jetzt will er Sie umbringen?«

»*Ecco lo.*«

»Sie wurden also mit einem Hubschrauber vom Frachter aufgenommen und an Land gebracht. So zumindest habe ich das vorhin verstanden. Wie ging es weiter?«

»Dieses Schwein von einem Piloten hat uns in der Nähe von Al-Hudaida bei einem Scheich abgesetzt. Kein Baum, kein Haus, nicht einmal eine Hütte. Rein gar nichts. Staub, Steine, Sand und so ein Palast aus Tausendundeiner Nacht. Plötzlich standen wir in dieser verdammten Hitze und wurden von einem Dutzend schwerbewaffneter Beduinen ins Gebäude geführt. Dann kam dieser Wüstenclown. Er macht mit Comerio Geschäfte.«

»Das verstehe ich nicht ganz«, entgegnete Fosso. »Worin sollte für einen jemenitischen Fürsten der Nutzen bestehen, wenn Comerio dort ein Schiff mit Giftmüll versenkt?«

»Dieses arabische Lumpenpack gibt Comerio die Genehmigung, dort das Gift zu verklappen, und kassiert dann im Anschluss. So einfach ist das. Er verdient sich eine goldene Nase, und unsereiner muss sich mit einem Taschengeld abfinden.«

»Wie viel?«

»Wie viel was?« Fillone warf Fosso einen tückischen Blick zu. Fosso schlug mit der Hand auf den Tisch, weil er das Gefühl hatte, vorgeführt zu werden. »Wie viel hat Comerio kassiert und in welcher Währung? Dollar …? Euro …?«

»Die wollen doch kein Bargeld«, antwortete Fillone und lachte hämisch. »Wie stellen Sie sich so einen Deal eigentlich vor? Es geht um Waffen. Meistens jedenfalls.«

»Und ein solches Geschäft hat Comerio mit diesem jemenitischen Stammesfürsten besprochen?«

»Klar, wir versenken den Müll, und der Scheich bekommt Waffen. Jedenfalls haben die beiden in unserem Beisein ziemlich lange miteinander telefoniert.«

»Ich verstehe nicht recht, wie genau das ablaufen soll«, stocherte Fosso weiter. »Wissen Sie mehr darüber?«

Fosso rollte die Augen und seufzte. »Das Geschäft ist ganz simpel. Comerio und seine Partner versorgen ostafrikanische Piratenclans mit hochmodernen Waffen. Im Gegenzug gestatten ihm die dortigen Warlords die Endlagerung von Abfallstoffen in ihrem Hoheitsgebiet. Die Waffen werden über den westlichen Balkan per Schiff nach Somalia, Eritrea, in den Jemen und in den Sudan geliefert. Auf diese Weise rüsten die Piraten im Golf auf. Das ist Ihnen doch sicher nicht neu, oder?«

»Wie ist der Name dieses Arabers? Wer sind Comerios Partner?«

»Der Araber heißt Salah al-Wazir, oder so ähnlich. Wer die anderen Partner sind, davon habe ich keine Ahnung, darüber hat Comerio mit mir nie gesprochen.«

»Und was ist dann geschehen?« Fosso ließ den gestrandeten Mafioso keine Sekunde aus den Augen. Ihm entging nicht die leiseste Reaktion auf seine Fragen.

»Dieser arabische Teufel hat uns auf Pick-ups verladen lassen. Nach mehr als einer Stunde Fahrt durch eine gottverlassene Gegend haben diese Verbrecher angehalten. Bergolio wurde auf der Stelle erschossen, als er abhauen wollte.«

»Weshalb hat man Sie verschont?«

»Quatsch, verschont ... Ich habe geahnt, was uns bevorstehen würde, als ich dieses somalische Lumpenpack gesehen habe, und bin im letzten Augenblick über einen Felsabsatz in die Tiefe gesprungen. *Dio mio ...* Comerio wollte mich wie ein Karnickel abschießen lassen.«

»Interessant, Ihr Blickwinkel für Verbrechen, Signore«, bellte Fosso über den Schreibtisch. »Aber lassen wir das lieber. Ich würde jetzt gerne wissen, wie Sie es vom Jemen nach Livorno geschafft haben.«

»Beduinen haben mich kurz vor dem Verdursten aufgesammelt und nach Sanaa mitgenommen. Dort bin ich zur Italienischen Botschaft gegangen. Die haben meine Rückreise nach Italien organisiert.«

Während der nächsten Stunde eingehenden Verhöres gestand Fillone, in der Vergangenheit an insgesamt drei Entsorgungsfahrten vor der somalischen Küste beteiligt gewesen zu sein, bis er zum Entsetzen des Staatsanwaltes auf die Versenkung eines Frachters vor der italienischen Küste zu sprechen kam.

»Ich fasse noch einmal zusammen: Sie und Ihr Freund, wie hieß er doch gleich ...?«

»Carmelo Bergolio.«

»Sie haben also im Auftrag von Comerio ein Schiff mit toxischen Abfällen im somalischen Küstengewässer gesprengt und dabei den Tod aller Besatzungsmitglieder billigend in Kauf genommen. Stimmt das so?«

Fillone zuckte abermals mit den Schultern, als müsse man das Versenken von Giftmüll und den Tod der Seeleute eben schicksalhaft akzeptieren. »Die *Beluga* war nicht das einzige Schiff.«

»Wie bitte?« Dem Staatsanwalt verschlug es die Sprache. »Woher wollen Sie das wissen?«

»Ja, was meinen Sie denn, wo die Industrie ihren Giftscheiß lagert?«, empörte sich Fillone. »Hinter der eigenen Villa vielleicht?« Der Mafioso starrte den Staatsanwalt feindselig an.

»Was soll der Unsinn? Es gibt Umweltgesetze, es gibt Deponien, es gibt durchaus legale Möglichkeiten, Giftmüll zu entsorgen.«

»Ich weiß gar nicht, was Sie wollen«, blaffte Fillone. »Glauben Sie, es stört irgendeine Sau, wenn das Zeug bei den Arabern ins Meer gekippt wird? Immer noch besser, als es in den Stadtpark oder unter eine Autobahnbrücke zu schütten. Comerio sagt immer, es kommt billiger, den Frachter mitsamt der Ladung auf Grund zu setzen. Abgesehen davon zahlt zahlt die Versicherung, wenn plötzlich ein Schiff untergeht, nicht wahr?«

Fosso sah sein Gegenüber fassungslos an. Dann atmete er tief durch und sagte mit belegter Stimme: »Ich brauche die Daten, wann die Ihnen bekannten Delikte erfolgt sind, die Namen der Reederei und der Schiffe.«

»Soweit ich weiß, gehörten die Schiffe ganz unterschiedlichen Reedereien, aber offen gestanden hat mich das nie interessiert. Mein Boss hat uns an Bord geschleust, und danach haben wir kassiert.«

»Erzählen Sie mir doch keine Ammenmärchen«, zischte Fosso giftig, der sich bis jetzt alle Mühe gegeben hatte, sich zusammenzureißen. »Sie werden doch irgendeinen Namen außer Ihrem Capo kennen!«

Fillone zögerte. Er schien nachzudenken. »De Masso«, murmelte Fillone undeutlich. »Ja, ich glaube, dieser Name ist ein paar Mal gefallen.«

Fosso erstarrte. »De Masso?«

»*Si.* Die Massomar. Die haben schon zwei andere Großfrachter vor Somalia versenkt. Ist aber bereits eine gute Weile her. Aber da war ich nicht mit dabei.«

»Die Massomar-Linie hier in Livorno? Sind Sie sicher?«

»*Si, certo.*«

Fosso lief es eiskalt den Rücken hinunter, er sprang auf und ging zum Aktenregal, das hinter ihm stand. Der Fall De Masso hatte vor drei Jahren auf seinem Schreibtisch gelegen. Damals ging es um einen Frachter namens *Rosalia*, der nach einem schweren Sturm an der kalabrischen Küste angetrieben worden war. Die Akte der ominösen Havarie war auf seinem Schreibtisch gelandet, und als er unbequeme Fragen stellte, hatte man ihm von oberster Stelle Anweisung erteilt, die Sache ad acta zu legen. Fosso zog einen schmalen Ordner aus dem Regal und setzte sich wieder an seinen Schreibtisch. Der rote Stempelaufdruck ERLE-DIGT auf der Vorderseite erinnerte ihn an die sehr unerfreulichen Stunden heftiger Auseinandersetzungen mit seinem direkten Vorgesetzten. Zu viele Ungereimtheiten, was die angeblich verlorene Fracht anging, zu viele Prügel, die man ihm im Rahmen der Ermittlungen zwischen die Beine geworfen hatte. Schließlich hatte die Aussicht auf eine Versetzung an ein unbedeutendes Landgericht den Ausschlag gegeben, dass er die Akte geschlossen und nur diesen Schnellhefter behalten hatte.

Er wandte sich wieder an den genervt dreinblickenden Mafioso. »Welche Namen fallen Ihnen sonst noch ein?«, fragte er scharf, während er in seinen alten Aufzeichnungen blätterte.

»Ich lasse mich nicht hinhalten. Ich habe schon genug erzählt. Bei Ihnen hab ich das Gefühl, dass Sie mich auf kleinem Feuer grillen wollen. Aber ich sage es noch einmal: Solange Sie mir keine Sicherheiten und einen ordentlichen Deal anbieten, kriegen Sie kein Wort mehr aus mir heraus. Sie werden verstehen, dass ich keinen Bock auf zwanzig Jahre Knast habe.«

»Ich glaube, Sie haben noch nicht begriffen, wo Sie sind«, entgegnete Fosso. »Jedenfalls nicht auf einem arabischen Teppichbasar.«

»Ich habe mich verdammt weit aus dem Fenster gelehnt, jetzt sind Sie an der Reihe, mir etwas anzubieten.«

Fosso lachte auf. »Mein lieber Fillone. Sie haben Angst. Verdammt viel Angst, wenn ich das richtig sehe. Was würden Sie denn machen, wenn ich Sie einfach auf die Straße setzte?«

»Das können Sie nicht tun«, erwiderte Fillone unsicher. »Das können Sie sich gar nicht erlauben.«

»Oh doch! Haben Sie einmal bedacht, dass Italien möglicherweise gar kein Interesse daran haben könnte, Havarien in internationalem Gewässer strafrechtlich zu verfolgen? Letztendlich geht uns der Jemen oder Somalia nichts an. Wenn ich das richtig beurteile, dann sind für Straftaten die Anrainerstaaten zuständig. Genauer betrachtet, wären mir in diesem Falle die Hände gebunden.«

Fillone wurde blass. »Sie wollen mich wohl verscheißern, oder?«

Fosso grinste satanisch und warf einen Blick auf seine Armbanduhr. »Keineswegs, Signore. Ehrlich gesagt, haben Sie mir keinerlei ernstzunehmende Anhaltspunkte oder gar Beweise geliefert, wonach ich davon ausgehen müsste, dass Sie sich wirklich in Lebensgefahr befinden.«

Der schmächtige Mafioso schien wie vom Donner gerührt. »Sie wollen mich wieder wegschicken?« In seinen Augen stand nackte Panik, und er zitterte am ganzen Körper.

»Nur ein Scherz«, murmelte Fosso und verzog angewidert das Gesicht. »Ich werde Sie wegen mehrfachen vorsätzlichen Mordes an der Schiffsbesatzung der *Nova Beluga* anklagen. Dazu dürfte noch die illegale Entsorgung chemischer Stoffe kommen – bandenmäßig, versteht sich. Und wenn ich in Ihrer Vita noch ein wenig herumgrabe, wird sich bestimmt noch die eine oder andere Kleinigkeit finden, die geeignet ist, unsere staatliche Gastfreundschaft ein wenig auszudehnen. Vorerst aber kann ich Sie völlig beruhigen: Wir werden Sie mindestens fünfundzwanzig Jahre vor Ihren potenziellen Mördern schützen.«

»Was sollten wir denn machen? Comerio hat uns bedroht. Hätten wir die Besatzung gehen lassen, wären wir unseres Lebens nicht mehr sicher gewesen.«

»*Tss!* Das waren Sie doch ohnehin nicht.«

Fosso hatte in seinem Leben schon einige Verbrecher kennengelernt, die mit ihren Ausreden die Talsohle der Dummheit erreicht hatten. Jetzt musste er feststellen, dass es noch eine Steigerung gab. Fillone war das Loch in der Sohle. Es hatte keinen Sinn, diesem Mann etwas über Gesetze, Ethik oder Moral zu erklären.

»Fünfundzwanzig Jahre?« Fillone klappte der Unterkiefer herunter. »Ich lasse mich doch von Ihnen nicht mein Leben lang einbuchten!«

»Ich will's mal so sagen«, antwortete Fosso süffisant: »Ein Deal mit Hafterleichterungen oder Jahresboni für Haftzeiten setzt ein volles, ach, was sage ich, ein wirklich umfassendes Geständnis voraus. Und da haben bei mir ausschließlich Namen, Orte, Straftaten und illegale Geschäfte Relevanz. Danach sehen wir weiter …«

»Bis jetzt können Sie mich nur drankriegen, weil ich den Sprengstoff geklaut und im Schiff plaziert habe«, protestierte Fillone heftig. »Alles andere müssen Sie mir erst einmal nachweisen.«

»*Senti*, Fillone, wir werden uns schnell wiedersehen. Ich bin davon überzeugt, es gibt noch eine Menge, was wir miteinander zu besprechen haben.« Er drückte auf den Knopf der Gegensprechanlage, rief die Beamten herein, die vor seiner Tür Wache gestanden hatten, und sah Fillone mitleidig an. »Sicher werden Sie damit gerechnet haben. Ich nehme Sie jetzt in Gewahrsam. Sie sind verhaftet. Ich lasse Sie nach Gorgona bringen.«

»Etwa auf die Gefängnisinsel?«

»*Certo!*«

Fillone grinste. »Ich habe gehört, dort geht es ganz geruhsam zu.«

»Auch wenn Sie Naturliebhaber sein sollten, Sie werden kaum Gelegenheit bekommen, Blümchen zu pflücken oder am Strand zu liegen«, raunzte Fosso eiskalt und schaltete das Mikrofon seines Aufnahmegerätes ab. »Aber zumindest haben Sie von Ihrer Zelle aus eine schöne Aussicht aufs Wasser.«

Die Tür wurde geöffnet, zwei bullige Carabinieri traten ein, legten Fillone Handschellen an und führten ihn wortlos hinaus. Kaum hatte der Mafioso das Büro des Staatsanwaltes verlassen, ließ sich Fosso mit dem Generalstaatsanwalt Nicolo Sassi verbinden …

Römische Impressionen

Als Fosso viel zu früh in Rom ankam, sah er unschlüssig auf die Uhr. Es war das erste Mal nach siebzehn Jahren, dass er diese Stadt besuchte. Nun hatte er noch drei Stunden, die er irgendwie herumbringen musste, bevor er sich auf den Weg zu Generalstaatsanwalt Sassi machte.

Er ließ sich mit dem Taxi in die Innenstadt fahren und an einer der bedeutendsten Kirchen Roms absetzen, etwa drei Kilometer vom Justizpalast entfernt. Tief bewegt stand er vor dem monumentalen Gotteshaus San Giovanni in Laterano, der ehemaligen päpstlichen Basilika. Seine Eltern hatten einmal einen Ausflug mit ihm unternommen und ihm diese Kirche gezeigt. Wie ein Tourist schlenderte Fosso am weißen Kirchenportal vorbei, ohne den berühmten Obelisken auf dem Platz davor sonderlich zu würdigen, passierte das Forum Romanum und bog in die Via dei Fiori Imperiali ein. Wie das Rollfeld eines Flughafens führte die Straße ins heutige Stadt- und Staatszentrum. Fosso fragte sich unwillkürlich, wie früher wohl das riesige Römische Imperium funktioniert hatte.

Auf seinem herrschaftlichen Spaziergang besichtigte er in der noch verbliebenen Zeit die Piazza del Campidoglio, den von Michelangelo gestalteten Platz vor dem Kapitol. Dort legte er in einer kleinen Cafébar eine Pause ein, um sich nach zwei Cappuccino wieder auf den Weg zu machen.

Fosso war an der Engelsburg am Ufer des Tiber angekommen und starrte auf den Palazzo di Giustizia, den der Volksmund abwertend Palazzaccio nannte – der hässliche Palast. Andächtig bestaunte er das aus kolossalen Travertinquadern errichtete Gebäude. Unzählige Söller, Pilaster, von Arkaden gestützte Kapitelle, aber auch Statuen und maurische Fensterrahmen zierten die Fassade – ein typisches Beispiel für den Eklektizismus des neunzehnten Jahrhunderts. Die weiß schimmernde Festung des Gesetzes ließ beinahe jeden Besucher in Ehrfurcht erstarren, der sich dem Gebäude näherte oder es gar betrat.

Generalstaatsanwalt Nicolo Sassi hatte Fosso zur Berichterstattung nach Rom zitiert, kaum dass die Stichworte »Peppino Comerio« und »De Masso« gefallen waren. Als Fosso noch hinzugefügt hatte, dass er einen *Pentito* verhaftet habe, der bereit sei, bei entsprechenden Gegenleistungen über die genannten Herrschaften auszusagen, war Sassi ziemlich schmallippig geworden. Und als er voller Stolz auf die Havarie der *Nova Beluga* zu sprechen kommen wollte, hatte ihm Sassi einfach das Wort abgeschnitten. Man würde die Details in seinem Amtssitz in Rom besprechen …

Für Edoardo Fosso war es das erste Mal, dass er den Palazzo di Giustizia betrat, ein Gebäude, das Macht, Autorität und Würde verkörperte. Der Bedeutung seines Besuches angemessen, schritt er hocherhobenen Hauptes die Freitreppe zum Portal hinauf, obwohl er schon ahnte, dass sich das Gespräch wenig angenehm gestalten könnte. Er fühlte, wie mit jeder Stufe, die er sich dem monumentalen Eingang näherte, seine Beklommenheit wuchs. Fosso versuchte, Haltung zu bewahren. Dennoch nahm seine innere Aufregung im Foyer zu und wurde mit jedem Stockwerk schlimmer.

Normalerweise hätte es Fosso als Auszeichnung betrachtet, nach Rom zu seinem höchsten Vorgesetzten gerufen zu werden. Nicht viele seiner Kollegen hatten bislang das Privileg genossen, den Generale, wie man Nicolo Sassi im Hause kurz nannte, in seinen Diensträumen aufzusuchen.

Fossos Schritte hallten in dem mit wertvollem Marmor ausgelegten Gang wider, als er auf die fast dreieinhalb Meter hohe, eichene Doppeltür zuging. Er straffte seinen Körper, atmete tief durch und klopfte beherzt an.

»*Vieni!*«, rief eine Frauenstimme, und er trat ein.

Das riesige Vorzimmer mit blank gewienerten Holzdielen strahlte eine abweisende Kühle aus, obwohl der Raum mit seinem Erker eigentlich etwas Einladendes hatte. Das karge, fast spartanische Mobiliar bestand aus einem modernen Schreibtisch mit Chromfüßen. Gleich daneben stand ein Beistelltisch mit einem Laserdrucker. Zwei Rollschränke aus den sechziger Jahren komplettierten das Inventar, das angesichts der Größe des Raumes den Eindruck vermittelte, als wäre es gerade angeliefert worden. Vor Fosso saß eine ältliche Dame, die von ihrer äußeren Erscheinung, ihrem Habitus und ihrer Kleidung her wie eine biedere Matrone wirkte. Mit strengem Blick lugte sie zwischen zwei Aktenstapeln und dem Computerbildschirm zur Tür.

»Aha! Staatsanwalt Fosso.« In ihrer Feststellung lag keinerlei Zweifel. Ihrem herrischen Ton war zu entnehmen, dass es sich unter gar keinen Umständen um jemand anderen handeln konnte als um den Einbestellten. Mit einer Miene, die fast schon vorwurfsvoll war, schrammte sie haarscharf am Rande eines Vorwurfs vorbei. Sie warf einen Blick auf die überdimensionale Wanduhr über der Tür und verkündete: »Der General erwartet Sie seit zwei Minuten.«

»*Buonasera, Signora. Scusi*«, erwiderte Fosso mit einem Anflug von Unsicherheit.

Der resolute Vorzimmerdrachen stand auf, ging hinüber zur Verbindungstür und kündigte den Besucher an. »Bitte.« Mit einer knappen Geste wies sie Fosso an einzutreten.

Fossos Magen krampfte sich ein wenig zusammen, als er im Büro des Generalstaatsanwaltes stand. Es hatte etwas von einem Repräsentationssaal. Prachtvolle Deckengemälde in schwindelnder Höhe, ein riesiger Kristalllüster aus Muranoglas, antikes Mobiliar und wertvolles Mooreichenparkett erinnerten an die feudale Welt längst vergangener Zeiten. Der grauhaarige Herr saß am handgefertigten Schreibtisch aus Zedernholz und schien in Papiere vertieft zu sein. »Nehmen Sie Platz, Fosso«, murmelte er, ohne aufzublicken, und deutete auf den Polsterstuhl vor seinem Arbeitsplatz. »Ich bin gleich so weit …«

»*Buonasera*, Procuratore Generale«, grüßte Fosso kaum hörbar, setzte sich und stellte seinen ledernen Aktenkoffer neben sich ab. Schweigend ruhte sein Blick auf dem hageren Sassi, der weiterhin über seinen Akten brütete. Fosso übte sich in Geduld.

»Ich hoffe, Sie hatten eine angenehme Fahrt, Fosso«, sagte Sassi unvermittelt, während er noch ein Dokument unterzeichnete und mit übertriebener Akkuratesse in die Vorlagenmappe legte. Er schob sie beiseite und lehnte sich in seinen Sessel zurück.

Fosso rieb sich verstohlen die feuchten Hände am Sakko ab und antwortete: »Danke der freundlichen Nachfrage, Procuratore Generale.«

»Ich will's kurz machen, Fosso …« Sassi nagelte den jungen Staatsanwalt mit undurchdringlicher Miene schier auf seinem Polsterstuhl fest. »Ich habe Sie hergebeten, um Ihnen mitzuteilen, dass die Causa Peppino Comerio und Francesco De Masso von der Generalstaatsanwaltschaft weiterverfolgt wird. Der Fall ist nicht nur meiner Einschätzung nach von nationaler Bedeutung.«

Fosso war wie vom Donner gerührt. »Aber …, aber … *mi scusate*, Signore Procuratore …«

»Sie erwähnten diesen *Pentito*, den Sie verhaftet haben – wie hieß er doch gleich?«, erkundigte sich Sassi, ohne auf den Protest seines Gegenübers einzugehen. Seine Augen fixierten Fosso durch die schwarze Hornbrille.

»Ehm …, Fillone, Pietro Fillone«, erwiderte Fosso. Es kostete ihn einiges an Überwindung, halbwegs gute Miene zum bösen Spiel zu machen.

»Richtig! Fillone. Wo sitzt er jetzt ein?«

»Er befindet sich momentan in Untersuchungshaft auf der Gefängnisinsel Gorgona.«

»Ach! Genießen Mafiosi jetzt Sonderprivilegien? Ich werde veranlassen, dass dieser saubere Herr im Sicherheitstrakt des Regina Coeli untergebracht wird. Ich bin sicher, dort werden ihm die angemessenen Haftbedingungen zuteil. Sobald die vollständige Akte zu diesem Fall bei mir auf dem Schreibtisch liegt und ich mir einen Überblick verschafft habe, lasse ich den Signore von der Insel überstellen.«

Staatsanwalt Fosso konnte nicht glauben, was Sassi ihm gerade eröffnet hatte. »Soll das heißen, Sie entziehen mir den Fall?«

»Ja, genau das heißt es. Die Sache darf keinen Staub aufwirbeln, wenn Sie verstehen, was ich meine. Im Prinzip können Sie froh sein, dass ich so entschieden habe. Presse und Öffentlichkeit können wir zum jetzigen Zeitpunkt jedenfalls nicht gebrauchen.«

»Aber Signore Procuratore, ich verstehe nicht. Die beiden Verdächtigen Comerio und De Masso leben in meinem Zuständigkeitsbereich. Somit sollte der Fall auch in meiner Verantwortung bleiben, zumal ich bereits die ganzen Vorermittlungen durchgeführt habe. Abgesehen davon …«

»Abgesehen wovon?«, polterte Sassi los. »Habe ich mich nicht klar genug ausgedrückt?«

»Bei allem Respekt, Signore Procuratore, ich empfinde diese Entscheidung nicht nur als Misstrauen gegenüber meiner Person, sondern auch als Missachtung meiner Fachkompetenz.«

»Reden Sie keinen Unsinn, Fosso.«

»Aber ich verstehe die Beweggründe für Ihre Entscheidung nicht. Erlauben Sie mir, kurz anzuführen, dass vor einigen Jahren Francesco De Masso schon einmal unter Verdacht stand, in unsaubere Geschäfte verwickelt zu sein. Sie erinnern sich bestimmt an den Fall *Rosalia*. Der Frachter, der in Amantea von einem Sturm an den Strand getrieben wurde.«

»Ich erinnere mich auch daran, dass der Fall zu den Akten gelegt wurde. Oder irre ich mich da etwa?«

Fosso versuchte, Haltung zu bewahren, denn der Ton des Generale war zunehmend schärfer geworden. Alles in ihm wehrte sich gegen diese ungerechtfertigte Entwicklung. Er wollte sich nicht ein zweites Mal die Verantwortung bei diesen äußerst wichtigen Ermittlungen aus der Hand nehmen lassen. »Ich konnte damals nicht mehr klären, was mit der Fracht passiert ist. Immerhin bestand der dringende Verdacht, dass die *Rosalia* hochtoxischen Müll aus Deutschland geladen hatte, den man im Mittelmeer verklappen wollte. Ich habe bis heute nicht verstanden, weshalb Sie mich von dem Fall suspendiert haben.«

»Kennen Sie das Wort ›Politikum‹?«, erwiderte Sassi mit schneidender Stimme.

»Selbstverständlich«, antwortete Fosso pikiert. »Aber was hat das mit dem heimlichen Abtransport der Ladung zu tun? Laut Zeugenaussagen haben Dutzende Arbeiter die Fracht am Strand von Amantea gelöscht und auf Lastwagen verladen. Sie sagten, der gesamte Strand sei vom Geheimdienst abgesperrt worden. Für mich ist das ein ungeheuerlicher Vorgang.«

Sassi hatte schweigend und mit finsterer Miene zugehört. »Das war eines!«

»Wie bitte …?«

»Ein *Politikum*, Sie Einfaltspinsel«, zischte der Generale.

»Verstehe«, sagte der junge Staatsanwalt mit ersterbender Stimme. Eine solche Demütigung war ihm noch nie widerfahren. »Bei allem Respekt, aber die Aussage von Fillone reicht aus, um Comerio sofort vorzuladen, ja, um ihn festzunehmen.«

»Nichts dergleichen werden Sie tun, Fosso!«

»Und weshalb nicht? Wir könnten endlich den Fall Amantea und die Havarie der *Rosalia* wieder aufrollen. Es ist, als hätte man mir den Kronzeugen auf dem Silbertablett serviert. Sie erinnern sich bestimmt, dass wir damals feststeckten. Jetzt werde ich diesen Peppino Comerio endlich drankriegen.«

»Signore Fosso, Sie treiben die Dinge wohl gern auf die Spitze. Sehe ich so aus, als würde ich Ihre Hilfe benötigen, um meine Erinnerung aufzufrischen?«

»Nein, natürlich nicht, Signore Generale, aber …«

Sassi rollte mit den Augen und hob sie gen Himmel. »Erstens liegt Amantea nicht in Ihrem Zuständigkeitsbereich. Wenn der Fall je wieder aufgenommen werden sollte, was ich zum jetzigen Zeitpunkt allerdings ausschließen kann, dann wäre die Staatsanwaltschaft in Kalabrien zuständig. Zweitens habe ich keine Lust, mit Ihnen über Fälle zu diskutieren, die ich für abgeschlossen erklärt habe.«

»Aber …«

»Was heißt hier *aber*? Sehen Sie«, fuhr Sassi mit mitleidiger Stimme fort, »es liegt in der Causa Fillone und Comerio eine ähnliche Problematik vor. Sie ist ein Politikum.«

»Hätten Sie die Freundlichkeit, mir das näher zu erläutern?«

»Nein, Fosso. Die Sache unterliegt der Geheimhaltung. Gehen Sie einfach davon aus, dass ich über Informationen verfüge, die brisant genug sind, um Ihnen den Fall zu entziehen. Und damit Sie sich nicht erneut die Finger verbrennen, untersage ich Ihnen jede weitere Ermittlungsarbeit in diese Richtung. Ist das jetzt bei Ihnen angekommen?«

Fosso deutete eine demutsvolle Verbeugung an und senkte den Kopf. Er hatte das Gefühl, dringend an die frische Luft zu müssen. Doch irgendetwas bäumte sich in ihm auf. Geheimhaltung hin oder her, er war dem Gesetz verpflichtet, und die Art und Weise, wie dieser arrogante Generalstaatsanwalt mit ihm umsprang, konnte er einfach nicht auf sich sitzenlassen. Er wagte einen letzten Vorstoß. »Comerio ist ein Verbrecher, ein Mörder, ein Mafioso! Was um Himmels willen soll daran geheim sein? Der Mann ist ein Umweltkrimineller, der Millionen Euro

330

verdient. Ihm ist es völlig egal, ob dabei Menschen zugrunde gerichtet werden. Es ist meine Pflicht, solche Subjekte dingfest zu machen. Ich sehe nicht ein, dass die Generalstaatsanwaltschaft den Fall einfach …«

»Fosso!« Der Generale hatte sich aus seinem Sessel erhoben und bedachte den jungen Juristen mit einem vernichtenden Blick. »Sie haben zu tun, was ich anordne. Wenn ich nicht innerhalb der nächsten drei Tage die vollständigen Ermittlungsakten auf meinem Schreibtisch liegen habe, werden Sie sich an einem sizilianischen Provinzgericht wiederfinden. Haben wir uns jetzt verstanden?«

Fosso biss die Zähne zusammen. Er hätte am liebsten gekotzt, aber das hätte ihn auch nicht weitergebracht.

Der Generalstaatsanwalt hatte sich nun wieder an seinen Schreibtisch gesetzt. Auch wenn es nicht den Anschein hatte, tat ihm der junge Staatsanwalt leid. Verdammt, dachte er. Sich den Anweisungen der Regierung zu beugen, fiel ihm mindestens ebenso schwer wie die Tatsache, dass er Fosso den Fall entziehen musste. Aber irgendwann würde sich das Blatt schon wieder wenden …

Als Fosso endlich die Amtsräume des Generalstaatsanwaltes verlassen hatte und er wieder vor dem Portal des Palazzo di Giustizia stand, überkam ihn das dringende Bedürfnis zu duschen: Er wollte sich wieder sauber fühlen, geläutert. Seufzend schritt er die breiten Treppen hinunter zur Straße und schlug den Weg zur Engelsburg ein. Vielleicht würde ihm ein Spaziergang ja guttun. Wie gern er sich jetzt mit jemandem aussprechen würde.

Valverde fiel ihm ein. Sein guter Freund. Spontan griff er nach seinem Smartphone und wählte dessen Nummer.

»*Pronto*«, meldete er sich mit seinem typisch abweisenden Ton, wenn ihn jemand auf seiner Privatnummer anrief.

»Ich bin's, Edoardo.«

»Mit dir habe ich nicht gerechnet, wie geht's?«

»Beschissen ist noch gelinde gesagt. Ich komme gerade von Generalstaatsanwalt Sassi.«

»*Dio mio.*« Valverde lachte. »Du hast mein volles Mitgefühl.«

»Er hat mir zum zweiten Mal einen Fall entzogen, bei dem ich haarscharf dran war, hochkriminelles Gesindel festzunageln. Ich glaube, er kann mich nicht leiden.«

»Wen wolltest du denn dieses Mal hinter Schloss und Riegel bringen?«, fragte Valverde. Fosso hörte aus den Worten seines Freundes einen belustigten Unterton heraus. Aber so war er nun mal.

»Verdammt, du sollst dich nicht über mich lustig machen, ich fühle mich wirklich miserabel.«

»Na, sag schon. Um wen geht es?«

»Um Peppino Comerio.«

Valverde schwieg.

»Kennst du den etwa?«

»Ich hatte vor zig Jahren einmal das Vergnügen mit einem Partner von ihm. Der Kerl heißt Giuseppe Morabito. Ein ganz übles Kaliber. Er hat ein paar Leute auf dem Gewissen. Aber ich konnte ihm nie etwas nachweisen. Und Don Peppe, wie man Comerio im Milieu nennt, hatte Beziehungen nach ganz oben. Soweit ich mich erinnern kann, arbeiten Peppino Comerio und Morabito mit einem Industriellen namens Neri zusammen.«

»Mit Neri?«, fragte Fosso verwundert.

»Genau! Hauptaktionär der Italchem, Beteiligungen bei zig großen Reedereien in ganz Europa. Eine ziemlich dubiose Figur. Er hält sich überall im Hintergrund. Er scheut Publicity wie der Teufel das Weihwasser.«

»Ich habe noch nie gehört oder gelesen, dass er in irgendetwas verwickelt gewesen sein soll.«

»Das glaube ich sofort. Dafür ist der zu reich und zu clever. Von dem lässt man besser die Finger, wenn man nichts Handfestes in petto hat.«

»Und das sagst du als Polizist. Schäm dich!«

»Du hast es gerade nötig, mich zu tadeln.«

»War bloß ein Scherz«, lachte Fosso. »Ich kenne dich zu gut, mein Freund. Ich glaube, du lässt dich von nichts und niemandem abschrecken.«

»Und du«, erwiderte Valverde, »ich glaube, dass du in ein Hornissennest gestochen hast. Sei froh, dass du Leuten wie Neri oder Comerio jetzt nicht mehr in die Quere kommst.«

»Ist schon passiert. Ich habe einen von Comerios Männern festgenommen. Einen gewissen Fillone. Er hat in meinem Büro ausgepackt. Er hat für Comerio gearbeitet und ein Schiff auf hoher See in die Luft gesprengt. Er hat sich eben erst in Livorno gestellt. Und kaum hatte ich seine Verhaftung dem Generalstaatsanwalt gemeldet, da hat er mich schon nach Rom zitiert und mir eröffnet, dass er das Verfahren an sich zieht.«

»Jaja, Undank ist der Welt Lohn«, frotzelte Valverde, wurde aber sofort wieder ernst. »Komm schon, Edoardo«, versuchte er, seinen Freund zu trösten. »Es hat keinen Zweck, frustriert zu sein. Die Welt ist, wie sie ist. Lass uns bei Gelegenheit wieder bei einem guten Glas Wein zusammensitzen. Es gibt schließlich auch immer wieder positive Momente.« Valverde lächelte, weil er plötzlich an Gianna denken musste.

Unter Druck

Tagelang waren Montalbanos und Sardenos Männer unterwegs gewesen und hatten in Castelbuono nichts als Angst und Schrecken verbreitet. Vor allem Alfredo und sein Freund Luigi hatten mit einschüchternden Drohungen und schierer Gewalt die Anwohner rings um die Piazza Margherita terrorisiert, bedrängt und genötigt und oft schmerzhaften Druck ausgeübt, ihre Beobachtungen während des Überfalles auszuplaudern. Ihr einziges Ziel war, in Erfahrung zu bringen, wer der unbekannte Fahrer des Transporters gewesen war, auf dessen Konto das Massaker ging. Vergebens. Trotz zahlreicher Blutergüsse, gebrochener Nasenbeine und zertrümmerter Kniescheiben waren die brutalen Schläger der Paten mit ihren unkonventionellen Befragungsmethoden letztlich nicht weitergekommen. Sassuolo und Pinotta hatten sich auf Befehl der Paten auf dem Revier verschanzt, damit sie den beiden nicht in die Quere kamen, und als einige Bürger aufgebracht Hilfe bei den Carabinieri gesucht hatten, waren sie untätig geblieben.

Auch heute schlenderte Luigi wieder einmal über die Piazza und hielt Ausschau nach möglichen Opfern. Drüben am Brunnen entdeckte er einen Halbwüchsigen, einen Jungen, der sich gerade über den Brunnenrand beugte, um Wasser zu trinken.

»He , du!«, brüllte er über die Piazza.

Der Teenager drehte sich um und blickte Luigi unsicher an. Man konnte seiner Miene ansehen, dass er wusste, mit wem er es zu tun hatte.

»Meinst du mich?«

»Ja, wen denn sonst? Wie heißt du?«

»Enzo. Enzo Guccio.«

»Komm mal her!«

Der junge Mann ging zögernd auf Luigi zu. Ganz Castelbuono flüsterte hinter vorgehaltener Hand, dass zig Männer systematisch durch die Stadt streiften und nach dem Killer suchten. Und Luigi war einer von ihnen.

»Wo wohnst du?«, herrschte der Mafioso den Jungen an.

Nicht nur seine brutale Visage flößte dem Jungen enorme Angst ein. Er hatte den Kerl mit den pomadisierten Haaren und dem Zopf sofort wiedererkannt und wusste von Freunden, dass er nicht lange fackelte, wenn ihm etwas nicht passte. Enzo deutete zaghaft auf das Haus hinter sich. »Dort, wo das Auto steht.«

»Das Gebäude mit den dekorativen Schusslöchern?« Luigi grinste amüsiert, doch in seinen Augen glitzerte kalte Grausamkeit. »Das muss ganz schön geknallt haben, was?«

»Ja. Es war furchtbar.«

»Und dann bist du bestimmt ans Fenster gerannt, um nachzusehen, was da draußen los ist, oder?«

»*Sì*«, antwortete er, verbesserte sich aber sofort und sagte: »Aber erst viel später.«

»Ach! Später erst? Wann später?«

»Als schon alles vorbei war.« Enzo blinzelte Luigi hoffnungsvoll an.

Luigi ließ ein diabolisches Lächeln sehen. »Pass auf, Kleiner. Ich frage nur einmal. Und du wirst mir antworten. Ist das klar?«

Enzo nickte.

»Hast du den Mann im Transporter gesehen? Ich meine den, der auf meine Freunde geschossen hat?«

Enzo schüttelte angstvoll den Kopf. »Ich weiß von nichts«, flüsterte er in panischer Angst.

»Du hast doch garantiert hinterm Fenster gestanden und zugeschaut. Wie alle hier. Oder?«

»Habe ich nicht.« Panisch flogen seine Blicke umher, in der Hoffnung, jemand würde ihm zu Hilfe kommen, um ihn aus den Fängen des Mafioso zu befreien.

»Hab ich dich gewarnt?«, erkundigte sich Luigi freundlich.

Enzo nickte verschüchtert und blickte den Mann mit weit aufgerissenen Augen an. »Lass mich los!«

Luigi lachte amüsiert. »Das würde dir so passen, du kleine Ratte.«

Enzo schrie aus Leibeskräften um Hilfe und versuchte, sich loszureißen. Doch Montalbanos Schläger hielt seinen Hals so fest umklammert, als steckte er in einem Schraubstock.

»Wenn du noch einmal herumbrüllst«, zischte Luigi, »dann schneid ich dir die Kehle durch. Ist das klar?«

Enzo presste ein kaum hörbares Ja über die Lippen.

»*Bene*«, raunte Luigi, packte Enzo am Genick und schleifte ihn hinüber zur Bar Albanesi.

»Mein Vater wird mich suchen, wenn ich nicht zu Hause bin. Er kommt gleich von der Schule nach Hause.«

Luigi lachte leise in sich hinein. »Soso, von der Schule. Was macht er denn dort?«

»Er ist Lehrer.«

»Schön für dich«, erwiderte Luigi hämisch. »Dann kennst du dich ja aus. Dann weißt du, was passiert, wenn du dumme Antworten gibst. Also, ich frage dich jetzt zum letzten Mal: Kennst du den Mann in dem Transporter? Hast du den Kerl schon einmal hier in Castelbuono gesehen?«

»*No*«, wimmerte Enzo. »Lassen Sie mich endlich gehen! Ich habe nichts gehört und nichts gesehen.«

Blitzschnell packte Luigi den Jungen am Hemdkragen und zog ihn so nahe zu sich heran, dass Enzo sein heißer Atem entgegenschlug. Ein leises, metallisches Geräusch fuhr dem Jungen in die Knochen. Ohne dass er sehen konnte, woher es kam, wusste er genau, was es war: Luigi hatte sein Stiletto aufspringen lassen. Noch ehe er einen Gedanken fassen konnte, schob ihm Montalbanos Bluthund die Klinge unter die Nase und blickte ihn höhnisch an. »Jetzt wird es gleich ein wenig unangenehm«, flüsterte er.

Enzo erstarrte. Wenn er diesen Irren nur eine oder zwei Minuten hinhalten könnte … Jeden Augenblick musste sein Vater um die Ecke biegen. Weiter kam er mit seinen Gedanken nicht. Ein glühender Schmerz durchzuckte ihn bis ins Mark. In seinem Gesicht explodierte ein Feuerball. Ein Schwall Blut schoss ihm aus der Nase und ergoss sich über sein Hemd. Luigi hatte ihn plötzlich losgelassen und grinste, während Enzo sich vor Schmerzen vornüberbeugte und reflexartig versuchte, mit der Hand das Blut zu stillen, das in einem Schwall auf die Erde tropfte und dort eine Lache bildete. Luigi hatte ihm den Nasenflügel aufgeschlitzt.

»Mach das Maul auf, sonst schneide ich dich in Streifen«, knurrte Luigi. Dann drehte er sich um, weil er Schritte hörte.

»Enzo?« Enzos Vater stand am Eingang der Bar und sah mit Entsetzen, wie sich sein Sohn wand und wimmerte. »Was ist passiert, um Gottes willen?«

Luigis Augen hatten sich zu Schlitzen zusammengezogen. Langsam ging er auf Enzos Vater zu, auf dessen Gesicht eine fahle Blässe lag. Sein Blick fiel auf Luigis blutiges Messer. Er hatte sofort begriffen, dieser Kerl würde auch vor ihm nicht haltmachen. »Lassen Sie ihn in Ruhe!«, stammelte er atemlos. »Ich werde Ihnen sagen, was ich weiß.«

Vielversprechende Wendung

Valverde sah skeptisch zur Tür. Sein Assistent stand an den Türrahmen angelehnt da und trug eine triumphierende Miene zur Schau.

»Wie hast du denn das geschafft?«, erkundigte sich Valverde.

»Der eine hat's eben drauf, der andere nicht«, verkündete Contini flapsig. »Ich hab's einfach noch einmal versucht und sämtliche Leute befragt, die an der Piazza wohnen. Eigentlich hatte ich damit gerechnet, dass niemand den Mund aufmacht, doch dann stieß ich auf diesen völlig verängstigten Signore Guccio, der sich mit Tränen in den Augen bereit erklärte, bei uns auszusagen.«

»Gut gemacht! Da war also jemand fleißig und hat endlich einen gefunden, der redet«, lobte Valverde. »Hat ja lange genug gedauert, nicht wahr?«

»Spar dir deine unterschwellige Ironie«, brummte Contini. »Erinnerst du dich an diesen lilafarbenen Kleinwagen auf dem Platz?«

Der Comandante schüttelte verneinend den Kopf.

»Die Karre stand die ganze Zeit auf der Piazza. Auch gestern. Immer noch vor demselben Haus und an exakt der gleichen Stelle. Ich habe mir den Wagen mal etwas genauer angesehen. Am hinteren Kotflügel hat er vier Einschusslöcher. Ich verstehe nicht, weshalb das kein Mensch bemerkt hat. Im Bericht der Spurensicherung war jedenfalls keine Rede davon. Merkwürdigerweise hat sich aber auch der Besitzer nicht gerührt. Ich dachte, jetzt frage einmal nach, wieso ihn die Löcher in seinem Auto nicht stören, und siehe da, Signore Guccio, der Besitzer, macht mir die Tür auf. Zuerst wollte er nicht so recht mit der Sprache heraus, aber nach einigem Zureden konnte ich ihm dann doch ein paar diffuse Andeutungen aus der Nase ziehen. Er schlotterte vor Angst, weil sich Montalbanos Schläger in der Stadt herumtreiben. Er wollte unter allen Umständen vermeiden, dass ich vor seiner Tür gesehen werde.«

»Verständlich«, brummte Valverde. »Wie man hört, sind diese Leute nicht zimperlich.«

»Ich musste ihm drohen, ihn wegen Behinderung der Ermittlungen zu verhaften und ihn mit ins Präsidium zu nehmen, wenn er nicht auspackt.« Contini grinste. »Nach einem fürchterlichen Lamento hat er dann versprochen, aufs Revier zu kommen, allein – nicht in Begleitung eines Beamten. Er hat sich mit Händen und Füßen gewehrt, mit mir zusammen hierherzufahren.«

»Wie kommt dieser plötzliche Umschwung? Normalerweise reden die Leute auch nicht, wenn man ihnen mit Sanktionen droht«, erkundigte sich Valverde interessiert.

»Ich habe seinen Sohn gesehen, als er die Tür aufmachte. Er trug einen riesigen Verband um die Nase. Er hatte Besuch von unseren Freunden aus Cefalù. Wenn ich die Situation richtig einschätze, hat unser Signore jetzt mehr Angst um seinen Sohn als um sich selbst. Vielleicht bedeutet das eine Wende in unserem Fall. Er müsste jeden Moment hier eintreffen. Ich dachte, du willst vermutlich dabei sein, wenn ich ihn vernehme.«

»Glaubst du, wir kommen mit ihm weiter?«

»Sieht ganz danach aus. Immerhin hat er bei meinem Besuch angedeutet, dass er mit seinem Wagen kurz vor dem Überfall wegfahren wollte. Seine Kiste sei aber nicht angesprungen. Er muss den Überfall auf der Piazza also beobachtet haben. Es kann gut sein, dass wir von ihm interessante Details erfahren.

Allerdings steht zu befürchten, dass er auch schon anderweitig geredet hat.«

»Commissario«, die sachliche Frauenstimme hinter Contini klang wie eine dienstliche Anweisung, »ein Adalberto Guccio will zu Ihnen. Ich habe ihn ins Vernehmungszimmer geführt.«

»Hast du gehört?«, griente Contini. »Er ist tatsächlich gekommen.«

»Lass uns den Vogel anschauen«, erwiderte Valverde, nahm seine Jacke von der Stuhllehne und verließ mit Contini sein Büro in Richtung Verhörraum.

Schwungvoll betraten die beiden Beamten das Zimmer.

»Adalberto Guccio?«, fragte Valverde. Er lächelte den Besucher freundlich an und reichte ihm die Hand. »Schön, dass Sie gekommen sind. Ich bin Comandante Valverde.«

»*Buongiorno,* Signori.« Neugierig betrachtete er die zwei Beamten, die sich ihm gegenüber an den Tisch setzten.

»Ach, ehe ich es vergesse …«, Valverde wies auf seinen Assistenten. »Commissario Contini kennen Sie ja schon. Sie wissen, weshalb wir Sie sprechen wollen. Wir würden brennend gern erfahren, was Sie in Castelbuono beobachtet haben. Sie erlauben, dass wir dieses Gespräch aufzeichnen, damit es hinterher keine Unklarheiten bezüglich Ihrer Aussagen gibt?«

Guccio nickte bedächtig. Der mit hellen Sommerhosen und einem dunkelblauen T-Shirt bekleidete Mann saß angespannt auf dem Stuhl und spielte nervös mit den Fingern herum. Der eher behäbige Guccio war blass, hatte weiche Gesichtszüge und ließ eine larmoyante Miene sehen. Das schüttere schwarze Haar hatte Guccio so gekämmt, dass sich die anbahnende Glatze halbwegs verbergen ließ.

Valverdes Augen ruhten abschätzend auf seinem Gegenüber. Der typische Duckmäuser, dachte er, einer, der alles tut, um bloß nicht aufzufallen oder anzuecken. Sein Blick fiel auf Guccios Hände, die er unablässig knetete. Es waren keine

Arbeiterhände, das sah Valverde sofort. Vermutlich hatte dieser Mann noch nie in seinem Leben körperliche Arbeit verrichtet.

»Es ist mir nicht leichtgefallen, hierherzukommen«, begann Guccio, sichtlich bemüht, seinen sizilianischen Dialekt zu verbergen. »Sie werden das bestimmt verstehen. Ich kann nur hoffen, dass mich niemand gesehen hat. Das könnten manche Leute nämlich ganz falsch verstehen, wissen Sie.«

»Ja, klar, das verstehen wir«, fiel ihm Contini ins Wort. »Umso dankbarer sind wir, dass Sie sich überwinden konnten und nun vielleicht sogar etwas zu unseren Ermittlungen beitragen können. Klären wir erst einmal die Formalitäten.«

Guccio nickte unsicher. »Können Sie mir garantieren, dass mir und meiner Familie nichts passiert?«

Valverde und Contini sahen sich schweigend an. »Wie meinen Sie das?«, fragte Valverde und kniff die Augen zusammen.

»Mein Sohn, Sie wissen, wer mein Sohn ist?«

»Wer?«

»Sardeno … Montalbano …« Guccios Atem ging stoßweise, und der Schweiß lief ihm in Strömen von den Schläfen an den Wangen hinab. »Einer von deren Männern hat meinem Enzo die Nase aufgeschlitzt. Der Kerl hat ihn gezwungen zu sagen, was er weiß. Dabei hatte er doch gar nichts gesehen!«

»Wer hat ihm die Nase aufgeschlitzt?«

»Ich kenne ihn nicht. Aber das war einer von den Leuten Sardenos oder Montalbanos. Da bin ich mir sicher.«

»Woher kennen Sie die zwei?«, erkundigte sich Contini.

Adalberto Guccio sah den Commissario erstaunt an. »Weshalb fragen Sie mich das? Diese Mafiosi sind bekanntlich die Könige dieser Gegend. Jeder kennt die beiden.«

»Hm …, verstehe. Und jetzt sind Sie zu uns gekommen, weil Ihnen etwas eingefallen ist, oder?«

Wieder nickte Guccio. Nackte Angst lag in seinen Augen. »Die dürfen nie erfahren, dass ich hier sitze und mit Ihnen rede.«

»Machen Sie sich keine Sorgen, Signore«, versuchte Contini, den Mann zu beruhigen. »Ich brauche nur den Namen oder eine Beschreibung des Mannes, der Ihren Sohn angegriffen hat. Dann werde ich sofort die entsprechenden Schritte einleiten.«

»Sind Sie verrückt? Was nutzt es, wenn ich Ihnen einen oder zwei Namen nenne? Am nächsten Tag kommen drei andere.« Valverde beobachtete sein Gegenüber unter den Augenlidern. Vor ihm saß ein korrekter Biedermann, der auf ihn einen vertrauenswürdigen Eindruck machte, jetzt aber völlig unter dem Eindruck der Drohung von Sardenos und Montalbanos Männern stand. Insgeheim musste er Guccio recht geben. Es war wirklich unmöglich, ihn und seine Familie zu beschützen.

»Was sind Sie von Beruf, wenn ich fragen darf?«, warf Contini ein.

»Geschichtslehrer an der *Scuola Elementari*.«

Genau so sieht er auch aus, dachte Valverde und verzog sein Gesicht zu einem süßsauren Lächeln. Dieser Mann war nun sicher kein Held. »Also, fangen Sie einfach am Anfang an.«

»Ich weiß nicht so recht, ob Ihnen das wenige, was ich mitbekommen habe, überhaupt weiterhilft«, erwiderte Guccio, »ich wollte so gegen ein Uhr mit dem Auto meiner Tochter runter ans Meer fahren. Aber es sprang nicht an. Wissen Sie, der alte Karren hat manchmal so seine Mucken.«

»Nein, das wissen wir nicht«, erwiderte Contini mit verhaltener Ungeduld. »Und was geschah dann?«

»Ich wollte ins Haus, um ein Überbrückungskabel zu holen. Mein Auto steht direkt nebenan in der Garage. Gerade als ich hineingehen wollte, raste ein Kastenwagen, aus der Via Marcello kommend, wie ein Verrückter auf die Piazza. Ich dachte, irgendwelche Jugendliche würden sich mal wieder ein Privatrennen liefern.« Guccio blickte Valverde mit empörten Augen an, die durch seine starke Brille unnatürlich groß wirkten.

Er sieht aus wie ein Uhu, dachte Valverde und musste sich ein Lachen verkneifen. »Haben Sie die Nummer erkannt?«

»Weshalb fragst du nach dem Kennzeichen des Autos?«, flüsterte Contini kaum hörbar seinem Chef zu. »Das haben wir doch längst.«

»Ich will überprüfen, wie präzise seine Angaben sind und ob ich mich auf seine Beobachtungen halbwegs verlassen kann«, erwiderte er ebenso leise.

»Ich kann mich nur an die ersten beiden Buchstaben und an zwei Zahlen erinnern. CB und 64, den Rest konnte ich nicht erkennen. Wissen Sie, es ging ja alles so schnell.«

»Nein, das wissen wir auch nicht«, antwortete Contini, ohne eine Miene zu verziehen. »Aber wir nehmen es an.«

»Farbe? Fahrzeugtyp?«, bohrte Valverde weiter.

»Es war ein hellgrauer Transporter, ein Fiat Ducato. Ein älteres Modell. Ziemlich verbeult.«

»Stimmt«, wandte sich Contini an Valverde. »Wir haben ihn ausgebrannt in einem Steinbruch gefunden. Konnten Sie den Fahrer oder die Insassen erkennen?«, richtete er seine Frage an Guccio.

»Es war ein Mann. Ziemlich kräftig, glaube ich. Wissen Sie, ich konnte sein Gesicht nicht richtig sehen.«

»Nein, wir wissen nichts, deshalb sind Sie ja hier«, murmelte Contini mit einem Seufzen.

Valverde biss sich auf die Lippen, um nicht zu lachen.

»Sie haben sein Gesicht also nicht genau gesehen, und trotzdem sagen Sie, dass der Mann kräftig war.«

»Wissen Sie, er hatte einen weißen Borsalino auf, mit einer solchen Krempe«, Guccio hielt seine flache Hand über die Stirn, als wolle er sich gegen das blendende Sonnenlicht schützen. »Aber alt war er jedenfalls nicht.«

»Was schätzen Sie?«, mischte sich Valverde wieder ein.

»Ich weiß nicht recht, vielleicht dreißig oder so …«

»Obwohl Sie sein Gesicht nicht sehen konnten?«

343

»Hm …«

Valverde gab Contini einen Wink, mit der Befragung fortzufahren.

»Gab es einen Beifahrer? Oder sind Ihnen sonst noch Personen
im Wagen aufgefallen?«

»*No*«, erwiderte Guccio. »Also, das weiß ich mit Sicherheit:
Der Mann war allein.« Er unterbrach sich für einen Moment
und wischte mit dem Handrücken seine Stirn trocken. »Es war
einfach fürchterlich. Plötzlich brach eine Schießerei aus. Ich
dachte, ich sei im Krieg. Dieser Bastard im Auto hat mit einer
Schnellfeuerwaffe auf die Männer vor der Bar geschossen. Wie
ein Verrückter. Er hat gar nicht mehr aufgehört.«

»Wo waren Sie, als die Schüsse fielen?«

»Ich stand direkt am Eingang meines Hauses. Der Schlüssel
war mir heruntergefallen, und deshalb konnte ich nicht hinein.
Also hab ich mich, so gut es ging, in den Türrahmen geduckt.
Ich hatte eine Scheißangst, wissen Sie.«

»Und, weiter …«

»Sie sind gut! Nichts weiter! Die Kugeln sind mir nur so um
die Ohren geflogen. Und dann habe ich sie plötzlich gesehen,
wie sie an der Kirchentür stand.«

»Wen?« Valverdes Augen verengten sich.

»Na, die kleine *Bambina*. Carla Corodino, sie war an meiner
Schule, ich habe sie unterrichtet.«

Valverde nickte mit zusammengepressten Lippen.

Guccios Atem beschleunigte sich hörbar. »*Terribile*«, flüsterte
er. »Wenn ich ihr doch nur hätte helfen können.« Valverde sah,
wie Guccio plötzlich die Augen feucht wurden. Der Schock
des Erlebten schien ihn mit voller Wucht zu erfassen. Mühsam
versuchte er weiterzusprechen. »Aber ich konnte doch nicht
zu ihr laufen, verstehen Sie das? Ich konnte einfach nicht.« Der
Mann zitterte am ganzen Körper und brach in Tränen aus.
Umständlich nestelte er ein Taschentuch aus seiner Hosentasche und schniefte hörbar. »Ich hatte solch eine panische

344

Angst um mein Leben!«, keuchte er mit tränenerstickter Stimme. Sein Leib bebte, und seine hilflosen Gesten wirkten erschöpft.

»*Bene*«, murmelte Valverde. »Beruhigen Sie sich wieder. Ich kann gut verstehen, wie sehr das alles Sie aufwühlt. Uns geht es nicht anders.« Der Comandante trat an ihn heran und legte ihm beruhigend die Hand auf die Schulter. »Hatten Sie das Gefühl, dass Sie den Mann kannten oder irgendwo schon einmal gesehen hatten?«

»*No*, noch nie«, schluchzte der Lehrer noch immer außer sich. »Ich danke unserem Schöpfer, dass ich niemals einer solchen Bestie begegnet bin.«

»Ist Ihnen sonst noch etwas aufgefallen?«, fragte Contini, nachdem sich Guccio wieder ein wenig beruhigt hatte. »Denken Sie nach. Jede scheinbar noch so unbedeutende Kleinigkeit könnte für uns von allergrößter Wichtigkeit sein.«

Der völlig aufgelöste Mann schüttelte den Kopf. »Ich habe mich schnell in Sicherheit gebracht, als der Kerl wieder losfuhr.« Plötzlich hielt Guccio inne, als würde er sich an etwas erinnern. »Als ich im Haus war, bin ich sofort ins Wohnzimmer gerannt. Es geht nach hinten, also zur anderen Seite hinaus, wissen Sie. Ich sehe von dort aus direkt auf die Via Aduina Ventimiglia.«

»Ja, und?«, fragte Contini.

»Dort ist er eingebogen und musste anhalten, weil ihm ein Lastwagen entgegenkam. Und da habe ich gesehen, wie er etwas aus dem Fenster geworfen hat.«

Die beiden Beamten sahen sich irritiert an. »Was hat er rausgeworfen?«

»Keine Ahnung. Etwas Größeres, Schwarzes. Wissen Sie, dort, wo er anhalten musste, ist die Straße verdammt schmal, da kommt gerade mal ein Auto durch. Dort steht ein baufälliges Haus, das nicht mehr bewohnt wird. Ich glaube …«, wieder unterbrach sich Guccio und fasste sich an die Stirn. »Ja, ich glaube, das Ding ist über die Grundstücksmauer geflogen. Dort befand sich früher ein kleiner Garten, aber inzwischen ist alles mit wilden Kakteen zugewachsen.«

»Haben Sie das auch diesem Mafioso erzählt?«

Guccio blickte ihn mit aufgerissenen Augen an. »Ja, natürlich. Ich bin doch nicht lebensmüde. Der Kerl gehört zu den *Pungiuti*. Die kennen kein Erbarmen, wenn man ihnen etwas verschweigt.«

»*Pungiuti?*« Contini blickte Valverde ratlos an.

Valverde atmete tief durch. »Das sind Mafiosi, die mit überlieferten, alten Initiationsritualen in den Clan aufgenommen werden. Sie sind extrem loyal und halten sich mit blindem Gehorsam an Befehle. Mit diesen Leuten ist nicht zu spaßen.«

»Mist«, entfuhr es Contini. »Dann sind sie uns möglicherweise einen Schritt voraus.«

»War die Spurensicherung in dieser Straße?«, erkundigte sich Valverde bei seinem Assistenten.

»Das glaube ich nicht. Es gab bislang auch gar keine Veranlassung, ausgerechnet in einer Seitenstraße ...«

»Verdammt, es sind bloß ein paar Meter dorthin. Geh runter zur Kriminaltechnik und kläre, ob auch dort Spuren gesichert wurden. Ich befürchte allerdings, dass man das Areal nicht mit einbezogen hat. Wenn die Sachlage so ist, wie ich annehme, können wir nur hoffen, dass wir dort noch fündig werden.«

Contini verließ eilig den Raum, während Valverde Adalberto Guccio das Gesprächsprotokoll abzeichnen ließ und ihn bat, noch einen Augenblick zu warten, bis sein Assistent Rückmeldung gab. »Vielleicht brauchen wir Sie ja noch.«

»Ich muss dringend wieder nach Hause. Wissen Sie, meine Frau wartet auf mich.«

Valverde seufzte vernehmlich. Die sich in beinahe jedem Satz wiederholende Floskel dieses peniblen Lehrers ging ihm allmählich auf die Nerven.

Knapp zwei Minuten waren vergangen, als sich Contini telefonisch meldete. »Du hattest recht. Unsere Männer von der Spurensicherung machen sich gerade bereit. Ich würde gern mitfahren, wenn nichts Wichtiges anliegt.«

»*Bene!* Ich sage Signore Guccio Bescheid, dass er dir die Stelle zeigen soll, wo genau der Kerl den Gegenstand aus dem Fenster geworfen hat. Am besten, du holst ihn ab. Ich kümmere mich derweil um Sardeno und Montalbano.«

Wenig später saß der Comandante an seinem Schreibtisch und grübelte. Was zur Hölle konnte der Killer nur aus seinem Wagen geworfen haben? Was musste er so dringend loswerden? Und weshalb unmittelbar nach dem Anschlag?

Valverde wurde nicht lange auf die Folter gespannt, denn Contini meldete sich keine drei Stunden später in der Questura in Messina zurück. »Wir haben wahrscheinlich die Tatwaffe«, triumphierte er und schwenkte einen durchsichtigen Plastiksack in der Hand. »Eine alte Uzi MP2, Kaliber 9/19 mit Rückstoßlader und einklappbarer Stütze. Knapp neunhundertfünfzig Schuss die Minute! Damit kannst du dir eine halbe Armee vom Leib halten. Wollen wir hoffen, dass Fingerabdrücke oder DNA zu finden sind. Ich bringe die Waffe gleich zur kriminaltechnischen Untersuchung.«

»Unwahrscheinlich«, brummte Valverde. »Wenn wir Glück haben, können wir aber die Herkunft der Waffe zurückverfolgen. Sie kann nur aus Militärbeständen oder aus irgendeiner Waffenkammer der Carabinieri stammen.«

»Stimmt, das sehe ich auch so.«

»Wo genau habt ihr sie gefunden?«

Contini grinste zufrieden. »Wie Guccio gesagt hat. Der Killer hat die Waffe über die Mauer geworfen. Sie ist mitsamt dem leeren Magazin zwischen Bruchsteinen und alten Holzbohlen gelandet.«

Valverde seufzte. »Habt ihr sonst noch etwas entdeckt?«

»Die Spurensicherung ist noch vor Ort. Sie suchen gerade das ganze Gelände vor dem Haus ab. Aber ich denke, das war es wohl.«

»Wenn du zurück bist, überprüfe in der zentralen Meldestelle, wann und welchen Einheiten Waffendiebstähle gemeldet wurden. Ich will wissen, welche Fälle noch nicht aufgeklärt sind und wer zum Zeitpunkt der Entwendung der Verantwortliche war. Möglicherweise bringt uns das Verzeichnis ja einen Schritt weiter.«

Messoni

Gianna hatte den Anruf mit der Warnung des Unbekannten nicht vergessen, ließ sich jedoch nicht von ihrem Vorhaben abbringen. Anonyme Drohanrufe hatte sie auch früher schon erhalten, und nie waren ihnen irgendwelche Taten gefolgt. Solche Vorkommnisse gehörten beim Enthüllungsjournalismus eben mit zum Geschäft. Außerdem waren solche Drohungen in der Regel ein eindeutiges Indiz, dass sie sich auf der richtigen Fährte befand – und das stachelte sie nur noch mehr an.

Aufmerksam las sie den Absender des Briefes auf ihrem Schreibtisch. Er kam vom *Ministero dell'Ambiente e della Tutela del Territorio e del Mare*, dem Ministerium für Umwelt, Landschafts- und Meeresschutz. Sie öffnete ihn und überflog hastig den Inhalt. Minister Rodolfo Messoni höchstpersönlich hatte ihre Anfrage nach einem Interview positiv beantwortet. Sie hatte allerdings auch nicht mit einer Absage gerechnet. Das Telefonat mit seiner Assistentin hatte Wunder gewirkt, als diese begriff, wer mit ihr am anderen Ende der Leitung sprach.

»Hast du schon gesehen?«, rief Griselda von ihrem Platz durch die offene Tür. »Der Minister hat dir geantwortet.«

»Ja, ich habe den Brief gerade gelesen.« Gianna blätterte in ihrem Terminkalender. »Mist«, murmelte sie. Eigentlich hatte sie just zum Zeitpunkt der Verabredung mit dem Minister einen anderen Termin mit zwei Mitarbeitern der Reederei von De Masso. »Griselda, du musst mir das Treffen mit den zwei Leuten von der Massomar-Linie verschieben. Die Telefonnummern liegen irgendwo auf deinem Tisch.«

Gianna war gespannt, was Minister Messoni auf ihre Fragen zu sagen hatte. Zweimal hatte man sie wegen eines Interviews beim Generalstaatsanwalt Sassi ohne Angabe von Gründen abblitzen lassen. Wenigstens bei Messoni hatte es nun geklappt. Sie kannte ihn schon von früher und wusste nur zu gut, dass er fähig war, sich aalglatt aus jeder Schlinge zu ziehen. Dieses Mal würde sie es ihm nicht so leichtmachen, das schwor sie sich.

Trotz mehrfacher Anläufe war es ihr auch noch nicht gelungen, an den dubiosen Müllmakler heranzukommen. Zumindest waren ihre Bemühungen, mehr über Comerio zu erfahren, aber nicht vergeblich gewesen. Wozu hatte man ein Netzwerk guter Freunde? Die erste und zugleich wichtigste Anlaufstelle waren Alfredo und Claudio, ihre zwei Kumpel aus Studententagen. Alfredo hatte Karriere bei der Alitalia gemacht und betreute als Chef der internen Organisation die Buchungssysteme. Er hatte ihr eine Übersicht über Comerios Reisen ausgedruckt, soweit er die italienische Fluglinie benutzt hatte. Natürlich war die Weitergabe solcher Daten eigentlich nicht erlaubt, aber er konnte sich auf Giannas Verschwiegenheit verlassen. Claudio gehörte zu den begnadeten Computerspezialisten. Er hatte seine ganz eigene Methode entwickelt, unbemerkt in Systeme einzudringen. Von ihm erhielt sie sämtliche Frachtbewegungen der italienischen Reedereien in den letzten fünf Jahren. Bei der Auswertung konzentrierte sie sich zusammen mit der findigen Griselda besonders auf den Frachtverkehr der Massomar-Linie.

Die Prüfung der nicht enden wollenden Listen und Zahlenkolonnen und die Herstellung von Zusammenhängen zwischen Comerios Reisen in den arabischen Raum und den Frachtrouten und Ladungen der Flotte von Massomar empfand Griselda zwar als unzumutbaren Frondienst, aber letztendlich lohnten sich der enorme Aufwand und die vielen nächtlichen Überstunden dann doch. Das Ergebnis konnte sich nicht nur sehen lassen, es legte in einigen Fällen sogar den zwingenden Schluss nahe, dass Hunderttausende Tonnen vermeintlich harmloser Schiffsfrachten so harmlos doch nicht waren. Ganz im Gegenteil, es mussten Frachtpapiere in großem Stile manipuliert oder komplett gefälscht worden sein. Doch beweisen ließ sich dieser Verdacht nur, wenn Gianna von Alessia die Genehmigung erhielt, in den deklarierten Ankunftshäfen zu recherchieren. Sie musste nicht nur vor Ort klären, ob die Schiffe tatsächlich die angegebenen Zielhäfen angelaufen hatten, sondern auch, ob die angegebenen Frachten der Massomar mit den tatsächlichen Lieferungen übereinstimmten.

»Keine Chance«, meinte Griselda und verzog enttäuscht das Gesicht. »Ich kenne Alessia schon zu lange. Sie wird bei dieser Idee niemals mitspielen.«

»Wegen der Reisekosten?«, fragte Gianna.

»Das auch. Aber ich glaube eher, dass ihr Somalia und der Jemen zu gefährlich sind, um dir den Trip zu genehmigen.«

»Das werden wir noch sehen«, erwiderte Gianna mit entschlossener Miene und machte sich auf den Weg ins Allerheiligste des *Messaggero*.

Wie Griselda vorausgesagt hatte, lehnte Alessia Giannas Vorstoß, nach Somalia und in den Jemen zu reisen, zunächst rigoros ab. Erst als Gianna ihr eröffnete, dass der Umweltminister mit einem Interview einverstanden sei und sie überdies eine heiße Spur verfolge, wirkte sie ein wenig aufgeschlossener. Sie befürwortete eine Reise in den Jemen allerdings nur, wenn verwertbare Informationen aus dem Ministerium das Abenteuer auch rechtfertigten.

Fünfzehn Minuten vor elf Uhr bog Gianna mit ihrem Dienstwagen in die Via Cristoforo Colombo ein, eine vierspurige Hauptverkehrsader, die von Ostia ins Zentrum von Rom führte. Sie brauchte nur zwei Minuten, bis sie den Parkplatz vor dem riesigen, siebenstöckigen grauen Block des Ministeriums für Umwelt erreichte. Sie stellte ihren roten Alfa ab und überprüfte im Rückspiegel noch einmal ihr Make-up. Tausend Gedanken schossen ihr durch den Kopf. In wenigen Minuten würde sie den Mann treffen, von dessen Söhnen einer ihre Tochter auf dem Gewissen hatte.

Diese Begegnung würde in vielerlei Hinsicht nicht einfach werden, zumal sie nicht einschätzen konnte, wie sie auf Messoni reagieren würde. Sie versuchte, in sich hineinzuspüren. Empfand sie Hass? Nein, Hass war es nicht, eher Unsicherheit und Vorbehalte, auch Ablehnung und Reserviertheit. Rational betrachtet, konnte sie den Vater des Mörders nicht verurteilen. Er konnte ja nichts dafür. Ob sie ihm kondolieren sollte? Nein, sagte ihre innere Stimme. Wie komme ich dazu, den Verlust seiner beiden Söhne zu bedauern? Wenn sie ihre Arbeit professionell erledigen wollte, musste sie jedenfalls jegliche Ressentiments zurückstellen. Sie musste objektiv bleiben, das erwartete man von ihr, auch wenn sie der Überzeugung war, dass irgendetwas mit diesem Messoni und seiner Familie nicht stimmte. Gianna atmete tief durch. Ob sie ihre Gefühlslage beim Anblick des Ministers tatsächlich so gut im Griff hatte, wie sie es sich wünschte, würde sich jeden Augenblick zeigen. Sie nahm sich fest vor, ihren Beruf und ihr persönliches Schicksal nicht zu vermischen.

Jetzt galt es, Ministro Messoni mit ihren Fragen aus der Reserve zu locken. Sie würde ihn mit Tatsachen konfrontieren, die ihm nur wenig Raum für Ausflüchte oder nichtssagende Statements ließen.

Aus verschiedentlichen Treffen mit dem Minister wusste sie, dass er, was Frauen anging, kein Kostverächter war. Deshalb hatte sie sich nicht nur mit stichhaltigen Argumenten bewaffnet, sondern auch mit einem Outfit, das ihre Weiblichkeit gut zur Geltung brachte. Und da sie ihre Trauerzeit für beendet erklärt hatte, war sie zu dem Schluss gelangt, dass ein rubinrotes Kostüm, eine weiße Bluse und passende rote Riemchensandaletten die angemessene Kleidung waren. Zwar galt ihr Gesprächspartner als knallharter Politiker, aber er war vor allem ein Mann. Eines wusste Gianna jedenfalls mit Sicherheit: Weibliche Reize geschickt einzusetzen, war schon seit Urzeiten ein Garant für Erfolg.

Gianna griff nach ihrer voluminösen Handtasche, stieg endlich aus dem Wagen und schloss ab. Sie warf einen flüchtigen Blick auf ihre Armbanduhr. Zehn Minuten zu früh, sie konnte sich eigentlich noch ein wenig Zeit lassen. Zielstrebig ging sie auf die breite Glastür des Hauptgebäudes zu, vor dem sich einige Personen aufhielten und eine Rauchpause einlegten.

Gianna postierte sich neben dem überdimensionalen Metallaschenbecher, stellte ihre Tasche auf dem Boden ab und steckte sich ebenfalls eine Zigarette an. Gedankenverloren ließ sie ihren Blick schweifen, der plötzlich an einem seltsamen Typen hängenblieb. Ein wahrer Koloss von Mann, bekleidet mit hellen Leinenhosen, einem farblich passenden Jackett und einem weißen Sommerhut, dessen Krempe weit in die Stirn ragte, lehnte gegenüber vom Glasportal an der Hauswand. Zu seinen Füßen lag ein schwarzer, kräftiger Hund, der übermütig nach den Hosenbeinen seines Herrchens schnappte.

Gianna beobachtete mit Vergnügen das Spiel zwischen Herrn und Hund. Der schwarzgestromte Pitbull war, wie sein Besitzer, das reinste Muskelpaket und behielt seinen Herrn treu ergeben im Auge. Gianna konnte sich von dem Anblick nicht losreißen und ging zu den beiden hinüber.

»Der ist wohl noch ziemlich verspielt«, sprach sie den Mann mit dem wettergegerbten Gesicht an und beugte sich zu dem Hund hinunter, um ihn zu streicheln. »Wie alt ist er denn?«

»Zwei Jahre«, erwiderte der Hüne. »Bald drei.«

»Haben Sie ihn beim Züchter gekauft?«

»Als Welpen auf der Straße aufgelesen«, brummte der Mann. »Vermutlich hat er seine Mutter gesucht und nicht mehr gefunden. Er befand sich in einem schlimmen Zustand.«

»Wie es aussieht, fühlt er sich bei Ihnen sehr wohl.«

Der kräftige Mann nickte beifällig. Der Hund genoss die Streicheleinheiten der jungen Frau sichtlich.

Gianna sah auf und blickte dem Riesen in die bernsteinfarbenen Augen. Ein merkwürdiges Gefühl beschlich sie, ohne dass sie sich erklären konnte, weshalb. Lag es an seinem Blick? Oder an der Art, wie er sie abschätzend taxierte? »Ich finde es wundervoll, dass es noch Menschen gibt, die sich um arme Tiere kümmern.«

»Hunde sind die einzigen Wesen, die es wert sind«, erwiderte er schmallippig.

»Ich muss los«, sagte Gianna, streichelte noch einmal das weiche Fell, richtete sich auf und ging zum Eingang zurück, wo sie die Zigarettenkippe in den Aschenbecher warf. Ein bisschen unheimlich war er schon, dieser Kerl, dachte sie, wischte aber ihre düsteren Vorahnungen beiseite, als sie vor dem Lift im Treppenhaus stand und die Türen geräuschlos aufglitten.

Exakt um elf Uhr betrat sie den Konferenzraum des Ministers, der sein Kommen bereits durch sein Sekretariat hatte ankündigen lassen. Gianna nutzte den Augenblick des Alleinseins und nahm gegenüber der Fensterfront Platz, die einen phantastischen Ausblick auf den Park bot.

Die schallgedämpfte Tür öffnete sich lautlos, und Minister Messoni trat ein. Der schlanke, großgewachsene Mann mit sympathischen Gesichtszügen und graumelierten Haaren trat wie ein Heilsbringer auf Gianna zu und begrüßte sie mit einem traurigen Lächeln und einem festen Händedruck, der ihr gefiel.

In seinem beigefarbenen Jackett und der dunkelbraunen Hose wirkte er wie ein eleganter Urlauber, der auf dem Weg zu einem Date in einer Strandbar war. Nur der schwarze Trauerflor am Revers erinnerte an den kürzlich erlittenen Verlust seiner Söhne.

Messoni war ein Frauentyp, er konnte äußerst charmant sein, hatte ein einnehmendes Wesen und verfügte über Charisma und Esprit. Der Lebemann war sich ganz offenkundig seiner Wirkung bewusst. Gianna kam diese Haltung sehr entgegen, hatte sie doch längst nicht nur das mentale Messer aufgeklappt, sondern auch das Mikrofon ihres Aufnahmegerätes auf Betrieb geschaltet.

»Lassen Sie mich vorausschicken, dass ich Ihrer Bitte um ein persönliches Gespräch zugestimmt habe, weil ich mich aufgrund der entsetzlichen Umstände dazu verpflichtet fühlte. Das Schicksal hat uns auf grausame Weise miteinander verbunden.«

Gianna nickte, doch bevor sie etwas erwidern konnte, nahm Messoni den Gesprächsfaden schon wieder auf.

»Ich bedaure, dass wir uns unter diesen, wie soll ich sagen, unsäglichen und für Sie sicher überaus belastenden Umständen hier treffen. Vielleicht hätten wir uns besser an einem Ort verabredet, der nicht eine so förmliche und nüchterne Atmosphäre ausstrahlt wie mein Büro.« Der Minister rückte seinen Ledersessel ein wenig näher heran. Beiläufig zog er die Bügelfalte seiner Hose gerade, als er die Beine übereinanderschlug. »Ich weiß, dass Sie Ihre Tochter verloren haben, und glauben Sie mir, ich kenne das Gefühl dieses unendlichen Verlustes. Erlauben Sie mir daher, Ihnen mein tief empfundenes Mitgefühl auszusprechen.«

Gianna musste alle Kraft zusammennehmen, um ihre Tränen zurückzuhalten. Sie konnte nicht verhindern, dass plötzlich die Bilder von Carlas Beerdigung in ihr aufstiegen, eine unbarmherzige Erinnerung, die sie schier zu erdrücken drohte. »*Grazie*«, antwortete sie fast unhörbar, schluckte mehrmals und rief sich zur Ruhe. Jetzt nur keine Sentimentalitäten, dachte sie und versuchte, sich wieder zu konzentrieren.

Messoni war Giannas innerer Kampf, die Beherrschung nicht zu verlieren, nicht entgangen. Er bemühte sich mit einem Lächeln, die Situation zu entspannen. »Ich kann mich gut an unsere letzten Begegnungen erinnern, aber wir beide hatten ja nie wirklich Zeit, uns auszutauschen. Wie lange ist das jetzt her?«

»Ich glaube, fünf oder sechs Jahre«, antwortete Gianna, ohne sich ihre extreme Anspannung anmerken zu lassen. »Es stimmt«, murmelte sie, »schön, dass wir unser Kennenlernen nun endlich nachholen können.« Nichts ging ihr mehr auf die Nerven als diese Floskeln, dieses Abtasten, diese irreale gegenseitige Rücksichtnahme. Am liebsten hätte sie diesen Ministergockel angeschrien oder wäre ihm an die Gurgel gegangen.

»Wie kann ich Ihnen behilflich sein, verehrte Signora Corodino?«, hörte sie Messoni fragen.

»Am besten, indem Sie meine Fragen beantworten.« Gianna lächelte. Sie war sich absolut sicher, dass dieser gewiefte Politiker ganz genau über sie und ihre damalige journalistische Arbeit Bescheid wusste. Dieser Mann überließ nichts dem Zufall. Ganz bestimmt hatte sich Messoni erkundigt, welches Ressort sie jetzt beim *Messaggero* innehatte. Immerhin hatte sie sich einen Namen gemacht und galt in der Szene als äußerst erfolgreiche investigative Journalistin, die einige Leute durchaus zu fürchten hatten.

»Sie haben eine bemerkenswerte Karriere gemacht, Signore Ministro. Wenn man bedenkt, dass Sie als Jugendlicher der rechtsextremen Partei *Movimento Sociale Italiano* angehörten.«

»Nun ja, Signora, Jugendsünden, wenn Sie verstehen. Sie wollen doch sicher nicht diese alten Geschichten vertiefen?«

Gianna überlegte kurz, ob sie es doch wollte. In ihrem tiefsten Innern spürte sie das Bedürfnis, diesem Mann weh zu tun.

»Immerhin«, begann sie ihren Angriff, »munkelte man damals, dass gekaufte Auslandsstimmen, insbesondere aus Deutschland und Österreich, für Ihren politischen Aufstieg ausschlaggebend waren.«

»Üble Verleumdungen! Eine bösartige Kampagne der Oppositionsparteien. Daran ist kein wahres Wort. Aber wollen wir nicht zum eigentlichen Grund Ihres Besuches kommen?«

Gianna machte eine entschuldigende Geste. »Aber natürlich, Signore Ministro. Sprechen wir über die katastrophalen Umweltverschmutzungen in Süditalien und darüber, was Ihr Ministerium dagegen zu unternehmen gedenkt.«

Messoni setzte sein verbindlichstes Lächeln auf. »Nun, wir bekämpfen die Umweltverbrechen, so möchte ich sie nennen, mit allen uns zur Verfügung stehenden Mitteln. Insbesondere im Mezzogiorno.«

»Wie kommt es dann, dass die italienische Umweltorganisation Legambiente behauptet, dass Mafiosi der Camorra seit 1991 an die zehn Millionen Tonnen Abfall illegal verbrannt, vergraben und ganze Landstriche vergiftet haben? Selbst wenn es nur die Hälfte gewesen sein sollte, kann das dem Umweltministerium doch nicht verborgen geblieben sein.«

»Natürlich wissen wir, dass es in unserem Land noch viel zu viele illegale Deponien gibt. Aber Sie wissen ja selbst«, führte Messoni mit ernster Miene aus, »es ist nicht einfach, diesen Kriminellen auf die Spur zu kommen.«

»Unsere Bürger leiden unsäglich unter dieser Situation. Können Sie mir erklären, weshalb Italien bis zum heutigen Tag noch keine leistungsfähige Müllverbrennungsanlage hat, obwohl die Regierung zwei Milliarden Euro in die Lösung des Müllproblems investiert hat?«

Messoni verbarg sich hinter seiner aalglatten Maske. »Egal, wo wir solche Verbrennungsanlagen bauen wollten, die Bürger sind auf die Straße gegangen und haben dagegen protestiert. Niemand wollte eine derartige Anlage in seiner Nähe haben. Es ist äußerst schwierig, solche Projekte durchzusetzen.«

»Ich verstehe«, sagte Gianna süffisant. »Es ist natürlich viel einfacher, die Entsorgung privaten Müllhändlern zu überlassen.«

»Das ist eine unqualifizierte Unterstellung, Signora! Unsere Regierung wendet erhebliche Mittel auf, um diesen Müllverbrechern das Handwerk zu legen. Und abgesehen davon, zehn Millionen Tonnen Giftmüll sind geradezu absurd. Woher Legambiente diese Zahlen haben will, ist mir ein völliges Rätsel.«

Gianna zog kritisch ihre linke Augenbraue hoch. »Wollen Sie damit andeuten, dass die Umweltorganisation Legambiente mit unkorrekten Zahlen arbeitet oder gar bewusst die Bevölkerung in die Irre führen will?«

»Natürlich nicht«, widersprach Messoni energisch. »Ich schätze die Arbeit dieser Organisation sehr. Sie ist wichtig und notwendig. Dennoch möchte ich darauf hinweisen, dass Umweltschützer auch die Verpflichtung haben, nicht mit unrealistischen Zahlen bei den Bürgern Stimmung zu machen.«

»Wenn ich Sie richtig verstehe, Herr Minister, dann räumen Sie also ein, dass unsere Polizeibehörden nicht in der Lage sind, große Umweltverschmutzungen zu verhindern. Gleichzeitig werfen Sie jedoch Legambiente vor, maßlos zu übertreiben.«

»So möchte ich nicht verstanden werden, verehrte Signora Corodino.«

»Wenn die Möglichkeit einer ausreichenden Überwachung und Kontrolle nicht gegeben ist, sagen Sie damit doch, dass Sie als Minister mit Ihrer Behörde nicht in der Lage sind, unsere Umwelt zu schützen.«

»Ich bitte Sie, Signora. Wir tun unser Bestes. Aber es ist unrealistisch, flächendeckend jede Mülltonne überwachen zu wollen.« Messonis Worte hatten einen arroganten Ton angenommen.

Giannas Augen glitzerten angriffslustig. »Vor kurzem berichtete mir ein Augenzeuge, dass toxische Abfälle lastwagenweise sozusagen unter der Aufsicht des Geheimdienstes und der Carabinieri bei Nacht und Nebel in Kalabrien verscharrt worden sind. Haben Sie davon Kenntnis?«

Zum ersten Mal geriet Messoni aus der Fassung und glotzte Gianna an, als habe sie ihm einen Knüppel in den Magen gerammt. »Ein Augenzeuge will eine solche Ungeheuerlichkeit beobachtet haben?« Messoni rang sichtlich nach Luft. Plötzlich hob er abwehrend beide Hände. »Bei aller Wertschätzung, sehr verehrte Signora, Sie schenken einem dubiosen Informanten Glauben, der Ihnen eine völlig irreale Geschichte erzählt, und bitten mich, dazu eine Meinung abzugeben?«

»Von dubios kann gar keine Rede sein, Herr Minister. Mein Informant legte bei der Beschreibung dieses Vorgangs eine Detailkenntnis an den Tag, die kein Mensch erfinden kann.«

»Wenn dem so wäre, liebe Signora«, eiferte sich der Minister von oben herab, »und wenn dieser Informant glaubwürdig erscheint, dann versuchen Sie es doch einmal beim Staatsanwalt. Ich persönlich kann dazu nur eines sagen: Unser Geheimdienst wie auch unsere Carabinieri arbeiten weitestgehend auf Anordnung der Regierung, und niemals, ich betone, niemals könnte ohne mein Wissen ein Überwachungseinsatz befohlen werden, der eine Vergiftung der Umwelt zur Folge hätte. Dieser Vorwurf ist absurd. Er ist Ihrer nicht würdig!«

Gianna lächelte kühl. »Ich habe mir die Mühe gemacht, die Kapazitäten bestehender Anlagen zu überprüfen, und dabei festgestellt, dass wir in Italien nicht einmal zwanzig Prozent des entstehenden Giftmülls ordnungsgemäß vernichten können. Verraten Sie unseren Lesern, wohin die restlichen achtzig Prozent verschwinden?«

»Unsinn!«, wiegelte Messoni ab. »Ich weiß nicht, auf welche Statistiken Sie sich berufen.«

»Mit anderen Worten, Sie wollen oder können mir diese Frage nicht beantworten.« Messonis Miene verdunkelte sich, und sein anfangs charmanter Ton hatte sich längst in klirrende Kälte verwandelt. »Auf diesen Unsinn, wie ich gerade andeutete, werde ich mich nicht einlassen.«

»Wir in der Redaktion des *Messaggero* sind auf so viele Ungereimtheiten gestoßen, dass wir annehmen, dass große Mengen toxischen Materials entweder in illegalen Deponien abgeladen oder in die Dritte Welt exportiert werden. Können Sie bestätigen, dass Mafiosi sich am Müllgeschäft eine goldene Nase verdienen? Immerhin reden wir hier über mehrere Millionen Tonnen.«

Messonis Haltung versteifte sich, und Gianna bemerkte, dass der Minister sichtlich nervöser wurde. »Natürlich kennen wir das Problem. Überall, wo es um viel Geld geht, mischt die Mafia mit. Aber auch diese Zahlen halte ich für maßlos übertrieben.«

»Aber ist es seit langem bekannt, dass ein Großteil des umweltzerstörenden Mülls aus den Fabriken im Norden kommt, deren Geschäftsführer oder Inhaber entweder aktiv an den Deals teilhaben oder wohlwollend wegschauen.«

»Ich räume ein, das ist in der Tat ein Problem«, entgegnete Messoni, ohne eine Miene zu verziehen. »Wir haben deshalb den Polizeidruck erheblich erhöht. Natürlich wollen wir die Einsätze gegen Umweltsünder effizienter gestalten. Deshalb habe ich …«

Gianna fiel dem Minister ins Wort. »Die Bevölkerung glaubt Ihnen nicht mehr, Signore Ministro.«

Messoni lächelte von oben herab. »Die Bürger und übrigens auch die Medien können gar nicht beurteilen, welch enorme Anstrengungen wir unternehmen. Lassen Sie es mich so ausdrücken: Es kommt auf die Sichtweise an. Ändern Sie den Blickwinkel, dann ändert sich zwangsläufig auch die Wahrnehmung. Und wenn sich die Wahrnehmung ändert, dann ändern sich auch die Fakten. Das sollten auch die Medien berücksichtigen.«

»Ach! So einfach ist das?«

»Ich kann Ihnen nicht helfen, wenn Sie nicht bereit sind, die Dinge einmal objektiv zu betrachten. Ich kann mich außerdem des Gefühls nicht erwehren, dass Sie Schuldvorwürfe gegenüber meinen toten Söhnen auf mich übertragen und Ressentiments gegen mich hegen.«

Gianna ließ den Seitenhieb an sich abprallen wie einen Tennisball, den man an eine Betonwand schlug. »Lassen wir das, Signore Ministro. Ich kann sehr gut zwischen Beruf und persönlichen Gefühlen unterscheiden.«

»Nun, dann fahren Sie fort«, antwortete Messoni ernst, aber keineswegs überzeugt.

»Immerhin haben Wissenschaftler und Umweltorganisationen bei großangelegten Untersuchungen rund um Neapel beispielsweise Arsen, Cadmium, Zinn, Beryllium und andere Stoffe wie Tetrachloride in furchterregendem Ausmaß nachgewiesen. Diese Gifte gelangen in den biologischen Kreislauf. Wer will uns davor schützen, wenn nicht der Umweltminister?«

»Andauernd konfrontieren Sie mich mit Behauptungen, Mutmaßungen und Annahmen, die Sie durch nichts belegen können«, polterte Messoni unvermittelt los. Ein wenig verunsichert äugte er zu Gianna hinüber, wohl in der Hoffnung, sie mit seinem Ausbruch in die Defensive gedrängt zu haben. Doch Gianna hielt seinem Blick stand. Messoni schien sich allmählich wieder zu beruhigen. Gianna ließ ihm allerdings kaum Zeit dazu und holte schon zum nächsten Schlag aus. »Meine Nachforschungen haben ergeben, dass Legambiente Ihnen umfangreiche Dokumentationen hat zukommen lassen, die sowohl in Kalabrien und Apulien als auch in Sizilien großflächige toxische Belastungen nachweisen. Der Redaktion wurden damals die entsprechenden Dokumente zugespielt.«

»Ich verwahre mich gegen jedwede einfältige journalistische Polemik. Von staatlicher Seite konnten wir Umweltschäden in dem von Ihnen genannten Ausmaß nicht feststellen.«

»Weil Sie nicht gesucht haben? Oder liegt es vielmehr an den Kommunen, die wegsehen, aber klammheimlich die Hand aufhalten. Es wäre nicht das erste Mal, dass Bürgermeister in Korruptionsfälle verwickelt sind.«

»Ich bitte Sie«, protestierte Messoni ärgerlich. »Die Medien sollten um eine objektive Berichterstattung bemüht sein.«

Gianna lächelte über Messonis mehr oder weniger plumpe Bagatellisierungsversuche und setzte zu ihrem finalen Schlag an. »In diesem Zusammenhang habe ich eine wichtige Frage, die mich seit geraumer Zeit beschäftigt, Signore Ministro. Sie besitzen eine fünfzehnprozentige Beteiligung an einer Reederei in Livorno, an der auch ein Mafioso beteiligt ist.«

»Wie bitte? Wie kommen Sie dazu, mir so etwas …«

Gianna fiel dem Minister ins Wort. »De Masso ist Gesellschafter der Massomar-Linie und, um es einmal vorsichtig auszudrücken, ein gerichtsbekannter Mafioso.«

»Ihr Vorwurf ist nicht nur unhaltbar, er ist auch unverschämt. Ich verwahre mich gegen jedweden Verdacht in diese Richtung. Wie können Sie es wagen, mich in die Nähe der Mafia zu rücken!«

»Ich spreche nicht über einen Verdacht, verehrter Signore Ministro, ich spreche über eine Tatsache, die Sie unschwer in den Verzeichnissen der Handelskammer und des Registergerichtes nachlesen können. Und egal, welchen Blickwinkel ich einnehme, ich sehe auch einen Antonio Neri, Mitgesellschafter bei der Massomar und Hauptaktionär eines der größten Chemieunternehmen Italiens.«

In Messonis Augen sprühten wütende Funken. »*Momento!* Signora, Sie haben soeben den Bogen überspannt.«

Gianna lehnte sich zurück und lächelte genüsslich. »Die Massomar-Linie ist verschiedentlich in die Schlagzeilen geraten, weil sie Giftmüll, hochtoxische Chemikalien und Schwermetalle an den Küsten Somalias und des Jemens verklappt hat. Wir gehen davon aus, dass Neris Italchem seinen Dreck preiswert irgendwo in den Weltmeeren entsorgen lässt.«

»Schalten Sie sofort das Mikrofon ab!«, zischte Messoni.

»Auffallend ist, dass die Italchem scheinbar dauerhafte Sondergenehmigungen aus dem Umweltamt erhält, Giftstoffe über den Subunternehmer Giuseppe Morabito abholen zu lassen. Ist Ihnen bewusst, dass dieser Mann der 'Ndrangheta angehört und schon zweimal im Gefängnis gesessen hat?«

Das Blut war dem Ministro aus dem Gesicht gewichen, und seine Mundwinkel zuckten nervös. »Machen Sie endlich das Ding aus«, blaffte er sie ungehalten an und hielt seine Hand über den Mikrofonkopf.

Gianna lächelte ungerührt und dachte nicht daran abzuschalten. Im Gegenteil, sie rückte das Mikro in Position und schoss schon ihre nächste Frage ab. »Die Spedition Morabito gehört zu einer Holding in La Valletta, deren Vorstandsvorsitzender ein gewisser Peppino Comerio ist …«

»Signora! Ich habe Sie soeben gebeten, das Mikrofon auszuschalten.«

»Trotzdem würde ich gerne von Ihnen wissen, wie beispielsweise die Massomar, an der Sie seit genau neun Jahren beteiligt sind, zu den Ausfuhrgenehmigungen kommt, die sie für den Export dieser hochgiftigen Stoffe benötigt.«

»Auch dazu werde ich kein Statement abgeben, Signora. Das Interview ist beendet. Sie verlassen augenblicklich mein Haus.«

»Wollen Sie mir nicht doch antworten? Meine Leser möchten gerne wissen, wie es sich …«

Messoni war aufgesprungen, riss das Mikrofon an sich und zog die Steckverbindung zum Aufnahmegerät aus der Buchse. »Ich warne Sie, Signora Corodino, sollten Sie dieses Interview veröffentlichen und mich unberechtigterweise mit der Mafia in Verbindung bringen, werden Sie das bitter bereuen. Lese ich auch nur einen einzigen Satz in einer Zeitung über unser Gespräch, dann verspreche ich Ihnen, dass Sie Ihre Karriere abhaken können. Ich hoffe, Sie haben mich jetzt verstanden.«

»Ganz und gar«, erwiderte sie spitz. Ihre Augen sprühten angriffslustig. »Jedenfalls ist es mehr als interessant, wie Sie auf meine Fragen reagieren. Sie können sich darauf verlassen, verehrter Signore Ministro, mich werden Sie nicht mehr los. Sie erinnern mich zu sehr an Ihre Söhne und Carlas sinnlosen Tod.«

Messoni war aufgestanden und hielt Gianna demonstrativ die Tür auf. »Verstehen Sie doch«, sagte er plötzlich in verbindli-

363

cherem Ton. »Es gibt Sachzwänge, denen ich mich nicht entziehen kann. Manchmal muss sich sogar ein Minister bestimmten Pressionen beugen …«

Gianna blieb stehen und blickte ihm in die Augen. Was sie sah, irritierte sie zutiefst. Dieser Mann war eine leere Worthülse, ein Spielball von Kräften, denen er ausgesetzt zu sein schien und gegen die er sich längst nicht mehr wehren konnte. Den Respekt, den Messoni von seinem Umfeld erwartete, hatte er bei Gianna völlig verspielt.

»Ich verstehe nicht ganz«, erwiderte sie. »Was meinen Sie mit *Pressionen?*«

»Sie würden das nicht begreifen«, antwortete er knapp. »Es gibt Dinge auf dieser Welt, die man lieber nicht erfahren oder erleben würde, wenn man vorher wüsste, wie sie ausgehen.«

»*Scusi*«, entgegnete Gianna. »Das ist mir zu kryptisch.«

Doch Messoni schwieg.

Entschlossenen Schritts verließ Gianna das Büro, ohne Messoni noch eines weiteren Blickes zu würdigen. Kurze Zeit später trat sie durch die Glastür ins Freie. Der Mann mit dem Hund fiel ihr wieder ein. Ob er noch irgendwo draußen stand und mit ihm spielte? Sie sah sich um, doch er war nirgends zu sehen. Während sie noch ganz in Gedanken an das Gespräch mit dem Minister zum Parkplatz ging, bemerkte sie nicht, dass ihr lautlos ein Schatten folgte. Gianna formulierte bereits in Gedanken den Entwurf ihres Artikels, den sie in der Redaktion dann in den Computer tippen wollte. Gedankennotizen machen, so nannte sie die Reflexion nach einem solchen Gespräch.

Das gellende Hupkonzert und das Kreischen von Bremsen fuhren ihr in die Adern wie ein Stromschlag. Ein BMW war ziemlich schwungvoll zwischen den Reihen geparkter Fahrzeuge eingebogen und hätte um ein Haar einen entlaufenen Hund überfahren, der plötzlich zwischen zwei Autos aufgetaucht war. Gianna sah schemenhaft den Schatten eines Mannes, der geistesgegenwärtig nach dem Vierbeiner griff und ihn zurückriss. Sie meinte, in ihm den Schatten des Mannes erkannt zu haben, der vor einer Stunde neben der Tür des Umweltministeriums mit seinem Pitbull gespielt hatte. Glück gehabt, dachte sie, stieg in ihren Wagen und fuhr gemächlich in Richtung Stadtmitte davon. Gianna hatte keine Ahnung, wie doppeldeutig ihr Gedanke war …

Gorgona

Auf der nördlichsten Insel des Toskanischen Archipels lag die Steilküste in der glutroten Abendsonne. Auf dem kleinen Eiland, knapp fünfunddreißig Kilometer von der Hafenstadt Livorno entfernt, bereiteten sich vier Beamte der *Penitenziaria della Gorgona* auf die Ankunft des Schnellbootes der Gefängnispolizei vor. Der Kapitän hatte vor zwanzig Minuten angekündigt, dass er vom Porto Mediceo in Livorno ablegen würde, und die Wachmannschaft auf der Insel informiert, dass sich die Ankunft wegen rauher See ein wenig verzögern könnte. Geschätzte Ankunftszeit: ein paar Minuten nach achtzehn Uhr. Täglich landeten im zwischen Klippen eingekeilten, winzigen Hafen von Gorgona zwei Barkassen mit Besuchern beziehungsweise Gefangenen an, doch heute erwartete man auf Italiens letzter Gefängnisinsel einen ganz besonderen Gast.

Früher lebten in dieser Abgeschiedenheit vierzig bis fünfzig Familien, die unter harten Bedingungen den Alltag meisterten und Gorgona nur selten verließen. Wie Schwalbennester an einer Stallwand schienen die Häuser am Nordhang der Insel zu hängen. Blau-weiße Fischerboote dümpelten im Hafenbecken. Wege mit Kopfsteinpflaster führten steil in den Ort hinauf, wo sich die Kapelle und die Festung der Medici befanden, heute das Domizil des Gefängnisdirektors. Kakteen wuchsen an kargen Felsabhängen, Plantagen zogen sich auf terrassierten Feldern über die Insel.

Heute hielt nur noch die Gefängnisverwaltung mit ihrem Personal die Insel am Leben, auf der tagsüber an die hundert schwere Jungs in einem landwirtschaftlichen Betrieb arbeiteten. Sie sollten auf Gorgona bessere Menschen werden, bevor man sie nach zwanzig, wenn nicht gar fünfundzwanzig Jahren wieder in die Gesellschaft entließ.

Während in den Festlandgefängnissen die Haftbedingungen aufgrund von Überfüllung und bedrückender Enge die reinste Hölle waren, galt die Inhaftierung auf der Insel unter den Gefangenen als Privileg. In ihren Augen herrschten auf Gorgona geradezu paradiesische Zustände. Die Inhaftierten hüteten Schafe und Ziegen, bauten auf den Anhöhen Gemüse und Feldfrüchte an, ernteten Oliven, Trauben und Orangen oder stellten in offenen Werkstätten Bekleidung und Möbel her. Und während manche von ihnen auch Rinder, Hühner und Pfauen züchteten, verwünschten die Wachmannschaften den Ort, von dem es auch für sie kein Entkommen gab, solange sie Dienst hatten.

Comandante Nicolo Bandieri suchte mit dem Fernglas die aufgewühlte See bis hinüber in Richtung Livorno ab. Die Barkasse konnte er noch nicht ausmachen. Stattdessen dümpelte in seinem Sichtfeld, etwa drei Seemeilen vor der Insel, eine riesige Jacht, deren dumpfes Motorgrollen vom Wind zu ihm herübergetragen wurde. Höchstwahrscheinlich ein schwerreicher Tourist, der dort allerdings nichts zu suchen hatte. Boote und Jachten aller Art waren drei Seemeilen rund um Gorgona nicht erlaubt. Das Sperrgebiet durfte nur mit ausdrücklicher Genehmigung der Behörden befahren werden.

Bandieri griff nach seinem Telefonino und rief die Gefängnisleitung an.

»Hier ist ein fremdes Schiff, Richtung Nordnordost. Überprüft doch mal in der Zentrale in Livorno, um wen es sich handelt und ob eine Erlaubnis vorliegt. Mir jedenfalls ist nichts bekannt. Aber beeilt euch, Pietro Fillone soll spätestens in zehn Minuten hier eintreffen.«

»In Ordnung, wir gehen der Sache nach.«

Eine Minute später kam auch schon die Meldung über den Sprechfunk. »Bandieri, halten Sie die Augen offen. In der Capitaneria weiß man nichts von einer Jacht. Eine Sondergenehmigung für heute liegt auch nicht vor. Die Carabinieri sind unterwegs und kümmern sich um diese Idioten da draußen. Wir geben die Meldung sicherheitshalber an die Barkasse weiter.«

Bandieri hielt sich das Fernglas erneut an die Augen und beobachtete, wie die *Barca Gabbia*, der Käfig, wie die Strafgefangenen das Schnellboot nannten, eine große Bugwelle vor sich herschiebend, den Hafen von Gorgona ansteuerte. Nur noch ein paar Minuten, dachte er, dann ist endlich Dienstschluss. Bandieri schwenkte sein Fernglas hinüber zu der weißen Jacht. Sie dümpelte noch immer an derselben Stelle.

In dem Moment kam die Meldung der Leitstelle in Livorno, dass sich die Jacht außerhalb der Drei-Meilen-Zone befinde und es keinen Grund zur Besorgnis gäbe.

»*Tutto in ordine*«, funkte Bandieri daraufhin der Verwaltung. »Rauchen wir noch eine?«, rief er seinen Kollegen zu.

Die Wachen nickten einhellig und bildeten eine kleine Gruppe, um kurz vor Feierabend noch einen abschließenden Plausch zu halten. Sobald die Barkasse erst einmal angelegt hätte, würde wieder alles streng nach Vorschrift und festgelegten Abläufen gehen.

»*Attentione*, sie sind gleich da«, machte einer der Beamten seinen Chef auf die Barkasse aufmerksam, die mit gedrosseltem Motor langsam auf die Kaimauer zusteuerte.

Bandieri hob noch einmal das Fernglas und suchte das offene Meer ab. Merkwürdig, dachte er. Eben war sie noch da. Die Jacht musste abgedreht haben, sie war verschwunden.

Die vier Beamten am Ufer traten heran, um das Schnellboot an den Stahlpollern zu vertäuen. Bandieri grüßte den Kapitän und öffnete die eiserne Schiebetür zum Passagierraum.

Zwei bewaffnete Carabinieri flankierten den Gefangenen und führten ihn in Handschellen von Bord. Kaum hatte Fillone festen Boden unter den Füßen, röhrte der Motor eines hochgezüchteten Sportbootes. Die Köpfe des Wachpersonals flogen in die Richtung, aus der das aggressive Geräusch kam. In rasender Geschwindigkeit hielt das Boot wie ein Wassergeschoss auf die Landemole zu. Es musste hinter einer kleinen Landzunge verborgen gewesen sein, so dass es von der Aussichtsplattform der Gefängnisverwaltung nicht entdeckt worden war.

»Ist der verrückt geworden?«, brüllte Bandieri, während die restlichen Beamten verblüfft übers Wasser blickten und kaum ihren Augen trauten. Was nicht sein darf, kann auch nicht sein – das drückten die Mienen des Wachpersonals aus, bevor alle mehr oder weniger schnell begriffen, in welcher Gefahr sie schwebten. Erst in letzter Sekunde warfen sich einige der Männer auf den Boden.

Die Garbe eines Schnellfeuergeschützes riss die Erde auf, ließ Betonstücke der Mole und der Kaimauer wie Schrapnelle durch die Luft wirbeln, zerfetzte mehrere Leiber, durchschlug die Bordwand der Barkasse, während Querschläger über die Köpfe der auf die Erde gepressten Polizisten jaulten.

Nach zehn Sekunden war der Spuk vorbei. Der gewaltige Motor des Speedboots heulte wie ein wildgewordenes Tier auf und setzte mit brachialer Kraft die beiden Hochgeschwindigkeitsschrauben in Bewegung. Der Bootsführer riss das Steuer herum, raste mit atemberaubender Geschwindigkeit in Richtung Küste davon und war in kürzester Zeit nur noch als winziger Fleck auf dem Wasser auszumachen. Sekundenlang lag der alles lähmende Schock wie ein Bleimantel über dem Eiland.

Sirenengeheul beendete plötzlich die sonst so beschauliche Ruhe auf der Insel und riss Wachdienste und Sanitäter aus ihrem alltäglichen Trott, während der Gefängnisdirektor mit theatralischer Hektik die Küstenwache und Polizeikräfte an Land über den Anschlag informierte. Am alten Hafen von Livorno sprangen Carabinieri in ihre Schnellboote und durchpflügten in Höchstgeschwindigkeit das Hafenbecken, während die Hubschrauberstaffel der Bereitschaftspolizei die Rotoren in Betrieb setzte.

Genau zweiunddreißig Minuten später klingelte das Telefon auf Staatsanwalt Fossos Schreibtisch. Edoardo Fosso – er war gerade im Begriff, nach Hause zu gehen – machte unter der Tür auf dem Absatz kehrt und hob ab.

Schweigend und mit ernster Miene vernahm er, wie ihm eine Männerstimme die unglaubliche Nachricht übermittelte, dass Pietro Fillone auf dem Weg zum Gefängnis erschossen worden sei. Fosso fiel beinahe der Hörer aus der Hand. »Sind Sie sicher?«

»*Certo!*«, antwortete die Stimme. »Leider haben auch zwei von unseren bewährten Beamten ihr Leben gelassen.«

Fosso atmete tief durch. Sein Körper zitterte vor Wut. »Wie war doch gleich Ihr Name?«

»Arturo Zampa. Ich bin der leitende Vollzugsbeamte und stellvertretende Direktor auf Gorgona. Meine Leute wurden bei der Übergabe des Gefangenen vom Wasser aus angegriffen. Da Sie als verantwortlicher Staatsanwalt die Inhaftierung Fillones auf Gorgona verfügt haben, wollte ich Sie sofort in Kenntnis setzen.«

»Verstehe«, entgegnete Fosso. »*Grazie.* Aber eigentlich ist doch kein Mensch so idiotisch und geht das Risiko ein, ausgerechnet Gorgona anzugreifen. Die Verbrecher müssen doch damit rechnen, dass sie nicht weit kommen.«

»Bisher hat man sie jedenfalls noch nicht gefasst. Das Boot, mit dem sie den Überfall begangen haben, ist spurlos verschwunden. Die Hubschrauber waren nur wenige Minuten später in der Luft und haben das gesamte Küstengewässer abgeflogen. Ohne Erfolg.«

Fast apathisch legte Fosso den Hörer auf. »Das kann doch nicht mit rechten Dingen zugehen«, redete er mit sich selbst. »Verdammt!« Das war der Super-GAU. Nicht nur, dass er einen wertvollen Mann verloren hatte, der ihm mit seiner Aussage berechtigte Hoffnungen gemacht hatte, einen spektakulären Fall zu lösen. Er hatte auch die Gefahr unterschätzt, in der Fillone zu schweben glaubte. Doch die zentrale Frage war: Wer außer ihm konnte wissen, dass es sich bei dem Mann um einen *Pentito*, um einen Verräter, handelte? Wer wusste überhaupt, dass Fillone auf abenteuerlichen Wegen nach Livorno zurückgekommen war? Wie um alles in der Welt hatten die Mörder herausgekriegt, dass er den Mann auf die Gefängnisinsel Gorgona hatte bringen lassen?

Ein erster Schritt

Contini riss die Zwischentür zu Valverdes Büro auf und platzte grinsend herein. »Ich hab etwas Neues für dich!« Valverde, der gerade vor der aufgeschlagenen Zeitung und seinem ersten frühmorgendlichen Espresso saß, blickte erwartungsvoll auf. Er sah es dem Gesicht seines Assistenten an, dass er wieder einmal mit einer unliebsamen Überraschung aufwarten würde. Missmutig zog er eine Zigarette aus der Packung. »Wo nimmst du bloß in aller Frühe schon so viel Energie her?«, blaffte er und schob sich den Glimmstengel in den Mundwinkel.

»Die Uzi stammt aus einem Waffendepot des Mobilen Einsatzkommandos in Agrigent«, redete Contini weiter, ohne die üble Laune seines Chefs zu beachten; zu dieser Stunde war er immer schlecht drauf. »Angeblich sind vor mehr als vier Jahren drei Schnellfeuerwaffen Uzi MP2 auf unerklärliche Weise abhandengekommen. Die Tatwaffe ist jedenfalls eine davon. Wir haben Schussbild und Projektile verglichen.«

»Nimm dir auch einen Espresso.« Valverde deutete auf die Kaffeemaschine auf dem kleinen Beistelltisch, die inzwischen wieder brav ihren Dienst tat. »Was heißt unerklärlich? Gestohlen?«, brummte er. »Unter der Hand verhökert? Im Einsatz verlorengegangen?«

Contini zog sich einen Stuhl heran und setzte sich zu Valverde an den Schreibtisch. »Dem Comandante der Elitetruppe in Agrigent waren meine Fragen ziemlich peinlich. Er hat sich gewunden wie ein Wurm. Erst als ich ihm seinen internen Diebstahlsbericht vor eineinhalb Jahren unter die Nase gehalten habe, hat er sich bequemt, mir zu antworten.«

»*Che cazzo!*« Valverde kippte seinen Espresso hinunter und sah Contini auffordernd an. »Und weiter?«

In Continis Grinsen lag ein Anflug von Triumph. »Ich hab gedacht, ich könnte deine Laune heute Morgen ein wenig aufheitern. Immerhin habe ich vergangene Nacht ein paar hundert Diebstahlsberichte durchgeackert, bis ich auf einige interessante Dinge gestoßen bin.« Contini stand wortlos auf, wandte sich der Kaffeemaschine zu und schob eine Tasse unter die Schnaube.

»Möchtest du, dass ich dich lobe?«, polterte Valverde. »Verdammt, lass dir nicht jeden Wurm einzeln aus der Nase ziehen!«

»Sagt dir der Name Carmelo Sassuolo etwas?«

»Meinst du diesen ungehobelten Muskelprotz in Uniform? Diesen übereifrigen Carabiniere aus Castelbuono?«

»Genau den«, erwiderte Contini.

»Was ist mit ihm?«, knurrte Valverde, drückte die Kippe im Aschenbecher aus und steckte sich sofort eine neue Zigarette an. »Mach's nicht so spannend!«

»Sassuolo war zur Zeit des Verschwindens der Uzis verantwortlicher Waffenwart bei der Mobilen Antimafiaeinheit in Agrigent. Das Verschwinden der Waffen muss an die vier Jahre zurückliegen, wurde aber erst vor sechzehn Monaten dokumentiert.«

»Und weshalb erst so spät?«, fragte Valverde weiter.

»Ein unangekündigter Revisor aus Rom hat die Fehlbestände entdeckt. Man wollte die Sache aber nicht an die große Glocke hängen.« Contini kehrte mitsamt Tasse an den Schreibtisch zurück, setzte sich wieder und verrührte nachdenklich den Zucker in seinem dampfenden Espresso.

»Überall die gleiche Schlamperei«, schimpfte Valverde leise. »Wie heißt denn dieser Vogel, der die Truppe leitet?«

»Strangieri ...«

Valverde brach zum ersten Mal in Gelächter aus. »Das sieht meinem Freund Anselmo echt ähnlich.«

»Laut Strangieri sei es unmöglich gewesen nachzuvollziehen, auf welchem Weg die Waffen aus der Kaserne verschwunden waren. Außerdem wollte er partout niemanden in seiner Einheit verdächtigen. Er steht wie ein Fels hinter seinen Leuten. Als ich ihn darauf ansprach, ob er Sassuolo in die Mangel genommen habe, meinte er, dass der Sergente nicht den blassesten Schimmer gehabt habe, dass überhaupt etwas gestohlen worden sei.«

»*Naturalmente*«, bemerkte Valverde sarkastisch. »Verdammt! Dieser Sergente muss doch irgendeine Erklärung haben. War er öfter auf dem Klo, oder hatte er Besuch von Freundinnen?«

»Nichts dergleichen! Strangieri erklärte, Sassuolo sei damals verstockt gewesen«, verkündete Contini. »Er habe vehement bestritten, dass während seiner Zeit als Waffenverantwortlicher in Agrigent jemals Uzis abhandengekommen oder gestohlen worden seien.«

»Ich fasse es nicht. Haben die Beamten von der Revision dem Kerl etwa geglaubt?«

»Anscheinend. Jedenfalls konnten sie ihm nichts nachweisen. Irgendwann haben sie die Sache dann auf sich beruhen lassen.«

»Also, mir war dieser Typ von Anfang an suspekt. Dem traue ich allerhand zu. Als ich zur Piazza Margherita kam, war er bereits mit seinem Kollegen Pinotta am Tatort, ohne dass jemand die beiden gerufen hätte. Als ich ihn darauf ansprach, haben sich die zwei verdammt merkwürdig verhalten.«

»Inwiefern merkwürdig?«, erkundigte sich Contini. »Davon hast du mir nie etwas gesagt.«

Valverde zog eine abwehrende Grimasse. »Wir sind Idioten, dass wir die zwei Carabinieri bei unseren Ermittlungen nicht mehr auf dem Bildschirm hatten. Ich hab's völlig verdrängt, schließlich sind sie Kollegen.« Er seufzte. »*Merda!* Sassuolo ist der Cousin des Pächters der Bar Albanesi. Sassuolo war völlig emotionslos, als wir die Leiche fanden. Er hat nicht die geringsten Anstalten gemacht, mich über seine verwandtschaftlichen Verhältnisse aufzuklären, obwohl er wusste, dass sein Cousin tot hinterm Tresen lag. Hätte ich nicht gezielt gefragt, ob er ihn kennt, hätte er das Maul garantiert nicht aufgemacht.«

»Da sind jetzt eine Menge Fragen offen«, meinte Contini nachdenklich.

»Schaff mir diesen Sassuolo nach Messina. Ich will ihn in zwei Stunden vor mir sitzen sehen. Nimm vorsichtshalber ein paar Kollegen mit. Ich habe keinen Bock auf dumme Überraschungen.« Er kniff die Augen zusammen, als fiele ihm noch etwas ein. »He, Contini«, rief er ihm nach. »Bring am besten auch gleich noch diesen Pinotta mit. Und nehmt sicherheitshalber zwei Autos, damit sie sich nicht absprechen können.«

»*Sì*, mach ich!«

»Ich bin sicher, wir können die beiden im Verhör gegeneinander ausspielen.«

Contini nickte und schlug die Tür hinter sich zu.

Duplizität der Ereignisse

Gerade als Luigi und Alfredo auf Geheiß ihres Capo Montalbano auf dem Weg zur Bar Albanesi waren, um dort mit ihren Freunden Sassuolo und Pinotta ein paar wichtige Dinge zu klären, sahen sie, wie zwei Zivilfahrzeuge der Polizia di Stato aus Messina direkt vor der Tür der wiedereröffneten Spelunke stoppten und ein Schwung Zivilfahnder die Cafébar betrat. Die beiden verständigten sich wortlos mit Blicken und Gesten, wie es in Sizilien und insbesondere unter Mafiosi üblich war. Die lange Geschichte der Fremdherrschaften hatte es mit sich gebracht, dass den Mund zu halten oft besser war, Blicke und Gesten genügten. So war es auch bei diesen beiden Burschen, die sofort wussten, dass etwas faul war.

Luigi war ein kleiner, vierschrötiger Typ mit abgebrochenem Schneidezahn. Seine Lippen waren schmal wie ein Strich, und sein Lächeln hatte etwas Brutales. Seine Miene ließ den meisten Menschen, die mit ihm zu tun bekamen, das Blut in den Adern gefrieren. Er hinterließ bei Begegnungen mit Fremden fast immer den Eindruck, dass sie von Glück sagen konnten, gerade noch einmal davongekommen zu sein. Seine pomadisierten schwarzen Haare hatte er straff nach hinten gekämmt. Sie waren zu einem kurzen Zopf zusammengefasst, den ein gelber Gummiring hielt. Durch seinen untersetzten, muskulösen Körperbau wirkte der nur etwas über eins sechzig große Mann aber dennoch überaus respekteinflößend.

Alfredo, ein wuchtiger Typ mit brennenden Augen und furcht-erregendem Bizeps, war im gleichen Dorf wie Luigi aufge-wachsen – in Lercara Friddi, einer jener Gegenden im sizilia-nischen Hinterland, in dem die Mafia leichtes Spiel bei der Re-krutierung ihres Nachwuchses hatte. Er galt unter Montalbanos Männern als der Intellektuelle, der sich mit schlagkräftigen Argumenten überall durchsetzte. Luigi und Alfredo waren seit ihrer Jugend unzertrennlich und tauchten auch heute noch bei-nahe überall im Duo auf. Quer über Alfredos rechte Wange lief eine gezackte Narbe, die er sich bei einer Messerstecherei auf den Straßen Palermos zugezogen hatte. Sie unterstrich seinen Hang zur Gewalt. In seinem Familienclan galt er als schlau und gefährlich. Er lebte nach der Maxime: Deine Freunde müssen sich bei dir sicher fühlen, aber noch sicherer müssen sich deine Feinde fühlen. Oft genug hatte er unter Beweis gestellt, dass er über eine Art intuitive Intelligenz verfügte, was ihn zu einem gefährlichen und wegen seiner schnell wechselnden Launen auch zu einem unberechenbaren Gegner machte.

Die beiden Männer lümmelten nun an einem der Tische vor der Tür der Bar Albanesi, rückten ihre verspiegelten Sonnenbrillen zurecht und steckten sich scheinbar unbeteiligt eine Zigarette an. Der lautstarke Wortwechsel am Tresen drinnen war nicht zu überhören. Kaum hatten die Zivilfahnder ihre zwei unifor-mierten Kollegen ins Fahrzeug bugsiert, eilte Luigi in die Bar.
»Was war das eben?«, herrschte er Giovanni an, der in Castel-buono nach Cesares Tod die Bar übernommen hatte.
Der Pächter grinste schadenfroh. »Die zwei Carabinieri wur-den von ihren eigenen Kollegen festgenommen.«
»Haben sie etwas gesagt?«
»Kein Wort. Bloß, dass sie nach Messina in die Questura fah-ren.«
Luigi nickte zufrieden und verließ die Bar.

377

Draußen zückte er sein Handy. »*Senti*, Don Montalbano«, raunte er heiser. »Es gibt Ärger.«

»Was ist?«

»Gerade haben sie diese dämlichen Idioten verhaftet.«

»Sassuolo und Pinotta?«

»*Certo*«, erwiderte Luigi lapidar. »Wie ich die zwei kenne, werden sie das Maul nicht halten können.«

Montalbano schwieg einen Augenblick, dann sagte er: »Fahrt hinterher. Gebt mir Bescheid, wenn ihr wisst, wo man sie hingebracht hat. Ich werde mit Don Sardeno überlegen, was zu tun ist. Melde dich, sobald etwas passiert und Bewegung in die Sache kommt.«

Luigi und Alfredo richteten sich auf eine längere Wartezeit ein und machten es sich auf einer Parkbank im Schatten von Platanen gegenüber des Palazzo Governo in Messina gemütlich. Mit ausgestreckten Beinen rauchte Luigi entspannt eine Zigarette, ohne auch nur eine Sekunde den Haupteingang zur Questura und das Ausfahrtstor aus den Augen zu lassen. Wenn die beiden Sergenti entlassen würden, kämen sie aus dem Eingang, wenn nicht, würde man sie durch das Tor abtransportieren.

Verhör in Messina

Gerade als Valverde das Ristorante Bel Soggiorno betrat, um seine vorgezogene Mittagspause zu nehmen, erreichte ihn Continis Anruf. »Wir sind da«, meldete er. »Wir haben die Sergenti Sassuolo und Pinotta aus Castelbuono abgeholt und sie in getrennte Vernehmungszimmer gesteckt. Wo bist du?«

»Ich wollte gerade eine Kleinigkeit essen.«

»Ja, dann beeil dich, wir warten so lange.«

Doch Valverde machte auf dem Absatz kehrt und eilte zurück zu seinem nur wenige hundert Meter entfernten Büro. Zwei Stufen auf einmal nehmend, stürmte er hinauf in die zweite Etage, wo sich die Verhörräume befanden. Contini und ein weiterer Mitarbeiter standen im matt erleuchteten Korridor und unterhielten sich leise.

»Was ist los?«, rief Valverde, während er sich den beiden Männern näherte.

»Wir haben auf dich gewartet.« Contini wirkte total frustriert. »Die beiden Sergenti wollen einen Anwalt sprechen.«

»Sieh einer an«, kommentierte Valverde Continis Information. »Und? Hast du einen rufen lassen?«

Sein Assistent hob beide Hände. »No. Ich habe den beiden vorsichtshalber auch gleich noch ihre Handys abgenommen. Wir lassen sie ein wenig zappeln. Außerdem sind sowieso gerade unsere sämtlichen Telefonleitungen nach draußen gestört.«

Valverde nickte grimmig.

»Fang du mit Pinotta an. Ich will wissen, weshalb die zwei so schnell am Tatort an der Piazza Margherita waren. Nimm den

Kerl auseinander und frage ihn vor allem über Sassuolo aus. Ich bin mir sicher, der Typ arbeitet mit der Mafia zusammen. Du musst ihn irgendwie weich kriegen. Sag mir Bescheid, sobald es etwas Wissenswertes gibt. Ich gehe davon aus, dass Sassuolo die härtere Nuss ist.«

Contini grinste übers ganze Gesicht. »*D'accordo!*«

Valverde betrat den Verhörraum. Sassuolo, der auf seinem Stuhl lümmelte und Däumchen drehte, zuckte bei seinem Anblick zusammen. Doch nur eine Sekunde später hatte er sich bereits gefasst. »Sie schon wieder. Hätte ich mir ja denken können, dass wir es noch mal miteinander zu tun bekommen«, polterte er los. »Das sind mir die richtigen Kollegen. Einen auf Großkotz machen und unsereins ans Bein pissen. Aber ich sag Ihnen etwas: Von mir aus können Sie einen Kopfstand machen und mit den Ohren wackeln, von mir erfahren Sie nichts.«

Valverde lächelte kühl und musterte sein Gegenüber. »Sergente«, begann er leise, »wir haben uns bereits in Castelbuono kennengelernt. Jedenfalls kann ich mich sehr gut an unsere … na, sagen wir … an unsere Zusammenarbeit erinnern. Wissen Sie, was mir damals sofort aufgefallen ist?«

Sergente Sassuolo fummelte eine Nagelzange aus der Tasche und begann, demonstrativ seine Fingernägel zu kürzen. »Interessiert mich nicht«, erwiderte er in einem Ton, als sei er gar nicht anwesend.

»Ich sag's Ihnen trotzdem. Ihr Cousin Cesare Bianchi, der Pächter der Bar Albanesi, hat als Großverteiler der Mafia die ganze Küste von Cefalù bis Palermo mit Koks versorgt. Und Sie haben das gewusst. Nur so erklärt sich, weshalb Bianchi und seine Kumpane nie aufgeflogen sind.«

»*Vaffanculo!*«, fluchte Sassuolo unflätig. »Worauf wollen Sie eigentlich raus?«

»Es wird Ihnen kaum gelingen, sich noch dümmer zu stellen, als Sie es ohnehin schon sind. Das ist nämlich gar nicht möglich.«

Sassuolo sprang vom Stuhl auf, als wolle er Valverde an die Gurgel gehen. »Ich lasse mich von Ihnen und Ihren diffusen Andeutungen nicht provozieren, Comandante.«

»Wenn Sie randalieren wollen, haben Sie bei uns ganz schlechte Karten. Also, setzen Sie sich wieder hin, und benehmen Sie sich!«

Valverde rückte sich einen Stuhl zurecht, nahm selbst auch Platz und lehnte sich entspannt zurück. »Zu Ihrer Information: Dieses Verhör wird mitgeschnitten. Haben Sie das zur Kenntnis genommen?«

Sassuolo blickte den Comandante stumpfsinnig an und nickte.

»Sie haben die beiden erschossenen Mafiosi Frederico Sardeno und Silvio Montalbano sehr gut gekannt, ich nehme sogar an, dass Sie mit ihnen befreundet waren. Und Sie wussten auch ganz genau, wer die beiden anderen Leichen waren.« Er unterbrach sich einen Augenblick und blickte Sassuolo direkt in die Augen. »Sergio und Tonino Messoni. Zwei Stammkunden Ihres Cousins.«

»Was werfen Sie mir eigentlich vor?« Sassuolo grinste unverschämt.

»Ich will's mal so ausdrücken«, grinste Valverde ebenso frech zurück. »Aktive und passive Unterstützung der Mafia bringt Ihnen als Carabiniere nicht nur die sofortige Entlassung aus dem Dienst samt Verlust sämtlicher Pensionsbezüge, sondern auch drei bis vier Jahre Knast ein. Und so, wie die Sache aussieht, kriege ich Sie alleine schon damit dran. Aber das ist längst noch nicht alles.«

»Was denn noch?« Sassuolo versuchte, Selbstsicherheit und Überlegenheit zu demonstrieren, indem er laut auflachte.

»Agrigent. Erinnern Sie sich?«

»Kommen Sie mir jetzt auch noch mit diesen alten Geschichten?«

»Aber ja doch«, antwortete Valverde freundlich. »Ich erzähle Ihnen jetzt das Märchen von den gestohlenen Uzis.«

»Geschenkt!«, blaffte Sassuolo.

Doch Valverde ließ sich nicht aus dem Konzept bringen und fuhr fort: »Geduld, Geduld, der Gag kommt ja erst noch. Vor genau vier Jahren und drei Monaten sind beim Mobilen Einsatzkommando in der Polizeikaserne drei Schnellfeuerwaffen vom Typ Uzi MP2 abhandengekommen. Sie waren damals alleinverantwortlich für die Waffenausgabe. Niemand außer dem zuständigen Comandante und Ihnen hatte einen Schlüssel zur Waffenkammer. Und was glauben Sie, was unsere KTU festgestellt hat?«

»Keine Ahnung«, knurrte Sassuolo betont gelangweilt und knipste sich mit der Nagelschere den Daumennagel kürzer.

»Eine dieser auf wundersame Weise abhandengekommenen Uzis war die Tatwaffe in Castelbuono. Finden Sie es nicht eigenartig, dass ausgerechnet diese Waffe für ein Blutbad mit sechs Toten verwendet wurde? Ich für meine Person glaube jedenfalls weder an Wunder noch an Zufälle.«

Sassuolo hielt abrupt inne und starrte den Comandante konsterniert an. »Sind Sie verrückt geworden? Wollen Sie mir damit unterstellen, ich hätte etwas mit diesen Morden zu tun?«

»Etwa nicht?«

»Nein!«, brüllte Sassuolo in einer Lautstärke, dass die zwei Wachen vor der Tür hereinstürmten, um nachzusehen, ob alles in Ordnung war. Sassuolo war aufgesprungen. Blitzartig erkannten die beiden Beamten die Situation, warfen sich auf den uniformierten Muskelprotz und zwangen ihn wieder auf seinen Stuhl.

»Handschellen?«, fragte einer der beiden.

Valverde verneinte mit einem Kopfschütteln. »Ich denke, er wird vernünftig sein.«

Wortlos verließen die Carabinieri den Raum, und der Comandante wandte sich wieder dem vor Wut schäumenden Sergente zu. »Passen Sie mal auf, Sassuolo. Es sind mehrere Szenarien denkbar: Sie haben vor vier Jahren die Waffen aus der Polizeikaserne entwendet und sie in einschlägigen Kreisen verhökert, wahrscheinlich sogar an den Killer. Eine Alternative wäre, dass die Waffen innerhalb der Mafia weitergereicht wurden. Sollten wir irgendwelche Spuren finden, die auf Sie hindeuten, sind Sie erledigt.« Valverde atmete tief durch und beobachtete aufmerksam jede Regung seines Gegenübers. Doch Sassuolo saß nur wie versteinert da und ließ seinen Blick im Verhörzimmer umherschweifen.

Es klopfte an der Tür, und Continis Kopf erschien im Türspalt.

»*Vieni*«, raunte er Valverde kurz zu und war auch schon wieder verschwunden.

»Bin gleich wieder da«, sagte Valverde zum Sergente und verließ den Raum.

Contini hatte wieder diesen triumphierenden Glanz in den Augen, den Valverde nur zu gut kannte. Er musste etwas Wichtiges herausgefunden haben.

»Ich habe Pinotta die Hölle heißgemacht – und er ist eingeknickt.«

»Sag schon, was gibt's?«

»Sergente Sassuolo hat dafür gesorgt, dass sein Cousin Bianchi ungestört seine Kunden bedienen konnte. Er wurde immer von Zoppo informiert, wenn neue Ware kam. Und jetzt halt dich fest: Sassuolo hat gleich mehrere heiße Drähte zu De Cassinis Drogendezernat und wusste deshalb genau, wann er Bianchi warnen musste. Wenn eine Razzia bevorstand, haben sie die Drogenbestände in seiner und Bianchis Garage eingelagert, bis der Spuk vorüber war.«

»Das ist ja wohl ein Treppenwitz, oder?« Valverde schlug sich mit der flachen Hand an die Stirn. »De Cassini lässt seit Jahren Sardeno und Montalbano abhören und überwachen, ohne zu bemerken, dass in seiner eigenen Truppe Maulwürfe sind?«

Contini zuckte mit den Schultern. »Es kommt noch besser: Sassuolo hat bis zu seiner Versetzung von Agrigent nach Castelbuono mit Waffen gehandelt. Er hat Pinotta anvertraut, dass er sich im Depot des Mobilen Einsatzkommandos mit Hilfe eines Komplizen im großen Stil an allen möglichen Waffen bedient und sie irgendwo außerhalb gelagert hat.«

»Weshalb erzählt mir dann der Comandante in Agrigent, dass nur Uzis gestohlen wurden?«, murmelte Valverde.

»Keine Ahnung. Wir werden ihn fragen müssen. Ich habe das Gefühl, dort wird so einiges vertuscht.«

»Und was sagt Pinotta zum Überfall auf der Piazza?«, bohrte Valverde weiter.

»Daran waren sie nicht beteiligt. Pinotta weist den Vorwurf jedenfalls weit von sich, das schwört er bei allem, was ihm heilig ist. Abgesehen davon haben die zwei ein wasserdichtes Alibi. Ich habe es schon überprüfen lassen. Man hat die beiden zum Zeitpunkt des Schusswechsels in der Bar La Gioia in der Via Croce gesehen. Zweihundert Meter von der Piazza Margherita entfernt. Das erklärt auch, weshalb sie so schnell vor Ort waren.«

»Okay, dann kann ich diesem Schweinehund Sassuolo jetzt die Daumenschrauben anlegen. Ruf den Staatsanwalt an und lass dir einen Haftbefehl für Sergente Pinotta ausstellen. Du kannst ihm auch gleich ankündigen, dass es in Agrigent und Cefalù Arbeit gibt.«

»Was ist mit den Garagen, die Pinotta erwähnt hat?«

»Was soll damit sein? Die Spurensicherung soll sich sofort darum kümmern. Wenn sie Spuren von Drogen finden, haben wir wenigstens stichhaltige Beweise für Pinottas Aussage.«

Valverde verhörte Sassuolo nun schon den halben Tag. Nach mehr als fünf Stunden zeigte der muskelbepackte Sergente kaum noch nennenswerten Widerstand. Nach und nach gab er preis, wer der Kopf des Drogennetzwerkes war, wer die Dealer von Palermo bis Cefalù mit Stoff versorgte und von wem das Big Business organisiert wurde. Auch nannte der Sergente die Namen sämtlicher Führungskräfte des Mobilen Einsatzkommandos in Agrigent, die Einsatzbefehle, Razzien und Planungen an ihn weitergaben, und er verriet, von wem die Beamten geschmiert wurden. Die digitale Aufzeichnung der Vernehmung offenbarte eine desaströse Unterwanderung nicht nur von Strangieris Einheit, sondern auch der Antidrogen-Einheit, der Comandante Michele De Cassini vorstand. Dieser hatte offenbar keine Ahnung, was sich hinter seinem Rücken abspielte. Alleine Sassuolos Teilgeständnis hatte die Sprengkraft, die Führungsriege einer ganzen Polizeieinheit zu pulverisieren.

Auch Valverde war nach diesem Marathonverhör erschöpft und vertagte die Fortsetzung auf den nächsten Morgen.

»Contini!«, rief Valverde. »Den Sassuolo bringen wir hier in der Questura unter, dann können wir morgen in der Früh gleich weitermachen.«

»Okay«, antwortete Contini, »Pinotta ist gerade auf dem Weg zum Knast. Den holen wir uns dort, wenn wir ihn wieder brauchen.«

Tödliches Geplauder

Sardeno und Montalbano saßen an diesem milden Spätnachmittag wie üblich unter der rostroten Markise im Lillys Club in Cefalù. Schweigend musterten sie die an ihnen vorbeischlendernden Badegäste und Urlauber, die allmählich ihre Hotels und Unterkünfte aufsuchten, um sich für den Abend herauszuputzen.

»Hast du schon etwas gehört?«, raunte Sardeno.

»Luigi hat in der Questura angerufen. Die zwei Idioten singen wie die Kanarienvögel. Luigi wartet, bis sie wieder rauskommen, und sagt Alfredo Bescheid«, erwiderte Montalbano und nippte an seinem Glas Nero Davolo.

»Ich kann diese beiden Pappnasen in Uniform nicht verstehen«, knurrte sein Gegenüber.

»Sehr ärgerlich, das alles«, seufzte Montalbano. »Ich sag dir was, ich halte mich immer an mein Motto: Wenn du etwas nicht verstehst, dann beseitige es.«

»Ein gutes Motto«, krächzte Sardeno. Er zog ein betrübtes Gesicht. »Warum sich manche Leute so gern ihr eigenes Grab schaufeln, werde ich nie verstehen. Ich hoffe, deine Männer stehen schon an der richtigen Stelle parat. Es wäre bedauerlich, wenn Sassuolo und Pinotta ihnen entgehen würden.«

Montalbano kicherte amüsiert. »Keine Sorge, es gibt nur diese eine Straße zum Knast. Alfredo wartet mit seinen Männern an der Ecke Via Consolare Valeria. Es wird alles sehr schnell gehen.« Er blickte nervös auf seine Uhr.

»Es ist schon fünf«, murmelte Sardeno und drückte hustend seine Kippe im Aschenbecher aus. Das schüttere Haar, der irgendwie schiefe Kopf und die gelbliche Gesichtsfarbe ließen ihn krank aussehen. Seine Haut glich einem Steinbruch: schroff, kantig, zerklüftet – ein Gesicht, dem man ansah, dass der Mann im Leben häufig Poker gespielt und die Nächte mit Frauen verbracht hatte. Er rauchte wie ein Schlot. Kaum jemand hatte ihn je ohne Zigarette im Mundwinkel gesehen.

»Wir hätten schon vor Monaten reagieren sollen«, fügte er mürrisch hinzu. »Aber du wolltest ja nicht auf mich hören.«

»*Porca miseria*«, fluchte Montalbano leise vor sich hin. »Wer konnte ahnen, dass die zwei so blöde sind, sich verhaften zu lassen.«

»Wir hätten diesen Messonis nie vertrauen dürfen«, brummte Sardeno kaum hörbar. »Die haben sich aufgespielt und gemeint, sie könnten das große Geschäft diktieren. Und dann schleppen diese aufgeblasenen Maulhelden aus Cefalù auch noch diese Blindgänger in Uniform an, die Stein und Bein schwören, dass sie unsere Kreise nicht stören. Nur gut, dass die zwei Arschlöcher auf der Piazza umgebracht wurden, sonst hätten wir jetzt die Arbeit.«

»Meinst du, Sassuolo und Pinotta halten wenigstens über die Waffendeals und was unsere Verbindung zu ihnen angeht, den Schnabel?«

»Vielleicht, vielleicht auch nicht.« Sardeno bekam wieder einen seiner fürchterlichen Hustenanfälle und spuckte über die Hecke. »Das spielt jetzt auch keine Rolle mehr. Sollen sie doch reden. Was wissen die schon groß?«

Montalbano ließ eine verkniffene Miene sehen und seufzte.

»Mach dir nicht ins Hemd«, grunzte er und steckte sich den nächsten Glimmstengel an. »Wer kann uns an den Karren fahren? Hä? Du weißt doch: keine Zeugen, keine Probleme. Luigi ist ein guter Mann. Ohne ihn hätten wir nie erfahren, dass Sassuolo und Pinotta uns Ärger machen. Er wird mit seinen Leuten das Problem aus der Welt schaffen. Für ihn lege ich meine Hand ins Feuer. Er hat handfeste Argumente.«

Montalbanos Telefonino dudelte eine bekannte Tarantella. Der dicke Pate meldete sich mit einem krächzenden: »*Pronto?*« Er hörte einen Augenblick zu und trennte nach wenigen Sekunden die Verbindung. »Heutzutage kann man sich auf nichts mehr verlassen«, meinte er verärgert. »Sie haben nur diesen Idioten von Pinotta erwischt.«

Wände mit Ohren

Valverde brauchte dringend etwas zu trinken und eine Zigarette. Erschöpft schlenderte er in die Polizeikantine, besorgte sich den unvermeidlichen Espresso und rauchte draußen auf der überdachten Terrasse. Stundenlange Verhöre gingen oft ziemlich an die Substanz. Kaum hatte er sich an einen Tisch gesetzt und seine Beine ausgestreckt, da sah er, wie Contini durch die Kantine auf ihn zustürmte.

»Was ist denn jetzt schon wieder?«, maulte er und leerte die Tasse mit einem Schluck.

»*Merda!* Sie haben Pinotta erschossen!«, rief er und stützte sich japsend auf die Tischplatte.

»Was?« Valverde starrte seinen Assistenten fassungslos an.

»Ich bin in dem Moment informiert worden. Es wurde Großalarm ausgelöst. Auf dem Weg zum Untersuchungsgefängnis haben vier Männer den Transport gestoppt und den Sergente erschossen.«

»Verdammt, wie ist das möglich?«, brüllte Valverde zurück. »Weshalb sind die Jungs von der *Polizia Penitenziaria* nicht eingeschritten? Sie sind doch schwer bewaffnet.«

»Die Kerle haben mit einem Lastwagen quer die Straße blockiert und dann mit einer Panzerfaust die Beamten gezwungen, die Verriegelung des Fahrzeugs zu öffnen. Es gab einen kurzen Schusswechsel. Ich habe nur am Rande mitbekommen, dass einer der Beamten verletzt sein soll.«

»Ist schon jemand am Tatort?« Valverde hatte sich sein Jackett übergeworfen und prüfte seine Dienstwaffe.

»Du kannst dich wieder entspannen. Die Männer von Strangieri sind mit großem Aufgebot ausgerückt. Sie müssten bereits vor Ort sein.«

»Gehört das nicht irgendwie zu unserem Fall?«, schimpfte der Comandante.

»Strangieri wird dich nicht ansprechen. Wenn ein Gefangenentransport attackiert wird, fällt das in seinen Zuständigkeitsbereich. Basta. Wenn wir jetzt auch noch dort aufkreuzen, gibt es bloß Ärger.«

Valverde nickte genervt. »Und wo genau ist das passiert?«

»In der Via Consolare Valeria, knapp zweihundert Meter vom Gefängnis entfernt.«

»Das hat uns gerade noch gefehlt. Gibt es einen Anhaltspunkt, wer dahintersteckt?«

Contini lachte bitter. »Seit wann bist du Optimist? Man hat Pinotta eiskalt liquidiert. Wenn ich an seine Aussagen denke, ist doch völlig klar, wer dahintersteckt. Der Befehl kam aus Cefalù.« Er ließ sich auf den Stuhl fallen und, mit dem Blick auf Valverdes leere Kaffeetasse, sagte er leise: »Jetzt brauche ich auch einen Espresso.«

Valverdes Blutdruck war in schwindelerregende Höhen gestiegen. »Verdammt, verdammt, verdammt«, murmelte er. »Wenn die Paten solche Geschütze auffahren und diesen Pinotta kaltstellen, dann kann man daraus nur schließen, dass der redselige Carabiniere bei weitem nicht so harmlos war, wie er sich dargestellt hat. Vermutlich hätte er uns noch eine ganze Menge erzählen können.«

»Den Eindruck hatte ich während des Verhörs auch. Ich hab ihn nur in die Zelle bringen lassen, damit er gut aufgehoben ist. Ich dachte, wir machen dann morgen mit ihm weiter.«

»Falsch gedacht«, brummte Valverde. »Ich will mir nicht ausmalen, was der Staatsanwalt uns erzählt, wenn er davon erfährt«, murmelte Valverde und schüttelte den Kopf. »Irgendjemand muss mitbekommen haben, dass wir die zwei verhaftet haben. Es gibt Maulwürfe in unserem Laden. Ist dir das klar?«

Contini sah seinen Chef entnervt an. »Verdammte Kacke!«

»Unsere Freunde aus Cefalù wollten verhindern, dass Sassuolo und Pinotta aussagen.« Valverde sprang auf, warf wütend seine Kippe auf den Boden und trat sie aus. »Ich könnte kotzen. Wenn ich herausbekomme, wer die Info weitergegeben hat, dass wir die zwei Carabinieri im Verhör haben, dann drehe ich demjenigen den Hals um.«

»Und was jetzt?«, erkundigte sich Contini und wischte sich mit einer fahrigen Geste über die schweißnasse Stirn.

»Wir müssen davon ausgehen, dass sie sich auch Sassuolo schnappen wollen. Er ist zurzeit unser wichtigster Zeuge. Und er hat garantiert noch viel mehr zu sagen, als wir bislang aus ihm herausgequetscht haben. Er muss unter strengsten Sicherheitsvorkehrungen untergebracht werden und darf keinerlei Kontakte zu Mitgefangenen haben.«

Contini nickte grimmig. »Ich gebe es sofort an den Staatsanwalt weiter.«

»Senti«, richtete Valverde noch einmal das Wort an Commissario Contini. »Ich will wirklich sicher sein, dass er morgen vor mir sitzt.«

»Alles klar!« Contini hatte gerade die Tür hinter sich zugeschlagen, als das Telefon auf Valverdes Schreibtisch klingelte. »Pronto!«

»Hallo? Spreche ich mit Comandante Valverde?«

»Sì.«

»Hier spricht Pater Eusebio aus Castelbuono. Erinnern Sie sich?«

»Aber ja, Padre. Mit Ihnen habe ich jetzt nicht gerechnet. Was kann ich für Sie tun?«

»Verzeihen Sie, wenn ich mich erst jetzt an Sie wende, aber mir ist etwas eingefallen, das ich seit Tagen nicht mehr loswerde. Ich glaube, ich habe den Mörder von Castelbuono vielleicht doch schon einmal gesehen.«

Valverde fuhr wie elektrisiert auf. »Sagen Sie das noch einmal!«
»Ich bin nicht sicher, ob es sich um den Mann handelt, den ich
zwei Tage zuvor in meiner Kirche gesehen hatte. Aber wenn
ich recht habe, dann …«
Valverde hörte das aufgeregte Atmen des Geistlichen und hatte
das Gefühl, dass er sich mit dem Anruf schwertat. »Bitte, Padre, sprechen Sie weiter.«
»Es war so: Ich habe ihn auf der Bank ganz hinten sitzen sehen
und wollte ihn zuerst nicht stören. Dann habe ich die zwei
Hunde bemerkt, die er dabeihatte, und ich musste ihn hinaus-
schicken. Wissen Sie, Hunde dürfen nicht in die Kirche. Er hat
sie wohl draußen festgebunden und kam gleich darauf wieder
herein. Wir haben uns kurz unterhalten, und er hat mir komische Fragen gestellt. Erst jetzt bin ich auf die Idee gekommen,
dass es etwas mit der fürchterlichen Bluttat auf der Piazza zu
tun haben könnte. Sehen Sie es einem alten Mann nach, mein
Gedächtnis ist nicht mehr das allerbeste.«
»Signore, machen Sie sich um Himmels willen keine Gedanken. Aber ich glaube, das ist wirklich sehr interessant. Könnten
Sie mich in Messina aufsuchen, oder ist es Ihnen lieber, wenn
ich zu Ihnen nach Castelbuono komme?«
»Kommen Sie zu mir, wenn es Ihnen nichts ausmacht.«
Valverde überlegte kurz. »Ich bin die nächsten beiden Tage in
Rom. Sobald ich zurück bin, melde ich mich bei Ihnen, und
dann reden wir in aller Ruhe über diesen Hundefreund.«

Alarmstimmung

Domenico Valverde zog seinen Rollkoffer quer durchs Ankunftsgebäude des Flughafens Fiumicino und stellte sich in die lange Reihe der Wartenden am Taxistand. Kurz zuvor waren mehrere Jumbos gelandet, was jedes Mal zu einem fürchterlichen Gedränge bei den Verkehrsmitteln in die Innenstadt führte. Valverde warf einen Blick auf seine Armbanduhr. Zum Glück lag er noch gut in der Zeit. Er wurde erst in knapp zwei Stunden vom Generalstaatsanwalt erwartet.

Während er sich geduldig in der Schlange Zentimeter für Zentimeter nach vorne arbeitete, kam ihm Gianna in den Sinn. Sie gehörte zum angenehmen Teil seines Romaufenthalts. Er hatte sich mit ihr für den Abend verabredet, sie würden gemeinsam essen gehen. Er hing noch eine ganze Weile diesem Gedanken nach und malte sich aus, wie sie ihn wohl empfangen würde und was er ihr alles erzählen wollte. Als er endlich an die Reihe kam, ins Taxi zu steigen, wischte er seine Träumereien beiseite und nannte dem Fahrer die Adresse. Generalstaatsanwalt Sassi und das bevorstehende Meeting machten jeglicher Romantik den Garaus.

Sein Kurzbericht aus Messina hatte in Rom für Alarmstimmung gesorgt. Sassi hatte ihn sofort nach Rom zitiert, um das vorläufige Ermittlungsergebnis mit ihm persönlich zu besprechen. Seit Wochen geisterte durch die Medien nur ein einziges Thema: das Blutbad in Castelbuono, die Söhne des Umweltministers und die Mafiosi, die in diese Sache verwickelt waren. Dass sich der Umweltminister wegen Krankheit auf unbestimmte Zeit aus der Öffentlichkeit zurückgezogen hatte, wie es in den Nachrichten hieß, verwunderte in Regierungskreisen kaum jemanden. Die Opposition fühlte sich allerdings dazu animiert, mit Häme über Messoni herzuziehen.

Die Neuigkeiten in seiner Aktentasche würden dem Generalstaatsanwalt noch weniger Freude bereiten als die derzeitige politische Stimmung. Was den Killer der Messoni-Söhne anging, so gab es zwar nach wie vor nur vage Anhaltspunkte, und nur der Himmel wusste, wo er diesen vermaledeiten Mafioso suchen sollte. Im Augenblick allerdings drehte sich alles um die Geständnisse der beiden Sergenti, die einen neuen Blickwinkel auf das blutige Attentat in Castelbuono eröffneten. Sassuolos lebhafter Waffenhandel in Agrigent war in den Augen der Carabinieri ein alter Hut, der niemand groß zu kümmern schien. Dennoch bestand ein Zusammenhang mit dem Mafiagemetzel in der Kleinstadt. Überdies warf der offenbar einfache Zugang zum Waffendepot der Polizeikaserne ein katastrophales Licht auf die Sicherheitseinrichtungen. Allein dieser Sachverhalt gab Anlass genug zu öffentlichen Diskussionen, wie es um den Schutz und die Sicherheit der Bevölkerung eigentlich bestellt sei.

Doch als wäre das nicht schon genug, wurde das Polizeipräsidium von Messina bereits vom nächsten Skandal erschüttert. Wieder einmal schienen die Wände der Büros Ohren gehabt zu haben, und dieses Mal mit wahrlich verheerenden Folgen. Die Presse hatte Wind davon bekommen, dass zwei Beamte aus Castelbuono an der Tat in der Kleinstadt beteiligt waren, was an sich schon übel war. Doch die Liquidierung eines der Hauptzeugen löste dann einen Eklat aus, der katastrophaler nicht hätte sein können.

Die sechs Toten in Castelbuono wühlten seit Wochen ganz Italien von Bozen bis Palermo auf, doch nun empörten sich auch die Politiker über die schleppenden Ermittlungen, die schließlich den dramatischen Überfall auf das Gefängnisfahrzeug ermöglicht hatten – einen Überfall, der anscheinend von den Mafiapaten befohlen wurde.

Die Sache war ein Schlachtfest für die Presse und sämtliche Medien. Die oft haarsträubenden Spekulationen über die Zusammenhänge zwischen dem Massaker und der Rolle der beiden Sergenti lösten bei den Bürgern Proteststürme aus. Die Politik sah sich genötigt, das negative Bild der italienischen Polizei irgendwie geradezurücken. Waffendiebstähle seien Einzelfälle, so wurde allenthalben betont, könnten aber letztendlich nicht gänzlich verhindert werden. Außerdem befand sich die Justiz in der Defensive, weil man in Sachen Castelbuono immer noch auf der Stelle trat. In Talkshows debattierten Experten jeder Couleur über die Unfähigkeit der Ermittler und die Ohnmacht der Justiz, über die Korruption, den Filz und mafiösen Verstrickungen in Italien.

Kein Tag verging, ohne dass die Medien mit beißender Ironie den Fall ausschlachteten: Ein von Kugeln durchlöcherter, stadtbekannter Dealer war der Cousin eines Carabiniere, der als entlarvter Komplize gemeinsam mit seinem Kollegen den Tatort in Castelbuono sicherte. Zu allem Überfluss waren an dem Blutbad auf der Piazza auch noch zwei – ermordete – Ministersöhne beteiligt, denen man enge Verbindungen zur Mafia nachsagte. Für die Medien besaß das Drama schon die Qualität einer Realsatire. Und nun hatte die Mafia erneut zugeschlagen und gerade den Carabiniere beseitigt, der hatte auspacken wollen.

Die gesamte Führungsebene der Justiz war deshalb erst einmal in Deckung gegangen und hüllte sich in Schweigen. Selbst der Justizminister geriet durch unschöne Fragen, ob die Polizei seit neuestem mit Mafiosi zusammenarbeite, in Bedrängnis. Ihm blieb nichts anderes übrig, als seinen Untergebenen einen Maulkorb zu verpassen, damit über den wahnwitzigen Vorgang nicht noch mehr Ungereimtheiten an die Öffentlichkeit drangen.

Und auch Valverde konnte heute keine guten Nachrichten nach Rom mitbringen. Er wusste nur zu gut, dass es drei Dinge gab, die der Generalstaatsanwalt hasste wie die Pest: Misserfolge, Verrat und negative Publicity. Leider traten die drei meist auch noch in Kombination auf. Daher stellte sich Valverde mental auf ein höchst unangenehmes Gespräch ein. Sein Trost war, dass er abends Gianna zum Essen ausführen würde.

Mittlerweile war er mit dem Taxi vor dem Amtssitz des Procuratore Generale angekommen und eilte hinüber zum Hauptportal. Schwungvoll nahm er die Stufen im Treppenhaus und meldete im Vorzimmer des höchsten Vertreters der Exekutive seine Ankunft.

»Da sind Sie ja endlich, Valverde«, belferte der Generalstaatsanwalt verärgert. »Kommen Sie herein, und schließen Sie die Tür!« Nicolo Sassi stand hoch aufgerichtet am weit geöffneten Fenster seiner Diensträume und rauchte. Er reichte dem Comandante nicht die Hand, sondern bedeutete ihm nur knapp, Platz zu nehmen.

Doch Valverde ließ sich von Sassis offen zur Schau getragener Missachtung nicht einschüchtern. »*Buongiorno*«, grüßte er mit ausgesuchter Freundlichkeit, sah sich um und entschied sich nicht für den Stuhl am Schreibtisch, sondern für einen bequemeren Sessel am Konferenztisch.

»Sie haben Ihren Verein in Messina nicht im Griff!«

»Ich bin der leitende Sonderermittler und nicht der Questore«, schoss Valverde zurück. »Ich bin verantwortlich für meine Abteilung, und die funktioniert bekanntlich tadellos.«

»Wir sind in wenigen Minuten vollzählig«, polterte Sassi, ohne auf Valverdes Widerspruch einzugehen, und ließ den Rauch seiner Zigarette ins Freie abziehen.

»Darf ich fragen, Signore, wen Sie noch erwarten?«

»Dreimal dürfen Sie raten, Comandante. Die Unglücksraben der Nation: den Chef der Drogenfahndung De Cassini und natürlich den Comandante des Mobilen Einsatzkommandos Anselmo Strangieri. Beide haben Sie ja im Haus von Minister Messoni in Cefalù bereits kennengelernt. Sie werden sich sicher erinnern. Ach, und ehe ich's vergesse: Der Justizminister wird ein wenig später zu uns stoßen.«

Valverde konnte sich ein zynisches Grinsen nicht verkneifen. Das konnte ja heiter werden.

Sassi schnippte die Zigarettenkippe durchs Fenster und wandte sich um. »Ich erinnere mich übrigens bestens an Sie und unsere unerfreuliche Begegnung bei Minister Messoni.« Er stierte Valverde durch seine schwarze Hornbrille an wie ein Uhu. Seinen Blick wandte er erst von ihm ab, als es an der Tür vernehmlich klopfte und die beiden Elitebeamten eintraten.

»*Buongiorno*, Signori«, empfing der Procuratore Generale die Ankömmlinge und wies mit der Hand auf die Sessel am Konferenztisch. »Die Herrschaften kennen sich alle, ich muss Sie also nicht vorstellen. Wir haben keine Zeit zu verlieren. Ach ja, wenn Sie rauchen möchten, bitte …«

»Man sollte immer erst eine Zigarette rauchen, bevor man die Welt auf den Kopf stellt«, murmelte Valverde dankbar. Wie auf Kommando kramten alle Beteiligten schweigend ihre Zigarettenpackungen und Feuerzeuge aus den Taschen.

Sassi blickte mit ernster Miene in die Runde. »Ich habe es satt, jeden Morgen in der Zeitung lesen zu müssen, was für grandiose Stümper unsere Kriminalchefs sind. Und es geht mir unendlich auf die Nerven, wenn ich von hohen Regierungsbeamten permanent gefragt werde, ob die Familie unseres Ministers Messoni in Wirklichkeit eine Bande von schießwütigen Mafiosi sei.« Er unterbrach abrupt seine Einleitung und beobachtete, welche Wirkung seine Worte auf die Anwesenden hatte. Doch niemand zeigte eine Reaktion.

»*Bene*«, murmelte Sassi. »Sie sagen dazu also nichts.« Düster wanderte sein Blick von einem zum anderen. »Der eine lässt sich jahrelang direkt vor seiner Nase das Waffendepot ausräumen. Der andere wird von genau den Mafiosi unterwandert, die er mit seinen Leuten bekämpfen soll. Ich habe keine Ahnung, was in so einem Fall zu tun ist, um ehrlich zu sein. Wenn ich Sie so ansehe, habe ich das Gefühl, dass mir bloß zwei Wahlmöglichkeiten bleiben: von einer Brücke zu springen oder mich totzulachen.«

Die Beamten schienen sich von der Tirade kaum beeindrucken zu lassen und bliesen ungerührt graublaue Rauchwolken in die Luft, was den Generale nur noch mehr auf die Palme brachte. Nun nahm Sassi Valverde ins Visier. »Unser Comandante hier sollte die Frage schon längst beantworten können, was sich bei der Suche nach dem dubiosen Killer ergeben hat. Aber nein, das kann er nicht. Stattdessen höre ich von ihm nur, dass Sergio und Tonino Messoni mit Drogendealern zusammengearbeitet haben und zudem ein Mädchen auf dem Gewissen haben. Der Justizminister ruft dreimal am Tag hier an, weil man auf Regierungsebene darüber empört ist, dass ich keine schlüssigen Ergebnisse liefere.«

»Machen Sie einmal einen Punkt«, brüllte Valverde los. »Mir reicht es allmählich. Glauben Sie etwa, es ist hilfreich, wenn Sie mir andauernd einreden wollen, dass diese hochkriminellen Ministersöhnchen in Wirklichkeit eine Stütze unserer Gesellschaft waren?«

»Reden Sie doch keinen Unsinn, Valverde! Das habe ich nie behauptet. Im Übrigen bin ich es auch leid, mit Ihnen ständig darüber zu debattieren, wann und wo man besser Respekt an den Tag legt. Mittlerweile ist die Atmosphäre in der gesamten Polizeibehörde vergiftet. Ich wäre Ihnen dankbar, wenn wir jetzt endlich etwas Substanzielles zu hören bekämen.«

»*Certo*«, brummte Valverde ungnädig und suchte den Blickkontakt zu seinem Kollegen De Cassini. »Lassen Sie mich so beginnen: Einer unserer wichtigen Zeugen, Sergente Pinotta, ist Opfer eines brutalen Anschlages der Mafia geworden, wie Sie inzwischen alle wissen. Die Umstände scheinen darauf hinzudeuten, dass es auch in Messina mindestens einen Maulwurf unter den Beamten gibt, der Informationen weiterleitet.«

De Cassini winkte entnervt mit der Hand ab. »Solange unsere Leute mit Hungerlöhnen abgespeist werden und die Personaldecke weiterhin so dünn bleibt, wundert mich das gar nicht. Die Mafia hat es nicht schwer, junge unterbezahlte Carabinieri zu kaufen.«

»Jaja, ich kenne diese Leier!«, brüllte Sassi los. »Arme, unterbezahlte Beamte, die bei jedem dahergelaufenen Mafioso sofort dankbar die Hand aufhalten. Dass ich nicht lache! Es ist eine Frage des Führungsstils und der Loyalität. Für mich gibt es da keine Entschuldigung.« Er gab Valverde einen Wink fortzufahren.

»So lasse ich mich nicht abfertigen«, stänkerte De Cassini weiter und fuchtelte aufgebracht mit den Armen herum.

»Bin ich jetzt endlich an der Reihe?«, erkundigte sich Valverde süffisant in die Runde. Allmählich kehrte wieder Ruhe ein, und der Comandante ergriff das Wort. »Sergente Sassuolo hat mir die Kontakte und Namen der Beamten genannt, die ihm Informationen über Zeit und Ort bevorstehender Razzien zugespielt haben. Ihre Behörde in Agrigent ist derzeit von der Mafia völlig unterminiert, aber das wissen Sie ja.« Er öffnete seine Aktentasche und schob De Cassini eine Liste über den Tisch. »Messonis Söhne haben für die beiden Paten Calogero Montalbano und Giancarlo Sardeno Drogen in großen Mengen aus Mexiko importiert und von der Bar Albanesi aus ein umfassendes Netzwerk von Kleindealern an der gesamten Nordküste Siziliens aufgebaut.«

Eisiges Schweigen breitete sich in Sassis Büro aus. De Cassini starrte Valverde an, als wäre ihm ein Geist erschienen, während der Generalstaatsanwalt sichtbar nach Luft rang. Beide waren schockiert, jedoch aus unterschiedlichen Beweggründen. De Cassini, der das wahre Ausmaß der Infiltration seiner Truppe erst jetzt begriff, war mit einem Schlag klar, dass er vor den

Scherben seiner Karriere als erfolgreicher Mafiajäger stand. Sassi dagegen würde als Überbringer dieser ungeheuerlichen Ergebnisse vermutlich eine mittlere Regierungskrise auslösen, wenn die beiden Ministersöhne Tonino und Sergio Messoni wirklich einen Drogenring für zwei berüchtigte Mafiabosse aufgebaut hatten. Unter diesen Umständen spielte es fast nur noch eine untergeordnete Rolle, weshalb und von wem die beiden erschossen worden waren.

Die Stille lastete schwer auf dem Raum, als es erneut an der Tür klopfte. Noch ehe Sassi antworten konnte, wurde sie aufgerissen, und Justizminister Dottore Alfonso Grillo, ein kleiner, dicklicher Mann mit Halbglatze und buschigen Augenbrauen, betrat selbstbewusst das Büro des Procuratore Generale.

Die Männer machten Anstalten, sich zu erheben, um den Ankömmling zu begrüßen, der jedoch sofort darum bat, Platz zu behalten.

»Kein schöner Anlass«, wandte sich der gemütlich wirkende Minister mit sorgenvoller Miene an Sassi. »Wenn Sie mich kurz und knapp ins Bild setzen würden, dann …« Er ließ seinen Blick über die Anwesenden schweifen.

Eine halbe Stunde später war Ministro Grillo nach hitzigen Diskussionen über den aktuellen Stand der Ermittlungen unterrichtet. Er hatte nicht nur aufmerksam zugehört, sondern auch bei der einen oder anderen Ungereimtheit seinen messerscharfen Verstand unter Beweis gestellt. Jetzt, nachdem sämtliche Fakten klar waren, wirkte er zutiefst betroffen. »Signori«, begann er mit einem Seufzer. »Sie werden verstehen, wenn ich bei dieser beunruhigenden Sachlage keine überhasteten Entscheidungen treffen möchte. Dennoch sei angemerkt, dass ich ohne Ansehen der verantwortlichen Personen eine umfassende und lückenlose Untersuchung anberaumen werde. Der Fall Castelbuono hat, fürchte ich, zu erheblicher Unruhe in der Regierung geführt, zumal die Opposition schon damit droht, einen Untersuchungsausschuss zu beantragen.« Er blickte in Richtung Sassi, als er fortfuhr: »Und welche Konsequenzen dieser Fall nach sich ziehen wird, kann sich jeder hier ausmalen, dazu bedarf es keiner großen Phantasie.«

»Wie sollen wir jetzt weiter verfahren, Signore Ministro?«, fragte Sassi. »Ich denke, es wäre vernünftig, wenn ich den Fall an mich zöge und wir von Rom aus das weitere Vorgehen koordinierten.«

Grillo überlegte kurz. »Ich dachte, das wäre längst geschehen.«

Sassi schüttelte den Kopf. »Bislang oblag die Koordination Dottore Salvatore Lo Presto. Er ist der Chef der Antimafiabehörde hier in Rom.«

»Hm, ich kenne ihn. Warum ist er eigentlich nicht anwesend?«

»Er war heute nicht abkömmlich. Aber ich kann ihn natürlich gern anrufen, wenn Sie ihn sprechen möchten.«

»Nicht nötig.« Grillo warf Sassi einen seltsamen Blick zu, und einen Moment lang dachte Valverde, der die beiden nicht eine Sekunde aus den Augen gelassen hatte, dass der Generalstaatsanwalt bei Grillo längst in Ungnade gefallen war. Aber vielleicht täuschte er sich ja auch. Grillos Blick wanderte weiter. »Und Sie, mein lieber Valverde, Sie werden ab sofort in Rom die Sondereinheit als Vice-Questore übernehmen und mir und Generalstaatsanwalt Sassi jeden zweiten Tag Bericht erstatten.«

»Wieso ausgerechnet ich?«, fragte Valverde überrascht.

Grillo sah den Comandante lange an, ehe er antwortete: »Ich beobachte Sie schon eine ganze Weile. Außerdem habe ich heute Morgen noch einmal Ihre Personalakte studiert. Sie sind zwar unbequem, zuweilen auch unkonventionell und ruppig und nicht unbedingt der Liebling Ihrer Vorgesetzten, aber Sie haben Erfolg. Sie scheinen mir der Einzige zu sein, der kompetent und erfahren genug ist, um die Sache zu einem guten Ende zu führen.«

Aufschlussreiche Romanze

Der Abend war angebrochen. Valverde hatte sich in Rom durch das Sekretariat ein Hotelzimmer in der Innenstadt in der Via Liberiana reservieren lassen. Es befand sich in einem dieser alten Palazzi, in denen man sich höchstens dann wohl fühlte, wenn man mehr als drei Gläser Wein intus hatte. Das Fenster seines Zimmers war weit geöffnet. Er blickte hinunter auf die belebte Straße und dachte an die bevorstehende Begegnung mit Gianna. Vom Concierge hatte er sich ein Restaurant direkt um die Ecke in der Via Paolina empfehlen lassen. Ungeduldig sah er auf die Armbanduhr: neun Minuten vor acht.

Bei ihrer telefonischen Verabredung hatte Gianna ihm voller Stolz von ihrem neuen Dienstwagen erzählt, einem roten Alfa Romeo Giulietta. Wenn sie pünktlich kam, müsste sie jeden Augenblick um die Ecke biegen. Er achtete auf jedes rote Auto, das sich dem Hotel näherte. Die Straße unter ihm war von Laternen bereits hell erleuchtet. Valverde erspähte ihren Wagen, als er sich gerade eine Zigarette ansteckte. Ein paar Meter vom pompösen Hoteleingang entfernt rangierte Gianna rückwärts in eine enge Parklücke. Plötzlich fiel ihm nur wenige Meter weiter hinten ein verbeulter Fiat Punto auf, dessen Fahrer in einigem Abstand anhielt und offenkundig auf irgendetwas wartete.

Leute gibt es, dachte der Comandante, als er bemerkte, dass das Fahrzeug vorne kein Nummernschild hatte. Vermutlich war es von der Rostlaube irgendwann einmal abgefallen, und der Fahrer hatte sich nicht darum gekümmert. Nun ja, irgendwann würde die Stadtpolizei den Kerl schon aus dem Verkehr ziehen. Valverde schnippte seine Zigarettenkippe nach draußen und wollte schon das Fenster schließen, als er sah, wie der Fahrer des Punto plötzlich mit Vollgas zurückstieß, rumpelnd über den Bordstein auf den Gehweg fuhr und sein Fahrzeug abstellte. Kopfschüttelnd schaute Valverde zu, wie sich ein wahrer Hüne aus der kleinen Blechkiste schälte und sich offenbar keinerlei Gedanken darüber machte, dass die Fußgänger nun auf die Straße ausweichen mussten. Der Mann beugte sich ins Innere des Fahrzeuges, holte einen weißen Borsalino hervor, setzte ihn auf und zog ihn sich tief in die Stirn. Ein strammer Pitbull sprang schwanzwedelnd aus dem Auto und blieb hechelnd neben dem Mann stehen.

Valverde schaute zu Gianna hinüber, die soeben aus ihrem Wagen ausgestiegen war und die Tür abschloss. Was für eine Frau, dachte er, warf sich sein Jackett über und verließ sein Hotelzimmer, um ihr entgegenzugehen.

Und dann stand er ihr im Foyer gegenüber. Verdammt, nimm dich zusammen, schalt er sich, weil er plötzlich nicht wusste, was er überhaupt sagen sollte. Unvermittelt fühlte er sich in seine Pubertät zurückversetzt und versuchte, zumindest sein linkisches Grinsen abzustellen. Ihr weißer Hosenanzug passte wie angegossen und betonte ihre umwerfende Figur. Er war fasziniert von der rassigen Schönheit, die ihm da gegenüberstand und ihn wortlos anlächelte. Ihr schmales Gesicht, umrahmt von langem pechschwarzem Haar, das ihr in ungestümen Wellen über die Schultern fiel, verlieh ihr eine orientalische Note – ein Anblick, der ihm die Hitze in die Adern trieb und in ihm eine fast schon vergessene Sehnsucht auslöste.

»*Buonasera*, Domenico«, sagte Gianna und ging freudestrahlend auf ihn zu. »Wie schön, dass wir uns wiedersehen!«

Valverde legte seine Hände auf ihre Schultern und deutete verlegen einen Wangenkuss an. Sie riecht verdammt gut, schoss es ihm durch den Kopf, und er antwortete mit leicht belegter

Stimme: »*Buonasera*, Gianna, ich kann Ihnen gar nicht sagen, wie sehr ich diesen Abend herbeigesehnt habe.«

»Und was haben Sie mit mir vor?«, erwiderte sie mit kokettem Augenaufschlag.

Valverde war dankbar, dass sie ihm mit einem einzigen Satz die Aufregung nahm. »Hundert Meter von hier gibt es ein Ristorante. Man hat es mir empfohlen.«

»Ah, *bene*, dann können wir ja zu Fuß gehen.«

Valverde nickte, reichte ihr galant seinen Arm, und sie verließen das Hotel.

Sie schlenderten hinüber zur monumentalen Piazza, in deren Mitte die im fünften Jahrhundert errichtete Basilika Santa Maria Maggiore aufragte, eine der vier Papstbasiliken Roms, die sich außerhalb des Vatikans befand. »Wunderschön«, raunte Gianna und lehnte sich für einen Augenblick selbstvergessen an Valverdes Schulter. Auch er ließ die beeindruckende Fassade des Bauwerkes auf sich wirken, bis sein Blick allmählich zur Straße weiterwanderte.

»Seltsamer Kerl«, murmelte er. Der Riese aus der fahrbaren Blechbüchse stand am gegenüberliegenden Straßenrand und kraulte seinen Hund am Nacken.

»Den kenne ich«, sagte Gianna plötzlich. »Der stand am Eingang des Umweltministeriums, als ich Messoni interviewt habe.«

»Der da?« Er machte mit dem Kopf eine kaum merkliche Bewegung in Richtung des Mannes mit dem Hut.

»Ich fand ihn damals irgendwie komisch. Den Hund hatte er auch dabei.«

»Sagten Sie eben, Sie hätten Messoni aufgesucht?«

»*Sì, certo.*«

Valverde wirkte mit einem Male nachdenklich, ja, beinahe verschlossen. Die Stichworte »Messoni« und »Hund« und dieser dubiose Kerl mit Hut verwandelten Valverde schlagartig zum analytischen Ermittler. »Irgendwie werde ich das Gefühl nicht los, dass er uns beobachtet«, meinte Valverde nach einer Weile. Dann driftete er in seine Gedankenwelt ab. Was hatte der Padre gestern am Telefon gesagt? Ein großer, auffälliger Mann mit zwei Hunden war in seiner Kirche gewesen.

Und jetzt erwähnte Gianna einen Riesen mit einem Hund vor dem Umweltministerium, und zwar just, als sie Minister Messoni interviewen wollte. Nach seinem Geschmack waren das ein paar Übereinstimmungen zu viel. Oder handelte es sich doch nur um einen banalen Zufall? Hundeliebhaber gab es zuhauf. Aber zwei Meter große Männer mit Hund, die waren schon seltener, und ganz besonders, wenn sie ausschließlich von Personen beschrieben wurden, die irgendwie mit Castelbuono zu tun hatten.

»Vielleicht hat er es ja auf mich abgesehen, weil ich ihm gefalle«, lachte Gianna kokett und sah sich kurz um, als wolle sie überprüfen, ob der Unbekannte ihr nachschaute.

Vielleicht hatte Gianna ungeahnt den Nagel auf den Kopf getroffen? Dennoch, so viele Zufälle, das ergab alles keinen rechten Sinn.

»Er beobachtet uns.« Sie musterte Valverde kritisch von der Seite. »Ist was mit Ihnen? Hab ich was Falsches gesagt?«

»Lassen Sie uns hinüber ins Hotel gehen. Ich möchte, dass wir so tun, als würden wir den Kerl hinter uns gar nicht bemerken. Ich bin mir sicher, mit dem stimmt etwas nicht.«

Giannas Lächeln fror auf der Stelle ein. »Wie kommen Sie darauf?«

»Finden Sie es nicht merkwürdig, dass Sie ihn so kurz hintereinander schon das zweite Mal sehen?«

Gianna zuckte mit unschlüssig mit den Schultern. »Ich gebe ja zu, mir ist er auch unheimlich. Sind Polizisten eigentlich alle so wie Sie?«

»Wie bin ich denn?« Valverde versuchte, ein entspanntes Lächeln sehen zu lassen, was ihm allerdings gehörig misslang.

»Glauben Sie, der Mann ist gefährlich?«

»Weiß nicht«, murmelte er abwesend. »Meistens kann ich mich auf mein Bauchgefühl verlassen. Leider ist es in diesem Falle nicht nur mein Bauch, der rebelliert.«

»Hängt das mit Ihrem Fall zusammen?«

»Möglicherweise«, erwiderte er ausweichend. »Vielleicht aber auch mit Ihnen.«

Gianna blieb abrupt stehen. »Das müssen Sie mir jetzt aber erklären.«

»Das kann ich noch nicht. Ich muss mir zuerst Klarheit verschaffen. Sobald ich mir sicher bin, erzähle ich Ihnen alles.«

Gianna seufzte leise, gab sich aber zufrieden. Es hatte keinen Sinn, ihn weiter zu bedrängen, das spürte sie.

Schweigend schlugen sie einen kleinen Bogen und steuerten auf den Hoteleingang zu, wobei Valverde unauffällig versuchte, den unheimlichen Unbekannten nicht aus dem Blick zu verlieren. Er schob Gianna durch die hölzerne Drehtür des alten Palazzo und bat sie, sich einen Augenblick zu gedulden.

»Ich bin sofort zurück«, versprach er und trat wieder auf die Straße hinaus. Er sah nach rechts, wo er den Hünen zuletzt gesehen hatte. Doch es schien, als hätte der Erdboden ihn verschluckt. Mit schnellen Schritten ging er die Straße entlang und näherte sich dem verbeulten Fiat. Er stand noch an derselben Stelle, wo ihn der Fremde abgestellt hatte. Neugierig warf er einen Blick ins Innere des Wagens. Bis auf eine Hundeleine und eine Decke auf der Rückbank gab es nichts Auffälliges zu sehen. Valverde drehte sich um die eigene Achse. Irgendwo musste der Kerl doch abgeblieben sein? Der Gehsteig war wie leergefegt, nur auf der Piazza gegenüber flanierten ein paar Leute. Vor der Basilika stand eine kleinere Gruppe mit einem Führer. Valverde kniff die Augen zusammen. Nein, unter die Touristen konnte er sich nicht gemischt haben, das wäre aufgefallen.

Merda, fluchte er lautlos und kehrte zu Gianna zurück. »Lassen Sie uns gehen. Es hat keinen Sinn, wenn wir uns durch diesen Zwischenfall den Abend verderben lassen.«

Das bekannte Feinschmeckerlokal Il Corso in einer schmalen Seitengasse war im Stil der Jahrhundertwende gehalten und gut besucht. Kein Wunder, schließlich genoss die Küche auch einen exzellenten Ruf. Zum Glück hatte Valverde rechtzeitig einen Tisch bestellt, was man ihm auch ans Herz gelegt hatte. Und nicht zu Unrecht, wie er sofort feststellte. Hier verkehrten nicht nur namhafte Persönlichkeiten, sondern auch Künstler und Politiker, und die Gäste, so wurde ihm gesagt, nahmen oft weite Wege und lange Wartezeiten in Kauf, um sich mit Spezialitäten aus der Emilia Romagna verwöhnen zu lassen. Nirgendwo in der Stadt bekäme man so gute Pasta, und die Rigatoni Spazzacamino seien besonders zu empfehlen – so hatte man ihm im Hotel gesagt. Die kulinarischen Künste des Corso würden sogar den verwöhntesten Gaumen begeistern.

Valverde und Gianna wurden von einem eifrigen Kellner an einen ruhigen Tisch in einer Nische geleitet. Überall hingen unzählige Fotografien und Bilder berühmter Persönlichkeiten an der Wand, die dem Ambiente etwas Nobles verliehen. Sie setzten sich am Tisch über Eck, so dass sie beide einen guten Blick aufs Geschehen hatten.

Gianna war von Valverdes Wahl sichtlich angetan und sah sich interessiert um. »Schön ist es hier.«

Valverde nahm allen Mut zusammen und griff nach ihrer Hand. Gianna ließ es zu und lächelte.

Der Kellner kam an den Tisch, verteilte die Speisekarten und blieb, die Hände hinter dem Rücken verschränkt, neben dem Tisch stehen. Valverde und Gianna entschieden sich für ein Agnello arrosto mit Speckbohnen und Kartoffelkroketten. Dazu bestellte er eine Flasche Nero Davolo. Nachdem der Kellner den Wein gebracht und die Gläser gefüllt hatte, fasste sich Valverde ein Herz: »An einem so schönen Abend wie heute sollten wir zum Du übergehen. Was meinen Sie?«

Gianna nahm wortlos das Glas, erhob es und stieß mit ihm an.

»Gerne, Domenico.« Sie lächelte. »Und nun? Was gibt es Wichtiges in Polizeikreisen?«

»Reden wir lieber über dich«, wich er lachend aus und wirkte plötzlich wie befreit. »An was für einer Reportage arbeitest du gerade?«, fragte er und rückte näher an Gianna heran.

Giannas Augen verdunkelten sich ein wenig, ihre Miene wurde ernster. »Ich habe den Job eines Kollegen übernommen, den man im Jemen ermordet hat. Ein ziemlich heißes Eisen, wie sich jetzt mehr und mehr herausstellt.«

Valverde zog die linke Augenbraue hoch wie immer, wenn er aufmerksam zuhörte.

»Ich weiß nicht recht, ob dieses Thema jetzt wirklich so passend ist. Es geht um eine Umweltkatastrophe solchen Ausmaßes, dass ich manchmal schon nicht mehr schlafen kann. Die Art und Weise, wie ich verschiedentlich ausgebremst werde, lässt auf eine unglaubliche Konspiration schließen, die bis in die höchsten politischen Kreise reicht.«

»Und deshalb warst du bei Minister Messoni?«, fragte Valverde erstaunt.

»Ja, unter anderem. Ich fürchte, er steckt bis zum Hals in Schwierigkeiten. Er hat Angst. Ich hab's in seinen Augen gesehen.«

»Ich stelle mir das sehr schwierig vor, wenn ausgerechnet du mit dem Mann zusammenkommst, dessen Sohn deine Tochter auf dem Gewissen hat. Ich glaube, ich könnte das nicht.«

»Es war auch sehr schwer. Auf der anderen Seite bin ich professionell genug, um zwischen Beruf und Gefühl trennen zu können.«

»Trotzdem glaube ich nicht, dass du diese fürchterliche Verquickung von Wut, Angst und Trauer völlig ausblenden kannst«, widersprach Valverde. »Man kann es sehen, wie man will, aber auch Messoni hat in Castelbuono zwei Söhne verloren. Er leidet sicher nicht weniger als du. Insofern handelte es sich um eine Begegnung zweier Menschen, die das Wertvollste in ihrem Leben verloren haben. Da bleiben Emotionen nicht aus.«

Gianna seufzte tief. »Ich weiß. Auf die Idee, ausgerechnet diesen Mann aufzusuchen, wäre ich nie gekommen, würde er nicht in meiner Reportage eine herausragende Rolle spielen.«

»Wie kommst du darauf, dass er in Schwierigkeiten steckt?«

»Dieser Mann ist nicht mehr Herr seiner Entscheidungen. Das ganze Land wird systematisch von Mafiosi vergiftet. Er weiß es, aber er tut nichts dagegen. Ganz im Gegenteil. Im Gespräch mit ihm versuchte er andauernd, die dramatische Situation zu bagatellisieren. Und bevor er mich praktisch vor die Tür gesetzt hat, sagte er noch etwas, das mir ziemlich zu denken gab.«

»Du machst mich neugierig.« Valverde richtete sich auf, und in seinem Blick lag die Anspannung eines Kriminalbeamten, der hochkonzentriert jedes Detail in sich aufnimmt.

»Er sagte: ›Manchmal muss sich sogar ein Minister bestimmten Pressionen beugen.‹ Ja, das waren seine Worte.« Gianna sah Valverde in die Augen, als würde sie bei ihm Schutz suchen. »Es klang wie ein Flehen, verstehst du? Das war nicht der arrogante, elitäre, über alles erhabene Politiker. Dem saß die Angst im Nacken.«

Valverde presste die Lippen zusammen. Er schien zu überlegen, ob er dazu etwas sagen wollte. Plötzlich gab er sich einen Ruck. »Merkwürdig ist das schon«, meinte er dann bedächtig.

»Und dann, als ich das Ministerium verließ«, redete Gianna weiter, »verfolgte mich dieser Kerl mit dem Hut bis zu meinem Auto.«

»Weshalb taucht er überall auf, wo du bist? Und noch dazu in zweifelhaften Situationen? Eigentlich dürfte ich darüber gar nicht sprechen, aber es gibt bemerkenswerte Parallelen, was deine und meine Arbeit angeht.«

»Scheint mir auch so«, pflichtete Gianna ihm bei.

»Sieh mal«, setzte Valverde seinen Gedanken fort, »der Padre in Castelbuono hat mir am Telefon erzählt, dass er kurz vor dem Attentat mit einem Mann gesprochen hat, der zwei Hunde dabeihatte. Ein Riese. Ein Mann mit dieser Personenbeschreibung taucht nicht nur vor dem Umweltministerium auf, als du dort erscheinst, nein, er geht auch auf dem Parkplatz hinter dir her und läuft uns hier vor dem Hotel schon wieder über den Weg. Und er hat einen Hund, wie du ja auch sagtest.«

Valverde schwieg einen Augenblick, bevor er weiter sinnierte. »Ich will dir ja keine Angst einjagen, aber für mich sieht es so aus, als wäre er hinter dir her. Frag mich jetzt aber bloß nicht, warum.«

Gianna erblasste. Valverde blickte in ihre schreckensweiten Augen.

»Bist du jemandem auf die Füße getreten?«

»Du liebe Güte, Domenico. In meinem Job tritt man andauernd jemandem auf die Füße. Aber deshalb wird man doch nicht gleich verfolgt.«

»Wem?«, fragte Valverde unumwunden. »Ich meine, in der Zeit nach …« Er unterbrach abrupt den angefangenen Satz.

»Du meinst, nach der Ermordung meiner Tochter, nicht wahr? Du kannst es ruhig aussprechen.«

Er nickte.

»Ich habe mit einigen wichtigen Leuten geredet, telefoniert, gemailt. Die meisten waren Wölfe im Schafspelz, wenn du meine Meinung hören willst. Diese Leute drehen an einem ganz großen Rad.«

Valverdes Augen glitzerten zornig. »Gianna! Solche Leute scheuen sich nicht, Widersacher aus dem Weg zu räumen.«

»Weißt du«, sagte sie plötzlich nachdenklich. »Ich habe mich schon oft gefragt, wie jemand zu einem Mafioso werden kann.«

Valverde warf Gianna einen überraschten Blick zu. »Das lässt sich pauschal nicht beantworten. Als Mafioso wirst du geboren – oder du wirst dazu gemacht. Onkel, Väter, aber auch ältere Brüder haben oft einen großen Einfluss. Sie sind es, die jemanden zum Mafioso machen. Vielleicht wird der Vater erschossen, während du noch ein Kind bist, dann weißt du, dass du ihn irgendwann rächen musst. Mit zehn Jahren prüft deine Familie, ob du talentiert bist. Und talentiert sein bedeutet, dass du andere Kinder verdreschen kannst, dass du keine Angst hast. Mit zehn oder elf Jahren könnte es sein, dass dir jemand einen Stock in die Hand drückt, auf ein Kind deutet und dich auffordert, es zu verprügeln. Mit vierzehn oder fünfzehn sagen sie dir, nimm diese Pistole und erschieß den Hund da drüben. Ein paar Jahre später wirst du zu einem Mord mitgenommen und aufgefordert, auf den Toten zu schießen. Und irgendwann, nach all diesen Stufen, bist du schließlich selbst zum Killer geworden.«

Gianna atmete tief ein. Die Betroffenheit stand ihr ins Gesicht geschrieben. »Eigentlich müsste man mit diesen Typen ja Mitleid haben.«

»Quatsch«, erwiderte Valverde schroff. »Diese Verbrecher sind Eitergeschwüre. Man muss sie ausmerzen.« Valverdes Stimme hatte einen scharfen Klang angenommen. »Die eigentliche Problematik ist, dass sich diese Verbrecher als Beschützer ihres Familienclans sehen und daraus das Recht ableiten, alle ihnen aufgetragenen Befehle auszuführen, und zwar ohne schlechtes Gewissen. Es wird weder hinterfragt noch gezweifelt. Es wird gemordet.«

»Bist du mit mir böse?«, fragte sie.

»Nein. Besorgt! Im Augenblick interessiert mich viel mehr, wer hinter dir her ist. Hast du einen besonderen Kandidaten, einen speziellen Verdacht, gibt es jemanden, der sich von dir in die Enge getrieben fühlt?«

»De Masso. Ein Reeder in Livorno. Er zählt zu den Typen, die Tausende Tonnen Giftmüll im Mittelmeer verklappen, teilweise auch in den Jemen und nach Somalia exportieren und sogar ganze Schiffe mit diesem Dreckzeug im Meer versenken.« Gianna schwieg plötzlich und dachte nach. »Mir fällt da etwas ein«, fuhr sie nach einer Weile fort. »Vielleicht hat es ja mit dieser …«

»Mit was?«, fiel ihr Valverde ins Wort.

»… mit dieser Reederei zu tun. Ich meine die von De Masso, sie heißt Massomar. Ich habe ihn interviewt und mit meinen Fragen provoziert. Es kam vor vier Jahren zu einer Schiffskatastrophe. De Massos Frachter *Rosalia* wurde in der Kleinstadt Amantea an den Strand getrieben. Soweit ich weiß, sollte sie versenkt werden. Das hat aber nicht geklappt. Es ist nie geklärt worden, was dieser Frachter eigentlich geladen hatte.«

Valverde verzog das Gesicht. »Du scheinst ein Händchen dafür zu haben, dich bei den falschen Leuten unbeliebt zu machen.«

»Jetzt, da wir darüber reden, fällt mir noch etwas ein«, sagte Gianna nach kurzem Zögern. »Kurz nachdem ich die Reederei verlassen hatte, rief mich ein Unbekannter an, der mich massiv bedroht hat.«

Valverde kniff die Augen zusammen. »Inwiefern bedroht?«

»Der Mann sagte, ich solle die Finger vom Müll lassen. Für mich hat sich das so angehört, als wüsste derjenige genau, mit welchem Thema ich mich gerade befasse.«

Valverdes Miene glich einer Maske. »Das erklärt einiges. Weshalb hast du mich nicht sofort angerufen?«

»Ich habe gedacht, das ist irgendein Spinner, der mir nur Angst einjagen will. Aber jetzt kommt mir das alles wirklich beängstigend vor. Er hat übrigens auch gesagt, dass er mich beobachten würde.«

»Verdammt, Gianna, du hättest mir das alles sofort mitteilen müssen. Es sieht ganz danach aus, dass dich jemand im Visier hat. Deine Reportage ist offensichtlich ein verdammt heißes Eisen. Vermutlich bist du mitten in ein Schlangennest getreten.«

Gianna lächelte verlegen. »Hauptsache, ich falle bei dir jetzt nicht in Ungnade. Du wirst mich retten müssen, mein Held.«

»Es gibt keinen Grund, sich über die Situation lustig zu machen.« Er lächelte sie liebevoll an, nahm ihre Hand und küsste sie sanft. »Du bist mir wichtig geworden.« Sofort wurde er wieder ernst. »Erzähl mir mehr über diesen Signore De Masso. Ich will die Zusammenhänge verstehen, und ich möchte wissen, womit wir es hier zu tun haben.«

»Die Massomar hat drei weitere Gesellschafter. Der zweite heißt Antonio Neri und ist wohl der Drahtzieher im Hintergrund. Es kann eigentlich gar nicht anders sein. Dann hätten wir noch diesen Peppino Comerio, und, du wirst es kaum glauben, der Vierte im Bunde ist unser werter Umweltminister Messoni.«

»Wie bitte?« Valverde entzog Gianna seine Hand und schien wie vom Donner gerührt. »Messoni besitzt Anteile an der Reederei? Da musst du dich täuschen!«

Gianna schüttelte energisch den Kopf. »Deshalb glaube ich auch, dass diese fürchterlichen Umweltsauereien von oberster Stelle gedeckt sind.«

Valverde lehnte sich in das Polster seines Stuhls zurück und pfiff leise. »Allmählich verstehe ich. Wenn das so ist, dann halte ich es durchaus für möglich, dass das ungeheuerliche Blutbad in Castelbuono einen völlig anderen Hintergrund hatte, als ich bisher angenommen habe.«

»Ach, jetzt habe ich wohl den Kriminaler in dir geweckt«, scherzte Gianna und lachte.

»Leider ist das Ganze gar nicht so lustig«, sinnierte er. »Unterstellen wir einmal, dass Messoni, Comerio und De Masso unter einer Decke stecken. Dann kann doch nur der Umweltminister Umweltverbrechen decken. Vielleicht wurde er erpresst. Und nun sind seine Söhne tot …«

»So habe ich mir diesen Abend eigentlich nicht vorgestellt.«

»Ich auch nicht. Tut mir leid«, flüsterte Valverde. »Das Essen kommt«, wechselte er plötzlich das Thema. »Lass uns diesen kurzen Abend trotzdem genießen, denn sehr lange wird er wohl nicht dauern, fürchte ich.«

Gianna sah ihn erschrocken an. »Wie das? Wegen dieses komischen Kerls mit dem Hund?«

»*Si.* Ich werde nach dem Essen sofort meine Sachen packen und dann nach Palermo fliegen.«

»Aber weshalb denn, um Himmels willen?«

»Auftragsmord«, murmelte er leise. Valverde schlug sich mit der Hand an die Stirn. »Und als du auftauchst und einen Riesenwirbel mit deiner Recherche veranstaltest, hast du plötzlich einen Irren, einen Auftragskiller am Hals. Das alles ist kein Zufall und schon gar keine Einbildung. Das beweist auch der Drohanruf. Ich muss schon sagen, ich hätte dich nicht für so naiv gehalten.«

»Jetzt machst du mir wirklich Angst«, flüsterte Gianna und griff nach seiner Hand. »Aber der Killer, wie du ihn nennst, konnte doch gar nicht wissen, wen ich interviewen und wen ich noch kontaktieren wollte.«

»Eben«, bemerkte Valverde sarkastisch und sah sie eindringlich an, bevor er fortfuhr: »Tu mir einen Gefallen. Triff keine weiteren Verabredungen für irgendwelche Interviews. Fahre nicht in der Gegend herum. Kannst du vorübergehend in einer anderen Wohnung unterkommen? Bei einer Freundin oder einem Verwandten vielleicht?«

Gianna überlegte einen Augenblick. »Bei Griselda«, antwortete sie zögernd. »Wir arbeiten zusammen und verstehen uns gut. Ich müsste sie fragen, ob sie mich aufnehmen könnte.«

»Okay«, sagte Valverde. »Ruf sie gleich an. Nach dem Essen bringe ich dich hin. Dann werde ich auch gleich feststellen, ob uns jemand folgt. Wenn nicht, umso besser. Trotzdem werde ich versuchen, dich unter Polizeischutz zu stellen.«

Oskarshamn

Seit Mitternacht ankerte die *Sea Star* am Kai von Oskarshamn, dem kleinen schwedischen Seehafen am Kalmarsund. Weißer Dunst kroch über die Wasseroberfläche. Am Pier roch es nach Algen, Muscheln und feuchtmodrigem Holz.

Die Ortschaft, ein ehemaliges Fischernest, hatte sich im Laufe der Jahre zu einer betriebsamen Kleinstadt mit weißen und rostroten Holzhäusern entwickelt. Der riesige Verladekran ragte fast fünfzig Meter in den Himmel und hievte schon seit mehr als drei Stunden schwergewichtige Kupferbehälter in den hungrigen Bauch des Frachters. Dutzende Männer beobachteten den Ladevorgang und alles, was in der Umgebung passierte. Schwerbewaffnetes Sicherheitspersonal, Polizei, Feuerwehren und sogar Rettungssanitäter des nahen Kernkraftwerkes waren eigens abgestellt worden, damit keine unbefugte Person in die Nähe des Frachters kam. Handverlesene Hafenarbeiter dirigierten zusammen mit dem Deckpersonal die schweren Frachtkolli und gaben kurze und prägnante Anweisungen an den Kranführer, um die gefährlichen Lasten im Laderaum vorschriftsgemäß zu positionieren.

Als sich der letzte Kupferpanzer, angefüllt mit hochstrahlendem Material, in den Laderaum der *Sea Star* senkte, war es genau sechs Uhr früh.

Knapp eine Stunde später legte das riesige Schiff ab und verließ in langsamer Fahrt den Hafen in Richtung offene See. Etwas mehr als viertausend Seemeilen – oder anders ausgedrückt: drei Tage und vier Nächte – lagen vor der Mannschaft, bis sie laut Ladepapieren im Zielhafen von La Valletta eintreffen würde.

Kapitän Giulio Bentini hatte dem ersten Offizier das Kommando übergeben, nachdem sich der Lotse von Bord verabschiedet hatte, und sich in seine Kabine zurückgezogen. Er holte sein Satellitentelefon aus der Tasche und wählte die Nummer der Heimatreederei Massomar.

»*Buongiorno*, Signore De Masso«, grüßte er seinen Arbeitgeber. »Wir haben eintausendzweihundert Kupferpanzer zu je vierzehn Tonnen aufgenommen. Zusätzlich befinden sich noch fünftausend Tonnen Marmorblöcke an Bord. Es gab keinerlei Probleme mit den Behörden. Wir sind vor einer halben Stunde ausgelaufen und befinden uns jetzt auf Position 57°23'16" nördlicher Länge und 17°05'27" östlicher Breite. Die See ist ruhig und die Wetterlage gut.«

»*Bene*«, kommentierte De Masso den Vollzug. »Können Sie mir das auch in geographisch verständlicher Form für Landratten ausdrücken?«

Bentini lachte amüsiert. »Wir sind in der Nähe von Gotland, wir nehmen in etwa einer Stunde Kurs auf den großen Belt.«

»Ist so weit alles klar?«, erkundigte sich De Masso.

»*Si*, alles bestens.«

»Wie macht sich der neue Bordmechaniker, den Comerio Ihnen geschickt hat?«

»Ich habe keine Klagen gehört, aber Lo Brando wurde bislang auch nicht wirklich gefordert. Ich hoffe nicht, dass wir ihn mehr als einmal benötigen werden.« Bentini lachte leise.

»Und das Paket?«, fragte De Masso.

»Es ist gut verstaut, machen Sie sich keine Sorgen.« Es entstand eine kleine Gesprächspause, weil es offenbar eine Störung gab. Aber nur wenige Sekunden später funktionierte das Gerät wieder. »Wissen Sie schon, wo uns der Hubschrauber aufnehmen wird?«, fragte Capitano Bentini den Reeder.

»Auf Höhe Kalabrien. Comerio hat alles organisiert. Melden Sie sich bei ihm, sobald Sie das Zielgebiet erreicht haben. Aber das haben wir doch schon zig Mal besprochen.«

»Ich wollte nur sichergehen«, erwiderte Bentini.

»Wenn Sie Lo Brando sehen«, sagte De Masso, »richten Sie ihm aus, er soll sich gegen fünfzehn Uhr bei Peppino Comerio melden. Er will mit ihm noch einige Details durchgehen. Scheint etwas Dringendes zu sein.«

»In Ordnung«, erwiderte Bentini knapp. »Hat er seine Nummer?«

»*Si, certo*. Ach ja … Und Sie melden sich wieder bei mir, wenn Sie Gibraltar passiert haben.«

»*Arrivederci*«, verabschiedete sich der Kapitän, trennte das Gespräch und verließ seine Kabine. Er würde auf der Brücke noch einmal nach dem Rechten sehen und anschließend das Schiff inspizieren.

De Masso lehnte sich in seinen Schreibtischsessel zurück und starrte an die Decke. Er fühlte sich nicht wohl bei dem Gedanken, einen Mann auf dem Schiff zu haben, den er nicht kannte und den er nicht einschätzen konnte. Sein Geschäftspartner Comerio hatte ihn empfohlen, obwohl der Mann noch nie im Leben ein Schiff dieser Größenordnung aus der Nähe gesehen hatte. Zwar hatte er ihm, bevor er an Bord ging, anhand technischer Zeichnungen erklärt, wo die Schwachstellen des großen Frachters lagen und wie er sie erreichen konnte, doch das war reine Theorie. In der Praxis würde sich der frisch ernannte Bordmechaniker selbst helfen müssen. Jetzt konnte er nur noch hoffen, dass dieser Jeremia Lo Brando nicht völlig mit Dummheit geschlagen war und die Semtex-Ladungen genau dort angebracht hatte, wo sie die maximale Wirkung entfalten würden. Die Journalistin Gianna Corodino kam ihm plötzlich in den Sinn. Das Interview vor einer Woche steckte ihm noch in den Knochen. Sie hatte ihn regelrecht auf dem falschen Fuß erwischt. Ständig geisterte seitdem ein Gedanke in seinem Kopf herum: Habe ich versehentlich etwas gesagt, worüber ich mir ernste Sorgen machen muss? Habe ich auch wirklich so allgemein geantwortet, dass diese neugierige Corodino keine falschen Rückschlüsse ziehen kann? Jeden Morgen, wenn er die Zeitung aufschlug, befürchtete er, einen Artikel über sich zu finden, der die Pferde scheu machte.

Vor ein paar Tagen hatte er deshalb Antonio Neri angerufen und ihm erzählt, dass eine Reporterin von der Zeitung bei ihm aufgetaucht war und ihm merkwürdige Fragen gestellt hatte. Von ihm hatte er erfahren, dass die neugierige Dame auch zum Umweltminister Kontakt aufgenommen hatte, was ihn ziemlich irritierte. Neri hatte ihn jedoch beruhigt. Sie würde keinen Ärger mehr machen, das waren seine Worte. Und Ärger konnte er jetzt weiß Gott nicht gebrauchen.

De Masso trank seinen Espresso, den ihm seine Sekretärin vor wenigen Minuten serviert hatte, und verließ kurzentschlossen sein Büro.

Er fuhr hinüber zum Fähranleger, um ein paar Schritte an der Mole entlangzugehen. Dort konnte er sich immer gut ablenken und vielleicht auch einen kleinen Plausch mit den Fischern halten. Er schlenderte vorbei an Hafenlokalen und Bars, die vor Urlaubern in Ferienstimmung und munteren Pensionären schier überquollen. Die Möwen über ihm kreischten und lachten.

»De Masso«, tönte plötzlich eine Stimme hinter ihm, als er sich gerade in der Bar La Marina einen Cappuccino bestellte. Er wandte sich um. Capitano Soccino von der Hafenverwaltung kam auf ihn zu. Der schlanke, großgewachsene Mann mit sympathischer Ausstrahlung war in seiner schneeweißen Uniform ein Blickfang der Damen, die auf den Terrassen der Cafés Sonne und Seeluft genossen.

»Setz dich«, forderte De Masso den Hafenkommandeur auf und wies auf den freien Platz neben sich. »Wo treibst du dich denn schon wieder herum?«, witzelte er und grüßte ihn mit Handschlag. »Hast du heute Morgen nichts zu tun?«

»*Stronzo*«, sagte er lachend. »Wenn ich das richtig sehe, hast du dich ja wohl auch von der Arbeit davongeschlichen, oder?« Er blinzelte De Masso freundlich an. »Aber gut, dass ich dich hier treffe, sonst hätte ich dich am Nachmittag in deinem Büro aufgesucht.«

De Masso zog überrascht die Augenbrauen hoch. »Was gibt es?«

»Eigentlich dürfte ich dir das ja gar nicht sagen, aber wir kennen uns schon so lange.« Soccinos Miene wurde ernst. »Aber von mir weißt du das nicht, okay?«

»Mach's nicht so spannend.«

»Hast du ein Problem?«

»Wie meinst du das?«, fragte De Masso, und seine Augen verengten sich zu Schlitzen.

»Da gibt es so eine Journalistin vom *Messaggero*. Die treibt meine Leute in der Capitaneria noch in den Wahnsinn mit ihrer Fragerei. Sie wollte alles Mögliche über deine Schiffe, Routen und Frachten wissen. Wie du weißt, kann die Listen jedermann bei uns einsehen. Aber was meine Leute gewundert hat, ist, dass sie ausschließlich die Daten deiner Frachter verlangt hat.«

»Wann war das?«

»Am Dienstag letzter Woche.«

»Habt ihr dieser Schnepfe Auskunft gegeben?«

»Ja, natürlich. Wir konnten sie ihr nicht verwehren, soweit die Unterlagen noch vorhanden waren. Die Genehmigung kam von ziemlich weit oben.«

De Masso nahm den Cappuccino entgegen, den der Kellner servierte, und dankte ihm mit einem geistesabwesenden Nicken. »Was soll das heißen, soweit noch vorhanden?«

»Alte Geschichten. Informationen über die *Rosalia*, die damals abgesoffen ist. Wir konnten nicht viel sagen, die Staatspolizei hat damals die Unterlagen beschlagnahmt. Diese Corodino hat mir jedenfalls fast ein Loch in den Bauch gefragt – sie wollte unbedingt wissen, um was für eine Fracht es damals ging. Aber wie soll ich mich daran noch erinnern?« Soccino grinste übers ganze Gesicht. »War ja eine heiße Nummer, damals.«

De Masso nippte an der Schaumkrone seines Cappuccinos und beobachtete misstrauisch seinen Gesprächspartner über den Brillenrand. »Und was sonst noch?«

»Wie, was sonst noch?«, fragte Soccino und kniff die Augen zusammen, weil ihm die Sonne ins Gesicht schien.

»Madonna, muss ich dir immer die Spaghetti einzeln aus der Nase ziehen? Was sie sonst noch wissen wollte!«

»Hast du Angst, dass sie etwas erfahren könnte, das sie nicht wissen soll?«

»Quatsch!«

Soccino tat, als würde er nachdenken. »Sie hat sich dafür interessiert, welche deiner Schiffe gerade unterwegs sind und welche Häfen sie anlaufen. Aber im Augenblick schippert ja nur ein Kahn von dir in Schweden herum, wenn ich das richtig mitbekommen habe.«

»*Merda*«, fluchte De Masso leise. »Und das hast du ihr auf die Nase gebunden?«

»Hätte ich das nicht tun sollen?«

»Ach, lassen wir das«, maulte De Masso.

»Nun ja, so harmlos, wie sich das alles anhört, ist die Geschichte nun auch wieder nicht. Diese Signora Corodino hat mir gegenüber behauptet, dass du in großem Stil Frachtpapiere gefälscht hättest. Außerdem geht sie davon aus, dass du hochgiftiges Material im Mittelmeer verklappst.«

»Ist diese Kuh völlig irre?«, begehrte De Masso wütend auf. »Wie kann sie denn so etwas behaupten?«

In Capitano Soccinos Miene war von Freundlichkeit plötzlich nichts mehr zu erkennen. »Du hattest in den letzten Jahren ziemliches Pech, nicht wahr?«

»Was willst du damit andeuten?«

»Vor vier Jahren die *Rosalia*, nur zwei Jahre später saufen zwei weitere Schiffe ab, die ihr in Indonesien gechartert hattet, jetzt die Havarie der *Nova Beluga*, wieder mit Totalverlust …« In Soccinis dunkelbraunen Augen lag eine stille Anschuldigung. »Das sind insgesamt vier Schiffe, die mit Mann und Maus abgesoffen sind.«

»Drei«, verbesserte De Masso leise. Die *Rosalia* wurde ja …«

»… in Amantea angeschwemmt, ich weiß«, vollendete Soccini den Satz. »An deiner Stelle würde ich mich warm anziehen, mein Lieber.«

»Ich denke, mit dieser Zeitungstussi werde ich schon fertig«, antwortete De Masso mit drohendem Unterton.

»Denken kann bisweilen sogar der Gesundheit schaden«, kicherte Soccino. »An deiner Stelle würde ich ihre Recherchen nicht auf die leichte Schulter nehmen. Diese Corodino vom *Messaggero* ist wie eine Zecke. Du hast sie bereits im Pelz sitzen, es aber noch gar nicht bemerkt.«

»Das werden wir schon noch sehen«, entgegnete De Masso überheblich.

»Hör zu!« Soccino beugte sich vertraulich zu seinem Gesprächspartner hinüber. »Ich habe der Dame natürlich nur das erzählt, was ich für richtig gehalten habe, aber du solltest dir über eines im Klaren sein: Ich will keine Schwierigkeiten kriegen. Zieh mich nicht in deine Angelegenheiten rein, nur damit das klar ist!«

»Ich muss gehen«, krächzte De Masso heiser. »Entschuldige mich, die Arbeit.« Er erhob sich so hastig, dass er versehentlich den Stuhl umwarf.

Er würde sofort Antonio Neri und Comerio über diese neue Entwicklung unterrichten müssen. Die Sache wurde allmählich brenzlig. Wie hatte Soccino diese Corodino gleich wieder genannt? Eine Zecke. Ja, das war sie sehr wohl. Irgendjemand musste diese übereifrige Journalistin stoppen, bevor sie noch mehr unangenehme Fragen stellte.

Eine Stunde später saß De Masso wieder in seinem Büro und starrte bedrückt aus dem Panoramafenster hinüber zum Torre del Marzocco. Er liebte diesen Ausblick über den Hafen und auf den ehrwürdigen Turm, das Wahrzeichen Livornos.

Schweren Herzens wählte er Comerios Nummer.

»Signore Comerio ist nicht zu erreichen«, zwitscherte eine fröhliche Frauenstimme ins Telefon.

»Es ist dringend. Sagen Sie ihm, ich muss ihn sofort sprechen.«

»*Mi dispiace,* Signore, rufen Sie ihn bitte in seinem Büro in La Valletta an. Er musste gestern Abend wegen eines dringenden Termins sofort nach Malta fliegen.«

»*Merda*«, fluchte De Masso und legte auf. Dann wählte er schweren Herzens Neris Nummer.

»Habe ich Ihnen nicht ausdrücklich untersagt, mich anzurufen?«, fuhr Neri ihn an, als er sich meldete.

»Ich muss mit Peppino persönlich sprechen, aber er ist nach La Valletta gereist. Ich wusste mir nicht anders zu helfen, als mich an Sie persönlich zu wenden. Ich glaube, wir bekommen ein Riesenproblem.«

»So? Sie glauben das?«

»Ich habe das dumme Gefühl, dass die Polizei irgendwann hier aufkreuzen wird.«

»Aha! Und was veranlasst Sie zu dieser Annahme?«

De Masso schilderte ihm in allen Details, was er am Vormittag von Capitano Soccino erfahren hatte, verschwieg ihm jedoch die unterschwellige Warnung, die er aus dessen Worten herausgehört hatte. Während des ganzen Gesprächs sagte Neri kein Wort, unterbrach ihn nicht und hakte auch bei keinem Punkt nach.

»Was sollen wir tun?«, fragte De Masso völlig verunsichert.

»Diese Frau werden wir nicht so einfach los. Überall schnüffelt sie herum, befragt Leute nach meinen Schiffen. Sie weiß auch, dass die *Sea Star* Fracht in Schweden abgeholt hat. Was, wenn sie herausfindet, dass wir …«

»Halten Sie den Mund«, schnitt ihm Neri rüde das Wort ab. »Sind Sie völlig verrückt geworden, mich mit diesem Mist am Telefon zu behelligen?«

»*Scusi*«, murmelte De Masso erschrocken. »Aber ich muss wissen, wie ich mich verhalten soll, falls sie wiederkommt. Wenn ich sie nicht empfange, denkt sie sich möglicherweise sonst etwas aus.«

»Sie wird nicht wiederkommen.« Neri hatte diese Aussage mit einer solchen Überzeugung von sich gegeben, dass De Masso erleichtert durchatmete.

»Und was ist mit Peppino?«

»Comerio organisiert seit gestern die Geschäfte von La Valletta aus. Er musste sich sowieso um seine Firmen dort kümmern.«

»Und was soll ich jetzt tun?«

»Sie tauchen sicherheitshalber auch für ein paar Tage ab. Ich melde mich in der nächsten halben Stunde bei Ihnen. Bis dahin habe ich geklärt, wohin Sie am besten verschwinden.«

»Ich kann hier doch nicht einfach alles im Stich lassen. Was geschieht mit meiner Reederei?«

»Sie tun, was ich Ihnen sage«, herrschte Neri ihn an. Seine Stimme ließ keinen Widerspruch zu. »Sicher ist sicher«, fuhr er fort. »Wir werden für ein paar Tage die Entwicklung verfolgen. Es steht zu viel auf dem Spiel, das wissen Sie doch selbst.«

»In Ordnung. Sie sagen mir Bescheid.« De Masso beendete das Gespräch und legte seufzend auf.

Das ungute Gefühl, das De Masso beschlichen hatte, wollte nicht weichen. Tausend Gedanken jagten ihm durch den Kopf. Merkwürdig, dass sich Comerio so plötzlich nach Malta abgesetzt hatte, ohne ihm vorher ein Wort zu sagen. Und dann dieses seltsame Gespräch mit Soccino, dieser unterschwellige Vorwurf. Seit Tagen schlich dieser Mann an ihm vorbei, als hätte er ein schlechtes Gewissen. Und Neri hatte sich gerade, jedenfalls seinem Empfinden nach, ebenfalls äußerst seltsam verhalten.

Irgendetwas lief verdammt schief, doch er konnte nicht sagen, was.

Die nächsten Minuten zogen sich endlos in die Länge. De Massos Nerven lagen blank. Ständig wanderte sein Blick zu der gläsernen Wanduhr über dem Sideboard. Endlich klingelte das Telefon. Hastig nahm er den Hörer ab.

»*Pronto?*«

»Setzen Sie sich in Pisa in den nächsten Flieger, und kommen Sie zu mir«, meldete sich Neri. »Wenn Sie um siebzehn Uhr dreißig abfliegen, sind Sie gegen neunzehn Uhr in meinem Haus. Wir besprechen die weitere Vorgehensweise unter vier Augen. Ich lasse Sie in Palermo vom Flughafen abholen, dann brauchen Sie keinen Wagen zu mieten.«

De Masso atmete auf. Ja, er betrachtete es sogar als Ehre, dass Antonio Neri ihn zu sich nach Hause einlud. Dieses Privileg hatten bisher nur wenige genossen. Bei den jährlichen Bilanzsitzungen hatte er ihm stets das Gefühl vermittelt, dass er nicht in seine Kreise passte. Nun gut, er war der wichtigste Gesellschafter und hatte die Reederei so manches Mal vor dem Ruin bewahrt. »*Grazie, Signore*«, antwortete De Masso mit devoter Freude. »Ich buche sofort einen Flug.«

»Wir sehen uns«, verabschiedete sich Neri. Dann hörte De Masso das Knacken in der Leitung.

Ihm blieben noch drei Stunden, um den Flieger zu erreichen, sofern er überhaupt noch ein Ticket bekam. Hastig eilte De Masso nach Hause und packte einen kleinen Koffer, während es seiner Sekretärin tatsächlich gelang, den Flug zu buchen. Nur eine Stunde später befand er sich auf der Schnellstraße nach Pisa, schlängelte sich durch den starken Verkehr in der Innenstadt und stellte seinen Wagen auf dem Parkplatz des Flughafens ab. Er hätte sich gar nicht so sehr beeilen müssen, wie er jetzt feststellte, denn die Maschine hatte eine halbe Stunde Verspätung. Gedankenverloren reihte er sich in die lange

Schlange am Check-in ein und ließ seine Gedanken schweifen. Was ihn wohl bei Neri erwartete? Und wie er wohl wohnte? Was er ihm wohl vorschlagen würde? Immerhin musste die Sache so dringend sein, dass er ihn nach Palermo beordert hatte.

De Masso hatte seinen Fensterplatz eingenommen und es sich bequem gemacht, soweit seine beiden übergewichtigen Nachbarn ihm dies erlaubten. Steil stieg das Flugzeug in den Himmel, und er beobachtete, wie die Häuser unter ihm zu Bauklötzen zusammenschrumpften.

Mit Heißhunger verzehrte er die gereichten Snacks, zumal er den ganzen Tag kaum etwas zu sich genommen hatte. Kaum hatte er seine Cola ausgetrunken, kündigte der Kapitän schon den Landeanflug an. Ganz allmählich senkte sich der Jet ab. Das titanblaue Meer tief unter ihm kam näher, und De Masso konnte die Schaumkronen auf den Wellenkämmen erkennen. Allmählich schwenkte die Maschine parallel zur Küste ein. Vor seinen Augen tauchte Sizilien auf. Vor der Insel mit üppiger Vegetation schillerte das Wasser in strahlendem Türkis, das stellenweise ins Grün changierte.

Der Kapitän setzte die Maschine hart auf und ließ den Flieger nach einem kräftigen Gegenschub langsam ausrollen. Es war kurz vor sieben, als De Masso die Ankunftshalle betrat. Suchend schaute er sich nach seinem Abholer um, als er die Schleuse zur Vorhalle passierte. Hinter einer Barriere drängten sich Dutzende Menschen, die Verwandte und Freunde erwarteten. Idiotisch, dachte er. Ich habe ganz vergessen zu fragen, wie ich mein Empfangskomitee erkenne.

Unschlüssig bewegte sich De Masso dem Ausgang zu, wandte sich aber immer wieder um. Doch niemand schien von ihm Notiz zu nehmen. In dem Moment, als er nach draußen gehen wollte, tippte ihm jemand auf die Schulter. De Masso fuhr herum. Vor ihm stand ein riesiger Kerl mit Sonnenhut. Sein wettergegerbtes Gesicht und seine durchdringenden Bernsteinaugen machten nicht gerade einen einladenden Eindruck. Im

Gegenteil. Irgendwie wirkte der Mann furchterregend. Ein seltsamer Freund, den Neri da hatte.

»De Masso?«, fragte der Fremde. Seine Stimme klang rauh und hart.

»*Si*«, erwiderte er mit einem Nicken.

»Der Wagen steht gleich da vorne.« Er deutete nach rechts. Außer ein paar Taxis und einem verbeulten Fiat konnte er kein Auto entdecken, das der noble Neri geschickt haben könnte.

»Fahren wir etwa mit dem Punto?«, fragte De Masso von oben herab und bedachte seinen Abholer mit einem abfälligen Blick. Der Hüne zeigte keine Reaktion auf De Massos arrogante Bemerkung, sondern ging nur schweigend vor ihm her. De Masso hatte Mühe, mit ihm Schritt zu halten. »Steigen Sie ein. Ihr Gepäck können Sie auf den Rücksitz legen«, knurrte der Mann, startete den Motor und wartete, bis De Masso Platz genommen hatte. »Die Fahrt dauert nicht lang.«

Ängste und Eitelkeiten

Messoni saß grübelnd in seinem Wohnzimmer. Düstere Bilder plagten ihn schon seit Stunden. Seine geliebten Söhne, die er verloren hatte, ließen ihn nicht mehr los. Noch weniger die Ahnung, wer hinter den grausamen Morden in Castelbuono stecken könnte. Unendliche Schuldgefühle plagten ihn, auch wenn er sich inzwischen eingestehen musste, dass Tonino und Sergio mit der Mafia intensive Drogengeschäfte gemacht hatten. Doch wie konnte er sie verurteilen, wenn er selbst auch nicht besser war? Ein Mann, der sich bestechen ließ, weil er weit über seine Verhältnisse lebte und seine Schulden nicht mehr bezahlen konnte, hatte längst jegliche Integrität verloren. Aber das war ja nicht alles. Er hatte seinen Erpressern die Wege für ihre kriminellen Umweltzerstörungen geebnet. Und just in dem Moment, als er glaubte, sich endlich aus dem Würgegriff seiner sogenannten Geschäftspartner befreien zu können, hatte man ihn und seine Familie bedroht. Und nun waren seine Söhne tot. Generalstaatsanwalt Sassi vertrat weiterhin die Überzeugung, dass sie die Opfer der Mafia geworden seien. In der Drogenszene wurden ja ständig Leute umgebracht, weil sie sich gegenseitig betrogen und bekämpften. Wenn dem so wäre, dann könnte er jetzt aussteigen. Von diesem kriminellen Müllkarussell abspringen, das sich immer schneller zu drehen schien und unüberschaubare Dimensionen angenommen hatte.
Doch seine Zweifel wurden immer größer. Sie schnürten ihm den Magen ab. Er wurde den Gedanken nicht mehr los, dass Neri und Comerio hinter den Morden steckten. Zuzutrauen

wäre es ihnen. Der Mord an seinen Söhnen ereignete sich nur wenige Tage, nachdem er dem Industriellen angekündigt hatte, aus dem Geschäft aussteigen zu wollen. Danach hatte er klein beigegeben. Aber er fragte sich immer öfter, warum.

Neri hatte ihm nie eine klare Antwort gegeben, obwohl er ihn mehrmals darauf angesprochen und seinen Verdacht geäußert hatte. Und je länger er darüber nachdachte, desto mehr gelangte er zu der Überzeugung, dass die entsetzliche Liquidierung von Sergio und Tonino keine Morde im Drogenmilieu waren, sondern die Bluttaten mit dem großen Müllkarussell zusammenhingen. Man brauchte ihn und seine Genehmigungen, man brauchte seine schützende Hand als Minister.

Sein Leben war eigentlich zu Ende. Er dämmerte nur noch in Angst dahin. Angst, dass er auffliegen würde und als korrupter Politiker aus dem Amt gejagt würde. Angst davor, seinen Ruf, sein Ansehen, seinen Einfluss und seine gesellschaftliche Stellung zu verlieren. Sogar Angst, seine Frau zu verlieren. Denn dass man ihn in den Medien immer öfter mit Mafiakreisen in Verbindung brachte, überstieg ihre Kräfte. Er musste etwas tun.

Neri griff genervt zum Telefon. Die Nummer verriet ihm, dass Messoni am Apparat war. »*Buonasera*, Rodolfo«, begrüßte er ihn mit gespielter Überschwenglichkeit. »Schön, dass du wieder einmal etwas von dir hören lässt. Ich hoffe, deiner Gattin geht es mittlerweile wieder besser. Mir sitzt heute noch der Schock in den Gliedern.«

»Danke der Nachfrage, Antonio. Leider muss ich dich heute wegen einer unschönen Sache belästigen.«

»Ich hoffe, dass es nicht um unsere Zusammenarbeit geht«, erwiderte Neri. Sein anfänglich freundlicher Ton war spürbar kühler geworden. Er hatte wahrhaftig genügend Probleme.

»Ich fürchte, doch«, sagte Messoni mit belegter Stimme. »Ich habe hin und her überlegt«, fuhr er fort. »Aber ich kann diese Entscheidung nicht mehr länger hinausschieben, deshalb rufe ich an. Ich werde mich ab sofort aus den Geschäften zurückziehen. Ich kann einfach nicht mehr.«

»Ach, und wie stellst du dir das vor? Hast du vergessen, dass die *Sea Star* von Schweden auf dem Weg ins Mittelmeer ist und dass wir für drei weitere Frachter in Oskarshamn Papiere benötigen?«

»Daraus wird nichts«, presste Messoni entschlossen über die Lippen.

Neri lachte still. »Hast du Koks genommen?«

»Ich bin klarer denn je«, widersprach Messoni.

»Hört sich nicht so an. Du steckst so tief im Müll, dass dich dort niemand mehr herausziehen kann.«

Messonis Atem ging stoßweise. Neri konnte fast körperlich spüren, wie er mit sich kämpfte. »Ich weiß«, sagte er schließlich. »Deshalb muss ich mich selbst befreien.«

Neri lachte schallend. »Du kannst dir nicht vorstellen, was die Bevölkerung mit dir anstellen wird, wenn sie erfährt, dass die *Sea Star* mit deiner Genehmigung an die siebzehntausend Tonnen Atommüll vor den Touristenstränden Italiens versenken wird. Das käme nicht nur deinem politischen Suizid gleich. Alles wäre futsch: dein Amt, das schöne Haus, das du so liebst, deine Frau, dein Ruf, dein ganzes beschissenes Wohlstandsleben. Wer weiß, was dir sonst noch alles widerfahren würde. Vermutlich ein öffentlicher Prozess mit langer Haft. Du solltest dir das gut überlegen. Willst du das wirklich?«

»Was ich will oder was ich nicht will, ist eigentlich gar nicht mehr relevant. Bei mir ist eine Journalistin vom *Messaggero* aufgetaucht. Eine gewisse Gianna Corodino. Sie hat sich unter dem Vorwand, mit mir über den Tod meiner Söhne und ihrer Tochter sprechen zu wollen, ein Interview erschlichen. Aber abgesehen davon fühle ich mich wirklich schuldig, denn sie hat ihre Tochter verloren.«

»Na und? Das ist doch noch lange kein Grund durchzudrehen.«

»Ich drehe nicht durch, Antonio. Die Sache ist außer Kontrolle geraten«, brüllte Messoni in den Hörer. »Es wird nicht mehr lange dauern, dann fliegen wir alle auf!«

»Wenn du ihr nichts erzählt hast, kann sie nicht viel wissen. Ergo wird auch nichts passieren.«

»Antonio! Kann es sein, dass du glaubst, du wärst Gott und unantastbar? Kann es sein, dass du jeden Blick für die Realitäten verloren hast?«

»Ich kann verstehen, wenn du dich einmal auskotzen willst. Aber sieh die Dinge doch einmal logisch: Was kann eine kleine Reporterin wie diese Corodino schon groß herausfinden? Wir sind schon mit ganz anderen Schwierigkeiten fertig geworden.«

»Sie kennt dich, sie kennt Comerio. Sie hat mich über unsere Firmenverflechtungen und die Gesellschafterverhältnisse befragt. Sie weiß auch Bescheid über unsere Beteiligungen an den diversen Reedereien. Diese Frau hat Blut geleckt und ist besser informiert, als dir lieb sein kann.« Messonis Redeschwall riss plötzlich ab, als suche er nach den passenden Worten, aber nach wenigen Sekunden sprach er weiter. »Ich glaube, sie ist ziemlich unappetitlichen Dingen auf der Spur, die uns große Unannehmlichkeiten bereiten werden, sollte sie darüber schreiben. Und ich bin mir sicher, genau das wird sie tun.«

»Mit anderen Worten: Du hast dich wieder einmal in einem Interview profiliert und zu viel ausgeplaudert. Wahrscheinlich ist sie hübsch, die Kleine. Nun ja, man kann es dir nicht verdenken.«

»Lass deine blöden Anspielungen, Antonio. Du kannst mir glauben, dass mir nicht daran gelegen ist, noch lange mit dir zu diskutieren. Für mich jedenfalls sind die Würfel gefallen. Ich habe vorsorglich mit der Chefredakteurin des *Messaggero* Kontakt aufgenommen, um zu signalisieren, dass ich Signora Corodino unterstützen werde. Das bin ich ihr schuldig – und meinen Söhnen auch.«

»Bist du komplett verrückt geworden?«, brüllte Neri außer sich. »Du bist niemandem etwas schuldig! Ist dir nicht klar, dass sich Zeitungen nicht im Geringsten darum scheren, wer bei ihnen anruft, wenn es um gute Artikel geht? Der *Messaggero* wird sich zuerst alles Mögliche aus den Fingern saugen, um dich im Anschluss zu schlachten.«

»Nicht nur mich«, antwortete Messoni lapidar. »Aber ich höre schon, du bist völlig resistent und bemerkst nicht mehr, was um dich herum vorgeht.«

»Irrtum. Ich mache diese miese Journalistin schneller fertig, als du Selbstmord begehen kannst.«

»Antonio, du bist ein arrogantes Arschloch. Ich weiß, dass du alles auf deine eigene Weise regeln kannst. Aber ich bin davon überzeugt, dass du bei dieser Corodino auf Granit beißt. Sie gehört zur Gattung fanatischer Enthüllungsjournalisten. Sie ist ein wenig anders gestrickt, als du meinst, mein Lieber.«

»Deine infantile Schwarzmalerei funktioniert bei mir nicht. Ich habe die Dame vor fünf Jahren schon einmal kaltgestellt. Nun gut, sie ist plötzlich wieder aus der Versenkung aufgetaucht. Aber dann werde ich sie eben genau dort wieder hinschicken. In die Versenkung. Und dieses Mal nachhaltig.« Neri seufzte. Es war überflüssig, alte Fehler zu beklagen. Scheinbar hatte er diese Corodino wirklich unterschätzt und Messoni überschätzt. Doch alles im Leben ließ sich reparieren. Längst hatte er Pulitore wieder in Marsch gesetzt. Es war nur noch eine Frage der Zeit, bis diese Corodino kein Problem mehr darstellte. Allerdings hatte er jetzt ein neues Problem, und das hieß Messoni. »Jetzt nimm wieder Vernunft an«, versuchte Neri, auf Rodolfo Messoni einzuwirken. »Oder ist es eine Frage von Geld, weshalb du dich plötzlich so anstellst?«

Messoni lachte mit bitterem Sarkasmus. »Du hast mich nicht verstanden, Antonio. Es ist Schluss, aus und vorbei. Mit mir kannst du nicht mehr rechnen. Ich lasse mich auch nicht mehr erpressen.«

»Allmählich gehst du mir auf die Nerven. Warum hast du diese Schnepfe nicht einfach aus dem Fenster geworfen, als sie dich in deinem Büro belagert hat. Es liegt im siebten Stock, wenn ich richtig unterrichtet bin. Alles wäre viel einfacher gewesen, und wir hätten in Frieden weiterleben können ...«

»Bist du so eiskalt, oder tust du nur so?«, fragte Messoni. Er konnte seine Wut kaum noch unterdrücken.

Jetzt hörte er Neri hämisch lachen. Messoni erschauderte. Seine Söhne kamen ihm wieder in den Sinn. Plötzlich war er sich absolut sicher, dass Neri ihren Tod angeordnet hatte, um ihm eine Lektion zu erteilen. Und nun spielte er mit ihm Katz und Maus.

»Ich habe mich in letzter Zeit sowieso schon gefragt«, fuhr Neri in süffisantem Ton fort, »wofür ich dich benötige.«

Messoni schwieg. Nur sein schwerer Atem drang durch die Hörmuschel des Telefons. Ohnmächtige Wut kochte in ihm hoch. Im gleichen Augenblick brach es aus ihm heraus wie aus einem explodierenden Vulkan. »Du hättest nur einen meiner Söhne umbringen lassen sollen, dann hättest du jetzt noch ein Druckmittel. Du bist nicht nur krank, sondern auch noch unmäßig. Ich werde mich stellen. Du hast genug Leid über mich und meine Familie gebracht.«

»Da hast du recht, das war ein Fehler, wenn ich die Sache jetzt genauer betrachte. Aber wenn du dich stellst, dann bist du genauso tot wie deine gehirnamputierten Söhne«, antwortete Neri kalt.

»Also doch!« Neri hatte ihm soeben indirekt bestätigt, dass er Tonino und Sergio auf dem Gewissen hatte. »Du Schwein«, keuchte er durchs Telefon. »Du hinterhältiger Psychopath. Das wirst du büßen!«

»Ich schlage vor, wir beenden das Gespräch«, fuhr ihm Neri kühl in die Parade. »Du weißt ja nicht mehr, was du redest.«

Messoni hörte nur noch das Knacken in der Leitung. Dann war er wieder mit sich allein.

Neri hatte kurzerhand das Gespräch getrennt und griff nach seinen Zigaretten. Die Baustellen häuften sich. Es war an der Zeit, die Dinge endgültig ins Lot zu bringen.

Blick in die Vergangenheit

Valverde hatte in der kurzen Nacht schlecht geschlafen. Unten auf der Straße vor seiner Wohnung machten die Müllmänner in aller Frühe einen Heidenlärm, während im Supermarkt nebenan jemand Kisten mit leeren Flaschen auf einen Lastwagen verlud. An Schlaf war nicht mehr zu denken. »*Merda*«, fluchte er, kroch aus dem Bett und schlurfte in die Küche. Sechs Uhr. Drei Stunden Schlaf waren einfach zu wenig. Er stellte die Espressomaschine auf den Gasherd, steckte sich eine Zigarette an und setzte sich qualmend an den Küchentisch.

Allmählich lichtete sich der Nebel in seinem Kopf. Der Abend gestern war ziemlich unromantisch zu Ende gegangen. Er hatte Gianna nach dem Abendessen bei dieser Griselda untergebracht und danach sofort mit dem Generalstaatsanwalt telefoniert. Er war überrascht gewesen, wie schnell er Sassi davon überzeugen konnte, vor Griseldas Wohnung bewaffnete Wachen zu postieren. Im Anschluss war er mit einer Polizeistreife auf den Flughafen gefahren und hatte gerade noch den letzten Flug nach Palermo erwischt. Auch Contini hatte er telefonisch über die Vorgänge noch schnell ins Bild gesetzt.

In Palermo hatte er sich der Einfachheit halber einen Mietwagen genommen, da er unbedingt noch einmal ins Büro fahren wollte. Gegen halb zwölf Uhr nachts war er hundemüde dort angekommen. Bereits auf der Treppe hatte ihn der diensthabende Carabiniere abgefangen und ihm eine Nachricht übergeben. Valverde hatte einen desinteressierten Blick auf den Zettel geworfen: Er solle so schnell wie möglich mit der Questura in

Cefalù Kontakt aufnehmen. Den Zettel hatte er einfach in der Jackentasche verschwinden lassen. Contini würde ihn morgen sowieso um acht Uhr abholen kommen. Dann würden sie eben zuerst in den schönen Urlaubsort fahren, um zu erfahren, worum es eigentlich ging.

Nach dem dritten Espresso und der zweiten Zigarette fühlte sich Valverde einigermaßen imstande, das Badezimmer aufzusuchen. Wie gerädert blickte er in den Spiegel. Erschreckend, wen man morgens im Spiegel antraf, dachte er. Doch die zehnminütige, heiße Dusche weckte dann seine Lebensgeister. Gianna fiel ihm wieder ein. Er war zwar erleichtert, dass sie beschützt wurde, aber unwohl war ihm dennoch. Die Gefahr, in der sie sich beide befunden hatten, nagte an ihm. Durch das weit geöffnete Fenster hörte er Continis Wagen. Das Dröhnen des defekten Auspuffs war unverkennbar.

Valverde sprang in die Hose, zog ein Hemd an und warf das Jackett über, schnappte sich den Schlüsselbund und eilte die Treppen hinunter.

»Buongiorno«, rief ihm Contini freudestrahlend zu, erntete aber nur ein missmutiges Ciao. Doch der Commissario ließ sich nicht beirren. »In die Sache kommt Bewegung«, redete er weiter. »Aber lass hören! Was ist mit dieser Gianna Corodino? Läuft da was?«

»Fahr los«, brummte Valverde ungehalten, streckte die Beine aus und schloss die Augen. Er wachte erst auf, als Contini die Autostrada wieder verlassen hatte und sich auf der Via Giuseppe Vazzana zur Questura befand.

»Na, endlich ausgeschlafen? War ja wohl eine aufregende Nacht, wenn man dich so ansieht.«

Valverde versuchte, sich in dem viel zu engen Auto zu strecken, und knurrte: »Halt die Klappe!«

»Wir sind da«, sagte Contini und bog in den Hof der Questura ein.

Man hatte die Ermittler schon erwartet, denn der diensthabende Comandante kam den beiden auf der Treppe entgegen.

»*Buongiorno*, Signori, kommen Sie herein!«, rief Comandante Santapola. »Am besten, wir gehen gleich in mein Büro«, redete er weiter und bugsierte die zwei Ermittler aus Messina diensteifrig vor sich her.

Am Ende des kahlen Ganges befand sich das Büro des Kommandanten, ein funktional eingerichteter Raum mit kahlen, weißgestrichenen Wänden, Neonbeleuchtung und einfachem Mobiliar. Gleich rechts von der Tür stand eine abgeschabte Sitzgruppe aus schwarzem Nappa, die dem gesamten Ambiente etwas geradezu Abschreckendes verlieh und kaum zum Verweilen einlud.

»Signore Santapola.« Valverdes Ton war mürrisch. Man sah ihm an, dass er noch völlig übernächtigt war. »Sie haben eine Information für uns?« Er sah sich im Büro nach einer geeigneten Sitzgelegenheit um und wählte mit einem Achselzucken die abgesessene Couch.

»*Si*«, antwortete er mit klammheimlichem Stolz. Er zog einen Briefumschlag aus der Schreibtischschublade und förderte mehrere Farbfotos zutage. »Ich wollte sie Ihnen nicht per Fax an die Questura schicken. Man weiß ja nie, in welche Hände die Bildchen fallen.« Santapola schob die Fotos über den Tisch.

Contini und Valverde starrten auf den hellgrauen Transporter, der aus drei verschiedenen Perspektiven während des Überfalls aufgenommen war. Der kurze Lauf der Schnellfeuerwaffe war gut zu erkennen. Er ragte aus dem Fenster der Fahrerseite. Das zweite Foto zeigte das Fahrzeug, wie es in Richtung Via Aduina Ventimiglia davonraste. Das letzte Bild war das interessanteste: das Profil des Mannes hinter dem Steuer. Zwar war das Gesicht durch die Hutkrempe verdeckt, doch es ließ sich mit moderner Technik vielleicht auswerten.

»*Merda*«, fluchte Valverde. »Das könnte der Kerl sein, den ich gestern in Rom gesehen habe. Ich habe es dir heute Nacht schon am Telefon erzählt«, sagte er zu seinem Assistenten.

Contini warf Valverde einen skeptischen Blick zu. »Ziemlich schlechte Qualität, finde ich. Bist du dir wirklich sicher?«

»Er könnte es sein.«

»Kann man das Foto so bearbeiten, dass man das Gesicht erkennen kann?«, erkundigte sich Contini bei Santapola.

»Das müssen Sie Ihre Spezialisten in Messina fragen«, erwiderte Santapola.

»Wahrscheinlich lässt sich da schon was herausholen«, antwortete Valverde nachdenklich. Die Aufnahmen mussten jedenfalls aus großer Entfernung geschossen worden sein.

»Woher stammen die Fotos?«, erkundigte sich Contini.

»Ich habe zufällig beobachtet, wie ein Mann den Umschlag einwarf und wieder verschwand. Ich dachte mir zunächst nichts dabei, zumal es völlig normal ist, dass Leute hier irgendwelche Briefumschläge einwerfen. Aber bei dieser Gelegenheit ist mir etwas aufgefallen.«

Gespannt zog Valverde seine Zigarettenpackung aus der Tasche und bat mit einer Geste um Erlaubnis zu rauchen. Santapola grinste und nickte. »Wir sind ja unter uns«, sagte er und holte aus seinem Schreibtisch einen Aschenbecher.

»Können Sie den Kerl genauer beschreiben?«, fragte Valverde.

»Groß, etwa eins achtzig, schwarzes Haar, Bürstenschnitt, derbes, rundes Gesicht. Typus stämmig und durchtrainiert. Der Mann hatte die Hände verbunden, beide. Er deutete mit dem Finger auf den Oberarm, um zu zeigen, wie weit der Verband hinaufging. »Anscheinend hat er sich schwer verletzt, außerdem ist mir eine riesige Bisswunde im Gesicht aufgefallen.« Der Beamte deutete auf seine linke Wange. »Die Verletzungen können nicht sehr lange zurückliegen.«

»Bisswunde?«, fragte Valverde nach.

»Ja, wie von einem Hund. Im Gesicht, ganz grässlich. Das waren nicht die typischen Verletzungen, die sich jemand zuzieht, wenn er in eine Prügelei geraten ist oder einen Unfall hatte. Deshalb vermute ich, dass seine Hände auch zerbissen sind. Ich wollte ihm helfen und ihm den Brief abnehmen, weil er sich am Briefkasten so ungeschickt angestellt hat – als würde ihm jede Bewegung Schmerzen bereiten. Aber dann war er auch schon weg.«

Valverde blickte seinen Assistenten vielsagend an. »Schon wieder ein Hund. Irgendwie scheint er mich zu verfolgen.«

»Drehen Sie mal das letzte Foto um«, forderte Santapola ihn auf.

Contini griff nach dem Bild. »San Michele«, las er leise. »Was ist damit gemeint?«

»Es kann ein Ort, eine Kirche, eine Bezeichnung für eine kirchliche Einrichtung sein.«

»*Merda!*«, fluchte Contini.

»Viel weiter hilft uns das auch nicht«, murmelte Valverde nachdenklich.

»Zumindest ist klar, aus welcher Richtung die Fotos aufgenommen wurden. Wenn die Bilder von dem Kerl stammen, der sie vorbeigebracht hat, war er bei dem Überfall dabei. So viel steht immerhin fest.«

Valverde wiegte skeptisch den Kopf. »Kann sein, kann auch nicht sein«, brummte er.

»Wir müssen herausfinden, wo exakt der Fotograf stand, als die Aufnahmen entstanden«, warf Contini ein.

»Es gibt noch eine Menge anderer Fragen. Weshalb hat er die Fotos anonym eingeworfen? Was verspricht er sich davon? Rache? Warum hat er nicht auf dem Foto vermerkt, wer der Kerl im Auto ist? Anscheinend geht er davon aus, dass wir ihn kennen.« Dieses Mal schien Santapola skeptisch zu sein, denn er zog seine Mundwinkel nach unten und schnaubte wie ein Pferd. »Vielleicht haben wir ihn in unserer Kartei, aber wie sollen wir ihn bei dieser schlechten Bildqualität denn identifizieren?«

»Ich danke Ihnen jedenfalls sehr, Comandante Santapola«, sagte Valverde. »Das ist zumindest ein Anfang. Aber vielleicht habe ich auch etwas für Sie«, fuhr er fort. »Wir haben nämlich einen Zeugen aus Castelbuono. Einen Lehrer namens Adalberto Guccio. Er wohnt in Castelbuono direkt an der Piazza Margherita. Auf Nummer fünfzehn, neben der Fleischerei.«

»Was ist mit ihm?«

»Sein Sohn Enzo wurde von einem Mafioso des Montalbano-Clans angegangen und übel zugerichtet. Sein Vater und er haben den Überfall auf der Piazza beobachtet. Ich fürchte, die Mafiosi werden wiederkommen.«

»Zum Kotzen!«, schimpfte Santapola.

»Vielleicht könnten Ihre Beamten ein Auge auf die Piazza haben? Montalbanos und Sardenos Männer treiben sich in der Stadt herum und verbreiten ziemliche Unruhe. Stellen Sie ein paar Leute in Zivil ab, die in der Szene noch nicht bekannt sind.«

Santapola überlegte kurz. »In Ordnung. Ich will's versuchen.«

»Versuchen ist zu wenig«, meinte Contini. »Die Menschen dort oben haben Angst.«

Der Kommandeur der kleinen Questura in Cefalù nickte und verabschiedete seine beiden Besucher.

Fünfundvierzig Minuten später bog Contini mit seinem dunkelblauen Lancia auf die Piazza Margherita ein und stellte den Wagen vor der Chiesa Matrice Vecchia ab.

»Ich hoffe, wir treffen den Padre gleich an«, meinte Valverde mit einem Blick auf die Kirchenuhr. »Versuchen wir es am besten hinter der Sakristei in der Via Sant'Anna.« Er machte mit dem Kopf eine Bewegung in Richtung des kleinen Pfarrhauses, einem Anbau der Chiesa Matrice, der seit Jahrhunderten als Wohnung des Gemeindepfarrers diente.

Als sie um die Ecke bogen, entdeckten sie den Padre, der vor seiner Haustür gerade die Blumenamphoren mit einer alten Blechgießkanne wässerte.

»Ah, *salve*«, grüßte er mit einem warmen Lächeln die beiden Carabinieri. »*Vieni!*«

Contini und Valverde traten durch den siebenhundert Jahre alten Spitzbogen in einen Vorraum, der einem Gewölbekeller ähnelte und den Blick in einen üppig bepflanzten Innenhof freigab. Es schien, als habe der Herr im Himmel an diesem Ort den Garten Eden versteckt.

Augenblicklich fühlten sich die beiden Beamten in alte Zeiten zurückversetzt. An der Decke des aus Tuffsteinquadern erbauten Treppenhauses hing ein zwölfarmiger Messingleuchter, der ursprünglich einmal mit Kerzen den Raum erhellte, heute jedoch keine Funktion mehr hatte. Die steinernen Stufen, die über zwei Absätze hinauf in den Wohnbereich führten, waren im Lauf der Jahrhunderte speckig geworden und ausgetreten.

Der Padre wies seine Besucher hinauf ins obere Stockwerk und ging voran. »Seien Sie bitte vorsichtig, die Stufen sind unterschiedlich hoch, und man stolpert hier leicht«, warnte er und führte die Beamten in sein Refugium. »Ich hatte seit meinem Telefonat mit Ihnen noch einmal Zeit, über die ganze Sache ausgiebig nachzudenken«, wandte er sich, oben angekommen, an Valverde. »Und meine Gedanken lassen mich einfach nicht mehr los.«

Die drei Männer standen nun in einem gemütlichen, aber spartanisch eingerichteten Wohnzimmer. Fünf kleine Spitzbogenfenster reihten sich zur Piazza hinaus aneinander und ließen den Raum wie eine altertümliche Kemenate wirken.

»Setzen Sie sich«, forderte der Pater die beiden Beamten auf und wies auf die Sitzgruppe.

»Welche Gedanken gehen Ihnen nicht mehr aus dem Kopf?«, fragte Valverde, als er auf der Couch Platz nahm.

Der Padre erhob sich noch einmal von seinem Polstersessel, ging hinüber zum Kamin und brachte einen Aschenbecher. »Bitte, wenn Sie rauchen wollen ...« Dann griff er nach einem Lederetui auf dem Tisch und zog genüsslich eine Zigarre heraus. »Es geht mir einfach nicht mehr aus dem Kopf. Dieser große Mann, von dem ich Ihnen erzählt habe, er erinnert mich an jemanden. Ich kann mich täuschen, aber das glaube ich nicht.« Valverde beugte sich gespannt nach vorn und runzelte die Stirn. »Bitte denken Sie nach! Woher meinen Sie, den Mann zu kennen?«

»Es liegt sehr lange zurück. Ich hatte einmal einen Schüler, er war sehr groß für sein Alter. Er muss damals fünfzehn oder sechzehn Jahre alt gewesen sein.«

Valverde griff in die Innentasche seines Jacketts und zog das Bild heraus. »Sehen Sie mal, ich habe hier ein Foto, das uns anonym zugespielt wurde. Ist er das? Erkennen Sie ihn?«

Der Padre warf einen Blick darauf und nickte spontan. »Man sieht zwar nicht viel von ihm, aber er könnte es sein.«

»Gibt es noch Aufzeichnungen darüber, wen Sie damals unterrichtet haben? Alte Klassenbücher, Schularchive oder so etwas Ähnliches?«

Der Padre schlug die Hände zusammen. »Aber ja! Wir haben die jährlichen Kommunionverzeichnisse. Warten Sie, ich bin sofort wieder da.«

Padre Eusebio stand auf, steckte sich die Zigarre in den Mund, zündete sie noch schnell an und eilte nach nebenan. Es dauerte nur einen Augenblick, bis er mit einem Stapel Jahrgangsbücher zurückkam und sie auf dem Couchtisch ablegte. »Es muss etwa zwanzig Jahre her sein«, murmelte er. »Ich habe die Jahrgänge dreiundneunzig bis achtundneunzig mitgebracht. In einem dieser Bücher müssten wir ihn finden.«

Drei Köpfe beugten sich über die Namenslisten und eingeklebten Fotos, auf denen Gruppenaufnahmen von Jugendlichen zu sehen waren, die gerade die zweite heilige Kommunion empfangen hatten, wie es in Sizilien Tradition war. »Das ist er«, sagte Padre Eusebio plötzlich und deutete mit dem Finger auf einen schlaksigen Jungen, der die anderen um einen Kopf überragte. »Nino«, flüsterte er kaum hörbar. »Ja, so heißt er. Das ist Nino Scarpetta.«

»Sie täuschen sich nicht? Dieses Foto ist schließlich uralt, ein Jugendbild.«

»Das ist er!«, antwortete der Padre im Brustton der Überzeugung. »Wenn ich es recht bedenke, hat er sich gar nicht so sehr verändert. Vielleicht die Frisur. Aber diese Augen …«

Die beiden Ermittler warfen sich einen triumphierenden Blick zu. »Wir haben ihn«, grinste Contini.

»Noch nicht!«, widersprach Valverde und ballte die Faust. »Ein neues Foto wäre mir lieber.«

»Wir geben es an die Computerbearbeitung in Messina, dann kriegen wir, was wir brauchen«, bemerkte er beiläufig und richtete das Wort wieder an Padre Eusebio. »Was wissen Sie über diesen jungen Mann? Lebt er hier?«

Eusebio schüttelte den Kopf. »Ein tragisches Schicksal«, begann er seufzend und zog an seiner Zigarre. »Er stammt aus Borrello Alto, einem kleinen Dorf hoch oben in den Bergen. Die Kinder mussten von Castelbuono damals noch zu Fuß hinauflaufen, um in die Kirche zu gehen. Ich erinnere mich noch genau daran, als sein Vater ermordet wurde. Damals muss er zwölf oder dreizehn Jahre alt gewesen sein. Seine Mutter ist mit Nino dann in die Stadt heruntergezogen.« Eusebio hielt einen Augenblick inne und schien nachzudenken. »Wissen Sie, Comandante, dieser Nino durchlief geradezu die klassische Laufbahn eines Mafiosos.«

»Erzählen Sie«, forderte Valverde den Padre auf und blickte ihm voller Spannung in die Augen.

Eusebio nickte kaum merklich. »Die überwältigende Mehrheit der Mafiosi nimmt das mafiöse Erbe nicht erst mit der Muttermilch auf, sondern wird schon hundert Jahre vor der Geburt zum Mafioso gemacht. Damit will ich sagen, dass die Kinder in der Regel aus Familien stammen, in denen bereits der Vater, der Großvater und sogar der Urgroßvater Mafiosi waren. Von Geburt an werden die künftigen Kriminellen dann diesem Wertekodex entsprechend erzogen, besonders von ihren Müttern.

Die Kinder lernen traditionelle sizilianische Tugenden wie Verschwiegenheit, Familientreue und Ehrgefühl.«

»Und so einer ist dieser Scarpetta?«

»Ja, er ist ein Paradebeispiel.« Der Blick des Padre wanderte zu Contini, der atemlos zuhörte. »Stammen Sie aus Sizilien?«, fragte er ihn unvermittelt. »Sie sehen mir nicht danach aus.« Der junge Ermittler lachte. »Das denken die meisten, weil ich rotblonde Haare habe. Ich bin in Palermo geboren, allerdings in Bologna aufgewachsen und erst nach der Polizeischule wieder in Sizilien gelandet.«

»Dann werden Sie die Menschen, die hier aufgewachsen sind, nur schwerlich verstehen. Viele junge Burschen aus diesem Milieu – wie damals eben dieser Nino – werden systematisch zu Kriminellen erzogen. Und glauben Sie mir, sie entwickeln sich aufgrund dieser besonderen Sozialisation fast zwangsläufig zu gefährlichen Killern. Sie werden zu Gefühlsrobotern gemacht, denen Gewalttaten weder ein schlechtes Gewissen noch Alpträume verursachen. Sie entwickeln schon in der Jugend eine Wir-Identität. Sie identifizieren sich vollständig mit dem Mafia-Universum und sind als Individuen praktisch nicht mehr existent.«

»Mir scheint, Sie haben sich lange mit diesen Fragen beschäftigt, Padre«, bemerkte Valverde nicht ohne Verwunderung.

»Wenn man wie Sie und ich Mafiosi bekämpfen will, muss man nicht nur unter ihnen aufwachsen, man muss auch begreifen, was sie zu dem gemacht hat, was sie heute sind. Doch dieser Nino«, wieder stockte der Padre, »was ihn angeht, so könnte ich mir vorstellen, dass er sich von seinen Gesinnungsgenossen unterscheidet. Aber Angst hat er mit Sicherheit vor nichts und niemandem. Eigentlich müssten die Gerichte eine dicke Akte über ihn haben. Er ist schon als Jugendlicher andauernd mit dem Gesetz in Konflikt gekommen, und das nicht wegen belangloser Kleinigkeiten. Scarpetta war schon damals eine verlorene Seele.«

Valverdes Stirn ließ tiefe Falten sehen. »So, wie Sie Scarpetta beschrieben haben, dürfte er ein Einzelgänger sein. Jedenfalls hört sich für mich das so an.« Er zog sein Smartphone aus der Tasche und wählte die Nummer seiner Sekretärin in der Questura in Messina. »*Scusi*«, entschuldigte er sich bei Eusebio, »wir reden sofort weiter. Aber der Anruf ist dringend.«
Während Contini und Eusebio sich leise weiterunterhielten, erteilte Valverde seine Anweisungen: »Signorina Bellini, beschaffen Sie mir umgehend alle Akten über einen gewissen Nino Scarpetta aus Borrello Alto. Außerdem informieren Sie Generalstaatsanwalt Sassi, dass ich ihn heute noch sprechen muss. Meinem geschätzten Kollegen Lo Presto richten Sie bitte aus, dass sich die Sache Castelbuono ein wenig anders entwickelt hat als angenommen. Er soll sich alsbald mit mir in Verbindung setzen.«
Valverde steckte sein Smartphone wieder ein. Fieberhaft dachte er nach, ob er irgendetwas vergessen hatte. Mehr und mehr wuchs seine Gewissheit, dass ein gnadenloser Killer sein Unwesen trieb, der Gianna schon gefährlich nahegekommen war. Er konnte nur hoffen, dass sie sich vernünftig verhielt und nichts auf eigene Faust unternahm.
»Was war denn in Nino Scarpettas Jugend so tragisch?«, mischte sich Contini ins Gespräch ein.
»Die Mutter hatte keine Arbeit, wollte ihren Jungen aber irgendwie durchbringen. Leider muss ich das so drastisch ausdrücken: Sie war eine *Putana*, sie hat Männer gegen Geld empfangen.« Er schwieg einen Augenblick, als wolle er sich besinnen. »Sehen Sie, Ninos Mutter hat ihren Sohn nach alten sizilianischen Traditionen erzogen. Ich weiß, es ist ein Gerücht, aber dennoch glaube ich, dass er seinen Vater gerächt und den Mörder umgebracht hat. Seitdem habe ich ihn nie mehr gesehen.«
»Hm«, brummte Valverde. »Ich frage das nur, weil ich sichergehen will, dass dieser Scarpetta auch tatsächlich als Täter in Frage kommt. Wissen Sie, ob er ein Hundeliebhaber ist?«

Eusebio zog die Augenbrauen zusammen. »Er hat immer die streunenden Hunde im Ort gefüttert. Er war ganz vernarrt in die armen Kreaturen.«

Valverde nickte schweigend und presste seine Lippen zusammen.

Contini mischte sich wieder ins Gespräch ein. »Wo wohnt die Mutter jetzt?«

Padre Eusebio lächelte milde. »Die können Sie nur auf dem Friedhof besuchen. Sie ist nicht sehr alt geworden.«

»*Bene*«, sagte Valverde und erhob sich von der Couch. »Padre, Sie haben uns sehr geholfen. Sehen Sie es mir nach, aber wir müssen jetzt gehen.«

Der Geistliche nickte. »Wie geht es Gianna? Haben Sie von ihr gehört? Soviel ich weiß, ist sie nach Rom gezogen und arbeitet wieder.«

Valverde konnte sich ein Lächeln nicht verkneifen. »Wir stehen im Kontakt, Padre. Und ja, ich glaube, die schlimmste Zeit hat sie überstanden, und die Arbeit in der Zeitung macht ihr Spaß.«

Padre Eusebio legte seine halbgerauchte Zigarre im Aschenbecher ab, um die beiden Kriminalbeamten zu verabschieden.

Gegen sechs Uhr abends trafen Valverde und sein Assistent in der Questura in Messina ein. Von unterwegs aus hatte Valverde telefonisch dem Justizminister und Comandante Lo Presto vom ersten Teilerfolg berichtet und eine Großfahndung nach Nino Scarpetta eingeleitet. Endlich hatte der Killer einen Namen.

Kaum hatten Valverde und Contini das Büro betreten, wartete auch schon die nächste Nachricht auf dem Schreibtisch. Eine Kurzinfo mit der Überschrift: MÄNNERLEICHE AUF EINEM GRUNDSTÜCK IN TRUPIANO.

Valverde überflog die spärliche Mitteilung, der nicht viel mehr als eine grobe Beschreibung des Fundortes und des Leichnams sowie die Todesursache zu entnehmen war: erschossen. »Ist das alles?«, raunzte er vernehmlich. »Als wenn wir nicht schon genug zu tun hätten.«

Telefonisch erkundigte sich Valverde beim Kriminaldienst nach dem Vorgang und der zugehörigen Akte.

»Contini«, rief er durch die Verbindungstür seines Büros. »Wir haben einen neuen Toten. Kannst du die vollständige Akte in der Bereitschaft abholen? Am besten, du fragst auch gleich noch in der Pathologie nach, ob sie schon Informationen für uns haben. Ich will diesen verdammten Vorgang komplett auf dem Tisch haben und nicht bloß so eine idiotische Kurzinfo.«

Contini verzog unwillig das Gesicht, schnappte sich wortlos die Notiz und wandte sich der Tür zu, während Valverde seine Unterlagen zum Fall Castelbuono ordnete.

»Sag mal«, rief Valverde seinem Assistenten hinterher. »Wo liegt eigentlich dieses Trupiano? Vielleicht sind wir ja gar nicht zuständig?«

»Mach dir mal keine zu großen Hoffnungen«, meinte Contini grinsend und verschwand.

In der Zwischenzeit führte Comandante Valverde ein ausgiebiges Telefonat mit Justizminister Grillo und Generalstaatsanwalt Sassi. Er wurde das dumpfe Gefühl nicht los, dass seine Vorgesetzten schon dringend auf einen Zwischenbericht gewartet hatten.

Nur eine Viertelstunde später saßen Valverde und Contini wieder zusammen und überlegten die nächsten Schritte.

»Also, wo ist jetzt dieses Trupiano? Den Namen habe ich noch nie gehört.«

»Ich habe nachgesehen. Es ist eines dieser winzigen Dörfer oberhalb von Taormina. Eine Schotterstraße führt hinauf. Es wohnt nur eine Handvoll Leute dort. Und die werden uns garantiert nicht viel erzählen. Aber das nur nebenbei bemerkt.« Er sah seinem Chef in die Augen. »Interessanter ist der Tote. Schon wieder ein Prominenter.« Contini hielt einen Schnellhefter in die Höhe. »Sehr interessanter Inhalt, kann ich nur sagen.«

Der Comandante seufzte vernehmlich. »Wer?«

»Du wirst es nicht glauben: Dottore Carlo Di Stefano. Die Vermisstenanzeige seiner Frau liegt der Questura von Cefalù schon seit zig Wochen vor. Wir hatten den Vorgang schon einmal in der Hand.«

»Ich kenne keinen Di Stefano. Demnach kann er so prominent gar nicht sein«, erwiderte Valverde.

»Er ist, besser gesagt, er *war* der Rechtsanwalt von Antonio Neri. Die Unterlagen sind vor ein paar Minuten per Fax eingetroffen.«

Valverde sprang wie vom Donner gerührt auf. »Sagtest du Neri?«

Contini nickte.

»Klingelt es bei dir nicht? Comerio? De Masso? Messoni?«

»Du meinst …?«

»Ja, ich meine«, stöhnte Valverde. »Jetzt erinnere ich mich wieder! Di Stefano gehörte lange Zeit zu den Staranwälten der Prominenz, bis er selbst in eine ganz dumme Sache hineingeriet, weil er die falschen Leute beraten hatte.«

»*Falsche Leute* ist gut«, sagte Contini. »Es waren drei Mafiabosse, die man lebenslänglich eingesperrt hat. Di Stefano hatte große Mühe, seinen Kopf zu retten, weil man ihm enge Mafiakontakte nachsagte, die sich dann allerdings nicht beweisen ließen.«

Valverde nickte. »Neri hat ihn als Justiziar in seine Firma genommen, nachdem man ihn freigesprochen hatte. Und jetzt ist er tot. Weiß man auch, seit wann?«

»Die Leiche wurde vor etwa fünf Wochen in diesem Bergkaff Trupiano abgelegt. Erschossen wurde er woanders, sagt die Spurensicherung. Die Ballistiker sind auch schon zugange. Sie glauben, dass die Mordwaffe eine belgische Browning sein könnte.«

»Holla, schon wieder eine Browning!«, rief Valverde. »Wir werden morgen diesem Signore Neri einen Besuch abstatten. Das könnte verdammt interessant werden. Weiß die Ehefrau schon Bescheid?«

»Natürlich«, entgegnete Contini. »Sie hat ihren Mann identifiziert. Eine grausige Angelegenheit nach so vielen Wochen. Und einen Mordsaufstand hat sie auch gemacht.«

»Weshalb?«

»Sie bezichtigte Neri, er hätte etwas mit dem Mord zu tun.« Contini referierte die Informationen aus dem Protokoll. »Ihr Mann habe ihr vor seinem Verschwinden gesagt, dass er für ihn etwas geradebiegen müsse. Außerdem hat sie behauptet, dass sie schon seit geraumer Zeit Angst um ihn gehabt habe. Angeblich hatte es etwas mit seiner Arbeit zu tun. Sie hat angegeben, dass ihr Mann damals an einem Mittwoch mittags gegen vierzehn Uhr eine Verabredung in Giardini Naxos hatte.« Contini blätterte hektisch in den Unterlagen herum. »Hier steht es«, sagte er. »Im Anschluss wollte Di Stefano zu seinem Boss Neri. Laut Ehefrau soll er vor der Abfahrt fürchterlich nervös gewesen sein. Sie sagte, sie hätte ein ganz schlechtes Gefühl gehabt. Es war das letzte Mal, dass sie ihn lebend gesehen hat.«

Valverde presste die Lippen zusammen. Das tat er immer, wenn er überlegte. »Dann hat Di Stefano seinen Mörder mit hoher Wahrscheinlichkeit in Giardini Naxos getroffen. Es sind nicht einmal zwanzig Kilometer bis Taormina. Vielleicht ist er mit seiner Verabredung sogar zu Neri gefahren. Ich will nicht spekulieren, aber mein Bauch sagt mir, Neri ist die zentrale Figur in unserem Fall.«

»Erinnerst du dich an die Hundehaare in dem Mercedes, die die Spurensicherung gefunden hat?«, warf Contini ein.

»Schon wieder der Mann mit dem Hund«, bemerkte Valverde düster. »Der verfolgt mich jetzt schon bis in den Schlaf.«

»Wollen wir nicht bis morgen warten?«, erkundigte sich Contini. Seinem Ton nach hielt sich sein Eifer in Grenzen.

»Na gut«, murmelte Valverde und grinste ihn an. »Dir geht es wie mir. Neri läuft uns heute nicht weg. Ich bin fix und fertig. Ich brauche ein heißes Bad und eine Mütze Schlaf.«

Politik und Wirklichkeit

Als Gianna am späten Nachmittag die Redaktion des *Messaggero* betrat, schien die Welt beinahe in Ordnung zu sein – jedenfalls was ihre Arbeit anging. Die meisten Puzzleteile ihres Artikels hatte sie zusammengetragen. Jetzt musste sie diese ganze schmutzige Geschichte nur noch zusammenfassen und redaktionell aufbereiten, dann konnte die Bombe platzen. Nicht nur einige hochgestellte Herrschaften würden sich warm anziehen müssen, wenn in der Samstagsausgabe ihre Titelstory erschien. Auch die Regierung würde in Erklärungsnot kommen. Doch diese Einschätzung änderte sich schlagartig, als sie sich ihrem Büro näherte und sie Griselda mit bedrückter Miene an ihrem Schreibtisch sitzen sah.

»Ist etwas mit dir?«, erkundigte sie sich und warf ihre Tasche lässig auf einen Sessel.

»Quatsch. Alles paletti. Aber Alessia will dich dringend sprechen«, antwortete sie vielsagend.

»Raus mit der Sprache! Du weißt doch was …«

»Unsere ganze Arbeit war umsonst«, erwiderte Griselda bitter. »Am liebsten würde ich alles hinwerfen.«

»Was sagst du da?« Gianna wirbelte herum und blickte Griselda fassungslos an.

»Am besten, du lässt dich gleich bei ihr sehen. Mir hat sie den Mund verboten. Ich kann nur so viel sagen: Der Artikel ist gestorben.«

»Du spinnst«, erwiderte Gianna und lachte. »Das kann sich der *Messaggero* doch gar nicht leisten.«

»Tja, wenn du meinst.« Aus Griseldas Miene sprach allerdings wenig Hoffnung.

Gianna verließ mit einem unguten Gefühl ihr Büro. Aufgewühlt klopfte sie an Alessias Zimmer und trat ein, ohne die Aufforderung der Chefredakteurin abzuwarten.

Alessia Campobasso saß, elegant wie immer, in einem perlgrauen Hosenanzug am Kopfende des Konferenztisches und telefonierte. Verärgert sah sie auf, als Gianna plötzlich vor ihr stand. Mit einer Geste bedeutete sie ihr, sich zu setzen, während sie sich noch einige Notizen machte, bevor sie ihr Gespräch beendete. »Gut, dass Sie da sind«, begann sie mit ernster Miene. »Ich weiß gar nicht, wie und wo ich beginnen soll.« Sie seufzte schwer. »Möchten Sie einen Espresso?«

Gianna schüttelte den Kopf. »*No, grazie*«, entgegnete sie. »Griselda hat vorhin eine merkwürdige Andeutung gemacht. Was ist passiert?«

Wieder atmete Alessia tief durch und schien nach den passenden Worten zu suchen. »Unser Müllthema ist gestorben. Wir werden Ihren Artikel nicht bringen, zumindest vorerst nicht.«

Gianna traf diese Eröffnung wie ein Schlag. Mit aufgerissenen Augen starrte sie Alessia an, die sich offenkundig wand wie eine Schlange, die mit dem Kopf in einer Falle steckt. »Es ist eine äußerst unerfreuliche Entwicklung eingetreten, mit der selbst ich nicht gerechnet hatte.«

»Was soll das heißen?« Gianna beugte sich empört nach vorne. Ihre Haltung verriet Kampfbereitschaft und Angriffslust, und ihre Augen schienen Funken zu sprühen. »Wissen Sie, wie viele Stunden, wie viele Tage und Nächte wir an diesem Artikel gesessen haben? Und jetzt erklären Sie mir lapidar, dass der Artikel nicht erscheinen wird?«

»Glauben Sie mir, wenn es nach mir ginge …« Alessia ließ den Satz unbeendet, ergänzte aber gleich darauf: »Die Anweisung kommt von ganz oben.«

In Giannas Ohren klang der Hinweis auf höhere Gewalt nach einem fadenscheinigen Argument. Als sie zu einer Antwort ansetzte, hob Alessia die Hand. »Das Justizministerium hat interveniert. Fragen Sie mich nicht, woher die Herrschaften wussten, was wir vorhatten. Möglicherweise hat sich Minister Messoni eingeschaltet, was ich mir allerdings nicht vorstellen kann.«

»Wer denn sonst?«, widersprach Gianna heftig. »Er hat mir bei meinem Interview unverhohlen gedroht!«

Alessia schüttelte den Kopf. »So, wie ich den Verleger verstanden habe, würden durch unsere geplante Berichterstattung nationale Interessen berührt.«

Gianna blickte Alessia konsterniert in die Augen. »Aha«, sagte sie mit sarkastischem Unterton. »Nationale Interessen also. Das ist immer dann ein gutes Argument, wenn die Politik ohnmächtig dasteht oder befürchtet, das Gesicht zu verlieren.«

»Ich gebe Ihnen völlig recht, dennoch sind uns die Hände gebunden. Ich habe klare Anweisung bekommen, die Ergebnisse unserer Recherchen nicht zu veröffentlichen.«

»Ich fasse es nicht!« Gianna konnte ihre Wut und Empörung nicht mehr zurückhalten. »Und wer, bitte schön, legt fest, was wir drucken dürfen und was nicht? Was ist mit der Pressefreiheit?« Sie ließ sich sichtlich angeschlagen in den Stuhl zurücksacken. »Das können Sie nicht zulassen, Alessia!«

»Ich fürchte, ich muss mich dieser Anordnung beugen.«

Gianna richtete sich plötzlich kerzengerade auf. »Es liegt im nationalen Interesse, dass diese Schweinerei aufgedeckt wird. Ein ganzes Volk wird systematisch von der Mafia vergiftet! Kinder sterben, Menschen bekommen Leukämie, Schilddrüsenkrebs und was weiß ich für Krankheiten, Tausende siechen jämmerlich dahin, und nun sagen Sie mir, Ihnen seien die Hände gebunden?«

Alessia presste die Lippen zusammen.

»Wissen Sie, dass ganze Landstriche durch Giftmüll verseucht sind? Millionen Tonnen von diesem Zeug vergiften die Landschaft, und wir essen das Gemüse und das Obst, das die Bauern dort anbauen.«

»Ich weiß das«, unterbrach Alessia Giannas Redefluss. »Nichtsdestotrotz wurde der Verlag zum Stillschweigen verpflichtet. Wir können von Glück sagen, wenn wir nicht gezwungen werden, alle Informationen und Ergebnisse Ihrer Recherchen den Behörden zu übergeben. Wie ich Ihnen sagte, war das schon einmal der Fall, als Ihr Vorgänger an der Sache gearbeitet hat.«

Gianna hielt es nicht mehr auf ihrem Stuhl. Sie tigerte durch das Direktionszimmer, überlegte fieberhaft. »Wie ist das eigentlich in unserem Land?«, setzte sie ihre Tirade fort. »Ich werde verfolgt und bedroht. Man versucht, mich mit allen Mitteln bei meiner Arbeit zu behindern. Ich kann nicht mehr in meine Wohnung, ich muss mich verstecken, weil mir irgendjemand nach dem Leben trachtet. Und jetzt soll ich einfach alles aufgeben?«

»Verstehen Sie doch, Gianna«, versuchte Alessia, sie zu beruhigen. »Es liegt nicht an mir!«

»Nein, ich will hier gar nichts verstehen! Ich will diesen Skandal publik machen, egal auf welche Weise. Wenn nicht im *Messaggero*, dann auf anderen Wegen. Anscheinend dürfen wir hier in Italien nur über Themen schreiben, von denen man annimmt, dass die Bevölkerung sie auch erträgt – Kriege, Mord und Totschlag, Vergewaltigung, Sex. Aber Müll scheint derart zum Himmel zu stinken, dass sogar die Politiker befürchten, daran zu ersticken. Oder wie darf ich das verstehen?«

Alessia hatte ihr ruhig zugehört. Jetzt erhob auch sie sich von ihrem Stuhl und ging auf Gianna zu. »Ich weiß sehr genau, was Sie jetzt fühlen. Mir geht es nicht anders.«

»*Mi scusate*«, entschuldigte sich Gianna. »Ich könnte aus der Haut fahren! Die Tatsache, dass Ermittlungen verheimlicht, vertuscht oder verzögert werden, treibt mich in den Wahnsinn. In welchen Behörden ich auch immer um Auskünfte gebeten habe – man hat gemauert oder mich vertröstet. Sogar der Umweltminister hat meine Arbeit behindert. Das können wir als seriöse Zeitung doch nicht einfach so stehen lassen.«

Alessias Miene zeigte tiefe Betroffenheit, als sie Gianna ins Wort fiel. »Ich sehe schon, ich muss konkreter werden.«

»Ich bin gespannt«, entgegnete Gianna spitz.

»Wir reden hier über atomaren Müll. Über verstrahlte Abfälle, die, wie wir vermuten, im Mittelmeer versenkt wurden. Die Regierung bestreitet das vehement, und wir können das Gegenteil nicht beweisen. Wenn wir mit unseren zugegebenermaßen ziemlich überzeugenden Fakten an die Öffentlichkeit gehen, wir aber mit unseren Mutmaßungen trotzdem danebenliegen, riskieren wir die Schließung unserer Redaktion. Man hat unserem Verleger deutlich gemacht, dass wir mit der Beschlagnahme unserer Computer rechnen müssen, wenn wir uns an das Verbot nicht halten.«

Gianna hielt inne und fixierte Alessia mit entschlossenem Blick. »Ich habe verstanden«, flüsterte sie kaum hörbar. »Wir kneifen also. Wir haben Angst, die Wahrheit ans Licht zu bringen.«

»Darum geht es nicht«, widersprach Alessia heftig. »Wir bewegen uns nicht nur auf dünnem Eis. Wir werden als Volksverhetzer an den Pranger gestellt, wenn wir nicht lückenlos nachweisen können, wann und wo wie viele Tonnen radioaktive Abfälle illegal versenkt, vergraben oder gelagert wurden.«

Giannas Gesicht war weiß wie die Wand. »Stellen Sie sich plötzlich auf die Seite unserer sogenannten Volksvertreter, die alles tun, um eine bodenlose Schweinerei zu vertuschen?«

»Was denken Sie von mir!«, entgegnete Alessia heftig. »Ich bin der Meinung, wir sollten uns vorerst an die Anweisung der Regierung halten. Irgendwann sind wir dann am Zug.«

»Früher, als ich noch einfältig war, da dachte ich, Politik sei die Freiheit des Wortes und der Ordnung, heute kommt es mir vor, als sei sie die Inkarnation von Manipulation und geschickter Dramaturgie. Wenn der *Messaggero* jetzt meinen Artikel nicht publiziert, Alessia, dann mache ich auf eigene Faust weiter. Ich werde diesen Verbrechern das Handwerk legen.«

»Ich kann Sie nicht daran hindern, alleine weiterzumachen«, entgegnete Alessia. »Aber Sie wissen, was das bedeutet. An Ihrer Stelle würde ich die Finger davon lassen.«

»Diesen Ratschlag habe ich schon einmal bekommen«, erwiderte Gianna sarkastisch. »Aber davon lasse ich mich nicht beeindrucken. Besser, es gibt einen Riesenskandal, als dass die Wahrheit auf der Strecke bleibt.«

Alessia seufzte hörbar. »Ich bitte Sie jedenfalls darum, nicht im Namen unseres Verlages zu arbeiten.«

Gianna nickte. Die Frustration über diese Entwicklung stand ihr ins Gesicht geschrieben. Sie wandte sich zur Tür und verließ wortlos das Zimmer der Chefredakteurin.

Akt der Selbstbefreiung

Valverde war in seinen Bademantel geschlüpft und hatte es sich auf dem Sofa vor seinem Fernseher bequem gemacht. Während er eine Zigarette rauchte, flimmerten die neuesten Nachrichten über den Bildschirm. Er konnte sich kaum auf den Inhalt konzentrieren, weil ihm der morgige Tag einfach nicht aus dem Kopf gehen wollte. Rational gesehen würde es vermutlich ein Tag wie jeder andere werden, mit einer kleinen Ausnahme allerdings: Er musste einen Mann verhören. Aber keinen normalen Verdächtigen, wie man sie im Laufe des Jahres zu Hunderten in der Questura hatte. Es handelte sich um Antonio Neri, der beste Kontakte bis in die Regierungsspitze unterhielt und zweifellos mit Vorsicht zu genießen war.

Inmitten dieser Gedanken klingelte sein Telefon.

»Buonasera, mio caro.«

Valverde war sofort wieder hellwach. »Gianna, wie schön!« Dann stutzte er. Ihre Stimme hatte angespannt geklungen. »Ist etwas mit dir?«

»Ja«, antwortete sie. »Wir zwei hatten zwar einen idiotischen Auftakt, aber jetzt fehlst du mir. Weiß der Himmel, weshalb.«

Valverde seufzte, versuchte aber sofort, sie aufzuheitern. »Es wäre unnatürlich, wenn du einen Mann wie mich nicht vermissen würdest«, witzelte er.

Ihr leises Lachen im Telefon klang nicht wirklich amüsiert. »Ich rufe nicht nur an, weil ich deine Stimme hören wollte. Es ist etwas Eigenartiges passiert.«

Sofort stand Valverde unter Strom. »Ist dir der Kerl wieder zu nahe gekommen?«

»Nein, nein, keine Sorge. Vor meiner Tür stehen zwei kräftige Männer, die bis an die Zähne bewaffnet sind. Vor denen würdest selbst du dich fürchten.«

»Niemals, und ich würde dich sogar vor feuerspeienden Drachen retten.«

»Domenico, Messoni hat gerade angerufen.« Den plötzlichen Themenwechsel empfand Valverde wie eine kalte Dusche.

»Als ich heute Nachmittag in die Redaktion kam, wurde mir von meiner Chefin eröffnet, dass ich meinen Artikel nicht publizieren darf. Das Justizministerium hat dem Verlag einen Maulkorb verpasst. Wochenlang arbeite ich an dem Thema, und kurz vor der Veröffentlichung werde ich einfach kaltgestellt. Und jetzt auch noch dieser Anruf von Minister Messoni.«

»*Madonna mia*, was wollte er?«

»Er will mit mir sprechen.«

»Verstehe ich nicht. Worüber denn?«

»Ich weiß es nicht. Ich finde, das stinkt alles zum Himmel. Der Mann klang völlig aufgewühlt. Ängstlich, fast panisch. Auch was er gesagt hat, war ziemlich beunruhigend.«

Valverde hatte sich kerzengerade aufgesetzt und hörte konzentriert zu.

»Ich soll morgen Vormittag gegen zehn Uhr in sein Ministerium kommen. Er sagte: ›Ich will Ihnen mein letztes Interview geben.‹ Verstehst du das? Er müsste doch selbst am besten wissen, dass wir den Artikel gar nicht publizieren dürfen.«

»*Tss*, was soll denn das heißen?«

»Morgen ist Sonntag«, entgegnete Gianna. »Kennst du einen Minister, der sonntags im Ministerium sitzt und einer Journalistin ein *letztes Interview* geben will?«

Valverde schwieg irritiert. Was Gianna ihm gerade mitgeteilt hatte, war wahrhaftig total ungewöhnlich.

»Hast du gehört, was ich gerade gesagt habe?«

»Was will dieser Mann wirklich? Erst wirft er dich aus seinem Ministerium, weil du ihn in die Enge getrieben hast. Und jetzt lädt er dich zu einem Gespräch ein?«

»Ich habe das Gefühl, er will sich etwas antun.«

Valverde überlegte fieberhaft. »Kann es sein, dass er reinen Tisch machen möchte?« Er unterbrach sich für einen Moment, um seine Gedanken zu ordnen.

»Ein Geständnis, meinst du?«

»Bei allem Respekt, Gianna, vor einer Journalistin des *Messaggero*? Das macht keinen Sinn. Vielleicht hast du ja doch recht, und er will sich …«

»Was soll ich tun?«, fragte Gianna. »Ich bin hin- und hergerissen. Ich kann nicht einschätzen, ob er mit mir privat sprechen möchte oder ob er etwas Offizielles verlauten lassen will.«

»Das kann ich nicht für dich entscheiden«, erwiderte Valverde nüchtern. »Aber eines ist klar: Wenn du hingehst, dann auf keinen Fall alleine. Mist! Wäre ich jetzt bei dir, würde ich dich begleiten. Außerdem habe ich morgen in aller Frühe ja einen wichtigen Einsatz. Ich versuche, Generalstaatsanwalt Sassi zu erreichen, dann rufe ich dich gleich zurück.«

»Wann sehen wir uns wieder?«, fragte sie plötzlich sanft.

»Das kann ich dir erst in ein paar Tagen beantworten«, entgegnete er und versuchte, eine gewisse Leichtigkeit in seine Stimme zu legen. »*Ciao, Bella.*«

Er trennte das Telefonat und wählte die private Handynummer des Generalstaatsanwaltes. Er hatte befürchtet, ihn womöglich nicht zu erreichen, doch seine Sorge war unbegründet. Sassi meldete sich sofort. Und nicht nur das, er begriff auch die Brisanz, die hinter Messonis Anruf steckte.

Nach einem knapp zwanzigminütigen Gespräch hatten sie alle Eventualitäten und Möglichkeiten durchgespielt, die hinter Messonis Ansinnen stecken könnten, kamen aber letztendlich immer zum gleichen Ergebnis.

»Lassen Sie mir einige Minuten Zeit«, beendete Valverde das Gespräch. »Ich werde Signora Corodino Ihren Vorschlag unterbreiten.«

Sekunden später hatte er Gianna wieder am Apparat. »*Senti, Carissima*«, begann er ernst. »Generalstaatsanwalt Sassi wird dich gleich kontaktieren. Er schlägt vor, dich morgen früh mit einigen Beamten ins Ministerium zu begleiten und mit dir gemeinsam Messoni aufzusuchen. Wir sind zu der Überzeugung gelangt, dass es nicht nur sicherer für dich ist, sondern dass Minister Messoni tatsächlich vorhat, sich zu offenbaren.«
»Und wenn er es ablehnt, dass ich in Begleitung komme?«
»Das glaube ich nicht. Wenn ich Messonis Worte richtig interpretiere, hatten sie etwas Endgültiges, als hätte er mit sich abgeschlossen. Ich denke, er ist am Ende. Da spielt es keine Rolle, dass du in Begleitung eines Staatsanwaltes bist.«

Drei dunkelblaue SUVs mit getönten Scheiben bogen zügig auf den riesigen Besucherparkplatz des Umweltministeriums ein und hielten vor dem Haupteingang. An normalen Werktagen herrschte in der Via Cristoforo Colombo ein reges Treiben. Doch obwohl es bereits kurz nach zehn Uhr war, lagen an diesem Sonntagmorgen Roms Straßen noch im Dornröschenschlaf. Selbst die großen Zufahrtsstraßen waren wie ausgestorben. Kaum hatte der kleine Konvoi angehalten, sprangen ein halbes Dutzend bewaffnete Männer aus den Fahrzeugen und sicherten den Zugang zu dem hässlichen Verwaltungsklotz. Auch neben der automatischen Glastür waren Wachen postiert, die jede Bewegung in der Umgebung im Auge behielten. Generalstaatsanwalt Sassi und Gianna Corodino wurden bereits erwartet und eilten zum Entree des Ministeriums. Flankiert von drei bewaffneten Carabinieri, fuhren sie schweigend im Fahrstuhl hinauf in den siebten Stock des Gebäudes, wo sich Messonis Büro befand.

Noch in der Nacht hatte sich der höchste Ankläger des Landes mit Gianna abgesprochen, dass sie den Minister am frühen Morgen auf ihren gemeinsamen Besuch vorbereiten sollte, selbst auf die Gefahr hin, dass er ablehnen könnte. In ihrem Telefonat mit Messoni hatte sie mit allem gerechnet, auch damit, dass er das Interview, wie er sich ausgedrückt hatte, komplett absagen würde. Doch zu ihrer Überraschung hatte er ohne Einwände zugesagt.

Die Fahrstuhltür öffnete sich, und sie traten in den breiten, mit Teppich ausgelegten Flur. Vor ihnen stand Minister Rodolfo Messoni.

Das war nicht mehr der Mann, den Gianna noch vor wenigen Tagen kennengelernt hatte. Die Haltung des schlanken, großgewachsenen Mannes war gebeugt und kraftlos, sein Gesicht fahl und übernächtigt, sogar sein Maßanzug hatte gelitten. Er empfing sie mit einem angedeuteten Nicken, schweigend, ohne Energie und fast schon apathisch. Man konnte weder Nervosität noch Angst in seiner Miene entdecken, obwohl die Anwesenheit Sassis dem Treffen ein völlig anderes Gewicht verlieh.

Sassi musterte Messoni mit kritischen Augen. Mit einem Blick erfasste er den inneren Zustand seines Gegenübers. Er trat mit ausgesuchter Freundlichkeit auf ihn zu und reichte ihm die Hand. Sein *Buongiorno* klang fest und aufmunternd, als wolle er Messoni auf diese Weise neues Leben einhauchen.

Auf dem Weg ins Büro sprach niemand ein Wort. Schweigend nahmen sie in der gemütlichen Sitzgruppe Platz. Sassi übernahm die Initiative und schien die gedrückte Stimmung aufhellen zu wollen, indem er ein paar Floskeln über das schöne Wetter fallenließ. Doch der völlig in sich gekehrte Messoni unterbrach den Generale mit einer knappen Geste.

»*Grazie*«, begann er mit unsicherer Stimme. »Danke, dass Sie sich Zeit für mich nehmen.« Er wandte sich an den Generale, der ihm schräg gegenübersaß. »Ich kann nicht behaupten, dass ich mich über Ihre überraschende Teilnahme an der Verabredung mit Signora Corodino freue, Signore Procuratore.« Zum ersten Mal huschte ein Lächeln über seine Miene. »Erleichterung ist der treffendere Begriff, denn was ich mir von der Seele reden muss, geht auch Sie etwas an.« Er unterbrach sich und schien nach den richtigen Worten zu suchen. »Ich befinde mich am Ende meines Weges«, setzte er seinen Gedanken fort, »es geht um eine Zäsur, aber auch um ein Geständnis.«

Sassi und Gianna hatten damit gerechnet, dass Messoni auf seine Art reinen Tisch machen wollte, dennoch waren sie über diese Einleitung überrascht.

Messonis Augen wanderten zu Gianna, die zu seiner Linken saß und ihn angespannt beobachtete. »Ich habe große Schuld auf mich geladen, mich und meine Familie verraten, mein Amt beschädigt und Verbrechen ungeheuren Ausmaßes begünstigt«, quälte er sich mit großer Überwindung über die Lippen. »Ich werde die Konsequenzen meines Handelns tragen. Dazu habe ich mich gestern entschlossen.«

»Wäre es nicht vernünftiger, wenn Sie einen Rechtsanwalt hinzuzögen?«, unterbrach ihn Sassi. »In meiner Funktion als Staatsanwalt bin ich verpflichtet, Sie über Ihre Rechte aufzuklä…«

»Auch ein Anwalt kann mir meine Schuld nicht abnehmen, Signore. Außerdem habe ich keine Zeit mehr.«

Sassi schüttelte den Kopf. Seinem Verständnis nach beichtete man ohne den Beistand eines Anwalts bestenfalls in der Kirche auf dem Beichtstuhl, zumal man dort auf Absolution hoffen durfte, nicht hingegen im realen Leben, wo womöglich lange Haftstrafen drohten.

»Halten Sie um Himmels willen diesen Neri auf«, brach es aus Messoni plötzlich mit einer Heftigkeit hervor, mit der seine beiden Besucher nicht gerechnet hatten. »Antonio Neri und Peppino Comerio erpressen mich seit Jahren, Genehmigungen für den Transport und die Entsorgung hochgiftiger Substanzen zu erteilen. Sie haben mittlerweile ganz Süditalien mit ihrem Müll verpestet.«

Während Gianna dieses Geständnis mit Genugtuung zur Kenntnis nahm, schien der Procuratore Generale schockiert zu sein.

Doch bevor er eine Frage stellen konnte, fuhr Messoni fort: »Ich habe meine Söhne verloren, weil ich aus diesem System aussteigen wollte. Neri hat sie umgebracht.«

»*Dio mio*, das ist eine ungeheuerliche Beschuldigung, Signore Ministro. Ich kann das nicht glau…«

Messoni hob die Hand und bedachte Sassi mit einem unendlich traurigen Blick. »Ich bin kein Minister mehr. Der Staatspräsident hält bereits mein Rücktrittsgesuch in den Händen.«

»Aber Signore …«

»In ungefähr neun Stunden wird die *Sea Star* auf Höhe Salerno mit etwas mehr als siebzehntausend Tonnen hochstrahlendem Material an Bord im Meer versenkt. Das Schiff gehört Neri und Comerio.«

»Wie bitte?« Sassi saß wie vom Blitz getroffen im Sessel und starrte Messoni fassungslos an.

»Es ist nicht das einzige Schiff der beiden. Es sollen in den nächsten Tagen noch mehrere andere Schiffe mit strahlender Fracht vor Italiens Stränden versenkt werden. Und das ist erst der Anfang. Neri hat Verträge über Tausende Tonnen strahlenden Materials mit diversen europäischen Regierungen abgeschlossen, die nicht wissen, wo sie ihren Atommüll unterbringen sollen.«

Sassi schlug beide Hände vor den Kopf und schwieg. Plötzlich richtete er sich auf. »Entschuldigen Sie mich. Ich muss unverzüglich etwas unternehmen.« Er erhob sich vom Sessel, verließ das Büro und führte auf dem Korridor mehrere minutenlange Telefonate. Währenddessen sprach Messoni weiter und versuchte, Gianna zu erklären, wie er in die Sache hineingeraten war.

»Ich denke, wir warten lieber ab, bis Generale Sassi wieder hier ist«, gebot sie Messoni Einhalt. »Es wäre mir lieber, wenn er zugegen ist.«

Messoni nickte und versank wieder in Gedanken.

Es dauerte nicht lang, bis Sassi mit ernster Miene zurück ins Büro kam. »Ich habe den Justizminister, die Marine und die Küstenwache benachrichtigt. Ich denke, wir werden die *Sea Star* abfangen. Wir können unser Gespräch jetzt fortsetzen.« Dann richtete er das Wort an Gianna. »Ich glaube, Sie wissen bereits, dass wir mit der Redaktion des *Messaggero* in Verbindung stehen.«

Gianna nickte schweigend.

»Wir haben in der Angelegenheit, in der Sie recherchieren, interveniert, und das mit gutem Grund. Nationale Interessen, wie Sie sicher schon wissen. Deshalb muss ich in diesem Fall auch darauf bestehen, dass Sie über den Inhalt dieses Gesprächs Stillschweigen bewahren und vor allem nichts publizieren. Habe ich Ihr Wort?«

»Sie überraschen mich«, entgegnete Gianna. »Demnach wissen Sie also ganz genau, woran ich arbeite.«

Sassi bejahte, ohne eine Erklärung abzugeben.

»Mit anderen Worten, man weiß in der Regierung, dass unser Land systematisch mit strahlendem und hochgiftigem Müll verseucht wird?«

»Ich will es einmal so formulieren«, erwiderte Sassi leise. »Wir haben Hinweise. Es gibt auch Verdachtsmomente, denen ich nachgehe. Aber Sie werden verstehen, dass ich darüber mit Ihnen nicht sprechen darf.«

Gianna war plötzlich völlig verstört. Sie starrte Sassi bestürzt an. »Ich finde keine Worte«, erwiderte sie außer sich vor Zorn. »Mit wem habe ich es eigentlich zu tun? Sitzen Sie etwa mit diesem Mann in einem Boot?« Sie deutete wütend auf Messoni, der in sich zusammengesunken, völlig apathisch in seinem Sessel kauerte und ins Leere stierte.

»Beruhigen Sie sich, um Himmels willen, Signora. Ziehen Sie bitte keine falschen Schlüsse. Ich ermittle seit langer Zeit in dieser Angelegenheit, die, und das möchte ich ausdrücklich betonen, aufgrund ihrer Brisanz mit einer Nachrichtensperre belegt wurde.«

»Und Sie wollen mir verbieten, unsere Bürger darüber zu informieren, dass die Regierung seit Jahren ihre Wähler an der Nase herumführt? Das schlägt dem Fass den Boden aus! Sie sind nicht besser als dieser ... dieser Umweltclown in Nadelstreifen!«

»Ich bitte Sie, Signora, mäßigen Sie sich!«, herrschte Sassi Gianna rüde an. »Niemandem ist damit gedient, wenn Panik ausbricht, wenn Bürger aus Wut und Verzweiflung eine Revolte anzetteln oder gar die Regierung stürzen. Lassen Sie mich meine Arbeit tun, alles Weitere wird sich finden.«

»Und ich soll Ihnen glauben? Darf ich Sie noch einmal an die Fakten erinnern? Ganze Schiffsladungen mit strahlendem Material werden vor den Augen der Geheimdienste und der Polizei ins Mittelmeer gekippt, Schiffe mit radioaktivem Müll versenkt und Millionen Tonnen toxischen Schutts nach Italien importiert. Und Sie wollen der Presse verbieten, darüber zu berichten?«

»Erstens möchte ich mit Ihnen dieses Thema nicht ausgerechnet hier diskutieren, und zweitens bin ich nicht autorisiert zu bestimmen, worüber die Presse berichten darf und worüber nicht. Dergleichen wird in einer geheimen Sitzung mit dem Ministerpräsidenten entschieden. Allerdings würden Sie es mir erleichtern, für Sie und Ihre Arbeit Stellung zu beziehen, wenn Sie mir die Unterlagen und Ergebnisse, die Sie im Rahmen Ihrer Recherchen zusammengetragen haben, überlassen könnten.«

»Bei aller Wertschätzung, Signore«, begehrte Gianna auf. »Sie können von mir doch nicht verlangen, dass ich Ihnen einfach so meine persönlichen Aufzeichnungen gebe.«

»Kopien würden mir ausreichen«, ergänzte Sassi lächelnd. »Im Gegenzug werde ich meine ganze Autorität geltend machen, damit Ihre Arbeit nicht umsonst war. Darauf kommt es Ihnen doch an, nicht wahr?«

Gianna überlegte kurz und willigte dann schweren Herzens ein, wenngleich sie sich den Abschluss ihrer Recherchen anders vorgestellt hatte.

Sassi ergriff ihre Hand und drückte sie väterlich. Dann nahm er wieder Minister Messoni ins Visier. »Ich soll Neri aufhalten, sagten Sie?«

Messoni holte tief Luft, als sammle er Kraft, um sein Geständnis fortzuführen. »Antonio Neri und sein Kompagnon Peppino Comerio führen seit ungefähr zehn Jahren in großem Stil extrem giftige Abfälle aus ganz Europa nach Italien ein und verdienen sich eine goldene Nase damit. Jede Woche kommt ein Konvoi von zwölf bis fünfzehn Lastwagen aus England, Frankreich, Deutschland und der Schweiz in Süditalien an.«

»Auf welche Deponien werden die Abfälle gebracht?«, hakte Gianna nach.

»Italien besitzt keine Deponien für toxische Abfälle. Das Zeug wird in Kalabrien, Kampanien, Apulien und auch in Sizilien in riesigen Mengen vergraben. Mittlerweile auch in der Toskana.«

»Das würde logischerweise bedeuten, dass der Müll bewusst und vorsätzlich falsch deklariert wurde. Ist das richtig?«

»Sì«, bestätigte Messoni niedergeschlagen. »Neri und Comerio fälschen die Papiere und bestechen hohe Grenzbeamte.«

Betretenes Schweigen lastete im Raum. Gianna wagte kaum noch zu atmen, während Sassi einem Herzinfarkt nahe schien.

»Und Sie haben die Genehmigungen für Transport und Entsorgung erteilt, Signore?«, fragte Sassi mit ungläubiger Miene.

»Ich hatte keine Wahl.«

»Oh doch, Signore«, widersprach Sassi mit schneidender Stimme. »Man hat immer eine Wahl.«

»Sie kennen Neri nicht. Wenn er einen Menschen nicht kaufen kann, dann lässt er ihn beseitigen. Niemand wagt es, sich ihm in den Weg zu stellen. Ich habe es versucht, und meine Söhne ha-

463

ben diesen Versuch in Castelbuono mit dem Leben bezahlt.« Messoni blickte Gianna in die Augen. »Ich bin froh, dass Sie noch leben.«

Gianna fühlte sich wie von einer Keule getroffen. »Wie meinen Sie das?«, antwortete sie mit belegter Stimme.

Wieder seufzte Messoni tief. »Sie dürfen sich ohne Schutz nicht mehr in der Öffentlichkeit zeigen. Neri wird Sie umbringen lassen. Ich glaube, Sie haben bis jetzt ein Riesenglück gehabt.«

Sassi blickte Gianna mit großen Augen an. »Wie mir scheint, hatten Sie recht«, flüsterte er. »Aber umbringen wird Neri niemanden mehr«, merkte er an. In seiner Miene lag Entschlossenheit, und seine Stimme klang energisch. »Comandante Valverde und Commissario Contini statten ihm nämlich soeben einen Besuch ab.«

Messoni machte auf Gianna den Eindruck, als hätte er mit seinen Erklärungen einen inneren Entschluss größter Tragweite umgesetzt. Er sah sie unverwandt an. »Man kann der Strafe entgehen, nicht aber dem Gewissen«, flüsterte er und schloss einen Moment die Augen.

Während Sassi sein Smartphone aus der Tasche zog und eine Nummer wählte, beugte er sich zu Gianna hinüber. »Lassen Sie ihn. Ich glaube, von ihm erfahren wir heute nicht mehr viel. Offen gestanden hatte ich Ihre Geschichte nicht so recht glauben wollen. Erst als Comandante Valverde diesen Verdacht äußerte, habe ich die ganze Sache ernster genommen.«

»Der Mann mit dem Hund«, erwiderte sie mit versagender Stimme. »Er stand genau neben mir, als ich ins Ministerium wollte.« Erst jetzt wurde ihr bewusst, in welcher Gefahr sie die ganze Zeit geschwebt hatte.

»Ich muss Comandante Valverde benachrichtigen«, sagte Sassi zu Gianna. »Anscheinend ist er so beschäftigt, dass er nicht ans Telefon geht. Ich versuche es draußen noch einmal.« Eilig verließ er Messonis Büro und schloss hinter sich die Tür.

Mit harten Bandagen

Die Sonne ließ Taormina an diesem frühen Morgen wie ein Himmelsmärchen unter azurblauem Dach erscheinen, umgeben von saftigem Grün und eingebettet in schroffen Fels. Für romantische Gefühle oder stille Bewunderung hatten Valverde und Contini im Augenblick allerdings absolut keinen Nerv. Im Gegenteil, sie hatten dringliche Fragen an einen Hausherrn, der es gewohnt war, mit Samthandschuhen angefasst zu werden. Die beiden Torwachen behandelten sie ziemlich feindselig, als die Ermittler vor Neris Anwesen hielten, aus ihrem Wagen ausstiegen und ihre Ausweise zückten.

»Wir möchten Antonio Neri sprechen«, sagte Contini zu dem pockennarbigen Burschen, der herangetreten war und erst gar nicht versuchte, seine Waffe im Schulterhalfter zu verbergen.

»Haben Sie einen Termin?«, fragte er mit gezwungenem Lächeln.

»Brauchen wir nicht«, polterte Valverde los. »Machen Sie das Tor auf, der Rest findet sich dann.«

Der zweite Mann, der sich im Hintergrund gehalten hatte, telefonierte und schien eine Anweisung erhalten zu haben. »Du kannst sie reinlassen!«, rief er dem Pockennarbigen zu. Er ließ per Fernbedienung das riesige Elektrotor aufgleiten und beobachtete die Besucher argwöhnisch.

Comandante Valverde und Commissario Contini setzten sich wieder ins Auto und rollten gemächlich über die bekieste Auffahrt bis vor das Haus, wo sie bereits erwartet wurden. Valverde kniff überrascht die Augen zusammen. »Siehst du den?«, raunte er Contini zu. »Schau dir mal die Hände an. Bandagiert! Genau wie Santapola beschrieben hat.«

»Der wird doch nicht bei der Hausarbeit in den Küchenmixer gegriffen haben«, frotzelte Contini.

»Das ist der Kerl, der die Fotos in den Briefkasten der Questura eingeworfen hat«, zischte Valverde. »Alarmiere die Questura in Taormina. Wir brauchen die Mobile Einsatztruppe.«

»Ist das nicht ein wenig übertrieben?«, fragte Contini leise.

»Tu, was ich dir sage«, entgegnete er im Befehlston. Er stieg aus und ging schnellen Schritts auf den Mann zu. Zwei Stufen auf einmal nehmend, erreichte er den Terrassenabsatz, der zum Entree führte.

»Schön, dass wir uns so schnell gefunden haben«, sprach er den verdutzten Leibwächter an. »Wir hatten Sie schon gesucht. Wer sind Sie, und wie ist Ihr Name?«

»Diego Montenaggio«, antwortete er. Sein Erstaunen schlug jäh in Reserviertheit um. »Wieso suchen Sie mich? Ich dachte, Sie wollen zu Signore Neri?«

»Zu dem wollen wir natürlich auch. Haben Sie eine Waffe?«

»Glauben Sie im Ernst, ich könnte damit etwas anfangen?« Zum Beweis hielt er dem Beamten seine bandagierten Hände hin.

Mit einem hintergründigen Lächeln zog Valverde die Handschellen aus dem Gürtel. »Ja, schön weit ausstrecken. Vorsichtig, ich will Ihnen ja nicht weh tun.«

Mit schreckensweiten Augen starrte er Valverde an. »Wieso …, äh …, ich verstehe nicht …«

»Macht nichts. Hauptsache, ich verstehe!« Valverde grinste und ließ die Eisen an seinen Handgelenken zuschnappen.

Diego zuckte zusammen. Offensichtlich schmerzte ihn die geringste Berührung an der Hand.

»Sehr gut, Signore«, nickte Valverde. »Lassen Sie uns jetzt gemeinsam hineingehen, ich habe ein paar Fragen.«

»An mich?« Er hatte sich abgewandt und ging wie ferngesteuert in Richtung Haus.

»Aber ja doch! Woher stammen diese fürchterlichen Verletzungen?«

Contini kam die Treppe heraufgestürmt und plazierte sich neben Diego. Mit einem kurzen Blick signalisierte er Valverde, dass die Kommandoaktion angelaufen war.

»Hundebisse«, antwortete Diego abweisend, dem der schnellen Blickwechsel zwischen den beiden Ermittlern nicht entgangen war. »Bitte, hier hinein«, lenkte er von sich ab und wies auf die weit geöffnete Doppeltür aus dunklem Pinienholz.

»*Hundebisse*«, wiederholte Valverde mit einem leisen Nicken. Der Comandante ging an ihm vorbei, durchquerte das Foyer mit blassgrünem Carraramarmor und flüsterte: »Sie bleiben in der Nähe, ist das klar?« Energischen Schritts betrat er den Salon. Suchend blickte er sich um, konnte den Hausherrn aber nicht entdecken. Der Raum war angefüllt mit teuren Antiquitäten, wertvollen Bildern und schweren Teppichen. Er hatte plötzlich das Gefühl, in einem luxuriösen Mausoleum zu stehen, hätte nicht die bis zum Boden reichende Fensterfront einen grandiosen Blick auf den Park freigegeben.

»Wo ist er?«, fragte Valverde und drehte sich um.

»Hier bin ich, Signori.« Die beiden Beamten vernahmen eine Stimme, der man anhörte, dass sie gewohnt war, Befehle zu erteilen. Neri war aus dem Seitentrakt des Hauses ins Zimmer getreten und musterte die beiden Ermittler mit abweisendem Interesse. »Was wollen Sie von mir?«

Valverde fühlte deutlich, wie sein Blutdruck anstieg. »Ich bin Comandante Valverde, und der Signore neben mir ist Commissario Contini. Wir untersuchen einen Mordfall, zu dem Sie uns sicher etwas sagen können.«

Neri zeigte keine Reaktion. Sein Blick fiel auf Diego und die Handschellen. »Was erlauben Sie sich, meinem Mitarbeiter Handschellen anzulegen?«

»Das erkläre ich Ihnen bei Gelegenheit«, antwortete Valverde kühl. »Beantworten Sie zuerst meine Frage.«

»Wie kommen Sie zu der Annahme, ich könnte etwas über einen Mord wissen? Sind Sie sich eigentlich im Klaren, wo und bei wem Sie sich befinden?«

Valverde setzte sein freundlichstes Lächeln auf. »Wir haben Ihren Rechtsanwalt und Justiziar Dottore Di Stefano tot in der Bergregion des Ätna gefunden. Vielleicht fünfzehn Kilometer von Ihrem Haus entfernt.« Contini und der Comandante beobachteten mit Argusaugen die Reaktion des Industriellen.

»*Dio mio*«, seufzte Neri. »Was ist ihm denn passiert?« Er hatte sein Mienenspiel nicht besonders gut Griff, denn seine Betroffenheit hielt sich in Grenzen, obwohl Di Stefano ein wichtiger Mann für ihn gewesen sein musste.

»Er wurde erschossen. Von hinten«, ergänzte Contini trocken.

»Kaum zu glauben«, murmelte Neri. »Danke, dass Sie mich informiert haben. Nun können Sie meinem Mitarbeiter die Handschellen wieder abnehmen.«

»Können schon, aber das werde ich nicht tun, Signore Neri.« Valverdes Geduld neigte sich dem Ende entgegen. Dieser blasierte Industriemagnat war entweder extrem abgebrüht oder völlig gefühlsarm. »Erklären Sie mir lieber, weshalb Sie diese Nachricht so gar nicht überrascht. Sie müssen Ihren Justiziar in letzter Zeit doch vermisst haben. Immerhin haben Sie eng mit ihm zusammengearbeitet.«

Neri fuhr Valverde grob über den Mund. »Was für ein Theater führen Sie hier eigentlich auf? Was kümmert es mich, wenn mein Rechtsanwalt für eine Weile von der Bildfläche verschwindet? Ich bin davon ausgegangen, dass er ein wenig ausspannen will.«

»Wohl kaum«, konterte Valverde mit messerscharfem Sarkasmus. »Sie hatten ihn an just dem Tag erwartet, an dem er erschossen wurde.«

»Was Sie nicht sagen! Was Sie sich zusammenreimen, ist lächerlich«, gab er scharf zurück. »Ich habe ihn seit Wochen nicht gesehen. Soll ich mir wegen seines unentschuldigten Ausbleibens Ihrer Meinung nach große Gedanken machen?«

»Ich habe das Gefühl, Sie haben nicht recht begriffen, worum es geht«, blaffte Valverde zurück. Er hatte genug davon, sich von diesem selbstgefälligen Snob wie ein Hausangestellter abkanzeln zu lassen.

»Dann erklären Sie mir es. Ich bitte darum, sich kurz zu fassen.«

»Das ist meine Spezialität, Signore«, herrschte Valverde den Hausherrn an. »Carlo Di Stefano ist ermordet worden. Und zwar nicht in den Bergen, wo er gefunden wurde, sondern höchstwahrscheinlich in Taormina. Möglicherweise sogar hier in Ihrem Haus.«

»Wie war doch gleich Ihr Name?«

»Comandante Domenico Valverde.«

»Valverde ...« Der drohende Unterton war kaum zu überhören. »Ich werde mich an höchster Stelle über Sie beschweren. Ihre Karriere können Sie als beendet betrachten.«

Contini, der schweigend und mit unbewegter Miene das Wortgefecht verfolgt hatte, lachte plötzlich laut auf. »Guter Witz, Signore Neri.«

»Hat der auch was zu sagen?«

»Er hat, Signore. Doch bevor Sie sich mit meiner Karriere beschäftigen, sollten Sie Folgendes zur Kenntnis nehmen. Sie stehen auf der Liste meiner Topverdächtigen.«

Neri lachte hysterisch. Allmählich verliert er die Fassung, dachte Valverde zufrieden. Wie ein Bluthund, der eine Spur aufgenommen hat, verfolgte der Comandante seinen Gegner. Schließlich holte er zum nächsten Schlag aus. »Signore Montenaggio war so freundlich, nach Cefalù zu fahren, um Fotos von einer Mordserie in Castelbuono in den Briefkasten der Polizei einzuwerfen, auf denen auch der Täter zu sehen ist. Dum-

469

merweise wurde er dabei zufällig vom Questore beobachtet, der ihn genau beschreiben kann.« Valverde deutete auf die verbundenen Hände des Leibwächters. »Kaum zu übersehen, nicht wahr?«

»Was hat er?« Neri traten vor Überraschung beinahe die Augen aus den Höhlen. »Welche Fotos?« Neri machte eine fahrige Bewegung und wandte sich konsterniert seinem Leibwächter zu. »Bist du noch zu retten?«

Montenaggio zuckte zusammen. Er duckte sich, weil er befürchtete, dass Neri auf ihn losgehen könnte. Contini stellte sich vorsichtshalber vor ihn.

»Was hatten Sie in Castelbuono zu suchen?« fuhr Valverde den Leibwächter an. »Wissen Sie, ich glaube nicht an Zufälle, und deshalb bin ich davon überzeugt, dass Sie den Überfall auf der Piazza Margherita erwartet haben. Und nicht nur Sie.«

Diegos und Neris Blicke kreuzten sich. »Ich wollte Zigaretten kaufen.«

»Ach ja? Zigaretten? Und im Anschluss haben Sie wohl noch ein paar schöne Erinnerungsfotos gemacht?«

»Quatsch«, erwiderte Diego beleidigt. »Ich hab zufällig mitbekommen, was passiert, und mit meinem Telefonino ein paar Aufnahmen gemacht. Sie haben ja keine Ahnung, wie man sich fühlt, wenn man in eine solche Situation gerät.«

»Wollen Sie mich verarschen? Kein Mensch ist so geistesgewärtig, dass er bei einem solchen Schusswechsel seine Kamera zückt und auf Motivsuche geht. Sie haben ganz genau gewusst, was auf der Piazza passieren würde. Sie haben auf der Lauer gelegen. Das jedenfalls hat eine Zeugin ausgesagt, die Sie gesehen hat. Sie haben genau gewusst, wann dieser Überfall stattfinden wird. Und genau dieser Umstand gibt mir verdammt zu denken. Hat Sie unser Signore Neri geschickt? Ist er der große Zampano?«

»Das war allein meine Entscheidung«, antwortete Diego mit einem aggressiven Unterton in der Stimme.

»Also doch keine Zigaretten?« Contini grinste.

»Halt endlich deinen dummen Mund, Diego«, mischte sich Neri ein. »Du redest dich um Kopf und Kragen, merkst du das nicht?«

»Ruhe!«, brüllte dieses Mal Valverde. »Dieser Mann«, der Comandante deutete auf Diego, »steht unter dem dringenden Tatverdacht, am Blutbad in Castelbuono beteiligt zu sein.«

»Ich habe damit nichts zu tun«, schrie Diego gequält auf. »Der da!« Er zeigte mit seiner verbundenen Hand auf seinen Arbeitgeber.

»Er?« Valverde und Contini wirkten beinahe so fassungslos wie Neri, der noch gar nicht begriff, welch dramatische Wendung sein Verhalten initiiert hatte. Valverde fasste sich zuerst. »Was ist mit ihm?«

»Er hat dafür gesorgt, dass sich Messonis Söhne mit diesen zwei Idioten aus Cefalù in der Bar verabredet haben«, schleuderte er Valverde mit irrem Blick entgegen.

»Bist du wahnsinnig geworden?«, brüllte Neri: »Ich fasse es nicht. Bin ich hier bloß von Idioten umgeben?« Schäumend vor Wut, stürzte er auf Diego zu. »Was sagst du da? Bist du so verblödet, oder tust du nur so? Wieso machst du Fotos von irgendeinem Scheißmassaker? Und was erzählst du diesen Carabinieri?« Diego verkroch sich förmlich hinter Continis Rücken und flüsterte ihm zu. »Schauen Sie in seinen Tresor: 1473. In der Bibliothek, hinter dem großen Bild.«

Contini nickte und gab an Valverde weiter, was ihm Diego soeben verraten hatte.

»Bist du noch bei Sinnen?«, tobte Neri. Er spuckte Gift und Galle. »Du miese kleine Ratte, du …« Dann nahm er erneut Valverde aufs Korn. »Und Sie?« Er holte tief Luft. »Sie dringen in mein Haus ein, verdächtigen mich des Mordes an meinem Anwalt.« Seine Augen suchten wieder Diego, und er warf ihm einen hasserfüllten Blick zu. »Machen Sie mit dem Kerl, was Sie wollen, aber wenn Sie mich angehen, wird Sie das teuer zu stehen kommen.«

Eine Tür zersplitterte, Befehle schallten durch das Foyer, und das Gebrüll einer Horde von Männern drang in den Salon. Wie aus dem Nichts tauchten nahezu zwanzig vermummte *Cacciatore della Polizia* in Neris Haus auf und nahmen Diego und Neri ins Visier. Die schwerbewaffneten Einsatzkräfte, eine Elitetruppe, kesselten katzengleich die vier Männer ein – und machten so ihrem Spitznamen alle Ehre. Im Hintergrund verharrten weitere Carabinieri, die bereits die beiden Torwachen mit Kabelbindern außer Gefecht gesetzt hatten.

»*Salve*, Valverde!«

Der Comandante wendete seinen Kopf in die Richtung, woher die Stimme kam. »Strangieri! Schön, dass Sie auch gekommen sind.«

»Ging nicht schneller«, meinte er. »Machen Sie nur weiter, ich sehe Ihnen gern bei der Arbeit zu.«

»Verdammt«, schrie Diego zu Tode erschrocken. »Ich löffle die Suppe nicht aus. Nehmen Sie den da fest, nicht mich!«

Contini wandte sich an Diego, als wolle er ihm ein Geheimnis anvertrauen. »Wenn man Cäsar ermorden will, darf man es nicht wie Brutus machen. Du musst dir vorher zurechtlegen, wie es weitergeht. So wie es aussieht, warst du nicht besonders gut vorbereitet. Jetzt wird es sehr eng für dich.«

Valverde kümmerte sich nicht um Continis Zwiegespräch mit Montenaggio, im Augenblick interessierte ihn mehr die Bibliothek. »Wo ist der Tresor, Neri?«

»Ich denke nicht daran, Ihnen das auf die Nase zu binden«, erwiderte er verstockt.

Valverde gab zwei Beamten mit einer Kopfbewegung einen Wink, sich darum zu kümmern. »In der Bibliothek«, fügte er leise hinzu. »Der Safe hat die Nummer 1473.«

»Das dürfen Sie nicht!«, schrie Neri mit sich überschlagender Stimme. »Haben Sie überhaupt einen Hausdurchsuchungsbefehl?«

»Ehm«, wandte sich Valverde an Contini. »Haben wir so etwas?«

»Ich glaube nicht. Aber das macht uns wie immer nichts aus, oder? Wir nennen es der Einfachheit halber Gefahr im Verzug.«

Valverde ließ ein böses Lächeln sehen. »He, Strangieri, ich brauche zwei Leute, die einen Tresor knacken können.«

Der Chef des Mobilen Einsatzkommandos gab zwei Männern seiner Truppe ein Zeichen, und Valverde sah den beiden Spezialisten nach, wie sie in der Bibliothek verschwanden. Zusammen mit Contini trottete er hinterher. »Hinter dem Bild in der Nische!«, rief er den Männern zu und beobachtete, wie sie die Zahlen in die Tasten der Tresortür eingaben und sie öffneten. Mit militärischer Disziplin traten sie zur Seite.

Valverdes Blutdruck erreichte allmählich wieder einen erträglichen Pegel, nichtsdestotrotz war er immer noch extrem angespannt. »Bringt diesen Neri hierher«, rief er über die Schulter. »Das darf ja nicht wahr sein. Siehst du, was ich sehe?«

Contini ging zum Tresor und blieb staunend davor stehen. »Zwei Uzis, wenn ich mich nicht täusche.«

»Weißt du, was das bedeutet? Klingelt's bei dir auch?«

»Die Uzis sind durch ziemlich viele Hände gegangen. Sassuolo, Montalbano und Sardeno, Neri. Und zuletzt dieser verdammte Bastardo, Nino Scarpetta.«

»Ich würde mein Monatsgehalt spenden, wenn ich wüsste, wo der sich in diesem Moment aufhält.«

»Sei nicht frustriert«, meinte Contini, »ich kenne mindestens einen, dem du eine Freude machen wirst.«

Valverde lachte verhalten. »Du hast recht.« Er drehte sich um und schrie: Strangieri! *Vieni qua.* Ich habe eine Überraschung für Sie!«

Anselmo Strangieri eilte in die Bibliothek und gesellte sich zu den beiden Ermittlern.

»Schauen Sie, was wir gefunden haben. Wenn ich das richtig sehe, haben wir Ihre Waffendiebstähle aufgeklärt. Das kostet Sie ein Mittagessen.«

Der Kollege stieß ihm freundschaftlich in die Rippen. »Und Sie zahlen den Wein«, erwiderte er und begutachtete die Schnellfeuerwaffen. »Ich frag mich nur, wie die Dinger hierher in den Tresor kommen.«

»Ich muss mir Neri noch einmal vorknöpfen«, raunte Valverde seinem Assistenten zu.

»Jetzt?«, fragte er erstaunt. »Was machen wir mit dem da?« Er deutete auf Montenaggio.

»Er kommt zuerst einmal in Untersuchungshaft. Sorge dafür, dass man ihn isoliert, bis wir ihn benötigen.«

Montenaggio, der mit ungläubiger Miene Valverdes Anordnung gehört hatte, schien mit einem Mal zu begreifen, dass die Sache für ihn außer Kontrolle geriet.

»He, Valverde! Hören Sie mir zu! Er ist ein Monster«, schrie er mit angstverzerrtem Gesicht und deutete auf Neri. »Sein Killer hat mich so zugerichtet. Sehen Sie mich doch an! Er hat seine Bestie auf mich gehetzt.« Er streckte ihm seine bandagierten Hände entgegen. »Fragen Sie ihn doch. Fragen Sie ihn nach diesem Pulitore!«

»Pulitore?«, zischte Valverde und fuhr wie eine giftige Natter herum. »Was für ein *Reiniger* soll das denn sein?«

»Sind Sie so begriffsstutzig, oder tun Sie nur so? Pulitore hat die Piazza in Castelbuono gereinigt. Und zwar gründlich!«

Contini und Valverde verschlug es einen Moment die Sprache. »Gereinigt?«

»Er hat Messonis Söhne umgenietet, was dachtet ihr denn?« Mit weit aufgerissenen Augen stierte er Valverde an. In seinen Mundwinkeln hatte sich Speichel angesammelt, der ihm nun übers Kinn lief. »Das ist sein Spitzname, verdammt! Er hat sie alle umgebracht: den Anwalt, die Torwachen, den Reeder, einfach alle. Wollt ihr seine Telefonnummer? Die könnt ihr gern von mir haben!«, brüllte er mit sich überschlagender Stimme, wobei er versuchte, sich aus den stahlharten Griffen zweier Carabinieri loszureißen.

»Welcher Reeder?«, schnauzte Valverde den völlig verstörten Montenaggio an. »Meinen Sie etwa De Masso?«

»Natürlich, wen denn sonst? Er hat ihn doch hinbestellt und Pulitore den Auftrag gegeben, ihn zu entsorgen.«

Valverde wandte sich an Neri und brüllte: »Stimmt das, was er sagt?«

Neri schwieg verstockt.

»Ruft Pulitore doch an, für ein gutes Honorar bringt er euch auch noch um!«, brüllte Diego Montenaggio außer sich.

Wie in Zeitlupe wanderten Valverdes Augen zu Neri zurück, der aschfahl und mit irrem Blick zwischen zwei Beamten stand und vor ohnmächtiger Wut kein Wort mehr herausbrachte. Der Comandante machte einen Satz auf Neri zu und packte ihn am Hemdkragen. »Wo finde ich ihn?«, knurrte er drohend. »Raus mit der Sprache, sonst schlage ich dir hier und jetzt die Zähne ein.«

»Lass ihn«, rief Contini, »Mensch, Valverde, mach dich nicht unglücklich!« Mit zwei, drei Schritten hatte er ihn erreicht und den vor Angriffslust strotzenden Vorgesetzten gepackt. »Wir nehmen ihn uns später gemeinsam vor. Er läuft uns nicht weg.«

»Verstehst du denn nicht?«, herrschte er Contini rasend vor Wut an. »Lass sofort die Nummer seines Telefoninos orten, wir müssen wissen, wo er sich aufhält!«

»Er wird sie kriegen, er wird sie kriegen«, schrie Neri in hysterischer Schadenfreude und begann, wie ein Kind herumzutanzen.

Valverde trat an Neri heran. Sein Mund berührte beinahe sein Ohr, als er flüsterte: »Dann bist du ein toter Mann.« Er wandte sich ab, rief Strangieri und erklärte ihm in kurzen Worten die prekäre Situation, in der sich Gianna befand. »Meines Wissens ist sie gemeinsam mit Generalstaatsanwalt Sassi in Rom unterwegs.« Er warf einen Blick auf seine Armbanduhr. »Sie müssten bereits bei Minister Messoni im Umweltministerium sein«, fügte er hinzu.

Strangieri hatte schweigend zugehört, ohne sein Umfeld aus den Augen zu lassen. »Macht ihr hier weiter. Ich werde sofort die Mobilen Kollegen in Rom alarmieren«, sagte er in militärisch knapper Art. »Wir werden Gianna Corodino schützen.« Klar, präzise und unmissverständlich gab er telefonisch seine Befehle nach Rom weiter.

Die zwei Ermittler wendeten sich wieder dem Inhalt des Safes zu. Auf den ersten Blick handelte es sich um Geschäftspapiere der Reedereien, Abrechnungen, Kontoauszüge und jede Menge Bargeld.

»Ruf die Spurensicherung, lass dieses Ding räumen und dann nichts wie raus hier, sonst ersticke ich noch.«

Valverde zückte sein Smartphone und benachrichtigte den Justizminister über die Verhaftungen. Eine davon hochkarätig.

»Lass uns nach Messina abhauen und sag den Kollegen, sie sollen Neri und Montenaggio in die Questura bringen. Wir werden sie morgen auseinandernehmen.«

Valverdes Smartphone klingelte. »Na, das ging ja schneller, als ich dachte«, murmelte er erleichtert. »*Buongiorno*, Signore Generale.«

»Ich melde mich wegen einer dringenden Angelegenheit. Verhaften Sie auf der Stelle Signore Antonio Neri. Er ist des mehrfachen Mordes verdächtig. Sobald Sie ihn in Gewahrsam haben, schaffen Sie ihn mit dem Polizeihubschrauber hierher.«

»Hat man Sie denn noch nicht informiert?«, entgegnete Valverde.

»Nein.«

»Wir haben soeben das Verbrechernest ausgehoben. Neri ist bereits in unserem Gewahrsam. Darf ich fragen, von wo aus Sie anrufen?«

»Ich bin im Umweltministerium bei Signore Messoni.«

»Und Signora Corodino?«

»Sie ist bei mir.«

»Sie schwebt in höchster Lebensgefahr. Ein Killer namens Nino Scarpetta ist hinter ihr her.«

»Danke für die Information, Valverde. Gute Arbeit! Und machen Sie sich keine Gedanken, Gianna Corodino ist in Sicherheit. Ich habe ganz unabhängig von Ihnen bereits strengste Bewachung angeordnet.«

Valverde atmete hörbar auf. Am liebsten wäre er sofort nach Rom geflogen und hätte höchstpersönlich für Giannas Sicherheit gesorgt. Gerade als er das Gespräch beenden wollte, hörte er ein Geräusch, das wie ein Schuss klang.

Schatten und Schemen

Vor mehr als zwei Wochen hatte sich Antonio Messoni, Ministro dell'Ambiente e della Tutela del Territorio e del Mare, im Beisein von Gianna Corodino spektakulär in seinem Büro erschossen. Eine Stunde lang hatte Valverde in größter Aufregung am Telefon ausgeharrt, bis er endlich von Generalstaatsanwalt Sassi erfahren hatte, dass seine Gianna wohlauf war. Und es hatte über einen Tag gedauert, bis er endlich persönlich am Telefon mit ihr sprechen konnte. Er war total erleichtert, endlich ihre Stimme zu hören, erfuhr von Gianna jedoch auch die bittere Wahrheit, dass die Politik wieder einmal einen Skandal unter den Teppich gekehrt hatte.

Sein Blick fiel auf die Schlagzeile des *Messaggero*.

Minister Messoni erschießt sich im Büro

Gestern gegen 10.35 Uhr setzte Umweltminister Rodolfo Messoni seinem Leben mit einem Kopfschuss ein dramatisches Ende. Generalstaatsanwalt Nicolo Sassi, der sich zufällig in dessen Amtsräumen aufhielt, alarmierte sofort die Rettungskräfte, die jedoch nur noch den Tod des Politikers feststellen konnten.

»Es war schockierend zuzusehen, wie ein Mensch sich selbst richtet«, so der Generalstaatsanwalt. »Ich konnte nicht mehr eingreifen.«

Wie es zu diesem schrecklichen Suizid kommen konnte, gibt Raum für Spekulationen, vor allem in Anbetracht des Wortes »richten«. Aus Regierungskreisen war zu vernehmen, dass

Messoni seit der Ermordung seiner beiden Söhne in Castelbuono unter schweren Depressionen litt und den entsetzlichen Verlust nicht verkraftete. (Wir berichteten darüber.) Ein Statement zum spektakulären Suizid im Amtszimmer des Ministers und zu dessen tatsächlichen Beweggründen konnte oder wollte Generalstaatsanwalt Sassi nicht geben.

Messoni galt unter seinen Ministerkollegen als fähiger Politiker mit bemerkenswerter Durchsetzungskraft und innovativen Ideen. Sein Tod hat Bestürzung und Entsetzen sowohl bei seinen Parteifreunden als auch in der Opposition ausgelöst. Die Amtsgeschäfte werden vorübergehend von seinem Stellvertreter und persönlichen Referenten Alfredo Brescia übernommen, der Messonis wegweisende Planungen zur Verbesserung der Lebensqualität und zur nachhaltigen Optimierung des ökologischen Wandels in Italien umsetzen soll.

Valverde schüttelte still den Kopf. Was Gianna von dieser Meldung halten würde, wagte er sich kaum vorzustellen. Es drängte sich ihm die Frage auf, ob man Politiker wegen fahrlässiger oder vorsätzlicher Volksverdummung zur Rechenschaft ziehen sollte. Über die tatsächlichen Hintergründe und Zusammenhänge stand in dem Artikel jedenfalls rein gar nichts. Er blätterte weiter und fand auf Seite drei eine zweispaltige Reportage über Neris Verhaftung. Aber auch dort war nichts zu lesen, was auf die verbrecherischen Umweltskandale hinwies, die Neri und Messoni maßgeblich zu verantworten hatten. Offensichtlich ging in Italien das Leben weiter, als sei nichts geschehen.

Valverde faltete die Zeitung zusammen, schnappte sich seine Jacke von der Stuhllehne und zog sie über. Noch immer lag ihm der Killer im Magen, der da draußen frei herumlief und eine potenzielle Gefahr für Gianna bedeutete. Er war gespannt, ob es in seinem Büro mittlerweile etwas Neues gab und ob seine Mitarbeiter endlich etwas über den Aufenthaltsort Pulitores in Erfahrung gebracht hatten.

In den nächsten Tagen lebte Gianna wie eine Gefangene in ihrer Wohnung. Sie wurde von Carabinieri bewacht, mit allen notwendigen Lebensmitteln versorgt und durfte nur unter strengsten Vorsichtsmaßnahmen wenige Minuten vor die Tür. Trotz großangelegter Razzien und Suchaktionen war es der Polizei nicht gelungen, Pulitore zu fassen. Sondereinheiten belagerten seit Tagen das winzige Villaggio San Michele, knapp unterhalb vom Kraterrand des Ätna. Doch Nino Scarpetta hatte sich dort nicht blicken lassen. Nur eine vom Alter gebeugte Frau strich manchmal um das einsame Gehöft, fütterte die Hunde und verschwand wieder.

Die Tatsache, dass der Pulitore wie vom Erdboden verschluckt war, gab Anlass zur Vermutung, dass er sich ins Ausland abgesetzt haben könnte. Dennoch: Solange Comerio noch von Malta aus die Strippen zog und möglicherweise den Killer von dort aus instruierte, befand sich Gianna weiterhin in akuter Gefahr. Valverde war in dieser Zeit nicht untätig, ganz im Gegenteil. Innerhalb weniger Tage hatte er von seinen Männern die verschiedenen Tochtergesellschaften und Firmensitze Comerios innerhalb Italiens konfiszieren lassen. Auch Morabitos Spedition, die Comerio über einen Strohmann geführt hatte, war nunmehr geschlossen. Der internationale Haftbefehl würde in absehbarer Zeit in Malta vollstreckt werden, sofern der Müllverbrecher inzwischen nicht in ein Land geflohen war, das dem Auslieferungsabkommen nicht unterlag. Doch darüber machte er sich jetzt keine Gedanken. Das größere Kopfzerbrechen bereitete ihm die Tatsache, dass Gianna nun die Feindin Nummer eins für diesen Verbrecher war, der vermutlich alles versuchen würde, sich zu rächen – und das vielleicht mit Hilfe von Pulitore.

Die *Sea Star* war gleich nach dem Großalarm, den Generalstaatsanwalt Sassi ausgelöst hatte, von Marineeinheiten kurz vor Salerno abgefangen und die Besatzung in Haft genommen worden. Ein Wermutstropfen lag jedoch nicht nur Sassi schwer im Magen: Nicht einmal die Regierung vermochte zu sagen, wohin die strahlende Fracht nun gebracht werden sollte.

Zwei Wochen später wurden Giannas Leibwächter abgezogen. Man könne den Personenschutz nicht in alle Ewigkeit aufrechterhalten, so die Verlautbarung aus der Questura in Rom. Valverde und sein Mitarbeiter waren in diesen Wochen mit der Aufarbeitung des Falles bis über den Kopf mit Arbeit eingedeckt. Sergente Sassuolo hatte ein umfangreiches Geständnis abgelegt, Comerio wurde über einen internationalen Haftbefehl gesucht und die Reederei Massomar konfisziert. Nur die Paten Montalbano und Sardeno blieben unbehelligt. Es war nicht möglich, ihnen irgendeine Straftat nachzuweisen. Die Suche nach Nino Scarpetta, dem Pulitore, dauerte an.

Valverde und Gianna sahen sich selbstvergessen in die Augen. Am Nachmittag hatte er Gianna vom Flughafen in Messina abgeholt. Sie wollten ihr erstes gemeinsames Wochenende miteinander verbringen. Valverde hatte sich ausnahmsweise freigenommen, was in Anbetracht der Arbeitsbelastung nicht einfach gewesen war. Aber er konnte sich auf seinen Assistenten verlassen, der die Stellung im Büro hielt und ihn bei außergewöhnlichen Vorfällen benachrichtigen würde.

Gianna wollte endlich das Grab ihrer Tochter besuchen, und Valverde hatte darauf bestanden, sie nach Castelbuono zu begleiten. Giannas ehemaliges Haus, das längst zum Verkauf stand, wollte sie allerdings keinesfalls betreten. Auch zog sie es vor, auf den Besuch ehemaliger Nachbarn zu verzichten. Zu frisch waren die Erinnerungen an die unbeschwerten Jahre mit ihrer Tochter, zu riskant war ein längerer Aufenthalt in der Öffentlichkeit, obwohl sie schier danach lechzte.

Valverde saß in seinem Wohnzimmer und wartete voller Ungeduld auf Gianna, die sich in seinem Schlafzimmer umzog und für den Abend zurechtmachte. Der erste gemeinsame Abend, den sie dieses Mal wirklich bis zum Ende genießen wollten. Als sie ins Zimmer kam, verschlug es Valverde schier die Sprache. Gianna sah zauberhaft aus: Ihr Haar war von einem schillernden Schwarz und floss ihr in kräftigen Wellen über die Schultern. Jetzt im Spätherbst wirkte ihr Teint noch dunkler, und in ihren Mandelaugen lag etwas Geheimnisvolles. Sie trug einen knielangen Rock in Bordeaux, eng geschnitten und figurbetont, dazu eine tief dekolletierte, weiße Bluse. Über ihre Schultern lag ein roséfarbener Schal drapiert, dessen Enden über ihren Rücken fielen.

Valverde klopfte bei ihrem Anblick das Herz bis zum Hals. Wie schleichendes Gift, das man ihm in Venen und die Gehirnwindungen träufelte, so breitete sich sein Verlangen aus, sie zu berühren. Tief sog er den feinen Zimtgeruch ein, den sie verströmte.

Gianna lächelte verführerisch und sagte mit einem koketten Augenaufschlag: »Ich bin fertig. Können wir …?«

Valverde grinste wie ein pubertärer Schuljunge, dem man nagelneue Fußballschuhe geschenkt hatte, und konnte nur zwei Worte herausbringen: *»Madonna mia!«*

Die noch milden Temperaturen luden ein, gemeinsam über die Piazza Francesco lo Sardo zu schlendern. Die Sonne war fast untergegangen und hatte den Himmel glutrot gefärbt. Sie tauchten in den Strom der Fußgänger ein und ließen sich durch enge Gassen treiben, in denen unter dem schmalen Sternenhimmel noch immer Wäsche zum Trocknen hing. Frauen unterhielten sich von ihren Balkonen und Fenstern über die Köpfe der Passanten hinweg. Gianna und Valverde passierten Arm in Arm erbärmliche *Bassi*, trübe Kellerwerkstätten, in denen Familien Schuhe und Handtaschen nähten, um damit ihr mühseliges Dasein zu finanzieren. Das Gassengewirr und die Hinterhöfe waren erfüllt von vitalem Leben. Die beiden waren gefangen von Eindrücken und Bildern und bemerkten nicht, dass ihnen seit geraumer Zeit ein Schatten folgte.

Im Vorbeigehen warfen Gianna und Domenico einen Blick durch offene Parterrefenster oder Türen in Häuser, in denen oft drei Generationen einer Familie in zwei kleinen Zimmern hausten, mit nicht mehr als einem Farbdruck des Gekreuzigten an der Wand und ein paar abgewohnten Möbelstücken. Valverde lächelte, als er die *Abbanniata* hörte, die konkurrierenden Gesänge der Händler, die ihre Waren lautstark anpriesen. Sie klangen wie eine Mischung aus sizilianischen Volksliedern und den Rufen eines Muezzins. Wieder bogen sie ab und erreichten die Marktstände.

»Wollen wir hier eine Kleinigkeit essen oder lieber in ein Restaurant gehen?«, fragte er Gianna.

»Lieber ein Restaurant«, entgegnete sie und zog ihn weiter.

»*Dio mio*, habe ich jetzt einen Hunger«, raunte Gianna, als ihr der würzige Duft in die Nase stieg. Seit dem Vormittag hatte sie vor lauter Aufregung keinen Bissen mehr zu sich genommen. Sie musste sich beherrschen, nicht vor der Auslage einer Osteria stehen zu bleiben, wo ein Koch Sarde a Beccafico, Sardinenröllchen, gefüllt mit wildem Fenchel, Ingwer, Pinienkernen und in Öl gebratenen Brotkrumen, anbot. Sie hätte noch Stunden hier verbringen können, ohne sich auch nur eine Sekunde zu langweilen. Gemächlich bummelten sie weiter – stets begleitet von einem Schatten, der sich im Hintergrund hielt.

»Ich habe eine Idee, jetzt weiß ich, wo wir hingehen«, sagte Valverde plötzlich und machte ein geheimnisvolles Gesicht. »Enrico hat die beste Küche in Messina und Umgebung.«

»Und ich lasse mich gern überraschen«, antwortete Gianna. »Ich könnte jetzt einen halben Ochsen verdrücken.«

Beschwingt machten sie sich auf den Weg zurück durch Messinas Häuserlabyrinth. In der Nacht mied Valverde die heruntergekommene Altstadt, doch da es noch früh am Abend war, sah er keinen Grund zur Beunruhigung. Enricos Osteria lag zwar in einer düsteren Gasse, aber für den Heimweg würde er ohnehin ein Taxi rufen.

»Es sind nur ein paar hundert Meter«, sagte Valverde, als er Giannas unsichere Miene bemerkte.

Gianna hatte sich in Valverdes Arm eingehängt und sich eng an ihn geschmiegt. »Siehst du die beleuchtete Markise dort vorne?« Er deutete auf das mit gelbem Stoff überdachte Entree eines Geschäftes, das von Strahlern hell ausgeleuchtet wurde. »Das ist die *Zona Pedonale*, und gleich rechts hinter der Piazza verwöhnt Enrico seine Gäste.«

Gianna war erleichtert. Doch auch während sie der Osteria zustrebten, hatten sie einen lautlosen Begleiter im Schlepptau, einen düsteren Schatten, der mit den Silhouetten und Konturen der Müllcontainer, den Häusernischen und parkenden Autos zu verschmelzen schien. »Dort ist es«, sagte Valverde und deutete auf zwei riesige Tonamphoren, die eine antike Tür flankierten.

Gianna seufzte. Ihre Füße schmerzten. Wenn sie geahnt hätte, dass ihr Comandante einen ausgedehnten Altstadtspaziergang mit ihr vorhatte, dann hätte sie andere Schuhe angezogen. Jetzt freute sie sich, ihre hochhackigen Pumps unter dem Tisch gleich klammheimlich abstreifen zu können.

Ein Kellner eilte herbei und führte sie zu einem Tisch im hinteren Bereich des Ristorante, von dem sie einerseits einen guten Überblick hatten, ohne aber selbst im Blickfeld zu sein. Die Osteria La Perla war ein erstklassiges Traditionslokal mit künstlerischem Flair, dem man von außen nicht ansah, was den Gast innen erwartete. Gianna ließ neugierig ihre Blicke schweifen, und wie es schien, war sie von den Räumlichkeiten und dem Ambiente beeindruckt. »Ich liebe solche Restaurants«, bemerkte sie anerkennend. »Jedenfalls muss man sich den freundlichen Kellner nicht erst erobern, um einen guten Tisch zu bekommen«, scherzte sie.

»Woher willst du denn wissen, ob ich ihn nicht schon gestern bestochen habe?«

»Ah, so ist das, ich bin dich also schon gestern teuer zu stehen gekommen.«

»Nein«, lachte er. »Das kommt erst noch. Ich werde jetzt ein kleines Vermögen ins *Coperto* investieren und nach dem Dessert dann gepflegt mein Konto überziehen.«

»Du hast eben einen erlesenen Geschmack«, bemerkte sie mit einem verschmitzten Lächeln. »Schicke Leute, gediegene Einrichtung und betuchte Gäste. Hoffentlich hast du einen nachsichtigen Bankdirektor.«

Valverde lachte. »Morgen stelle ich dich ihm vor, dann wird er mir sicher jeden Kredit einräumen.«

»Du Schmeichler«, flüsterte sie ihm ins Ohr und nahm Platz. »Wir haben sogar den besten Tisch bekommen. Wie hast du das bloß gemacht?«

»Ich habe Enrico mit Verhaftung gedroht«, antwortete er lapidar und winkte nach dem Kellner, um die Bestellung aufzugeben.

Drei Stunden waren wie im Fluge vergangen, die meisten Tische waren schon verwaist. Domenico und Gianna hatten bei einem vorzüglichen Essen einen höchst unterhaltsamen und angeregten Abend miteinander verbracht. Tausend Dinge hatten sie diskutiert und natürlich auch die zurückliegenden Wochen Revue passieren lassen.

»Es ist spät geworden«, meinte Valverde, während er die Rechnung bezahlte. »Wollen wir gehen?«

Gianna griff nach ihrer Handtasche und stand auf.

Als sie auf die Straße hinaustraten, umgab sie eine laue Herbstnacht. Die Straßenbeleuchtung war an manchen Laternen ausgefallen, und nur noch in wenigen Ladengeschäften brannte Licht. »Hast du noch Lust auf ein Eis?«, fragte Valverde. »Hundert Meter von hier gibt es die beste Gelateria der Stadt.«

»Du willst mich wohl mästen?«, fragte Gianna. »Aber gut«, meinte sie entschlossen und zog ihn lachend in die angegebene

Richtung. »Beschwer dich aber nicht, wenn ich später zu müde bin.«

Valverde blieb abrupt stehen und grinste. »Zu müde für was?« Ein ungewöhnliches Geräusch ließ ihn zusammenfahren. Reflexartig verpasste er Gianna einen Stoß und wirbelte um die eigene Achse. Er hörte noch ihren spitzen Aufschrei, bevor er sich neben sie und ein parkendes Auto auf den Gehsteig warf. Gianna lag sekundenlang wie leblos da. Die Angst um sie traf ihn wie ein Peitschenhieb. »Bist du in Ordnung?«, rief er.

Gianna nickte mit zusammengepressten Lippen und angstgeweiteten Augen.

Wieder hörte Valverde das ploppende Geräusch, gefolgt von splitterndem Glas. Die Projektile hatten Gianna und Valverde nur knapp verfehlt. Sie waren hinter ihnen in die Hauswand eingeschlagen oder als Querschläger im Nirgendwo eingeschlagen. Geistesgegenwärtig duckte er sich in die Hocke, packte Gianna unter den Achseln und richtete ihren Oberkörper auf. »Bleib am Hinterreifen in Deckung und rühr dich nicht von der Stelle!«

»Ist er das?«, wimmerte Gianna.

»Keine Ahnung«, murmelte Valverde, obwohl er es besser wusste. Drüben auf der anderen Seite lauerte Pulitore, wer sonst? Und er schoss mit einem Schalldämpfer. Valverde, der längst seine Waffe gezogen hatte, versuchte, die Richtung festzustellen, aus der die Schüsse kamen. Sicherheitshalber warf er einen kurzen Blick auf Gianna. Sie kauerte völlig verängstigt an der Karosserie und bewegte sich nicht. Bis auf eine Schürfwunde an ihrer Stirn konnte er keine Verletzungen erkennen. Sie war wohl vornüber aufs Pflaster geschlagen.

Vorsichtig nahm er den Kopf aus der Deckung und suchte nach dem Schützen. Er musste sich etwa zwanzig Meter von ihm entfernt schräg gegenüber in einem Hauseingang oder in einer Nische befinden. Valverde kroch ein Stück unter das Heck des Fahrzeuges und spähte hinüber.

Ein Schatten in einem Häuserspalt schien sich zu bewegen. Valverde lud durch und feuerte fünf, sechs Schüsse ab. Der unterdrückte Aufschrei auf der anderen Straßenseite nötigte ihm ein grimmiges Lächeln ab. »Wenn du dich jetzt bewegst, dann hab ich dich«, sagte er halblaut und visierte sein Ziel an. Doch nichts tat sich. Hatte er ihn etwa so schwer getroffen, dass er bereits kampfunfähig war?«

»He, Scarpetta!«, brüllte Valverde. »Komm raus. Aber mit erhobenen Händen!« Er hatte ganz bewusst Pulitore mit seinem richtigen Namen gerufen. Er sollte wissen, dass die Polizei wusste, mit wem sie es zu tun hatten. Vielleicht würde ihn diese Tatsache dazu bewegen, aufzugeben.

Nichts rührte sich. Seine Nerven waren bis zum Äußersten gespannt. Er wusste nur zu gut, wo er sich befand und welchen Gefahren sie ausgesetzt waren, zumal sich außer diesem Irren mit der Pistole auch allerhand Gesindel in der Altstadt herumtrieb.

Valverde wandte sich Gianna zu. »Ruf die Questura an und sag den Kollegen Bescheid. Kriegst du das hin?«

Gianna wühlte aufgeregt in ihrer Handtasche und nestelte mit zittrigen Fingern ihr Telefonino hervor, während Valverde auf der Lauer lag. Sollte sich der Kerl noch einmal zeigen, würde er gnadenlos sein Magazin leer schießen. Er hörte, wie Gianna aufgeregt ins Telefon sprach, konzentrierte sich aber weiterhin auf die im Schlagschatten liegende Mauernische.

Valverde versuchte, seine Stellung zu verändern und sich auf die Unterarme zu stützen. In diesem Moment huschte die Gestalt blitzschnell aus dem Halbdunkel und sprintete in die Seitenstraße.

Valverde kroch unter dem Auto hervor, sprang auf und hechtete hinterher. Er stürmte in die Vicolo del Andrè, einen nur von wenigen Lampen trüb beleuchteten Durchgang. In dem hundertfünfzig Meter langen Mauerspalt konnte er den Flüchtenden nur schemenhaft wahrnehmen. Müllsäcke wucherten neben Hauseingängen und unter Fenstern wie Furunkel empor. Überall stand wegen der verstopften Kanalisation das Wasser und sammelte sich in den Schlaglöchern. Etwa fünfzig Meter vor ihm stürmte der großgewachsene Mann hinkend den Durchgang entlang. Er will zum städtischen Parkplatz, schoss es Valverde in den Kopf. Es war aussichtslos, den Mann einzuholen, er hatte trotz der Verletzung einen zu großen Vorsprung. Nachdem Valverde die Gasse durchquert hatte, hörte er in der Ferne Polizeisirenen, die sich schnell näherten. Noch einmal nahm er alle Kräfte zusammen und rannte weiter. Zuckende Blaulichter schienen auf einen Punkt zuzustreben und gaben ihm wieder Hoffnung, den Kerl zu schnappen.

Der Killer hatte die Piazza Publica, einen Parkplatz im Zentrum der Stadt, erreicht und drohte zwischen endlosen Autoreihen zu verschwinden. Hinter Valverde dröhnte ein Motor, und kurz darauf kreischten die Reifen eines bremsenden Polizeifahrzeuges. Der hintere Wagenschlag stand weit offen. Ohne nachzudenken, sprang er hinein. Vollkommen außer Atem deutete er nach vorn. »Schnell! Er will zu seinem Auto«, rief er den beiden Beamten zu.

Der Carabiniere gab Vollgas, und der Alfa machte einen Satz. Mit radierenden Reifen stoben sie auf die Piazza. »Anhalten!«, befahl Valverde. »Kann ihn jemand sehen?«

Drei Augenpaare streiften über die Armada von Autodächern. »Ich steige aus«, bemerkte er energisch. Er sprang aus dem Wagen, warf die Tür des Streifenwagens zu und stieß einen leisen Fluch aus. Nichts hasste er mehr, als nachts auf einem unbeleuchteten Parkplatz Jagd auf einen Killer zu machen. »Bleiben Sie im Streifenwagen«, wies er die Beamten an. Dann schlängelte er sich vorsichtig durch die Autoreihen.

Eine ungeheure Detonation zerriss die Stille, und ein Feuerpilz stieg zwanzig Meter vor ihm in den Himmel. Blechteile flogen durch die Luft, Glas zerbarst. Valverde stürzte zu Boden, und seine Pistole schlitterte scheppernd übers Pflaster. Schnell richtete er sich wieder auf. Sein Blick fiel auf einen Kleinwagen, aus dem eine meterhohe Flamme schlug. Schwarzer Rauch waberte in dicken Schwaden über die Fahrzeugdächer.

Zwei Streifenwagen rasten heran. Die Carabinieri stürzten mit Feuerlöschern aus ihren Autos und versuchten, den Brand zu löschen. Doch der Mann hinterm Steuer war nicht mehr zu retten.

Am frühen Morgen gegen drei Uhr verließen Gianna und Valverde die Questura. Der Schock saß ihnen noch in den Gliedern. Um ein Haar wäre es Pulitore doch noch gelungen, Gianna zu ermorden. Schweigend saßen die beiden im Taxi. Die Sonne würde in wenigen Stunden aufgehen. Sie befanden sich auf dem Rückweg zu Valverdes Haus in der Via Vecchia Paradiso, der Straße zum alten Paradies, die sich am Rande Messinas an der Küste entlangzog.

»Ist das Leben mit dir immer so aufregend?« Gianna versuchte, humorvoll zu klingen, als sie aus dem Taxi stiegen.

»Das Gleiche könnte ich dich auch fragen«, erwiderte er müde, während er den Taxifahrer bezahlte. Eigentlich sollte er seinen Alfa noch wegfahren, aber jetzt hatte er wahrlich keine Lust mehr dazu. Sein Blick streifte den dunkelblauen Wagen, den er direkt unter dem Halteverbot abgestellt hatte. Hinter dem Scheibenwischer klemmte ein Zettel. Mist, dachte er und ging zu seinem Auto. Am Türgriff angeleint lag ein schwarzgestromter Pitbull, den er in der Dunkelheit beinahe übersehen hätte. »Wo kommt der denn her?« Kurzerhand band er ihn los. Doch anstatt davonzulaufen, näherte er sich schwanzwedelnd Gianna und beschnupperte sie neugierig. Sie ging in die Hocke, streichelte ihm über den Kopf und murmelte: »Dich kenn ich doch …«

Der Pitbull schien Gianna ins Herz geschlossen zu haben, denn er drängte sich an sie und stupste sie mit der Schnauze.

»Was machen wir mit ihm?«, fragte sie. »Wahrscheinlich hat er schon länger nichts mehr zu fressen bekommen.«

»Ich sehe schon, den wirst du nicht mehr los«, murmelte Valverde mit einem Grinsen.

Gianna sah dem Hund in die Augen. »Na, wie heißt du denn?«

»Du könntest ihn Angelo nennen«, raunte Valverde ironisch und beobachtete verwundert die idyllische Szenerie. Dann zog er den zusammengefalteten Zettel unter den Wischerblättern hervor. Wahrscheinlich eine Nachricht, wem der Hund gehört, dachte er. Stattdessen las er:

Feurige Grüße aus Cefalù!

Valverde starrte konsterniert auf die Zeilen, überlegte kurz, knüllte den Zettel kurzerhand zusammen und warf ihn achtlos in den Rinnstein. Neuerdings gab es Dinge in seinem Leben, denen er lieber nicht auf den Grund gehen wollte.

*Ein furioser Mafia-Roman für alle Fans
von Mario Puzos Klassiker* Der Pate

CLAUDIO M. MANCINI

MALA VITA

EIN MAFIA-ROMAN

Nachdem sein Bruder vor laufender Kamera brutal ermordet wurde, gerät der Schriftsteller Roberto Cardone selbst ins Visier skrupelloser Mafiabosse. Eine »Erbschaft« von 382 Millionen Dollar ist schließlich keine Kleinigkeit. Ohne es zu wollen, verstrickt sich Cardone in ein undurchsichtiges Netz aus Geldwäsche, Waffenhandel und Spionage. Und der Tod ist sein ständiger Begleiter…

»Ein klarer Kauf, der aus der Masse der Mafia-Romane herausragt.« *krimi-couch.de*

Knaur eBook

*Hart, wirklichkeitsnah, packend –
eine Frau wird zur Mafiapatin*

CLAUDIO M. MANCINI

LA NERA

EIN MAFIA-ROMAN

Für Sophia, eine junge Sizilianerin aus einfachen Verhältnissen, ist es ein Traum: Sie heiratet den schwerreichen Arzt Giulio Saviani, der Schönheitskliniken für die High Society betreibt. Erst allmählich wird Sophia klar, dass sie nun der »ehrenwerten Familie« angehört. Als ihr Mann ermordet wird, muss Sophia sich in einem blutigen Machtkampf der Mafiaclans behaupten. Doch sie hat gelernt: Mit gnadenloser Härte verfolgt sie alle, die sich ihr in den Weg stellen. Und sie hat nun auch die Macht, Rache zu nehmen für ein traumatisches Erlebnis in ihrer Jugend …

Ein Gangsterthriller wie eine Achterbahnfahrt

HOWARD LINSKEY
CRIME MACHINE

THRILLER

David Blake hat eine weiße Weste. Soweit man in Newcastle eine haben kann, wenn man als Berater für einen skrupellosen Gangsterboss arbeitet. Als zigtausend Pfund Schutzgeld verschwinden, kommt David jedenfalls reichlich ins Schwitzen. Er hat 72 Stunden, das Geld wieder aufzutreiben – sonst ist er ein toter Mann.

»Ein Dashiell Hammett aus Newcastle – Thriller des Jahres!«
The Times

Der Pate von Newcastle ist zurück –
der zweite Gangsterthriller des »King of Northern Noir«

HOWARD LINSKEY

GANGLAND

THRILLER

Eigentlich könnte David Blake es sich gutgehen lassen. Er ist jetzt Newcastles Don Corleone, der oberste Pate, der Mann, der alles kontrolliert, was sich per organisierter Kriminalität zu kontrollieren lohnt. Dumm nur, dass er vorher den Vater seiner Freundin Sarah umbringen musste, um seine Haut zu retten …

»Heftig, gemein und unverschämt amoralisch.« *Daily Mail*